U0477434

本书系国家社科基金项目结项成果
本书由大连市人民政府资助出版

中国当代文学价值评估体系的重建与文学价值论

王卫平　王平　徐立平　著

中国社会科学出版社

图书在版编目(CIP)数据

中国当代文学价值评估体系的重建与文学价值论／王卫平，王平，徐立平著．
—北京：中国社会科学出版社，2017.8
ISBN 978-7-5203-0488-7

Ⅰ.①中… Ⅱ.①王…②王…③徐… Ⅲ.①中国文学—当代文学—
文学价值—文学研究 Ⅳ.①I206.7

中国版本图书馆 CIP 数据核字(2017)第 123198 号

出 版 人 赵剑英
选题策划 刘 艳
责任编辑 刘 艳
责任校对 陈 晨
责任印制 戴 宽

出 版 中国社会科学出版社
社 址 北京鼓楼西大街甲 158 号
邮 编 100720
网 址 http://www.csspw.cn
发 行 部 010-84083685
门 市 部 010-84029450
经 销 新华书店及其他书店

印 刷 北京明恒达印务有限公司
装 订 廊坊市广阳区广增装订厂
版 次 2017 年 8 月第 1 版
印 次 2017 年 8 月第 1 次印刷

开 本 710×1000 1/16
印 张 27
插 页 2
字 数 389 千字
定 价 128.00 元

凡购买中国社会科学出版社图书，如有质量问题请与本社营销中心联系调换
电话：010-84083683

目　录

下编 批评实践

引　言

本书所研究的课题是国家社科基金项目的结项成果，本书获得了大连市人民政府资助出版。它包括“理论探讨”和“批评实践”两大部分，涉及“文艺学”和“文学批评学”两个学科。这一课题，以往国内外的研究现状是：理论倡导的成果多，实践运用的成果少，专著和论文多集中在文艺学领域，即从文学理论层面探讨文学价值问题。

程麻在1991年就出版了《文学价值论》（人民文学出版社），立足于人的生命本性来展开文学价值理论内涵的研究。它依据马克思主义的社会实践论、价值理论，在主客体关系中着眼于人的自由追求和生命意义。该书从文学的发生学意义讲到“诗言志”的分化，从创作方法讲到文学的内容、形式及语言，从文学的价值实现讲到价值的接受与阐释，具有一定的开拓性。但该书的基本格局局限在当时的文艺理论框架中，忽视了对“价值论”本身逻辑结构的展开和分析，致使“文学价值”的内蕴和构成仍然模糊不清。

冯宪光在1993年出版了《文学价值的追求》（四川文艺出版社），这部著作的主要内容是对于一般的文学价值进行探讨，分别阐释了有关文学价值的本质、文学价值的特征、文学价值的文化内涵、文学价值的创造、文学价值的实现以及历史评价等问题。作者对一般的文学价值作出了自己的理论概括，具有学术价值。但今天看来仍有当时的局限和不完善之处。

李春青在1995年出版了《文学价值学引论》（云南人民出版社），该书是将文学价值学作为文艺学的一个具有相对独立性的研究领域进行研究的，分为上、中、下三篇，每篇又分若干章节。上篇从哲学层面对文学价值学各种最基本的问题进行阐释，包括个体价值与社会价值的双重变奏（作者认为这是文学价值的两种基本属性）、伦理价值与历史价值的相互消解（作者认为这是两种最基本的社会价值）、符号、意义与价值的相互关系、文学价值实现的一般过程（作者认为包括潜能、评价、效应三种形态）、文学价值系统的静态描述与动态考察、文学价值观念的历史生成、内在结构和功能意义。中篇从心理学角度考察了文学价值的一般特征、发生的心理动因、文学个体价值的最初实现、个体价值与社会价值作为心理事实的相互关系、艺术情感是如何获得文学意义的。书中还阐释了悲剧文本的文学价值构成要素和艺术个性、喜剧文本的文学价值构成要素和艺术个性等。下篇是对中国古代文学价值观历史演进的回顾与描述，从先秦诸子到六朝玄学再到明中叶的心学。作者认为，文学价值问题是一个极为复杂的研究对象，它几乎涉及从文学创作到文学接受，再到社会文化背景和社会心理等领域的方方面面。作者还认为，文学可以看作一个综合性价值系统，可视为一个价值的复合体，各种各样的价值都能在这里找到自己的位置，其中，审美价值乃是文学价值系统中最重要的一项，它是文学的生命。正如作者所说，由于文学价值本身的复杂，该书不可能解决所有问题，对文学价值系统中各个要素的梳理就不够完备，对于审美价值的解说也有可商榷之处。

1999 年，中国社会科学院敏泽、党圣元二位研究员出版了《文学价值论》（社会科学文献出版社），这是迄今为止笔者所看到的相对完备和具有多方面价值的文学价值论专著。全书分上、下两编，上编以开阔的视野论述了中西从古至今的文学价值论，包括马克思主义的文学价值观及其历史发展。下编就文学价值的基础、依据、基本特征、观念及其规范以及文学价值的创造、实现、形式及体系、标准及方法论等展开深入论述。书中还对社会主义文学价值、社会主义市场经济条件下的文学价值进行了阐发，在原有文学价值的形式及体系的基础上，提出了“重构”价值体系的问题，给笔者以思想的启发。书中在借鉴苏联美学家列·斯托洛维奇所作的分类的基础上，将文学价值的类型分为以审美为基础的七种价值。尽管仍不完备，但还是富有创见性。不过，该书对“文学价值”的理论阐释值得商榷。他们认为，“文学的价值在于：艺术家在对于生活的独特感受、发现基础上，出于情感和思想的需要，通过想象和幻想，以语言符号为手段而对世界进行的一种审美再创造，或者是文学主体在特定遭际、感悟中某种独特情感的诗的宣泄或抒发”①。作者还特意用重点号加以强调。但这与其说是对“文学价值”的界定，不如说是对“文学”的界定。和很多书一样，该书也认为审美价值是文学的根本价值，并将艺术价值和审美价值相混淆。

杜书瀛在 2008 年出版了《价值美学》（中国社会科学出版社），这是一部探索性的文艺学著作，书中的一些观点与传统美学相左，它集中研究审美现象、审美价值的特性以及审美价值的生产和消费。作者强调，审美的秘密存在于主客体之间的关系之中，它是一种特殊的价值形态。该书从历史和现实的大量审美现象出发，结合人的本质和价值本质，论证了审美现象属于价值范畴的历史依据和逻辑依据，指出以往美学研究的重大误区正是在于从价值范畴之外寻找美。书中对于“价值”的解说以及审美活动是一种价值活动的观点对于我们研究中国当代文学的价值和价值体系是有一定启发的。

上述这些著作都是文艺学范畴的著作，而非运用价值学理论研究中国当代文学的文学价值的著作。即便是 2008 年年底出版的程金城的《中国 20 世纪文学价值论》（甘肃人民美术出版社）也没有涉及具体的中国当代文学作品的文学评价，而只是从价值论的角度对一个世纪的文学价值观念作宏观的、整体的思考。

从单篇论文看，相当多的学者在文中都不约而同地谈到了自 20 世纪 90 年代以来在创作与批评中存在的价值缺失、价值迷失的现

---

① 敏泽、党圣元：《文学价值论》，社会科学文献出版社 1999 年版，第 164 页。

象，致使人们对原本就众声喧哗的当代文学越来越难以进行价值定位和价值评判，甚至褒贬不一，针锋相对，于是出现了海外学者顾彬的“垃圾”说、“二锅头”说；出现了陈晓明和肖鹰的激烈论争；出现了“如何评价中国当代文学的成就”的大讨论；出现了“当代文学评价的危机”①。

面对文学创作和批评在追寻新的意义过程中出现的价值迷失、价值混乱的现象，评论家始终没有放弃价值重建的努力。这可以追溯到 1993 年关于“文学与人文精神的危机与重建”的讨论。此后，文艺学学者钱中文、童庆炳、党圣元、蒋述卓、杜书瀛、杨守森、赖大仁、程金城，中国现当代文学学者黄修己、朱德发、杨义、陈美兰、刘思谦、孟繁华、吴秀明、丁帆、吴义勤、张清华、贺仲明等都曾在各自的文章中或提出价值重建的倡导，或指出重建的目标和具体的评价标准。一直持续到当今。

价值重建的呼声之所以连续不断，持续至今，一方面表明该问题的极端重要性；另一方面也说明问题并没有得到解决，更没有达成共识，文学价值规范还没有很好地形成。学者们有共识，更有分歧，而且多是在倡导和呼吁层面。真正从学理上建构起文学价值的评估体系并将之运用到中国当代文学的批评和研究的实际中去，从而写出理论与实践相结合的论著还极为少见。2009 年 8 月，人民出版社出版的阎浩岗的《“红色经典”的文学价值》是笔者仅见的这方面的硕果。该书从“文学价值”视角，阐释被称为“红色经典”的作品的文学价值及其具体体现以及分档，并就《暴风骤雨》《太阳照在桑干河上》《红旗谱》《创业史》《青春之歌》《红岩》《林海雪原》《三家巷》《保卫延安》《红日》《李自成》《苦菜花》等具体作品作出分析评价，对它们的文学史地位进行了评估分级。这种“分档”“分级”式的评价较为中肯，也是该书的创新与价值体现。但该书在理论建构和对中国当代文学的整体把握、宏观评估方面有所缺失。而本书力图弥补这一不足，力图沿着“文学价值”

① 吴义勤：《当代文学评价的危机》，《新华文摘》2016 年第 14 期。

探寻这一方向继续努力，以完成“中国当代文学价值评估体系重建和文学价值新探”的重任。

本书研究的意义在于：力图建构起符合当代需要的“有机、稳定、多元、包容、开放”的中国当代文学价值评估体系，并以此为依据展开对中国当代文学的价值梳理，完成从认识论向价值论的推进；从描述性、阐释性向评价性的转换，为当前文学批评与研究（由于普遍而严重地存在着的价值混乱、自话自说的现象）提供可资借鉴的文本；树立起稳定的文学价值规范和正确的文学价值观，使读者养成正确的评判标准，从而引导创作和接受向着积极、健康、向上、高品位的方向发展。因此，研究意义重大。

本书在“理论探讨”中，力图在借鉴、吸收以往文艺学、文学批评学优秀成果的基础上，运用马克思主义价值、价值学原理研究文学价值评估体系的问题。在这里，对学者以往所提出的各种各样的价值尺度和重建设想进行一一述评和辨析；对价值观、价值立场、价值取向（导向）的内涵和相互关联进行科学、准确的审视；对文学价值评估体系中的一元与多元、个体与群体、本土与人类、普世价值与核心价值、时代性与永恒性、民族性与世界性进行一一阐释。在此基础上提出自己的中国当代文学价值评估体系以及各个构成要素。此外，还针对“文学性”“文学价值”的具体内涵究竟是什么，“文学性”和“非文学性”的区别何在（学者们或语焉不详，或有不同的理解）进行深入探究；对文学的审美价值以及审美价值是否是文学的根本属性（有人提出了质疑），它的内容到底应该包括什么，它和艺术价值是什么关系进行科学分析；对于文学创作和文学批评中的“人民性”思想的历史沿革、精神传承、现实重建以及作为人民性的集中体现的社会主义核心价值观该如何践行进行梳理、阐释和重新强调。

本书在“批评实践”中，运用重建的中国当代文学的价值评估体系，从“文学价值”切入，对中国当代文学的各个阶段、重要现象、作家作品进行文学价值的判断与评价，给予重新定位和定性。这不是对以往研究的重复，而是从阐释走向评价和价值判断，侧重于文学定位、文学史定位以及分析是否能成为经典的要素与可能。

本书研究的基本思路是不作纯理论的思辨研究，而是将“理论探讨”和“批评实践”有机结合；不把重点放在以往颇多的文化分析或思想史研究上，而是将重点由以往的描述性、阐释性的研究转到文学评价和价值判断上来；将以往的“写什么”“怎么写”的研究转到“写得怎样”“为什么这样”的研究上来；将以往的审美批评的放逐乃至几近消亡转向审美判断力的回归。重点考察研究对象在趣味上、在内涵上、在艺术和美感上为文学史提供了哪些新东西，有没有可能或有哪些可能成为传世的作品，具有哪些超越时空的文学价值。

本书研究的重点和难点是：对以往缺失的或众说纷纭的文学价值评估体系进行重建，这正是以往研究的薄弱环节，即对文学的精神价值维度、“文学性”（消遣、娱乐、趣味、艺术、美感、内涵）进行重新梳理和价值确认。

研究者都承认，中国当代文学批评和研究，直到今天在文学价值判断上仍然存在着许多问题，这是文学价值观存在迷失乃至混乱的反映。过去，我们所使用过的文学批评和文学史的判断标准，虽然多种多样，比如：进化论的理论、阶级论的理论、政治标准论、启蒙主义的理论、人性的标准、新理性精神、新人文立场、现代性、后现代性理论、全人类的价值标准等。这些价值立场和判断标准虽都有其合理性的一面，有的也具有一定的普适性，但一旦面对纷繁错综的文学世界，都难免单一，甚至以偏概全，缺乏全面性和系统性。尤其在批评实践中的应用更缺乏具有创见性、建设性的成果。这也正是本书研究的价值和意义所在。我们认为：文学价值是多元价值的复合，它涵盖的领域十分宽广，不能强调一面，遮蔽另一面。文学评价标准也应该是多元、复合、包容的。我们把文学价值评估体系重构为六个维度，“内涵维度”“形象维度”“情感维度”“艺术维度”“趣味维度”“影响维度”，即“是否有内涵、是否有形象、是否有情感、是否有艺术、是否有趣味、是否有影响”，以这六位一体作为观照文学现象、作家作品的观测点。我们还认为：对文学意义的阐释不能遮蔽价值判断；“写什么”“怎么写”不能遮蔽“写得怎样”；文化分析或思想史研究不能代替“文学性”“情感性”的研究；“审美价值是文学价值的根本，是命根子”的命题是一个值得怀疑、似是而非的命题，它在很多作品（特别是小说）中是较难体现的。必须对文学价值及其各个构成要素进行重新阐释，这种阐释必须能覆盖所有的文学作品，所以，它一定是一个价值评估系统（或体系），它对作家的创作和读者的接受以及批评家的批评都具有指导意义。

本书研究的创新之处体现在：在以往研究成果的基础上，第一次将自己提出的文学价值评估体系运用到具体的文学批评实践中去，完成以往所遮蔽、所忽略的文学价值的新探索。因此，在价值评估体系（复合论）和当代文学价值新探（文学性、评价性研究）这两大方面均有创新。

上 编

理论探讨

第一章　重建中国当代文学的价值评估体系

第一节　问题的提出

为什么要重建中国当代文学的价值评估体系？

我们评价任何事物或对象都要有一套标准或评价体系。我们每天都在看电视节目，那么，电视节目该如何评价？从 2011 年 7 月 1 日起，央视试行了全新的节目评价体系，终结了实施 6 年之久的以收视率作为唯一硬性指标的末位淘汰制。该评估体系实现了评价数据的多元化采集，力图从多角度进行全面评估。我们当教师，怎样评价学生？要有一套评价标准，对教师及学校的教学评价也要有一套评估体系。我们出版学术著作，就要有学术出版的评价体系，近年来，有识之士在呼唤人文社会科学的学术评价体系，呼唤出版业的学术出版的评价体系[①]。同理，我们评价文学、研究文学，就要有文学评价与研究的标准，尤其是探寻中国当代文学的价值，更要有中国当代文学的价值评估体系。文学批评、文学研究不应该有固定的模式，但应该有大体的标准和尺度，有大致可遵循的价值立场和价值判断。如今，很多研究者呼吁要逐步建立中国特色的网络文学理论体系、评价体系和话语体系，尤其是面对方兴未艾、发展迅猛、创作和接受两旺的网络文学的基本态势，如何通过评价来正确引导，使之健康发展，是一个十分重要的新问题。而网络文学评价

① 参见谢寿光《学术出版的问题与机遇》，《光明日报》2013 年 1 月 15 日。

体系与批评标准的建立又是当务之急。于是，研究者在报刊上、在网站上、在会议上深入研讨这一亟待解决的新课题。[①]

我们为什么要提出重建中国当代文学的价值评估体系？以往有无文学的价值评估体系？应该说，中国当代文学价值评估体系的提出主要是源自一个时期以来，特别是从社会主义市场经济以来，中国的经济、文化、社会都发生了广泛而深刻的变革，各种利益关系和利益格局都发生了深刻的调整，思想观念、价值观念也不可避免地发生了深刻变化。各种思想、各种文化相互碰撞、相互渗透、相互影响。伴随着经济、社会和文化的深刻变革，人们的价值观念也从单一走向了多元与多样。多元化、多样化以后又逐渐演化为价值观念的混乱和正确价值立场的迷失。伴随着整个社会对金钱和物质利益的追求，使人的物欲膨胀，精神失落，人们慨叹道德失范，世风日下，人心不古。反映在文学创作和文学批评领域则出现了价值标准、评价尺度混乱的局面，从创作到批评都存在乱象纷呈，出现批评无标准的问题，出现价值虚无的问题，文学价值规范没有很好地形成。应该说，在一元化和一体化的时代是不会出现价值混乱的局面的，而中国当代文学批评的历史恰恰是从一元走向了多元，从一体化走向了杂多化的演进历程。新时期以前的文学批评，大都是在政治标准第一、按社会主义现实主义的要求、从阶级斗争、政治斗争的需要出发来规范文学创作和批评的，作家对人物形象的建构、批评家对人物形象的批评总是在好人与坏人、英雄与敌人、先进人物与落后人物、正面人物、反面人物、中间人物等泾渭分明的立场和态度上展开，这虽然也有一定的价值和意义，但却远离了人性本身的复杂性，新时期以后逐渐打破了这种格局，实现了向人性复杂化的复归。但多元化、复杂化、杂多化演进的负面结果则是价值迷失、好坏难辨，甚至连什么是好作品、好小说都变得模糊不清，大家莫衷一是。

---

① 参见中国作家协会创作研究部选编《网络文学评价体系虚实谈》，作家出版社2014年版。

还是在21世纪来临之际，中国社会科学院文学研究所《文学评论》杂志、《东方文化》杂志和华南师范大学人文学院中文系于2001年3月15—20日联合举办了“价值重建与二十一世纪文学研讨会”，五十多位专家学者就文学需要什么样的价值？怎样重铸文学的理想和精神等问题进行了自由而热烈的讨论。时隔十年，2011年10月21—24日，作为教育部人文社会科学重点研究基地的南京大学中国新文学研究中心举办了“中国现当代文学研究中的价值观问题研讨会”，几十位与会专家学者就上世纪九十年代以来，中国现当代文学研究中出现的价值观念悬置、价值观混乱和人文立场缺失等问题展开了热烈讨论。

在这期间，众多学者不约而同地提出了文学价值标准混乱的问题。

童庆炳在《新时期文艺批评若干问题之省思》中说：“当前的文艺批评中的价值取向在一定程度上是混乱的。几乎对每部作品都有两种以上的不同评价。似乎公说公有理，婆说婆有理。究其原因就是批评家的立场不同，观点不同，视界不同，或者说是价值观的不同导致价值取向的不同。”①

吴义勤在《“文学性”的遗忘与当代文学评价问题》中说：“中国文学的评价问题其实是由中国文学评判标准问题衍生而来的。一方面，中国文学的评判标准一直缺乏稳定性，一直没有能够形成超越历史和意识形态拘囿的普适性的核心价值与核心尺度；另一方面，中国文学的评判标准又一直不是有机性的，而是随机的、割裂式的，没有形成兼容不同形态、不同诉求、不同审美理想的综合性的标准体系，总是或左或右，以偏概全，从不同的角度、不同的局部、不同的理念出发完成对其他文学形态或整体文学状况的判断。”② 吴义勤在另一篇文章《新世纪中国当代文学研究的现状与问题》中，开篇就提到了“当代文学史的滞后以及当代文学批评标

---

① 童庆炳：《新时期文艺批评若干问题之省思》，《文艺争鸣》2008年第1期。

② 吴义勤：《“文学性”的遗忘与当代文学评价问题》，《文艺报》2009年8月27日。

准的混乱”[①]。可见问题的严重性。

赖大仁在《文学精神价值重建的必要与可能——近十年来文学精神价值重建问题讨论述评》中总结道：“从讨论的情况看，人们的认识分歧是显而易见的。主要有三个方面：一是价值立场上的分歧。二是价值尺度上的分歧。三是价值取向上的分歧。”[②]

贺仲明在《文本研究与中国现当代文学学科之发展》中指出：“由于多种原因的影响，中国现当代文学学科存在着比较大的不足。这首先体现为文学评价标准混乱，缺乏系统、统一的文本规范。……文学评价标准也始终在西方文学和中国传统之间徘徊，没有形成一套行之有效的理论话语与文学规范。正是受这些因素的影响，中国现当代文学的评价标准始终没有真正建立起来，文学研究也似乎成了一个没有标准的自由竞技场。到底什么是好的文学，好在何处，经常只是凭研究者的主观臆断或政治评价，随意性很大。”[③]

徐妍在《从放逐到消亡：新时期以来文学批评的内在尺度》中深刻地指出，新时期以来“文学批评的评价尺度非常混乱已成为不争的事实”[④]。

陈晓明指出：“中国当代文学 60 年的历史，我们有没有办法在世界文学框架中来给它确定一个价值？我们在这一世界性的语境中的立场是非常混乱的。”[⑤]

丁帆在“新世纪十年文学：现状与未来国际研讨会”上以

---

① 吴义勤：《新世纪中国当代文学研究的现状与问题》，《文艺研究》2008 年第 8 期。

② 赖大仁：《文学精神价值重建的必要与可能——近十年来文学精神价值重建问题讨论述评》，《中国人民大学学报》2005 年第 1 期。

③ 贺仲明：《文本研究与中国现当代文学学科之发展》，《南京师大学报》2007 年第 5 期。

④ 徐妍：《从放逐到消亡：新时期以来文学批评的内在尺度》，《上海文学》2010 年第 5 期。

⑤ 《中国文学与当代汉语的互动——第二届世界汉语大会文学圆桌会纪要》，《文艺争鸣》2010 年第 4 期。

《新世纪文学中价值立场的退却与乱象的形成》[①] 为题发言，他谈的第一个问题就是“文学创作的病症和价值立场的多元和模糊”。接着，他列举了创作中的十一种病症，指出“所有病症归结到一点就是，我们在价值理念和判断上出现了问题”。又从九个方面列举了文学批评病症的表现，直击要害，深刻而犀利。丁帆教授近些年对文学批评中的价值观问题、价值标准问题给予高度重视和持续关注，多次在文章中、接受采访中阐明自己在这一问题上的看法。[②]

温儒敏也多次在文章中谈到文学研究中的价值立场、价值观等问题。指出：我们今天仍“有待在更大范围内重建价值立场”[③]。

雷达在文中指出：“由于没有建构起自己的审美体系，表现在思想界、文学界则是批评资源的匮乏和批评标准的混乱。”[④]

孟繁华在讲到新世纪的文学批评时，在总体肯定文艺批评取得巨大历史进步的同时，也深刻地指出存在的问题：“主要是是非观、价值观的淡漠。”[⑤]

《光明日报》记者韩小蕙在文中列举了“批评乱象种种”，其中就包括“批评的无标准”[⑥]。胡良桂在《当下文学价值的功能与问题》中指出：当下文学创作的问题“其一多而不精，价值迷乱，缺少生命写作、灵魂写作”[⑦]。

从以上的列举可以看出，文学批评中的价值观问题、价值标准混乱的问题、价值体系缺失的问题是一个突出而严重的问题，也是

---

① 丁帆：《新世纪文学中价值立场的退却与乱象的形成》，《文艺争鸣》2010 年 10 月号（上半月）。

② 参见丁帆《关于建构百年文学史的几点意见和设想》，《文学评论》2010 年第 1 期。《关于百年文学史入史标准的思考》，《文艺研究》2011 年第 8 期。何言宏：《文学批评的反思与重建》，《当代作家评论》2012 年第 3 期。

③ 温儒敏：《现代文学研究的“边界”及“价值尺度”问题》，《华中师范大学学报》2011 年第 1 期。

④ 雷达：《真正透彻的批评为何总难出现》，《新华文摘》2011 年第 8 期。

⑤ 孟繁华、程光炜：《中国当代文学发展史》（修订本），北京大学出版社 2011 年版，第 482 页。

⑥ 韩小蕙：《文艺批评何以乱象纷呈?》，《光明日报》2011 年 10 月 27 日。

⑦ 胡良桂：《文学主流的多维空间》，人民文学出版社 2011 年版，第 198 页。

一个亟须解决的问题。从这个意义上说，中国当代文学价值评估体系的重建是当务之急。

第二节　以往有无价值评估体系

严格地说，以往是没有中国当代文学价值评估体系的，有的只是文学批评的标准，而且这标准多是从文艺学的视角加以阐释的。随着时代的发展，随着文学创作从单一走向多元、多样，其价值迷失、迷乱甚至混乱也随之出现，这使理论批评越发显得无能为力，于是已有的文学批评标准渐渐被淡化、被遗忘、被放逐。文学理论、文学批评教科书对批评标准的处理也从有到无，无法满足文学批评的实际需要。

关于文学批评标准，在文艺理论教科书中经历了从最早强调“政治标准第一，艺术标准第二”到后来的“思想标准、艺术标准”再到“真、善、美”的标准、马克思主义的“历史的和美学的标准”等的演变历程。现在通行的教科书，比如，童庆炳主编的《文学理论教程》（修订二版）首推马克思主义文艺批评的美学观点和历史观点，并把它作为最高标准、方法论和基本原则。在它之下，又形成了一些更具可操作性的具体标准，这就是思想标准和艺术标准①，这种提法影响深远。

吴中杰在《文艺学导论》（修订本）中提倡将思想标准和艺术标准扩大为真、善、美的标准。他认为，“批评一定有标准”，“但有些人认为，文艺批评不应该有标准，有了标准就有框框，拿框框去套就会束缚创作的发展。这种看法似是而非，因为有标准是一回事，拿框框去乱套又是另一回事，两者不能混同”。“在我们的文艺批评实践中，存在着两个问题，一是标准不对。二是圈子太窄。”“也有人将文艺批评的标准定为美学标准和历史标准，根据在于恩

---

① 详见童庆炳主编《文学理论教程》（修订二版），高等教育出版社 1992 年版，第 358—363 页。

格斯的观点。”“但是，从美学观点和历史观点出发来批评，与其说是批评标准，毋宁说是批评方法。就批评标准而言，倒不如将思想标准与艺术标准扩大为真、善、美三条标准。”在这里，吴中杰将“真”解释为“作品的真实性”，“善”解释为“作品的思想水平和道德观念”，“美”解释为“形象的生动性、性格的典型性、情感的真切性、形式的独创性”[①]。

进入新世纪以后出版的《文学理论》教科书中大都放逐了文学批评标准的讨论，比如，南帆等著的《文学理论》[②]虽然用五章讲文学批评，却没有涉及文学批评的标准问题。在有关文学批评的教科书中，也都放逐了文学批评的标准问题，比如，影响较大的王先霈主编的《文学批评原理》[③]、王一川主编的《文学批评教程》[④]均没有涉及文学批评到底应该用什么标准问题。不知作者是有意地回避，还是无意地疏忽？抑或认为该问题的不重要？

其实，早在19世纪的俄国，别林斯基就曾提出过文学批评应当有历史和美学的观点，认为这两者都是必要的。这是我们所熟知的。列夫·托尔斯泰还曾提出过文学艺术作品的感染程度是衡量其艺术价值的唯一标准，这也是我们所熟知的。今天看来，托尔斯泰的观点仍然值得我们珍视。当今，有的学者提出文学的特殊价值不在于“审美”，而在于“感人”。[⑤]还有的学者将好诗归结为“四动”，即：感动、撼动、挑动、惊动，并给出一个公式：

好诗 = 感动 + 撼动 + 挑动 + 惊动

感动对应着情感情绪层面，即情感的浓度；撼动对应着精神意识层面，即精神的力度；挑动对应着诗性思维层面，即思维的锐

① 吴中杰：《文艺学导论》（修订本），复旦大学出版社1998年版，第298—306页。

② 南帆等：《文学理论》，北京大学出版社2008年7月出版。

③ 王先霈主编：《文学批评原理》，华中师范大学出版社2008年6月第2版。

④ 王一川主编：《文学批评教程》，高等教育出版社2009年版。

⑤ 杨守森：《文学审什么“美”》，《文史哲》2008年第4期。

度；惊动对应着语言修辞层面，即词语的亮度。[1] 这已经接近了诗歌的价值评估体系。

文学批评和文学史的理论基础是价值论，文学理论、文学批评、文学史常常要涉及审美、离不开审美，而审美活动，既是精神活动，也是价值活动。在文学批评、文学研究以及文学史写作中，最重要、最核心的任务是恰如其分的评价。评价就要有标准和尺度，就要涉及价值观。2011 年，美国诗界大辩论：什么是美国的文学标准？哈佛大学教授海伦·文德莱在《纽约书评》半月刊（2011 年 11 月 24 日）上发表题为《这些是值得记住的诗篇吗?》的长篇论文，严厉批判非裔美国诗人丽塔·达夫主编的《企鹅 20 世纪美国诗歌选集》，引起了美国诗坛的大辩论。这是美国有史以来，黑人和白人诗评家的首次公开论战，促使美国人进一步思考：什么是美国文化的基本价值观？什么是美国的文学标准？文学标准是否有与时俱进的可能？在我国，近十多年来，在文学批评、文学研究和文学史的建构中，其基本的价值立场、价值观念、价值标准等问题也不断地被提出和讨论，甚至有人认为价值标准的迷失是中国当代文学批评的突出病症。一些资深学者，针对中国现代文学价值评判标准的确认和价值评估体系的建构提出过一些自己的看法，但这些看法有的被质疑，有的显得单一，构不成体系，还有的语焉不详，反映在中国当代文学的批评和研究中就更显得缺失和混乱。

中山大学黄修己教授在文中提出了“全球化”视角和价值观的问题，他认为在全球化的语境下，要研究中国现代文学的全人类性问题，提出要以“全人类共同的价值标准”来评判和研究中国现代文学。所谓全人类性的价值观，按照他的解释“就是人类为了自身更好地生存、发展所普遍形成的信念，是人类公认的价值原则和行为准则，反映了全人类共同的利益需求。因此，它具有普适性，可以为全人类所共享”。“它超越了民族、国家、阶级、集团的价值

---

① 陈仲义：《感动　撼动　挑动　惊动——好诗的“四动”标准》，《新华文摘》2008 年第 17 期。

观。"[①] 后来，黄修己教授在另一篇文章中进一步解释"什么是现代文学的全人类性研究？首先是以人性论为理论基础，研究现代文学在特定的时代背景下，如何反映或表现了人类共有的人性，用艺术来反映现代中国人对美好人性的追求，对反人性的批判。其次，全人类性研究承认人类共有的价值底线，以此为标准，来衡量、评价现代文学的得失，解释它的历史"[②]。

黄修己教授的"全人类性"的文学价值标准提出以后，受到了同行专家的质疑。浙江大学王元骧教授认为，"在现实生活中，由于人们的经济、政治、社会地位的不同，在价值选择和追求上也必然有着不同的倾向，因而也就不可能有为不同阶级、阶层和社会集团所共同接受和认同的价值观，这在社会矛盾激化的历史年代表现得更为突出"[③]。我们认为，王元骧教授的观点是有道理的，因此，我们是认同的。"全人类性"如果作为以往阶级性、民族性研究视角的补充，从而发现和阐发过去重视不够的现代文学作品是合情合理的，比如，郭沫若《地球，我的母亲》中的环保意识，冰心在作品中所倡导的爱的哲学，《沉沦》所喊出的"人之声"等等。但是，如果把"全人类性"作为文学评价和研究的标准就显得有些偏颇了。因为，第一，"全人类的价值观"具有相当明显的限度，它只能解说一部分或一小部分所谓具有"全人类性"的文学作品，而不能解释所有的文学艺术作品，也就是说，有相当多的文学作品不具有全人类性，它们只具有阶级性、民族性、国家性，因此，"全人类性"就无法构成价值评判的标准。如果硬要强调"全人类"的标准，其后果是必然导致对不具有这种特性的文学作品的否定，进而必然导致对文学作品价值认知上的偏颇。比如，对《原野》的评价，黄修己认为"仇虎找焦阎王报仇，却杀死了焦阎王的儿子和孙子，让焦阎王断子绝孙。仇虎复仇可以理解，但为什么要杀仇人的无辜的儿子？那个小孙子更不该杀。从人道主义的角度看，曹禺

---

① 黄修己：《价值的相对性与绝对性》，《文学评论》2001 年第 4 期。

② 黄修己：《全球化语境下的中国现代文学研究》，《文学评论》2004 年第 5 期。

③ 王元骧：《关于文学评价中的"人性"标准》，《文学评论》2006 年第 2 期。

对人物的处理有失误”[①]。但事实上，《原野》的成功和独到，恰恰因为仇虎杀死了焦大星和小黑子，《原野》的深刻处也正由此出。曹禺并不赞成仇虎杀死焦阎王的儿孙，相反，是隐含着否定和批判的。仇虎也深知焦大星和小黑子是无辜的，否则，怎么会精神分裂？但“父债子还”“断子绝孙”等封建的宗法文化在他头脑中作怪，驱使他杀无辜的人。由此可见，曹禺这样处理是极具深意的，怎么能说“对人物的处理有失误”呢？第二，人类社会发展至今，始终没有形成过“全人类的价值观”，而总是存在着不同的价值利益诉求。时至当今，在世界上仍然存在着不同价值观的复杂矛盾和激烈冲突。而中国现代社会由于处在激烈的革命和战争的年代，更使阶级矛盾、阶级斗争、民族矛盾、民族斗争异常尖锐复杂，社会上，思想、道德、文化、观念、伦理等方面的冲突也极其复杂，不同阶级、不同阶层、不同民族的人们，其价值诉求并不相同，这种差异性必然反映在文学作品里。因此，用“全人类性”去衡量作品是根本行不通的。第三，用“全人类性”的标准来衡量和评价中国现代文学，必然导致对包括《原野》在内的一大批表现阶级性、革命性、时代性、社会性、民族性等作品的贬损或否定，从而必然导致文学价值观的新的混乱局面，造成文学价值取向上的失误。

山东师范大学资深教授朱德发先生在自己的研究中十分敏锐地意识到重建中国现代文学史的价值评估体系的极端重要性。他试图“确立一个大家能够认可或基本认同的价值评估体系，以便能够包容异彩纷呈、复杂多样的文学形态，以便书写或重构现代中国文学史”[②]。应该说，朱教授在现代中国文学史价值评估体系的建构上，其意图和思路是完全对头的，他要建构一个覆盖面广、包容量大、穿透力强，且能覆盖所有文学形态的价值评估体系。这个“价值评估体系”的具体内涵是怎样的呢？朱教授在充分肯定马克思主义的

---

① 吴敏：《他在不停地重写文学史——黄修己教授访谈录》，《中国现代文学研究丛刊》2010 年第 4 期。

② 朱德发：《现代中国文学史重构的价值评估体系》，《中国社会科学》2008 年第 6 期。

“历史的审美的价值标准”的基础上，提出了“一原则三亮点”的价值评估体系。“所谓‘一原则’即是指以‘人道主义’作为评价现代中国文学的最高原则，这是由文学的人学本质决定的。”“所谓‘三亮点’，则是指以真、善、美作为评估现代中国文学的价值尺度，因为大凡优秀精妙、充分反映人道主义精神的文学无不具有真、善、美和谐统一的闪光点，而真、善、美三亮点集中在文本中常会发出更耀眼的光芒。”①

从朱德发教授提出的“一原则三亮点”的价值评估体系以及对它的解释来看，也是值得商榷的。我们认为，这一价值评估体系还是不够科学、不够切实的，同时也不一定适用，更没有体现出学术上的创新性。首先，朱德发教授把人道主义作为文学判断的最高原则的提法就不妥当，难道还有“最低原则”和“中等原则”吗？况且，用哪一种主义作为评价所有文学的原则都是单一的，是以偏概全的，因为它难以涵盖纷繁复杂的文学现象本身。其次，“真、善、美”的文学批评标准早在二十世纪八十年代就有人提出过，后来，也曾被写入不少文学理论的教科书中，因此，是老生常谈。从文学研究的实践来看，迄今为止的上百部中国现代文学史著作中，还没有一部完全是以真善美为评价标准的。二十世纪西方文学中的很多经典作品我们从中发掘不出多少真善美来，但我们并不能否认这些作品的文学价值。正如著名作家阎连科所说“到了二十世纪，我们恰恰是通过文学去认识人本身的复杂性，除了真善美，也需要去揭示人复杂的另一面”。“我认为每一部作品如果单单以真善美和假恶丑去判断都有些简单化，无论写真善美还是假恶丑，都可以写出伟大的作品，问题是有没有能力写出来。”② 再次，是逻辑上的问题。朱德发教授所提出的“人道主义的最高原则”与“三亮点”的标准是否处在同一个逻辑层面？二者是什么关系？是统领关

① 朱德发：《现代中国文学史重构的价值评估体系》，《中国社会科学》2008 年第 6 期。

② 丁宗皓主编：《重估中国当代文学价值》，春风文艺出版社 2010 年版，第 224—225 页。

系还是平行关系？既然人道主义文学就具有真善美的内涵，为何还要加上真善美这“三亮点”？既然真善美就具有高于一切的人道主义原则，为何还要单独提出人道主义？人道主义是否就是文学的高于一切的原则？这些都有待于进一步论证。假如以人道主义作为评价现代中国文学的最高原则，那么，《原野》中因写了既杀儿子，又杀孙子，根本不能进入现代中国文学史。

南京大学丁帆教授一直对文学批评的价值观问题极为重视，在文章和接受采访中多次谈及此问题，足已看出他对该问题的重视程度。他在谈到“我们应该用怎样的价值观来治史”时，明确提出“启蒙主义的价值观应该成为文学史恒定的价值原则”，而“人、人性和人道主义的历史内涵是其评价体系的核心；审美的和表现的工具层面是其评价体系的第二原则。”[①] 显然，丁帆教授将启蒙主义的价值观、人道主义的审美标准作为文学评价评估体系的核心，同时也强调审美的和表现的艺术问题。在一年之后的另一篇文章中，丁帆教授进一步强调“人性的、审美的、历史的三种因素”[②] 是文学判断和入史标准的关键。可以看出，丁帆教授对百年中国文学史入史标准的思考要比黄修己教授、朱德发教授的思考更进一步，也更全面一些。

西北师范大学韩伟教授在《重建中国当代文学批评的价值体系》的论文中，提出应该从观念、学理、制度等层面重建中国当代文学批评的价值体系。该文首先指出了中国当代文学价值体系重建的原因。接着，“开出药方”，提出应以价值论为出发点。然后，就如何重建，在原则和方法上提出意见。在这里，最有价值的是他对原则和特点的说明：“文学批评的价值体系，是一个包含多种层次的系统，不可能是单一的。”“其价值体系的重构也必须突出其系统性、整体性和相对稳定性的特点从而避免先前一元主导、封闭的缺陷。”[③] 该文最后还对中国当代文学批评价值重建的意义作了阐释。但遗憾的是：对于中国当代文学批评，我们到底应该建构一

① 丁帆：《关于建构百年文学史的几点意见和设想》，《文学评论》2010 年第 1 期。

② 丁帆：《关于百年文学史入史标准的思考》，《文艺研究》2011 年第 8 期。

③ 韩伟：《重建中国当代文学批评的价值体系》，《文学评论》2009 年第 5 期。

个怎样的价值评估体系？该文最终也没有明确阐释出来，只停留在观念、学理、方法、原则、意义等层面的问题，并未将问题真正落到实处，因而，显得务虚而不务实。

第三节　我们应该建构一个什么样的文学价值评估体系

美国著名文学理论家、文学批评家雷·韦勒克和奥·沃伦在影响深远的《文学理论》中曾说："我们在估价某一事物或某一种兴趣的等级时，要参照某种规范，要运用一套标准，要把被估价的事物或兴趣与其他的事物或兴趣加以比较。"在论及文学评价的标准问题时，他们认为："我们的标准是具有包容性的，是'想象的综合'和'综合材料的总和与多样性'。"[①] 韦勒克、沃伦的话语告诉我们：我们在评价任何一种事物或确认某一种感兴趣的东西的等级时都要有某种规范，都要运用一套标准，文学批评、文学研究、文学史的建构也不例外，它要建构"一套标准"，这种"标准"既具有包容性，又具有广泛性和综合化的特征，不能太狭小，也不能太单一。著名学者王富仁教授说："文学史家的标准不能太单一。太单一，就无法发现文学发展演变的轨迹了，文学史就不是文学史，就成了一堆文学理念的证明材料了。"[②] 的确，文学史的价值体系、评价标准不可能也不应该是单一的，它一定是能包容文学作品本身所承载的多方面的内涵，呈现出一个多元统一的价值系统，这个系统具有广泛性的特征，能够涵容多种文学价值观，具有多元性、复合性，形成一个有机统一体。有人很简洁、通俗地说文学批评只有一个标准那就是"好"。但这"好"从何体现？"好"在哪里？恐怕还是需要讨论的，对此，不同的人也会有不同的看法。但一般来说，"好的文

---

① ［美］雷·韦勒克、奥·沃伦：《文学理论》，刘象愚等译，生活·读书·新知三联书店1984年版，第271、279页。

② 王富仁：《关于中国现代文学史编写问题的几点思考》，《文学评论》2000年第5期。

学”，其价值的内涵与体现往往不是单一的，而是多层面的。基于此，我们试图总结、归纳、概括出中国当代文学价值评估体系，从能够反映文学的本质属性、根本特性和总体面貌着眼，我们认为中国当代文学的价值评估体系至少应该包括如下一些维度。

第一，内涵维度。“内涵”即以往在文学研究中常说的作家在作品中写了什么？是属于什么样的题材？有怎样的内容？包含了哪些思想、意识？体现了怎样的精神？它应该是文学批评、文学研究、文学史阐释的“重镇”。文学批评、文学研究的重要任务之一就是把在文学作品中所蕴含的“内涵”发掘出来，揭示出来，并给予恰当的定位和评价。这些“内涵”有显性的，也有隐性的，有外在的，也有内在的，有作家意识到的、有明确创作意图的，也有无意识的甚至始料不及的。从这个意义上，甚至也可以说，作品的意义是作家和评论家共同创造的。但要避免强制阐释和过度阐释的弊端。关键是从作品出发，从作家创作的历史语境出发，而且还要有作品的依据、有作家的根据。应该说，人类所面对的自然世界、社会世界以及人类自身的主观世界、精神世界、心理世界、灵魂世界有多宽广，文学作品中的内涵就有多宽广，它包括精神内涵、思想内涵、文化内涵、社会内涵、道德内涵等领域，而尤以丰富、深邃、伟大、崇高等为崇尚目标。这就是正确的文学价值观、价值立场和价值取向的体现。面对各种文学作品里的宽广、丰富、深邃的内涵，用任何一种单一的“主义”或“思想”来框拘都显得无能为力。而“内涵”则宽广得多，具有巨大的覆盖性。应该说，越是伟大的作品往往越是“有内涵”的，而且多是丰富、深邃的。日本著名作家、诺贝尔文学奖获得者大江健三郎极其推崇中国的鲁迅，认为“在这一百年间的亚洲，最伟大的作家是鲁迅”。其主要原因是：“能够在非常短小的篇幅内，融入非常厚重的内涵和犀利的观点，这很了不起！”[①] 是的，一代又一代中外鲁迅研究者不断地在

① ［日］大江健三郎：《小说的方法》，王成等译，河北教育出版社 2001 年版，第 294 页。

鲁迅文本中发掘出丰富、深邃的内涵。近20年对金庸的高度评价，甚至被奉为“中国现当代文学大师”，不仅因为他武侠小说的形式、技巧、故事、情节等因素，更在于他武侠小说中所蕴含的英雄豪气、侠骨柔情、命运交响、生命意识等人文精神以及中国人的价值观。这同样是属于作品“内涵”的范畴。文学作品中的内涵有浮浅与深刻之分，也有贫乏与丰富之别，有进步的，也有反动的，有高尚的，也有低俗的，呈现出千差万别、千姿百态、错综复杂的局面。这正是文学研究对作品内涵的梳理和阐发的价值所在。因此，必须有正确的价值观、价值立场作为导向、作为引领。如今，我们社会主义的文化和文学艺术，强调核心价值观的引领和践行是十分必要的，它也是文学研究对作品内涵的阐发上不容忽视和回避的问题。对作品内涵的阐发，当然不是写哲学讲义，也不是阐发哲学概念或定义，而是和作品的艺术表现紧密结合。或者也可以说是“艺术地阐发”，它必须把作品当作艺术，当作一个有机体，而不是只从作品中挑出所谓的思想或意义。作家在作品中想要表达的“内涵”也必须是通过艺术的方式、用艺术的手段来表现，是通过形象、审美、艺术、感人等手段来呈现的，或者说，作品的内涵是包孕在艺术之中的。因此，光有内涵而没有情感、形象、艺术、趣味等其他要素则有可能变成抽象的、理念的、概念的东西，变成了某种思想或主义的传声筒。而在无限宽广的内涵的阐发中，突出核心价值，突出正能量也是必要的。

第二，形象维度。形象是文学把握生活的特殊方式。任何文学作品都有形象，但形象塑造得如何？不同的作品却大相径庭。文学创作主要运用形象思维，作家总是形象地表现生活，这就离不开人物形象的塑造和各种意象的营造。尤其是在叙事类的文学作品中，人物形象、人物群落的建构就成为作品文学成就的重要体现。与此同时，文学是人学的命题也决定了文学作品离不开人物形象。作家在作品中所塑造的人物形象，批评家不仅要求它鲜活生动，性格鲜明，而且还要打上作家个人的鲜明印记，是独一无二的，在形象的内部、在形象的背后体现着、隐含着丰富的内涵。在中外文学史上，优秀的、伟大的小说家、剧作家在人物形象的塑造上都有自己卓越的成就，都有独特的人物形象建构，并在形象中包含着丰富、深刻的意义。中国古典小说中的几大名著所塑造的人物已经脍炙人口，深入人心。中国现代小说在人物形象的塑造上也取得了非凡的成就。像鲁迅笔下的狂人、孔乙己、闰土、阿 Q、祥林嫂、爱姑、李纬甫、魏连殳；老舍笔下的老张、张大哥、祥子、祁老太爷；茅盾笔下的静女士、梅女士、吴荪甫、林老板、老通宝等都已成为不朽的文学典型。如果没有这些形象，或者这些形象塑造得不成功，作品也就难以立起来。而有些作品在形象的描绘和创造上难免有公式化、概念化、理念化、模式化、抽象化、扁平化等弊端，这样的作品给读者的印象往往不深，甚至是过眼云烟，没有留下深刻的记忆。形象描写和形象塑造可以说是艺术的生命，作品的深刻的思想、丰富的内涵，都必须通过形象的手段呈现出来，这也是文学作品的“质”的规定性，也是衡量作品成败得失的一个重要侧面。当代著名小说家、诺贝尔文学奖获得者莫言说：“一部好小说的标志应该是写出一个让人难以忘记的人物形象。这样的人物形象是在过去小说没有出现过的，生活当中可以有很多类似的人，能在人物身上看到自己的小说，这就是好的小说了。当然还要好的语言、结构。”① 中外伟大的叙事作品都是和不朽的形象紧密相连的。很多卓有成就的小说家都高度重视作品中如何塑造人，如何让人物立起来、活起来的问题，这既是艺术技巧、作家才能的问题，也是生活体验和积累的问题。现代作家中的鲁迅、茅盾、老舍，当代作家中的柳青、王蒙、莫言、贾平凹等都曾在文中或在接受采访时谈到过人物形象问题，并高度重视人物形象塑造问题，认为它是作品成败的关键。这都表明“形象”之于文学的重要意义。文学批评、文学研究、文学史书写同样要关注这一领域，所以，人物形象分析、形象谱系的梳理、形象意义的阐发自然是文学研究的有机部分。

---

① 莫言：《作家应该爱他小说里的所有人物——与马丁·瓦尔泽对话》，《莫言诺贝尔奖典藏文集·碎语文学》，百花文艺出版社 2012 年版，第 375 页。

第三，情感维度。情感性是区别文学与非文学的重要标志之一。上面所论述的文学作品的丰富、复杂的内涵的承载，不是抽象的、理性的阐释和解说，而是形象的和感性的呈现，是包含作家丰富、复杂的情感的。过去，我们常说文学对人的教育和影响不是抽象的说教，不是晓之以理，而是动之以情。文学是以情感人的，这是一条基本的定律。这样，作品的情感性就成了衡量文学价值的一个重要方面，也是文学价值评估体系的要素之一。不同作家的作品，不同体裁的作品，其情感的浓度、力度是不同的。诗歌、散文等抒情性的文体，情感性体现得突出些，小说和戏剧等叙事文体，其情感的体现要弱些，但它同样不可缺少。文学作品之所以能打动人心，主要在于它的感人的力量。情感在作品中有多种表现方式：有的在故事情节、矛盾冲突中蕴含情感；有的通过形象、意象体现情感；有的通过描写、议论来抒发情感；有的借景抒情；还有的直抒胸臆。究竟通过哪一种方式来表达情感，会因作家和文体而略有不同，但感人的力量是一切优秀乃至伟大作品所必需的。中外许多伟大的作家、诗人都有过关于情感在艺术中的重要地位的论述，中外作家的创作实践也证实了这一点。巴金前期的小说具有澎湃的激情。郭沫若、曹禺的戏剧一向被称为“诗剧”，富有诗的情愫、诗的艺术、诗的语言。艾青的诗，语句并不怎么优美，音韵也并不怎么讲究，但它所蕴含的真挚、深沉的情感，令读者读来动容，原因就在于在他的诗里，蕴藏着诗人对祖国、对人民、对土地深沉的爱。情感维度在文学研究中是不能不考察的维度。

第四，艺术维度。文学作品是一种艺术样式或艺术形态，艺术性、艺术价值是它的必然要求，没有艺术性或艺术性不高是不会吸引接受者的。文学作品的艺术性，总是与形式、手法、技巧、方法、技术、手段紧密相连，它是对作家创作成就的一次检验，也是作家创作不断的、无止境的追求，即追求艺术的高境界和新形式。在艺术性方面，没有最好，只有更好。作品的深刻的思想、丰富的内涵和情感必然要求精湛的艺术，我们研究文学也必须考察作品的艺术如何，考察作品艺术形式和技巧的各个侧面，确立艺术的标准与尺度。艺术的维度不仅要看作家的追求、创意以及方法的新颖、新奇，更要看作品的接受效果是否最佳、最理想，它应该是主客观的统一。在艺术性中是否包含着审美性？还是审美性与艺术性并列？或比艺术性更高？这在文学理论界历来是见仁见智的。我们认为，既不能只取“艺术”一端，也不能将审美性说得神乎其神。作品的审美性应该包含在艺术性之中，是艺术性、艺术维度的重要方面。文学批评家、文学研究家、文学史家要真正懂得艺术，能真正说清楚作品好在哪里？糟在何处？美在何方？其艺术性是精湛、高超，还是平庸、低劣？其技巧是和谐自然，还是矫揉造作？尤其是对中国当代文学的批评，其艺术批评还很薄弱，或者笼而统之，或者语焉不详，或者主观臆断。这样的批评，作家是不能信服的，读者也不会认可的。我们虽然在理论上将文学作品的艺术价值、审美价值说得很高，但在实践中又没有得到充分的贯彻，这一方面说明，我们的某些提法、某些理论本身就虚浮而不切实际。另一方面也说明，必须在实践方面加强艺术批评的建构，为读者的审美感知提供必要的参照，为作家的艺术创作提供有益的借鉴。只有让作家信服、让读者满意的文学批评，才能在作家和读者之间架起一座理解和沟通的桥梁，才能真正发挥文学批评的功效。

在文学理论中，艺术性、审美性、感人性被认为是文学作品的特殊属性、本质特征所在，是文学和非文学的根本性的区别，也是文学的安身立命之所。但是，在批评实践中，我们却常常走向极端，时而只强调政治性或思想性而忽略了艺术；时而又有艺术至上主义或审美中心主义，甚至走向唯美主义，这都是需要克服的。尤其需要指出的是对作品的艺术性和审美性的阐释，不仅要看作家在叙事上、在技法上、在语言上、在文体上有何创造、创新，更要看这种创造、创新的效果如何？接受者的接受状况如何？它对文学发展的推动如何？对读者审美体验、审美感知、审美趣味的激活、享受和升华得如何？他在这些方面做出了怎样与众不同的贡献？从而真正揭示出作品的艺术成就。

第五，趣味维度。一部作品文学价值的高低，不仅取决于内涵

维度、形象维度、情感维度、艺术维度，也取决于趣味维度。趣味性是文学艺术接受效果的决定性因素，也是接受者在接受艺术时最重要的心理需求。从文学的接受需求和心理动因来说，读者为什么要阅读文学？其中，消遣娱乐、寻找趣味、追求审美享受恐怕是必不可少的。以往，我们的中国现当代文学批评，在分析、阐释、评价文学创作、作家作品时很少讲到“趣味”，这有其客观原因，尤其是在战争和革命等特殊的年代。比如，我们今天纪念抗战胜利七十周年，讲到抗战文学，如何评价抗战文学？用什么样的标准去评价？我们认为，对战时文学和战后表现抗战的文学，其评价标准应该有所不同。战时，大敌当前，国破家亡，需要全民总动员去浴血奋战，因此，应该把及时性、战斗性、鼓动性、激励性作为评价的标准，以是否有利于抗战作为依据。那时的作家不能从容创作，形势也不允许从容创作，因而顾及不到作品的趣味性的问题，这是正常的。作家更多的是考虑对社会、对民族、对国家负责，而不是对艺术负责。那时的作品只要在战时发挥了积极、广泛的影响，我们就应该充分肯定。战后，作家的创作环境变了，可以从容地构思和写作。读者对作品在趣味上的要求更高了，为了满足读者的需求，作家就应该把作品写得生动有趣、好看耐读，使人愉悦，具有吸引力。这就少不了趣味的元素。因此，在我们看来，趣味维度也是文学价值评估体系中的重要元素之一。

如果说，文学批评的价值尺度、评估体系是变化的，不是恒定的，那么，“是否有趣味”就必然成为消费主义时代的文学价值评估体系中的一个重要因素，这是由创作、接受、时代环境三方面的因素决定的。从创作来说，每年几千部作品的总量，如果没有趣味性的感召，难以进入读者的阅读视野。作家“无论写沉重写轻松写幽默写痛苦写荒诞，都要写得有意思，因为读者需要好看”[①]。从接受来说，多元化、多样化的消费选择使文学的消费一再边缘化，这时，文学作品若不强化趣味性，阅读、批评都恐怕难以生成。人

① 邓刚：《读者是“看官”》，《北京文学》2002年第5期。

们的精神文化需求是多种多样的。正如当代著名作家王蒙所说："刺激也是一种需求，休息也是一种需求，逗乐也是一种需求，放松也是一种需求，消费也是一种需求，知识的需求也是一种需求，它们之间有着很大的不同。如何满足人们的需求，如何使我们的文艺在满足人们需求的同时，能够更好地起到提升精神、引导社会的作用，是今天我们的文艺面临的一个十分重要的问题。"① 从时代环境来看，消费主义的时代，享乐主义的追求，欲望的满足，必然要求文学趣味性的强化而不是弱化，这是时代的要求，也是文学时代性、时代精神的体现。

如前所述，"有趣味"集中体现为好看、耐读。"好看"是读者的需求，也是读者的期待。"好看"也是作品魅力之一，是作家才能的体现。"耐读"是作品的优秀品质，也是经典的重要特征。"从读者的角度来考察经典，经典具有不同于一般精神产品的耐读性。经典之所以能够超越历史在读者中得到长久的流传，并且还能够跨越不同地域、不同民族而获得不同读者的认同，就其内在品质来看，乃是因为经典具有常读常新的永久的魅力。"② 当然，就文学创作和文学作品所呈现的客观效果来说，是极其复杂的，有的作品"好看"但不一定耐读，也不一定能成为经典，有的作品初读并不一定"好看"，但它可能"耐读"，原因是作品内部可能蕴藏着丰富的东西、深邃的东西。这些都是在文学批评、文学研究中需要认真辨别、辨析的。

在本书最后修改的过程中，拜读到新近发表的沈杏培的文章《重建中国当代文学批评的价值维度和趣味维度》，文章指出："重建当代文学的批评生态，是一个既重要又非常必要的时代命题。"文章提出"重建中国当代文学批评的价值维度和趣味维度"，认为"趣味维度和价值维度是重建当前文学批评生态的两个重要方面"。"现时代我们的文学批评要不要趣味性，一种活泼、机智、生动的

---

① 王蒙：《文学与时代精神——毛泽东〈在延安文艺座谈会上的讲话〉及其历史作用》，《文艺报》2012 年 6 月 1 日。

② 詹福瑞：《论经典》，人民文学出版社 2015 年版，第 106 页。

趣味对于这个‘无名’时代的‘无序’甚或失范的文学批评是不是可以带来崭新的批评之风？”[①] 显然，作者对此是肯定的。作为文学批评，尚需重建趣味维度，从而写出充满趣味的批评文章，那么，对于文学创作的趣味要求就更加重要、更应该引起作家、批评家的高度重视了。

第六，影响维度。历史上的作家作品如满天繁星，也如茂密丛林，但能进入文学史叙述的，只是其中闪亮的、粗壮的、有代表性的星星和树木，是取得突出成就、产生过一定影响或较大影响的作家作品。这种影响既包括在作家创作的那个时代的影响，也包括在以后各代的影响。“对我们来说，文学史不等于一本电话号码簿，上面把所有的用户都照录不误，也不等于把大小国家一视同仁的联合国大会。文学史是那些在艺术上获得成功的，在历史上有影响的文学作品的精华录。”[②] 影响之维为何重要？主要在于那些产生过重大影响的作品往往满足了特定时代、特定时期大众的艺术期待、文化心理和精神需求，“因而，它既有文化史研究的史料价值，也有文学史研究的价值，后世撰史者不宜弃之不顾。它是文学发展链条上的重要环节，讲不清楚它，就很难说清此前此后文学的来龙去脉”[③]。我们把影响维度作为文学价值评估体系之一种，也把它作为文学史入史的标准之一，不仅有它自身的价值和意义，还有助于我们理解与解决近些年来在学术界争论不休的旧体诗词该不该进入新文学史或现当代文学史的问题。我们认为，问题的关键不是旧体诗词该不该进入现当代文学史的问题，而是什么样的旧体诗词才能进入文学史的问题。这里，有两个基本要求：一是公开发表过并有较高的造诣和成就。二是产生过较大社会影响，具有一定的读者群。当然，有些创作是在特殊年代完成的，且遇到了发表方面的障

---

① 沈杏培：《重建中国当代文学批评的价值维度和趣味维度》，《当代作家评论》2015 年第 3 期。

② ［德］霍斯特·吕迪格：《比较文学的内容、研究方法和目的》，见张隆溪选编《比较文学译文集》，北京大学出版社 1982 年版，第 19 页。

③ 阎浩岗：《“红色经典”的文学价值》，人民出版社 2009 年版，第15 页。

碍，不可能公开发表，但它在民间流传，具有可观的读者，像中国“文化大革命”时期的“潜在写作”，这样的诗词也有入史的资格。而那些没有公开发表过，完全是知识分子、文人间的随意抒写，用来消闲解闷、交友赠答的诗词就不一定写入文学史。即使公开发表过但没有产生任何影响，且默默无闻的庸常之作也不能写进文学史。但可以对它展开批评、评论。结合中国当代文学的实际，对其所作的批评和研究，随着时间的推移和创作的变化，其影响力的问题也显得越发重要。比如，“十七年”的文学已进入了历史，对于“红色经典文学”不管我们今天怎样看待与评价，但鉴于它在历史上的影响，当代文学史无论如何是不能回避的。再如，新时期初期的《班主任》《伤痕》《于无声处》等作品，我们今天可能不以为然，但在当初的社会影响力是很大的，今天的文学史不能回避这样的事实，否则，当代文学的来龙去脉就很难说清。如今，当代作家莫言获得了诺贝尔文学奖，在国内国际掀起了一场“莫言热”，影响深远，那么，今后的当代文学史对莫言及其作品就将大书特书，尽管其他许多当代著名作家其创作成就也和莫言不相上下，但其他作家毕竟没有获诺贝尔文学奖，没有形成那么大的影响力。当今每年几千部的长篇小说出版，给小说批评和小说史写作带来了极大的麻烦，其中，批评家的甄别和遴选就显得尤为重要，我们既要看作品的成就，也要看作品的影响。影响的发生，说明作品具有普适性的特性，影响的持续、持久就形成了作品的传世性。

上述这六个维度都是文学批评和文学研究所要观测的维度，它们也都是文学价值的具体体现，每一个维度都必不可少，不可或缺，它们共同构成了文学的价值评估体系，这个价值评估体系比以往有些批评家所强调和认同的“历史的美学的”、“真善美”的、启蒙的、现代性的、人性的、人道主义的、全人类性的等价值观更全面、更具体、更具覆盖性和可具操作性，也更能包容异彩纷呈、繁杂多样的文学形态和具体文本的复杂表现，体现文学批评、文学研究以及文学史的整体格局。这个价值评估体系的各个构成要素是什么关系？是否等同？有无主次？以往，我们在理论上认为文学的

审美价值是文学艺术的最高属性和根本价值，它在价值系统中是处于核心地位的。甚至说它是文学的命根子，是文学的安身立命之所。但是，在文学批评和文学史研究的实践上又很难得到贯彻落实，在中外古今的文学史中，迄今还没有一部完全是以审美为核心、为中心建构起来的文学史、文体史著作，也没有一部文学研究专著主要是以审美为阐释目标和研究对象的，这表明，过去，我们在理论上对“审美价值”的解说是言过其实的，是脱离实际的。这种“审美中心主义”“审美本质属性”“审美核心论”始终没有形成。我们认为，不用人为地强调哪个是核心，哪个是根本，文学价值体系中的各个构成要素同等重要，缺一不可，只不过是不同的作家作品在表现上、在追求上、在作品的实际情形上有所侧重而已，而不可能平分秋色，我们当然也就不可能等量齐观。作家在创作时不可能考虑如何建构这“六位一体”的文学价值评估体系，这是批评家、研究者为了总结、阐释和研究的方便才如此分类论述的。从这个意义上说，理论总是灰色的，而创作之树常青、常绿。因为任何理论概括和系统归纳都有可能以遮蔽甚至牺牲作品的鲜活个性为代价。正确的做法是：作品有什么样的价值元素，批评家、文学史家就阐发什么样的价值元素，而不能生搬硬套、削足适履、牵强附会。这样说来，是不是轻视了文学的本质属性和理论探讨？不是的，而是回归到文学的本来形态，回归到作品的实际状貌上来。文学作品的内涵、形象、情感、艺术、趣味等价值元素都是通过文学作品这个载体呈现出来的，它们都在精神价值层面去统合，精神价值也就是作品的文学价值，反过来说，文学的价值主要体现为精神价值。

第四节　中国当代文学价值评估体系的建构原则和特征

中国当代文学价值评估体系的重建是从中国当代文学批评与研究的实际出发，针对其中所存在的诸多问题有针对性地提出来的，它是立足当前、着眼长远，以有利于创作、批评、研究的繁荣，有利于精神文化建设和人的精神提升为终极目的的。因此，它要遵循如下原则并体现如下特征。

一　原则

1. 以人为本的原则。要充分体现人文关怀、人文思想和人文精神。以人为本是历史唯物主义的一项基本原则，是古已有之、今天仍需弘扬的一种价值观念。中国古代思想家早就提出过“民惟邦本”“民为贵”等以人为本的思想。近代西方人本主义思想反对迷信，崇尚科学，反对专制，追求自由，反对神性，张扬人性。如今，执政党把以人为本确定为科学发展的核心，是党的宗旨的集中体现。反映在文学批评上，以人为本就是要尊重作家的创造劳动和精神诉求，尊重作品的客观内容和“质”的规定性，尊重创作主体和接受主体的地位。在尊重的前提下，作家和批评家、批评家和批评家才能进行平等对话，发挥价值评估体系在文学价值重建、精神价值重建过程中的积极作用。因此，人文关怀、人文思想、人文精神自然是“题中应有之义”。此外，文学是人学的基本命题，也决定了文学价值评估体系必须关注人，关注人性、人道和人情，关注人的精神历程，关注作品中形象的创造以及形象的价值和意义。

2. 继承传统的原则。任何一种价值观、价值体系的形成都有其特定的时代场域和社会场域，都是对传统价值思想的继承和发展。正如批评家所说：“所谓重建，不是否定传统，不是自外于世界，不是抛开既有的成果去另起炉灶，而是从传统出发，与世界对话，在已有的成果基础上，整合、创新中国的文学理论，开辟文学批评的新格局，从而形成在全球化背景下阐释中国问题的文学理论体系与文学批评范式。可以说，这一重要工作并不是从今天开始的，五四新文学以来所做的都可以称为‘重建’。”① 中华文学理论批评有着优良传统，五四以后又形成了新传统。我们在重建中国当

① 林建法：《重建中国文学理论批评》，《当代作家评论》2012 年第 3 期。

代文学价值评估体系的过程中，不能割断历史，必须从传统文论中汲取营养。同时，也必须结合新的时代、新的社会实际，进行创造性的转化，才能获得新生。在这方面，我们既要与西方对话，又要抵制西方中心主义和汉学心态。我们所构建的中国当代文学价值评估体系，其诸多侧面与内涵，无不体现继承与创新的原则。

3. 尊重艺术规律的原则。任何事物透过表象的纷繁复杂，都可以发现其内在的规律性。发展经济要遵循经济发展的规律，发展文化要遵循文化发展的规律，繁荣艺术更要遵循艺术发展的规律。规律是客观存在的，不以人们的主观意志为转移的。我们只有发现规律，顺应规律，而不能改变规律。谁力图改变规律，谁就将受到规律的惩罚。当代文学批评价值体系的凝练与形成，属于精神劳动的范畴，但它一旦形成就会成为一种“新的独立的力量”，对文学创作、文学接受、文学研究发挥作用。从这个意义上说，文学批评价值体系建构要遵循文学创作规律、文学接受规律和文学批评规律等三重规律，否则，对作家、读者、批评家就会造成一种伤害。为此，就要从当代文学的创作和批评的发生、发展的实际出发，而不能从抽象的概念和学理出发，更不能照搬西方文学批评的术语、话语，使批评变得不知所云和云山雾罩，乱象丛生。当然，我们也反对僵硬、死板的教条，使批评陷于僵化和僵局。

4. 系统性的原则。以往我们对文学价值尺度、评价标准的认识，常犯的错误就是只认同单一的、割裂的、排他的立场、标准、尺度与方法，而忽略了系统的、多元的、有机的、包容的原则，于是所强调的立场、观点、方法、尺度只能在一部分作品中或大部分作品中行得通，但却不能覆盖所有的文学创作，也就是说，它缺乏广阔性和覆盖面，缺乏系统性的建构。比如，在中国现当代文学批评和文学史写作中，有人站在启蒙的立场；有人强调现代性的贯穿；有人以人性、人道主义为准绳；有人以全人类性为标准；有人提出新理性、新人文的构想等。这些虽然都有各自的合理性，但都不是遵循系统的原则，所以，都有不完善之处，都没有形成有机的整体。

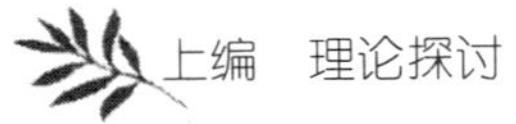

二　特征

1. 开放包容性。以往在文学理论和文学批评中所论及的文学批评标准问题，之所以逐渐被文学批评界所淡化、所遗忘、不再沿用，恐怕与其自身的封闭性、单一性有关。而自二十世纪九十年代以来不断有学者提出新的文学批评价值尺度的构想，诸如启蒙、新理性、新人文、人性、现代性、全人类性、生态文明性等，之所以难成气候、难以被多数人认同，恐怕也在于它的单一性和狭隘性。因此，重建中国当代文学价值评估体系，这个体系必须具有与时俱进的品格和开放包容的气度，必须体现开放包容的特征。这种开放包容性，能容纳各种批评方法、批评模式，能包容和整合大多数文学批评家的思想意识，能够在多元复合的文学价值评估体系下尊重差异，包容多样，从而促成文学批评、文学价值研究的多元共生、和而不同的可喜局面。

其实，文学价值评估体系的开放包容性是由文学自身的开放包容性所决定的。文学作品的内涵从总体上说就是一个无限开放、具有多方面价值的包容性的体系。人类所生活的现实世界、历史世界乃至未来世界、人的精神世界、情感世界、灵魂世界都可以在各种体裁的文学作品中得到反映和体现，因此，单用一种思想、一种主义怎能涵盖得了？过去用“思想性”来概括，那么，除了“思想”还有精神的呢？情感的呢？所以，只有用“是否有内涵”来概括才能完全覆盖住。过去用“艺术性”“审美性”来概括作品的另一个方面的成就，那么，还有趣味性、娱乐性、消遣性怎么体现呢？所以，重建文学批评的价值体系必须体现开放包容性的特点。

2. 相对稳定性。尽管“价值”存在于主体与客体的相互关系之中，它是在人类的客观实践中所产生和形成的客体对于主体的意义，那么，价值就是变化的，不是恒定的。尽管人们的价值观、评价标准也会因时空的不同而有所变化和发展，而不会是凝固不变的，但是，当我们建构文学批评价值体系的时候，必须考虑到它的相对稳定性，因为从文学批评史来看，真正有生命力的文学批评

观、文学价值观都具有稳定性的特征。从现实诉求来说，一个价值评价体系一旦形成，就应当具有相对稳定性，而不应变来变去，甚至一日三变。为此，在中国当代文学价值评估体系的构成要素中以及在我们的表述中不把它与时代性、时政性、意识形态性贴得太近，而是保持一定的距离，这样才能更长久。有人认为，“要按照胡锦涛总书记在十七大报告中提出的建设社会主义核心价值体系、建设和谐文化、建设中华民族共有精神家园、推进文化创新、创作更多反映人民的主体地位和现实生活，群众所喜闻乐见的优秀精神文化产品为理论指导，建立适应社会主义文艺大发展大繁荣的文艺批评标准，是发展文艺事业的重要基础”①。这样的理论指导，这样的批评标准无疑是正确的，但这样的表述更具有时政性和意识形态性，因而也就具有易变性，不具有稳定性。如今，已召开了党的十八大，习近平总书记又主持召开了文艺座谈会并发表了重要讲话，提出了“坚持以人民为中心的创作导向”，要求“运用历史的、人民的、艺术的、美学的观点评判和鉴赏作品”，难道还要改成十八大的新的表述和习总书记的新的论述吗？习总书记的观点当然是文艺创作和文艺批评的纲领性的文献，具有重要的指导意义，但还不能视为文学价值评估体系，也不能代替文学价值评估体系。还有人将毛泽东同志《在延安文艺座谈会上的讲话》中提出的“政治标准”理解为“当代的主流的价值观念，因为任何时代都需要有其特定的主流文化观念来引领社会的发展”②。主流文化观念确实能引领社会的发展，但能以此作为文艺批评的标准吗？显然不能，因为它太狭小，不符合包容性的特点，也不具稳定性。

当然，当代文学价值评估体系可以随时代和文学创作与批评的发展而完善，但其基本框架、精神和内涵不能变。

3. 价值导向性。任何社会的任何价值观都具有导向作用，它犹如一个标杆、一面旗帜，规范和影响着人们的思想和行为。我们

---

① 崔凯：《关于文艺批评的批评》，《文艺报》2008 年 4 月 12 日。

② 万镜明：《对于文艺作品标准的新认识》，《文艺报》2012 年 5 月 16 日。

所建构的文学批评的价值体系是一个多元的复合体，是一个包含多种层次的价值系统，因而，它不可能是单一的，而是多元共生、多样统一的。在多元共生、具有开放包容性的前提下，还要体现它的价值导向性，强调激发正能量。要以崇高、伟大、高尚、深邃、丰富、审美、独创为崇尚目标。这就是一种价值导向，它和主流文化所倡导的社会主义核心价值观相衔接、相一致。有人认为，在当今多元化的时代，难以建立一种统一的文学价值体系和评价标准，也没有必要急于认可某一种统一的标准。在多样化的文化发展趋势下，标准永远在发展变化中，是动态的、没有定式的。这话有道理，但这并不意味着可以不要价值观、是非观和价值立场，不要文学批评的价值导向性。有人提出要用社会主义核心价值观去引领文学创作和文学批评，这也是一种价值导向性，但在实际的运用中不可以生搬硬套，否则，极易重蹈以往说教的覆辙，这是需要警惕的。还是要尊重创作和批评的规律，作家的创作和批评家的批评只能是自然而然地体现价值导向性，体现正能量，而不是生拉硬扯，生拉硬扯、牵强附会地演绎价值导向的作品，是不会有生命力和魅力的。

文学既有现实价值，也有理想价值。文学是人们精神的栖息地，是文化的后花园，是精神的皈依和精神的家园。在我们的文学批评价值体系中突出其精神性、理想性，体现终极关怀也应该属于价值导向性的应有之义。

第二章　文学批评中的价值观、价值立场等问题

第一节　价值观与价值立场

一　价值观与价值立场——概念的厘定及理解

所谓价值观，按照现在通行的理解，就是人们对世界、对人、对各种事物、各种问题的总的看法和总的观点，它反映了人们的观念、信仰、标准，是认识人和事物的基本准绳。价值观是在长期的社会实践中逐渐形成的，一旦形成就具有历史的继承性，不易改变，代代相承。价值观有民族、国家之分，不同民族、不同国家，甚至不同区域的人们在价值观上可能会有很大的差异。“价值观作为人们关于事物是否具有价值、具有什么价值的根本看法，是人们区分好坏、利弊、得失、善恶、美丑、正义与非正义、神圣与世俗等的观念，是人们特有的关于应该做什么和禁止做什么的约束性规范。”①

“价值观就是一种认识和判断事物的价值标准。”“是指引个人和群体行动的明灯，照亮人们做出价值判断和价值选择的道路；也像是一架天平，使人们用以衡量某种对象、事件、人物或行为的价值是大是小、是对是错的衡器。”② 可见，价值观是十分重要的，在精神文明的范畴里，价值观及其变迁显然是一个核心话题。每个人的价值观，其内涵可以有所不同，甚至复杂多样，但不能虚无，

---

① 李景源、孙伟平：《价值观和价值导向论要》，《新华文摘》2007 年第 2 期。

② 宇文利：《中国人的价值观》，中国人民大学出版社 2012 年版，第 5—6 页。

也难以中立。价值观是文化建设的根本，它从深层次影响着个体和群体的思想观念和行为规范。价值观又常常和世界观、人生观并举，“三者之间相互交织、相互影响、相互作用，对人们思想和行为的指导，产生直接或间接的影响”①。

价值观是怎么形成的？当然是人们在社会生活实践中逐渐形成的，它和人们的物质生活、精神生活、生活方式、风俗习惯、地理环境等因素密切相关。因此，价值观一旦形成就具有相对稳定性、历史延续性和精神承传性，甚至会形成价值传统。不同民族、不同国度、不同时代的人们的价值观、价值传统是有很大不同的。比如，我们中国人，古往今来，崇尚的是和为贵，仁为本，孝为先，个人服从群体等，这种价值观代代相承。

我们说价值观具有相对稳定性的一面，但同时也具有变化和发展的一面。因为价值观是在一定时代、社会和具体环境中产生的，这个时代、社会和具体环境并不是一成不变的，而是变化发展的，所以，价值观也就随之变化和发展。比如，共和国至今的六十余年，随着经济、社会以及人们生活发生了翻天覆地的变化，人们的价值观也发生了很大的改变，当年雷锋所倡导的“新三年，旧三年，缝缝补补又三年”的勤俭节约、艰苦朴素的价值观逐渐被消费主义、唯美主义、享乐主义的价值观所取代，尽管我们也提倡艰苦朴素，勤俭节约。我们从价值观的形成过程和形成因素完全能够理解价值观的发展变化。一般说来，在社会平稳时期，价值观的变化和发展是不明显的。而在社会动荡、时代变革、新旧交替时期，不同的价值观就会发生碰撞、冲突，人们就会觉得在价值观上有些紊乱，甚至迷失价值，感到困惑，说得严重一点，有时候会好坏不分，善恶难辨，美丑倒置。当今世界，正处在价值观深刻变革的时代。当代中国，价值观状况十分复杂，多种价值观相互交织，多元并存。在这多元化、多样化的价值观中，并非都是正确的、合理的、先进的、值得提倡和肯定的价值观，这就需要进行价值引领和

① 李景源、孙伟平：《价值观和价值导向论要》，《新华文摘》2007 年第 2 期。

价值重建，建立稳定的标准和恒定的法则来有效地进行价值导引，于是，核心价值观就应运而生。

价值观所涉及的内容和领域十分丰富、宽广，它涉及人们对事物的认识、判断、评价，涉及人们的精神、思想、理念等诸多层面。从大的方面说，价值观可以分为科学价值观、社会价值观和人文价值观。我们所言及的文学价值观就包含在人文价值观里。价值观还可以细分为政治价值观、经济价值观、社会价值观、文化价值观、道德价值观、审美价值观、生态价值观等领域。

而作为价值主体——个体的人，站在什么立场上判断事物、认定价值，就构成了价值立场。人不是抽象的人，而是具体的人，不是生活在真空里的人，而是生活在群体里的人。因此，他的价值判断不能不代表某些人或集团的利益。这样，价值立场就可以分为个人的立场、家庭的立场、小团体的立场、精英的立场、大众的立场、阶级的立场、党派的立场、政治的立场、民族的立场、国家的立场、人性的立场、人类的立场等。价值立场的不同，会直接影响价值判断和价值观的不同和分歧，甚至对立。比如，在政治上，党派的立场，在外交上，国家的立场；在社会公平上，大众的立场；在生态上，全人类的立场均会产生不同的认识和判断结果，也会有不同的价值观。

二　文学批评中的价值观

文学批评中的价值观是指在文学批评活动中，在对文学作品进行意义阐释和文学评价中所体现出来的价值判断和思想观念。有人说："文学批评的理论基座应是价值论而非认识论，评价作为文学批评的主要功能，在价值关系中充分体现主体评价对价值生成、建构和构成的重要作用。"[①] 这话在理。文学批评、文学研究的基本功能是意义阐释和价值评价，其中必然包含价值观问题。过去，在文学批评中强调"批评标准"，现在，批评标准已被放逐，不怎么

① 张利群：《论文学批评价值论的主体性意义》，《广西社会科学》2011 年第9 期。

提了，但价值观问题依然存在，而且问题多多，需要我们认真审视、认真对待。

有人把新中国六十年人们价值观的变迁分为两个时期，即前三十年和后三十年。前三十年是政治价值本位的年代，后三十年是价值日趋多元的年代。后三十年，改革开放促使中国社会发生深刻变革，人们的思维方式、思想观念、价值取向也发生深刻变化，其中，文学价值观问题也日益凸显，这在文学创作和文学批评中都显现出来，呈现出新特点、新动向。

一是文学创作、文学批评的价值观都呈现出多元化、复杂化的态势。多元化指的是价值观具有了多种思想基础、多种来源。复杂化意味着价值观更多样，也更难于把握。文学价值观的多元、复杂首先源于整个社会各种价值观的复杂、多样。改革开放以后，西方的生活方式、社会思潮、思想观念、理论学说、价值理念纷纷涌入中国，一些新的价值观念、行为方式、生活方式、信仰体系等对国人来说具有一定的新鲜感和诱惑力，而原来的东西、积淀的传统面临一些挑战，但尚未失去存在的理由和生命力，于是新旧、中西、古今、传统和现代混杂在一起、交织在一起。文学，由于是时代的表现、生活的反映，是社会历史的观照，是人生和人性的揭示，因此，它所体现出的价值观必然渗透到价值的各个领域，经济的、政治的、文化的、社会的、道德的、审美的、艺术的、生态的等领域都可以反映和折射到文学作品里和文学批评的价值视域里。正是由于文学价值观会渗透到价值的各个领域里，具有其他价值领域所无法比拟的宽广性，才使得文学价值观具有异常的丰富性、复杂性和重要性。比如，文学历史观、文学人性观、文学审美观都呈现出复杂多样的态势，多种观点同时并存，这一点已有学者作过深刻论述。[①] 此外，还有文学文化观、文学道德观、文学消费观等也都复杂多样，呈现出一些新特点。文学价值观的多元、复杂其实是源于

---

① 参见赖大仁《当前文艺与理论批评中的价值观问题》，《文学评论》2007 年第 4 期。

文学自身的多元、复杂。先说创作。当今时代的文学创作比以往任何时代都复杂多样，呈现出杂多化的态势。从世界来看，在经历了古典主义、人文主义、启蒙主义、浪漫主义、批判现实主义、现代主义之后，已走向了后现代主义的庞杂的时代。从中国来说，文学创作也经历了现实主义、浪漫主义、革命现实主义、社会主义现实主义、新现实主义、现代主义，以致到后现代主义、后殖民主义的五花八门。文学从来没有像现在这样驳杂，什么样的主义、观念、方法都有，精英文学、大众消费文学、网络文学、游戏消遣文学同时并存，体现着多种价值观。再说批评。创作的杂多化直接决定了批评的复杂化，新的现象、新的方法、新的观念、新的文本形式都要求批评予以应对，并作出理性反应和理论解释。在这方面，由于受到西方解构主义的影响，使文学批评在价值判断上出现了解构信仰、消解崇高、嘲笑正义，出现了价值相对主义、价值中立主义、价值虚无主义等。

二是文学创作、文学批评在价值观念上的冲突、碰撞明显增多。这一动向是与当代中国人价值观多元化和复杂化相联系的。过去，多数的文学批评家、文学研究者多具有共同的价值思想基础，也信奉和遵守大体一致的文学价值原则，在社会导向、社会主体价值观的牵引和控制下，批评家之间在价值观上的矛盾和冲突较少。但是，现在的情况却明显不同了。多种价值观、价值思想基础的不同，交织在一起，其碰撞、冲突是不可避免的，这不仅给个人带来心理和行为上的矛盾，也在不同人的价值选择上制造了冲突。对于同一个作家、同一部作品、同一种文学现象，过去一般会有大体一致的价值判断，如今这种价值判断已不再起作用，刻意的张扬个性、故意的标新立异、过于突出的个人主体性的自我价值观，造成了对文本和文学现象的过度阐释以及截然不同或对立的评价。比如，你说《白鹿原》是经典，我就说它是伪经典；你说当代文学比历史上任何一个时期都好，我就说当代文学都是“垃圾”；你尊重历史，我就偏偏戏说历史；你说文学应该坚守价值信仰，我就偏偏要解构信仰；你批判暴力描写，我就赞赏暴力描写，如此针锋相对、冲突和纷争就不可避免。比如，建构主义和解构主义的冲突，精英文化立场与大众文化立场的冲突，反理性的蔓延与新理性精神的提倡，人性、全人类性与阶级性、民族性评价尺度的交锋，“日常生活审美化”导致的审美泛化、浅化和平庸化与审美的深度化、高雅化的争论等都反映出文学理论与批评在价值观念、价值立场上的冲突。

三是在文学价值世界里的虚幻化和无序化。价值世界是一个特殊的精神世界，精神世界就要有信念、信仰和理想，如果失去了它，人们的价值世界就会感到迷茫。多元化、复杂化的价值观固然能够在很大程度上解放人们的思想，丰富人们的价值世界，使精神、文化、个体生命更具活力。但同时它的负面影响也不容小觑，那就是给人们的价值世界带来虚幻化和无序化。“多”就容易乱，“杂”就容易无序，就容易鱼龙混杂，良莠不齐。改革开放以后，中国人在物质上渐渐丰裕起来，但在精神上和价值上却陷入困惑，甚至困境，在面临价值选择上感到苍白无力，在面临行为规范上感到无所适从，这是价值世界虚幻化和无序化的反映。在文艺价值观上这种虚幻和无序也值得我们高度关注。

文学价值世界里的虚幻和无序主要表现如下。

首先是价值虚无主义。这种价值虚无主义的突出特征是：“去理想化、去正义性、去社会化、去道德化”等。一个时期以来，文学创作和文学批评的“祛魅”流行，有的作品嘲弄理想，消解崇高，解构正义，淡化英雄。把原本作品中应该具有的崇高、信仰、正义、奉献和牺牲精神被处理成偶然、本能、冲动和私欲的体现，把作品中的正面形象、英雄形象变成了猥琐的、卑微的甚至是流氓式的小人物，他们是非不分，好坏不辨，缺乏起码的正义感和同情心。凡此种种，都是这种价值虚无主义的反映。这种消解崇高、解构价值的虚无主义在新历史主义的文学艺术作品中表现得相当突出。

其次是价值相对主义。价值相对主义是当代西方社会思潮的基本特征。它是一把“双刃剑”，其积极意义在于对抽象的理性和形

而上学构成一种有力的反驳，其消极作用则在于破坏了固有传统对知识和价值的确定性信念，使“绝对价值”不再具有指引性和规范性。随着社会的急剧变革，随着全球化所带来的多元文化的剧烈冲突，主导的或主流的价值功能开始式微，公众的价值观念陷入迷茫，价值相对主义便随之产生。相对主义主张“一切都是相对的”，没有绝对的、客观的、普遍的、确定的价值存在。不消说，相对主义是有其积极作用的。但如果把有限相对主义发展成极端相对主义恐怕就过犹不及了。当代中国，价值相对主义在人们的价值世界里正走向了极端。极端的价值相对主义的实质是价值否定性，其后果将导致价值论世界的虚无和无序。在当今文艺批评价值尺度、价值标准问题上就已经陷入了价值相对主义的困境。比如，茅盾文学奖的评审，其评判的标准到底是什么？评委之间的评判标准就难以统一起来：有人看重作品的现实主义文学精神；有人看重人性的深度、创新的程度；有人看重作品对时代经验的表达、对叙事艺术有无贡献。这种价值相对主义、难以统一的观测点，使人们对评审结果产生了很大的怀疑，其权威性和可信度必将大打折扣。当代文学批评的有效性和公信力的丧失，很大程度上源于文学批评的价值相对主义。

再次是价值中立主义。价值中立，是由德国社会学家马克斯·韦伯提出来的并在著述中作了系统的论证。价值中立源于实用主义的科学观，它在国外学术界是一个存在严重分歧、毁誉参半、争论不休、难达共识的问题，它也可以说是一把“双刃剑”。价值中立在科学文化、科学研究中是有意义的，它是科学研究中的一种规范性原则，它要求科学家、科学工作者在从事科学研究的时候，要站在客观、中立的立场，保持公正的态度，使科学研究的全过程不受研究者个人的、主观的、情感的、态度上的好恶的影响，不能用价值判断代替科学判断。价值中立的消极的一面是它没有是非、善恶、美丑之分，抹平了道德和不道德的界限，它所导致的后果，从极端的方面说，可能给人类带来灾难，值得我们高度重视和警惕。比如，二战期间，日本军国主义对细菌、化学武器的疯狂研制，并用活生生的人做细菌实验。这表明，在科学中的价值中立是有限的，任何科学领域的研究都有客观主义和主观主义交织的问题，只不过各自体现的侧重点不同而已，自然科学更注重客观主义、实证主义，社会科学、人文科学在尊重客观事实的前提下，还要注重主观见解和价值判断，特别是人文科学，很难做到“价值中立”，因为价值判断本身就是人文科学的研究对象之一。当前文学批评所缺乏的不是价值中立，客观实证，而是正确的价值判断和精神引领。

最后是负面的价值观在价值世界里的掺杂。如前所述，人毕竟不是天使，其价值观并非都是正面的。自二十世纪九十年代，中国当代审美文化和文学艺术在全球化的语境中奏响了“众声喧哗”的“多声部”，前现代、现代、后现代思想文化倾向同时并存，主流文学、精英文学、大众消费文学三足鼎立。在多元的文学价值世界里，也出现了一些负面的东西：解构精神、消解崇高、耽于物欲、追求刺激、拜金主义等。对文学的人文价值的漠视、精神价值的疏忽、价值本体的消解等也都反映在文学批评和文学研究之中，出现鱼目混珠、泥沙俱下的局面。我们要在今后的文学批评中克服负面的价值观，坚持正面的价值观，提倡核心的价值观，不断激发文学创作和文学批评的正能量。

三　文学批评中的价值立场

文学批评中的价值立场是指在文学批评活动中，在对文学作品进行意义阐释和评价中所体现出来的批评主体认识和处理问题时所处的地位和所站的立足点，即站在什么立场上进行价值判断和价值评价的问题。

立场问题是一个根本的问题、原则的问题。在阶级社会中，在强调阶级斗争、民族斗争的年代，立场往往特指阶级立场、民族立场。比如，毛泽东的《在延安文艺座谈会上的讲话》多次讲到文艺工作者的立场问题，他强调“我们是站在无产阶级和人民大众的立场。对于共产党员来说，也就是要站在党的立场，站在党性和党的

政策的立场"[1]。在谈到文艺为什么人的问题时，毛泽东援引列宁的文艺为千千万万劳动人民服务的观点，指出我们的文艺是为人民大众的，为人民大众，也就是为无产阶级，因此，"就必须站在无产阶级的立场上，而不能站在小资产阶级的立场上"[2]。

在"阶级""斗争"已经淡出，成为历史以后，阶级的立场显然已经过时了。而当价值和价值观念出现混乱以后，价值立场的问题则又凸显出来。有人重提"人民的立场"，认为人民立场的文学价值观可以很好地克服民间立场、新启蒙主义立场、新理想主义立场等几种文学价值观的内在缺陷，人民的立场应该作为社会主义的文学价值观，作为中国当代文学批评的立足点。也有人竭力张扬个人的立场、群体的立场。还有人在全球化的语境下，寻求全人类认同的价值观，从而体现全人类的价值立场。这种价值立场，在促使中国文学走向世界方面是有积极意义的。但如果一味地强调全人类的价值立场，势必导致对民族性、阶级性、民间性的作品的贬损，因为不同国家、不同民族、不同人群的文学，在价值观念上存在着非常大的差异。还有的学者干脆具体地强调"人、人性、人道主义的立场"，体现出人性的文学价值观。

在文学批评的价值立场中，还存在着精英知识分子的价值立场和民间大众文化和草根文化的价值立场来看待文学的价值和价值追求的问题。两种立场带来两种评价结果。从知识精英的价值立场来看，认为当今的社会现实是物质主义、拜金主义、功利主义盛行的时代，人们的物欲膨胀，甚至有人说是物欲横流。而人们的精神、信仰、理想、追求严重缺失，精神的沦落已经到了非常严重的程度，拯救精神、重建人文就成了当务之急，同时也是人文知识分子的使命。站在大众的价值立场，从世俗的角度来看，追求物质，注重利益，讲求实惠，满足欲望没有什么错，人就是要享受生活，活在当下。表现人们这方面追求的作品，只要读者和观众喜欢就是好

---

① 毛泽东：《在延安文艺座谈会上的讲话》，《毛泽东选集》第三卷，人民出版社1991年6月第2版，第848页。

② 同上书，第856页。

的。可见，不同的价值立场会带来不同的评价结果。那么，在文学批评中，我们究竟应该站在什么样的价值立场上呢？应该站在人民的立场，以文学为人民服务为价值导向，以崇高的精神追求为目标，以繁荣创作、提升读者为目的。在这其中，要体现批评家理性批判精神和现实人文关怀精神，从而实现中国当代文学精神的重建。

笔者认为，文学批评中的价值立场问题是一个十分重要的问题，在今天也有重提之必要。我们在使用这一概念时，常常将它与价值观念、价值标准、价值尺度等相混淆，将立场与观点、态度混为一谈，这首先是需要澄清的。立场主要是指主体在处理问题时所处的地位，它主要是指立足点，而不是指观点和态度。价值立场是指你站在什么立场上进行价值判断和价值评价的问题。过去讲，你是站在革命的立场还是反革命的立场；是站在无产阶级的立场还是站在资产阶级或小资产阶级的立场；是站在正义的立场还是站在非正义的立场。现在讲，你是站在中国的立场还是站在西方的立场；是站在先进文化的立场还是站在落后乃至腐朽文化的立场等。价值立场一定是指总体的大的立足点而非具体的小的价值标准或价值尺度。

在文学批评中，批评家应该站在什么立场上进行批评和价值判断呢？这可以从两个层面来说：首先从总体层面说，应该站在正义的、人民的、大众的、进步的价值立场来从事文艺批评和价值判断。其次从具体的层面说，应该根据具体的评价对象，选择适宜的价值立场。比如，你批评具有民间立场和草根情结的作品，非要站在知识分子的精英立场；或者相反，你批评知识分子的精英文学，却非要站在民间立场；你评价人性主题的作品，却非要站在阶级性的立场而不敢越雷池一步等都是南辕北辙，或者是缘木求鱼。立场虽不是乱"站"的，它有正义和非正义之分，有进步和反动之分，有先进和落后之分，也就是说，要有基本的底线。但在处理具体的研究对象时，要对立足点在不违反大的、总的原则的前提下进行适度的调整，以符合研究对象的实际。这是不是说价值立场和文化、

创作以及文学价值评估体系一样可以多元、多样呢？不是的。丁帆教授说得好："文化可以多元，创作可以多元，然而，基本的价值立场却万万不可多元。"因为价值立场一旦多元，将模糊了是非判断，变成了模棱两可，甚至分不清真善美和假丑恶。在立场问题上必须旗帜鲜明，也就是说，具有良知的、正义的、通往真善美的价值立场，我们必须坚守。在这样的大前提下，可以根据千姿百态的文学艺术作品，结合具体的批评对象，站在适合对象主体的价值取向的角度展开合乎文本、合乎逻辑的价值评判。

总之，我们需要恒定的价值立场，需要主导的价值立场，需要站在先进文化的立场，需要站在民族、国家的价值立场，去统合精英文学与大众文学、纸质文学与网络文学，本着文艺为人民服务、为社会主义服务、为民族国家服务的宗旨，从而实现中国当代文学精神价值的重建。

第二节　价值尺度与价值取向

一　关于价值尺度

什么是尺度？尺度就是标准。价值尺度就是用什么标准进行价值判断。文学价值尺度应该由文学的特殊属性来决定。有文学就应该有批评，有批评就应该有尺度。但一个时期以来，有些批评家在价值标准有与无、该不该有等问题上存在着分歧。有人宣扬无标准论，极力张扬自我意识和自我言说，这就造成了文学价值判断尺度上的纷繁乃至混乱的现象。"今天，我们似乎再也找不到一个统一的标准来判断一部文学作品和一个文学现象了。"① 应该说，在文学价值尺度上的分歧，较多地体现为是注重文学的社会价值还是张扬文学的个体价值上，前者注重文学的反映时代、改造社会的功能，后者注重文学的自我宣泄、个人言说的功能。在文学批评中，采用什么样的价值尺度往往与批评家的价值观念密切相关。这种价

① 雷达：《真正透彻的批评为何总难出现》，《新华文摘》2011 年第 8 期。

值观念起码包括历史价值观、人性价值观、文化价值观、道德价值观、审美价值观等。比如有人主张用纯艺术、纯审美的价值尺度来衡量文学艺术；有人主张“纯正之人性”乃是文学批评的唯一标准，这一标准能够超越时代和地域的限制，具有普遍性。

价值尺度是单一的、统一的，还是多元的、多样的？多数学者认为，价值尺度不应该是单一的，也很难单一，应该允许多元的、多样的价值尺度的存在。其实，文学的价值属性就是复杂多样的，由此就决定了文学批评标准也是多样的。但在一元论思维、大一统时代，文学的创作与评论都比较单一、单调，其价值尺度也往往比较单一，甚至走向僵硬、死板的政治尺度唯一。是新时期思想解放的洪流冲破了过去僵化的思想和单一的格局，而走向了多元、多样的时代。如今，当创作和接受都走向了多元、多样的时代，寻求文学批评的统一标准有些不现实，也有落伍之嫌，于是，众声喧哗、多元共生、多样统一就成了今天文学批评场域的真实写照。允许众声喧哗，允许多元共生，就意味着每一个人都有自己的爱好和选择。因此，很多学者认为，应该尊重每一个人的判断，每个人对作品的需求是不一样的，每一个人从同一部作品中汲取的营养也是不一样的，因而，批评的标准就存在于每个读者心中。在当今多样化的时代，要建立具体统一的标准非常难，没有必要急于认可一种统一的标准。但是，我们在反对单一、统一的尺度、尊重多元、多样的标准的同时，久而久之，则出现了价值尺度的混乱、虚无的局面，这必须引起我们的警惕。于是，如何寻求多元又能共识、多样又能统一的且能适合当今纷繁复杂的文学现象和文学作品的价值标准的复合体系，就成为摆在我们面前的严峻课题。只有这样，才能摆脱以往多次重演的一统就死、一放就乱的恶性循环。

价值尺度是固定不变的？还是变化发展的？从长远的眼光来看，应该说，价值尺度从来都不是凝固不变的，而是处在动态的、变化和发展之中。这可以从文学批评标准变迁的历史中清楚地看出。

文学批评的历史几乎和文学创作的历史一样悠久。而有批评就

有尺度的存在，只不过那时不是用“尺度”或“标准”这样的词语来概括，但却是“标准”的雏形。在以后的发展中才逐步完善，形成一套话语体系。在我国，从《尚书》的“诗言志”到《论语》的“思无邪”都可以说是价值标准的雏形。到了刘勰的《文心雕龙》则提出了“六义”和“六观”。“六义”分别从“情深”“风清”“事信”“义直”“体约”“文丽”提出准则，而且颇具辩证思维，主张适度，反对过度：“一则情深而不诡，二则风清而不杂，三则事信而不诞，四则义直而不回，五则体约而不芜，六则文丽而不淫。”这已经是很系统的文学批评标准了，它涵盖了我们今天所说的真实性、情感性、思想性、艺术性等诸多侧面。“六观”是“一观体位；二观置辞；三观通变；四观奇正；五观事义；六观宫商。斯术既形，则优劣见矣”。这些文学批评的标尺以及内涵，在不同的时代，不断地被接受者阐发，因而，也不断地在“通”和“变”之中。中国古代有不少诗文选本，如何编选就体现了编选者的标准。比如，吕天成品评南剧要有“十要”：“第一要事佳，第二要关目好，第三要搬出来好，第四要按宫调、协音律，第五要使人易晓，第六要词采，第七要善敷衍——淡处做得浓，闲处做得热闹，第八要各角色派得匀妥，第九要脱套，第十要合世情、关风化。持此十要以衡传奇，靡不当矣。”[①] 李开先论传奇选本要“取其辞意高古，音调协和，与人心风教俱有激劝感移之功。尤以天分高而学力到，悟人深而体裁正者，为之本也”。徐渭论选诗标准：“试取所选者读之，果能如冷水浇背，陡然一惊，便是兴、观、群、怨之品；如其不然，便不是矣。”袁枚在《随园诗话》中认为：“音律风趣，能动人心目者，即为佳诗。”[②] 到了近代的王国维，在探索历代词人创作得失的基础上，结合自己创作和鉴赏的切身经验，在《人间词话》中提出了文学的“境界”说，强调文学创作要写出“真景物”“真感情”，方能成为“真文学”，才能达到真

---

① 童庆炳、马新国主编：《文学理论学习参考资料新编》（中），北京师范大学出版社 2005 年版，第 1653 页。

② 同上书，第 1654—1655 页。

境界。

在西方，从古希腊的柏拉图到亚里士多德，多是从真、善、美来提出批评标准的，从柏拉图的至真、至善、至美到亚里士多德的更真、更善、更美，以致到古罗马的贺拉斯、朗加纳斯，多以美、崇高、迷人的魅力、令人狂喜的效果等作为文艺批评的尺度。到了文艺复兴和启蒙运动时期，狄德罗、莱辛，以至其后的歌德和席勒也都有过各自批评标准的表述。十九世纪的别林斯基在重视文学的真实性、人民性的同时，也十分重视批评的历史的和美学的要求，认为二者应该并重。他说："历史的批评，是必要的。特别在今天，……但另外，也不能将艺术本身的美学要求置于不顾。我们还要说，确定作品的美学上的优劣程度，应该是批评家的第一工作。当一部作品经不住美学分析的时候，也就不值得对它作历史的批评了；……只是历史的而非美学的批评，或者反过来，只是美学的而非历史的批评，都是片面的，从而也是错误的。"别林斯基还很看重作品的社会影响和艺术贡献，他说："一个诗人的作品越是多种多样，批评就越应该致力于确定那些作品彼此之间相对的优点。在这种情况下，批评必须考虑：诗人的哪些作品为他的同时代人所喜欢，哪些作品是为他们特别推崇的；还有，哪些作品是诗人自己特别重视的，或者主要基于哪些作品他对艺术作出了自己的贡献。"此外，别林斯基也认为对作品的价值评判，离不开读者的赋予："读者群是文学的最高法庭、最高裁判。"① 同样是俄国的列夫·托尔斯泰对艺术的感染力、感染程度高度看重，认为它是衡量文学艺术作品价值的唯一标准："不但感染性是艺术的一个肯定无疑的标志，而且感染的程度也是衡量艺术价值的唯一标准。感染越深，艺术则越优秀"，"艺术感染力的大小决定于下列三个条件：（1）所传达的感情具有多大的独特性；（2）这种感情的传达有多么清晰；（3）艺术家的真挚程度如何，换言之，艺术家自己体验他所传达

① 童庆炳、马新国主编：《文学理论学习参考资料新编》（中），北京师范大学出版社2005年版，第1679、1681、1682页。

的感情时的深度如何”[①]。托尔斯泰的观点是非常有价值的，也是颇具启发性的。我们可以把它概括为情感传达的独特性、情感传达的清晰性、情感传达的真挚性、情感传达的深刻性。而杜勃罗留波夫以这样的价值尺度衡量作家作品：“他所概括的生活底广度到了什么程度，他所创造的那些形象，又是怎样巩固和包罗一切的。”[②]到了当代，法国批评家米盖尔·杜夫海纳则以“深度”作为文学判断的标准，指出“任何伟大的作品都像意识是深刻的那样，趋向于深刻”[③]。杜勃罗留波夫和米盖尔·杜夫海纳分别从文学反映生活的广度和深度提出文学判断的价值尺度的。

在西方的价值尺度中，马克思主义的文艺批评标准的确立处于显赫的地位，具有重要意义。我们都熟悉恩格斯的美学的和历史的观点，认为这就是马克思和恩格斯的文学价值标准。但也有学者认为，这是对批评角度的看法，而不是批评标准或尺度。马克思首次倡导的文学批评标准是“时代历史真实性、政治思想倾向性、艺术形式完美性。这三者的完美统一就是他的整体批评原则”[④]。文中揭示了马、恩关于文学价值尺度的孕育、萌发和形成的过程。

我国现代以来的文学批评标准的确立是以毛泽东的《在延安文艺座谈会上的讲话》为其标志的。《讲话》中明确提出了文艺批评的政治标准和艺术标准。并根据战争年代的特殊形势，解释了政治标准和艺术标准的具体内涵。对二者的关系，毛泽东既强调政治标准第一，艺术标准第二，又强调“政治并不等于艺术”，艺术标准“要看社会效果”。“我们的要求则是政治和艺术的统一，内容和形式的统一，革命的政治内容和尽可能完美的艺术形式的统一。缺乏

---

① 童庆炳、马新国主编：《文学理论学习参考资料新编》（中），北京师范大学出版社 2005 年版，第 1693、1694 页。

② 同上书，第 1701 页。

③ 同上书，第 1770 页。

④ 张居华：《世纪之交回眸与展望文艺批评标准的走向》，《武汉大学学报》1999 年第 5 期。

艺术性的艺术品，无论艺术上怎样进步，也是没有力量的。”① 即使今天来看，毛泽东的观点也无可厚非。而且，毛泽东也认为价值标准也不是一成不变的：“我们不但否认抽象的绝对不变的政治标准，也否认抽象的绝对不变的艺术标准，各个阶级社会中的各个阶级都有不同的政治标准和不同的艺术标准。”②

从1942年到1977年，在长达35年的历程中，文艺批评的标准是在毛泽东的“两个标准”的笼罩下，在文艺为政治服务和工具论观点的统摄下，形成的是单一乃至僵化的标准。周扬，作为中国共产党在文艺战线的领导人、代言人，在对文艺批评标准的理解和执行上更倾向于对政治标准的强调，再加上历次政治运动的折腾，于是，政治标准第一就变成了政治标准唯一，政治标准就是工农兵方向，就是强调阶级斗争，就是为无产阶级政治服务，就是高于一切。这给我国当代的文学艺术事业带来了严重的后果。

“文化大革命”结束以后，中国社会开始逐渐走上正轨，文艺上的拨乱反正、正本清源再次成为思想解放的先锋。文艺批评标准也发生深刻变革，这是思想解放潮流的推动，也是尊重艺术规律的体现。在主流意识形态方面，将文艺为政治服务修正为为人民服务、为社会主义服务，将政治标准改为思想标准。在学术研讨层面，很快摒弃了“政治标准第一，艺术标准第二”的提法，也力图用“思想标准”取代“政治标准”；有学者主张应该用真善美的标准；有学者主张应采用马克思主义的“美学的观点和历史的观点”；还有学者认为应该采取“主观尺度”和“客观标准”相统一的标准等。从数量上来分析，多数人认同“真善美”的标准和恩格斯的“美学的和历史的观点”，并把它写进了文学理论与批评的教科书中。

而二十世纪九十年代以后，随着经济全球化、文化国际化，也伴随着国内价值的多元化、创作的杂多化，文艺批评标准也走向了

---

① 毛泽东：《在延安文艺座谈会上的讲话》，《毛泽东选集》第三卷，人民出版社1991年6月第2版，第868—870页。

② 同上。

纷繁复杂，面对着千奇百怪的文学艺术作品，原有的单一的批评标准越发显得无能为力，于是，文艺批评标准问题逐渐淡出了我们的视野。一些《文学理论》和《文学批评学》的教科书也不再讨论批评标准问题了。然而，文学的生态越是纷繁复杂就越需要加强文学批评工作，加强文学批评就不可能没有标准或尺度，特别是需要正确的、恰当的、让人信服的评价尺度。尤其是在今天由于价值多元所带来的价值混乱的时代，合理的标准、恰当的尺度的确立，可能有助于纠正创作和批评中存在的种种弊端，有利于和谐文学生态的确立。因此，重新思考文艺批评的尺度是非常具有现实意义的问题。新的时代、新的语境、新的创作态势、新的批评现场，呼唤新的批评标准的出现。于是，有人寻求民族国家、国际性、人类性，寻求文学的普世价值，探寻文学艺术评价的文化性与国际性；也有人力图走出文学的单一的民族的局限，寻求文学的全人类性，力图从人类共同的价值底线出发，建构起全人类共同的价值标准，以此来遏制世界上的冲突、矛盾和纷争，遏制在思想观念和文学艺术中的反人类、反文化、反人性的倾向。还有人重申和坚守文学的审美价值，认为它是文学的根本价值、本质属性。而主流媒体在评说影视艺术作品时，常常要求“思想性、艺术性、观赏性相统一”。尤其是近几年在中国现当代文学学科，价值标准重新思考、建构更显出它的价值和意义来。贺仲明教授在文中对“世界性标准”提出了质疑，指出“世界性标准”也有局限性：“并不是说存在有放之四海而皆准的简单明确的世界标准”，“世界性标准并不能涵盖所有的文学，不能作为所有文学评判的圭臬”。他所理解的文学标准应该是“（1）时代精神与人类关怀的统一。（2）人性的深度与生活具象的统一。（3）创新艺术与民族个性的统一”[①]。这样的评价标准将文学的时代性、民族性、人类性、人性、个性、创造性等都涵盖进去了，远不像以前的标准单一、僵化、笼统，尤其在当今文学创作全面下滑的态势下，强调这种更具体的、多侧面的评价标准无

① 贺仲明：《文学价值与本土精神》，《文学评论》2010 年第 6 期。

疑具有深刻的现实意义。山东师范大学资深教授朱德发先生以现代中国文学史为例，畅谈价值评估体系的重构，且具有“体系”性。他认为“虽然当下的中国处于一个价值多元的时代，以往的建立于进化论、阶级论和启蒙主义的文学史观也是颇有价值的；但是，进入二十一世纪，由于‘以人为本’与‘和谐社会’目标的提出，也由于社会时空、文学功能和审美趣味的巨大变化，教材型的现代中国文学史已远不能适应时代、社会和文学的发展需要，因此亟待重建和确立一个更为公正、平等与合理的价值评估体系。这个评估体系是以人道主义为最高原则，以真、善、美为三个闪光点，其最大优势是具有普适性、超越性、公正性和人本性的功能特点”①。南京大学丁帆教授则针对北京大学温儒敏教授提出的两个亟待解决的问题：“边界”和“价值尺度”，积极尝试解决，提出了“人性的、历史的、审美的组合排列”② 的价值尺度。很显然，上述几个有价值的对标准的探讨，虽各有特色，但我们也会发现其共有的特征：都力图继承中外文学价值尺度的合理内核，这种内核是不变的；都力图克服以往的单一的、教条的、狭隘的标准，而试图建构宽泛、大致统一的标准体系；都在努力探讨适应新形势的且具有普世价值、超越时空、公正合理的价值尺度；都回归了人、人性、人道主义、人文关怀、人类情怀等，这是更接近文学本体性的探寻。由此也印证了价值尺度是动态变化的，也是随时代而发展的，应允许批评家不断地探讨、不断调整自己的评判标准和尺度，不断地修正与更新价值尺度的内涵，永远不会凝固不变，也没有“万能”的标准。

在实践层面，要强化作家、批评家的价值意识、标准意识，认同共通的价值基础，从而更好地引领人类精神的走向。我们反对像过去那种统一的、万能的、高贵的标准，也反对那种宣扬无标准、无遵循的所谓众声喧哗，这种众声喧哗有可能导致混乱不堪，甚至

---

① 朱德发：《现代中国文学史重构的价值评估体系》，《中国社会科学》2008 年第 6 期。

② 丁帆：《关于百年文学史入史标准的思考》，《文艺研究》2011 年第 8 期。

是无章法、无尺度的“混战”，很多批评家的担心不是没有道理的。我们主张建构大致同一、具有与时俱进和覆盖面的标准体系，它不仅具有文学性，体现文学本体意义，而且更具有先进性和可操作性，可以大致遵循，而不是人言人殊，在标准问题上，并不是越见仁见智越好，而且要将批评观点与批评标准区别开来。

二　关于价值取向

“取向”意指选取的方向、侧重。价值取向是指在价值论方面主张什么？强调什么？看重什么？它体现价值观、价值立场和价值标准，但又不能完全等同于后者。价值取向往往因时、因地、因具体的对象而不同，而价值观和价值立场则更具稳定性，不能今天一个立场，明天一个立场。文学批评中的价值取向往往因时代而有所变化，但也万变不离其宗。在过去，我们的文学批评在价值取向上曾强调过政治性、阶级性、党性、人民性；也曾强调过爱国主义、集体主义、社会主义；强调过文学的认识价值、教育价值和美育作用。新时期以后，我们的创作和文学批评在价值取向上几经变化，以更贴近时代、社会的需要和人们的精神需求。在文学批评层面，学者们普遍认为，自二十世纪九十年代以来就存在着价值观念混乱、价值立场缺失、价值尺度分歧、价值取向扭曲等问题，致使文学进入了一个纷乱无序的“无名”时代。价值颠覆、价值迷惘和价值虚无使人们对原本就众声喧哗、多元并存的当代文学越来越难以进行价值定位，作品的实际价值与核心价值体系之间的疏离越发明显，甚至有人主张消解一切传统价值，嘲弄一切崇高，否定一切人文关怀，把文学的价值归结为“玩”或“游戏”。

面对文学创作和文学批评在价值取向上的迷失，评论家始终没有放弃价值取向重建的努力。这可以追溯到1993年关于“文学与人文精神的危机”的讨论。时过境迁，今天，我们回过头来看，很容易发现20年前的讨论存在着不少问题，诸如概念内涵不清、精英气息和贵族倾向、缺乏历史的眼光和学理的深度、草草收场等等。但返回当时的现实处境和文化语境，还是深感当时重建文学的精神价值取向、坚守文学的人文精神是非常必要而且具有深远意义的。王晓明等人深刻地指出当时整个社会“物”的挤压、物欲膨胀，造成文学创作的消费性、商品化的倾向，从而面临着“深刻的人文精神的危机”，文学和人文知识分子都被市场经济的大潮挤到了边缘，甚至信仰、信念无不受到怀疑、嘲弄，“今天的文化差不多是一片废墟”①。他们深感于此，才激烈地批判当时文学艺术的世俗化、商业化倾向以及整个社会物欲横流和拜金主义，呼吁人文精神的重建，希望人们应以人文精神抵御物的挤压，以人文理想坚守知识分子的精神家园。显然，当时人文精神的讨论，是针对市场化、世俗化所带来的精神失落、道德沦丧、信仰危机而提出来的，它体现了人文知识分子的责任感、使命感，也反映了人文知识分子对人文文化以及自身边缘化处境的焦虑、不满和抗争，它是自1989年人文知识分子沉默以来第一次较有规模地发出的集体声音。它发表文章较多，持续时间较长，影响比较广泛。1995年，钱中文提出的“新理性精神”、2001年，蒋述卓、李自红提出的“新人文精神”都可以视为重建人文精神的延续。1996年，王晓明主编了《人文精神寻思录》（文汇出版社出版），力图整体反映这场大讨论的经过和整体面貌，并做以总结，直到2004年，王晓明还深情地发表《人文精神讨论十年祭》②，由此也可以看出文学和人文精神的价值取向上具有长久的意义。

人文精神的讨论在文艺理论界聚集，提升为“新理性精神”的建构，体现出文学艺术在精神价值建构上的价值取向。“新理性精神”和“人文精神”在精神向度上是一脉相承的，但在具体的能指上又有差异。1995年，中国社会科学院资深研究员、著名文艺

① 王晓明等：《旷野上的废墟——文学和人文精神的危机》，《上海文学》1993年第6期。

② 王晓明：《人文精神讨论十年祭》，《上海交通大学学报》（哲学社会科学版）2004年第1期。

理论家钱中文发表了《文学艺术价值、精神的重建——新理性精神》[①]，文中指出“文学艺术意义、价值的下滑，人文精神的淡化与贬抑，是一种相当普遍性的现象，虽然它并不代表文学艺术的全部精神”。在他看来，今天，必须寻找一个新的价值取向，新的精神基点，来重新理解与阐释人的生存与文学艺术的意义、价值，这个新的精神基点，就是“新理性精神”[②]。显然，钱中文是以“新理性精神”作为文学艺术精神重建的价值取向和追求目标，以此来重新审视人的生存意义和文学艺术作品；来抵御物的挤压；来解决由于科技的飞速发展造成的人的精神的下滑和人的存在的渺小。钱中文认为，“新理性精神，虽难以挽狂澜于既倒，但它绝不会去推波助澜”。“它要在大视野的历史唯物主义的观照下，弘扬人文精神，以新的人文精神充实人的精神。”[③] 这和王晓明等人呼吁的“人文精神的重建”是一脉相承的。他还解释“新理性精神就其文化精神来说，将是一种更高形态的综合”。由此可见，新理性精神的提出是具有极强的针对性和现实意义的，它是对“人文精神讨论”的正面呼应，也是对反理性主义不断蔓延的有力抵制。尽管它没有解释为什么要用“新理性精神”来表述和概括，它和传统理性有什么联系与区别，“新”在哪里（这也许是该文的局限）。因此，有人提出新理性精神的限度问题，如果一味地强调理性精神，势必造成对感性的文学的误解和伤害，从而伤害文学创作的生机与活力，这种担心也不是没有道理的。但是，新理性精神的提倡还是产生了较大影响。2000 年，华中师范大学出版社出版了钱中文的专著《新理性文学精神论》，这是对原有论文的丰富、修正和完善。其后，围绕新理性精神召开了多次研讨会。钱中文所提出的新理性精神也得到了不少著名学者的肯定，童庆炳、朱立元、王元骧、许明、徐岱等知名学者纷纷撰文进行讨论。《东南学术》2002 年第 2

① 钱中文：《文学艺术价值、精神的重建——新理性精神》，《文学评论》1995 年第 5 期。

② 同上。

③ 同上。

期开辟专栏刊登了童庆炳的《新理性精神与文化诗学》、王元骧的《“新理性精神”之我见》、徐岱的《“新理性精神”与后形而上学》等文章，同时也刊发了钱中文的《新理性精神与文学理论》。童庆炳的《新理性精神与文化诗学》力图将“新理性精神”纳入自己的“文化诗学”的范畴来讨论。2003 年，《文汇读书周报》《学术月刊》发起年度学术热点问题评选，结果，“新理性精神和现代审美性问题”入选“2003 年度十大学术热点”。到 2008 年，钱中文出版了四卷本的文集（黑龙江教育出版社），在第三卷中收入《新理性精神与文学研究》，强调新理性精神是一种新的文化价值观，也是一种新的价值取向，并且将“新理性精神”的具体内涵概括为现代性、新人文精神、交往与对话精神、感性与对话精神四个相互联系的方面。可以看出，钱中文借鉴和吸收了巴赫金的对话主义理论和哈贝马斯的社会交往理论的合理因素，形成了他个人在学术研究上的体系和综合创新，同时，更具有现实立足点和现实针对性，是对拜物主义、拜金主义以及权钱结合的流行现实的有力反驳，并希望以健康的人的理性、理想来烛照现实，因而，其现实意义远大于学术意义。

到了 2001 年，暨南大学的蒋述卓、李自红在文中提出要以“新人文精神”作为二十一世纪文学艺术的价值取向①。新人文精神的提出，在出发点和现实针对性上和“新理性精神”也是一脉相承的。它也是针对市场经济、改革开放的纵深发展所带来的人的精神失范和道德危机，因此，强调新人文精神的重建。钱中文在后来对“新理性精神”的阐释中也曾把“新人文精神”作为自身的内涵之一。“新人文精神”比“新理性精神”更具有涵盖性，也不容易出现理解上的偏颇。但作者对“新人文精神”的解释又过于宽泛：新人文精神“表现为对人的尊重、人的关爱，它包括对弱势群体的关注，对残疾人的重视，树立人与人之间的平等意识，官本位

① 蒋述卓、李自红：《新人文精神与二十一世纪文学艺术的价值取向》，《文学评论》2001 年第 4 期。

意识的下降，法律意识的增强，追求公正公平，等等”[①]。这已超出了文学艺术的范畴，而更像是社会主义精神文明建设纲领。作者还强调“新人文精神始终关注现代化建设中人的现代化，以全面提高国民素质和培养现代人格为其根本内核”[②]。这种用社论和工作报告式的语言来解释“新人文精神”的内涵，显然有脱离文学艺术自身的价值取向之嫌，因此，并没有在文学艺术创作和批评与研究中产生什么影响。

著名学者、文艺理论家童庆炳教授从二十世纪末到二十一世纪初一直关注和研究中国当代文学创作的精神价值取向和文艺批评的价值取向问题。他指出：作家、艺术家创作的精神价值取向应该是“历史理性的、人文关怀的和艺术文体三者的辩证统一”[③]。这一主张融合了钱中文的“新理性精神”与蒋述卓的“新人文精神”，再加上“艺术文体”，形成三者的辩证统一，缺一不可。这更贴近文学的内容与形式、思想与艺术等本体特征，因而，也便于落实到文学创作的实践上。在另一篇文章中，童庆炳用一个部分专谈文艺批评的价值取向问题：“关于文艺批评的价值取向，常常被理解为批评标准。说到标准，似乎是把一部作品用一种标尺去衡量，显得机械而刻板，因此有些批评家宁愿回避标准，说自己的批评是没有标准的。我觉得用价值取向来代替标准也许更科学一些，更容易被人接受。实际上，任何一个批评家的批评都不可能没有价值取向。没有价值取向的批评是没有的。当前的文艺批评中的价值取向在一定程度上是混乱的。几乎对每部作品都有两种以上的不同评价。”“我一直认为，当代文学创作的精神价值取向可以有许多维度，包括休闲、娱乐、宣泄、鉴赏等都可以是其中的维度，但应该有三个基本维度，这就是历史理性、人文关怀和艺术文体三者的辩证统

---

① 蒋述卓、李自红：《新人文精神与二十一世纪文学艺术的价值取向》，《文学评论》2001 年第 4 期。

② 同上。

③ 童庆炳：《中国当代文学的精神价值取向》，《学术月刊》2002 年第 2 期。

一。”[①] 这里童庆炳又一次强调三个基本维度，亦即价值取向问题，可见它对于文学批评是何等重要。童庆炳所倡导的“文化诗学”也可以看作一种价值取向上的选择和追求，他把“文化诗学”的基本思路概括为“从文本中来到文化中去”，并在多篇文章中加以探讨。在他看来，“文化诗学的基本诉求是通过对文学文本和文学现象的解析，提倡深度的积极的精神文化，提倡人文关怀，提倡诗意的追求，批判社会文化中一切浅薄的俗气的不顾廉耻的丑恶的和反文化的东西”[②]。以上是在文艺学研究领域关于价值取向的提法和观点。

在中国现代文学研究领域，严家炎曾提出“文学生态”；黄修己从个体、群体和全人类来解说文学研究在价值取向上的追求；丁帆以“人、人性、人道主义的历史内涵”作为评价体系的核心等，这些也都可以看出各自的价值选择，体现出各自的价值取向。

在价值取向上，学者们的分歧主要体现在精英与大众、高雅与世俗两种不同的价值取向上：站在精英文化、精英知识分子立场上的学者，多注重文学艺术对高雅和高尚的追求，主张以文学的理性精神、人文关怀包括终极关怀为主要价值取向，像前面描述的人文精神的危机与重建、新理性精神、新人文精神、文化诗学的提倡者就是如此；而站在大众文化、世俗现实的立场上的学者，多以世俗精神、现实关怀、欲望满足为主要价值取向。需要说明的是，二者并非针锋相对、水火不容，而只是强调不同的侧重点而已，前者在价值取向上强调文学的社会价值、理性精神、人文关怀；后者在价值取向上偏重于文学的个体价值和自我满足。两种价值取向的分野，带来了对当代文学的两种评价。

由上所见，我们感到，应该允许在价值取向上的不同选择，无论在创作上，还是在批评上，这是价值多元化时代的必然选择。当然，我们也可以把不同价值取向统合起来，倡导多样而又统一的价

---

① 童庆炳：《新时期文艺批评若干问题之省思》，《文艺争鸣》2008 年第 1 期。

② 童庆炳：《王蒙小说文体研究·序言》，载郭宝亮《王蒙小说文体研究》，北京大学出版社 2006 年版，第 2 页。

值取向，这统一就要求要有主导性、主流性或曰基本性的价值取向，比如，童庆炳在前面所倡导的“三个基本维度”，再比如，主流意识形态所宣传的社会主义核心价值观，包括还有人提出的“国家价值观”[①] 都可以视为在价值取向上的一种主导性的追求。

允许多样性的价值取向、倡导主流性、导向性的价值取向、抵制低俗性、落后性、腐朽性、反动性的价值取向。这应该成为我们文学艺术创作和批评、研究的自觉追求。

第三节　历史价值与当代价值

文学的价值观、价值立场、价值尺度、价值取向阐释完以后，还有两个价值视域的问题不容忽视，这就是历史价值和当代价值的问题。美国学者雷·韦勒克和奥·沃伦在合著的《文学理论》中曾说：“有时，文学批评被区分为‘注释性的’和‘判断性的’两种，作为可供选择的两种类型。把批评分为对意义的阐释（Deut-ng）和对价值的判断（Wer - tung）两种，当然是可以的。”[②] 套用他们的分法，说我们的文学批评，笔者认为，中国当代文学批评在总体上，对“意义的阐释”多而强，对“价值的判断”少而弱，这是需要改进的一种基本的文学批评生态。也正像韦勒克和沃伦所指出的那样，我们在研究一个文学现象、作家作品时，除了对其进行注释性的解说、进行意义的阐释外，还要注重对其进行价值的判断，指出该现象、该作家、该作品在他自己那个时代（原初的接受）的价值和在以后历代（历时接受）的价值以及在当代（当代接受）的价值如何。这样，在动态的接受历史中来把握作家作品，所得出来的认识和判断才比较确凿。这就需要对文学的历史价值和当代价值进行考量和研究，在历史和现实的结合中把握文学现象、

---

① 荆亚平、周保欣：《国家价值观与当代中国文学》，《社会科学战线》2011 年第 2 期。

② ［美］雷·韦勒克、奥·沃伦：《文学理论》，刘象愚等译，生活·读书·新知三联书店 1984 年版，第 288 页。

作家作品，这也是文学批评、文学研究的必然要求。文学批评、文学研究、文学史的建构，既要有历史感，有动态感、流动感，又要有当代性、现实性。历史感、动态感、流动感从何体现？就是要把研究对象置于历史的长河中，放在特定的条件下，在历史语境下考察其生成、发展、嬗变的过程。这种设身处地的研究，必将增强历史的现场感，增强可信度和说服力。特别是那些在历史上曾经发挥过作用、产生过影响的文本，一定要揭示出它的历史价值、原初影响，在文学史留下记载。尽管后来随着时间的推移，这类作品多了，更好了，就显不出它的价值了，或者时过境迁了，作品有些过时了，满足不了当代读者的需要了，但它在历史上发挥过作用，产生过影响，文学史应该留下记载和说明，否则，就不是文学史了。“这里一个显著的例子是胡适的《尝试集》。作为一部诗歌作品，仅就对于我们当代读者的意义，我们没有必要把它写入中国现代文学史，但它在历史上的作用却是巨大的、不可磨灭的。没有它，就没有全部的中国现当代诗歌创作，所以我们必须把它写入中国现代文学史。”[①] 这样的例子还有很多，蒋光慈和洪灵菲的“革命小说”、茅盾的理性小说、抗战诗歌和历史剧、赵树理的“问题小说”、柳青的《创业史》、郭小川和贺敬之的政治抒情诗——《霓虹灯下的哨兵》等戏剧、样板戏、伤痕文学、改革文学的初期作品、先锋文学中的部分作品等，恐怕都是历史价值突出、当代价值薄弱的作品，这样的问题，如果不能在中国现代、中国当代文学史中得到有效、合理的说明、解释，那么，还是现代当代的中国文学史吗？我们不能要求赵树理写出《变形记》《百年孤独》这样的作品，也不能要求伤痕文学永久不衰，那是不现实的。当代性从何体现？就是要看作家作品对当代的价值和意义如何，当代读者是否还能喜爱这些作品，是否还有阅读这些作品的必要，是否仍有可读、可取之处，是否还有别的作品所不能替代的特殊意义。有些作品可

① 王富仁：《关于中国现代文学史编写问题的几点思考》，《文学评论》2000 年第 5 期。

能在历史的当时影响不大，或不受关注，但今天看来意义明显，价值突出，也要写入文学史。美国汉学家夏志清说："一个作家，无论他过去的贡献如何，最终的评价标准，是他当前的价值。如果一个作家没有目前的实用价值，那么，所有其他的标准都是相对的。"[①] 夏志清很看重作家作品的当下价值，这是正确的。但他不顾"过去的贡献"，忽略了历史价值的考量，显然有失偏颇，需要修正、补充和完善。现代当代中国文学史上的作家作品，其当代意义与价值、当代影响力要大于过去的影响力的例子同样屡见不鲜。周作人、梁实秋等人的言志、趣味的小品文；沈从文、师陀等人的"人性"小说；冯至、穆旦等人的智慧诗；曹禺的《原野》等命运悲剧、汪曾祺的小说、张中晓的散文等，这样的作家作品，如果不在现代当代中国文学史上得到有力的阐发，那么，文学史还有当代的高度吗？还能满足当下读者的接受需求吗？当然，更有历史说好、时代也说好的作品，像鲁迅的小说、钱锺书、张爱玲的小说、曹禺的《雷雨》、史铁生的散文等，这样的作品，如果不在现代中国文学史上大书特书，文学史还有稳定性和可靠性吗？以上三种情况，文学史应该区别对待，恰当处理，掌握好评价的分寸和篇幅。而时代不说好、历史也不说好的作品，应该不是好作品，这样的作品应该渐渐从文学史中淡出。文学史不一定越写越好，但一定越写越薄，因为时代、历史的筛选是无情的。

现代当代中国的政治、意识形态变化无常，这使很多作家栽在了政治历史、意识形态的陷坑里，于是作品的内涵和艺术出现了某种分离，这给批评家、文学史家的把握带来了困难。而另有些作品，其价值潜在地存在于文本的结构之中，只有当读者遇到必要的条件（时代的发现和个人的发现）时才能发现其潜价值的蕴涵，比如，某些作品对大自然的描写和尊重，在当今注重生态的视域下，被冠以"生态文学"而备受关注。从这个意义上说，文学史除了具

① ［美］夏志清：《中国现代小说史》，刘绍铭等译，复旦大学出版社 2005 年版，第 318 页。

有稳定性的一面，也有常写常新的一面。不过，有些人在主张上很“新”，但却很难付诸实施。如将现代汉语文学和其他少数民族文学统摄、整合的问题。韦勒克和沃伦早就说过：“更深入更广泛得多的问题是编写一种整体的民族文学史，这一问题是更难以想象的。由于整个结构要求参照那些本质上是非文学的材料，要求考虑民族道德和民族性格这些与文学艺术没有多大关系的内容，所以要探索一个民族文学的历史是困难的。”“编写几个民族为一组的文学史甚至就更是较为遥远的理想了。”[①] 韦勒克和沃伦还列举当时的一些例子，如马塞尔的《斯拉夫各国文学》和奥尔希基的《中世纪拉丁语系文学史》都不怎么成功。这虽然是说不同国家、不同民族文学史的例证，但一个国家、不同民族的文学史建构也有类似的问题。中国是个多民族的国家，汉族和其他少数民族在地位上是平等的，因此，在理论上，中华文学史不写少数民族文学是说不过去的。但怎么写却是个难题。有的少数民族有自己的语言文字，有自己的文学载体；有的少数民族则没有自己的语言文字；有的少数民族作家用自己的民族语言写作；有的少数民族作家则用汉语写作。这种复杂的情形，造成少数民族文学在受众面的宽窄、影响力的大小以及文学水准的高低与汉语文学存在着不可比性，这样，文学史家将如何筛选和裁定就是个棘手的问题，和汉语文学等量齐观显然行不通，“计划单列”又破坏了文学史的浑然一体，“双重标准”必然感到“两层皮”。这就是迄今为止，还没有出现“有机统摄与完美融合”的多民族的大文学史的原因所在。

总之，文学批评、文学研究、文学史写作在文学价值探寻方面，既要追究它的历史价值，也要探寻它的当代价值，两者不可偏废，缺一不可。纵观中国现当代文学的研究历程，我们会发现其中的发展趋势：从单纯的文学批评向综合的历史文化研究转化；从微观的、具体的、个体的作家作品研究向宏观的、综合的、群体的研

---

① ［美］雷·韦勒克、奥·沃伦：《文学理论》，刘象愚等译，生活·读书·新知三联书店 1984 年版，第 310 页。

究发展。当今时代的中国现代、当代文学研究家很少有像老一辈研究家那样长期专注某一具体的作家、作品的研究，而更多的是走向宏观的、综合的大视野。这与研究项目、课题的拉动有关，也与当今时代强调综合素质、通识教育有关。比如，现代文学研究中的对左翼文学与文化的研究，当代文学研究中的“重返八十年代”“重返九十年代”文学现象的研究，都具有宽广的历史、文化和文学的视野。这种研究就要求尊重历史，从历史事实出发，要有历史感，要以历史的态度、历史的方法客观地分析过去时代的文学，公正地总结文学的历史价值，揭示这些文学在历史上所发挥的作用和所产生的正面价值和积极意义。与此同时，在走向宏观的、综合的、大视野的研究中，不能没有当代意识、时代精神的观照，否则，“重返八十年代”“重返历史现场”就缺少了精神的高度，缺少了当代价值的揭示，这样就不能有效地激活研究对象，从而参与时代思考和价值重建、精神重建，这样，文学批评、文学研究的功效将会大打折扣。从这一意义上说，唯有充分的当代性和现实感才能使文学研究永葆青春。

第三章　文学批评的多重视野

怎样估价当代中国的文学批评？时至今日，尽管仍有人对当代中国的文学批评表示不满、进行反省甚至批评、批判，但笔者认为，当代中国文学批评的变革发展，已经初步构建了多重视野、多维视域，形成了多重的价值选择。其中有文学批评的生命维度、人性维度、审美维度、文化维度、思想维度等。文学批评从一元走向了多元，从本土走向了世界，从阶级性、民族性走向了人类性，从时代性到超越性，从普世价值的强调到永恒价值的追寻，文学批评变得越来越驳杂，这其中有成功的经验，也有值得反思之处。

第一节　一元与多元、个体与群体

在中国思想发展史上，在封建专制主义的制度下，人们的思想是被禁锢的，是没有真正的思想自由可言的。但也有相对松动的时候，即相对获得一定的思想解放、思想自由，从而在人文学术和文化艺术上从一元走向多元，这样的时期有过四个，即战国时期的百家争鸣、魏晋时期玄学和文学的旷达、唐朝诗的鼎盛以及清末民初和五四新文化运动前后。一般说来，在政治专权、思想专制的时代，文化、文学艺术从创作到批评往往是一元的、单一的，甚至是僵化的、刻板的。1949 年中华人民共和国成立之后至新时期以前，中国社会从政治、经济到文化、文学艺术以及人文学术都走向了统一。尽管毛泽东也不时地号召思想解放，鼓励“大鸣大放”，提倡“百花齐放、百家争鸣”，但是，这样的局面都没有维持多久。在政治思想方面，在意识形态领域，多数时间仍然维持的是一元化的局面，它对文学创作和文学批评的影响同样是深刻的。从总体上说，从新中国成立到新时期，亦即从五十年代到七十年代，中国大陆的文学创作和文学批评是在一元化的思想背景上进行的，是在意识形态的规约下的体制内完成的。正像当代文学史家洪子诚所说："在五十年代到七十年代的大部分时间，批评的那种个性化或'科学化'的作品解读和鉴赏活动，不是最主要的功能；它主要成为体现政党意志的，对作家作品、文学主张和活动进行政治'裁决'的手段。它承担了规范的确立、实施的保证。一方面，用它来支持、赞扬那些符合规范的作家作品；另一方面，则对不同的具有偏离、悖逆倾向的作家作品加以警示、打击。文学批评的这种'功能'，毛泽东形象地将之概括为'浇花'和'除草'。在五十年代至六十年代的'文化大革命'发生之前，文学界并不存在不同观点争论的空间，特别是在政治、文学形势的紧张度较低的时期。"① 一元化的意识形态只能产生一元化的文学创作和文学批评。其基本要求是为政治服务，基本标准是"政治标准第一，艺术标准第二"。而在实际上，"政治标准第一"又演变成"政治标准"唯一，一切都要符合意识形态和主流话语的要求，作家的创作和批评家的批评都要符合这方面的要求，体现出鲜明的无产阶级政治立场，具有革命性、战斗性、英雄性的特征。在创作方法上，要求的是"社会主义现实主义"或者是"革命现实主义和革命浪漫主义相结合"。在对作家作品的批评中，经常依据的是："革命性""真实性""本质性""历史规律性"。那时的文学批评多是在批判运动中展开，是"东风"压倒"西风"，是难以出现"反批评"的，正常的文学批评变成了政治批判运动。比如，对电影《武训传》的批判，对俞平伯《红楼梦》研究的批判，对胡风"反革命集团"的批判，对丁玲、陈启霞的批判，对钱谷融的"文学是人学"的批判，对"写

① 洪子诚：《中国当代文学史》（修订版），北京大学出版社 2007 年 6 月第 2 版，第 23—24 页。

中间人物”论的批判，对萧也牧《我们夫妇之间》的严厉批判[①]，对《洼地上的战役》《青春之歌》《锻炼锻炼》等作品的批判等，无一例外都是冤案。“这个时期的文学批评，除了围绕文学论争和批判运动的大量文章、论著外，有关文学‘本体’和艺术问题的讨论以及作家作品的批评解读，也尚有一些值得注意的成果。如茅盾、魏金枝等对于短篇小说及创作所作的评论，何其芳、卞之琳关于新诗问题和新诗创作的评论，王西彦、侯金镜、黄秋耘的小说评论，钱谷融关于创作艺术和《雷雨》人物的分析，钟惦棐的电影艺术评论，严家炎关于《创业史》的批评等。”[②] 这些批评，能够在当时的语境中产生弥足珍贵的价值。

当历史进入新时期以后，文学艺术创作和批评都迎来了新的春天。文学又一次扮演了思想解放、观念更新的先驱和前导。批评家及时地总结出新时期文学从初期到中期的阶段性特征：伤痕文学、反思文学、改革文学、寻根文学、现代派文学、先锋文学、新写实文学、新历史主义文学、后现代主义文学等。创作和批评都从一元走向了多元，从单一走向了杂多，到二十世纪八十年代中期以后，形成了多元共生的局面。其具体表现是：首先是形成了多重的价值选择。从八十年代到九十年代，文学批评从原来单一的社会政治维度，发展为思想维度、文化维度、人性维度、审美维度、生命维度、哲学维度等。其次是文学批评方法的更新和多样。从八十年代初期开始，二十世纪西方所出现的各种批评理论、批评方法纷纷传入我国，形式主义、新批评、系统论、结构主义、符号学、叙事学、原型批评、精神分析、阐释学、接受理论、读者反应批评、解构主义、女权主义、后现代主义、后殖民主义等，从开始的理论介绍到后来的批评应用，结出了不少批评的硕果。最后是批评风格的多样。从主体批评到形式批评到向内转。二十世纪八十年代是文学

---

① 萧也牧因此作品，在“文化大革命”中竟被迫害致死，参见李洁非《一篇作品和一个人的命运》，《钟山》2009 年第 1 期。

② 洪子诚：《中国当代文学史》（修订版），北京大学出版社 2007 年 6 月第 2 版，第 26 页。

批评的黄金时代，产生了众多的批评家，而且老、中、青三代批评家协同作战，批评家和作家的关系密切，批评有效地影响着创作。

然而，二十世纪九十年代以后的文学批评，随着市场经济的崛起和物质利益的诉求，精神的坚守、价值的追求、正能量发挥越来越面临着严峻的挑战。文学批评在多元共生的背景下，越来越走向了价值混乱和精神虚无。这引起了包括批评家在内的文学界的广泛而持续的不满、指责甚至声讨。于是，“批评的缺失”“批评的失语”“批评的死亡”“批评的商业化”等不绝于耳。真相果真如此吗？我们该怎样估价文学批评？批评家吴义勤说得好：“平心而论，这一类的声音虽然偏激、武断甚至刻毒，但我们应承认他们在某些地方确实击中了当今文学批评的‘软肋’。然而，这样的声音又毕竟还不是‘真相’与‘真理’，它里面还混杂着偏见与无知，它还不足以作为我们判断九十年代文学批评真实现状的依据。一方面，我们承认，当今的文学批评正遭受着前所未有的怀疑、误解与诘难，正面临着前所未有的窘境与尴尬；另一方面，我们也要看到，‘批评的缺席’‘批评的失语’之类的指控实际上也是夸大其词、不得要领的。批评需要反思，需要正视自己的缺点，但是批评从来也没有停止过自己前行的脚步，无视九十年代文学批评的成就与进步，同样也是不负责任的。实际上，我们看到，二十世纪九十年代的文学批评和二十世纪九十年代的文学本身的处境是一样的，它们同是一把‘双刃剑’，任何简单化的方式都无助于揭示‘真相’。”①

历史的经验告诉我们：一元化的思想，用政治代替艺术的做法，必然带来文学艺术的单一、单调，只有思想解放、观念更新、创作自由、尊重艺术规律，才能有利于文学艺术的繁荣发展。如今，在强调社会主义核心价值观的同时，在强调文艺以人民为中心的创作导向的同时，在强调弘扬和突出文学艺术创作“主旋律”的同时，一定不要忽略艺术的“多样化”，一定不能给作家、艺术家

---

① 吴义勤：《中国新时期文学批评反思》，2009 年 8 月 19 日，中国作家网。

带来新的束缚，否则，很难真正形成“百花齐放、百家争鸣”的局面。同时，多元化之后，还要加强有效的、积极的引导，激发文学批评的正能量，发挥文学批评的固有功能，释放文学批评的影响力。

文学批评中的个体与群体又是一对关系范畴，其基本关系是辩证统一的关系。

先说个体。文学批评是个体的劳动，它和文学创作一样，具有相当的感性因素、个性色彩和主体意识。批评家所面对的是形象的、含蓄的、具有意义空白的作品，对这些作品该作怎样的理解和阐释，是因批评家理解的不同和作品内涵的不同而存在差异的，于是，就有了面对同一客体却存在见仁见智的现象。批评又是一种创造性的劳动，尽管这种创造性的程度远不能和创作本身相比，但它同样离不开创造性的阐发，离不开对作品的发现。任何伟大的作家、伟大的作品，都是作家和批评家共同完成的，批评家对于伟大作家、伟大作品的价值显现、价值实现起到至关重要的作用。因此，要尊重批评家个体，尊重批评家个体的劳动，要追求批评的个性，要讲究批评家的个人风格。千篇一律的批评、公式化、模式化、八股式的批评，只能让人感到味同嚼蜡，这是显而易见的。因此，文学批评要强化个性、尊重个体，要强调个人独特的艺术感觉、感知和感性印象，强调经验和实证的意义，如果缺乏批评家主体的审美感受和审美体验，缺乏对作品独特的理解，批评就必然变得僵硬、死板和枯燥。这也就是说，批评和创作一样，不可无我。二十世纪八十年代中期，是中国当代文学批评辉煌的时期，那时，不少批评家都谈到文学批评的个性色彩、主体意识，甚至说“我所评论的，就是我自己”。“这本是一句十九世纪浪漫主义理论范畴的宣言。法郎士的原话是：‘为了真诚坦白，批评家应该说：先生们，关于莎士比亚，关于拉辛，我们所讲的就是我自己。’结合他的另一段名言看：‘优秀的批评家就是这样一个人，他把自己的灵魂在许多杰出作品中的探险活动，加以叙述。’法郎士的意思，也就是许雷格尔所谓的‘批评即创作’，也就是圣·伯孚所谓的‘批评须有所发明’。”① “诚然，批评不同于创作，它有科学的属性。但文学批评正因为对象、方法、目的、过程的制约，本身又具有非科学、准科学的属性。试看古今中外，哪一种文学批评中毫无主体痕迹，毫无‘我’的印记？哪一种作为批评对象的文学又能具有其完全的客观意义，又能恢复其完全的真实面貌？”“既然文学作品的客观属性永远无法绝对界定，那也就意味着，作品在完成以后，在离开创作主体的制约以后，其客观意义仍然包含着种种共时性和历时性的鉴赏、感知、批评等的主体因素，这时批评家的个人见解即使很独特很偏激，既不够客观，科学性也不强，却依然具有本体的批评意义；至少，这也是人类对这部作品的一种可能的感受，或许这还是作品内涵的一个新的理解角度、一个可能发挥的意蕴层次。”② 许子东的这段话是对“我所评论的，就是我自己”的非常有力的辩护，它说明文学批评不应不尊重个体，不能没有个性，不能没有个人的探险精神以及批评中对作家、作品的发现。总之，批评要有个性，要有创造性。

但是，如果把文学批评中的个体强调得过头了、过分了，就会导致个体的扩张，从而导致对对象主体的背离，对社会群体的疏离，使批评失去客观公正性和可信度。因此，在充分讲个体、尊重个体、尊重个性的同时，还要将群体，将共性，讲批评社会作用的发挥，讲批评对读者的正面引导和积极的效应。西方学者弗洛姆认为，“人是孤独的，同时又处在一种关系之中。人之所以孤独是由于他是独特的存在，他与其他任何人都不相同，并意识到自己的自我是一独立的存在。当他依据自己的理性力量独立地去判断或作出抉择时，他不得不是孤独的。但他又无法忍受自己的孤独，无法忍受与他人的分离。他的幸福就依赖于他与自己的同伴共同感受到的

---

① 许子东：《文学批评中的“我”》，载郭小东等《我的批评观》，漓江出版社1987年版，第8页。

② 同上书，第9页。

一致性以及与自己的前辈和后代共同感受到的一致性”[①]。弗洛姆的这段话是从人的潜能与价值方面论述个体的人与群体的社会之间的关系，但它同样可以说明文学批评中个体与群体之间的关系。群体的需要调整着人际关系，也制约着批评的个性。这里的制约因素起码有二：一是受到社会风尚、时代精神的制约，包括文学的和非文学的。所以，在文学批评中，不可避免地要包含某种社会群体意识，表达群体性的关怀、时代性的问题，乃至人类的意识。当批评家从事文学批评时，不可能一味地从纯文学的角度，单纯地表现自我，而总是有意无意地要用一些非文学的眼光，诸如政治、法律、道德、文化、文明等来打量文学，超越文学文本，以达到功效的最大发挥。二是受到批评对象的制约。一千个读者可以有一千个哈姆雷特，但不可能有一千个堂吉诃德。文学批评可以有批评者的个人感受、理解，乃至再创造，有批评者个人的鲜明印记，也可以部分地表现自我，但这都是有限度的，都不能脱离文本，脱离作品的质的规定性。对作品不能无原则的“捧”，更不能任意的“骂”，捧杀和骂杀都是批评的大敌。对作家作品的过度阐释、强制阐释[②]或牵强附会地演绎，或人为地拔高美化，都将失去批评的公信力和说服力。所以，文学批评个性的显现，必须受制于批评对象，是戴着脚镣跳舞。文学批评的个体和群体，个性和共性，个人追求和时代选择应该是统一的，两者是辩证的关系。

第二节　本土与世界，阶级性、民族性与世界性

自二十世纪九十年代以来，我国文学理论和批评界曾展开过关于文论和批评话语转型和调整的讨论，其核心是本土话语的建构问题。为什么会提出这样的问题？一是因为这是一个重要的问题，二是因为在这个问题上出现了一些问题。

---

① 转引自［美］马斯洛等《人的潜能和价值》，林方编译，华夏出版社 1987 年版，第 106—107 页。

② 参见张江《强制阐释论》，《文学评论》2014 年第 6 期。

“本土话语”一般是指具有本地、本民族、本国家特色的话语。它是和“世界话语”“西方话语”相对而言的。文学创作、文学理论、文学批评都存在一个如何处理本土与世界的关系问题。

文学创作首先要有本土精神，走本土化的创作之路，为本民族所喜闻乐见。这是作家、艺术家首要的任务和使命。主流意识形态所倡导的文学要为社会主义服务，为人民服务，要做到这一点，也必须要有本土精神、本土情怀。一个作家的创作，不为本土、本民族、本时代的接受者着想，难道要为世界、为未来、为抽象的全人类着想吗？这是不可思议的，正像不知爱家，怎能爱国，不知爱亲人，又怎能爱人类一样。“任何一个作家，他的基本表现对象和接受对象都是本民族同时代大众，他创作的意义和价值也都首先体现于本民族和时代中。它可以传达出世界性的思想主题和艺术精神，但它所借用的具象，所展现的生活画面和语言形式，都带有很强的民族和时代特点，文学写作的基础点是民族和时代的；同样，任何一个作家最基本的影响力和最深入的读者都只能是在本民族中。”① 虽然也有“墙里开花墙外红”的事例，那也仅仅是个案，不具普遍意义。古今中外大量的创作和接受的例证都在证明着为本土、为本民族写作是最基本的写作目标和作家责无旁贷的任务。因此，作家要有本土精神。“所谓本土精神，主要包括两方面的基本内涵：一是立足和深入现实的问题意识。就是说作家的创作从根本上应该是来自生活本身的要求和呼吁，是生活从内到外的伸展而非从外到内的俯视。这样的文学扎根于民族生活之根中，能够触及时代的精神脉络，具有穿透生活的潜质。这一意识的基础是作家真正地了解、尊重和感受生活，并具有对生活深刻的思考和把握能力；二是立足于民族传统文化的思想和表达方式。只有汲取了民族文化传统的精华，并有创造性发展和表现的作家，才能具备真正的独特和深邃。所以作家需要对传统文化自觉地浸润和创造性地阐扬，深入和创

① 贺仲明：《文学价值与本土精神》，《文学评论》2010 年第 6 期。

新，二者缺一不可。”[①] 为此，作家要了解本土文化、民族文化，研读本土文化、民族文化的经典文本，研究本土、本民族读者的接受心理、欣赏习惯和思维方式以及价值取向，在此基础上重新创造，给读者带来新的惊喜，新的表达方式，新的艺术品位和趣味。在作家和批评家的话语中，经常听到“越是民族的就越是世界的”这一论断，“但一直是像标语一样只是写在墙上没有刻在心上。好像如我们的许多事情一样，说的不一定做，做的不一定说。可以说，在很长的时间里，我们的心中并没有以中国文化的自豪感去从事写作”。“我们没有坚持我们民族文化的立场，我们的血液里没有中国的哲学、美学，虽然使用的是汉语，但中国的味道不足，这是必然的。”[②] 有了本土精神、中国立场，才能有中国话语，这样的创作才能接地气，才是有根的文学。由此可见，建构本土话语有利于作家的创作，也有利于中国文学艺术走向世界。我们看到，张艺谋执导的电影，莫言的小说，以及其他大量的中国民间艺术之所以能够跻身于世界，或成为世界文化遗产，就在于它们的本土性。

文学批评也要有本土精神，走本土化的批评之路，为本民族的作家和读者所接受。这也是批评家首要的任务和使命。本土话语的建构，不仅有益于创作，也有益于批评和研究，有益于学术上的创新。自二十世纪九十年代以来，中国文学理论界就开展了关于中国文学批评话语转型与调整问题的讨论，后来，有学者提出中国文论“失语症”的问题。为何失语？失在何处？如何从“失语”变成“得语”？这些问题直到今天也没有得到根本解决。“失语”一方面是指说不出自己的文论话语来，仿佛变成了“哑巴”；另一方面，也指说出的话语尽是人家的话语，而不是自己的话语，离开了人家的话语就变得“失语”。甚至有人说，我们的文论研究者变成了西方思想和学说的解说员，靠解说西方的思想过日子，巴赫金、德里达、福柯、伊格尔顿、狂欢化、后殖民、后现代、后结构等名词、

① 贺仲明：《文学价值与本土精神》，《文学评论》2010 年第 6 期。

② 贾平凹：《我们的文学需要有中国化的立场》，《中国读书报》2009 年 11 月 4 日。

术语充斥文中，就是缺少自己的话语、自己的表达和自己的见解，导致文论危机，批评乏力。也有人把这种现象称为第二次“西学东渐”。不少学者认为，“失语症”的出现，源自“崇洋”心理，源自对中华传统文论没有很好地继承和创作性地转化，是传统文论话语在当代的失落。而失落的原因又在于盲目地反传统、忽视民族传统，甚至追溯到五四的反传统，认为五四以后西方思想文化、文学艺术的涌入，加上新文化的先驱者、倡导者极端的反传统，导致中国文化、中国文论与传统出现了“断裂”，新中国成立以后，又照搬俄苏的理论模式。这样的看法有言过其实之处。五四诚然是反传统的，新文化的倡导者也确实有极端性的言论，但事实上，五四以来从来没有与中国传统文化真正“断裂”过，文化是“软”的东西，也是更内在的东西，传统文化是深入骨髓的东西，即使打断骨头，还连着筋，因此，不可能完全“断裂”。先驱者如胡适、陈独秀、钱玄同、鲁迅等一方面激烈反传统；另一方面又受到传统的无形制约和影响，这甚至是不以他们的主观意志为转移的。新中国成立以后，一切向苏联学习也是事实，但在文学理论、文学思想方面也不仅局限在苏联。也包括此前的俄国以及其他国家，车、别、杜、普和列宁、高尔基等人的文学理论同样影响着中国的文学理论家们。但新中国成立以来的文学理论与批评也有中国文论家自己的建构，也有中国传统文论的潜在影响。“失语症”论者认为，我们的文学理论与批评要想“得语”，就必须回归中国传统的感悟性批评话语和知识传统，回归中国传统文论话语，倡导“古代文论的现代转换”。今天看来，这样的见解有其针对性和合理处，但也有偏颇，主要是依然回到了“一元论”，而非“多元论”。道理似乎很简单，只有创造性地实现“古今转化”和“中西转化”，从而说我们当代人自己的话语，才能解决“失语”的问题，其中的关键是学术功底的问题，是在文艺理论与批评方面的创造力问题。正像有的学者所深刻指出的：“如果都是钱锺书、饶宗颐那样的学者，哪来的失语？就是像杨周翰先生那样的英语文学专家，大概也不至失语。”“这么说来，所谓‘失语’，就绝不是什么有没有自己的话语，用不用西方话语的问题，而是有没有学问，能不能提出新理论、产生新知识的问题。一言以蔽之，‘失语’就是‘失学’，失文学，失中国文学，失所有的文学。什么时候，真正的文学研究专家多了，举世钦佩的学者多了，中国学术界就不‘失语’了。”①

“失语症”问题的讨论，要解决的核心问题是文学理论和文学批评本土话语的建构问题，不能都是“舶来品”，都是西方话语的一统天下。这一问题至今仍没有解决好，因此，必须重提文学批评的本土精神、中国立场。为此，就要重新梳理中国文论的话语体系，总结中国文论的话语经验，也就是本土经验。如何将中国传统的文论经验梳理出来，并加以创造性地改造、提升和升华是建构本土话语的基础。而中国传统文论话语表达及其经验既蕴含于中国古代、近代等传统的文学、文论之中，也蕴含于中国现代、当代乃至当下的文学和文论之中，需要我们系统地阅读，认真地总结。同时，还要打破古今，融汇中西，在开放的语境和心态下，走本土化的批评之路。近几年，有学者不断撰文，对当代西方文论本身进行深入辨析和研究，并深刻指出了当代西方文论的主要局限，倡导“中国文论建设的基点，一是抛弃对外来文论的过分倚重，重归中国文学实践；二是坚持民族化方向，回到中国语境，充分吸纳中国传统文论遗产；三是认识、处理好外部研究与内部研究的关系问题，建构二者辩证统一的研究范式”②。

在强调文学创作与文学批评首先要有本土精神，走本土化的创作和批评之路的同时，我们不要忘记还有一个世界和世界精神的问题。在全球化、互联网的时代，既要保持民族传统、民族特色，又要打破民族主义的狭隘眼界，去面向世界、面向未来。伴随着中国经济的持续发展，中国在世界上的地位越来越高，在国际舞台上所发挥的作用也越来越突出，一个发展中的大国正在迅速崛起。与此相应，文化上、艺术上、学术上的“走出去”，使之在国际舞台上

① 蒋寅：《对“失语症”的一点反思》，《文学评论》2005 年第 2 期。

② 张江：《当代西方文论若干问题辨识——兼及中国文论重建》，《中国社会科学》2014 年第 5 期。

能够展现中国的魅力，具有文化和学术的话语权，这也是事关中国的国际形象和国际地位的另一个重要的方面，它与经济的地位是同等重要的。

先说文学创作。在经历了多年的发展和巨变以后，如今，在经济全球化、文化全球化与多元化、世界多极化的时代，如何使中国文学走向世界，如何向世界展示中国的国家形象也是摆在中国作家、艺术家面前的严峻课题。回顾中国文化近一个世纪的发展历程，早在五四新文化运动之时，实际上，中国就已经置身于全球化的前期发展之中，或者说是全球化进程在中国的表现。五四之后，我们经历了"全盘西化"和"保存国粹"的思想冲突，经历了文化激进主义和文化保守主义的冲突，直到二十世纪后期乃至二十一世纪之初，还在经历着儒家思想文化的复兴、国学热的兴起和"新国学"的提出和西方话语霸权之间的冲突。在文学创作上，我们经历了"欧化""大众化""民族化""民族形式问题的讨论"，直到今天的"本土性"与"世界性"关系问题的处理等，实际上，也都是文化全球化在中国文化界、文学界的反映。全球化对中国文学提出的新要求是如何使中国文学走向世界，在世界展现民族国家形象。越来越多的国外读者希望通过文学了解中国社会，了解中国人的精神和心理，这也正是中国文学走向世界的好时机。正如当今著名小说家贾平凹所说："我们的文学到了要求展示国家形象的时候。""我们的文学到了不应只面对中国人，也要面对全部人类去写作的时候。""我们的文学应该面对全部人类，而不仅仅只是中国。"① 当我们的文学创作面对全人类的时候，应该以什么样的面目和姿态去面对？也正如贾平凹所说"在面对全部人类时，我们要有中国文化的立场，去提供我们生存状况下的生存经验，以此在世界文学的舞台上展示我们的国家形象"。"我们应该保护有着中国文学立场的文学原创。""我们之所以久久没有我们的文化立场，

① 贾平凹：《我们的文学需要有中国化的立场》，《中国读书报》2009 年 11 月 4 日。

是我们民族的苦难太多，经历了外来的和内部的种种磨难，我们是不如人又极力要改变处境，当我们觉醒了，需要站起来的时候，必然就得倾诉。所以，在一段时间里，我们都在倾诉，我们诉说自己的丑陋，这样，我们习惯了这种倾诉，也养成了外面世界寻找我们就要听我们倾诉的习惯。我们需要倾诉我们苦难和种种丑陋去唤醒民众，但这如出售能源换取富裕一样，它不能保障长久的富裕和尊严。现在，当我们要面对全部人类，我们要有我们建立在中国文化立场上的独特的制造，这个制造不再只符合中国的需要，而要符合全部人类的需要，也就是说为全部人类的未来发展提供我们的一些经验和想法。"① 为此，再像过去那样一味地倾诉，一味地诉说自己的丑陋是远远不行的，还要有多方面的建构和创造，特别要注意展示发展中大国的形象，讲好中国故事，体现国家、民族和人民的尊严。在这样的基础之上，我们的文学创作还要注意体现全人类认同的价值观，"所谓全人类的价值观，就是人类为了自身更好地生存、发展所普遍形成的信念，是人类公认的价值原则和行为准则，反映了全人类共同的利益需求。因而，它具有普适性，可以为全人类所共享。例如自由、平等、民主、法制、享乐、公正、环保等"。因为"人类社会和科学技术的发展，已经把世界变成'地球村'，为了共处共存，共享共进，必须有一个符合全人类利益的共同的价值观，一个大家都要遵守的价值底线"②。中国文学要尽快地走向世界，更好地发挥国际影响，必须要有世界意识和世界眼光，必须处理好本土化和世界性的关系。

再说文学理论与文学批评。与文学创作走向世界，处理好本土化与世界性的关系一样，文学理论与文学批评同样要有世界性和世界眼光。在本土精神、民族立场、继承传统文论、注重本土话语表达的同时，也要注意打破狭隘的民族主义的视野和知识的局限，将理论和批评融入世界的话语和格局之中，这样，才能在国际的舞台

---

① 贾平凹：《我们的文学需要有中国化的立场》，《中国读书报》2009 年 11 月 4 日。

② 黄修己：《全球化语境下的中国现代文学研究》，《文学评论》2004 年第 5 期。

上有效地发出中国的声音，具有我们中国的话语权。与文学创作相比，中国的文学理论与文学批评在世界性的发展道路上还有很长的路要走。如前所述，长期以来，“当代西方文化热”一直在中国比较风行，“甚至一些西方文论中的非主流思潮，译介到国内后也被过度夸大，受到热捧”①。对西方文论的问题与局限，我们的确缺乏足够的警惕，像自我中心主义、非理性主义、形式崇拜等往往都带有极端主义的倾向。但我们往往矫枉过正，从一个极端走向另一个极端，采取闭关主义、唯我独尊主义，这是狭隘的民族主义的表现。我们反对将西方的某些文学批评理论在没有消化、吸收的情况下就盲目地照搬，食洋不化，于是，或在自己的论著中生搬硬套，故弄玄虚，将简单的问题复杂化；或故意引用一些新名词、新术语、新概念，以炫耀自己，迷惑他人。但我们不能反对对西方文论进行合理的吸收，积极地“拿来”，为我所用，特别是与民族传统文论相融合，做到像钱锺书那样的古今交汇、中西贯通，在中西文化的对话中再造、升级我们的文学理论和文学批评体系，以“他者之镜”，映照自我，在文化的多元互通中达到圆融的境界。为此，必须要有开放意识、世界意识和全球眼光。

在文学理论和文学批评中，如何处理本土化、本土经验和世界化、人类价值的关系？如何处理中国话语和西方话语的关系？出路恐怕只能是打通和融合，然后，实现“中西转化”“古今转化”，构建我们自己的文论话语、批评话语。从世界性、人类价值角度来看，郭沫若的《地球，我的母亲》中的人与自然的和谐以及所体现的生态意识，郁达夫小说对健全人的呼唤，沈从文的人性主题小说等都应该给予高度评价。相反，“‘红色经典’有着过于鲜明的阶级性和党派性色彩，缺少人类性共识，甚至存在着反人类意识，歌唱残酷和杀戮，充满了仇恨情绪。这种叙事在阶级斗争激烈的时代具有动员民众的奇效，但是由于其制造仇恨并利用仇恨，因此，不仅很难被世界广泛认同，而且对于后人情感和思维具有深远的影

① 张江：《当代西方文论：问题与局限》，《文艺研究》2012年第10期。

响”。“与古典文学的经典相比，中国现当代文学史上一些所谓的经典往往存在着非经典化的缺憾。”[①] 这是一种很恰当的批评，具有反思的精神。事实上，在当代小说中，像余华小说中的暴力，莫言小说中的血腥和酷刑的表现，如果站在人性和人类意识的角度看，对其的正面评价也是要受到影响的，它提醒我们的作家在表现什么、展览什么、歌颂什么等问题上不可主观随意，要考虑世界接受和世界意义，批评家对他们的批评也要有世界眼光和人类意识。只有这样的批评，我们的文论才能被世界所接受、所信服。

关于文学的阶级性、民族性和世界性，既是老问题，也是新问题，它们之间既是冲突的，又应该是统一的，是对立统一的关系。

文学的阶级性、民族性和世界性，在不同的时代、不同的社会制度、不同的政党或同一政党在不用时期所强调的重心有很大的不同。但正像国学大师季羡林在生前所说：“最近四五十年以来，我们的唯物主义的文艺理论告诉我们：文学作品是有阶级性的，是有时代性的，是有民族性的。《红楼梦》中贾府上的焦大不会喜欢林妹妹，事实昭著，不容否认。这一套唯物主义文艺理论，有其正确之处，也不容否认。”[②] 革命导师马克思、恩格斯以及毛泽东、周恩来，包括文学家鲁迅都曾论述过文学的阶级性。学过中国现代文学的人都知道，在二十世纪三十年代，围绕着文学的阶级性和人性、阶级性和人类性，鲁迅和梁实秋以及“第三种人”展开过激烈的论争。鲁迅说：“生在有阶级的社会里要做超阶级的作家，生在战斗的时代而要离开战斗而独立，生在现在而要做给予将来的作品，这样的人，实在也是一个心造的幻影，在现实世界上是没有的。”[③] 在当时激烈的阶级冲突乃至对立的年代，又处在斗争旋涡

---

① 张福贵、张航：《走出“教科书时代”——现当代文学学术前提的反思与重建》，《中国现代文学研究丛刊》2013 年第 9 期。

② 季羡林：《漫谈文学作品的阶级性、时代性和民族性》，2008 年 5 月 9 日，新浪读书（http：//book. sina. com. cn）。

③ 鲁迅：《论“第三种人”》，《鲁迅全集》第 4 卷，人民文学出版社 2005 年版，第 452 页。

之中，鲁迅自然是强调“文学有阶级性，在阶级社会中，文学家虽自以为‘自由’，自以为超了阶级，而无意识地，也终受本阶级的阶级意识所支配，那些创作，并非别阶级的文化罢了”。鲁迅还反驳梁实秋：“梁先生说作者的阶级，和作品无关。托尔斯泰出身贵族，而同情于贫民，然而并不主张阶级斗争；马克斯并非无产阶级中的人物；终身穷苦的约翰孙博士，志行吐属，过于贵族。这些例子，也全不足以证明文学的无阶级性的。托尔斯泰正因为出身贵族，旧性荡涤不尽，所以只同情于贫民而不主张阶级斗争。马克斯原先诚非无产阶级中的人物，但也并无文学作品，我们不能悬拟他如果动笔，所表现的一定是不用方式的恋爱本身。”[①] 在此前的文章中，鲁迅也始终强调，在阶级的社会中，文学“就一定都带着阶级性，但是‘都带’，而非‘只有’”[②]。在这里，鲁迅说的是很有分寸感的，“都带”并非“只有”，也就是说，在阶级的社会里，文学作品都带有阶级性，很难做到“超阶级”，但这不意味着所有的作品都要写阶级斗争，而不能写别的，那样就极端化和狭隘化了。所以，考察那时候的文学，并非只有阶级斗争。但当新中国成立以后，由于政治家毛泽东极端化地强调阶级斗争，而且还“千万不要忘记”、必须“年年讲、月月讲、天天讲”，导致政治运动中将阶级斗争扩大化、文学艺术中将阶级斗争中心化，到了“文化大革命”时期的“样板戏”已达到登峰造极，一切皆讲阶级性，而人性、亲情则荡然无存，教训十分深刻。事实上，当大规模的疾风暴雨式的阶级斗争过去以后，阶级的矛盾与冲突已不复存在，这时候，文学中的阶级性的要求应该淡化甚至淡出，而从 1949 年到 1976 年的中国当代文学，其局限之一就是过度渲染了阶级和阶级斗争，这既是文学的局限，更是历史的局限。甚至有时片面地接受、宣传列宁所论述的“文学的党性”“党派性”，将文学与政治

---

① 鲁迅：《“硬译”与“文学的阶级性”》，《鲁迅全集》第 4 卷，人民文学出版社 2005 年版，第 208—210 页。

② 鲁迅：《文学的阶级性》，《鲁迅全集》第 4 卷，人民文学出版社 2005 年版，第 128 页。

集团的利益纠缠在一起，给很多作家带来了厄运。如今，“文学的党性”也早已进入了“历史”。

文学的民族性和世界性在当代文学的批评中日益凸显出来，并成为争论的问题，是强调民族性，还是强调世界性？二者能不能统一起来？在什么样的关节点、立足点统一起来？恐怕还是尚待思考和解决的难题。

所谓文学的民族性，一般是指一种文学在各民族文学的比较中具有本民族的特性，从内容到形式，从笔法到风格都打上本民族的鲜明印记，具有民族精神。关于文学的民族性，中外名家都有过诸多论述。别林斯基多次谈到文学的民族性、民族意识、民族精神。他说：“在任何意义上，文学都是民族意识、民族精神生活的花朵和果实。”[①]“要使文学表现自己民族的意识，表现它的精神生活，必须使文学和民族的历史有着紧密的联系，并且能有助于说明那个历史；必须使文学有机地发展起来，具有自己的历史。”[②] 别林斯基还结合一些经典诗人深刻论述了诗的民族性特点：“普希金是十足的民族诗人，他的精神包括民族性的一切因素。这不仅可以从他那些以纯民族的形式表现纯俄国的内容的无与伦比的作品中看出来，而且更可以见于这样一些作品中，它们在内容和形式上仿佛不可能有一点俄国的东西。”[③] 别林斯基在这里所说的普希金的诗体现了十足的民族性，这种民族性既体现在“以纯民族的形式表现纯俄国的内容”，这是不难理解的。同时，也体现在“在内容和形式上仿佛不可能有一点俄国的东西的作品中，这就难理解了。既然在内容和形式上没有一点俄国的东西，那么，怎么体现俄国的民族性？联系别林斯基在另一文章中的论述，我们会知道他是在强调用自己民族的眼睛观察事物，并在作品中按下他的印记，也就是说，在字里行间，也包括在文字的背后，隐含着作者的个性品格、风

---

① 童庆炳、马新国主编：《文学理论学习参考资料新编》（中），北京师范大学出版社 2005 年版，第 2034 页。

② 同上书，第 2033 页。

③ 同上书，第 2032 页。

格，隐含着他的民族的品格和风格。“歌德的创作无论如何繁复和包罗万象，他的每篇作品都洋溢着德国的、再加上歌德的精神。普希金的大部分抒情诗，甚至他的几篇史诗作品，和《唐璜》一样，虽然在内容和形式上显然是纯欧罗巴风味的，但普希金在那里面仍不失为真正民族的、俄国的诗人，因为你怎样也不能把它们和拜伦、歌德、席勒的作品相混，而且除了说它们是‘普希金的’以外，没有别的可以称呼。”“这是创作的真谛：无论诗人从哪一个世界提取他的创作内容，无论他的主人公们属于哪一个国家，诗人永远是自己民族精神的代表，以自己民族的眼睛观察事物并按下他的印记的。越是天才的诗人，他的作品越普遍，而越是普遍的作品就越是民族的、独创的。”[①] 这段话，别林斯基不仅论述了文学的民族性及其体现，而且还论述了民族性和普遍性的关系，这种普遍性的扩展性的理解，就是今天所常说的“世界性”。

果戈理对文学的民族性有更形象、更精彩的表述：“真正的民族性不在于描写农夫穿的无袖长衫，而在表现民族精神本身。诗人甚至描写完全生疏的世界，只要他是用含有自己的民族的眼睛来看他，用整个民族的眼睛来看他，只要诗人这样感受和说话，使他的同胞们看来，似乎就是他们自己的感受和说话，他在这时候也可能是民族的。”[②] 这段话曾被别林斯基在文中引用并大加赞赏。他揭示出真正的民族性不是体现在外在的皮毛、外在的形式，而在于内在的精神，用作家自己的眼光、用整个民族的眼光来看待所描写的内容，从而体现民族的品格。赫尔岑也认为，文学艺术作品总是不免有民族性的，“不问他创作了什么，不管在他的作品中目的和思想是什么，不管他有意无意，他总得表现出民族性的一些自然因素。总是把它们表现得比民族的历史本身还要深刻，还要明朗”[③]。由此可见，俄国的批评家、作家十分看重文学的民族性，并认为深

① 童庆炳、马新国主编：《文学理论学习参考资料新编》（中），北京师范大学出版社 2005 年版，第 2033 页。

② 同上书，第 2035 页。

③ 同上。

厚、深邃的民族精神才是民族性的精髓。

鲁迅曾说到一个外国人，自幼生长在中国，自以为是中国通，其实不然，许多事情做起来并不像。所以文学的民族性尽管是多侧面的立体结构，但其核心是“民族的眼睛”和“民族的精神”[①]。鲁迅所说的这位外国人即是美国传教士的后裔，美国女作家赛珍珠，她于二十世纪三十年代初创作了反映中国农民的长篇小说《大地》，并成为名噪一时的畅销书作家。鲁迅在1933年11月致姚克的信中说：“中国的事情，总是中国人做来，才可以见真相，即如布克夫人（即赛珍珠），上海曾大欢迎，她亦自谓视中国如祖国，然而看她的作品，毕竟是一位生长在中国的美国女教士的立场而已”，她所留下的“还不过一点浮面的情形。只有我们做起来，方能留下一个真相”[②]。茅盾也曾对赛珍珠作品中的中国农民描写表示不认同，特创作短篇小说《水藻行》，以正视听。艾思奇也曾说过：“没有鲜明的民族特色的东西，在世界上是站不住脚的。中国的作家如果要对世界的文艺界拿出成绩来，他所拿出来的如果不是中国自己的东西，那还有什么呢？”[③] 这虽然是旧话，但今天仍然适用，仍有一定的意义。当代作家韩少功也十分强调文学艺术的民族特质，主张“在文学艺术方面，在民族的深层精神和文化特质方面，我们有民族的自我。我们的责任是释放现代观念的热能，来重铸和镀亮这种自我”[④]。韩少功由于高度重视文学的民族传统和民族之根，使他成为二十世纪八十年代“寻根文学”的始作俑者。

古往今来，民族性包括民间性曾哺育了无数的中外作家，成千上万的民间故事、歌谣、谚语、方言、土语、对联等成为作家创作题材的源泉，成为作品的重要构成要素。诚如高尔基所说：“各国

① 转引自包明德《略论文学的世界性与民族性》，2004年2月17日，中国作家网。

② 鲁迅：《致姚克》，《鲁迅全集》第12卷，人民文学出版社2005年版，第496页。

③ 艾思奇：《旧形式运用的基本原则》，《中国现代文学史参考资料》第1卷下册，高等教育出版社1959年版，第743页。

④ 韩少功：《文学的根》，《完美的假定》，作家出版社1996年版，第7页。

伟大诗人的优秀作品都是取材于民间集体创作的宝藏的，自古以来这个宝藏就曾提供了一切富于诗意的概括、一切有名的形象和典型。”“弥尔顿、但丁、密茨凯维支、歌德和席勒的名声登峰造极之日，正是他们受到集体创作的鼓舞，从无比深刻、无限多彩、有力而睿智的民间诗歌这个源泉中汲取灵感的时候。”[①] 民族性、民间性不断地被作家所发掘，因此，中国现当代小说中的“乡土小说”历来作为重要的一支，持续发展与延续。

强调文学的民族性要警惕在创作中的“大汉族主义”，而提倡多民族创作的平等和共荣共生。作为多民族国家的中国，汉民族以外民族的文学的繁荣仍是需要积极扶持的。在文学批评中，要警惕狭隘的民族主义，以及民粹主义，警惕简单地为作家贴民族标签或“唯成分论”。一个国家的不同民族、不同国家的不同民族在文学艺术上应该相互学习、相互借鉴，平等交流，交融则生，分离则亡。

所谓文学的世界性，一般是指某一民族的文学具有被世界各民族所接受、认同的品性，甚至产生共鸣。这样的文学作品就可以说具有较强的世界性。文学的世界性，其内涵至今还很含混，难有一个确定性的表述。这也正说明其内蕴的丰富，从大的方面说，人性的展现、人类的共同的情感、对真善美的追求、对假丑恶的厌恶、对人生和生命价值的揭示、对人的终极关怀等都可以说是世界性的因素。从小的方面说，作品的艺术美、风格的美、智慧的展现、英雄的品格、想象的飞扬等也都是世界性的因素，这样的文学可以跨民族、跨国界。中国的先秦诸子、楚辞、唐诗、明清小说，外国的希腊神话、史诗、莎士比亚的戏剧、歌德、拜伦、普希金、泰戈尔的诗等都可以跨海过洋，为不同民族、种族和国家的读者所接受，这样的作家作品也都具有世界性，诚如季羡林所说“李杜文章到了现代，经过了不是数百年，而是一千多年，依然很新鲜。像李白、

---

① ［苏］高尔基：《个人的毁灭》，《论文学》续集，人民文学出版社 1979 年版，第 62—63 页。

杜甫，中国还有一些诗人和散文家，诸葛亮、李密和韩愈就属于这一些人。外国也有一些作家和作品，可以归入这个范畴。这些作家和作品的阶级性、时代性和民族性哪里去了呢？我个人觉得，倒是马克思主义的老祖宗马克思敢于说：希腊神话有永恒的魅力。最现成最合理的解释就是，在承认文学作品的阶级性、时代性和民族性的同时，还承认一个贯通这些性，或者高踞于这些性之上的性：人性”[1]。可见，人性是文学的世界性的重要内涵。

文学的世界性，或者说“世界文学”的提出，通常被认为是源于1827年1月31日歌德与爱克曼的一次谈话，话题从歌德阅读的一部中国传奇作品开始。歌德对这部传奇作品（《风月好逑传》）很感兴趣并给他留下了深刻的印象，他说：“中国人在思想、行为和情感方面几乎和我们一样，使我们很快就感到他们是我们的同类人。”由此他预言：“民族文学在现在算不了很大的一回事，世界文学的时代已快来临了。现在每个人都应该出力促使它早日来临。”[2] 20年后，马克思和恩格斯在《共产党宣言》中更深刻地论述了物质生产与消费和精神生产与消费的世界性：“资产阶级，由于开拓了世界市场，使一切国家的生产和消费都成为世界性的了。……过去那种地方的和民族的自给自足和闭关自守状态，被各民族的各方面的互相往来和各方面的互相依赖所代替了。物质的生产是如此，精神的生产也是如此。各民族的精神产品成了公共的财产。民族的片面性和局限性日益成为不可能，于是由许多民族的和地方的文学形成了一种世界的文学。”[3]“如果说，歌德是基于对世界文学交流中所不断显现的人类同一性的领悟，确认了一体化世界文学实现的可能性；那末，马克思、恩格斯则是从人类物质生产的

---

① 季羡林：《漫谈文学作品的阶级性、时代性和民族性》，2008年5月9日，新浪读书（http：//book. sina. com. cn）。

② ［德］爱克曼辑录：《歌德谈话录》，朱光潜译，人民文学出版社1978年版，第112—113页。

③ ［德］马克思、恩格斯：《共产党宣言》，《马克思恩格斯选集》第1卷，人民出版社1995年版，第276页。

世界性必然导致人类精神生产的世界性这一命题出发，论证了一体化世界文学形成的必然性。”[①] 今天的文学格局已经证明了歌德和马、恩当年论证的正确性和预见性。

文学的民族性和文学的世界性，在“世界文学”的格局中处于怎样的地位？二者究竟是什么关系？一般说来，民族性是世界性的基础，是基石。对一个作家而言，没有民族性的内涵、民族性的眼光和民族精神，其作品就失去了坚实的情感基础和精神之根。抛开民族性去追求世界性，追求普世性，会使作家失去起码的读者、起码的知音，也就等于忽略了倾听自己民族的声音。刻意地去斩断自己文化上的根、民族上的根，也就意味着斩断了作家和其本民族读者的联系，其作品的生命力，也就要大打折扣了。

文学的民族性即“民族文学”也包括民间文学，不能做狭隘的理解，不能仅仅理解为“民族题材”或“民间题材”，也不能仅仅理解为创作者本民族的特性。比如，沈从文是苗族作家，他的作品不都是苗族的特性，因此，他的作品一般不能说是“苗族文学”；张承志是蒙古族作家，他的作品也写蒙古族、写草原的生活，但也不能说他写的作品就是“蒙古族文学”。不一定以作家的身份论文学的特质，这是狭隘的，他们的作品都是用汉民族的语言创作的，更多的是体现他们所生活的民族国家。关键是“民族的眼睛”和“民族的精神”。文学的民族性也不应该是封闭的、排他的、自足的。经典作家汪曾祺说：“有一种说法我不理解：越是民族的，就越是世界的。虽然这话最初大概是鲁迅说的。这在逻辑上讲不通。现在抬出这样的理论的中老年作家的意思我倒是懂得的。他们具有强烈的排他性，排斥外来的影响，排斥受外来影响较大的青年作家，以为自己的作品是最民族的，也是最世界的，是最好的，别的，都不行。钱锺书先生提出一个说法：‘打通’。他说他这些年所做的工作，主要是打通。他所说的打通指的是中西文学之间的打通。我很欣赏打通说。中国当代文学和西方文学需要打通，不应该

---

① 曾小逸主编：《走向世界文学》，湖南人民出版社 1985 年版，第 10 页。

设障。”[①] 真正的民族性是开放的、发展的，民族作家是要有开放的胸襟和世界性的眼光的。文学的世界性即“世界文学”，它不是任何一个民族文学之外，也不是所有民族文学之外独立存在的文学。世界文学是具有一定世界性的民族文学，是由多个民族构成的多边文学。世界因各个民族而多彩，各个民族文学争奇斗艳而构成多彩的世界文学。

有鲜明的民族性才有世界性。但民族性并不等于世界性，世界性是民族性的延伸、扩展，是民族性的追求，也是民族性的理想。凡有人性美的文学就有世界性，“世界文学”应该是民族性和世界性的“混血儿”。在经济全球化、世界一体化的当今，唯有这样的“混血儿”才能在世界各地、各民族广泛传播，从而让世界了解你。鲁迅在1934年4月19日写给陈烟桥的信中说：“现在的文学也一样，有地方色彩的，倒容易成为世界的，即为别国所注意。打出世界上去，即于中国之活动有利。”[②] 后来，就演变成众所周知的：越是民族的，就越是世界的。前述的作家汪曾祺对这种说法提出了质疑。当今的著名学者、复旦大学的葛剑雄教授也不苟同：“现在有个说法：民族的就是世界的。我无法苟同这种说法。有生命力的民族文化，只有经过有效传播才能是世界的。花木兰是中国的，可是直到如今，中国还拍不出一部像好莱坞的《花木兰》那样有影响力的影片。大熊猫是四川的，为什么我们没拍出《功夫熊猫》？所以，文化怎样走出去，是一个大学问。”[③] 这里，葛剑雄教授说的虽然是文化，但也适用于文学。其实，鲁迅当年所说的，有民族性的，容易成为世界的，而没说一定是世界的，他只表明，民族性是世界性的基础和前提，而非世界性本身。只有经过有效传播，才能成为世界性的。中国的京剧和其他地方戏曲、少数民族的

---

① 汪曾祺：《捡石子儿》代序，《汪曾祺文集》（文论卷），江苏文艺出版社1994年版，第15页。

② 鲁迅：《致陈烟桥》，《鲁迅全集》第13卷，人民出版社2005年版，第81页。

③ 葛剑雄：《那什么样的中国文化走向世界》，《光明日报》2013年11月8日第12版。

史诗，是民族的，但不一定是世界的。有的文学，既是民族的，也是世界的。有的文学只能是民族的，难以成为世界的。有的作家，既是民族的，又是世界的，像莎士比亚、歌德、席勒、曹雪芹。而有的作家只能是民族的，不一定是世界的，因为他的作品没有世界性的要素（如世界性的内涵和世界性的形式）。不同民族的文学，当它具备了世界性的元素，又经过有效的传播途径，为其他民族、其他国家的人们所接受，它就不仅是自己民族的，自己国家的精神产品，也是人类共有的精神财富。“只有又是世界性的，又是人民性的文学，才能是真正人民性的文学。”[①] 别林斯基的话，今天来看，依然是正确而深刻的。

第三节 普世价值与核心价值，时代性与永恒性

近年来，随着对外文化交流的日益频繁和世界一体化的进程，“普世价值”越来越频繁地出现在媒体、网络和学术研究的视野中。在哲学、社会学、文化学乃至文学等学科领域，对普世价值的研究也引起了学者的重视。但至今仍然存在着较大的分歧，甚至引起过争论。

什么是普世价值？普世价值作为一种价值表述，来自于西方，是指一种普遍适用、普遍存在的价值观，这种价值观具有全人类性，为普天下的人所共同接受、共同遵循、共同追求，像人性、民主、自由、和平、诚信、博爱等。中国传统的普世的价值观也是古已有之，从老子到孔子到孟子，像仁爱、宽容、天下大同等。到了当代，随着世界的一体化和交流的国际化，普世价值被提出和使用，它的兴起是中西传统价值观碰撞和融合的结果。对于普世价值，国内虽然有过专门的讨论，但在基本的认识上仍存在较大分歧，主要集中在普世价值是否存在以及它的基本内涵上。持肯定意

---

① ［俄］别林斯基：《论人民的诗》第一篇《别林斯基论文学》，梁真译，新文艺出版社 1958 年版，第 76 页。

见的人认为，普世价值是放之四海而皆准的全人类共同的价值观，是客观存在的，人们必须认识、接受并实践这种价值观，而不能排斥它。应该加强对国人、特别是中小学生的普世价值观的教育，以此来提升人文素质。持否定意见的人认为，普世价值根本不存在，价值从来就没有“普世”的。普世价值的本质是西方的价值观，中国应该有自己的价值观。因为“主体的价值认识总是具体的历史的，在阶级社会里是有阶级性的。价值认识会因主体和需求的不同而有具体的差异，会因时间的改变、时代的不同而发生变化”。“历史上从来就不存在什么抽象的人的价值，存在的只是不同时代、不同的阶级、不同的人的价值观念。”[①] 也有人认为不存在普世价值，但存在一定程度的、一定范围的价值共识。对普世价值之所以出现如此的观点对抗，恐怕与作者的着眼点不同有关，有从政治层面着眼；有从文化和人文层面着眼；有从学术研究层面着眼。比如，从政治层面着眼，把普世价值看作西方的一种话语霸权，是想用西方的价值观对我国进行价值理念的渗透，其根本目的是干预我国的民主政治，用西方的价值观来代替社会主义核心价值观，具有鲜明的意识形态性。

笔者在这里讨论普世价值是从文化、人文和学术的层面着眼的。我们认为，从文化人类学来说，普世价值是存在的，这种存在不是抽象的存在，而是具体的存在；不是绝对的存在，而是相对的存在。世界上的任何事物都没有绝对的。我们都承认西方有普世价值，我们也承认中国自古也有普世价值，那么，西方和东方的普世价值是有诸多共识的，这种共识是很普遍的，我们把它叫普遍共识，由普遍共识必然形成普世价值。这种普世价值也可以称作“共同价值”。普世价值里的“价值”也是一个反映主客体关系的哲学范畴，其中，价值主体对价值的认识总是具体的、历史的，在阶级社会里也是带有阶级性的，在不同民族、国家的矛盾共同体中也是

---

① 汪亭友：《价值为什么没有“普世”的?》，《中国社会科学报》2013 年 7 月 12 日第 A7 版。

带有民族和国家性的。但是，这种具体的、历史的价值认识，也存在一致的地方，其中，在阶级社会中，阶级性虽有，但绝不是全部，除了阶级性，起码还有人性，这已是不争的事实。比如，文学作品，在强调阶级和阶级斗争的年代，很多作品多写阶级性，少写人性，或不写人性。共和国文学的前 30 年，这种情形相当突出，到了“样板戏”达到最极端化，人性、人情已荡然无存，这是今天的接受者所最不能接受的，也是那时作品的最大的局限。在阶级和阶级斗争凸显的年代，尚有人性存在，何况在阶级和斗争弱化的年代。这种人性就是普遍的，所以，文学作品体现人性主题的往往能够跨越时空而不朽，正在于这种人性具有普世价值。从另一角度说，如果人类不存在普世价值，而且，不同的价值观又完全是冲突的，那么，人与人、国与国的交往将何以成为可能？其密切关系将何以维系？这是不可想象的。正是由于人类具有普世价值，才使不同民族、不同国家、不同政治制度、不同宗教信仰的人们可以亲密交往，成为朋友、伙伴。如果没有普遍共识、价值共识、共同利益，就不会有全球化，不会有世界一体化。在这里，普世价值是共同的基础和底线。习近平总书记在 2015 年 9 月 28 日出席第七十届联合国大会一般性辩论，并发表了《携手构建合作共赢新伙伴　同心打造人类命运共同体》的讲话，指出：“和平、发展、公平、正义、民主、自由，是全人类的共同价值，也是联合国的崇高目标。”在这里，习总书记站在全人类价值共识的制高点上，提出了全人类的“共同价值”。这和我们这里所说的普世价值是一致的。我们必须承认它，坚守它。

承认普世价值并不是要抹平民族、国家的界限，正像承认世界经济一体化，并不意味着世界已成为一个“大家庭”一样。事实上，现实中的人都是生活在具体的、特定的国家和民族的结构之中，而不可能生活在抽象的“世界”或以“世界”为统一体的结构之中。全球化并没有把全世界的人变成一个和谐的统一体，相反，不同民族、国家、地区的冲突还在加剧。承认普世价值也不意味着认同普世价值中的一切，比如，在普世价值中，西方的“个人本位”价值观和中国的“集体本位”价值观就存在着冲突。再如，普世价值中的民主、自由、平等、人权等，是资本主义和马克思主义所共同追求的，但在具体的理解、回答和表现形式上是存在差别的，资本主义制度有资本主义的民主、自由、平等、人权，社会主义制度有社会主义的民主、自由、平等、人权，究竟哪种模式好？各自的看法有所不同，这也是正常的现象。

在承认普世价值的前提下，我们才能讨论普世价值的内容、内涵。西方心理学家有将普世价值泛化的倾向，他们在问卷调查的基础上进行实证研究，将普世价值分为几十种，像助人、安全、健康等都列其中。普世价值的内涵不能琐细化，既然叫普世价值，一定是在一些根本的问题并体现价值观的范畴，而一些日常生活中的道德准则只能看作对人的道德约束，不一定作为普世价值的内涵。

核心价值在当下是主流意识形态所倡导的，表述为“社会主义核心价值体系”，源自党的十六届六中全会。党的十七大进一步提出“社会主义核心价值体系”，把它作为社会主义意识形态的本质体现、全党全国各族人民共同的思想基础、文化软实力的核心内容、民族复兴的强大精神支撑。其基本内容概括为四个方面，即马克思主义指导思想、中国特色社会主义共同理想、以爱国主义为核心的民族精神和以改革创新为核心的时代精神、社会主义荣辱观。作为执政党所提出的一个重要问题，核心价值具有时代性、政治性、战略性和全局性，同时，也具有文化性和人文性。2012 年 11 月，在中共十八大报告中，在“社会主义核心价值体系”的基础上，首次以 12 个词概括“社会主义核心价值观”：“富强、民主、文明、和谐、自由、平等、公正、法制、爱国、敬业、诚信、友善。”其中，“富强、民主、文明、和谐”是国家层面的价值目标；“自由、平等、公正、法制”是社会层面的价值目标；“爱国、敬业、诚信、友善”是公民个人层面的价值目标，并提出要在全社会积极培育和践行社会主义核心价值观。在这其中，文学所发挥的作用不可小视。

我们既要承认普世价值，更要承认核心价值，并把二者统一起来，而不能对立起来。不能把核心价值仅仅理解为执政党的需要、意识形态的需要、宣传的需要。普世价值包含核心价值中的部分内容，核心价值中也有普世价值的要素，是对全人类共同价值的吸纳和发展。社会主义核心价值观本身就具有开放包容的特点和气度，它和普世价值、全人类共同价值是辩证统一的。

在文学创作和文学批评中，如何体现普世价值？共同价值？如何践行社会主义核心价值观？这既是一个理论问题，更是一个实践问题。它不仅有学理依据，也有现实诉求和时代要求。文学作为人学（对人的书写和塑造）、社会历史之学（对社会历史的叙事和表现）、心灵之学（对人物心灵世界的揭示），在其文本中体现个人价值、社会价值、时代价值、核心价值、普世价值、共同价值等都是正常的，也是应该的，这应该成为一种普遍的共识。作品怎样体现普世价值？其内涵和真谛应该是真善美，应该是人本、人性、人道等人文情怀，通过形象、情感、审美、艺术加以呈现。作品要想走出地区、走向全国、迈向世界，必须在民间性、区域性、民族性的基础上具有共同价值，并对共同价值的某一内涵或全部内涵加以深度和持续的表现，形成自己鲜明的特色，具有不可替代性，这是和文学的独创性一致的。文学艺术创作如何践行社会主义核心价值观呢？很多人都强调用核心价值观去引领文学艺术创作，这是必要的，也是正确的。但引领创作不等于让作家艺术家一定去遵循它去创作，更不能把它作为金科玉律或“圣旨”让创作者照搬它的原理、内容去写作。我们不能要求作家在写作前思考如何用马克思主义指导自己的创作，如何体现社会主义理想，如何表现民族精神、时代精神，如何体现社会主义荣辱观，这样，文学创作将重新落入公式化、概念化、主题先行、贴政治标签的窠臼，这样只能写出观念性的、教化性的宣传品，构不成伟大而神圣的创作，当然也就不能成为精品，更不能成为经典。伟大的创作，一定有深厚的生活积累，有强烈的情感积累和深刻的生命体验，有激烈的灵魂搏斗和心灵震颤，并具有高超的艺术性和独创能力，这样才能凝结成不朽的巨著。“从血管里流出来的都是血。”外在强加的所谓思想、理念都难以产生好作品，这已被以往的创作实践所证明。社会主义核心价值观的体现，在文学创作中应该是自然而然的，而不应是刻意的和机械反映式的。核心价值观是着眼于全社会的，它对作家的创作具有引领作用，作家要有这方面的自觉意识和思想境界。但关键还是要看作家的创作能力，看作家能不能创作出让社会满意、让人民满意的好作品。

在文学批评中，如何体现普世价值？如何践行核心价值？这比作家的创作更重要，更大有可为，这是由文学批评的性质和任务所决定的。首先，有效的文学批评能够指导创作朝着积极、健康、向上的方向发展。正如著名作家贾平凹最近所说：“评论家说好说坏都是创作的动力。”[①] 为了更好地发挥这种动力作用，就要求批评家自觉地用马克思主义文学理论批评为指导，引领作家在创作中体现普世价值，践行核心价值，注重作品的精神内涵，发挥文学的正能量作用。其次，文学批评通过作品成败得失的揭示，通过创作道路的跟踪，创作经验的总结，给作家以技术指导，多出精品，创作经典，走向世界。“对于作家来说，文学批评是教父，也是教练。教父的角色是引导作家靠近神灵和抵达终极，属于精神引导；教练则是告诉作家靠近和抵达的途径、方法和手段，属于技术指导。”[②] 文学批评应该充分发挥对创作的精神引领和技术指导的作用。再次，有效的文学批评通过对文本的深入阐发，发掘出作品蕴含的丰富的普世价值和核心价值的内涵，包括其中的爱国主义、民族精神、时代精神、荣辱观，从而，也就自然而然地践行了核心价值体系。中国传统的文学批评，一直把文学的意义阐释作为批评的重要内容，通过挖掘思想，探寻意义，为当代社会精神文明提供思想动力，提供精神资源。又次，有效的文学批评仿佛在作者和读者之间架起一座沟通的桥梁，它不仅能指导创作，还能引领读者，帮助读

---

① 王觅：《从〈废都〉到〈带灯〉——贾平凹创作回顾研讨会在京举行》，《文艺报》2013 年 11 月 8 日。

② 许春樵：《期待文学的技术批评》，《文艺报》2012 年 6 月 13 日。

者理解作品，提升读者的接受欲望和接受品位，从而发挥文学批评在体现普世价值和践行核心价值方面的积极作用。

文学的时代性和永恒性是一个老话题。但随着文学的世界性和人类共同性的提出，有人认为文学的时代性只有暂时性，难以具有永恒性，似乎时代性和永恒性是矛盾的，这是一个认识上的误区。

文学是时代的产物，它不仅反映时代、表现时代、歌颂时代，也受制于时代，时代的局限常在文学中留下投影和印记。中国古代就有刘勰的“文变染乎世情”，白居易的“文章合为时而著”。外国有契诃夫的“文学家是自己的时代的儿子，因此，应当跟其他一切社会人士一样受社会生活外部条件的制约”①。普列汉诺夫也说过“任何文学作品都是他的时代的表现。他的内容和他的形式是由这个时代的趣味、习惯、憧憬决定的，而且越是大作家，他的作品的性质由他的时代的性质而定的这种关联也就越强烈越明显”②。强调文学价值的时代性，文学要表现时代，是时代赋予文学的使命之一。文学创作和文学批评都要把握时代脉搏，体现时代潮流，富有时代气息，具有时代特色。核心价值体系中就有时代精神的内涵，可见其重要性。“时代性的精神体验，是创作主体一种超越了故事和人物外在性的深层体验。它能把历史和现实、政治和文化、形而上和形而下的种种体验，凝聚到人物的文化心理的视屏上，使作品不再以提出问题的方式，而以呈现灵魂的方式出现。”“现在的一些个人化叙述的作家作品，在整个当代文学格局中显得轻狂，主要是缺乏时代性的深邃体验。”③ 这是击中要害的。文学的时代性绝不等于对时代的简单描摹、表层书写，而是要沉入时代的深层结构中，进行深度的精神体验、深沉的情感体验和深邃的灵魂体验，在这样的基础上，对时代进行总体把握和审美呈现，这样，作品的时代精神才能是有深度和高度的。一味地个人化叙述或表面的

---

① ［俄］契诃夫：《写给玛·符·基塞列娃》（1887 年 1 月 14 日），《契诃夫论文学》，人民文学出版社 1958 年版，第 36 页。

② ［俄］普列汉诺夫：《论西欧文学》，人民文学出版社 1957 年版，第 21 页。

③ 胡良桂：《文学主流的多维空间》，人民出版社 2011 年版，第 211—212 页。

时代叙述都显得小家子气，难成大气候。作家要善于对时代进行审美的升华。

文学受制于时代也是明显的，无论创作还是批评都不例外。一个时代的物质生活、政治生活和精神生活和文学创作、作品的内质以及文学批评是息息相关的。任何一个作家、批评家都是在特定的时代、特定的社会中生活，时代对他们的赐予既有积极的、正面的，也有消极的、负面的。时代可以不在意文学，但文学不能不在意时代，承担时代交付的文学使命和社会责任。但在意时代，承担时代使命和责任，并不意味着迎合时代，做时代的传声筒，更不意味着媚俗时代，用劣质的、低俗的作品去讨好特定时代的时尚和某些人的低级趣味。因此，文学在具有时代性的同时，还要有超越性，这样才能达到永恒性。笔者在第一部专著即《接受美学与中国现代文学》中，在阐释文学作品的艺术生命力时就谈到文学作品要想保持长久的艺术生命力，应该是切合时代和超越时代的统一。如果文学家仅仅反映的是特定时代的经济的、政治的和社会的事件，这种事件本身就容易过时，那么以此为载体的作品也就难以具有永恒性。永恒性是艺术魅力的长久的呈现，而且魅力越持久，它跨越时代的幅度也就越大，这样它与特定时代的关系反倒显得不那么紧密。因此，并不是越是适应时代，贴近时代的作品就越具有价值和生命力，而是在切合时代审美需求的同时，超越时代，包蕴进跨越时空的深广的历史内容，使作品具有一种历史的纵深感和相应的超前性。笔者还举了《巴黎圣母院》和鲁迅小说作为例证。[①] 当年创作社、太阳社的一些成员攻击鲁迅不追随时代，也不曾表现出时代，是时代的落伍者，这除了反映他们思想偏激，受“左”倾的影响，错误地估计形势外，也反映出对文学的时代性理解得过于狭隘，同时，也从反面证实了鲁迅和鲁迅作品的超越时代性。文学只有超越具体的时代才能具有永恒性。

---

① 参见王卫平《接受美学与中国现代文学》，吉林教育出版社1994年版，第101—104页。

从中国现代文学到中国当代文学，作家在处理文学与时代、与社会、与政治的关系时，在追求文学的时代性和永恒性时，有成功的经验，也有失败的教训。二十世纪二十年代中后期的革命小说、左翼小说到红色小说；抗战初期文学的宣传性；解放区文学的意识形态性；共和国之初诗歌中“颂歌”的盛行；（连胡风这样具有主见的批评家，也写歌颂的诗《时间开始了》）五六十年代的农村小说和革命历史小说、政治抒情诗、《霓虹灯下的哨兵》、《千万不要忘记》等戏剧；浩然和“文革”小说与样板戏，直至新时期初期的伤痕、反思、改革等主旋律文学等，作家作品在体现时代性和追求长久性问题上都有过明显的失误，导致作品的生命力难以持续长久。究其原因，更多的恐怕是时代的局限，但也不能否认作家个人的超越意识不强，或把时代性理解得过于狭隘，甚至等同于政治性、政策性、宣传性。老舍在共和国成立之后，已经是成名的、稳健的、有自己独特风格的大作家，但却写了不少配合一时一地政治和政策宣传的通俗作品，以致有人慨叹“真金子被压碎了”。其他如郭沫若的诗、历史剧、茅盾的《子夜》、《腐蚀》等小说、贺敬之等的政治抒情诗等，时代感都很强，但在长久性上都面临着严峻的考验。相反，鲁迅的小说、散文诗、曹禺前期的戏剧、沈从文、张爱玲、钱锺书的小说并没有为配合哪一具体的时代而写作，却具有长久的艺术生命力。北京大学钱乘旦教授在谈学术创新时说：“什么样的学术作品是好作品？时代说好，历史也说好的，这一定是好作品；时代说不好，历史说好的应该是很不错的作品；时代说好，历史说不好的可能不是好作品；时代不说好，历史也不说好的应该不是好作品。”“应该把时代对它的评价和历史对它的评价作为我们判断的两个坐标来考虑。”[①] 这里，钱教授所说的“历史”实际上也是指作品跨越时空的长久性，他虽然说的是学术作品，但也适用于文学作品，在“时代”和“历史”两者中，他更看重历

① 钱乘旦：《用时代和历史眼光评价学术作品》，《光明日报》2012 年 5 月 23 日第 13 版。

史评价，也就是长久价值、长久生命力的体现。文学的永恒性应该是作家长久的、高标准的、高层次的追求。

由上所见，具有鲜明时代性和深邃感，同时又具有永恒性，应该是伟大作家的不二追求，有价值的作品应该立足时代和世界。对时代性不能理解得过于狭小和具体，而应是宏观的、更高、更广的审美把握。从文学的持久性来说，作家作品都不能和时代与社会贴得过于紧密，而应该“出乎其外”，保持一定的距离。但强调作家与时代、作品与时代的距离感，绝不意味着鼓吹文学与时代越远越好，更不是鼓动作家脱离时代，脱离现实，有些作品有意地淡化时代，故意模糊时代精神，失去了对时代的观察与思考就走向了另一极端，导致作品的时代质感不强，气度不够，从而失去读者。正像鲁迅所说“失去了现在，也就失去了将来”。二十世纪九十年代以后，乃至新世纪的中国文学在这方面也是有教训的。距离本身就包含着切合与超越两个方面，二者是矛盾的统一。只有伟大的作家、伟大的批评家才能在创作和批评中实现两者的真正统一。其中的原因就在于：作品写出了“变中的不变”。“变”，即一个时代区别于另一个时代的特征；“不变”，是变化了的现实中又包含着某些不变的东西，比如人性、人情、人道、人所面临的永恒的精神困惑、人的精神挣扎、人的终极情怀等。就个人而言，任何时代、任何民族的人，都具有共同性的一面，比如，对爱的渴求，对自由的渴望，对美的向往，这可以看作一种普遍的人性。然而，人性也好，真善美也罢，都不是一种抽象的存在，而是存在于特定时代的具体人身上，这就实现了时代性和永恒性的统一。

联系当下的文学：“当下的文学，要期盼它价值的永恒，并能在时间之流中站得住，绝不能倒向市场化、类型化、网络化，用通俗文学的某些元素去置换。恰恰相反，它需要的是更加坚守文学的审美立场，并用接受经典化的洗礼，才能以其强大的生命力存在下去。”① 这应该是当代文学经典化之路的征途。共和国文学六十多

---

① 胡良桂：《文学主流的多维空间》，人民出版社2011年版，第216页。

年，有多少时代性和永恒性相统一的作品？在这点上恐怕不太乐观，从长久的视野来看，即使是我们今天交口称赞的作品恐怕也不一定是经典，至多是“亚经典”或“相对经典”。从这一点来说，当今的文学仍然任重而道远。

第四章 “文学性”“文学价值”的系统阐释

“文学性”“文学价值”是二十世纪以来被世界持续关注、历久弥新的话题。在我国，自二十世纪九十年代以来，对文学性的关注，成为文学研究界热议的话题。但至今对于什么是文学性，什么是文学价值，它们在作家的创作和学者的研究中处于何种地位，文学性与非文学性、文学价值与审美价值是什么关系，学界依然争论不休。鉴于此，本章试图对这些问题作以阐释。

第一节 “文学性”“文学价值”的内涵

“文学性”作为概念的提出，一般认为是俄国形式主义理论家雅柯布森（又译雅各布逊）在二十世纪二十年代提出来的。他认为“文学学科的对象不是文学，而是‘文学性’，也就是说使一部作品成为文学作品的东西”[①]。这话听起来有点儿“绕”，说白了，所谓文学性，即文学的本质特征和属性。而关于文学性的定义，西方学者进行了长期的探索，但至今仍众说纷纭，没有得到令人满意的答案。沿着二十世纪西方学者的思路，有关文学性的释义就有：形式主义的定义；功利主义的定义；结构主义的定义；文学本体论的定义；文本的定义等。二十世纪西方的一些文学理论家、文学批评

① ［俄］雅各布逊：《现代俄国诗歌》，载［法］托多罗夫编《俄国形式主义文论选》，蔡鸿滨译，中国社会科学出版社 1989 年版，第 24 页。

家多从文学的形式层面、语言层面来解说文学性，甚至认为形式、语言才是文学的正宗，对其进行研究才是文学的内部研究，其他外部问题必须从文学研究中剔除。应该说，从形式主义到新批评到结构主义对于文学形式、文学语言的研究取得了一批成果，也影响到我国学者对文学形式的研究、对文学性的理解。但是，从认识论的角度来看，孤立地、片面地强调形式、语言，不免带有形而上学和教条主义的色彩。对于文学性的理解应该是开放的、宏观的理解，而不应是微观意义上的死标准。

既然文学性是文学的本质特征和属性，那么，最关键的问题是如何理解、归纳、概括、界定它？如何认识它？它的内涵如何？“对于文学性的问题，需要确立一些基本态度。一是，人们无法穷尽对某一本质的追问，但本质追问又是理解的必然路径。我们可以谈论的本质，并非一种绝对的存在，而是人类的一种可贵（并非谬误）的认识模式，试图抵达文学本质的文学性，是一种意向性的存在，存在于我们对于文学的意向性建构中。二是，文学的本质规定性，是在与他者的区别和关系中建立起来的，在不同的历史语境中有不同的显现，所谓本质必须放在历史语境和他者的关系中来理解。三是，文学是一种社会性的话语实践，文学性是在实践活动中呈现或者被指认出来的，文学的历史实践构成了文学性的要素，当下的文学实践又不断地改变并且开拓文学性的构成。”① 这是我们理解文学性的非常重要的原则、方法和基本态度。

在中国当代文学研究界，自二十一世纪以来，文学性、文学价值越来越受到学者的高度重视，频繁地出现在研究者的论著之中，但不同的研究者在不同的场合，对文学性的解说还是存在着差异的，有的也语焉不详。著名学者、中国当代文学研究专家吴义勤教

① 汪卫东：《鲁迅杂文与20世纪中国的“文学性”》，载寿永明、王晓初主编《反思与突破：在经典与现实中走向纵深的鲁迅研究》，时代出版传媒股份有限公司、安徽文艺出版社2013年版，第332页。

授在《新世纪中国当代文学研究的现状与问题》[1] 中，以高屋建瓴，善于纵览全局和发现问题的姿态和非凡能力，透彻地分析了新世纪以来中国当代文学研究的现状，深刻地阐述了其中存在的问题。文中提出了三个方面的设问，即中国当代文学究竟有没有“经典”，应不应该“经典化”？“纯文学”的神话破灭后，“文学性”还是判断中国当代文学的核心价值与基本尺度吗？批评功能被曲解，批评形象被颠覆，文学批评还有正面建构文学史的能力吗？这些问题，以作者的富有见地的回答，在学界产生良好反响，文章发表后，被《新华文摘》全文转载[2]。吴义勤指出：“很长时间以来，中国文学的价值观其实都是与文学之外的因素联系在一起的，‘文学性’从来就没有成为一种核心价值。”“一方面，中国文学的评判标准一直缺乏稳定性，一直没有能够形成普适性的核心价值与核心尺度；另一方面，中国的文学批评标准又一直是随机的、割裂式的，没有形成兼容不同形态、不同诉求、不同审美理想的有机性、综合性的标准体系，总是或左或右，以偏概全，从不同的角度、不同的局部、不同的理念出发完成对其他文学形态或整体文学状况的判断。”吴义勤呼吁，在全球化、文化研究、大众媒体操纵下所出现的无所适从的价值混乱和价值虚无的状态下，甚至出现否定“文学性”、重新回归意识形态批评的倾向下，“对于中国当代文学来说，如果我们试图建构一种有机、稳定、多元、包容、开放的文学评价标准体系，文学性应该是一条基本的底线，没有这条底线，文学不成为文学，文学史也不成为文学史”。这是非常必要的倡导。但遗憾的是文学性这一标准体系都包含哪些内涵？它的基本要素是什么？是像西方文论家所说的专指文学的语言、形式，还是也包含相应的内容？对此，作者并没有阐释，这是一个缺憾。在之后的另

① 吴义勤：《新世纪中国当代文学研究的现状与问题》，《文艺研究》2008 年第 8 期。

② 同上书，《新华文摘》2008 年第 21 期转载。

一篇文章《“文学性”的遗忘与当代文学评价问题》[1]中，作者又一次强调“文学性”的尺度，但对于“文学性”的内涵又是语焉不详，因此，遭到了学者的质疑：“这里的关键，是对于文学性、文学性尺度的理解。可惜，作为洋洋万言文章立论的重要概念，它们并未得到细致、准确的阐释。因而，作者所谓‘遗忘’‘告别’的论断就让人不得要领。”[2]

著名文艺理论家童庆炳教授认为“我理解的文学性有三个向度，第一就是语言，第二就是审美，第三就是文化”。“这三个向度是文学不可分割的有机整体。”[3]这是他所理解的文学性以及构成要素，涉及了文学的形式和内容。当代文学批评家贺绍俊认为，“文学性，包含着艺术、诗意、想象等内涵，它是小说区别于故事、新闻的基本标识，但目前的小说明显让人感到文学性不够”[4]。另一当代文学批评家张柠认为，“所谓文学性，是文学内部研究的基本问题，他研究文学的元素及其构成方式，首先是语言问题”[5]。这种理解基本上和西方形式主义的阐述相一致。

以上几位文艺学和中国当代文学的学者对文学性的理解和界定，虽不是对文学性的专门研究，但也透露出一些倾向，即多从文学的形式着眼，显然有些偏狭，不够系统。著名中国现代文学研究家、文学史家钱理群教授认为，“我们理解的文学性，是指文学观察、把握、书写世界的独特方式，它关注的始终是大时代里的人的存在，而且是个体的存在，具体的存在，感性的存在，心灵精神的存在，日常生活里的普通人的存在”[6]。钱教授的这段话，笔者特

---

① 吴义勤：《“文学性”的遗忘与当代文学评价问题》，《文艺报》2009年8月27日。

② 朱晶：《何谓“道德主义”或“文学性尺度”》，《文艺报》2009年9月19日。

③ 童庆炳：《王蒙小说文体研究·序》，见郭宝亮著《王蒙小说文体研究》，北京大学出版社2006年版，第2—3页。

④ 贺绍俊：《平稳中酝酿新变——2012年中短篇小说创作评述》，《光明日报》2013年1月29日。

⑤ 张柠：《网络文学的文学性和新标准》，《文艺报》2013年12月11日。

⑥ 钱理群：《有缺憾的价值——在〈中国现代文学编年史〉出版座谈会上的讲话》，《文学评论》2013年第6期。

别赞同的是文学性是指文学观察、把握、书写世界的独特方式，而且始终关注人的存在，这就把文学和非文学区别开来了，也突出了文学性的特质。但钱教授强调文学关注个体的存在、日常生活里普通人的存在，笔者就不完全认同了。因为文学除了关注个体的存在、日常生活里普通人的存在以外，还可以关注群体的存在、社会历史的存在、英雄豪杰的存在、非常生活里人的存在，像《西游记》《水浒传》《老人与海》《红岩》里人的存在，后者同样应该是文学关注的对象，同样是文学性的体现。

笔者以为，对文学性的理解不应偏狭，应该宽泛，不应只注重形式，同样涉及内容。正像有学者所指出的："我们主张的文学性，是指文学内容和形式的统一的文学性。文学并非仅仅因其形式在具有文学性，而其内容只具有思想性或非文学性。文学内容既然是文学内容的话，那么其内容也是具有文学性的。""文学性构成要素很多，从文学作品构成角度而言，有内容和形式的各种要素，诸如题材、主题、语言、结构、方法、体裁等；从文学作品的意义角度而言，有文学意蕴、文学内涵、文学思想、文学精神，等等；从文学接受角度而言，有文学感受、文学感悟、文学冲动、文学共鸣、文学移情等。"[①] 这就是说，文学性是文学内容和形式的统一，思想和艺术的统一，理念和形象的统一，创作和接受的统一。文学性是一个整体。

我们之所以认为文学性是文学内容和文学形式的统一，而不能专指文学形式和语言，是因为：第一，从文学的本质特征来看，文学是作家运用语言工具，通过选择、提炼、加工，经由叙事、描写、抒情，期间也可以运用各种文学方法、手段、技巧等，但这些都是作家掌控的手段，通过这些手段也可以看出不同作家创作的高下、驾驭文学能力的强弱。但这终究不是目的，作家驾驭文学语言，运用种种技法，总是要表达点什么，抒发点什么，告诉读者点什么，即便是作家创作时没有什么明确的目的，但也总会有一种情

① 张利群：《论文学评价标准的三元构成与建构条件》，《文学评论》2007 年第 1 期。

感、一种情绪、一种冲动、一种体验、一种感悟等在驱使着作家去写，甚至成为创作的原动力。于是，研究者会从作家的无意识创作中阐释出、挖掘出种种的意蕴、意义、思想和精神。也就是说，不管作家创作有没有明确的动机、意图、目的，他写出来的作品总要承载些、包含些内容，具有精神含蕴。没有无内容的形式，没有无含蕴的技巧。抽去了文学的内容、含蕴，剩下的形式的问题，则成了空架子，仿佛没有血肉的木乃伊，事实上也是不存在的。或者干脆一点说，抽去了内容，也就没有了形式，也就谈不到文学性。文学的内容和形式是相互依存而存在的，仿佛一枚硬币的两面，是统一的，不可分割的。因此，我们讨论文学性，在注重语言、形式等所谓内部要素的同时，也关注它所承载的情感、内容、精神、思想以及它所包含的意义，这也应该是文学性的应有之义，而不是什么“外部”研究、外部问题。第二，从人类现存的文学批评、文学研究和文学史来看，不涉及文学所承载的内容，而从事纯粹的文学形式的批评、研究和文学史的编撰是不存在的。西方标榜的形式主义的种种研究方法也仅仅是偏向于形式的研究、侧重于形式的分析而已，而且经过一段时间的实践，西方文学理论界也在反思这种形式主义的缺陷和弊端，于是，文化诗学、文学人类学、生态文学、后殖民主义等纷纷兴起。特别是中国古往今来的文学批评、文学研究和文学史，占多数篇幅的恐怕还是文学内容方面的研究、文学思想的揭示、文学内蕴的阐发。所谓文学的史诗性的评价、编年史的揭示、百科全书式的丰富内涵的赞叹、文化含蕴的阐发等无不构成文学研究的主体，抛开了这些内容，文学研究、文学史几乎不能存在。这样的事实，也说明文学批评、文学研究、文学史的编撰是离不开文学内容的，内容自然也是文学性重要组成部分，是不可缺少的。黑格尔说：“艺术的内容就是理念，艺术的形式就是诉诸感官的形象。艺术要把这两个方面调和成为一种自由的统一的整体。”①

既然文学的内容也是文学性的内涵，而内容又是包罗万象的，

① ［德］黑格尔：《美学》第1卷，朱光潜译，商务印书馆1979年版，第87页。

既有情感、精神，还有思想、道德，那么，文学性岂不也包罗万象、没有边界了吗？同时也极易造成非文学的东西对文学的伤害，从而导致文学性的缺失。中国现代和当代的文学创作与文学批评都有过这方面的教训。其实，不是的。只要我们不离开文学的基本要素、基本框架，首先把文学当作文学而不是撇开文学，撇开文学的内在本质和规律，我们的研究就是文学性的研究，在这样的立足点上，形式的、技巧的、语言的研究和内容的、思想的、精神的、情感的研究都是文学的研究，都是文学性的体现，也都是文学性的内涵。当然，为了理解方便，我们可以把文学性的内涵整合、归纳成几个主要的领域和方面。

第一，形象性。文学用形象表现世界、表现人，形象性是文学的本质属性和特征，是文学和非文学的区别之一。比如，同是运用语言文字来认识世界的哲学、史学等，但它不是文学，因为它不是用形象来认识世界。正是由于文学艺术是用形象来展现，所以，给人以感性。文学的形象性是文学的根本属性，这是古往今来对文学的认识所得出的基本结论。黑格尔说："感性观照的形式是艺术的特征，因为艺术是用感性形象化的方式把真实呈现于意识，而这感性形象化在它的这种显现本身里就有一种较高深的意义，同时却不是超越这感性体现使概念本身以其普遍性相成为可知觉的，因为这是这概念与个别现象的统一才是美的本质和通过艺术所进行的美的创造的本质。"[①] 还有许多中外的美学家、文论家都对文学的形象性有过精辟的论述，他们从形象性来论证文学和科学的不同。所有的文学样式都离不开形象性，至于杂文是以议论为主的，该怎样理解？首先，好的杂文也是有形象的。其次，杂文算不算文学作品是有争议的。因此，杂文的例证不能颠覆形象性是文学性的内涵之一。

第二，情感性。理论家们常说，文学的表现功能不是晓之以理，而是动之以情。这是文学的属性，是文学性的内涵。如果说形

---

① 黑格尔：《美学》第1卷，朱光潜译，商务印书馆1979年版，第129—130页。

象性是文学艺术的外在标志，那么，情感性就是文学艺术的内在品格。在中国古代文论中，强调文学的情感性仿佛一条红线贯穿始终，犹如一条江河源远流长。早在先秦时代就有“诗言志”“诗缘情”的理论。《毛诗序》中有“情感表现说”。《文心雕龙》有“情者文之经”。白居易有“感人心者，莫先乎情”的说法。一直到严羽《沧浪诗话》中“诗者，吟咏性情也”。在西方，情感性在文论中也非常受到重视，从诗人雪莱到小说家托尔斯泰再到众多的理论家都有过精彩的论述。情感往往是文学的生命，没有情感就没有文学，失去了情感也就失去了文学。文学的情感性首先源于作家的丰富的情感体验和情感表达，优秀的诗人、作家，往往是情感丰富之人，他把这种情感灌注到作品中，贯穿在创作的整个过程，这样作品才有以情感人的力量，才能进入读者的心灵，引起心灵的震颤，这样，文学的有效性才能发挥出来。

第三，审美性。审美性也是文学性的重要内涵，是区别文学和非文学的又一标志。中外很多文论家都在孜孜以求地研究文学的审美性、审美价值。比如，童庆炳教授，在他的学术语汇中，“审美”是一个关键词，也是他对文学理论的贡献。从二十世纪八十年代起，他就从学理上研究文学的特征究竟是什么？怎样把文学从政治的附庸中解放出来，这就必须给文学找个恰当的位置，这个位置究竟在哪里？他从马克思、恩格斯的著作中，从苏联审美派的论述中，从中国古代美学、文论中汲取养料，从现实思考和现实问题出发，提出了文学的审美特性的理论，认为文学是审美的，不是政治的，文学之所以是文学，就因为它是审美的。这就丰富了文学的形象性、情感性等本质特征的认识，提升了文学的独立品格。文学既然是审美的，就不是单纯地认识和教化，也不是单纯地为政治服务。在童庆炳看来，“今天我们既然把文学的特性理解为审美，那么审美性就是我们所理解的文学性”。他进一步阐释“作为‘文学性’的‘审美性’在具体的文学作品中是如何表现出来的呢？作家在以情感去评价周围事物的时候，获得了自己的审美体验。如果作家把这种审美体验转化为语言文本，‘文学性’也就产生了。那么，‘文学性’体现在语言文本的哪些方面呢？我认为与情感的评价密切相关的‘气息’‘氛围’‘情调’‘韵律’和‘色泽’就是‘文学性’在作品中具体的、有力的体现”①。这是对审美的较为宽泛的理解，并将审美性和艺术性或等量齐观或混为一谈。笔者主张从狭义上来理解审美，而将“艺术性”单列出来，不能将两者混在一起。

第四，艺术性。包括技术性、趣味性等。艺术性（包括技术性）是所有文学都能体现出来的文学性的内涵。文学之所以和政论、社论、哲学、历史等相区别，就在于它是艺术，具有艺术性。凡是文学作品都有艺术性，都离不开艺术性。艺术性有高低优劣之分。“当我们面对一部作品时，首先要检验这部作品是否经得起美学的考察。如果它经不起美学的考察，艺术品质很低，那就不值得花那么多力气去研究它，这也就是我们和‘文化研究’的一个分歧点。”② 这就是童庆炳教授所倡导的“文化诗学”，它力图纠正“文化研究”对作品艺术和审美的忽略，而是强调艺术的分析，审美的观照。艺术性包括叙事、描写、抒情、气韵、风格、语言以及种种的技法，它所讲究的方面很多，其中最重要的就是语言，要能表达出自己想表达的东西，也要能让读者明白，所谓“辞达而已”。另外，在表现手法上也有要注意的地方，比如，运用各种修辞手法，推敲句式的应用、句子的排列，以达到作者所要达到的艺术效果。

第五，内蕴性。这是指文学作品所包含、所承载的内容、意蕴。承认内蕴性是文学性的内涵的前提是承认文学内容也是文学性的组成部分。如前所述，在文学批评、文学研究和文学史的实践中，对文学内蕴的揭示、阐发都占据了主体，它的内涵是包罗万象的，具有无限的广阔性和丰富性，涉及经济、政治、哲学、历史、宗教、文化、道德、精神、思想等要素。文学的文化学研究之所以流行，就在于它对文学文本所蕴含的文化思想、文化精神的揭示是

① 童庆炳：《文学审美论的自觉》，北京师范大学出版社 2011 年版，第 83—84 页。
② 同上书，第 12 页。

文学作品内蕴的重要组成部分，是文学性、文学价值的重要体现。对文学的内蕴的揭示，不应看作文学的外部研究，而是文学内部的有机组成部分。中外文学家、文论家对文学意蕴也有过论述。黄庭坚论文章当以理为主；杨万里论“尚词”与“尚意”；亚里士多德注重诗中的哲学意味；黑格尔看中艺术美的理念性；艾略特认为“诗性智慧”是诗的基本因素，也是伟大的诗的表现。总之，内蕴性是文学性的重要内涵，也是文学研究的重要任务。

以上五个方面的内涵，或突出了文学的本质特征，或属于文学的重要的价值领域和价值体现，既具有包容性，又具有边界性，抓到了文学的根本，体现了文学的主要价值，也是文学研究的主要着眼点。有的学者将真实性、符号性、意象性也作为“文学性”的内涵，笔者不赞同，理由是：真实性的确是文学的特征和基本要求，真实也的确是艺术的生命，但虚构也是艺术的生命。真实性不是文学所独有，科学、历史、哲学也要求真实。符号性是二十世纪西方文论中从语言学、符号学的角度来理解“文学性”的思路，它应该属于“艺术性”的内涵之一，即文学语言研究，而不宜单列。至于意象性自然应该包含在文学的“形象性”里边，也没有必要单列。

在界定和理解了“文学性”以后，“文学价值”的问题就好理解了。简言之，文学价值就是对上述的文学性的诸方面所进行的揭示和阐释所体现出来的客体对主体的效用和利益，它是一种在价值方面的判断。关于文学价值也有种种界说和分类，有真、善、美说；有精神价值说；有人本价值（或人文价值）说等。文学价值的形态和种类是丰富、多元、复杂的。比较传统的、陈旧的说法是认识、教育、娱乐的功能价值。从创作主体来说，又有情感宣泄与补偿价值、审美主体的自我娱乐价值、理想价值等。关于文学价值的分类，“迄今为止，我们所能看到的关于文学价值最详细的分类，是苏联的美学家列·斯托洛维奇所做的分类。他在《审美价值的本质》一书第七章艺术价值的实质中，曾经将艺术的价值概括为四个方面（评价、教育、游戏及符号）、14 种功用，即娱乐、享乐、补偿、净化、劝导、评价、预测、认识、启蒙、教育、使人社会化、社会组织、交际、启迪等”[①]。敏泽、党圣元在纠正斯托洛维奇的烦琐、重复的分类的基础上，将文学价值分为如下七种：“审美价值（是基础和前提）、教育的功能、认识的功能、娱乐的功能、排遣和补偿的功能、宗教的功能、超越的功能。”并且强调“这种分类（任何一种分类都不例外）只是一种科学的抽象概括，无论是在文学作品中，还是在读者的实际阅读过程中，它们都是浑然一体而不可分割的”[②]。今天看来，敏泽、党圣元的分类概括依然不能穷尽所有的文学价值，而且以审美价值为基础恐怕也不能在所有的文学作品中找到证据，因为按照杨守森的观点，并非所有的作品都有审美[③]。因此，应该将“审美”换成“艺术”，因为所有的作品都有艺术价值，艺术价值才是诸种文学价值的基础，也就是说，在艺术价值的基础上，其他价值才有意义，才能发挥作用。总之，文学价值是文学性的价值体现，它具有复杂性、广阔性、多义性、历时性、恒久性等特征。

“文学价值”的评判标准是什么？人们或许首先想到的是“真实”，包括生活真实、艺术真实、本质的真实、虚构的真实等。有人说：“如果说‘真实感’是作品文学价值的必要条件、基本条件，那么‘艺术感染力’就是作品文学价值的充分条件，也就是说，具有一定感染力的作品，也就具备了一定的文学价值。在同样具备艺术感染力的前提下，有时作品的文学价值的高低确实取决于其思想深度。但是，无论是抒情文学、叙事文学还是戏剧文学，都首先应诉诸读者的感性，给其以情绪的感染或情感的冲击。不能诉诸感性、激发读者想象并从情绪、情感上感染读者的文本，不是文学文本。”[④] 这是正确的判断。文学的吸引力、文学的感染力、文学的震撼力，让读者心动是文学价值判断的必要前提。在这样的基

---

① 敏泽、党圣元：《文学价值论》，社会科学文献出版社 1999 年第 2 版，第 351—352 页。

② 同上书，第 352—358 页。

③ 杨守森：《文学：审什么“美”？》，《文史哲》2008 年第 4 期。

④ 阎浩岗：《“红色经典”的文学价值》，人民出版社 2009 年版，第 3 页。

础上，再看文学的内蕴、思想、文化、道德、伦理、宗教、启蒙、教化等的丰富及深刻与否。如果仅有深刻的思想，而缺乏文学的形象性和感染力，这样的作品不能说文学价值很高，因为它和哲学讲义没什么区别。仅有文学技巧，只注重手法的花样翻新，像魔术师一样，而内蕴贫乏，精神苍白，这样的作品也不能说文学价值很高。但凡是优秀或伟大的创作，其形象性、情感性、审美性、艺术性、内蕴性等文学性的价值都有鲜明突出的体现，是交融在一起，不可分割的，是有机统一的。

第二节 “文学性”与“非文学性”

“文学性”是文学的本质属性，是文学之所以为文学的根本性质，是作家把握世界、表现人的特殊方式。作家的创作和批评家的批评都要追求文学性，体现文学性，这是毫无异议的。在“文学性”之外，还有“非文学性”，二者是相比较、相对应而存在的。那么，“文学性”和“非文学性”的关系究竟如何？前不久，拜读到山东师范大学杨守森教授的大作《论“文学性”与“非文学性”》①，颇受教益和启发。该文是迄今为止，最为透彻地阐释“文学性”和“非文学性”关系的论文。

该文认为，“承认和强调‘文学性’的同时，我们又应意识到：从整体上看，文学又绝非仅是‘文学性’的产物”。“只有具备了‘文学性’，才是‘文学作品’，这在逻辑方面自是无可辩驳的，但下列逻辑同样无懈可击：‘文学性’是相对于‘非文学性’而存在的，如果没有了‘非文学性’，‘文学性’又何以体现?”杨教授认为，“文学作品，当然必须具有‘文学性’。但仅凭‘文学性’只能判断一篇文章是不是‘文学作品’，尚难以判定是不是‘好作品’，更难以判定是不是‘大作品’。”“对于文学作品的整体

① 杨守森：《论“文学性”与“非文学性”》，《山东师范大学学报》2012 年第 5 期。

价值而言，‘文学性’重要，‘非文学性’亦同样重要，在许多情况下抑或更为重要。”“文学性”与“非文学性”原本就是“水乳交融的产物。如果将二者机械地对立、割裂开来，大概也就不存在文学了”。杨教授在文中列举了诗歌中的真情实感；作家的人生感悟、思想观念、理想追求，以及形形色色的人类生活方式、生存方式的表达等；中外文学史上的许多伟大作品，它们“之所以不朽，除了赖以高妙的‘文学性’之外，揭露黑暗现实，批判丑恶人性，向往自由，呼唤正义与良知等方面的‘非文学性’乃或更是其根基。这些作品，如果不是其中充盈着人本主义、救世情怀、反抗专制、向往自由、关怀众生之类的‘非文学性’成分，它们还能够称得上‘伟大’吗?”“从中外文学史来看，与社会现实密切相关的政治意识，大概可谓是文学作品中最为显赫的‘非文学性’因素了。如果缺失了这一因素，在人类文学史上，还会有屈原、杜甫、白居易、莎士比亚、拜伦、司汤达、雨果、巴尔扎克、托尔斯泰这样的伟大诗人、作家吗?”文章进一步列举自二十世纪九十年代以来，许多诗人、作家、理论家有意识地回避政治，而醉心于文体试验给创作造成的严重后果：面对许多重大事件、尖锐问题而听不到来自主流文学界的声音。文章还反思了文学与政治的问题。文中援引“特别重视文学的政治功能的雨果、托马斯·曼、奥威尔、大江健三郎、略萨这样一些世界著名作家”，“不难得出这样的结论：注重文学的政治功能，甚至明确主张‘文学为政治服务’本身并没有错。需要进一步探讨的只是，为什么样的‘政治’服务?‘为政治服务’的内在机制如何?以及怎样‘为政治服务’?”文中提出文学为政治服务的三个关键性的前提：第一是为“好政治”“大政治”服务。第二是重在“政治反思”，而不是“歌颂政治”。第三是出于个人的内在自愿，而不是外在压力。在杨教授看来，“‘文学为政治服务’的主张之所以危害了文学，实在是不应简单化地归咎于这类主张本身，而是另有原因的，这就是：背离了上述前提”。

读完杨守森教授的这篇文章，在欣赏之余，也产生了一些困惑，特提出来商榷。

第一，到底什么是“非文学性”？要想回答好这一问题，还得从到底什么是“文学性”说起。如前所述，“文学性”自然是文学本身的属性和质性，是文学区别于非文学的标志，也可以说是文学安身立命之本，是文学规律的体现。“文学性”到底应该包含些什么？是单指艺术形式方面的诸问题（语言、结构、技法等），还是也包括内容、内蕴方面的诸问题（情感、精神、思想等）？笔者认同后者，理由前面已经作了阐释。杨守森教授的文章对“文学性”的理解是从俄国形式主义文论家的艺术形式、艺术表现技巧方面着眼的，把文学的形式的因素看作是“文学性”，把文学的内容的因素看作是“非文学性”，认为文学作品是“‘文学性’与‘非文学性’水乳交融的产物。如果将二者机械地对立、割裂开来，大概也就不存在文学了”。这样的理解，其弊端在于：首先，他把“文学性”仅仅看作是形式、技巧方面的因素，极易滑向新的“形式主义”“唯美主义”“艺术至上主义”，导致对内容的忽视、轻视，因为它是“非文学性”。其次，这样的理解又给政治性、政策性、意识形态性对文学的干预留下口实和可乘之机，导致对文学创作的压抑和侵害，从而削弱文学的独立品格。最后，把文学作品的内容看作是“非文学性”违背了文学理论所陈述的文学的内容与形式的关系（即内在统一）的原理和定论，造成对文学理解上的割裂和费解，也造成对“文学性”的轻视。比如，作者所说“仅凭‘文学性’尺度，在很大程度上，恐只能判断一篇文章是不是‘文学作品’，却难以判断是不是‘好作品’，更难以判断是不是‘大作品’”。在这里，“文学性”的尺度还不能判断好作品、大作品，那么，这样的“文学性”还有什么意义？文学批评、文学研究还要从“文学性”出发吗？如果文学批评、文学研究不遵循“文学性”，而是“非文学性”，那么，我们多年对“文学性”的强调和坚守不就是荒唐可笑的吗？这是不可思议的。

基于上述情况，笔者不赞成将文学的“内容”“意义”界定为“非文学性”，而是“文学性”的有机部分。与其将“内容”“意义”说成是“非文学性”，不如也把它纳入“文学性”的序列，只要是以文学的形式，通过某种文学体式并以此为载体，并用文学的方式、手段、方法所承载、所体现的内涵、内蕴都不能说成是“非文学性”。杨守森在文中所列举的《子虚赋》《上林赋》《甘泉赋》《长杨赋》等因文学意蕴肤浅，因此，其文学性、文学价值不能说很高。而古典小说《肉蒲团》《痴婆子传》《如意君传》之类，也因文学内容、情趣的低下，也就是文学性的低下构不成好作品。相反，《哈姆雷特》《复活》《卡拉马佐夫兄弟》《红楼梦》以及李白、杜甫的诗歌之所以不朽，恰恰是由文学内容和文学形式所共同构成的“文学性”的高超，它们才伟大。在这里，内容和形式都是“文学性”的组成部分，是不可分割的，不是“文学性”和“非文学性”的组合，而是“文学性”内部要素的统一。

既然“文学性”是文学内容、意义和文学形式、语言的统一，那么，什么是“非文学性”呢？笔者认为，可以从两点来理解：一是，凡是“文学性”以外的内容都是“非文学性”，像政论、历史、哲学、宗教等，这是很明显的，没有讨论的意义。二是，文学作品中的“非文学性”，这有讨论的意义，包括文学作品中的公式化、概念化、抽象化、说教化、标语口号化、意识形态化、商业化的东西等。这样的作品在中国现代和中国当代都屡见不鲜，它严重妨碍了“文学性”的发挥和展现，其“文学价值”是不高的，更难成为经典。比如，郭沫若的一些诗，标语口号化明显，读者自然不喜欢，因为它不是“文学”的，而是“非文学”的，“文学性”不强，而“非文学性”明显正是它失败的原因，也是不被读者喜欢的原因。再比如，二十世纪五六十年代的“政治抒情诗”虽然在当时名噪一时，影响甚大，但今天看恐怕也难成经典，原因就在于诗中的说教性和概念化都比较明显，它也是“非文学性”的东西，说到底，还是“文学性”不突出。如今，在一个商品化和市场化的社会，一个作家的创作在追求“文学性”的同时，也追求商业化和经济利益原本是无可厚非的，也是正常的。但一个作家的创作动机如果过多地考虑商业化的利益和市场卖点，可能会妨碍他（她）的创作的文学价值，其作品也就很难不朽，因为作家追求的毕竟不是

“文学性”的要素，而是“非文学性”的东西。

第二，到底怎样理解文学的政治意识？怎样理解文学“为政治服务”？中外古今都有政治意识很强的作品，也都有与社会现实密切相关的、因政治意识的特别突出而成为伟大诗人、伟大小说家的。但后者一定伴随着高超的艺术，是通过文学的手段、方法、恰当的体裁艺术地呈现政治意识的，而不会是对政治意识的说教和图解，这时的政治意识是融汇在艺术之中的，是自然流露的，而不是特别的指点和有意的说教。正因为如此，这时的政治意识就变成了文学内容、内涵的重要组成部分，因而，也就不是“非文学性”的因素，而是“文学性”的内涵了。中外古今没有因“非文学性”的因素成为伟大作品的，自然也没有因“非文学性”成为伟大诗人、作家的。伟大的作品一定是“文学性”各要素之间结合得特别好、表现得特别突出的。至于文学为政治服务，杨守森在文章中并不反对文学为政治服务，认为这个主张“本身并没有错”。这也是笔者不能认同的。不管是什么样的政治，也不管是“好政治”还是“大政治”，“文学为政治服务”本身就是错误的，因为它抹杀了文学的独立性，降低了文学应有的地位；也因为政治（不管是好政治还是坏政治）总是代表一部分阶级、集团、党派或者是执政者的利益诉求，具有时政性和时事性，要求文学为它服务，极易使文学沦为政治的附庸，文学变成了一种工具，中国现当代在这方面的教训是深刻的，所以，新时期以后，主流意识形态及时废除了“文学为政治服务”的口号和主张，今天不能走回头路，不能重蹈覆辙。不论作家个人是出于内在的意愿，还是出于外在的压力，政治都无法化作他们的个体性的生命意识，因而，为政治服务都是不足取的。雨果、托马斯·曼、大江健三郎等大作家绝不是抱着“文学为政治服务”的愿望和目的从事创作的，尽管他们的作品具有政治意识。而“文学为人民服务”的主张倒是可以提倡的，因为这符合文学的“人学”本质，也符合作家创作的愿望和诉求。作家总是希望自己的作品有人看，被人们看，希望得到人们的喜爱，获得人民的赞赏，而且读者越广泛、喜爱越持久越好，这种愿望和文学为人民服务就达成了一致，文学也就发挥了为人民服务的作用。

总之，对“文学性”不能做狭隘性、割裂性的理解，而应在文学的内容和形式统一的原则下来理解。这也就是以前文学理论家所说的“内容的形式化”和“形式的内容化”。从这个意义上说，“即使是其中的社会学、历史学和政治学的评价，也并不是与文学性尺度相对立”①。因为文学作品在艺术形式中确实会也能够包含这些内涵，这些内涵并非不是“文学性”的因素。作家的创作和批评家的批评、学者的研究都要强调和坚持“文学性”，反对“非文学性”，突出“文学性”，而不是削弱“文学性”，这是对文学本性的回归。

最近，有学者在“文学性”之外又提出了“兼文本性”。什么是“兼文本性”呢？他的解释是：“所谓兼文本性，就是指具体的文学作品在构成上总是要包含着诸如政治、哲学、历史、宗教、社会、心理以及自然科学等这些非文学的文本，但这些分门别类的非文学文本不再独立显现其文本身份，而是被整合化为一个全新的关系性文本——文学作品。”在作者看来，“兼文本性是文学作品所共有的基本属性，没有一篇文学作品能够逃避兼文本性。越是内涵丰富的优秀文学作品，其包含的非文学文本就越丰富，它的兼文本性就越突出。小说《红楼梦》，我们就能从中找到许多非文学文本，如药方、食谱、经济活动等诸如此类的文本，人们之所以把它视为‘中国封建社会的百科全书’，就在于它不仅含有丰富的非文学文本，而且这些文本被整体化为一个新的关系文本”。文章认为，“文学的兼文本性是文学研究的重要基点”，“有可能带来文学性认识上的重要突破”。“能够纠正以往文学性研究中的绝对论与相对论，突破文学性问题研究的瓶颈。”② 显然，作者是从文学与非文学的存在关系来认识兼文本性以及文学性的。这种“兼文本性”与我们在前面所说的文学性的内涵部分是基本一致的，而且，把这种

① 朱晶：《何谓“道德主义”或“文学性尺度”》，《文艺报》2009 年 9 月 19 日。

② 李涛：《文学性·兼文本性·文学文化——文学性问题研究之困境与出路》，《文学评论》2014 年第 2 期。

“兼文本性”说成是“非文学文本”容易造成认识上、理解上的混乱，甚至说“越是内涵丰富的优秀文学作品，其包含的非文学文本就越丰富”，那么，推论以来，伟大的作品都是非文学文本，这是不可思议的。伟大的作品一定是文学文本，一定是文学性丰富、突出的文本。

第三节 “文学价值”与“审美价值”

本章的第一节在讨论“文学性”的时候，我们已经涉及了“文学价值”，这里再结合“审美价值”，从文学批评、文学研究视角对“文学价值”和“审美价值”做一探讨。

对任何文学现象、作家作品的批评与研究都离不开文学价值的揭示。但以往的文学研究，价值活动是相对薄弱的，对“文学价值”的理解也见仁见智。有人认为，“文学的价值在于：艺术家在对于生活的独特感受、发现的基础上，出于情感和思想的需要，通过想象和幻想，以语言符号为手段而对世界进行的一种审美的再创造，或者是文学主体在特定遭际、感悟中某种独特情感的诗的宣泄或抒发。前者主要是就叙事文学而言，后者主要是指抒情文学而言”[①]。这与其是“文学价值”的定义，不如说是“文学”的定义。“文学价值”是对文学作品价值的揭示和认定，是属于文学价值论的研究。“文学价值论的研究，是运用价值论学说、借助系统论观点，对文学整体的价值要素及其层次和结构特点等的综合、系统的研究。”[②] 文学价值是一个综合性的价值系统，“文学价值重建，包含了相互关联的两个层次的含义。第一层含义，指对文学自身价值属性和功能意义的重新估价和新的文学价值体系重新确立”。这种含义是属于文学自身价值功能的审视和确立。“第二层含义，指文

① 敏泽、党圣元：《文学价值论》，社会科学文献出版社1999年版，第164页。

② 程金城：《中国20世纪文学价值论》，甘肃人民美术出版社2008年版，第5页。

学作为精神文化现象和审美意识形态介入整个社会文化系统的重建。”① 这层含义是说文学介入社会所体现的价值体系。

从总体来看，文学价值是多元而广泛的，其中，包含着功利价值和非功利价值（或者叫超功利价值）。有些作品纯粹是为了满足人的本能欲望而存在，有的作品是为了满足人类社会和文化教育的需要而存在，有的作品是为了满足人的审美需要而存在，还有的作品则具有历史、文化、经济、政治、哲学、宗教价值等，只要它是运用文学的形式，运用文学的手段，通过文学的特殊规律所呈现出来的就是文学价值的内涵。文学价值的大小高低，完全由作品效果的发挥和丧失来决定，也就是说，文学的价值由具体作品的性质、特点和自身所包含的信息量、感染力、技术性来决定，也由审美主体的知识结构、审美能力、理解能力以及人生观、价值观、价值取向所决定，它是主客体统一所产生的效应。在文艺理论界，很多人认为，文学价值是真、善、美的统一。这自然是不错的，但显得笼统，且不够全面。文学价值可视为一个价值的复合体，各种各样的价值都能在这里找到自己的位置“但这并不意味着文学是一个多重价值凑合在一起的大杂烩。在文学作品中，各种价值因素依据作品内容的安排而各安其位，它们之间呈现出一种‘有序的’关系。而且它们彼此也并非都处于并列的位置，例如，审美价值就不是一种与其他价值并列的价值项。它是文学作品中一切价值因素之上附着的一种特性，它在文学作品中不单独存在，又无处不在，它是形形色色的价值因素成为文学价值的关键”②。这种将“审美价值”看作是文学的根本价值的观点在文艺学领域具有代表性。下面，我们就专门探讨一下“审美价值”以及它和“文学价值”的关系、在“文学价值”中的地位。

这得先从“审美”说起。“审美”是美学中的概念。在西方美学史上也通译为“美学”，它与“美学”是有联系，也是有区别

① 程金城：《中国20世纪文学价值论》，甘肃人民美术出版社2008年版，第13—14页。

② 李春青：《文学价值学引论》，云南人民出版社1995年版，第10页。

的。但在实际应用中也常常混为一谈。“‘审美’概念的运用最早是狭义的、单一的、纯粹的、限定的，晚近则变为广义的、多元的、模糊的、宽泛的；最早是非功利、非实用、无概念、无目的的，晚近则变为实利的、有用的、日常的、流行的。”从中外美学史上看，“‘审美’这一概念的内涵往往很不清晰也很不稳定，它的边界时而明确、限定，时而模糊、游移。‘审美’概念的这种宽泛、松散而又不着边际的情况，使得今天人们想给‘什么是审美’的问题作一确定的、终极性的、一以贯之的界定，已经变得十分困难了”。“可以对‘审美’概念作一个大致的界定，所谓‘审美’，就是人类基于完整、圆满的经验而表现出的一种身心洽适、灵肉协调、情理交融、知行合一的自由和谐的心理活动、行为方式和生存状态。”[①] 这是文艺学、美学专家的界定，这种界定仍然是模糊不清的。在《现代汉语词典》里，“审美”被解释为“领会事物或艺术品的美”。沿着这个思路，文学艺术中的“审美”可以解释为对美的对象的观照、考察、鉴别。这是狭义的“审美”。但在后来的文艺理论和文艺批评实践中，“审美”的内涵不断扩大，变得漫无边际，“审美”被泛化为广义的“美学”，对其的解说各不相同，正如著名文艺学学者王元骧教授所指出的那样：“‘审美’是当今美学界和文艺理论界使用频率很高的一个概念，但是到底什么是‘审美’？它的具体内涵和要达到的目的是什么？迄今人言言殊。”[②] 从二十世纪八十年代起，童庆炳教授就从学理上思考文学的特征是什么的问题，并受到斯托洛维奇《审美价值的本质》的启发，提出了文学的审美特性的理论，认为文学之所以为文学，就因为它是审美的，不是政治的，文学不能成为政治的附庸，而应与政治拉开距离。这样，他认为是为文学找到了一个位置，找到了安身立命之所。以后，很多文艺学家都认为，文学认识论的核心范畴是审美。“审美的特点，是文学艺术的根本特点和安身立命之所。缺乏审美

① 姚文放：《“审美”概念的分析》，《求是学刊》2008 年第 1 期。

② 王元骧：《何谓“审美”——兼论对康德美学思想的理解和评价问题》，《社会科学战线》2006 年第 2 期。

功能的作品，根本上就不可能成为真正的文学作品。因此，审美的功能，可以说是文学价值系统的核心、基础，或者说是一切其他形式的文学价值安身立命之所。其他一切形式的文学价值，如果不附丽于、水乳交融地渗透于艺术的审美反映及其价值结构中，都将会化为泡影。”[①] 持这种观点的学者相当普遍，他们认为，审美是各种文学价值的根本和基础，是文学的命根子，也是其他各种文学价值得以实现的中介。这种“审美本质主义”“审美中心主义”的观点，将“审美”绝对化，将“审美”与艺术混同在一起，把文学作品的艺术性、技术性、技巧等都放在了“审美”的箩筐里，这样一来，“审美”的内涵和外延就被无限扩大了。比如，有的学者如是说：“文学的审美功能，主要的表现就是文学艺术作品的艺术性，或者说它的强烈的艺术吸引力、感染力，或者说它的兴感怡悦的特性，并使人的思想情感得到升华。”[②] 这是将审美与艺术与情感混为一谈的典型代表，“审美”被泛化，“审美”变得无处不在，这就“为文艺审美论的发展留下了可以攻讦的软肋，而在当下，各种打着‘审美’旗号的伪审美观，像‘审美快感论’‘审美娱乐论’‘审美泛化论’等，正是利用这个软肋，而混杂在文艺审美论的阵营中，使文艺审美问题显得更加复杂纠结”[③]。这样的见解是深刻的，是抓到要害的。应该回到对“审美”的原初的、狭义的理解上来，还“审美”以本来的面目，不能夸大它，泛化它，更不能将“审美”与“艺术”混为一谈。

什么是审美价值呢？顾名思义，审美价值是审美主体从审美对象中发现那些能够满足人的审美需要，从而领略事物或艺术品的美，引起人们某种审美感受的价值属性。审美价值是主客观的统一。对审美价值的理解和对“审美”的理解一样，存在着逐渐泛化的倾向，其突出表现是将审美价值与艺术价值相混淆，也由此抬高审美价值的地位。很多文艺学家都认为，在文学价值的系统结构

---

① 敏泽、党圣元：《文学价值论》，社会科学文献出版社 1999 年版，第 352 页。

② 同上。

③ 周强：《文艺审美伦研究的现实问题》，《文艺报》2012 年 2 月 13 日。

中，审美价值是主要的、核心的价值，它和其他诸种价值项不是并列的、平等的关系，而是居于核心地位，是文学价值的根本和命根子，是文学的生命所在。笔者多年来也持这样的看法。但是，到了2008年，当读到杨守森教授的《文学：审什么“美”》[①] 以后，改变了笔者的看法，也颠覆了以往“占据主导地位的判定”：“审美价值是文学艺术的根本价值”或“最高属性”。正像杨文所引证的那样：“审美在文学价值当中确实是一个不可忽略的重要因素。但同时也应该看到，古今中外许多文学名著并不都是以其‘审美特性’或‘审美价值’而闻名并传世的。”所以，杨文认为，“文学价值毕竟是多元价值的复合”，“过分推崇其审美价值，将其视为文学艺术的根本价值、首要价值，或最高属性，是值得怀疑的”。“事实上，无论从阅读经验、创作动机，还是社会需求，或是由文学作品审美价值的生成规律来看，文学艺术的根本价值，与其谓‘审美’，不如说‘感人’。”在杨守森看来，并非所有的作品都有审美价值，他还引证英伽登的断言：“有些文学作品，例如小说，根本就不能以审美态度来读，因为它们不能使我们产生原始审美情感。”这是从狭义上来理解审美价值的，即杨文认为：“所谓审美价值，只能是审美主体（读者）由文本中的某些因素引发而生成的愉悦性情感性判断。”这是对“审美价值”的原初的、本意的理解，由此也澄清了许多问题，因此，笔者基本上是赞同的。

以上均是对“审美”和“审美价值”在学理方面的探讨。而在文学批评的实践过程中，审美和审美价值又处于什么位置呢？有人认为“不能用纯审美标准重写文学史”，因为它是“一元价值观”，“是一个跛脚的标准”，是“对文学功利观的偏见”，不能“反映文学史的本来面目”[②]。可见，文学的价值并不全在审美，还应有多种价值。有人批判中国现代文学史上的“审美中心主义”，

---

① 杨守森：《文学：审什么“美”》，《文史哲》2008年第4期。

② 唐世春：《不能用纯审美标准重写文学史》，《文艺理论与批评》1990年第6期。

“反对把审美唯一化、绝对化、本位化”[①]。其实，中国现代文学史从来就没有形成所谓的“审美中心主义”，也从来没有过把中国现代文学史写成中国现代审美文学史。该文作者的批判对象实际上是不存在的，而且，文中依然将“审美”和“艺术”混同起来，如文中说：“所谓‘审美’或‘艺术性’是一个很人文的概念”，“中国现代文学绝不能简单地定性为审美的文学。艺术性当然是中国现代文学的一个非常重要的特征，但中国现代文学绝不只是艺术性”。不过，反对把审美绝对化、本位化还是有意义的。中国当代文学批评也没有形成“审美中心主义”，前30年是政治批评、意识形态批评占主导地位，后30年的审美批评理应发扬光大，但事实恰恰相反，审美批评、审美价值的阐释从放逐到几近消亡[②]。于是，有人呼吁“重建当代文学审美批评”[③]。从“不能用纯审美标准重写文学史”到现当代“审美中心主义”始终没有形成；从“新时期以来审美批评的放逐乃至几近消亡”到“重建当代文学审美批评”的呼声，都指向和说明一个问题：文学的审美价值只是文学多方面的价值之一，而不是全部或根本，文学价值大于审美价值，包含审美价值，文学的价值与意义并不完全在于审美，审美价值也不能等同于艺术价值，不能将二者混为一谈。文学批评的任务除了揭示文学的审美价值以外，更在于对文本丰富内涵的发掘、阐释与生成。新时期以来，文学批评为什么放逐了美感？按照英伽登的说法，小说中的审美是比较弱的，而新时期文学的辉煌成就恰恰在小说领域，因此，“审美批评”不可能形成气候，“文化批评”必然崛起。作品的文化价值也是文学价值的一部分，因此，纳入文学批评的视界是无可厚非的。

“童庆炳清醒地看到，文学不是‘纯审美’的，作为一种广延

① 高玉：《中国现代文学史“审美中心主义”批判》，《社会科学战线》2005年第3期。

② 参见徐妍《从放逐到消亡：新时期以来文学批评的内在尺度——美感》，《上海文学》2010年第5期。

③ 高玉：《重建当代文学审美批评》，《社会科学》2012年第1期。

性很强的事物，文学的版图十分辽阔，有着社会性、政治性、道德性、宗教性、民俗性的种种属性。为此，他提出了‘文学五十元’的构想。”① 由此可见，审美价值在文学价值中的地位不宜夸大，也不要低估，要看具体的文本。“文学价值”要大于“审美价值”，“文学价值”是多元价值的复合，“文学价值”也不仅仅指形式、技巧、艺术、审美等方面的价值，也包含丰富的内蕴方面的价值，这才是“文学价值”的全部。

① 吴子林：《童庆炳与中国审美文艺学的创构》，载童庆炳《文学审美论的自觉·附录》，北京师范大学出版社 2011 年版，第 373 页。

第五章　文艺人民性思想的历史承传与现实重建

2014年10月15日，习近平总书记亲自主持召开了文艺工作座谈会并发表了重要讲话，全面阐述了文化繁荣、文艺创作、文艺批评、文艺领导等重要问题。其中，坚持以人民为中心的创作导向是核心问题，体现了对文艺人民性思想的继承、发展和现实重建。一年后的2015年10月，习近平的讲话公开发表，并以单行本的形式正式出版，《中共中央关于繁荣发展社会主义文艺的意见》也同时出台，再次强调坚持以人民为中心的创作导向等根本问题，于是在整个文艺界掀起了学习、贯彻习近平讲话的热潮。在文艺理论和文艺批评界也展开了对相关问题的关注和阐释，文艺人民性思想这一在理论研究和实践贯彻中曾一度偏离乃至中断的重要问题又被时代重新托起了。但浏览报刊，我们会发现，从理论到实践，从历史到现实，从国外到国内深度解说文艺人民性思想的来龙去脉还有所不够。有鉴于此，本章力图在这方面做点努力，以深刻理解习近平文艺人民性思想的历史承传、现实发展和重建意义。

第一节　历史沿革：文艺人民性思想在国外

文艺人民性思想作为文艺理论的问题之一，它的思想基础是人本主义和人道主义以及民粹主义，它所探讨的问题主要是文艺和人民的联系，亦即人民大众的生活、思想、情感、愿望在文艺中的反映和表现情况。有人认为文学的人民性这个现代范畴，德国学者赫

尔德在 1778 年出版的《诗歌中各民族的声音》中就提出来了，这可能是文学的人民性的最早表述。“卢梭无疑是现代人民理论的创始人。”[①] 但应该说，对文艺人民性思想的系统阐释还是源于历史上的俄国。十八世纪俄国学者拉地谢夫也较早地使用过“人民性”的概念。到了十九世纪的普希金在《论文学的人民性》中，从莎士比亚的戏剧中找到了文学的人民性表现，就是民族性的特点和面貌。可见当时对文学的人民性和民族性还没有很好地区别开来。到了别林斯基、车尔尼雪夫斯基、杜勃罗留波夫等批评家，以及列夫·托尔斯泰、高尔基等作家对文艺人民性思想的阐释则增多起来，也丰富起来。尤其是别林斯基，从十九世纪三十年代到四十年代在论著中多次论及文学的人民性问题，形成了他的文艺人民性思想。

首先，在别林斯基那里，也曾一度把人民性等同于民族性。后来他看到了“民族的”比“人民的”更加广泛，“人民”意味着底层大众，“民族”意味着人民全体。别林斯基认为“‘人民性’在政治生活和文学里都是一件大事；只不过，和任何真实的概念一样，它本身是片面的，只有和它对立的一面调和起来才成为真实的。‘人民性’的反面是具有‘世界性’意义的‘普遍性’”。“只有又是世界性的、又是人民性的文学，才能是真正人民性的文学。”[②]

其次，别林斯基认为，文学人民性的核心内涵是忠实地描绘生活。他说：“我们的人民性在于描绘俄国生活图画的忠实性。”“果戈理君的中篇小说有最高度的人民性”；“如果那生活的描绘是忠实的，它也就是人民性的。”[③]

最后，别林斯基认为人民性的关键在于具有人民的意识、人民的精神、人民的使命，还要有人民的世界观。他说“人民的原始的

---

① 王晓华：《我们应该怎样建构文学的人民性?》，《文艺争鸣》2005 年第 2 期。

② ［俄］别林斯基：《别林斯基论文学》，梁真译，北京新文艺出版社 1958 年版，第 75—76 页。

③ 同上书，第 68—69 页。

诗特别值得注意，因为它和少年的生命一样年轻而朝气蓬勃，和儿童的语言一样天真而纯洁，和生活最初的认识一样强烈而有力，和美女的微笑一样纯洁而羞怯”。“它充分、真实而生动地道出了人民的精神、性格和全部生活，而这一切毫不雕琢和勉强。因此，幼年期民族的作品永远是年青的、不朽的。”[①] 在《1840 年的俄国文学》中，别林斯基进一步强调“文学是人民的意识，它像镜子一般反映出人民的精神和生活；在文学中，像在事实中一样，可以看到人民的使命，它在人类大家庭中所占的地位，以及从它的存在所表现出来的人类历史发展的契机。人民的文学源泉可能不是某种外在刺激或外在的推动力，而只是人民的世界观”[②]。在这里，别林斯基对人民性的论述是深刻的，今天看也是不过时的。

除别林斯基外，车尔尼雪夫斯基对文学的人民性的阐述并不多，主要体现在对民间文学的重视、对民间文学的优点的强调以及民间文学的发展与人民群众的密切联系。他说“哪儿激发着人民群众的强力、崇高的情感，哪儿人民在树立着丰功伟业，……哪儿就有着丰富的民间文学”[③]。这里，车尔尼雪夫斯基的论述是精到的，它道出了民间文学的魅力所在，即与人民群众的密切关系，它必须表现人民群众的强力，抒发人民群众的崇高的情感，歌颂人民的丰功伟绩。正因为如此，“民间文学永远充满了清新、活力和真正诗意的内容。民间文学永远是崇高的、智慧的……民间文学属于全体人民……”，所以，“民间文学总是充满了生命、活力，它纯朴、真实，总是散发着健康的道德气息”[④]。可见，车尔尼雪夫斯基对民间文学赞赏有加，因为它来自人民，属于全体人民，其人民性自然蕴含其中。

到了杜勃罗留波夫，则继承和发展了别林斯基、车尔尼雪夫斯

---

① ［俄］别林斯基：《别林斯基论文学》，梁真译，北京新文艺出版社 1958 年版，第 96 页。

② 同上书，第 74 页。

③ ［俄］B. 古雪夫：《苏联民间文学论文集》，作家出版社 1958 年版，第 153 页。

④ 同上书，第 154 页。

基的人民性思想。他在文学批评中明确提出了人民性的理论范畴。他在1858年撰写的著名长文《俄国文学发展中人民性渗透的程度》是专门论述文学人民性的重要文献。“杜勃罗留波夫认为，一个社会中的人可以划分为劳动者和不劳而获者两种，所谓‘人民’主要是指劳动者。他说：‘寄生虫的生活是可耻的，只有劳动才能给人以享受生命之权。’他把‘人民性’看作是一个崇高的境界，把‘人民诗人’看作是一个光荣的称号。”① 那么，什么是杜勃罗留波夫所说的人民性呢？他具体指出“我们不仅把人民性了解为一种描写当地自然的美丽，运用从民众那里听到的鞭辟入里的词汇，忠实地表现其仪式、风习等的本领……要真正成为人民的诗人，还需要更多的东西：必须渗透着人民的精神，体验他们的生活，跟他们站在同一的水平，丢弃阶级的一切偏见，丢弃脱离实际的学识等，去感受人民所拥有的一切质朴的感情”②。这里，杜勃罗留波夫强调的是要体验人民的生活，体现人民的精神，拥有人民的感情。这和前述的别林斯基的思想是完全一致的。在文中，他还考察了西欧和俄国文学中人民性的表现程度，认为人民性存在于文学的发展史中，但还不够充分。在俄国文学中，他认为果戈理作品中的人民性成分较多，但不够彻底。他十分看重柯尔卓夫创作中的人民性。在综述西欧文学中的人民性时，他提到了莎士比亚、拜伦、海涅、贝朗瑞等作家和诗人，对贝朗瑞歌谣中的人民性给予了高度评价。可以看出，“杜勃罗留波夫关于文学的人民性的见解比别林斯基大大前进了一步”③。

不仅如此，他还在著述中体现了文学为人民服务的思想，这和我们今天强调的文艺要为人民服务有着惊人的一致性。他的文学为人民服务的思想是建立在历史唯物主义的基点之上的。他能够看到人民群众在历史上的作用，认为人民是国家和民族的“基干”，一

① 马莹伯：《别、车、杜文艺思想论稿》，文化艺术出版社1986年版，第235页。

② ［俄］杜勃罗留波夫：《杜勃罗留波夫选集》，上海文艺出版社1959年版，第184页。

③ 马莹伯：《别、车、杜文艺思想论稿》，文化艺术出版社1986年版，第239页。

切有价值的和伟大的东西都是由人民创造的，人民不仅创造了物质财富，也创造了精神财富。他也对民间文学给予很高的评价。“更为可贵的是，杜勃罗留波夫认为文学要为人民服务，关键是作家要熟悉人民和他们的生活。”① 这和当今习近平总书记讲的文艺需要人民，离不开人民，人民是文艺创作的源头活水，要扎根人民，扎根生活是何等的相似。可见，杜勃罗留波夫在150多年前提出的观点是何等的精辟和富有远见，我们今天不能不感到惊异。他把自己称作“文学的人民派”，把实现文学的人民性作为自己的奋斗目标。

在俄罗斯，从俄国时期的列夫·托尔斯泰到苏联时期的高尔基等作家也都注重文学和艺术的人民性，认为人民自己的文学是优美绝伦的，艺术和科学一样要为人民服务。高尔基说：“人民不仅是创造一切物质价值的力量，人们也是精神价值的唯一的永不枯竭的源泉……”② 这些思想，今天看来，也都是有价值的，应该珍视。

在马列经典论著中，文艺的人民性思想也是马列文论的重要组成部分，它是建立在历史唯物主义、人民创造历史等科学的世界观和方法论基础之上的。与别林斯基处于同时代的马克思和恩格斯，直接论述文艺的人民性的文字并不多，但马、恩的人类社会的物质生产和精神生产都是由人民创造的鲜明观点已经为文艺的人民性奠定了坚实的根基。马克思认为，自由出版物应该具有人民性，因为“出版物是历史人民精神的英勇喉舌和它的公开表露。……每个国家的人民都在各自的出版物中表现自己的精神”③。这里所说的自由出版物自然也应包括文艺出版物在内，它应该有自己的精神，体现人民性。马克思在《1857—1858年经济学手稿·导言》中论及“艺术对象创造出懂得艺术和能够欣赏美的大众，任何其他产品也都是这样”④。这也是说艺术和大众的关系。马克思和恩格斯在《神圣家族》中说“历史活动是群众的事业，随着历史活动的深

① 马莹伯：《别、车、杜文艺思想论稿》，文化艺术出版社1986年版，第248页。

② ［苏］高尔基：《论文学续集》，人民文学出版社1979年版，第54页。

③ 《马克思恩格斯全集》第一卷，人民出版社1957年版，第50页。

④ 《马克思恩格斯全集》第十二卷，人民出版社1957年版，第743页。

入，必将是群众队伍的扩大”。这里又一次强调了人民创造历史的观点，到了列宁进一步发挥了这一思想。恩格斯对爱尔兰歌谣的人民性给予肯定，还提出无产阶级要有自己的文艺家，无产阶级在文艺中应有自己的地位。

列宁发展了马克思、恩格斯文艺的人民性思想。他的人民性思想是植根于有别、车、杜，有普希金和列夫·托尔斯泰等具有深厚的人民性根基的俄国，因此，列宁的文艺人民性思想更前进了，也更深刻了。首先，列宁旗帜鲜明地提出“艺术是属于人民”的命题。他强调艺术“必须在广大劳动群众的底层有其最深厚的根基。它必须为这些群众所了解和爱好。它必须结合这些群众的感情、思想和意志，并提高他们。它必须在群众中间唤起艺术家，并使他们得到发展”①。这里，列宁连用了四个“必须”，阐明了艺术植根于人民，要让人民喜爱，要反映人民的思想、感情和意志，要在人民中造就艺术家。其次，列宁认为作家艺术家应该为工人和农民创造真正伟大的艺术。他说：“我们的工人和农民理应享受比马戏更好的东西。他们有权利享受真正伟大的艺术。”② 最后，列宁强调文学要为千千万万劳动人民服务。在《党的组织和党的文学》中，列宁指出，文学“他不是为饱食终日的贵妇人服务，不是为百无聊赖、胖得发愁的几万上等人服务，而是为千千万万劳动人民，为这些国家的精华、国家的力量、国家的未来服务”。列宁的这些经典论述，我们曾经耳熟能详，但又有一种久违了的感觉。其实，列宁的上述思想和观点，直接影响了毛泽东“人民本位的文学观”。而邓小平、江泽民、胡锦涛、习近平等领导者也都继承和发展了毛泽东的文艺人民性的思想，特别是习近平的讲话，重申文艺需要人民；人民需要文艺；文艺要热爱人民；文艺源于人民，社会主义的文艺就是人民的文艺；要坚持以人民为中心的创作导向。这无疑也是对列宁文艺人民性思想的继承和发展。

---

① ［苏］列宁：《列宁论文学与艺术》，人民文学出版社 1983 年版，第 435 页。
② 同上书，第 439 页。

第二节 精神承传：文艺人民性思想在中国

和其他许多思想、学说一样，文艺的人民性思想在中国也早已有它的精神体现和创作实例。从儒家的民贵君轻，到屈原的“哀民生之多艰”；从杜甫的“安得广厦”，到白居易的“惟歌生民病”，也可谓源远流长。但那时还没有文艺人民性的表述和阐释。直到俄国文学理论和文学批评以及马列主义在中国的译介和传播，中国开始接受文艺人民性的思想并得到广泛的传播。这可以追溯到二十世纪二十年代，1921 年 9 月，《小说月报》号外《俄国文学研究》出版，里面就有中国共产党早期的党员沈泽民翻译的《俄国的批评文学》一文，分别介绍了别、车、杜等人的文学批评。三十年代，左联成立后就有马克思主义文艺理论研究会，周扬等人也翻译过别林斯基的批评论著。四十年代，周扬在延安翻译出版了车尔尼雪夫斯基的《艺术与现实的审美关系》，取名《生活与美学》。而 1942 年毛泽东的《在延安文艺座谈会上的讲话》，在继承马列主义的基础上，对文艺的人民性思想作了最系统的表述和传达。他把“我们的问题的中心”概括为“基本上是一个为群众的问题和一个如何为群众的问题”。毛泽东指出，文艺“为什么人的问题，是一个根本的问题，原则的问题”。“这个问题，本来在马克思主义者特别是列宁所早已解决了的。……其实不然”，毛泽东进一步指出，我们的文艺是为人民大众的，并清楚地解释了人民大众的具体内涵。对待过去时代的文学艺术作品，毛泽东认为“也必须检查它们对待人民的态度如何，在历史上有无进步意义，而分别采取不同态度”。为了更好地为人民服务，毛泽东强调“人民生活中本来存在着文学艺术的原料的矿藏，……它们是一切文学艺术的取之不尽、用之不竭的唯一的源泉”。为此，毛泽东号召“中国的革命的文学家艺术家，有出息的文学家艺术家，必须到群众中去，必须长期地无条件地全心全意地到工农兵群众中去，到火热的斗争中去，到唯一的最广大最丰富源泉中去，观察、体验、研究、分析一切人，一切阶

级，一切群众，一切生动的生活形式和斗争形式，一切文学和艺术的原始材料，然后才有可能进入创作过程”①。至此，毛泽东解决了文艺为什么人和如何为的问题。因此，毛泽东的这篇《讲话》自发表之后，一直成为中国共产党领导文艺事业的指导方针，成为广大文艺工作者遵循的指针。

1949 年 7 月，在共和国成立前夕召开的第一次文代会，把毛泽东的文艺思想作为新文艺的基本方针，号召广大文艺工作者为建设新中国的人民文艺而奋斗。新中国之后，人民当家做了主人，一切均冠以“人民”来表述：国家称为“人民共和国”；政府称为“人民政府”；军队称为“人民军队”；法院称为“人民法院”；警察称为“人民警察”……文艺当然也要称为“人民文艺”。周扬在第一次文代会上代表解放区所作的报告就以“新的人民的文艺”作为标题，从那时开始，文艺人民性的思想传统即开始形成。

新中国成立之后的一代代执政党领导人都在承传文艺人民性的精神思想。除毛泽东外，周恩来在 1952 年到 1957 年的几次讲话中讲到文艺的人民性。1952 年 11 月 14 日，周恩来《在全国第一届戏曲观摩演出大会闭幕典礼上的讲话》中说，戏曲“它之所以为广大人民所喜爱，是由于里面有人民性的东西，有符合人民生活的东西，所以能够流传到今天，并且可能流传到更远的将来”②。1956 年 4 月 19 日，周恩来在《关于昆曲〈十五贯〉的讲话》中说“《十五贯》有丰富的人民性和相当高的艺术性”。1957 年，周恩来在谈到地方戏曲时提出要“发扬地方戏曲富有人民性和创造性的特点，保护地方戏曲的艰苦朴素和集体合作的作风，努力工作，好好地为广大人民服务”。

第二代领导人邓小平在第四次文代会上说“人民是文艺工作者的母亲。一切进步文艺工作者的艺术生命，就在于他们同人民之间的血肉联系。忘记、忽略或者割断这种联系，艺术生命就会枯竭。

① 毛泽东：《毛泽东选集》第三卷，人民出版社 1979 年版，第 853—861 页。

② 周恩来：《周恩来论文艺》，人民文学出版社 1979 年版，第 36 页。

人民需要艺术，艺术更需要人民。自觉地在人民的生活中汲取素材、主题、情节、语言、诗意和画意，用人民创造历史的发奋精神来哺育自己，这就是我们社会主义文艺事业兴旺发达的根本道路”①。邓小平精练地阐明了文艺同人民的血肉联系，这是一切文学艺术的源泉所在、生命所在，也是所有文学艺术工作者发展方向和根本道路，体现了鲜明的文艺的人民性思想。

江泽民在第七次文代会、第六次作代会上的讲话中“希望广大文学艺术工作者牢记人民是文艺工作者的母亲、生活是文艺创作的源泉这个真理。坚持深入群众，深入生活，努力把握时代的脉搏，充分认识建设有中国特色社会主义的时代意义，充分认识最广大人民群众的根本利益，充分认识人民群众对文艺发展的基本要求。脱离人民、脱离生活的艺术，矫揉造作、无病呻吟的作品，不可能有感召力，也不可能有生命力。只有虚心向人民群众学习，向生活学习，从人民群众的伟大实践和丰富多彩的生活中汲取营养，不断进行生活和艺术的积累，才会有美的发现和美的创造，才能为人民提供最好的精神食粮”②。

胡锦涛在第八次文代会、第七次作代会上的讲话中也希望“一切有理想有抱负的文艺工作者，都要密切同人民群众的血肉联系，积极反映人民心声。一切进步文艺，都源于人民、为了人民、属于人民。一切进步文艺工作者的艺术生命，都存在于同人民群众的血肉联系之中。人民创造历史的活动，是文艺创作的丰厚土壤和源头活水。一切受人民欢迎、对人民有深刻影响的艺术作品，从本质上说，都必须既反映人民精神世界又引领人民精神生活，都必须在人民的伟大中获得艺术的伟大。历史和现实一再表明，真情热爱人民、真正了解人民、真诚理解人民，才能创作出深受人民欢迎、对

---

① 邓小平：《在全国文学艺术工作者第四次代表大会上的祝词》，《人民日报》1979 年 10 月 31 日第 1 版。

② 江泽民：《在中国文学艺术工作者第七次代表大会、中国作家协会第六次代表大会上的讲话》，《人民日报》2001 年 12 月 19 日第 1 版。

人民有深刻影响的优秀作品”[①]。在第九次文代会、第八次作代会上，胡锦涛也指出：“一切进步的文艺创作都源于人民、为了人民、属于人民，一切进步的文艺工作者的艺术生命都源于同人民群众的血肉联系。只有把人民放在心中最高位置，永远同人民在一起，坚持以人民为中心的创作导向，艺术之树才能常青。”[②] 这里，胡锦涛就用了“坚持以人民为中心的创作导向”的表述，也阐明了文艺“源于人民，为了人民，属于人民”的思想。

在文艺家中，郭沫若、周扬、冯雪峰、黄药眠等都解说过文艺的人民性思想。其中，周扬讲得最多，核心是贯彻毛泽东的《讲话》精神，强调文艺要为工农兵服务，要反映工农兵的生活，要表现工农兵的思想感情。冯雪峰主要从中国古典现实主义文学中发掘人民性的思想意义。认为从《诗经》到屈原再到杜甫“以‘忧时忧世’的政治愤慨和描写人民疾苦所反映出来的人民性，是丰富而明显的”。到宋代以后，“文学已不是只为皇帝官僚和士大夫阶级服务，并且也为平民服务”。词、散曲、说书、鼓词、弹词、小说和戏曲等发展起来。“这样，从中国古典现实主义的发展的概况上看，我们可以说，富有人民性是这些现实主义文学的一般特征之一。”[③] 这是冯雪峰的结论。最有深度的研究还是黄药眠发表于1953年的长文《论文学中的人民性》。他详细解说了什么叫作人民性的问题，纠正了不少不正确的意见。“比方有人认为某些作品是出自人民之手，因而也就以为它一定有人民性了。……从作家出身去判断作品之是否有人民性显然是不妥当的。有些人认为某些作品其所描写的都是一般人民的生活，因此就以为这个作品就一定有人民性了。当然写人民的生活是好的，但更重要的问题，还是在于他

---

① 胡锦涛：《在中国文学艺术工作者第八次代表大会、中国作家协会第七次代表大会上的讲话》，《人民日报》2006年11月11日第1版。

② 胡锦涛：《在中国文学艺术工作者第九次代表大会、中国作家协会第八次代表大会上的讲话》，《人民日报》2011年11月23日第1版。

③ 冯雪峰：《中国文学中从古典现实主义到无产阶级现实主义的发展的一个轮廓》，《新华月报》1952年第11期。

怎样写法，站在什么样的立场来写，如果他写得不真实，不能写出事物的本质，那么就纵使他写了很多人民的生活也还是没有人民性的。反过来，有些古典作家，他写的题材并不是人民，但是他把统治者的面貌和本质，用符合人民的要求和情绪的方法去表现出来，这样他的作品也就成为有高度人民性的东西了。有些人认为某些作品，通俗易晓，利用民间的形式来表现，因此也就以为这个作品，具有人民性了。当然用人民所爱好的形式或为人民所熟悉的形式来表现是很好的，但更重要的问题是在于他表现了什么思想，这个思想是不是合乎人民的客观需要。”① 在这里，作者连续用了三个排比式的段落，深刻地阐明了出自人民之手、描写了人民的生活、利用了民间的形式，不一定具有人民性的道理。关键是追究作家作品中所说的人民，“究竟是代表什么一种社会力量，这个作品所发生的客观效果究竟如何”。那么，究竟怎样的作品才算具有人民性的作品呢？黄药眠进一步论述了人民性应该包含以下四个特点：“第一，作品所描写的对象（人物与故事）是为人民群众所关心，或对人民大众的生活有重要意义的；第二，在某一特定的历史时代，作者以当时的进步立场来处理题材，真实地反映了生活的；第三，在所描写的现象范围的广泛，揭露得深刻，刻画得有力，在形式的大众化上表现出来了它的艺术性的；第四，作者在作品中以具体的形象表现出了当时人民大众的要求、愿望和情绪。”② 这四个特点的界定和解说，在60多年后的今天依然很有价值。

在学者、批评家中，对文艺人民性的研究，在共和国初期就已经出现过。上述黄药眠的文章，既代表文艺家，也代表学者和批评家的看法。二十世纪五十年代至八十年代初，学者对文艺的人民性多有论及，并注意辨析人民性和阶级性的关系，纠正“四人帮”对人民性的诬陷，同时，也注重挖掘古典文学中的人民性内涵。从八十年代中期以后，有关文艺人民性的探讨沉寂了、缺失了，“人民

① 黄药眠：《论文学中的人民性》，《文史哲》1953年第6期。

② 同上。

性”远离了文艺批评和文艺理论著作，人们对它陌生了、疏离了。这里仅举一例便可窥见一斑，二十世纪七十年代末八十年代初，北京师范大学中文系文艺理论教研室集体编纂的大型的、影响深远的《文学理论学习参考资料》（上、下）共计200万字（春风文艺出版社1981年版和1982年版）。其中，在第三辑“文学的社会性质”中专列了“文学的人民性”问题，收录了马、恩、列、毛、邓以及鲁迅、郭沫若、周扬、冯雪峰、黄药眠等对文学的人民性问题的论述，也收录了俄苏的别、车、杜以及列夫·托尔斯泰、高尔基、加里宁、日丹诺夫等对人民性问题的论述。到了2005年，在原有的基础上，重新编辑了该书，文字总量从200万字增至350万字（童庆炳、马新国主编，北京师范大学出版社2005年版）。新版的《文学理论学习参考资料新编》中将原有的“文学的人民性”改成了“文学的民间性”，删去了原有的马、恩、列、毛、邓、鲁、郭、周、冯、黄以及加里宁、日丹诺夫等对人民性的论述，只保留了别、车、杜以及列夫·托尔斯泰、高尔基等对人民性的论述。不知是文艺的人民性问题过时，还是马、恩、列、毛、邓、鲁的论述过时？这也许是一个晴雨表，而不只是一个个案。新世纪以后，沉寂了近20年的文学的人民性问题又被文学理论与批评界重新提起，并再度引起争论。2005年至2006年，《文艺理论与批评》《文艺争鸣》集中刊发了讨论文学人民性的文章，其中，争论的焦点主要在于对人民性内涵的理解，即人民性是指公民，最广大的人民群众，还是社会底层，人民是否等于公民，人民性与个体性是什么关系，我们应该怎样建构文学的人民性？[①] 到了2008年，资深学者、鲁迅研究名家彭定安也重提文学的人民性，他认为，“现今的

① 参见王晓华《我们应该怎样建构文学的人民性?》，《文艺争鸣》2005年第2期。张丽军：《新世纪文学人民性的溯源与重申》，《文艺争鸣》2005年第5期。方维保：《人民·人民性与文学良知》，《文艺争鸣》2005年第6期。王晓华：《人民性的两个维度与文学的方向》，《文艺争鸣》2006年第1期。方维保：《资本运作时代的人民和人民性思考》，《文艺理论与批评》2005年第6期。李育红：《人民性的缺失》，《文艺理论与批评》2006年第1期。

文学作品，从作为人民生活的印记的要求来说，不免逊色。的确，有相当部分的作品，是背对人民，而转向私心，无关众生，唯吟自身；或者是目光所向，帝王将相，兴之所至，皇后嫔妃，笔墨挥洒，豪门贵族。……看不见人民生活的影像，听不到人民内心的声音，映不出人民新的形象。……总之，不切人民的心”。他呼吁“文学应该具有人民性；作家要为人民而写作”①。但这一次的重现、重提和争论并没有持续下去，影响也很有限，尤其是在创作中的问题并没有解决。

第三节　现实重建：习近平讲话的继承和发展

历史发展到2014年10月15日，习近平总书记亲自主持召开了文艺工作座谈会并发表了重要讲话，全面而系统地阐述了在全面建成小康社会、实现中华民族伟大复兴的中国梦的新形势下，文学艺术创作与批评的现状以及所面临的新挑战、新问题，全面地继承和发展了马克思主义的文艺理论和文艺批评，内涵十分丰富。这里限于题目，仅就其中的文艺的人民性思想的历史继承、发展和现实重建，阐述其理论价值和现实意义。

总书记从价值观的高度、原则的高度，强调文艺要“坚持以人民为中心的创作导向”，认为它是关乎成败、关乎人心的根本问题，这是对马克思、恩格斯、列宁、毛泽东、邓小平等有关文艺的人民性思想的继承和发展，把文艺的人民性理论提升到了新高度，增添了新内容，回应了新挑战。习近平旗帜鲜明地指出“社会主义文艺，从本质上讲，就是人民的文艺”②。这是一个总的思想、总的观点。他还援引列宁说的“艺术是属于人民的”；毛泽东指出的“为什么人的问题，是一个根本的问题，原则的问题”；邓小平说的“我们的文艺属于人民”，“人民是文艺工作者的母亲”；江泽民

---

① 彭定安：《重提文学的人民性》，《辽宁日报》2008年12月17日第5版。

② 习近平：《在文艺工作座谈会上的讲话》，《人民日报》2015年10月15日第1版。

要求的“在人民的历史创造中进行艺术的创造”；胡锦涛强调的“只有把人民放在心中最高位置，永远同人们在一起，坚持以人民为中心的创作导向，艺术之树才能常青”。接着，习近平进一步指出“人民既是历史的创造者、也是历史的见证者，既是历史的‘剧中人’、也是历史的‘剧作者’。文艺要反映好人民的心声，就要坚持为人民服务、为社会主义服务这个根本方向”。“只有牢固树立马克思主义文艺观，真正做到了以人民为中心，文艺才能发挥最大正能量。”什么是以人民为中心呢？习近平具体阐明：“以人民为中心，就是要把满足人民精神文化需求作为文艺和文艺工作的出发点和落脚点，把人民作为文艺表现的主体，把人民作为文艺审美的鉴赏家和评判者，把为人民服务作为文艺工作者的天职。”① 这是人民本位文艺观的鲜明体现，它要求文艺创作、文艺批评都要以人民为轴心，以满足人民的需要作为创作的动机和目的。为什么要如此？习近平从文艺与人民的密切关系、血肉联系作了具体论述，至少包括如下思想观点。

第一，人民需要文艺。这是唯物史观、人民本位思想的具体体现。文艺创作不能仅考虑为自我，也不能只考虑为上层人，要为最广大的人民群众着想，因为他们需要文艺，特别是随着物质财富的增加，对精神财富的需求更迫切、也更高，文艺就是他们不可或缺的精神需求，也是提升国民文化品位、艺术修养的重要载体。

第二，文艺需要人民。文艺为什么需要人民？离不开人民？因为文艺就源于人民，“人民是文艺创作的源头活水，一旦离开人民，文艺就会变成无根的浮萍、无病的呻吟、无魂的躯壳”。“人民生活是一切文学艺术取之不尽、用之不竭的创作源泉。”② 这是对毛泽东《讲话》精神的继承和延续。习近平进一步指出“人民的需要是文艺存在的根本价值所在”。而“人民不是抽象的符号，而是一个一个具体的人，有血有肉，有情感，有爱恨，有梦想，也有内

① 习近平：《在文艺工作座谈会上的讲话》，《人民日报》2015 年 10 月 15 日第 1 版。

② 同上。

心的冲突和挣扎”。“要始终把人民的冷暖、人民的幸福放在心中，把人民的喜怒哀乐倾注在自己的笔端，讴歌奋斗人生，刻画最美人物，坚定人们对美好生活的憧憬和信心。”① 这是对毛泽东《讲话》精神的发展。

第三，文艺要热爱人民。邓小平曾说过人民是文艺工作者的母亲。自然要热爱母亲。习近平在此基础上进一步强调“有没有感情，对谁有感情，决定着文艺创作的命运。如果不爱人民，那就谈不上为人民创作”。“热爱人民不是一句口号，要有深刻的理性认识和具体的实践行动。”应该说，在现实的作家、艺术家中，对文艺要热爱人民缺乏深刻的理性认识和自觉实践行动的人还是大有人在的，因此，重提文艺要热爱人民，非常必要，也非常及时。

第四，人民是文艺的鉴赏家和评判者。一件作品、一部作品的好坏，由谁来鉴赏？由谁来评判？马克思主义的回答是人民。马克思在 1857 年的《〈政治经济学批判〉导言》中说过“艺术对象创造出懂得艺术和能够欣赏美的大众”。别林斯基论说过“读者群是文学的最高法庭、最高裁判”。这里的读者群显然是指人民大众。鲁迅认为文艺并非只有少数人能鉴赏。习近平在《讲话》中指出：“一部好的作品，应该是经得起人民评价、专家评价、市场检验的作品，应该把社会效益放在首位，同时也应该是社会效益和经济效益相统一的作品。”人民评价、专家评价、市场检验是评判作品的三把尺子，缺一不可。社会效益和经济效益是衡量作品的两个方面，两者要兼顾。其中，市场检验、经济效益在很大程度上也反映了人民大众的认可程度。

总之，习近平对人民本位的文艺思想，对文艺与人民的血肉联系、鱼水关系的阐述是全面而透彻的，内涵也是十分丰富的，其理论价值与意义也是突出的，它深深地植根于马克思列宁主义、毛泽东思想、邓小平理论等相关的文艺人民性思想理论之中，植根于中

① 习近平：《在文艺工作座谈会上的讲话》，《人民日报》2015 年 10 月 15 日第 1 版。

国共产党人为人民服务、一切为了人民的政治理念和精神传统之中。

不仅如此，习近平对文艺人民性的论述更具有现实针对性，它对于重建文艺的人民性具有重要的现实意义和深远的历史意义。

诚如总书记所言，改革开放以来，我国文艺创作迎来了新的春天，产生了大量脍炙人口的优秀作品。但是，随着市场经济大潮的冲击以及对西方现代主义的某些形式、技巧的偏执的接受，文艺在一些问题上迷失了方向，产生了一些乱象。习近平在讲话中列举了种种表现。反映在文艺为什么人的问题上也发生了一些偏差：一是文艺创作不为人民着想，而为自己谋利（名和利），商业化、铜臭气明显，把作品当作追名逐利的"摇钱树"。忘记了人民是衣食父母，缺乏对人民特别是对劳动人民起码的尊重和感情。二是文艺创作脱离人民，脱离生活，缺乏生活根基，对人民生活的积累、体验严重不足。于是，只能胡编乱写，粗制滥造。打开电视，不断地变换频道，会发现现实题材且具有扎实生活基础的电视剧明显薄弱，细节的失真会随处可见。这警示我们：艺术一定要扎根人民，扎根生活。三是人民大众的真实生活、真实形象在文学艺术中明显缺位。在小说、诗歌创作中，在影、视、剧的创作和改编中，颠覆历史、消解崇高、恶搞经典、丑化人民群众和英雄人物时有发生。而真正人民的生活、人民的形象、人民的心声和诉求却往往缺失。像路遥的《人生》《平凡的世界》那样关注老百姓、描写普通人、底层人的喜怒哀乐、酸甜苦辣，揭示他们的梦想与希望、奋斗与挣扎的作品越来越少了。因此，的确应该回归人民，回归生活，脚踩坚实的大地，抒写人民的情怀，重塑人民大众中的先进人物和英雄形象。

由此我们看出，习近平的讲话以及种种问题的提出，具有极强的现实针对性，正因为如此，才具有深刻的现实意义。人们常将习近平的讲话与毛泽东的《在延安文艺座谈会上的讲话》相联系、相比较，这是有意义的。毛泽东在战争最艰苦的时期召开文艺座谈会，主要是针对大批文艺工作者来到延安和各个抗日根据地以后出现的新情况，和文艺工作者交换意见，研究文艺工作和其他革命工作的关系，以求得革命文艺的正确发展，使文艺很好地成为整个革命机器的一个组成部分。在《讲话》中，毛泽东对一系列文艺问题的精辟论述，使之成为几十年来指导广大文艺工作者的纲领性文献。七十二年后，中国社会发生了翻天覆地、沧海桑田般的变化，经济、文化实现了空前的大发展、大繁荣，自然也出现了毛泽东时代所不曾有过的新情况、新问题。在这种情况下，习近平主持召开文艺工作座谈会并发表讲话，可谓恰逢其时和雪中送炭。在讲话中，习近平对新形势下一系列文艺新问题的论述以及对广大文艺工作者的新要求、新希望，既实事求是，又高屋建瓴，既面对现实，又着眼长远。这样，习近平的讲话就成为新形势下和今后一个时期内文艺工作者和文化艺术工作的指导方针。它对于重建中国文学艺术的人民性、历史性、经典性、伟大性、崇高性，从而用文学艺术的光芒照亮中华民族的精神世界，建构中国人民自己的精神家园具有重要的现实意义和长远的历史意义与未来意义。

第四节　人民性的集中体现：核心价值观的践行

社会主义核心价值观在当下是主流意识形态所倡导的，它源自中共十六届六中全会。党的十七大进一步提出“社会主义核心价值体系”，把它作为社会主义意识形态的本质体现、全党全国各族人民共同的思想基础、文化软实力的核心内容、民族复兴的强大精神支撑。其基本内容概括为四个方面，即马克思主义指导思想、中国特色社会主义共同理想、以爱国主义为核心的民族精神和以改革创新为核心的时代精神、社会主义荣辱观。党的十八大在此基础上凝练概括为“社会主义核心价值观”，其内涵是“富强、民主、文明、和谐，自由、平等、公正、法制，爱国、敬业、诚信、友善”。这 24 个字分别从国家的价值目标、社会的价值取向和公民的价值准则提出要求，并号召在全社会大力培育和践行社会主义核心价值观。何以如此？关键在于核心价值观是一个人、一个民族、一个国

家的精神命脉，核心价值观的生命力、凝聚力、感召力决定了一个国家的文化软实力，而一个国家的文化软实力会使这个国家和人民具有自尊心、自信心，从而激发创造力，并最终作用于经济、军事、国防等硬实力。中国人没有核心价值观，放弃了传统，常被异国人瞧不起。因此，提出核心价值观具有战略意义、里程碑的意义，它既是执政党，也是民族、国家的凝魂聚气、强基固本的基础工程、战略工程。核心价值观具有时代性、政治性、战略性和全局性，同时，也具有文化性和人文性。所以，不能把核心价值观的倡导仅仅理解为执政党的需要、意识形态的需要、宣传的需要，而是民族的需要、国家的需要、全体人民的需要。核心价值观贯彻好了，践行好了，必将受惠于全体人民，从这个意义上说，它也是人民性的集中体现。

文学创作与核心价值观有何关联？文学批评与核心价值观有何关系？在文学创作中，为什么要践行核心价值观？为什么要强调核心价值观的引领作用？践行核心价值观有无必要和可能？它的意义何在？首先，从事理上说，既然党中央要求要把核心价值观“融入各行各业的实际工作，融入大众的日常生活”，要“内化于心，外化于行”，“像空气一样无所不在”，那么，文学创作和文学批评有什么理由拒绝践行核心价值观呢？应该用核心价值观去引领文学艺术创作，引领文学批评，这是非常必要的，也是完全正确的。其次，从必要性来说，日益多元、多样、复杂、多变的文学创作理念、创作文本以及批评方法，急需核心价值观的引领和整合。伴随着经济、社会的发展，文化既空前繁荣，也空前驳杂，“红、黑、灰、白”并存。反映在文学创作上，从文学观念、表现内容、艺术方法、传播方式到接受方式、消费形式都发生了空前的变化，作家在文学观念、创作理念、表现方法上的独立性、选择性、多元性、多样性、多变性、差异性日益增强，各种价值观念的作品纷繁变幻，文学从来没有像今天这样商业化、快餐化、世俗化、平庸化、传媒化、网络化、杂多化，精品和垃圾并存，令人眼花缭乱，精芜难辨。在纸质文学、网络文学以及其他艺术、娱乐节目中，低俗、搞笑、恶搞、亵渎神圣和崇高等屡见不鲜，造成观念上的混乱和生态上的失衡。在这些现象的背后都透露出主流价值观的边缘化危机和价值取向上的混乱。反映在文学批评上，从观念、理论到方法也都呈现出复杂多样的局面，这就需要用社会主义核心价值观引领、整合，形成作家、批评家共同的价值追求和作品的崇高的精神境界和审美境界。最后，从可能性来说，文学艺术创作和批评作为当代文化的重要组成部分，承载着丰富的精神文化内涵，其中，核心价值观的内涵自然也是“题中应有之义”，它也体现着作家、艺术家、理论家、批评家的精神高度、思想深度和审美价值取向。而且文学艺术又最为人民大众所喜闻乐见、最容易影响人的精神思想、道德行为，它的潜移默化、润物无声式的陶冶、教化、教诲、熏陶作用远比政治宣传、思想教育效果更佳。因此，文学艺术创作在价值引领、在践行核心价值观方面不仅可行，而且大有可为，发挥着不可替代的作用。文学批评本来也应该为人民所喜闻乐见，是沟通作家和读者的桥梁。但一个时期以来，由于新媒体的冲击，也由于文学批评内部的问题，使批评的公信力、影响力、大众参与性都在下降，批评的有效性在不断弱化。因此，要重建文学批评的“教父”形象，重建文学批评与人民的血肉联系，帮助作家和读者把握好文艺为人民服务，为社会主义服务这个根本方向。

在文学创作、文学批评中，如何践行核心价值观？这既是一个理论问题，更是一个实践问题。它不仅有学理依据，也有现实诉求。文学作为人学、社会历史之学、心灵之学、艺术之学，体现个人价值、社会价值、核心价值等都是正常和应该的，这也应该成为一种普遍共识。作品怎样体现核心价值？其内涵和真谛应该是真善美，是人本、人性、人道，是精神价值和精神境界的追索，通过形象、情感、审美、艺术加以呈现。作品要想走出地区、走向全国、迈向世界，必须在民间性、区域性、民族性的基础上具有世界性，并对核心价值的全部或某一内涵加以深度和持续表现，形成特色，具有不可替代性，这是和文学的独创性相一致的。践行核心价值观不是靠说教，而是靠作品，通过作品，打动人心。文学正是以情感人、

打动人心的艺术。践行核心价值观，应该是通过形象地表达和生动地诠释，艺术地体现，进而融入创作的全过程。为此，作家要树立正确的价值观、积极的价值取向，在践行核心价值观方面具有自觉的意识，承担应有的责任。要忠于人民，熟悉人民的生活，忠实地描写生活，体现人们精神。回眸当今的文学艺术创作，在价值引领上不乏优秀之作。很多作品在自由、平等、文明、和谐以及爱国、敬业、诚信、友善等的传达上不遗余力，像小说中贾平凹的《带灯》、苏童的《黄雀记》；散文中史铁生的创作、王蒙的《守住中国人的底线》；戏剧中《立秋》对诚信的彰显，《郭明义》对敬业、友善的弘扬；电视剧中《亮剑》《闯关东》《毛泽东》《聂荣臻》《大河儿女》等都起到了价值引领的作用。但和庞大的创作总量相比，真正具有正能量、时代感、人民性、崇高性，且能够引领时代风尚的作品还是较为少见的。尤其在小说（特别是网络小说）、诗歌等领域，低俗的，甚至淫秽的、缺乏真情实感和崇高的境界的作品大有泛滥之势。散文领域不论在观念上还是在创作实践上都存在着混乱，散文作家作品可谓铺天盖地，但称得上优秀乃至伟大的散文家和散文精品却很少，这极大地影响了散文的社会影响力和公信力。由此可见，文学创作的诸多领域都需要核心价值观去引领，作家都要认真思考和积极践行核心价值观，这是创作必须面对的现实问题，也是需要作家认真履行的时代课题和神圣使命。在文学批评中同样如此。批评家富有引导创作和引领接受的神圣使命。在批评中，要有核心价值观的自觉意识，要有人民的情怀，要站在人民的立场上，重视、发掘、肯定具有核心价值观元素的作家作品，为民族国家、为现实社会、为公民公众尽一个文学批评家的责任。

当然，诚如著名作家莫言所说“艺术创作不是执行行政命令，而是自发的内心行为”。创作和批评都是作家、批评家个体的、精神的、创造性的劳动。引领创作与批评不等于让作家、批评家一定去遵循它去创作与批评，更不能是把它作为金科玉律或“圣旨”让作家、批评家照搬它的内容，图解它的条条去写作与评论，这样，文学创作将重新落入公式化、概念化、主题先行、贴政治标签的窠臼，这样只能写出观念性的、教化性的宣传品，构不成伟大而神圣的创作，当然也就不能成为精品，更不能成为经典，批评也将变成政治说教，而政治说教是没有说服力的，批评也就不能最大限度地发挥它应有的功效。伟大的创作，一定是深厚的生活赐予、充分的情感积累和生命体验、激烈的灵魂搏斗和心灵震颤，并具有高超的艺术和独创能力，这样才能凝结成不朽的巨著。鲁迅说得好："从血管里流出来的都是血。"关键是作家应该是一个具有正能量、责任感、崇高感、使命感和担当性的人。外在强加的所谓思想、理念都难以产生好作品，这已被以往的创作实践所证明。伟大的批评，一定是有深厚的理论根底、强烈的艺术感受、感悟能力、深刻的人文关怀以及卓越的批评能力，这样才能凝结成强有力的批评论著。核心价值观的体现，在文学创作和文学批评中应该是自然而然的，而不应是刻意的和机械反应式的。核心价值观是着眼于全社会的，它对作家的创作、批评家的批评具有引领作用。关键是要创作出让人民满意的、感到享受的、受到鼓舞的、得到陶冶的、获得启迪的好作品、好评论。这样的作品，这样的评论，核心价值观的内涵自然孕育其中矣。在观念多元化的时代，核心价值观并不是一个孤立提出的命题，其本身就逻辑性地隐含着一个"他者"，即价值观念的多元化，这和此前提出的"既提倡主旋律，也允许多样化"的创作方针一样。文学创作贵在独创，文学批评贵在创新。应该允许多样化、独特性的写作。核心价值观的引领和践行既不妨碍作家的思想探索、哲学追求，也不妨碍作家的艺术创新、方法独特。核心价值观的引领也不妨碍批评家的理论探索、观点出新，不妨碍批评的自我、个性的发挥。核心价值体观本身就具有开放包容的气度，是坚持和发展的统一、主导性与包容性的统一、发扬传统和立足当代的统一。

总之，文学创作和文学批评要以核心价值观为统领，以文学价值为追求，以崇高价值、丰富价值、多元价值为目标，以满足接受者多方面需求为宗旨，这样才能营造出百花齐放、春色满园、生机盎然的局面。

下　编
批评实践

第六章 “十七年文学”的文学价值考量

第一节 文学史长河中的“十七年文学”

“十七年文学”指的是从1949年中华人民共和国成立到1966年“无产阶级文化大革命”开始这十七年间的中国文学，如果依传统断代的话，属于当代文学的第一个时期。迄今为止，“十七年文学”作为一个整体，伴随着时代的变迁和社会的发展已走过了半个世纪的历程。相对于上下三千年悠久的中国文学史来说，“十七年文学”只是短暂的瞬间，然而，“十七年文学”在激进主义文化思潮的裹挟下绘制了别样的文学地图，它所具有的复杂矛盾的文学特质以及深刻丰富的历史经验，使之在当代文学史上成为一个颇为特殊的存在。因而，“十七年文学”是中国当代文学无法回避的一段历史，也是中国当代文学史整个版图的重要组成部分。

在二十世纪的中国文学史上，“十七年文学”在文化界乃至中国文学史上的地位起起落落，发人深省。整个“十七年”期间，“十七年文学”因受到意识形态的主宰被高度尊崇；十年“文化大革命”期间，“十七年文学”从受到高度重视转而被视作社会毒草遭受到严重打压与否定；二十世纪八十年代初期，随着改革开放、思想意识的空前解放，“十七年文学”因其自身所带有的强烈而又鲜明甚至直白的政治意识为文学研究者所弃；直至二十世纪八十年代末以来，“十七年文学”被重新审视，成为二十世纪中国文学研究的热点问题。所以如何重返历史场域，对“十七年文学”作出符合历史本真的梳理，考量它的文学价值，使其得到应有的文学史定位，已成为当代文学史一个绕不开的话题。

“十七年文学”尽管在时间上与新中国同步，但其文风的形成可追溯至二十世纪二十年代，有志于社会改革的进步知识分子和早期共产党人，将文学与革命元素结合起来，发出了倡导“革命文学”的呼声，开启了现代文学作为政治意识形态话语的篇章；三十年代，“左翼文学”创作的社会化倾向加重，作品洋溢着充满现实关怀的政治意识，疏淡于文学价值而偏重于社会价值；1937 年抗日战争爆发后，“抗战文学”蓬勃兴起，文学作为救亡的武器，起到了唤醒民众抗日救亡的作用，在这一特殊历史时期，人们更强调它的功利性和宣传性特点；四十年代初，通过延安文艺整风运动和延安文学实验，文学在发展方向上与现实政治任务一致，为新中国文艺确立了明确的方向。

1949 年 7 月第一次文代会召开，第一次正式确立了延安文学作为今后中国文学发展的方向。周恩来在会上作了长篇政治报告，论述了文艺为工农兵服务的问题，号召全国所有的文艺工作者，应该首先去熟悉工农兵，当时文艺界的最高领导周扬也在会上做了报告，强调了毛泽东同志《在延安文艺座谈会上的讲话》中提出的“文艺为人民服务并首先为工农兵服务的方向，也就是新中国的文艺的方向”，并且“深信除此之外，再没有第二个方向了，如果有，那就是错误的方向”①。他以“新的主题、新的人物、新的语言和形式”分析了解放区文学作品；茅盾作了关于国统区文艺运动的报告，认为“如果作家不能在思想与生活上真正摆脱小资产阶级的立场而走向工农兵的立场、人民大众的立场，那么文艺大众化的问题不能彻底解决，文艺上的政治性与艺术性的问题也不能彻底解决，作家主观的强与弱，健康与不健康的问题也一

① 周扬：《新的人民的文艺》，《周扬文集》（第 1 卷），人民文学出版社 1984 年版，第 513 页。

定解决不了”[①]，周扬和茅盾的讲话，一致阐明了今后文艺创作的方向就是要为无产阶级服务、为工农兵服务等问题。

1949 年 10 月 1 日新中国成立，结束了新中国成立前文学多样性的局面，对文学的形式、表现手法与内容都产生了极其广泛的影响。在“政治标准第一，艺术标准第二”的原则下，文学成为政治的工具。当时，“全国的文艺工作者一致表示了愿为贯彻毛泽东文艺路线而奋斗，《在延安文艺座谈会上的讲话》成了新中国文艺运动的战斗的共同纲领……在这种正确的思想领导之下，我们的文艺工作已取得了一些新的成绩”[②]。

1953 年 9 月的全国第二次文代会继续强调文学的现实功用：“以文学艺术的方法来促进人民生活中社会主义因素的发展，反对一切阻碍历史前进的力量，帮助社会主义基础的增强和巩固，帮助社会主义改造事业的逐步完成。”[③] 1956 年倡导的“双百方针”即是这一改造过程的一个插曲。

由于政治意识形态冲突导致的政治权力对文学创作的支配和控制，二十世纪五十年代以后经常有大规模的批判运动。如 1951 年对电影《武训传》的批判、对萧也牧小说的批判，1954 年对胡适和对俞平伯《红楼梦研究》的批判等。其中对萧也牧小说的批判主要集中在其发表于《人民文学》的小说《我们夫妇之间》，《我们夫妇之间》是以城市生活为背景展开的关于工农干部与知识分子结合的家庭故事，小说第一次把两个不同阶级夫妻之间的爱好、性格、情趣等各个方面的差异所导致的现实矛盾真实地暴露出来，并且用文学的形式提出了在新形势下工农干部怎样更好地适应城市生活、正视和认识城市改造的问题。在萧也牧的这篇小说中，我们可

---

① 茅盾：《在反动派压迫下斗争和发展的革命文艺——十年来国统区革命文艺运动报告提纲》，《中华全国文学艺术工作者代表大会纪念文集》，新华书店 1950 年版，第 64 页。

② 王瑶：《中国新文学史稿》下册，新文艺出版社 1954 年版，第 446 页。

③ 邵荃麟：《沿着社会主义现实主义的方向前进》，转引自金汉主编《中国当代文学发展史》，上海文艺出版社 2004 年版，第 112 页。

以发现无论从选材还是作家的立意上，都不存在投合小资产阶级小市民趣味和违背主流政治意识形态的倾向，而是通过对生活事件和人物的揣摩与观察，迎合了大时代的精神。但是，就是这样一篇意在通过夫妻之间的矛盾调整来实现对知识分子和城市文明的贬斥，进而实现对乡村文明和工农干部的歌颂的文学作品，却被当时的主流批评家认为是歪曲和丑化了工农干部形象，糟蹋了新的高贵的人民和新的生活，从而引来当时文坛的整体政治批判运动。细究其原因，就在于萧也牧对小说中主人公妻子的形象塑造是通过丑化、否定和批判从属于城市的丈夫的形象来实现的。在这位妻子的身上既有当时国家话语和主流意识形态的影响，也包含了作者的价值选择和审美理念。由于作者对现实生活的观察与认识，作者在妻子身上真实地再现了工农干部在进城初期所残留的不足与缺陷，丰富了人物形象，使人物形象更加丰满，而非模式化、单一化地塑造人物，可是在政治高度集权、意识高度严谨的“十七年”，这样塑造人物的方法多少超出了主流话语可以承受的言说范围。所以，《我们夫妇之间》受到主流意识形态的排斥和主流批评家的批判和指责也是不可避免的。

正是由于第一、第二次文代会的召开，以及这期间发生的文学界的全国性的批判运动，使五十年代以后的文学创作在主题、题材、方法、形式等方面显示出规范化的特点。在 1960 年 7 月 22 日的“中国文学艺术工作者第三次代表大会”上，陆定一代表中共中央和国务院向大会发表祝词，郭沫若致了开幕词，会议期间，毛泽东、周恩来、邓小平等国家领导人接见了与会代表。由此可见，这一时期的文代会，不仅仅是文艺界的代表大会，更是党和政府通过会议对文学作品及作家进行批评或者表扬、否定或者肯定、贬斥或者推崇，进而来树立文学创作的准则与规范，实现党和国家在政治意识形态上的领导，以便文学作品能够更好地宣传、实施、贯彻党的路线、方针和政策，进一步强调文学在社会政治格局中的重要作用。

另外，整个“十七年”里，正是国家政治运动频仍的时期，整党运动、减租反霸、土改、“三反”、“五反”、肃反、镇反、反资、反右、“大跃进”、农村整风、反五风、反五股黑风、四清等政治运动接连不断，在时代政治的强大约束下，“文艺为政治服务”的诉求如牢笼直接控制了作家的创作，作家也大都小心翼翼地寻找着自己作品的合法生存空间，创作也只能是在一种规约许可的范围内进行。

以上是从外部环境入手对“十七年文学”的发生作以梳理。从深层文化心理角度来看，中国人推翻了压在头上的三座大山，结束了多年来的屈辱历史，实现了民族解放和国家独立。这一重大的社会政治变革引起了社会文化思潮的空前活跃，人们以高昂的政治热情和豪迈的精神来表达对新社会、新生活的热望。正如有学者所说，这“显然是一个富有激情和期待的年代，那时，人们集体做着关于人类幸福最大胆的梦想，而生活中最平凡的时刻也被光荣地赋予了诗意”[①]。对大多数热切呼唤现代性的知识分子来说，面对伟大新时代的到来，有的作家甚至因为自己没有跟上新时代的步伐感到惭愧。茅盾就曾展开过这样的自我批评：“……这八九篇的题材又都是小市民的灰色生活，即使有点暴露或批判的意义，但在今天这样的新时代，这些实在只能算是历史的灰尘……”[②]，巴金在《巴金选集》的自序中说：“现在一个自由、平等、独立的新中国的建设开始了。看见我的敌人的崩溃灭亡，我感到极大的喜悦，虽然我的作品没有为这伟大的工作尽过一点力量，我也没有权利分享这工作的欢乐。……我的一支无力的笔写不出伟大的作品。为了欢迎这伟大的新时代的来临，我献出我这一颗渺小的心。”[③]

在这一背景下，“十七年文学”必然带有时代政治的深刻印记：个人化的审美情调服从主流的意识形态，以重大历史题材为主题内容，将社会结构简单地抽象为统治阶级与被统治阶级，热衷于塑造正面人物、揭批反面人物，体现了革命英雄主义和革命乐观主义精

① 张英进：《审视中国》，南京大学出版社2006年版，第205页。
② 茅盾：《〈茅盾选集〉自序》，《新文学选集》，开明书店1952年版。
③ 巴金：《〈巴金选集〉自序》，《新文学选集》，开明书店1951年版。

神。如黄子平所说："它们承担了将刚刚过去的'革命历史'经典化的功能，讲述革命的起源神话、英雄传奇和终极承诺，以此维系当代国人的大希望与大恐惧，证明当代现实的合理性，通过全国范围内的讲述与阅读实践，建构国人在这革命所建立的新秩序中的主体意识。"①

同时，当代文学史对"十七年文学"的叙述也呈现出不同的面目。回顾不同时期的当代文学史，可以发现，一代又一代的撰史者出于不同背景所形成的观念分歧，对"十七年文学"不同的建构，使"十七年文学"逐渐变成一个聚讼纷纭的场所。

对"十七年文学"的叙述开始于"十七年"期间。1960 年第三次文代会上，周扬在所做报告《我国社会主义文学艺术的道路》上正式确定了"当代文学"的社会主义性质，并组织编写文学史，从而使在反右派运动中对文学的"两条道路斗争"的叙述"正典化"。于是，华中师范学院中文系编著了《中国当代文学史稿》（写于 1958 年，1962 年出版），随后，山东大学中文系也出版了《中国当代文学史》（1960 年出版），这两部著作正式明确了"当代文学"这个文学史概念。

文学史作为一种阐释文学的知识体系，无法逃脱知识背后的权力支配。限于历史条件，上述文学史大都以阶级论作为叙述的基本构架，即工农兵和资产阶级，有时，工农兵可以被置换成革命群众，文本的审美也以政治倾向为评价标准，着重展示那些符合"文学新方向"创作模式的作品。对于当代文学这种特性，洪子诚先生论述道："在大多数情况下，文学批判并不是一种个性化的或者'科学化'的作品解读，也不是一种鉴赏活动，而是体现政治意图的，对文学活动或主张进行'裁决'的手段。"② 当然，这些文学史著作所进行的同步文学经典指认，由于过于粗疏而没有产生较大的影响。

---

① 黄子平：《"灰阑"中的叙述》，上海文艺出版社 2001 年版，第 2 页。

② 洪子诚：《中国当代文学史》，长江文艺出版社 2002 年版，第 25 页。

随着“文化大革命”结束，1978 年 12 月在北京召开了中国共产党十一届三中全会，1979 年 10 月在北京举行了第四次文代会。这两次大会的召开，确立了思想上、政治上、文艺上拨乱反正的任务，思想启蒙运动蓬勃兴起，文学从过去的个人崇拜、教条主义以及阶级斗争中解放出来，在二十世纪八十年代的历史语境中，尤其是在学界出现的“重写当代文学史”的呼声中，“十七年文学”是被放置在现代文学与八十年代文学的对立面上加以叙述的。

1985 年 5 月，在北京中国现代文学馆召开了“中国现代文学研究创新座谈会”，会上提出了“二十世纪中国文学”这样一个新的文学史概念，被认为是“重写文学史”的序幕，“正是在那次会议上，我们第一次看清了打破文学史研究的既成格局的重要意义”①。而“重写文学史”成为潮流，则是在 1988 年复旦大学陈思和、华东师范大学王晓明在《上海文论》主持的“重写文学史”专栏，在一年半的时间里，专栏发表了一批具有重写意味的论文，对现当代文学史上一系列经典作家作品和思潮进行分析，主要集中在如何对待“十七年文学”的问题，即如何从审美角度评价受主流意识形态规约的“十七年文学”，对一系列经典作家、作品和理论思潮进行了重新解读，颠覆了以往政治标准视角下的文学史著作，重建了“现代化”和“纯文学”的审美标准，标志着当代文学“一体化”局面走向解体。这次“重写”“原则上是以审美标准来重新评价过去的名家名作及各种文学现象”，“使之从从属于整个革命史传统教育的状态下摆脱出来，成为一门独立的审美的文学史学科”②。

在“重写文学史”的理念推动下，二十世纪九十年代，出现了现当代文学史写作实践的高潮。钱理群、温儒敏、吴福辉、洪子诚、程光炜、孟繁华、王晓明、陈思和、黄修己等人相继编写了《中国现代文学三十年》《二十世纪中国文学史论》《中国当代文学

---

① 王晓明：《主持人的话》，《上海文论》1988 年第 6 期。

② 陈思和：《关于重写文学史》，《笔走龙蛇》，山东友谊出版社 1997 年版，第 5 页。

史》《中国当代文学史教程》《中国现代文学史》，《二十世纪中国文学史》等专著，践行“重写”主张。其中，最有影响力的当推洪子诚编写的《中国当代文学史》与陈思和主编的《中国当代文学史教程》，这两部著作都以审美性和文学性为标准，认为“十七年文学”是思想僵化时代专制化的产物，在与意识形态保持一致的过程中，忽略了文学作为审美意识形态的特点，成为政治的“传声筒”和“吹鼓手”，因而显得枯燥无味、僵化呆板。这样的评价，体现了审美主义的文艺思潮对政治工具论的反拨与颠覆。因而，有学者指出，“对‘十七年文学’与‘文革文学’的‘盲视’几乎成了八十年代以来的‘当代文学史’与‘二十世纪中国文学史’研究中一个显著的特点”①，“甚至在大学中文系的课堂上，它们都会被毫不犹豫地忽略乃至省略。在八十年代的文学史叙述中，公式化、概念化、政治化的‘文革文学’乃至‘十七年文学’，根本不是真正意义上的‘文学’，‘当代文学’的真正意义是通过‘新时期文学’加以体现的”②。

尽管总体上对“十七年文学”持有异议，但在对文本的重新挖掘与重新解读方面也作了许多尝试。比如，洪子诚在《中国当代文学史》中不同意茅盾对《百合花》的评论，认为“战士的崇高品质和军民的鱼水关系不过是外在的，用以遮盖人物之间模糊暧昧的情感关系的框架，使对这种微妙感情关系的表达，在当时严格的题材‘管制’中，不被置疑而取得合法地位”③，陈思和主编的《中国当代文学史教程》中以显形文本结构和隐形文本结构来解读文学作品的复杂性多元性，并在“潜在写作”概念的支撑下，回避了传统的文学史叙述中提及的经典作品，挖掘出一大批陌生的文本。黄子平在著作《“灰阑”中的叙述》中从叙述形式角度“回到历史深处去揭示它们的生产机制和意义架构，去暴露现存文本中被遗忘、

---

① 李杨：《中国当代文学史史学观念笔谈》，《文学评论》2001 年第 2 期。

② 李杨：《“文学史意识”与“五十至七十年代的中国文学”》，《江汉论坛》2002 年第 3 期。

③ 洪子诚：《中国当代文学史》，北京大学出版社 2007 年版，第 105 页。

被遮掩、被涂饰的历史多元复杂性”①。

随着时间的推进，新世纪以来，距离现实越来越遥远的“十七年文学”逐渐进入历史语境，重返文化舞台，与二十世纪八十年代以前文学史家的自信相比，新世纪对“十七年文学”复杂性的认识在加强，“十七年文学”如何进入文学史，成为一个充满了思辨和叩问的话题。

对“十七年文学”的文学价值和文学史价值到底应该怎样评定？二十世纪八十年代是将“文学的自主性”作为评判文学价值的重要标准，这与“文化大革命”前“文学为政治服务”的标准是否同样有单一之嫌？以纯文学性作为衡量文学价值的标准是否科学？深受政治影响的文学是否缺乏文学史价值？而“潜在写作”文本与“经典文本”到底哪一类应该出现在文学史中？文学史入史的标准又该如何？是它的社会影响力还是文学经典性？当人们重新思索这些话题时，“十七年文学”作为一个典型又回归到学术视野，成为热点。

“十七年文学”较早地建立起新中国与历史之间的密切联系，大部分“十七年文学”的主题诉求都向民众传递“没有共产党就没有新中国”的历史结论与认知。这一时期的文学创作的指导思想就是用历史论证现实，让读者自己从这些波澜壮阔的历史小说中感受到中国共产党的先进性，是中国共产党拯救他们于水深火热之中，从而为中国共产党进行社会主义建设提供必要的思想准备和理论支撑，正如孟繁华所说：“胜利者在回顾或重拾自己已经被证实了的历史，对它的重新叙事不仅进一步激起了历史书写者的自信心和光荣心，重要的是，它更隐含着过去——现实一脉相承的历史联系。民众通过历史进一步理解共产党的社会主义革命，并把历史——现实理解为一种必然的关系。”② 当然，“十七年文学”在人性深度和广度的挖掘方面存在不足，但这并不是作者简单地无视问

① 黄子平：《“灰阑”中的叙述》前言，上海文艺出版社 2001 年版。

② 孟繁华：《传媒与文化领导权》，山东教育出版社 2003 年版，第 40 页。

题的存在，而是在政治权力的控制与支配下，所叙述的故事只能朝着既定的方向发展，这样，“十七年文学”就不仅是现实生活的单纯反映，更是特定历史时期国家政治意识形态的反映，“十七年文学”讲述的基本上都是在中国共产党的领导下，民众怎样取得革命的胜利、怎样建设新生活等，其目的就在于将过去发生在民众身上的历史更加具体化、形象化地传递给民众，这无疑使“十七年文学”具有除文学功能以外的政治教化功能，可以说，这一时期的文学更多的是承载着国家意识形态的宣传作用。

在漫长的历史长河中，话语总是被无休止地制度化，所以叙事不可避免地受到一定社会主流意识形态的制约，对待“十七年文学”应该持有一种历史的态度，寻求叙述历史的潜隐框架，在这些文本中，作者为什么要以这样一种方式来叙述历史，这种历史与当时的政治权力话语构成怎样错综复杂的关系，为什么历史的讲述要用这样或那样的虚构和想象，当然不是仅仅因为文学的特有审美特征，这都与当时的政治与国家形态有关，文学起到的作用是修改与美化历史，以缔造人们历史记忆中最欢欣鼓舞的历史时刻。

毋庸置疑，“十七年文学”的作品大都有着深刻的政治烙印。但是否受政治影响的文学就如同以西方启蒙话语为标志的元叙述所认为的毫无价值？从古至今，文学始终和政治、经济等纠缠在一起，很难划清界限，况且，大多数文学史不都是依据政治变化进行分期吗？因而，任何单一的“政治第一”抑或是“文学性”的评价标准都对文学有害无益。我们只能建立一个多元有机的评价体系，把某一时期的文学放在历史情境中进行评判，这是任何人在任何时代都拥有的权利。如果只是凭借某一评判标准，将一段重要的文学现象排除在文学史之外，形成文学史叙述的空白，无疑是一种将文学简单粗暴化的处理，“十七年文学”作为当代文学史上极其特殊的存在，其研究价值不容小觑。

首先，“十七年文学”是当代文学历史链条中不可或缺的一环。在当代文学史研究过程中，“断裂说”曾是主流观点，即认为在“五四”文学与新时期以后的文学之间存在着一个“断裂带”，尤

其是“启蒙”和“现代性”作为文学发展的主脉在“十七年文学”中的断裂，形成文学史的空白。然而，仅仅以“断裂说”来描述“十七年文学”显然是捉襟见肘的。文学作为一种审美的意识形态，其生态和格局尽管处于变动状态，却具有延续性。“十七年文学”尽管整体趋同，但是即使无视那些具有潜在写作性质的文本存在，也无法切割“十七年文学”与传统、与现代的血肉联系。可以说，没有“十七年文学”，当代文学的起点显然无迹可循。“十七年文学”并不是孤立的文学现象，它是五四“人的文学”的延续，是由左翼文学、延安文学发展而来，也是“文革文学”的准备，以至新时期以来，从伤痕文学、反思文学、改革小说、寻根文学、新写实文学中也都能找到“十七年文学”的影响，甚至于新历史小说，更是以“十七年文学”为蓝本的戏仿与颠覆。无论怎样，“十七年文学”都在当代文学史中扮演着极为重要的角色。

其次，“十七年文学”以史诗性的追求再现了新中国成立前后的社会风貌。“十七年文学”处于急剧变化的时代，创作内容以既定的题材为蓝本，尤其是革命历史题材和农村题材的作品，以再现历史与社会真实为己任，表现出浓郁的史诗性审美特质，用文学的形式再现了中国共产党发展壮大的光辉历程以及新中国成立后的城市工业化建设和农村集体化运动。由于“十七年文学”作品都是宏大叙事，写了时代的大事件大问题，作家也大多是革命斗争的亲历者，这种切身经历使他们将个人命运与民族命运紧密连接在一起，参与国家政治的热情度极高，他们以精益求精的态度，怀有打造精品的愿望，为后人留下了较为丰厚的精神遗产。可以说，进入文学史的既可以是纯文学的经典，也应该是产生过重大影响的作品，也就是我们在第一章所说的“影响维度”。而“十七年文学”这段历史，其共同的文学追求及文学样式在世界文学史上都极为独特，它所承载的意义已超越了文学本身。

再次，“十七年文学”洋溢着澎湃的革命激情，是中华民族宝贵的精神财富。这些文学作品以革命的英雄主义和乐观主义色调，消解了战争本身自在的悲剧性，使生活在艰难时世的民众怀有圣洁的理想，对美好的胜利的明天充满信心。事实上，“十七年文学”作品由于渗透于人们的日常生活之中，对社会的影响广泛而深刻，振奋了民族精神。即便从当下中国的社会心理和精神状态角度看，“十七年文学”依然发挥重要作用。这些作品中超凡无比的意志品质和无私奉献的崇高精神与现代社会的某些思想腐朽、生活堕落的道德困境形成鲜明对比，人们生活在这样一个理想与信仰的废墟，对现实的不满必然导向对历史的怀旧，于是“十七年文学”沉寂之后再度重生，通过再现革命历史画卷，引发人们对历史、对人生、人性的深度思考。历经半个多世纪，作为见证时代变迁的“十七年文学”仍发挥着重要的历史研究价值，作品中蕴含的文化因素已成为一种传承，为现代人的健康成长提供不可缺少的精神食粮。

最后，“十七年文学”本身依然具有文学的审美特性。虽然一体化严重制约了作家创作，作品内容也难以避免各种模式化要素的叠加，但文学依旧是政治无法完全覆盖的，许多作品有着游离于主流意识的异质性因素，体现了作家在政治规约下，巧妙地把自身感受和思想最大限度地埋藏于作品中的努力，作家以对艺术品性的追求确立着文学的存在，在激进主义文化思潮的裹挟下绘制了别样的文学地图，他们以史诗性的追求再现了新中国成立前后的社会风貌，表现出浓郁的审美特质，一大批作家已经形成了自己独立的创作个性和艺术风格，作品本身的艺术魅力仍然穿越时空为今人所称道。

所以，“十七年文学”入史将是当代文学史研究的一个重要问题。尽管对文学史写作来说无法达到绝对的“客观”与“超然”，“归根到底，主观的因素（无论先天的或后天的）总是无法排除的，这些因素可以呈现为时代性、民族性、阶级性、集团性、宗派性或任何其他的什么‘性’”①。主观的介入是自然的，不可避免

① 何兆武、张文杰：《沃尔什和历史哲学》，载［英］沃尔什《历史哲学——导论》，何兆武、张文杰译，广西师范大学出版社2001年版，第22页。

的，那么，应该以何种价值判断，怎样把“十七年文学”放置在十七年的历史语境中去讨论，将成为一个时代能否与另一个时代平等对话的关键。应该说，意识到“十七年文学”的复杂性，说明当代文学的研究正在走向深入。

第二节 “十七年文学”的“文学性”与“非文学性”

在“十七年文学”的研究中，一种较为普遍的看法是“十七年文学”缺乏文学性，不乏政治性。随着时间的推移，“十七年文学”渐行渐远，人们能够尽量保持一定的时空距离，特别是当我们用新的价值评估体系来考量它的文学价值时，对这一看法就要做出相应的调整，甚至可以说，对“十七年文学”的“文学性”与“非文学性”的问题，还需要重新打量与评判。

“十七年文学”尽管一直处于强大的意识形态裹挟之下，但政治永远无法全部取代文学。文学反映政治，可能极具审美特性；与政治毫无瓜葛的作品，不一定就具有文学性。不能以文学反映政治的多寡来判定它的文学性，这是不言自明的。况且，文学的发展尽管与政治常常产生联系，甚至遭受政治以某种方式的强制与干预，但它还是有着自己的内在源流，这也是任何政治与强权无法一刀切断的原因。正如洪子诚指出：“五十——七十年代的文学，是‘五四’诞生和孕育的充满浪漫情怀的知识者所作出的选择，它与‘五四’新文学的精神，应该说具有一种深层的延续性。”① 洪子诚视“十七年文学”为“五四”新文学的延续，也是从另一角度对“十七年文学”的文学性给予了肯定。

另外，在“十七年文学”的发展过程中，政治上有过一次较大的松动。这就是毛泽东提出的“百花齐放、百家争鸣”的基本方针，强调了“艺术上不同的形式和风格可以自由发展，科学上不同

① 洪子诚：《关于五十至七十年代的中国文学》，《文学评论》1996年第2期。

的学派可以自由争论”，强调了“艺术和科学中的是非问题，应当通过艺术界科学界的自由讨论去解决，通过艺术和科学的实践去解决，而不应当采取简单的方法去解决”①。这是完全符合艺术规律和科学特点的。“双百”方针给文艺界带来了勃勃生机，社会主义的文学发展处在新中国成立以来的最佳状态。在创作领域，很多作家不断突破禁区，拓宽题材领域，形式风格丰富多样，出现了一批反映生活真实的笔锋犀利、内蕴深沉的好作品，比如王蒙的《组织部来了个年轻人》、耿简的《爬在旗杆上的人》，以往不敢轻易涉足的爱情题材，也出现在这一指导方针之下，如宗璞的《红豆》、邓友梅的《在悬崖上》、陆文夫的《小巷深处》等，都令人耳目一新。尽管这一时期的形势被称为“知识分子的早春天气”②，“双百”方针的落实仍处于摇摆不定状态中，但确实如一缕清风，一扫文坛沉闷的空气。

所以，无论从文学内部还是外部来重新聚焦“十七年文学”，都并不是可一言以蔽之的，单纯的否定和简单的肯定都是不严谨的。只有回到历史原点，全面深刻地解读文本，挖掘被意识形态遮蔽的文学性特征，从而展开全方位多层次的阐释，才会还给文学史一个真实的“十七年”。

可以说，“十七年文学”的文学性是不容忽视的存在。“十七年文学”最突出的，就是它以丰富的题材，反映了广阔的社会生活画面。这一时期的创作，题材非常丰富。以小说为例，十七年中创作出版的长篇小说达300部左右，有革命历史题材、农村题材、工业题材等。

其中，革命历史小说占据了绝对的优势。这些作家很多是从革命战争的炮火与硝烟中走向新时代，他们在作品中有着共同的艺术追求：严肃的主题意识、庄重的叙述风格、史诗性的艺术追求。从题材的涉及面来看，几乎覆盖了民主革命以来各个历史时期人民斗

① 毛泽东：《关于正确处理人民内部矛盾的问题》，《毛泽东选集》第5卷，人民出版社1977年版，第388页。

② 费孝通：《知识分子的早春天气》，《人民日报》1957年3月24日。

争的光辉足迹：袁静、孔厥的《新儿女英雄传》、孙犁的《风云初记》反映了华北抗日根据地的战斗生活；冯德英的《苦菜花》《迎春花》描绘胶东半岛人民同日寇的浴血奋战，其他反映抗日战争的还有知侠的《铁道游击队》、刘流的《烈火金刚》、冯志的《敌后武工队》、雪克的《战斗的青春》等；杜鹏程的《保卫延安》、吴强的《红日》、曲波的《林海雪原》写的是解放战争，《保卫延安》反映的是1947年从撤出延安到收复延安半年多的战争进程，《红日》反映的是同一时期人民解放军山东战场的战役取得伟大胜利的历史事实，《林海雪原》反映的是1946年冬天在东北深入林海雪原执行剿匪任务的过程；《三家巷》再现了二十年代省港大罢工、沙基惨案、广州起义等大规模的历史斗争场面；《红旗谱》则对“四一二”反革命政变后的农民运动和学潮斗争作了集中的表现；《青春之歌》以“九一八”事变到“一二·九”运动为背景，描绘了北平的爱国学生运动；《红岩》描写了全国解放前夕发生在重庆中美合作所集中营里的一场革命同反革命的殊死搏斗。

革命历史小说在“十七年文学”中的重要位置，正说明了这类题材的小说承担了将1921年至1949年由中国共产党领导的革命历史经典化的功能，企图追求革命传奇的史诗性，以此建立起国人在革命建立的新秩序中的主体意识。“十七年文学”注重史诗性追求，把时代的变迁、社会的变革和历史的风云变幻以小说形式记录下来，通过再现历史进而颂扬历史，证明当下历史的合理性和不可逆性。虽然在这些长篇小说中，有的历史被现实功利的目的所夸大与扭曲，但不可否认的是，这些长篇小说丰富了当代文学史，并为历史研究提供了资料。

“十七年”期间农村现实生活成为不容忽视的基本题材，得以充分的发展，无论从作家队伍的阵容，还是从文学作品的数量来看，规模都非常壮观。十七年农村题材小说的一个显著特点，是它以积极肯定的姿态，塑造了大量的农民形象，细致地展现了具体的乡村生活场景和复杂的乡村社会关系，并表达了对乡村未来的关切和期盼，从而再现了较切实的乡村经验，描画了一个较为完整的现实乡村生态世界。如周立波的《山乡巨变》和《山那面人家》、孙犁的《铁木前传》、赵树理的《三里湾》《锻炼锻炼》、柳青的《创业史》、陈登科《风雷》、浩然的《艳阳天》，其中尤以《三里湾》《风雷》《山乡巨变》和《创业史》等几部长篇小说影响最为广泛。这一时期的农村题材小说大多取材新中国的农村生活，内容上反映了党领导人民建设新生活的历程描绘了全中国的农村处于的改革亢奋状态，继承了延安革命文学的叙事传统，采用革命话语介入模式，塑造社会主义的新人形象，为处于动荡时期的中国农村指明了出路。

新中国成立后，随着国民经济大规模工业化建设的展开，伴随着对新的民族国家的想象，工业题材文学兴起。“十七年”比较重要的中长篇小说有：草明的《乘风破浪》和《火车头》，萧军的《五月的矿山》，白朗的《为了幸福的明天》，艾芜的《百炼成钢》，周而复的《上海的早晨》，罗丹的《风雨的黎明》，周立波的《铁水奔流》，程造之的《黄埔春潮》，程树臻的《钢铁巨人》和杜鹏程的《在和平的年代里》等。这些作品把工业化同社会主义理想直接联系起来，首次以新的历史观描绘了工人阶级，反映了工业战线的沸腾生活，为渴望富强的新中国绘制了宏伟蓝图。艾芜的《百炼成钢》写于1950年，小说以九号平炉三位炉长之间的关系表现了工人阶级公而忘私的高贵品质和积极劳动的热情，把工人的日常生活和工业建设很好地结合在一起，是工业题材小说中艺术水准较高的。草明的长篇小说《火车头》是沈阳解放后作者在铁路工厂工作期间写成的，后又发表长篇小说《乘风破浪》，这是一部在熟识大工业建设环境的前提下，真实反映工业建设的力作，小说以钢铁厂为枢纽，连接省、市、工业、农业和中央等各个方面的社会生活，表现了现代工业建设在人民生活和社会发展中所发挥的重大作用和影响。

这一时期的工业题材小说在主题上有许多共同点。首先，新中国的成立，工人成为国家的主人，主人翁意识空前高涨，劳动也从原来的压迫变为创造，文学作品的作用就凸显出来了，那就是宣传

劳动光荣，号召全民参与进来，进行工业建设。如费礼文的《抢红旗》中张科长与金燕发生意见分歧，张科长不同意金燕做除锈保养工具油的实验，理由是浪费国家资源，但是张科长并没有直接上报，而是号召工人开会，民主表决，最后放弃了处分金燕的想法。再如唐克新的小说《政治委员》中主人公没有考上大学，但是他并不惋惜，而是选择太阳底下最光荣的职业——劳动。这些工业题材的作品都是由个体对生产的热爱、对工业建设的热爱等主题支撑起来的，工人与劳动也就成为人民的选择。其次，宣传团结协作精神。中国是农业大国，数千年的小农思想根深蒂固地存在于人民心中，工业在中国刚刚起步，需要扶持，毕竟工业不同于农业，它是大机器生产，工人共享劳动创造出来的成果，这在一定程度上能够转变农耕对人民的影响，艾芜的《百炼成钢》就是很好的例子，九号炉炉长袁廷发虽然在日本人开设的工厂中学到了技术，可是却藏私，谁也不肯教，引起了工人的不满，党委书记梁春生亲自出面让他传授技术时，他感受到了工人们对他态度的转变，进而意识到工人阶级只有更好地团结在一起、整个工人群体一同强大才能使国家民族和个人强大。这一时期的工业题材小说基本上都围绕这些主题进行创作，塑造了一系列可歌可泣的人物形象，如《乘风破浪》中的宋紫峰，《百炼成钢》中的钱德贵，《在和平的日子里》中的闫兴等，作者将他们置身于工业建设中，表现劳动与团结协作的重要性的同时，也写出了他们的命运变化，可以说工业题材的作品现实感越来越强，也越来越丰满。

另外，十七年间，一大批作家开始形成自己独立的创作个性和艺术风格。比如《林海雪原》作为以剿匪为主要内容的革命历史长篇小说，作品描写的奇丽壮观的环境也是吸引读者的一个方面，鹰嘴山顶、大雪纷飞的长白山区、绥芬草原、原始森林、河神庙、大风雪等东北特有的自然景物为小说笼罩了一层神秘的色彩，此外狼虎成群、土匪出没的威虎山、水面平静的镜泊湖、彩霞染红的林海以及有着药材和珍禽的基密尔草原等都给读者留下了深刻的印象。《山乡巨变》对于人情、乡情以及自然景物的描写也是十分精准的，如："虽说是冬天，普山普岭，还是满眼的青翠。一连开一两个月的白洁的茶子花，好像点缀在青松翠竹间的闪烁的细瘦的残雪。林里和山边，到处发散着落花、青草、朽叶和泥土混合的、潮润的气味"①，此外，作品对于鬼神传说、打牌以及婚俗的描写也十分出色，这些成功的环境描写增添了小说的可读性与文学性，是作家长期深入生活、关注农民的结果。"十七年"期间的长篇小说在环境描写、民歌民谣的运用以及人物对话方面呈现出乡土小说的审美特征，表现出对乡土人文的关怀，这些作家笔下的乡村是和谐优美和纯朴自然的，充满了积极乐观的精神。

人物形象是经典小说重要美学特质之一，"十七年文学"在形象维度的建构上取得的成绩应该得到肯定。作品中塑造了众多具有时代特征、性格特征的典型人物形象，令人难忘。历史进行到1949年，在经历数百年的巨大苦痛之后迎来了来之不易的胜利，人们感激英雄，怀念英雄，所以这个时期的人物形象同样也需要英雄，通过赞美英雄来弥合人们的伤口。英雄人物的适时出现，党的文艺政策影响也是原因之一。1952年5月至12月，《文艺报》开辟了关于创作英雄人物的讨论专栏。在这样一个时代背景下，书写英雄也就成为长篇小说的重要选择，所以"十七年文学"塑造了一大批意志坚强、充满青春活力、有理想有抱负、思想崇高的英雄人物典型，如《红旗谱》中的严江涛、严运涛，《林海雪原》中的杨子荣、少剑波，《红日》中的沈振新、杨军、石东根，《青春之歌》中的林道静、林红、卢嘉川，《红岩》中的许云峰、江姐等。当然，与顽强不屈、不畏牺牲的革命英雄相对，作品中还塑造了众多人面兽心、残忍无情的反面敌人形象。"十七年"文学对人物形象的塑造，除了有好和坏、正面与反面外，还有一个显著特征就是将一批新时期的中国妇女纳入历史改革与社会建设中来，在全中国人民都在崇拜英雄的时代完成了女性对历史的叙事。她们的主要共同点是为了国家和民族的利益，甘愿舍弃小我，甚至牺牲自己。这类

① 周立波：《山乡巨变》，作家出版社1961年版，第40页。

女性形象的代表人物是《红岩》中意志坚强、英勇不屈的女共产党人江姐，《野火春风斗古城》中干练的金环和温婉的银环，《李双双小传》中性格火辣直爽的李双双，《刘胡兰传》中英勇无畏慷慨大义的刘胡兰等，这些女性形象不再是依附于男性的附属品，而是在改革春风的沐浴下，在自己主体意识的激发下，自愿投入历史改革和社会建设中来，尽管“十七年”在一定程度上存在荒诞与偏激，但却是一段激情的、纯粹的岁月，那种民族的、国家的、大义的、阶级的精神内核对于当下利益化、世俗化、实惠化的时代来说很难理解，但火热的国家的、民族的精神内核在这些女性形象中得到了很好的诠释，女性逐渐从被性别阉割的尴尬中走出来，并完成了正面的主流形象定位以及自身对历史的特别叙事。时至今日，“十七年文学”产生的巨大影响力已经证实了这些作品绝非只是政治的工具，而是具有一定历史和文学价值的艺术品。

“十七年文学”的非文学性，则大多是“文学为政治服务”“文学是阶级斗争的工具”的主张给文学带来的伤害。不可否认，“十七年文学”呈现出一种绝对的二元对立和单向化特征，这造成了创作多元化、艺术多样化的缺失。在文学创作的功利性与非功利性之间倾向于功利性，这一时期的作品创作动因都很直接，如《三里湾》的创作动机是当时山西长治专区“决定在本专区试办十个农业合作社”①，《登记》的创作动因是为了宣传新的婚姻法等。在普遍性与特殊性之间更倾向于时代、阶级处于特定时期的特殊性，“十七年”的大部分文学作品都是特定时代的缩影，互助组、合作化、“大跃进”、人民合作社等，这些作品所带有的特殊性注定在一定程度上不能随着历史的向前发展而葆有它们的光彩与魅力。

另外，“十七年文学”在塑造人物方面是成功的，为文学史提供了无数人物典型，但是它的缺点也是很明显的。在塑造人物的时候往往注重人物的成长经历，也就是被改造和感染的过程，但是却没有深入挖掘人物的内心世界，没有写出人的情感的复杂、人性的

---

① 赵树理：《〈三里湾〉写作前后》，《文艺报》1955年第19期。

复杂和多侧面，致使人物的内心活动千篇一律甚至缺失，这也是“十七年文学”虽然有经典人物形象却没有立体的多侧面的可以跨越时间的人物形象的原因。英雄人物可以说是“十七年文学”塑造的尤为成功的一类人物，但作家们在塑造这一类人物群像时往往流于表面，不作深入挖掘，这些英雄人物心中念的只有大义，没有小爱，爱情的压抑与缺失是这类人物共通的，他们的情感世界是压抑的、被动的，甚至是冷漠的和不屑的，这种故意牺牲人物的情感世界使人物高尚起来的塑造方法显然破坏了人物的饱满度。“十七年文学”中的人物形象性格缺少变化和发展，这些人物的性格往往都是被定型的，不是好就是坏，永远是非此即彼的二元对立。如《红旗谱》中侠肝义胆的朱老忠与无恶不作的地主恶霸冯友兰之间的二元对立，《红岩》中以江姐和许云峰为代表的共产党人形象与以“猩猩”和徐鹏飞为代表的国民党的对立，《林海雪原》中以少剑波为代表的小分队与以座山雕为代表的土匪的对立等，这些人物好就好到极点，一点缺点都没有，堪称完美，坏就坏到极点，一点优点都没有，一出场便已注定结局，这样二元对立的结果就是人物形象不够立体，性格不够复杂，英雄人物也好，反面人物也罢，都陷入公式化与脸谱化的境地。尤其对反面人物的描写，这种倾向就更为明显。“十七年文学”中的反面人物大多都是面貌丑陋、思想简单、行为恶劣的，他们一出场读者便知道他是坏人，这类人物的性格过于单一与扁平，作家基本上把美好的词汇都用在了正面人物身上，而那些贬义的词汇无一例外都用在了反面人物身上。再有，这一时期的人物缺乏思想深度，总是受别人的思想影响，缺乏独立思考的能力，这可以说是作家的失职与无奈，作家没有从人物的个别性与特殊性切入，没有让笔下的人物有思考的空间，总是将现实中的思想与统治阶级正在宣扬的思想加之于人物身上，受政治影响太深，被政治束缚得太多，导致这一时期的人物形象几乎都是一个模子刻出来的，缺乏思想深度。另外，小说中的人物往往刚出场时有些个性特征，但是随着情节的推进，这种特征逐渐消解，如《红旗谱》中的朱老忠，他在刚出场时是侠义精神的化身，有勇有谋，爱憎分明，但是后半部分，朱老忠的性格渐渐淡化，这也是“十七年文学”虽然经典人物形象众多，但是却没有一个可以像鲁迅笔下的阿Q一样成为跨越时代的人物典型。纵观“十七年文学”，虽然小说的故事情节千差万别，但是叙述模式都很单一，总是两种对立的思想、两个对抗的阶级或者两条道路的矛盾与冲突，以这种矛盾的发展与演变来推动故事情节的发展，这样简单划定的二元对立使“十七年文学”在叙事上形成看似丰富实则单调的固有模式，可以说，这个时期的文学是时代的产物，只有依附于时代才有它们的文学价值，时代的局限性限制了作品的文学价值。

第三节 “十七年文学”的“经典化”与“非经典化”

二十世纪九十年代以来，当代文学研究逐渐“历史化”，由此形成了“十七年文学”“经典化”与“非经典化”这两种不同观点。

关于“十七年文学”是否是经典的问题，在很大程度上是“红色经典”这一提法引起的。“红色经典”一词在二十世纪九十年代中后期出现，主要指当时社会上掀起的“红色经典”热潮，包括小说、广播剧、戏剧、影视、绘画、音乐等艺术样式。文学意义上的“红色经典”是指五六十年代革命历史小说“三红一创，青山保林”[①] 等。“红色经典”这个说法当时也引起了很大的争议，有人认同“红色经典”这一命名，进而把相关作品经典化，认为这些作品在文学史上产生过重大影响；相反，不认同“红色经典”这一命名的，则认为经典应该是中国文学中最优秀的作品，“十七年文学”表现出了狭隘的功利主义文学观，艺术上程式化倾向严重，充斥了宣扬仇恨与暴力的语言，故不能成为文学经典。如陈思和认

① 指以下八部作品：《红日》《红旗谱》《红岩》《创业史》《青春之歌》《山乡巨变》《保卫延安》《林海雪原》。

为："'经典'是被历史所证明它代表着人类整个文化传统的一些文本，只有经过漫长时间的考验，千锤百炼，精益求精，才能够称为'经典'。红色经典这个概念本身对'经典'这个词是一种嘲讽和解构。"① 还有学者认为，使用"红色经典"这一称谓并非就是完全赞同经典一说，只是已经约定俗成，使用起来较为方便之故。

"经典"一词，本身就给人神圣权威之感。何谓"经典"呢？在我国，"经"的本义是指织布的直线，引申为常理常道，因而把圣贤所著的书尊称为"经"，如老子的《道德经》。"经也者，恒久之至道，不刊之鸿教也。"② 汉代时罢黜百家，儒家思想获得独尊地位，于是，"经"成为儒家经典著作的专称。甲骨文中的"典"字，据东汉许慎在《说文解字》的解释应为"五帝之书也。从册在丌上。尊阁之也。庄都说，典，大册也"③，五帝之书是记载先人事迹的著作，可见"经典"指可充任典范的重要书籍。"经典"一词在《现代汉语词典》中释义为：（1）指传统的具有权威性的著作；（2）泛指各宗教宣扬教义的根本性著作；（3）形容著作具有权威性的；（4）形容事物具有典型性而影响较大的。④ 还有一个值得注意的现象就是，经典始终代表着官方意识形态。"在中国，现代经典讨论或许可以说是开始于1919年，而在1949年、1966年和1978年这些和政治路线的变化密切相关的年份里获得了新的动力。"⑤ 而这些年份除了1919年，基本是在"十七年"的时间段，在这一时期，中国左翼政治力量和新的政党试图建立一种为确立无产阶级合法地位的文学形态，重新划定了文学经典的范围，由此而形成的"经典"在新时期以来受到质疑，而在九十年代则重新回到学术视野。尤其是各版本的"百年文学"书系的出版，更是引发了

---

① 陈思和：《我不赞成"红色经典"这个提法》，《南方周末》2004年5月6日。

② 陆侃如、牟世金：《文心雕龙译注》上册，齐鲁书社1981年版，第21页。

③ 许慎：《说文解字》，九州出版社2001年版，第270页。

④ 中国社会科学院语言研究所词典编辑室编《现代汉语词典》第6版，商务印书馆2013年版，第680页。

⑤ 佛克马、蚁布思：《文学研究与文化参与》，北京大学出版社1996年版，第45页。

文学“经典”之争。

在英语中，与“经典”对应的有两个词：拉丁语 Kanon（Canon）和希腊语 classic，均表示规则、法则、标准。西方学界在二十世纪八十年代明确地将经典作为问题提出，形成了一场旷日持久的关于经典的争论，其学术回响至今不绝。“妇女的、种族的或少数民族的、非西方作者的和工人阶级的文学在文学选集、历史和课程大纲中的相对缺席开始引起对既定经典观念的一种愤怒。”[①] 由此可见，在西方经典壁垒的背后，隐含着严重的性别歧视和种族歧视。

“什么是经典”这个问题在不同的文化传统中，各有其不同的答案。除了文学经典有属于文本自身的特性之外，在不同文化传统中，还体现出地域文化的特色以及历史、文化和政治的投影。

正如耶鲁学派的代表人物布鲁姆所说：“没有经典我们就会停止思考”[②]，文学经典具有一定的恒常性，它经过了历史的打磨与时间的淘洗，成为一种典范。同时，文学经典维系着文学创作的价值所在，“某个时期确立哪一种文学‘经典’，实际上是提出了思想秩序和艺术秩序确立的范本，从‘范例’的角度来参与左右一个时期的文学走向”[③]。当然，经典既不是中立的，也不是恒定的，而是在不同时代为满足某种社会需要被建构起来的，认定文学经典时，总是无法彻底摆脱价值判断和政治倾向的影响，任何一个时期的文学经典，总是留有具体的历史痕迹和特定的意识形态色彩，中外皆然。

同样，“十七年文学”的经典问题在50多年里发生了诸多变化，正因如此，这一时期的文学经典研究才因其复杂性而引起高度关注。早在“十七年文学”作品的形成期，“文学经典在社会生活、政治伦理等方面的意义，对现存制度和意识形态维护或危害的

---

① ［美］E. 迪安·科尔巴斯、阎景娟、贺玉高：《当前的经典论争》，《文学前沿》2005 年第 1 期。

② ［美］哈罗德·布鲁姆：《西方正典》，译林出版社 2005 年版，第 18 页。

③ 洪子诚：《问题与方法》，生活·读书·新知三联书店 2002 年版，第 233 页。

作用，被强调到极端的高度”[①]。这一时期，政治权力合法入侵到文学领域，文学经典的审定和推广逐渐被纳入了制度化、机构化的轨道，以阶级观念对作家作品进行排序，借助教学单位和出版机构，对文学经典进行管理。权力机构干预出版社的出版和选题策划，如曾在二十世纪三十年代流行的老舍的《猫城记》《二马》、曹禺的《原野》《蜕变》、冯至的《十四行集》等，五十年代之后不再刊行。反映抗日战争、解放战争、土地改革等作品被编辑成“中国人民文艺丛书”，这是在“十七年”期间影响较大的文艺丛书。其中收有李季的《王贵与李香香》，贺敬之、丁毅等的《白毛女》，魏风、刘莲池等的《刘胡兰》，阮章竞的《赤叶河》，赵树理的《李有才板话》《李家庄的变迁》，丁玲的《太阳照在桑干河上》，周立波的《暴风骤雨》，欧阳山的《高干大》，柳青的《种谷记》，草明的《原动力》，马烽、西戎的《吕梁英雄传》等，丛书从1949年起由北京新华书店陆续出版，面向国内外公开发行。十七年期间，很多作品“初版后一印再印，一版再版，发行量十分惊人。据统计，《红旗谱》至1978年第四版时印数已达500余万册，《林海雪原》在出版一年的时间里印数近百万册，《青春之歌》出版后的一年半内印数达到150万册，《红岩》在出版后不到三年的时间里印数高达400万册”[②]。这种文学经典化过程嵌入了强有力的政治权力干预，体现了经典自觉不自觉为国家为民族为政治服务的目的。然而，“十七年文学”成为经典并非仅仅是权力操纵的结果，毕竟它们不同于领袖著作，如此巨大的图书发行量，并非仅仅依靠行政干预。另外，“十七年”期间文学经典本身具有极大的流动性，很多作品遭遇忽冷忽热的命运。比如《创业史》《青春之歌》等。

对这一时期文学经典的认定，还通过重写文学史来实现。对原先因政治因素被举到高位的作家作品进行重新评估，对潜在写作进

① 洪子诚：《中国当代的“文学经典”问题》，《中国比较文学》2003年第3期。

② 王平：《红色经典小说出版热潮的时代密码》，《中国出版》2014年第4期。

行打捞与挖掘，这种对经典的解构与重构的过程，实际是对作品的价值重新进行评判的过程。新时期以来，随着对“文化大革命”的彻底否定，学术界开始质疑和反思，尤其是在八十年代的语境中，“让文学回到文学自身”的诉求正是对“文学是阶级斗争工具”强有力的反驳，为重新建构当代文学的经典，兴起“重写文学史”的文化思潮，思潮倡导者们以“从文学角度进行文学史研究”取代“十七年”的文学史范式研究，认为新的文学史研究“出发点不再仅是特定的政治理论，而更是文学史家对作家作品的艺术感受，它的分析方法也自然不再是那种单纯的政治和阶级分析的方法，而是要深入运用各种不同的方法，尤其是审美的分析方法”①，这项工作主要完成的是对“左倾”文艺思想的否定与批判，其对象包括社会主义现实主义经典的“十七年文学”。

九十年代以来，以经典重读为主要研究方法，“十七年文学”整体上的文学价值日益被人们认同，它的出版也再度繁荣。1997年，人民文学出版社从“十七年”期间出版的作品中精选了10部反映重大历史题材的长篇小说，包括《青春之歌》《平原枪声》《暴风骤雨》《林海雪原》《保卫延安》《红旗谱》等作品，组成“红色经典丛书”，丛书的畅销导致了后来“红色经典”说法的滥觞。这些作品二度热销于书肆，这次也并非仅是权威的力量。尽管“基于对自身历史连续性和权威性的考虑，官方主流意识形态对它的传播与再造始终没有停止”②。“十七年文学”的再度风行，折射出世纪末复杂的文化心理，随着经济的快速发展，为现代社会带来丰富的物质生活的同时也带来了精神的危机，在喧嚣和浮躁的时代，人们自身的精神家园日渐荒芜，这些作品“无疑是沉浮于物欲的人们的救命稻草，是追慕崇高、寻回内心的一方净土。作品中的英勇献身、超凡意志、完美品行、纯真心灵与大面积出现的道德沦丧、灵魂堕落、信仰虚无、背信弃义形成了鲜明的对照”③，引发

① 王晓明：《主持人的话》，《上海文论》1989年第6期。

② 王平：《红色经典小说出版热潮的时代密码》，《中国出版》2014年第4期。

③ 同上。

当代人对人生、人性进行深度思考。

由于“十七年文学”作品追求的是“史诗式”“纪念碑式”，这样就为文学批评与后世的文学创作提供了继续言说的可能。正是在“十七年”小说的强势裹挟之下，才有“新历史小说”的异军突起，可以说，这两种呈互文性的文学作品，彼此缠绕，缺一不可。没有前小说文本，又怎能深深领悟莫言、刘震云、余华、苏童等对历史的解构和黑色幽默式的表达？而这些作家恰恰是受以“红色经典”为代表的“十七年文学”影响至深的，正如莫言所说：“我们这些五十年代出生的作家，最早受到的文学影响，肯定是你刚才提到的‘红色经典’。”① 对于半个世纪前的承载人类光荣与梦想、担负民族历史与未来的革命英雄，读者可能不再如当初那样深信不疑地顶礼膜拜，更多的是带着对历史的尊重，理性地欣赏这些在意识形态下被遮蔽了的形象，通过对小说文本的细细耙梳，从历史的角度去认识革命过程和当前现实的联系，力图以人性的角度作以艰难的重释，凸显了文化再造的当代意义。

这种经典性还源于创作主体。“十七年文学”作品所描写的内容大多是作家的亲身经历，被认为是第一部大规模正面描写解放战争的长篇小说《保卫延安》的作者杜鹏程曾亲身参加过延安保卫战，描写了孟良崮战役的小说《红日》的作者吴强，是亲历孟良崮战役的军旅作家，《红岩》是作者罗广斌、杨益言根据被关押在集中营的回忆录写成的，《林海雪原》是一部带有自传色彩的小说，描述了作者曲波参加剿匪战斗的经历，梁斌参加过作品《红旗谱》中描述的反“割头税”斗争和保定“二师学潮”，柳青深入农村生活 14 年完成了反映社会主义改造进程中农民面貌的《创业史》，周立波回到故乡安家落户，创作了反映农业生产合作社发展过程的《山乡巨变》，《铁道游击队》的作者刘知侠当年作为部队记者曾经和铁道游击队员们一起战斗过，正是有着这样深刻的体验，他们有着共同的精神特质，以同样的对意识形态、对国家和民族的真诚来

---

① 莫言、王尧：《从〈红高粱〉到〈檀香刑〉》，《当代作家评论》2002 年第 1 期。

对待文学创作，以理想主义的激情歌颂社会主义建设，许多人用毕生的精力，以史诗性的追求来完善自己的作品。

“十七年文学”也有非经典性的一面。二者如此密切纠缠，简直无法分而言说。认为“十七年文学”非经典化的观点认为，由于诞生在以“制度化”和“意识形态化”为主要特征的年代，“十七年文学”与当时的主流意识形态保持一致，以文学来负载宣传“革命”与记载“历史”的重任，并凭借国家机器的力量，盛极一时，荣耀无比。几乎所有的文本都选择了以二元对立的模式，即进步与落后、革命与反动、光明与黑暗、理想与现实、个体与群体等来书写，证明革命胜利的必然性。以杨朔散文为例，作为文学战士，杨朔的散文注重散文意境的营造，追求诗情画意的语言，塑造诗意的形象，他在散文追求上体现出来的文体特征，使之在“十七年”时期形成了自己独特的艺术风格。但是细读之后会发现，其作品结构雷同，文字过于矫饰，被后来的批评者称之为“杨朔散文的模式化”。杨朔在运用独特的诗化散文观指导散文创作时，主观愿望与外部环境难以很好地融合因而导致了文本的断裂，主要体现在散文的人物塑造上，作品中的人物本来是充满生气的个体生命，但在作者极力拔高并赋予他很强的政治觉悟或者社会意义时，这个人物便被同化为一个大时代的集体代表或者是作者主观意念支撑起来的时代符号。与此同时，作者精心营造出来的这些不确定的意象，沁人心脾的荔枝蜜、壮丽巍峨的泰山、汹涌起伏的雪浪花等，都是作为作者根据时代特设的意念与承受社会意义的载体而存在的，于是，原本诗情画意的意境突兀地被拔高为时代思想的载体，人、景和物因为作为一种政治思想的承载工具而失去本身的意蕴，这无疑使意象失去了本身所应具有的美感，这样的人物与意象彼此交错在一起共同承担时代理念使作品变得单薄，损毁了散文的审美意蕴，意象与文本产生了不和谐，甚至对抗。作者给作为审美对象的物象以一个功利性的时代意义，违逆了读者的期待视野，给人一种牵强附会、矫揉造作的感觉。所以杨朔散文中的炽热情感大抵是对祖国和人民的绵绵不绝的爱与赞美，只有广阔的时代强音，没有小我的生命个体的喜怒哀乐，象征最终表现出来的还是显在的政治功利性。散文中的志是为了使读者进一步深信社会主义制度的优越性，所以散文明显地带有教化功能，不能脱离时代单独存在，散文的意义只能依附于时代才不会显得直露和牵强。杨朔的散文几乎全是这种结构，这就导致杨朔诗化散文的结构模式化、主题单一化等问题。在政治意识形态话语的干预下，作者的散文诗化追求只流于表面，所谓的诗意追求以失去个体生命的纯真与存在价值为代价，与现实世界的现实生活、与个体生命的本真状态相去甚远，很难经过岁月的检验与读者的不断品读，因此，杨朔散文从形式上是追求诗意的，但是在文本内容上是对当时主流意识形态的真实呼应，体现出“十七年”鲜明的时代精神，在艺术上免不了种种缺憾。

文学经典的确立，不是由某一作家、读者或某一机构所能够左右的，它是一个较为复杂的系统工程，需要经历无数次的冲突与整合，最后大致勾勒出某一时期文学发展的全貌，即一个时代有一个时代的经典。“十七年文学”具有文学经典的二重性。它的经典建构与外部的文化权力有直接关系，它强大的影响力使之因其重要性而进入文学史，当然，有的作品本身具有审美性，表现出普遍性、无限性和时空跨越性等本质特征。正因为它具有这种“两重性”，所以，我们可以暂且称之为“亚经典”。

“文学经典的确立不是一成不变的，昨天的‘经典’有可能经不起时间的考验而在今天成了非经典，昨天的被压抑的‘非主流’文学（后殖民文学和第三世界文学等）也许在今天的批评氛围中被卓有见识的理论批评家‘重新发现’而跻身经典的行列”①，这种说法是符合客观事物的本质和规律的。一个时代的结束必然导致相应评价体系与标准的解体，然而，这些作品却可能在新的时代获得重生，“一切历史都是当代史”，对“十七年文学”也可以作如是观。尽管作品所反映的时代已永远成为历史，但作品中潜伏着当代人不可缺少的精神与文化因素，能够将我们引向磨砺意志的激情中

① 王宁：《经典化、非经典化与经典的重构》，《南方文坛》2006年第5期。

去，对人生、对人性进行深度思考。甚至可以说，在某种程度上，这些作品蕴含的精神是喧嚣时代浮躁灵魂的救命稻草，是追慕崇高、寻回内心的一方净土，它们具有的穿越历史时空的艺术魅力，是再度风行的根本原因。

时至今日，在我国的现代化进程中，“十七年文学”还可以继续发挥它应有的价值。由于审美价值经常处于不稳定或动态性的状况中，至于社会发展到哪一阶段，“十七年文学”的影响力会完全消失，其经典作品还将面临怎样重新排列的命运，只能交与未来的批评家来评说了。

第七章 “文革文学”还有价值吗

第一节 如何认识、估价和研究“文革文学”

首先遇到的疑问是：“文化大革命”有文学吗？若有，这种文学还有价值吗？这是看似简单，但若确切而有说服力的回答，恐怕也不那么容易，除非你断然否定，认为“文化大革命”根本就没有文学，有的只是政治、阶级、帮派的传声筒和被利用的工具，这样的文学，当然没有价值了。笔者认为，我们先不要急于回答这一问题，还是先返回文学研究的现场，了解个大概，也许有助于回答这一问题。

在中国当代文学研究中，比较通行的看法是：“文革文学”“一直是一个薄弱的研究环节。八十年代一个普遍的流行的看法是‘文化大革命’十年没有文学，要有，也是所谓的‘阴谋文学’和‘帮派文学’。这样，当然就没有研究的价值和必要了”①。九十年代，“文革文学”引起了学界的重视，有几部重要的专著出版②，标志着“文革文学”研究的新进展。一些知名学者像谢冕、洪子诚、陈思和、曹文轩等都有有分量的论文发表③。新世纪以后，仍

① 洪子诚主编：《当代文学研究》，北京出版社2001年版，第68页。

② 杨健：《“文化大革命”中的地下文学》，朝华出版社1993年版。李扬：《抗争宿命之路——“社会主义现实主义”（1942—1976）研究》，时代文艺出版社1993年版。杨鼎川：《1967：狂乱的文学年代》，山东教育出版社1998年版。

③ 谢冕：《误解的“空白”》，《文艺争鸣》1993年第1期。洪子诚：《关于五十至七十年代的中国文学》，《文学评论》1996年第2期。陈思和：《民间的沉浮：从抗战到“文革”文学史的一个解释》，《上海文学》1994年第1期。曹文轩：《死亡与存活》，《文艺争鸣》1993年第1期。

有学者呼吁要重视“文革文学”的研究，比如，丁帆教授认为：“‘十七年文学’和‘文革文学’虽然其文本的质量很低，但是，作为中国文学发展史上的一个不可或缺的历史环链，它们的‘活化石’意义并不亚于那些文学史上的精品，我们可以从中寻觅到进一步推动文学史向更高层次发展的宝贵历史经验，因为，在文学史的研究者眼里，研究的价值并不取决于研究对象质量的优劣，而是研究对象的历史内容的含量的多少。就此而言，‘十七年文学’和‘文革文学’绝对是一个少有人深入开采的富矿。”[①] 到了 2010 年，丁帆再次指出，1949—1979 年，“这一时段的文学研究是一个亟待甄别和开采的‘富矿’”。“‘文革文学’研究已经成为中国现代文学史上的一个盲区。”[②]

笔者的看法与丁帆教授稍有不同。“文革文学”由于产生于非正常的时代，作家是在严格的、残酷的政治束缚、政治压迫下生存的，是没有创作自由的，甚至连生命都难保的。因此，“文革文学”是中国文学史上的悲剧时代、“悲惨世界”，这是毫无疑问的。“文革”是有文学的，但这种文学多是被政治利用、被斗争胁迫的文学，这时的文学所表现的是政治，是斗争，抒发的是所谓“无产阶级的革命豪情、斗争精神”。所以，“文革文学”的文学价值总体上是不高的，这就决定了它不可能是“开采的富矿”。在研究者眼里，研究的价值既取决于研究对象质量的优劣（“优”的研究对象，其研究的价值自然大，“劣”的研究对象，其研究的价值自然小，“文革”中大量的“垃圾文学”是没有多少研究价值的），也取决于研究对象所包含的历史内容的多寡。“文革文学”所包含的历史内容，从总体上说，不能算多么丰富、深邃，但仍有研究价值，特别是它的“活化石”意义，也就是谢冕教授所说的“具有很高的社会认识价值”[③]。不仅如此，“文革文学”中仍有少量的作品具有一定的文学价值和艺术价值，甚至取得了较高的艺术成就，

① 丁帆：《研究“十七年文学”的悖论》，《江汉论坛》2002 年第 3 期。

② 丁帆：《关于建构百年文学史的几点意见和设想》，《文学评论》2010 年第 1 期。

③ 谢冕：《误解的“空白”》，《文艺争鸣》1993 年第 1 期。

具有深远的影响力，甚至流传至今，这是值得研究的。比如，“样板戏”中的几个作品、《李自成》《艳阳天》等少数小说、《闪闪的红星》等少量的电影、“地下写作”中的一些诗和小说等。在中国文学史的链条上，“文革文学”这个环节是不能缺少的，否则，文学的历史就出现了“断裂”“断代”，就是不完整的。新世纪以来，在国家规划教材中，在少数的《中国当代文学史》中，“文革文学”是缺席的[①]，笔者认为，这是不合适的。

对“文革文学”的研究存在着三种倾向。

一是“空白”论。“就是用虚无主义的方法，干脆把一段文学史全部淘汰出局，抹掉文学史上的任何痕迹。比如对待‘文革文学’所采用的描述方式，即以所谓的‘空白论’来回避历史。这恐怕也不是历史唯物主义的治学态度。”[②]“空白论”在新时期初期所编撰的当代文学史和相关专著中多有体现，表明研究者还未能从“文化大革命”的阴影中完全走出来，其判断文学的标准基本上还是政治的标准，即以政治的决议（比如中共十一届六中全会做出的《关于建国以来党的若干历史问题的决议》中彻底否定了“无产阶级文化大革命”）来否定政治背景下的全部文学。这在一定程度上和在一定时间段是可以理解的。应该说，“文化大革命”是一场“史无前例”、也是惨绝人寰的大灾难，文学艺术又首当其冲。翻开《中国当代文学编年史》，最触目惊心的是对大批作家、艺术家、翻译家、理论家自杀或被迫害致死的记载，从邓拓、老舍到田汉、应云卫、严凤英，从傅雷夫妇到翦伯赞夫妇、刘绶松夫妇等，令人唏嘘不已。创作主体受到了残酷的政治迫害，失去了创作的权利和自由，致使文学艺术的百花园一派凋零。然而，文学艺术有它的特殊规律和创作要求，在政治的高压下，有时也不得不遵从艺术规律和接受效果（包括江青抓的“样板戏”），这就使“文革文学”

---

① 王庆生主编：《中国当代文学史》，高等教育出版社 2003 年版；吴秀明主编：《中国当代文学史写真》（简明读本），北京大学出版社 2010 年版。

② 丁帆：《研究“十七年文学”的悖论》，《江汉论坛》2002 年第 3 期。收入丁帆《文化批判的审美价值坐标》，北京师范大学出版社 2009 年版，第 30 页。

也存在着一些可取、可肯定之处，尤其是“文化大革命”后期的“潜在写作”和“地下写作”放射出异彩，在民间有着强大的生命力和影响力。

二是套用西方理论方法来研究“文革文学”。“尤其是用那种纯文本的分析方法去面对‘十七年文学’和‘文革文学’，更显得风马牛不相及。”① “对待‘文革文学’本来并无太大的观念反差，但是由于二十世纪八十年代海外学者林毓生把‘五四’和‘文革’混为一谈的理论影响，也由于九十年代以来西方‘后现代’文化理论以‘极左’面目漫漶于学界，尤其是一些年轻学者热衷痴迷于这一理论的所谓‘先锋性’，‘文革文学’的研究陷入了价值观念的空前混乱。”② 一些研究者的研究，搁置价值判断，不顾具体的历史语境和文本特征，片面地运用叙事学、符号学、女性主义、女权主义的理论来解说“文革文学”中的“革命样板戏”。比如，有的研究者运用符号学这样评说《沙家浜》：“从剧本的结构形态上讲，样板戏《沙家浜》是一个高度符号化的意义单向的政治文化隐喻系统，具体体现在主导性的社会本质秩序隐喻、功能性的形象秩序隐喻与阐释性的舞台秩序隐喻三个方面，每一个方面都与其他二者形成绝对的意义应答关系，并分别构成指向明确的意义单元，以符号化、人格化的诗意形式极限地表现了革命时代的阶级秩序和阶级风貌，回应了当时将政治文学化的创作思潮。”③ 这是典型的“玄学化倾向”：“用人人都不懂的话阐释人人都懂的道理，而应该用人人都懂得话说人人都不太懂的道理。”④ “样板戏”《沙家浜》本来人人都懂，但经这种所谓新方法的研究，人们反而不懂了，这样的

---

① 丁帆：《研究“十七年文学”的悖论》，《江汉论坛》2002 年第 3 期。收入丁帆《文化批判的审美价值坐标》，北京师范大学出版社 2009 年版，第 30 页。

② 丁帆：《关于建构百年文学史的几点意见和设想》，《文学评论》2010 年第 1 期。

③ 惠雁冰：《高度隐喻的政治文化符号体系——以〈沙家浜〉为例》，《文艺理论与批评》2006 年第 3 期。

④ 张福贵：《鲁迅研究的三种范式与当下的价值选择》，《中国社会科学》2013 年第 11 期。

研究有何意义？像这样的套用西方理论方法的研究还有很多[①]，应该得到纠正。

三是“文革文学”的“现代性”问题。“文革文学”有“现代性”吗？这是人们的首要疑问，答案恐怕是否定的。可是，将“现代性”问题引入“文革文学”研究，被看作是研究“文革文学”的一个所谓的新视角，令人匪夷所思。“李扬在其《抗争宿命之路——‘社会主义现实主义’研究》一书中较早引入‘现代性’这一视角，他提出这样一个值得思考的问题，即资产阶级随着新中国成立后私有制度的消灭理应随之退出中国的历史舞台，为何却在二十世纪六十年代后尤其是‘文化大革命’期间成为‘人民性’中的‘他者’而被反复批斗？李扬指出：‘答案只能在现代性中寻找’。”[②] 其实，这根本不是一个值得思考的问题，也无法在“现代性”中寻找答案。更为荒唐的是：“李扬继而把‘文化大革命’描述为旨在唤醒人的自我意识，恢复人的主体性，通过整体的力量去‘拯救’现代‘异化’的社会结构——包括人的主体异化、国家政权的异化等——的社会运动。以‘文化大革命’为主要表现内容的‘文革’主流文学自然因这一‘现代’进程而具有了‘现代性’。”[③] 还有的研究者从中国“现代性体验”这一角度来论证“文革文学”的所谓“现代性”[④]。笔者认为，“文革文学”的所谓“现代性”在学理上是不能成立的，论证“文革文学”是否具有“现代性”这个命题本身是没有意义的，也就是说，它是一个伪命题。因此，一开始就遭到了质疑。董健等人认为，“说‘文革文学’有现代性的文化内涵，甚至说‘文化大革命’中独霸文坛的‘革命样板戏’具有浓厚的后现代主义的艺术元素”。是历史“混合主义”的错误倾向，其结果“只

---

① 参见杨义主编、江腊生执笔《中国当代文学研究》，中国社会科学出版社 2011 年版，第 125—127 页。

② 同上书，第 125 页。

③ 同上。

④ 吴子林：《“现代性”“现代性体验”与“文革文学”》，《天津社会科学》2005 年第 5 期。

能是对西方后现代主义理论的拙劣‘效颦’，以致把中国一些前现代、反现代的东西，当成了后现代的‘宝贝’，从而把历史搅成了不分是非、善恶、进退、积极与消极、开放与封闭的‘混合主义’的一锅粥”。“‘样板戏’是蒙昧政治狂热的产物，是在文化专制主义语境下形成的怪胎，是对‘五四’精神的彻底‘决裂’，基本上是一种非人化的艺术，其中毫无现代意识可言。”[①] 王尧也明确地指出“文革文学”不具有“现代性”，“‘文化大革命’和‘文革文学’包含了对现代性的选择和反抗。现代性在‘文革文学’中的演化不是现代性的重建，而是现代性的中断，因为‘文革文学’是在中外文明史——世界现代化进程之外的写作，它以‘革命’的名义对传统和现代作出了双重的否定。‘文革文学’不是现代性的写作”[②]。若从“文革文学”中寻找“现代性”等于缘木求鱼，同时，也反映了一个时期以来，在中国现当代文学研究中，言必称“现代性”，“现代性”就是一切，甚至把整部文学史解释为“现代性”的历史，“现代性”被无限泛化了。现在，应该得到清算。

今天，我们如何研究“文革文学”？研究“文革文学”什么？笔者认为，我们应该和研究“十七年文学”一样，以“了解之同情”的态度，设身处地，还原历史，以历史唯物主义的观点，用中国当代文学的价值评估体系，整理和发掘“文革文学”的历史价值和当下价值。“‘了解之同情’就是设身处地地了解，就是对于个体生命的尊重。每一个人都有作为生命的尊严。这是最基本的人权。对于历史人物，如果你喜欢谁，就尊重谁；不喜欢谁，就不尊重谁，那么，尊重生命就会成为一句空话。研究历史人物的科学态度必须贯彻尊重生命的原则和设身处地的原则。”[③] 魏建教授的这段话，虽然是针对像郭沫若这样的历史人物而言的，但它更具有普遍的意义，我们同样可以遵循这样的原则去研究“文革文学”，去

① 董健、丁帆、王彬彬主编：《中国当代文学史新稿·绪论》，人民文学出版社2005年版，第6—7页。

② 王尧：《关于“文革文学”的释义与研究》，《当代作家评论》1999年第6期。

③ 魏建：《郭沫若“两极评价”的再思考》，《山东师范大学学报》2012年第6期。

评价“文化大革命”中的作家作品。习近平总书记在《在纪念毛泽东同志诞辰120周年座谈会上的讲话》中指出：“对历史人物的评价，应该放在其所处时代和社会的历史条件下去分析，不能离开对历史条件、历史过程的全面认识和对历史规律的科学把握，不能忽略历史必然性和历史偶然性的关系。不能把历史顺境中的成功简单归功于个人，也不能把历史逆境中的挫折简单归咎于个人。不能用今天的时代条件、发展水平、认识水平去衡量与要求前人，不能苛求前人干出只有后人才能干出的业绩来。”① 总书记讲的是对像毛泽东这样的历史人物、政治家该如何评价、遵循什么样的原则来评价，这是十分重要的原则，它同样适用于对于过去时代的文学家、艺术家的评价。我们今天评价“文革文学”，评价在历史逆境中的作家和作品，应该将其放在所处的时代和社会历史条件下去分析，不能要求“革命样板戏”具有“现代性”“全人类性”；也不能要求浩然等“文化大革命”时期的小说家的作品具有“现代主义”，那是不现实的，也是不可能的。应该全面、历史、辩证地看待和分析“文革文学”，依据“文学性”“文学价值”的各个要素阐释“文革文学”的正面价值和负面影响、当时的价值与当下的价值。“文革文学”在中国当代文学史上不应该是“空白”，否则，文学史就不完整。当然，写入文学史的作家作品不一定有多高，但他们（它们）是时代和历史的一个“环节”，不应缺失。在中国古代文学史上，对元代、明代诗人的描述，像王冕、杨维桢、高启、杨基等，在唐代也许够不上三流诗人，但却在文学史上留下了记载，而唐代三流诗人的诗可能比辽、金、元、明一流诗人的诗要好，但却不一定在文学史上有地位，因为唐代有数不清的一流诗人、二流诗人。文学史上各个朝代、各个文体的作家作品是不对等的，这是一个基本的文学史实。

① 习近平：《在纪念毛泽东同志诞辰120周年座谈会上的讲话》，《光明日报》2013年12月27日。

第二节 怎样评价“革命样板戏”

“革命样板戏”（以下简称“样板戏”）是“文革文学”中最突出、最重要，甚至在某种程度上说是最有成绩的文学艺术现象，是属于“主流文艺”，它涉及文学、艺术等多个领域，包括音乐、舞蹈、舞美、灯光、音响等，作为舞台艺术，它是编导、演员和观众面对面地交流，是三方面共同完成的。对戏剧的评价离不开演出，因此，必须重返历史现场，结合演出的历史才能评价得恰如其分。

一 “样板戏”的生产、演出和“两极评价”

“样板戏”的产生是从二十世纪六十年代初期开始的，它属于对传统戏曲的改编和移植，也是中国戏曲现代化进程的结果，其主体是京剧改革，它的直接源头可以追溯到延安时期的旧戏改革，即利用旧形式表现新内容，这叫“旧瓶装新酒”。当时，延安评剧院（延安时期把京剧称为平剧）集体演出了改编的京剧《逼上梁山》和《三打祝家庄》大获成功，带动了延安的京剧改革。新中国的戏曲改革继续推进，它可以说是“文化大革命”时期“革命样板戏”的前身。到了1963年，“江青利用她的特殊身份和权力，要文化部和北京的中国京剧院、北京京剧院，改编、移植沪剧剧目《红灯记》（上海爱华沪剧团）和《芦荡火种》（上海户剧团）”。这是创作“样板”活动的开始，也是江青插手“样板戏”的开始。①

1964年6月5日至7月31日，文化部组织的全国京剧现代戏观摩演出大会在京举行，来自全国19个省市自治区的28个京剧团

① 参见洪子诚《中国当代文学史》（修订版），北京大学出版社2007年6月第2版，第169页。

演出35个剧目[①]，历时近两个月，形成了京剧排演的一个高潮。当时演出的剧目包括《红灯记》《芦荡火种》（后改名《沙家浜》）《智取威虎山》《奇袭白虎团》《红色娘子军》《杜鹃山》《洪湖赤卫队》《红岩》《节振国》《朝阳沟》《战洪图》等。周恩来亲临大会并发表讲话。毛泽东观看了《智取威虎山》《芦荡火种》等戏并接见了演职人员。江青插手这次会演，否定了中国戏曲研究院实验京剧团创作演出的《红旗谱》和改编的《朝阳沟》。6月30日，《红旗》杂志第12期就京剧现代戏观摩演出大会发表社论《文化战线上的一场大革命》。社论指出："京剧改革是一件大事情。它不仅是一个文化革命，而且是一个社会革命。"在同年7月召开的京剧会演人员座谈会上，江青发表了《谈京剧革命》的讲话。8月1日，《人民日报》发表社论《把文化战线上的社会主义革命进行到底——祝京剧现代戏观摩演出大会胜利闭幕》。社论称"京剧现代戏观摩演出大会，是京剧艺术的一场大革命，它在我国戏剧史上写下了光辉的一页"。

1965年2月至3月，中国京剧院改编的京剧《红灯记》在参加完全国京剧现代戏观摩演出大会之后，南下广州、上海演出，引起轰动。"在上海连演四十天，场场爆满，欲罢不能。之后各地京剧团纷纷移植，演遍全国，形成一股不大不小的红色旋风。"[②] 3月16日，《解放日报》发表评论员文章《认真向京剧〈红灯记〉学习》，盛赞其在上海的演出成功。文中首次出现"样板"一词，称之为"京剧革命化的一个出色样板"。

1966年12月26日（毛泽东73岁生日），"《人民日报》发表题为《贯彻毛泽东文艺路线的光辉样板》的文章。该文章首次为

---

① 张柠主编：《中国当代文学编年史》第3卷，山东文艺出版社2012年版，第476页。洪子诚著的《中国当代文学史》（修订版）说："来自9个省、市、自治区的28个京剧团演出了38台'现代戏'（指表现现代生活的戏曲剧目）。"严家炎主编的《二十世纪中国文学史》（下册）说："汇集了全国19个省市28个剧团的37个剧目。"

② 金汉总主编：《中国当代文学发展史》，上海文艺出版社2004年1月第2版，第205页。

‘革命样板戏’正式命名，将现代京剧《沙家浜》《红灯记》《智取威虎山》《海港》《奇袭白虎团》，芭蕾舞剧《红色娘子军》《白毛女》和交响乐《沙家浜》统称为江青同志亲自培育的八个‘革命现代样板作品’”①。把江青直接插手、程度不同地参与修改的八个作品称为“样板”，是对江青的歌功颂德。

1967年5月，为纪念毛泽东《在延安文艺座谈会上的讲话》发表二十五周年，首都舞台正在上演上述这八个样板戏。《人民日报》5月31日发表社论《革命文艺的优秀样板》，进一步明确把这八个样板戏称为“革命样板戏”，并很快成为通行全国的称呼。

第一批八个样板戏宣布之后，制作“样板”的“工程”继续推进。到了1972年前后，又有一批剧目被列为“样板戏”的名单之中，主要有京剧《龙江颂》《红色娘子军》《平原作战》《杜鹃山》，舞剧《沂蒙颂》《草原儿女》，钢琴伴唱《红灯记》，钢琴协奏曲《黄河》，交响乐《智取威虎山》。1974年，《红旗》杂志第7期发表初澜的文章《京剧革命十年》，称“样板戏”已经有了十六七个了，取得了胜利，被称为“文艺的新纪元”，“样板戏”的改编告一段落。从现代戏到“样板戏”，戏剧舞台越来越走向斗争化、革命化、战斗化、圣洁化，舞台上的雄伟壮丽和豪言壮语压倒了普通人、平凡人的低吟浅唱，标准化、模式化的要求必然导致危机的出现。

“样板戏”十年，对改编的作品进行反复的修改、宣传、推广、神话、利用，走向标准化、模式化。其中，从1967年到1972年是

---

① 笔者依据的是张健主编的《中国当代文学编年史》第四卷，山东文艺出版社2012年11月第1版第76页的说法。严家炎主编的《二十世纪中国文学史》（下册）2010年9月第1版也持这种说法。洪子诚在《中国当代文学史》（修订版）第170页称“1967年5月北京、上海的纪念《讲话》发表25周年的活动中，当时为‘中央文化革命领导小组’成员的陈伯达、姚文元，对‘京剧革命’‘样板戏’的意义以及江青在‘京剧革命’中的地位和作用，做出极高评价。随后，《人民日报》社论《革命文艺的优秀样板》，第一次开列了‘八个革命样板戏’的名单：京剧《红灯记》《智取威虎山》《海港》《沙家浜》《奇袭白虎团》，芭蕾舞剧《红色娘子军》《白毛女》，交响音乐《沙家浜》”。这个说法在时间上恐怕有误。

“样板戏”演出、播送泛滥的时代，广播里、电视中、舞台上、银幕间、高音喇叭里反复无数次地播放、演出，各级专业院团、各类业余演出全是“样板戏”。工厂车间、田间地头、机关学校到处回荡着“样板戏”激昂的声音。听的、看的次数多了，使从那个年代走过来的人无不会吟唱“样板戏”中的很多片段，形成了全民皆唱“样板戏”的局面，这是中外戏剧接受史上空前绝后的现象。

“样板戏”的生产是集体智慧的结晶，它凝聚着广大文艺工作者的心血和汗水。其中，专业人员功不可没，许多人是文学艺术界的行家里手，正如洪子诚所说“参加‘样板戏’创作的编剧、导演、演员、音乐唱腔、舞蹈、舞台美术设计等的人员，均是全国该领域训练有素、经验丰富的优秀者”。他列举了“先后参加过‘样板戏’创作、演出的著名艺术家有：作家翁偶虹、汪曾祺，导演阿甲，琴师李慕良，京剧演员杜近芳、李少春、袁世海、赵燕侠、周和同、马长礼、刘长瑜、高玉倩、童祥苓、李鸣盛、李丽芳、谭元寿、浩亮、杨春霞、方荣翔、冯志孝，作曲家于会泳，芭蕾舞演员白淑湘、薛菁华、刘庆棠，钢琴家殷承宗等。在拍摄‘样板戏’电影时，又集中了一批著名导演、摄影师、美工师，如谢铁骊、成荫、李文化、钱江、石少华等”①。当时，作家、艺术家是“文化大革命”批判的对象，又强调人民群众创造历史，同时，“样板戏”又是经过反复、多次、多人参与修改，因此，并不标明每一个具体剧目的编剧、导演和主演，这种淡化个人，也意在突出是江青创作的。

“样板戏”的生产，主要是“移植”，即从其他已经成型或已到达相当水平的剧目中改编过来，变成自己的东西，除少数是原创外，多数是非原创的作品。比如，《沙家浜》根据沪剧《芦荡火种》改编，《芦荡火种》是根据崔左夫的革命回忆录《血染着的姓名——三十六个伤病员斗争纪实》改编；《红灯记》也是根据同名

① 洪子诚：《中国当代文学史》（修订版），北京大学出版社 2007 年 6 月第 2 版，第 172 页。

沪剧改编，而沪剧《红灯记》则是根据电影《革命自有后来人》改编而来；《智取威虎山》是根据1957年畅销的长篇小说《林海雪原》中的精彩片段改编；《海港》是根据淮剧《海港的早晨》改编；芭蕾舞剧《红色娘子军》的内容来自1960年轰动一时的同名电影；芭蕾舞剧《白毛女》来自1950年的电影《白毛女》，电影《白毛女》又来自1945年延安鲁艺的歌剧《白毛女》。第一批八个“样板戏”只有《奇袭白虎团》是原创。移植、改编是“样板戏”生产的主要途径。

再说对“样板戏”的评价。“文化大革命”十年，即在“样板戏”生产、传播的时代，是不可能有公允的评价和科学、客观的研究的，有的只是政治性的鼓吹，政治性的歌功颂德，为江青等人树碑立传。“文化大革命”结束后，对“样板戏”的评价才提到议程。二十世纪八十年代后期以来，“样板戏”中的部分剧目或片段在不同场合上演，重回观众之中。1986年，在中央电视台春节联欢晚会上，刘长瑜演唱了《红灯记》唱段《都有一颗红亮的心》，在观众中引起了不同的接受反应，有人叫好，有人反对。逐步形成“两极评价”。

否定者认为“样板戏”是阴谋文艺、政治文艺。著名学者王元化分析说：“样板戏就重在表现斗争，斗争都是敌我斗争。台上越是把斗争指向日寇、伪军、土匪这些真正的敌人，才会通过艺术的魔力，越使台下坚定无疑地把被诬为反革命的无辜者当敌人斗争。”① 这话道出了江青、陈伯达、姚文元一伙搞“样板戏”，强调斗争哲学的险恶用心。一些在“文化大革命”中遭受迫害的人，尚心有余悸，甚至毛骨悚然，他们从切身感受出发，反对“样板戏”的回潮。老作家巴金说：“好些年不听‘样板戏’，我好像也忘了它们。可是春节期间意外地听见人清唱‘样板戏’，我有一种毛骨悚然的感觉。”② 小说家邓友梅说：“‘文化大革命’时期我被折磨，

① 王元化：《论样板戏》，《清园论学集》，上海古籍出版社1994年版，第469页。
② 巴金：《样板戏》，《随想录》第5集，人民文学出版社1986年版，第113页。

一听高音喇叭放样板戏，就像用鞭子抽我，我不主张更多地演样板戏。"[①] 著名杂文家、名记者、老报人冯英子说，判断"样板戏"的价值有一个客观标准，"这个客观标准，便是那个彻底否定'文化大革命'的决定。'文化大革命'否定了，'文化大革命'中的天之骄子——样板戏，难道还应找这样那样的理由去肯定吗？"[②] 作家何满子、学者王元化也都表达了类似的看法。何满子认为，样板戏的回潮，说明"文化大革命"的流毒还没有肃清，不少人喜欢"样板戏"是出于一种特殊的怀旧心理，一些小青年则怀着一种强烈的好奇心。他试图从美学上对"样板戏"说"不"。[③]

肯定者质疑上述否定者观点的有效性，"其立论的基本方法是将艺术创作的样板戏与特定的时代作一区隔。他们首先撇清江青与样板戏的关系，认为江青并不是样板戏的真正作者，因为在江青正式介入那批京剧现代戏并将其册封为'样板戏'之前，这批戏就已经完成了，它们是'广大戏剧工作者团结奋斗、辛勤劳动的丰硕成果'，江青出于政治野心将其占为己有，因此将这些京剧现代戏算在江青与'文革文艺'的账上是非常错误的"[④]。这是不言而喻的，今天看来已不是问题。肯定者多从音乐、舞蹈、戏剧艺术、民间传统，积极评价"样板戏"。张广天认为："样板戏的功绩成了一次最有力的民族自信心的证明。它是五四以来唯一从民族自我出发的最高革命成绩，前无古人。一方面它对外国文化的良好吸收和消化说明了民族文化仍有健康的消化系统；另一方面它在民族神话的再造和直面现实的双重任务和重负下昂首挺立起来，再好不过地证实了中国文化的强大而明智的神经系统坚不可摧。"[⑤] 这是笔者所看

---

① 转引自温儒敏、赵祖谟主编《中国现当代文学专题研究》（第二版），北京大学出版社 2013 年 8 月第 2 版，第 203 页。

② 冯英子：《是邓非刘话"样板"》，《团结报》1986 年 4 月 26 日。

③ 何满子：《从美学上对"样板戏"说"不"》，《上海戏剧》1997 年第 3 期。

④ 杨义主编、江腊生执笔：《中国当代文学研究》，中国社会科学出版社 2011 年版，第 131 页。

⑤ 张广天：《江山如画宏图展——从京剧革命看新中国的文化抱负》，《文艺理论与批评》2000 年第 1 期。

到的对“样板戏”的最高评价，作者以“世纪回顾与展望”的姿态，从京剧革命高度肯定“样板戏”所体现的新中国文化的强大。如此的高度评价和否定者决绝态度形成强烈反差，“两极评价”的现象凸显出来。

究竟应该怎样评价“样板戏”？它还有价值吗？有多少价值？哪方面有价值？它的积极意义何在？“样板戏”有多少负面的东西？它的消极影响有多远？这些问题以往并没有得到清晰的回答，因此，笔者以下作以简略的探讨。

二 “样板戏”的正面价值和积极意义

“样板戏”既然凝聚着广大作家、艺术家、演员，特别是一流作家、艺术家，包括汪曾祺、谢铁骊、袁世海、殷承宗等的汗水和心血，那么，说它没有价值是不可思议的。同时，“样板戏”又是产生于非常态的逆境时期，文艺被野心家、阴谋家，被莫须有的阶级斗争利用、强奸，因此，说“样板戏”没有负面的、消极的东西也是痴人说梦。“样板戏”就是这样复杂地交织着伟大与渺小、真理与谬误、正面与负面、积极与消极、精品与废品、信服与荒唐，这些看似悖反的因素却统一在一批作品、一个剧目中。为了理解和论述的方便，我们只能从复杂的统一体中抽出来，分别论述之。

“样板戏”不是铁板一块。不同的剧目，由于不同的创作、改编、修改和演出的具体情形以及所“移植”的原本的不同，呈现出参差不齐的状况。大体说来，第一批“八个样板戏”总体较好，只有《海港》较差。第二批和以后的总体较差。从所表现的内容而言，反映革命历史斗争的较好，反映现实斗争的较差。对于戏剧的品评要看演出的效果，要一个一个地评，同时也要综合地审视。样板戏中，有的可以称为优秀之作，像《红灯记》《沙家浜》《智取威虎山》《红色娘子军》《白毛女》等，甚至可以称为精品，很有文学、艺术价值，但够不上经典；像《海港》《龙江颂》，今天看来，几乎没有什么价值可言。

按照我们所构建的中国当代文学价值评估体系来评价“样板

戏”，或许会有新的发现和认识，其正面价值和积极意义的体现也有自己的侧重。

从内涵维度来说，“样板戏”绝不靠此取胜，它不是深邃、伟大之作，也没有挖掘不尽的“思想”，更没有揭示出所谓人类之永恒困惑以及全人类性。它的主要的精神思想资源是“斗争哲学和道德理想主义”“道德理想在‘样板戏’中包括爱国主义、国际主义、对领袖和革命事业的忠诚、部分服从全局、个人服从集体等。”① 斗争哲学在民主革命中着重表现为对毛泽东武装斗争的歌颂；在社会主义革命社会主义建设中，则表现为对阶级斗争的强化和升级。这样的内涵在“文化大革命”前“十七年”的文学艺术中被各种体裁、各种艺术形式的作品演绎着，因此，并无新意。不过，这样的内涵也是有正面价值和积极意义的。特别值得一提的是，在第一批“八个样板戏”中，“从所反映的内容而言：第二次国内革命战争时期的红军，抗日战争中的北方义勇军和南方新四军，第三次国内革命战争时期东北剿匪的解放军，抗美援朝时期的志愿军，土改前后的农民翻身和社会主义时期的工人生活，方方面面都照顾到了”。“反映了中国共产党领导的革命历史的几个阶段和工农兵等领域。”② 这样的连续性、覆盖面和代表性与概括性，是编创人员的有意为之，还是不经意的巧合？不管属于哪一种，都是有意义的，起码，每一个都具有代表性和概括力，反映了编创人员的一些整体性的构思、想法和用意。

从形象维度和形象塑造来说，“样板戏”中的人物形象是否立起来了？应该说，在几个优秀的剧目中，人物形象是立起来了，是鲜明，甚至可以说是鲜活的。中外很多作家都谈到人物形象在小说、戏剧和影视艺术中的重要地位，甚至是决定性的因素。当代著名小说家莫言在回答记者“什么才是好的小说”的提问时，这样回

---

① 温儒敏、赵祖谟主编：《中国现当代文学专题研究》（第二版），北京大学出版社2013年8月第2版，第211页。

② 严家炎主编：《二十世纪中国文学史》（下册），高等教育出版社2010年版，第115页。

答："好的小说要有深刻的思想，要有精彩的故事，要有令人难以忘记的人物形象，还应该有富有个性的语言和巧妙的结构。"[①] 在与马丁·瓦尔泽的对话中，莫言又一次说："一部好小说的标志应该是写出一个让人难以忘记的人物形象。这样的人物形象在过去小说没出现过的，生活当中可以有很多类似的人，能在人物身上看到自己的小说，这就是好的小说了。当然还要有好的语言、结构。"[②] 莫言讲到好小说，每每离不开讲人物形象。可见，人物形象在小说中的重要性。不仅小说，戏剧、戏曲、电影、电视剧等叙事艺术，人物形象都是支撑该作品的关键。"样板戏"也是如此。好的"样板戏"（像《沙家浜》《红灯记》《智取威虎山》《红色娘子军》《白毛女》），其人物往往是鲜明的，难以忘记的。像阿庆嫂的八面玲珑、能言善辩、柔中带刚、聪颖机智；李玉和的大义凛然、视死如归；杨子荣的英雄虎胆、善于沉着应对、化险为夷都表现得十分到位，甚至是极致。"样板戏"中的人物塑造，用了"三突出"的塑造方法，好坏分明，不是阶级弟兄，就是阶级敌人，正面人物高大完美，充满豪言壮语，违背了生活真实和人性的复杂，这无疑是它的缺点和严重问题。但并不是所有的人物都体现"三突出"、所有的细节都体现"革命教化"，比如，《沙家浜》"军民鱼水情"的表现，"智斗"中阿庆嫂的表现；《白毛女》中"父女"的情感传达等并不显得高大完美。更为重要的是，"样板戏"除了用"三突出"的方法塑造人物以外，还运用了其他许多方法塑造人物，使人物性格鲜活起来，像传奇的方法、民间隐形结构的方法等。当然，"样板戏"里的人物形象，不属于中外一些文学大师所塑造的复杂人物、圆形人物，而都是单一人物、扁平人物，这是那个时代的局限。

在我们的中国当代文学价值评估体系中，"是否有影响"也是

① 《韩国〈每日经济报〉书面采访》（2009年3月），载莫言《碎语文学》，百花文艺出版社2012年版，第369页。

② 莫言：《作家应该爱他小说里的所有人物——与马丁·瓦尔泽对话》，载莫言《碎语文学》，百花文艺出版社2012年版，第375页。

一个重要的方面。从“样板戏”的影响史看其正面价值和积极意义也是一个不可或缺的观测点。影响力如何是衡量文学艺术作品价值的一个确凿的证据，没有持续的、长久的影响力的文学艺术作品，其文学价值、艺术价值总是让人怀疑的。影响力反映了接受者的接受程度、喜爱程度，包括文本、音像品的销量、演出的场次、观众的人数、改编成其他艺术形式的多寡、翻唱的次数、翻译成其他语种的情况等。从历时看，也包括接受时间的长短，从原初接受到历时接受一直到当下接受，从这样一条接受链条可以窥见作品的价值量。同样是中国现代话剧，曹禺前期的话剧在近八十年的接受历史中，在各个时期不断地被改编、排演，从国家院团到地方文化艺术团体，持续不衰。相反，郭沫若《屈原》等历史剧在当初演出轰动山城以后，再难走上舞台。同样是老舍的当代话剧，《茶馆》久演不衰，甚至演出到国外，而《龙须沟》《女店员》《红大院》等则不能，这难道不是作品有无价值、有无生命力的标志吗?

“样板戏”在不到五十年的时间里，其接受和影响力怎样呢?如果说在“文化大革命”期间“样板戏”的全民接受不足为据，因为那不是自愿地喜欢和接受，而是用强化、强迫、命令的办法，叫人去看、去听、去学唱，然后还要对照检查、汇报思想。那么，“文化大革命”前夕和“文化大革命”后的接受历程则可以作为解说“样板戏”价值的依据，因为那是自愿地接受和回归。在“文化大革命”前夕，像《沙家浜》《红灯记》《智取威虎山》的演出就获得了良好的反响，那时还没有封为“样板戏”。1958 年 9 月 17 日，上海京剧一团在上海中国大戏院演出现代京剧《智取威虎山》，获得成功。1964 年 7 月，在京参加京剧现代戏观摩演出，一炮打响，并被推荐给毛泽东及其他党和国家领导人观看。到 1965 年，经几次脱胎换骨的修改，已基本定型。1963 年冬，北京京剧团就将沪剧《芦荡火种》改变成同名京剧。1964 年 3 月在京公演，连演百场不衰。1964 年根据毛泽东的建议将剧名改为《沙家浜》。《红灯记》在 1964 年 6 月在京参加京剧现代戏观摩演出时，也一炮打响。之后南下上海、广州等地演出。在上海连演四十天，场场爆满。在广州演出也引起了巨大轰动。

“文化大革命”后的二十世纪八十年代后期以来，“样板戏”中的少数作品，特别是其中的片段悄然回归，重新在舞台和荧屏与观众见面。1986 年央视春晚安排了当年《红灯记》中李铁梅的扮演者刘长瑜演唱《都有一颗红亮的心》，引起热议。这是时隔十五年后的重新演唱，很多观众有一种久违了的感觉。在另一个场合，刘长瑜说：“样板戏《红灯记》凝聚着许多专业人员的心血，至今有不少人喜欢它……我在演唱《春草闯堂》，演完了不唱一段《红灯记》就不让下台。”[①] 到了九十年代，“样板戏盒带在 1991 年年底 1992 年年初的音像市场上发行量高居榜首”。1994 年复排的《智取威虎山》“在南京则吸引了众多观众”[②]。到了 2001 年 12 月 2 日，在南京举办的中国第三届京剧节开幕式上，安排演唱了《智取威虎山》中《打虎上山》《红灯记》中《痛说革命家史》唱段。一直到 2014 年央视春晚，重演“样板戏”《红色娘子军》片段、辽视春晚翻唱“样板戏”《沙家浜》《智斗》唱段。除此之外，从新时期到新世纪，从国家到省市，从专业明星到草根演员，从电视荧屏到民间晚会，从节日联欢到平日 TV 演唱，“样板戏”中的优秀剧目、经典唱段被无数次地重演、翻唱，场次和人数难以计数，原始资料无从可考。

应该特别说明的是：二十世纪八十年代以来对“样板戏”的重新接受、翻唱、表演仅限于“样板戏”中的少数几个作品，特别是其中的一些精彩唱段和舞段。在文化艺术丰富多彩、各种艺术形态、娱乐形式多元共生的时代，人们为什么又把当年已听腻了、看烦了的“样板戏”重新捡回来呢？这说明什么呢？仅仅是怀旧吗？仅仅是年轻人的好奇吗？当然有这种心理，就像新时期有一段时间曾流行唱红歌，《红太阳颂》盒式录音带也曾十分热销一样。电视台有怀旧电影频道、超市里有怀旧食品。这些都有怀旧心理，但仅

---

① 冯英子：《是邓非刘话“样板”》，《团结报》1986 年 4 月 26 日。

② 温儒敏、赵祖谟主编：《中国现当代文学专题研究》（第二版），北京大学出版社 2013 年 8 月第 2 版，第 211 页。

此远远不够，怀旧食品除了怀旧，一定还好吃，怀旧电影除了怀旧，一定还好看，《红太阳颂》除了怀旧，一定还好听。“文化大革命”中天天唱的《大海航行靠舵手》，也是怀旧、歌颂领袖的，但为什么没有收入《红太阳颂》重新再唱？就因为它不好听。由此可见，“好”是关键，怀旧次之。《红太阳颂》中的歌曲有什么好的？无非是歌颂领袖，言过其实，搞个人崇拜，但它曲调好听，当时过境迁之后，人们哼唱它，并不留意它的歌词（即对领袖的顶礼膜拜），而是曲调的动听和抒情。对“样板戏”的回归也一样，拿京剧样板戏来说，人们反复翻唱的为什么总是《智斗》《打虎上山》《胸有朝阳》《都有一颗红亮的心》《迎来春色换人间》，而不是《海港》《龙江颂》中的唱段？通俗地说，就是前者好听，后者难听；专业地说，是前者在词、曲、音乐唱腔上设计得成功，搭配和结合得天衣无缝。当人们渐渐远离了“文化大革命”、淡忘了“文化大革命”，重新唱起《智斗》等样板戏片段，唱的和听的一般不会想到这是“文化大革命”的产物，是“样板戏”，是江青搞的“阴谋文艺”，而只是欣赏和享受艺术，所以，唱的和听的都喜欢，这是艺术接受史、影响史的基本规律。我们从“样板戏”的回潮式的、自愿的选择和接受的剧目和片段，就可以证实这被选择的剧目和片段的价值是不低的，而这也仅仅是“样板戏”的局部而不是全部。

“样板戏”在结束了“文革十年”的强制接受和“八亿人民八个样板戏”的时代十多年之久以后，其中的个别剧目和片段重新回到舞台和荧屏，这说明亿万观众还是喜欢它的，是爱听、爱看的，从京剧的“唱”到芭蕾舞剧的“跳”。若再进一步追问为什么观众会喜欢、爱听、爱看呢？因为里边有艺术，有趣味，有创新，有较高的成就，这就牵扯“样板戏”的正面价值和积极意义的另一侧面：文学艺术价值。

“样板戏”作为舞台艺术、综合艺术，以及改编成电影的电影艺术，它是作家、艺术家通力合作的结晶，是编剧、导演、演员共同完成的结果。在其中的精品当中，由于一流作家、艺术家的加盟，确保了文学性和戏剧艺术性的完美结合，这使它既具有文学价值，也具有戏剧艺术价值。

先说文学价值。“样板戏”里的唱词和对白，经过作家和编剧的反复修改、推敲，使许多段落“文学性”得到了凸显，语言简练精粹、生动活泼、平仄讲究、合辙押韵。像《沙家浜》中《智斗》的三个人的唱词，编写得炉火纯青，恰到好处，又配以和谐的音乐唱腔，使三个人的不同性格活脱脱地展现出来，刁德一刁钻刻薄，胡传魁粗鲁少智，阿庆嫂柔中带刚，善于周旋和巧施，体现出机敏和多智。所以，《智斗》才是百唱不厌的段子。文学价值的另一体现是作品的故事性、传奇性、巧妙性。当代著名作家，诺贝尔文学奖获得者莫言在回答记者提问时，不止一次地说到“好小说”“好看的小说”要有“好的故事”“精彩的故事”“要充满趣味和悬念，让读者满怀期待”[①]。不仅小说，好的戏剧、好看的戏剧同样要有好的故事、精彩的故事，要充满趣味和悬念，这也就是它的传奇性和巧妙性，这是文学价值的重要体现。“样板戏”中的精品大都是英雄传奇故事，充满趣味和悬念，为群众所喜闻乐见。像《智取威虎山》《奇袭白虎团》都是英雄化装入敌穴、充满险情、险境而又出奇制胜、引人入胜的故事。尤其是《智取威虎山》在这方面是最成功的。“它选择了小说最富传奇色彩的一段故事、最具传奇色彩的英雄杨子荣作为该剧的主要情节和主要人物，从而使该剧不仅具有群众喜闻乐见的传奇色彩，更具有鲜明的革命浪漫主义特征。”[②]该剧越到后来越精彩刺激，杨子荣化装成土匪胡彪，打进匪窟，与老奸巨猾的座山雕、狂妄自大的八大金刚、奸佞狡黠的栾平正面交锋。他先经受土匪黑话的考验，对答如流，然后献上“联络图”，取得座山雕的信任，还将计就计送出情报，接着是座山雕六十大寿，会师百鸡宴。栾平的突然出现，给他带来险情，身份将被识

① 莫言：《我想做一个谦虚的人——答〈图书周刊〉陈年问》（1993 年 3 月），载莫言《碎语文学》，百花文艺出版社 2012 年 12 月第 1 版，第 3 页。

② 金汉总主编：《中国当代文学发展史》，上海文艺出版社 2004 年 1 月第 2 版，第 208—209 页。

破，观众的心提到了嗓子眼儿，但此时的杨子荣仍能从容镇定，临危不惧，他“舌战栾平”，以胆识和智慧克敌制胜，化险为夷，最终消灭了敌人。整个过程惊险崎岖，悬念丛生，跌宕起伏，摄人心魄。故事性、传奇性、巧妙性有机统一。

再说戏剧艺术价值。戏剧作为综合艺术，其艺术价值可以有多方面的体现，故事、冲突、唱词、对白体现的是文学性、文学价值；配乐、演员的唱功和表演功夫（包括表情、动作、舞蹈等）体现的是艺术性、艺术价值。这些都是重要的元素。“样板戏”从京剧到舞剧，从交响乐到钢琴伴唱，最重要的艺术价值是什么？是音乐成就、音乐创新。这已经被研究者所充分认识到，不必再作详细的论证。傅谨认为，如果说样板戏有其艺术成就，那么最重要的成就是在音乐唱腔方面。“样板戏无疑为我们提供了相当多优秀的音乐唱腔，这些音乐唱腔获得了超出它所承载的剧本文学内涵的独立价值，这既是它们在当时广为流传的基础，也是样板戏在‘文化大革命’之后仍然有其生存空间的基本条件。”“不管人们将如何从政治上评价样板戏，至少从技术的层面看，它们在当时确实已经到达了最大限度的精致，即使这不是样板戏至今仍然在流传的所有原因，甚至也可能不是最主要的原因，至少也是其不能忽视的原因之一。”[①] 笔者认为，这就是京剧样板戏至今仍然在流传的最主要原因。

“样板戏”的艺术价值，从老百姓的欣赏来说就体现在“听”和“看”上。“听”包括配器、配乐、伴奏和声乐演唱两个方面，不光是音乐唱腔。以钢琴伴唱《红灯记》为例，伴奏、演唱者均是当时的“明星大腕”，钢琴伴奏殷承宗相当于今天的郎朗，演唱浩亮相当于当今的京剧名师于魁智。配乐伴奏和声乐演唱组成的整体绝对是国家一流。在器乐方面，“以传统京剧的‘三大件’（高胡、二胡、月琴）为主，又吸收多种中国其他乐器和西洋乐器，形成中西乐器混合编队，既保持了京剧特有的韵味，有丰富了音乐的表现

① 傅谨：《样板戏现象平议》，《大舞台》2002年第3期。

力。作曲在充分照顾京剧特点的前提下，引进现代作曲技术，变传统京剧的单音音乐为和声体制，融入交响思维；采用主题贯穿的技法，为主要人物设计了表现其性格的音乐形象。同时扩大了音乐的功能，演奏不仅伴唱，而且描述环境，烘托气氛，渲染情绪。如《智取威虎山》中'打虎上山'的音乐就为我们描绘了一个茫茫林海、冰天雪地、山风呼啸、战马飞驰的场面，再配以杨子荣那高亢、激越的演唱，确实给人以昂奋、辽阔之感。这在传统京剧里是从来没有的"①。这段引文是对"样板戏"中乐器演奏和音乐作曲创新以及所取得的成就的精彩解说，选取的也是"样板戏"中最经典的例子，它是"样板戏"中音乐艺术价值的精彩表述，是绕不开的，与其蹩脚的转述或词不达意的重述，不如直接照搬过来。需要说明的是，"样板戏"中的作曲、演奏并不都这样精彩，但总体上的成就还是比较高的。在声乐方面，"样板戏"打破传统京剧高度程式化的形式，借鉴了歌剧乃至话剧的写实手法，使音乐唱腔精致、美妙，富有韵味，这样才能广为流传。"看"包括舞蹈创新和演员的表演。"在舞蹈创新方面，将西洋的芭蕾艺术与中国古典舞蹈、民间舞蹈和京剧艺术、民间武术的技法相糅合，创造出富有民族色彩的优美的舞蹈语汇，对丰富世界舞蹈艺术作出了独特的贡献。"② 我们看到，芭蕾舞剧《红色娘子军》的舞姿优美、飒爽，的确既有西洋的芭蕾，又有中国民间的武术元素，收到了极好的视觉效果。在演员的表演方面，也打破了传统京剧的表演程式和套路，安排设计了大量生活化的表演动作，演员的动作、表情千变万化，写实和虚拟相结合，也收到了良好的视觉效果。总之，在"听""看"方面，"样板戏"将传统、现代、西洋、民间的多种元素有机结合在一起、黏合在一起、融合在一起，在音乐、舞蹈、表演、作曲等方面均有创新，对艺术创作、创新具有积极借鉴意义。

---

① 温儒敏、赵祖谟主编：《中国现当代文学专题研究》（第二版），北京大学出版社 2013 年 8 月第 2 版，第 214 页。

② 胡星亮：《论"样板戏"戏剧思潮》，《戏剧文学》1995 年第 1 期。

三　“样板戏”的负面内容与消极影响

对“样板戏”必须辩证地看，它既有正面价值和积极意义，也有负面内容与消极影响。在一些可以称为精品的“样板戏”里，正面价值和积极意义占主导，在一些称为次品的“样板戏”里，负面与消极的东西占主导，像《海港》《龙江颂》，所以最不受欢迎。任何人物、事物都不能不受时代条件的限制。连革命领袖的认识和行动都不能不受时代条件的限制，更何况作为时代精神和意识形态的反映的艺术呢！“样板戏”的负面内容的表现也很复杂，有的是权力的干预，有的是时代的限制，有的是艺术水平和能力的问题。

第一，主题革命化、情节斗争化、人物脸谱化。“样板戏”产生在所谓“革命”和“斗争”的年代，不可能不强化“革命性”的主题，斗争性的情节，从民主主义革命到社会主义革命。在民主主义革命中，突出武装革命、武装斗争；在社会主义革命中，突出阶级革命、阶级斗争。前者的革命已经成功，因此，对它的歌颂尚无太大的问题。但仍有细部的问题，影响艺术的效果。比如《沙家浜》为了突出武装斗争，将新四军指导员郭建光定位为一号人物，也为他设计了许多表现的机会，但结果，似乎仍没有阿庆嫂有戏。再比如，《白毛女》为了突出武装斗争，体现革命的主题，将喜儿与大春的关系由恋人改为“阶级情谊”，将杨白劳的自杀而死改为反抗而死，将喜儿最终的结局改为参军，而不是与大春幸福地生活。这样的修改的结果，使原有的民间叙事原型消失殆尽，离老百姓的生活远了，“看点”差了，革命性、战斗性被强化了，后者的问题就大了。当进入社会主义时期，主要的问题已不是“革命”，而是建设，如果要说“革命”的话，也不是政治革命、阶级斗争，而是经济革命。但毛泽东在1962年却发表了“千万不要忘记阶级斗争”，从此，阶级斗争必须“年年讲、月月讲、天天讲”，到了“文化大革命”达到了登峰造极，到处是“革命”“造反”，到处抓“阶级敌人”，阶级斗争扩大化了。这直接导致《海港》《龙江颂》

等反映社会主义建设的样板戏的失败，因为它们片面强化了阶级斗争并把它扩大化了，甚至在制造斗争、制造仇恨，使作品有着过多的阶级性、党派性、政治性，缺少的是人性、人情和日常生活。

人物脸谱化更明显。由于把人简单地分为“革命”和“反革命”两种，前者就是“好人”，后者就是“坏人”，就是“敌人”。好人高大完美，没有缺点，坏人没有优点，长相也猥琐、凶险，甚至“歪瓜裂枣”，一看便知，人物是贴标签式的，是阶级的符号，造成作品的简单、浅显，忽略了人性的复杂。这在《智取威虎山》里表现得明显，正面人物高大英俊，反面人物渺小猥琐，座山雕比杨子荣渺小，形成了强烈的反差对比，栾平比座山雕还要渺小，形成了二度反差对比，这看起来是为了突出和歌颂正面人物，但由于在人物塑造上的脸谱化，造成对人物认识上的简单化，杨子荣最后处决栾平，抓起他，像抓一只猫狗一样的轻松、容易，因为他太渺小了，其效果并不一定好。

“样板戏”的斗争哲学、革命主题，其负面的、消极的影响，除了造成对艺术的破坏，使作品粗糙幼稚、模式化、概念化痕迹明显以外，还在政治上助推了“文化大革命”中对所谓“资本主义”“资产阶级”“小资产阶级”的残酷斗争和无情打击，像王元化所分析的那样。

第二，“三突出”的人物塑造原则和“高大全”式的正面形象。为了总结“样板戏”的所谓创作经验，江青及手下一伙人，根据江青的指示精神，以《智取威虎山》和《海港》为例，归纳出所谓“三突出”的人物塑造原则：在所有人物中突出正面人物；在正面人物中突出英雄人物；在英雄人物中突出最主要英雄人物即中心人物。依据这一原则，“样板戏”把人物分为三六九等，等级的不同，唱段的多少、占据舞台的位置、灯光的效果等也不同，甚至还演绎出“三陪衬”。《智取威虎山》最典型。杨子荣不仅唱段最多，而且一出场，总是占据舞台中心，灯光也闪亮起来，照射着他，突出着他。第六场戏《会师白鸡宴》，因为是给座山雕祝寿，他的座位理应在舞台正中，但按江青的“指示”，移到了边缘，让杨子荣居正中，座山雕成了陪衬。杨子荣占据舞台中心，载歌载舞，牵着座山雕的鼻子满台转，大杀敌人威风。在第五场戏中，杨子荣给座山雕献联络图时，也让杨子荣居高临下，座山雕率八大金刚整衣拂袖，俯首接图。这也是为了杀土匪的威风，以突出中心人物，都体现了“三突出”“三陪衬”，其结果，正面人物、英雄人物，特别是中心人物必然是“高大全”，不允许有缺点，也不应该有软弱、动摇，原来有的一律删去，也不表现人物的复杂性格，这是从观念出发，是违背生活真实和人性逻辑的。《沙家浜》为什么受人青睐？主要是“三突出”少些，“高大全”弱些，人为的拔高和豪言壮语少，真实的东西多。老百姓的眼睛是雪亮的，是愚弄不了的。他们可能被强权愚弄一时，但绝不能长久。

“三突出”的原则、“高大全”式的人物，影响到“文革十年”的几乎所有文学样式，除了“样板戏”，小说也非常突出，一直到新时期初期的作品仍有这种痕迹。

第三，“三结合”的创作方法。“三结合”的创作从中共夺取政权以后就部分地开始出现，到了1958年和“文化大革命”时期则盛行，新时期以后仍有余响。所谓“三结合”，亦即：在艺术创作中，领导出思想，群众出生活，作家出技巧。这种创作方法是无视艺术个性的，也是蔑视创作规律的。尤其是“领导出思想”对文学艺术的创作危害更大。中国一直是“官本位”的国家。官就是父母，就是青天老爷，就是皇帝，就是上帝。领导就是官，官提出来的思想是不敢违背的。在“样板戏”的创作和修改中，江青的话就是“圣旨”，她所出的“思想”就是艺术家和群众的遵循，这是“样板戏”负面内容的主要根源。所以，“领导出思想”只能强化艺术的政治性、党派性、阴谋性，而蔑视了艺术创造的自主性、自由性。说到底，是文艺与政治、艺术创造与意识形态的关系的问题，也是创作自由不自由的问题，这一问题，在中国的教训是十分深刻的。

第三节 浩然及“文革小说”的文学价值问题

在中国当代文学的各个历史时期，小说在几种主要的文学样式中往往居于中心地位，这与小说的文体特点以及实际的创作情形密切相关。但“文革十年”是个例外。“‘文化大革命’期间，戏剧在文艺诸样式中居于中心地位。戏剧既是选择来进行政治斗争的‘突破口’（对《海瑞罢官》《李慧娘》的批判），也是用来开创‘无产阶级文艺新纪元’的‘样板’的主要样式。”“这是一个强调‘理性化’、强调矛盾冲突的历史时代的产物。”① 同时，也与江青的插手有关。戏剧作为综合艺术，从创作到演出，往往需要一个集体，这就便于江青的插手和别有用心的“主抓”，使戏剧成为主流意识形态所统治的区域，戏剧也就成了“文化大革命”期间显在的核心的艺术形式。小说则不同，小说是作家个体的劳动，它只需要宽松、自由的创作环境就够了。但是，“文化大革命”期间恰恰失去了这样的创作环境，作家被剥夺了创作的权利，更失去了创作自由，甚至连生存、生命都不能掌握在自己的手里。所以，相对于“革命样板戏”的兴盛，小说的园地一片荒芜，公开出版的小说读物少得可怜。翻开《中国当代文学编年史》，我们会看到，从1966年到1971年，在长达五六年的时间里，长篇小说的出版几近空白。“文化大革命”后期，随着林彪集团的垮台和“极左”路线的松动，小说创作开始复苏，除了“四人帮”一伙炮制的“阴谋文艺”（如《虹南作战史》《牛田羊》）已被历史唾弃以外，尚有一些略有可取之处或积极意义的作品，如黎汝清的《海岛女民兵》、李云德的《沸腾的群山》、谌容的《万年青》、李心田的《闪闪的红星》、郭澄清的《大刀记》、曲波的《山呼海啸》等。现在来看，这批小说，从阅读的需求来说，大都已失去对读者的吸引力而进入了历

① 洪子诚：《中国当代文学史》（修订版），北京大学出版社2007年6月第2版，第167页。

史，从研究的角度说，也都乏善可陈。

相比之下，浩然的长篇小说《金光大道》无论从哪方面说都是“文革文学”的典型，加上“文化大革命”前夕的《艳阳天》（第一部）和“文化大革命”中出版的第二部和第三部[①]，以及《西沙儿女》《百花川》共同组成浩然的“文革小说”。《西沙儿女》和《百花川》属被利用的“阴谋文艺”，是“文学赝品”[②]，已失去研究价值，相反，从《艳阳天》到《金光大道》代表着浩然小说创作的“辉煌”和“问题”，且在研究的视野中几次引起争议，至今存在分歧，有人认为，“应当重新审视《艳阳天》和《金光大道》”，它们“至今，还没有得到应有的重视和客观公正的评价”[③]。由此可见，对于浩然及其作品仍是一个值得思考和进一步研究的问题。

过去说“文革文学”是“八个样板戏、一个作家”，这一个作家就是指浩然，又说“文革文学”是“鲁迅走在金光大道上”。是说过去的作家只有鲁迅的作品未遭禁止，是可以看的，当时的作品只有《金光大道》。这都是说“文革文学”的贫乏和作家的惨状。但这只是大致的情况，并不十分准确。“文化大革命”期间，仍有少数作家在创作，作品也在出版，像诗人李瑛有多部诗集出版，小说家除了浩然，尚有前述的“文化大革命”后期一些长篇小说问世。上述的说法主要是说“文革十年”受宠而走红的作家只有浩然一人。所以，当1976年毛泽东逝世后，中央安排为毛泽东守灵的作家只有浩然一人。

“浩然在五十年代中期登上文坛不久，便显示出优良的艺术气

---

① 《艳阳天》（第一部）虽出版于“文革”前夕的1964年，但它的广泛影响是在“文化大革命”中，后两部也出版在“文化大革命”中，再加上《金光大道》在“文革”中的特殊“地位”，因此，可以把《艳阳天》也视为“文革文学”，这样在一起论述，就避免了将一个人临近的创作人为地分为两段的做法。

② 雷达：《旧轨与新机的缠结——从〈苍生〉反观浩然的创作道路》，《文学评论》1988年第1期。

③ 刘国震：《应重新审视与评价浩然生前的一部多卷本长篇小说〈金光大道〉》，参见瓦尔特2011年2月25日的博客。

质和突出的表现才能。”① “文化大革命”前夕出版的《艳阳天》（第一部）被认为是反映农村阶级斗争，歌颂党的领导以及农业合作化政策的作品。到了“文化大革命”期间，对《艳阳天》的评价就上升到政治和意识形态的高度，充满火药味了。“文化大革命”后期，浩然被“重新发现”，在《三里湾》等反映农村生活的作品被判为“毒草”以后，在江青一伙炮制的《虹南作战史》《牛田羊》等被发现有明显的艺术缺陷以后，浩然及《艳阳天》就“有在文学领域（小说）上推出‘样板’的考虑”②。于是，就有了署名“初澜”的文章，文章说：“探讨和研究《艳阳天》的思想艺术成就，对于批判林彪贩卖孔孟的‘克己复礼’‘中庸之道’，肃清‘阶级斗争熄灭论’在文艺领域中的流毒，反对文艺创作中的‘无冲突论’和‘中间人物论’等，是很有现实意义的。”文中把《艳阳天》誉为“深刻地反映了我国社会主义农村尖锐激烈的阶级斗争，成功地塑造了坚持社会主义方向的领头人的优秀作品”③。与此同时，浩然在“文化大革命”中创作的长篇小说《金光大道》分别于1972年（第一部）和1974年（第二部）出版，作者更自觉地运用“三突出”的创作原则，塑造高大完美的英雄形象，在“文化大革命”中一枝独秀，受到高度评价。

“文化大革命”后，“在对《金光大道》的评价上，文艺界一直存在着不同声音，大致可以分为‘全盘否定论’和‘部分肯定论’两类”④。而作者浩然却为自己的作品辩护，他强调说：“《金光大道》所描写的生活情境和人物，都是我亲自从五十年代现实生活中汲取的，都是当时农村中发生过的真实情况。今天可以评价我

① 雷达：《旧轨与新机的缠结——从〈苍生〉反观浩然的创作道路》，《文学评论》1988年第1期。

② 洪子诚：《中国当代文学史》（修订版），北京大学出版社2007年6月第2版，第175页。

③ 初澜：《在矛盾冲突中塑造无产阶级英雄典型——评长篇小说〈艳阳天〉》，《人民日报》1974年5月5日。

④ 杨义主编、江腊生执笔：《中国当代文学研究》，中国社会科学出版社2011年版，第141页。

的思想认识和艺术表现的高与低、深与浅乃至正与误，但不能说它们是假的。”① 1994 年，北京京华出版社将《金光大道》四部一次出齐，其中，后两部是首次面世。作为全书附录的《有关〈金光大道〉的几句话》（也曾在报纸上公开发表②），浩然再次进行自我辩护：“我以自己的所见所闻所感，如实地记录下了那个时期农村的面貌、农民的心态和我自己当时对生活现实的认识，这就决定了这部小说的真实性和它的存在价值。用笔反映真实历史的人不应受到责怪，真实地反映生活的艺术作品就应该有活下去的权利。”围绕《金光大道》的重版和浩然的表态、辩护，在文坛再度引发争议，褒贬臧否，不一而足。1998 年 9 月 20 日，《环球时报》发表了该报记者访问记——《浩然要把自己说清楚》，披露了浩然的几个惊人观点：（1）迄今为止，我还从未为以前的作品《艳阳天》《金光大道》《西沙儿女》后悔，相反，我为它骄傲。我最喜欢《金光大道》。（2）我认为我在“文化大革命”期间，我对社会、对人民是有贡献的。（3）我想我是一个奇迹，亘古未出现过的奇迹。对浩然的争议再掀高潮，对围绕浩然的人格、态度和狂妄表现而展开，也有对作品的评价，但依然是两极分化。2008 年浩然逝世，评论界力图对其进行“盖棺定论”，也许是由于斯人远去，评论文章多从正面出发，对浩然给予比较积极的评价，以李敬泽、程光炜的文章为代表。但正像学者所说：“如何避免简单化的肯定与否定，更多地赋予评论以文学的内涵，是一个值得思索的问题。”③

面对这样一个复杂的研究对象，我们该怎样去研究和评价？笔者认为，首先应该有一个客观公正的立场、原则、态度和标准，不能意气用事，作情绪化的褒贬；不能因为浩然在“文化大革命”后不忏悔，甚至狂妄就义愤填膺进而口诛笔伐，而要进一步思考浩然为什么不自责反而高傲地自负？这里是否另有隐情甚至

---

① 孙达佑、梁春水编：《浩然研究专辑》，百花文艺出版社 1994 年版，第 181 页。

② 浩然：《有关〈金光大道〉的几句话》，《文艺报》1994 年 8 月 27 日。

③ 杨义主编、江腊生执笔：《中国当代文学研究》，中国社会科学出版社 2011 年版，第 146 页。

冤情；不能用真实不真实作为判断的唯一标准；不能用今天的标准和认识水平去苛求前人。而应“站在理解的角度，不苛求当事人，不把历史的罪责推卸给一个也曾被‘利用’的作家，这或许是一种比较公允的看法”①。对于像浩然及其文本这样的复杂的研究对象，肯定是正面和负面同时并存的，而且是复杂地扭结在一起的，因此，必须把握好一个“度”的问题，任何过分的褒或贬都是不合适的。为此，“解析‘文化大革命’时期的浩然，我们必须回到历史的原场景，必须深入作家文本，只有走进作家心灵和思想深处，仔细品味小说的艺术性，才能给予其一个公正客观的评判”②。当然，这只是“宣言”，能不能真正做到，还要看实际的能力和认识水平。

按照我们所构建的中国当代文学价值评估体系来审视浩然“文化大革命”时期的小说，我们会发现，浩然从《艳阳天》到《金光大道》的长篇小说，在内涵维度上，它们并没有多少可以称道、可以挖掘的价值，相反，它们所反映的阶级斗争、路线斗争又是被夸大的甚至是子虚乌有的，小说中所表现的通过农村两个阶级的斗争来发展集体经济，走合作化的道路又被历史证明是完全错误的。这就在很大程度上决定了浩然的小说难成经典或精品。一个作家在作品中承载的精神内涵是过时的、错误的、夸大史实的，尽管这种错误不能全由作家负责，但毕竟与作家的主体立场息息相关，而历史对文学的筛选、文学标准对文学的评判都是无情的。因此，在这方面的问题，必然使浩然小说的文学价值大打折扣。有人说，“《金光大道》必然有其永远立于艺术殿堂的理由”③。这是拔高的、言过其实的评价，很难有坚挺的理由支撑。如果《金光大道》能够永远立于艺术殿堂，那么，艺术殿堂的神圣性就要受到怀疑，不仅

① 杨义主编、江腊生执笔：《中国当代文学研究》，中国社会科学出版社 2011 年版，第 146 页。

② 朱德发、魏建主编：《现代中国文学通鉴》中卷，人民出版社 2012 年版，第 810 页。

③ 同上。

《金光大道》不是经典，而且《艳阳天》也难成经典，尽管“新时期以来，文坛对于浩然小说的评价，普遍认为《艳阳天》的艺术审美价值高于《金光大道》”[①]。但从读者的长远选择来看，浩然的《艳阳天》和《金光大道》终将是过时的作品。

从作品的真实性来说，浩然自己一再强调他所描写的生活是从农村的现实生活中来的，是真实的情况，不是假的。但浩然也有这样的无奈，他曾跟采访者说：“我也知道农民的苦处，我是在农民中熬出来的，农民的情绪我了解，那几年挨饿我也一块经历过。但是这些事当年能写进书里吗？不行啊！”[②] 这是自相矛盾的，也是不攻自破的。原来，浩然不敢讲真话，说实情，那么，一个作家的良知和胆识哪里去了？这绝对是应该反思和忏悔的。当然，如果浩然的小说如实地写了农民的挨饿、受冻、苦处等就不会有《艳阳天》和《金光大道》的问世，但这也绝不能成为虚假描写、粉饰生活的理由。可见，浩然的小说所描写的生活有真实的一面，也有虚假的一面。

从作品的趣味性来说，浩然“文化大革命”时期的小说也不是靠此取胜。尽管浩然对农村、农民是了解的，作品中也不乏农民的语言和生活的气息，因此，作品也曾受到读者特别是农民读者的欢迎。但那是在文学艺术极度贫乏的年代所受到的欢迎，也包括在强制的舆论宣传下的别无选择。特别是作品所着意强调的阶级斗争是领袖的提醒和号召，浩然把它拿过来作为自己创作的突破口和质量提升的法宝，并将它作为自己作品的主题和矛盾冲突的基本表现模式。浩然自己曾回忆说：“1962 年是我创作道路上的一个关键时刻。我已经出版了七八本小说集，很想把自己的作品质量提高一步，又苦于找不到明确的解决方法。‘千万不要忘记阶级斗争’的伟大号召，像一声春雷，震动了我的灵魂。”[③] 可见，浩然找到的

① 朱德发、魏建主编：《现代中国文学通鉴》中卷，人民出版社 2012 年版，第 808 页。

② 陈徒手：《人有病天知否》，人民文学出版社 2000 年版，第 381 页。

③ 浩然：《〈春歌集〉编选琐忆》，《出版通讯》1973 年第 3 期。

不是生活，不是技巧，也不是思想，而是政治理念，这就注定了他作品的紧跟政治和永远歌颂的基调，也注定了作品的政治教化和形象图解，而趣味性的追求就显得无足轻重了。今天的读者不会认为《艳阳天》《金光大道》“好看”“耐读”，这是显而易见的，尽管它有一些精彩的细节。

在人物形象塑造方面，浩然的这两部长篇是有成就的，而且成就大于问题，优点胜于缺点，在这方面显示了一定的文学价值。这应该是我们的基本的判断。“一部小说艺术上是否成功，很大程度上取决于他的人物形象是否塑造得成功。”① 很多研究者包括文学史都程度不同地肯定浩然在人物塑造上的基本成功。他笔下的人物，从正面人物、反面人物到中间人物虽有一些概念的、图解的、拔高的或简单化的倾向，但从总体上说还是有成绩的，起码做到了鲜明生动，而非完全的、简单的剪裁、拼接、图解和概念化。这源于作者深厚的生活根基和对农民的了解以及人物塑造上的艺术功力。正面人物、主人公形象，萧长春要比高大泉塑造得好些。尽管作者在创作时有意识地突出正面人物、突出英雄性格，并众星捧月般地围着萧长春转，但他基本上还没有完全神化，还有较多的真实生活的痕迹。高大泉的形象完全是按照“三突出”设计的，因此拔高的地方更多，但他也不是概念、图解式的人物。因为不管是萧长春还是高大泉，作者都注意把他们放在激烈的矛盾冲突中、放在农村的日常生活中、放在工作、劳动、爱情和家庭生活中来表现，不光有大事件、大场面，也有平凡的生活细节，也就是说，作者是调动各种手段，全方位塑造主人公，由于大量的生活场景、生活细节的再现，使主人公没有沦为简单的概念的传声筒，而还算是有血有肉。反面人物也没有被处理成脸谱化、标签化或妖魔化的人物。尽管对反面人物缺乏复杂、深邃以及多视角的展现，但所表现的性格特征还是鲜明突出的。中间人物虽然着墨不多，但难能可贵，因为

① 金汉总主编：《中国当代文学发展史》，上海文艺出版社2004年1月第2版，第154页。

当时是不准写中间人物的。像“小算盘”“滚刀肉”这类人物及其表现无疑给作品增加了真实、可信的因子。

从《艳阳天》到《金光大道》，都是百万以上的鸿篇巨制，作者的写作构想也十分宏大，他要写出中国农村的历史变迁和中国农民的形象历史。这样的大篇幅、大气魄就必然要求有深广的生活作为支撑，有众多人物组成的“形象群落”，也要求从“大势”到“细节”悉数不能少。浩然建构起了小说中的人物群落，且能做到鲜明、生动、有血有肉，这一点就了不起。著名评论家雷达说得好：“浩然虽有俯就政治概念的一面，同时又有坚持画出灵魂的一面，他笔下的人在当时尚未从‘人化’走向‘神化’或‘鬼化’。我终于明白，《艳阳天》至今藏着动人的艺术光彩，奥秘乃在作家写出了许多活人。从整体上看，我认为《艳阳天》是一部具有宝贵认识价值，也不乏艺术价值的宏大建筑。”[①]《艳阳天》和《金光大道》都是复杂的混合体，里面有相悖的东西，“我禁不住要佩服浩然把两种相悖的东西融合的本领。在作品里，生趣盎然的形象与外加的观念，回肠荡气的人情与不时插入的冷冰说教，真实的血泪与人为的拔高，常常扭结在同一场景”[②]。有人说，浩然没有写出中国农民的愚昧、麻木、落后，那才是农民的真实状貌。其实，不论从历史的真实还是在作家的笔下，中国现当代的农民从来都是复杂的统一体，交织着先进与落后、觉醒和愚昧、积极与消极。作家可以着重写农民的愚昧、落后、狭隘（像鲁迅、高晓声），也可以主要写农民的觉醒、抗争、先进的品质和英雄的性格（像叶紫、赵树理、周立波、孙犁、柳青）。作家可以突出农民的现实的一面，尊重生活真实，也可以强化农民理想的一面，强调艺术真实。这都是作家的权利，作家可以根据自己的创作意图、文学观念和审美理想自由选择。批评家不能过多地要求作家应该写哪一方面，不该写哪一方面，而主要应该分析、判断作家写的这一方面写得怎么样？是

① 雷达：《旧轨与新机的缠结——从〈苍生〉反观浩然的创作道路》，《文学评论》1988年第1期。

② 同上。

否真实（包括艺术真实）可信？是否符合生活逻辑和艺术逻辑？这样来看，浩然着重写农民的先进的一面无可厚非，就像鲁迅着重写农民的落后的一面一样顺理成章。关键是要看浩然写出的先进农民是否令人信服？他包含多少认识价值？事实上，从萧长春到高大泉，浩然塑造他们都难免有拔高、理想化和“三突出”的倾向，他们高大完美，大公无私，公而忘私，可敬但不一定可亲，可佩但不一定可信。也许，我们今天的读者更多地从人性的复杂和人性的还原来审视当年浩然所写的人性的单一和人性的理想，因此，认识上的反差还是明显的。

浩然在“文化大革命”时期的小说是否有艺术？这是我们的价值评估体系中的另一个要素，以此来审视浩然的小说，我们不能不承认浩然的小说是有艺术成就的，浩然是具有写小说的才能的，特别是驾驭鸿篇巨制的才能，这一点也是具有文学价值的。浩然写农村写农民并没有开创什么新的写作形式与路数，他不是原创型的作家，他是沿着赵树理、梁斌、周立波、柳青等农村题材作品的创作路子继续走的，从这个意义上说，他的小说是属于传统小说。但是，“就人物的众多，个性的多姿，结构的紧凑匀称，情节的跌宕起伏以及文艺的贯通，语言的生活化而言，即使今天农村题材的长篇小说，与之相伴的也不多”[①]。这就是他艺术成就的体现。浩然这两部长篇的史诗的规模、气度和品格以及结构的艺术，应该说是超过了以前的几部表现农村的长篇小说的。比如，小说叙事的共时性结构，在长篇小说中是比较少见的。一般具有史诗品格的长篇小说，多采用历时性的、时间跨度较大的结构方式，时间跨度少则十几年，多则几十年，甚至半个世纪、一个世纪。而《艳阳天》则把叙事的时间缩短在十余天的时间里展开，作为百万余字的鸿篇巨制，它集中展现东山坞合作社的社员们在麦收时节所发生的故事，到第三部的结尾，小麦收割才完毕。这么短的时间跨度却写了一百

---

① 雷达：《旧轨与新机的缠结——从〈苍生〉反观浩然的创作道路》，《文学评论》1988 年第 1 期。

多万字，这不能不见出作者的艺术功力。共时展现、横向穿插、多头并进，空间转换自如，又没有明显的重复之感，结构紧凑而又大气。这是非常难能可贵的。过去，研究者赞赏茅盾《子夜》的结构艺术，说它在两个月的时间里，横断面地展现了二十世纪三十年代初中国都市和乡村的交响曲以及中国社会发展的趋势。但《子夜》仅有三十万字，经营和结构起来要比《艳阳天》容易。《金光大道》作为二百多万字的巨著，其叙事时间也不算长，书中故事发生的时间也仅仅是从1950年到1956年，却再现了当时中国农村社会主义改造的全过程，尽管它具有鲜明的政治性和意识形态性，但毕竟是一部宏大的巨著。

一方面要构思这部宏大的巨著，另一方面又受明确的政治理念的支配，这使浩然“文化大革命”期间的这两部巨著的确都成了奇妙的混合体，具有双重性：一方面，为政治服务，为表现阶级斗争，必然削弱了作品揭示农村生活的深广度；另一方面，叙事结构、人物性格、经典细节、语言特色又极鲜明生动。按理说，受明确创作理念特别是政治理念支配的文学艺术创作，极易导致公式化、概念化和图解式。但浩然的这两部长篇还没有沦为此类，这是值得深思的。这种情况与茅盾当年创作《子夜》有类似之处。茅盾写《子夜》也有明确的意图和目的，尽管这种意图和目的的具体内容与浩然完全不同，因而也不能同日而语。但受理念的支配，带有主题先行性却有相似性。这导致了《子夜》一定程度的理性化和概念化，说服力有余，感染力不足。而一些非表现创作意图的情节、人物、细节则大放异彩，相反，表现主旨的部分则显得枯燥、简单、生硬，甚至概念化。但总体上说，《子夜》还是属于一部好作品，这主要是由于茅盾具有小说大家的手笔，它有效地弥补了生活积累的不足和观念表现的缺陷。浩然写《艳阳天》和《金光大道》也有类似的情况，他的小说家的手笔不是弥补生活的不足，浩然是不缺生活积累的，而是弥补了政治图解，因为他没有忘记小说创作的特殊规律，即忠于生活的表现和艺术描写的功力，所以，也避免了简单的政治图解和“两层皮”。茅盾和浩然都是有小说家的写作和虚构才能的。

最后，我们从浩然的“文革小说”是否有影响来解说其文学价值问题。正是由于有形象塑造和艺术表现方面的功力和成功之处，才使他的小说在影响力方面还是比较深远的，从“文化大革命”时期到新时期。在这点上，浩然的小说有资格进入文学史。

《艳阳天》作为“文革”前夕的作品，在“文化大革命”中走红，反响强烈。作为那个时代的“文学生活”，我们可以把目光投向当时的阅读状况和精神转化。于是我们就会发现，在“文化大革命”所有的公开文学中，除了“样板戏”，就属浩然的小说影响广泛而深远了。浩然自己回忆说：“《艳阳天》第一部出版后，影响大，来信很多。一些剧团要求改编，新凤霞要演，北京艺人蓝天野、天冲、朱旭也要改，北京京剧团的汪曾祺也来找我。”[①] 作家铁凝在接受采访时说：“浩然是中国二十世纪五六十年代很有代表性的作家，尤其在一个文化寂寞的时代里，我们这一代作家都对《艳阳天》印象深刻，他几乎整整影响了我们一代人……”[②] 记者陈徒手说：“浩然是我们这一代学生的集体偶像之一，‘浩然’这个名字是我们在少年成长期共用的符号，每个人都会从他那里或多或少地寻觅到过去时代的某些碎片。《艳阳天》《金光大道》固然有天大的缺陷，但却是我们在万分苦闷之中最难得的必读之物，书中一些个性十足、读来亲切的人物（如精于算计的富农弯弯绕等）一直是我们念念不忘、时常唠叨的文学群像。如果没有浩然的文字，我们头上那片文学的天空只能是更加无味和暗淡。”[③] 的确，浩然的《艳阳天》和《金光大道》在“文化大革命”期间多次再版，有多个版本。著名学者王晓明教授说：“我十岁时读的第一部小说，说来惭愧，是浩然的长篇小说《艳阳天》，我正是从它那知

① 浩然：《艳阳天中的阴影》，见陈徒手《人有病天知否》，生活·读书·新知三联书店 2013 年版，第 440 页。

② 铁凝：《浩然：几乎整整影响了我们一代人》，2008 年 4 月 1 日，北京文联网。

③ 陈徒手：《人有病天知否》，生活·读书·新知三联书店 2013 年版，第 476—477 页。

道了什么叫小说，什么是小说中的故事和人物。”[①] 除此之外，还被改变成电影、连环画、小人书。国家电台多次播出，深受听众特别是农村听众的广泛欢迎，的确影响了一代人，影响了他们的一生。这种影响力，固然有当时文学读物贫乏的原因，有作为受宠的作品那种强制的传播的原因，但不可否认也有小说丰富的内容和可读性的原因，否则，像《虹南作战史》《西沙儿女》《百花川》等无论怎样强制灌输都是没有力量的。“文革”后，《艳阳天》和《金光大道》都被再版，这更能说明问题。人民文学出版社分别于1995年和2005年再版了《艳阳天》，华龄出版社1995年把《艳阳天》列入“浩然长篇小说文库”隆重推出。《金光大道》（四部）也于1994年由京华出版社一次出齐。其影响已远远跨越了“文革十年”而进入了新时期、新世纪。

综上所述，我们的结论是：浩然是一位有小说写作才能的作家。他对乡土的眷恋是真挚的，对农民的感情是深厚的。他写农村、写农民是有生活根基的。这就决定了他的农村题材小说是有文学性和文学价值的，突出表现在农民性格的刻画、叙事描写、情节结构，以及传播和影响的深广度。其中，《艳阳天》的文学价值要大于《金光大道》。所以，他有资格进入文学史。浩然一生四十余年的创作道路，综合起来看，有几个重要的“点”：《艳阳天》所体现的作者“是‘十七年文学’的最后一个歌者”；《金光大道》所体现的作者是“文革文学”特征的表现者；《苍生》所体现的作者是新时期文学的一个奋力追赶者。讲中国当代文学史，特别是讲其中的“文革文学”，浩然是绕不过去的，因此，文学史不应把他遗忘。但浩然的“文革小说”又是有明显甚至严重问题的，这主要表现在对政治形势的紧跟，对阶级斗争的夸大，对正面人物的拔高和理想化。因此，小说的主要内容存在不正确甚至是错误的一面。这就使他的《艳阳天》《金光大道》难成经典或精品，不能永远立

① 王晓明主编：《二十世纪中国文学史论》第一卷，东方出版中心1997年版，第3页。

于艺术的殿堂，未来的读者，若不是为了研究，恐怕难有当年的接受热潮，它可能更是特殊时代、过渡时期的一个特殊的存在，但仍有一些价值和意义，仍然值得研究和探讨。浩然在“文化大革命”期间受宠，成为一枝独秀，既是他的幸运，也是他的不幸。他的“问题”不仅仅是他个人的，也是那个时代的，因此，不应全由个人负责。设想一下，如果浩然不是紧跟政治形势，不是按照“三突出”来创作，不是从政治理念出发，不是反映两个阶级、两条道路的斗争，那么，恐怕也就不会有《艳阳天》和《金光大道》。王富仁说：“二十世纪的中国历史像一头不听话的驴子一样令中国的知识分子没有办法，时至今日，中国的知识分子仍然今天不知明天的事，昨天看好的历史行情今天又马上跌落下来”，这使作家“对长篇小说中众多人物和整个情节在中国历史上的滚动就更难具体把握了。在现代文学史上，茅盾的《子夜》是一部在结构上最具长篇小说特征的作品；在当代文学史上，柳青的《创业史》在人物刻画上取得了突出的成就。但它们都栽在中国历史的陷坑里。他们的作品都想把中国历史的发展纳入一定的轨道中，但中国的历史却偏偏没有像他们想的那样发展”①。浩然的两部长篇，在某种意义上说，也是栽在了中国历史的陷坑里，评价它们不能情绪化、走极端、表态式、简单化，必须把握好“度”。

第四节 “地下文学”与“潜在写作”

二十世纪八十年代的中国当代文学研究者普遍认为“文革十年”没有文学，那是文化的大破坏、大灾难、大断裂时期。有的只是林彪、江青一伙炮制的“阴谋文艺”“帮派文学”。不用说，这样的看法带有情绪化，因而难免极端化。随着“文化大革命”结束时间的越来越长以及中国当代文学研究的深入，研究者开始修正以前的看

① 王富仁：《中国现代中短篇小说发展的历史轨迹》，见王富仁《中国文化的守夜人——鲁迅》，人民文学出版社2002年版，第233—234页。

法，认为“文化大革命”期间还是有文学的，尽管少得可怜且存在问题。像我们前述的“样板戏”和浩然的小说。除此之外，“文革文学”还有一个重要的方面，那就是“地下文学”或曰“潜在写作”。

“地下文学”一词较早地出现在杨健的《“文化大革命”中的地下文学》[①] 一书中。作者搜集、整理了“文革十年”“地下文学”的相关活动，记述了这十年“地下文学”的发展状况，为这方面的研究提供了第一手材料。陈思和迅速、敏锐地看到了“地下文学”的发现对文学研究、文学史建构的重要意义：“‘地下文学’这一名字出现在中国文学研究中是具有革命性意义的，它意味着文学史研究开始对公开出版物以外的文本加以注意，也就是意味着文学史领域除了主流、次流、逆流等概念外，还有一个潜在的文学结构，那就是处于不稳定状态下的民间文化形态。”[②]“地下写作”是当时文学的潜流，它和以往文学史的主流、支流、逆流等一样，也是文学史的重要组成部分，而且是被忽视、被遮蔽的部分，它是相对于“地上文学”也就是公开发表、出版的文学而言的，它往往是在当时不能、未能公开发表、出版，后来才得以发表、出版的文学。

陈思和在“地下文学”概念的基础上，提出“潜在写作”这一概念，并把它作为当代文学研究中的几个关键词之一。他在《中国当代文学史教程》的“前言”中解释说：潜在写作“这个词是为了说明当代文学创作的复杂性，即有许多被剥夺了正常写作权利的作家在哑声的时代里，依然保持着对文学的挚爱和创作的热情，他们写出了许多在当时客观环境下不能公开发表的文学作品”。他把这些作品分为两种：作家自觉的创作和不自觉的写作。“在那些公开发表的创作相当贫乏的时代里，不能否认这些潜在写作实际上标志了一个时代的真正的文学水平。潜在写作与公开发表的创作一起构成了时代文学的整体，使当代文学史的传统观念得以改变。”在陈思和主编的《中国当代文学史教程》里，“潜在写作”的进入

---

① 杨健：《“文化大革命”中的地下文学》，朝华出版社 1993 年版。

② 陈思和：《民间的还原：“文革”后某种文学史走向的解释》，《文艺争鸣》1994 年第 1 期。

文学史是该书的亮点和创新点之一。“潜在写作”是以作品创作的时间而不是发表的时间为论述的依据的，这就使原先显得比较贫乏的五十至七十年代的文学创作丰富起来。“被称为‘潜在写作’的作家如胡风、牛汉、曾卓、绿原、穆旦、唐湜、彭燕郊的诗，张中晓、丰子恺的散文以及‘文化大革命’中的黄翔、食指、岳重、多多的诗，赵振开的小说，等等，都第一次大规模进入了文学史的视野，极大地改变了当代文学史的面貌。”① 陈思和自己还在《教程》的基础上，撰述专文，论述1949年至1976年的“潜在写作”，他将1949年至1976年的“潜在写作”“放在其酝酿和形成的背景下考察”，认为“他们反映了那个时代知识分子严肃的思考，是当时精神现象不可忽视的有机组成部分，也展示出时代精神的丰富性与多元性”。指出“这一命题的提出有助于对当代文学艺术生命力和知识分子精神追求的整体把握，以及当代文学史学学科的建设”②。文章还概括出二十世纪五十至七十年代潜在写作的四种形态。

对于陈思和主编的《中国当代文学史教程》和在上述文章中所进一步阐发的“潜在写作”，学界多持赞赏和肯定的态度。但也有学者提出质疑，其中，最具代表性的是北京大学的李扬，他在承认“潜在写作”的引入，“的确使我们看到了一部面目一新的当代文学史”。等积极意义的同时，着重指出了“这种新的文学史方法带来的新的问题，尤其是这种方式对文学史写作的一些基本原则所产生的挑战。由于‘潜在写作’都是在‘文化大革命’后才获得正式出版的机会，因此这些作品的真实创作时间极难辨认。《教程》按照‘作品的创作时间而不是作品的发表时间’来进行认定，也就是说按照这些作品正式出版时标识的创作时间来确定其文学史意义，显然过于简略地处理了这个对文学史写作而言非常重要的问题”。李扬教授认为，“被称为‘潜在写作’的作品的写作、传播、

① 杨义主编、江腊生执笔：《中国当代文学研究》，中国社会科学出版社2011年版，第150页。

② 陈思和：《试论当代文学史（1949—1976）的“潜在写作”》，《文学评论》1999年第6期。

出版的过程都极为复杂，对其创作时间的辨析很难一概而论。目前我们已知的这些作品至少可以分为三类，一类作品曾以手抄本形式广为流传，作品发表的时间往往不是由作者本人提供，如‘文化大革命’中流行的食指的诗，‘白洋淀诗歌’中的根子（岳重）的仅存的两首诗《三月与末日》《白洋淀》亦可以归为此类。这一类作品较为可信，但此类作品在‘潜在写作’中数量很少；第二类作品也曾在一定范围内流传，‘文化大革命’后由作者本人修改正式出版，如张扬的《第二次握手》、赵振开的《波动》、靳凡的《公开的情书》等作品可归入此类。这些作品在七十年代末至八十年代初期正式出版，时代的反差不大，但这些作品出版时已经经过了作者不同程度的修改，我们很难仍将其视为‘文化大革命’时期流行的原作；与第一、第二类作品不同，第三类作品则完全没有‘地下’传播史，至发表之日没有任何见证者，我们只能从这些作品正式出版时由作者本人或整理者标明的创作时间来确定其‘潜在写作’的身份。‘潜在写作’中的大部分作品都是这种真实性几乎无法认定的作品，而且正是因为其真实性无法辨析，此类作品至今仍被源源不断地‘发现’——或者被源源不断地‘创作’出来”。“这些作品的真实性却始终是一个无法回避的问题。”①

李扬教授所指出的问题的确是研究“潜在写作”所面临的问题，需要认真对待和区别对待“潜在写作”的具体写作时间，增强史料的确切性和可靠性。但李扬教授在文章的“提要”中说“‘潜在写作’由于无法确认其真实的创作年代而缺乏真正的文学史意义”显然有些言过其实，对“潜在写作”的问题也估计过重。所以，李扬的文章在《文学评论》2000 年第 3 期刚一发表，紧接着，《文学评论》就在同年的第 4 期刊登了王光东、刘志荣的回应文章《当代文学史写作的新思路及其可行性——对于两个理论问题的再思考》。从时间来看，显然是编辑的事先预设，两位作者又都是陈思和主编的《教程》的编写人员。文章认为，“写作时间与发表时

① 李扬：《当代文学史写作：原则、方法与可能》，《文学评论》2000 年第 3 期。

间的不一致确实给辨认‘潜在写作’的写作时间带来很多障碍。但在这里需要对具体作品进行具体的分析，对部分作品的存疑不能否定潜在写作的整体思路的可行性”。“对于写作年代与发表年代差别较大的作品，文学史的研究一向有两种思路：依据作品问世与作家被重新发现的时间来讨论”；“将之放在写作的年代来讨论”，“从成功的文学史写作的实践来看，两种思路向来并行不悖，而且往往相辅相成，并取其长”。两位作者强调，他们所搜集的潜在写作的资料大部分是可信的。在这篇回应文章之后，仍有人质疑“潜在写作”在史料考证上的疏忽以及逻辑错误，这也促使陈思和等人广泛开展史料挖掘工作，经过五六年的艰苦努力，最终完成十卷本的《潜在写作文丛》①，刘志荣个人还撰述出版了专著《潜在写作1949—1976》。② 这都是“潜在写作”研究的重要收获。

今天看来，陈思和及其所带领的团队，在“潜在写作”的研究方面功不可没，从资料的发掘、整理到文学史的编撰获得了全面的丰收，丰富和深化了中国当代文学史前半期的内容，将以往研究中忽略的、遮蔽的暗角发掘出来，使人们看到了1949年至1976年中国文学的复杂面貌。这一研究成果被以后的多家文学史所接受，“潜在写作”写进了多种文学史。比陈思和主编的《中国当代文学史教程》出版略早一点的洪子诚的《中国当代文学史》就有“文化大革命”时期“地下”文学创作的内容。严家炎主编的《二十世纪中国文学史》③（下册）在“文革十年的文学”一章里用两节讨论“文化大革命”时期的潜在写作。孟繁华、程光炜著的《中国当代文学发展史》（修订版）④ 用一节论述“文化大革命”时期的隐秘文学。朱德发、魏建主编的《现代中国文学通鉴》⑤ 中卷，散在几节分别描述了“地下小说”、张扬的《第二次握手》、丰子

① 陈思和主编：《潜在写作文丛》，武汉出版社2006年版。
② 刘志荣：《潜在写作1949—1976》，复旦大学出版社2007年版。
③ 严家炎主编：《二十世纪中国文学史》，高等教育出版社2010年版。
④ 孟繁华、程光炜：《中国当代文学史》（修订版），北京大学出版社2011年版。
⑤ 朱德发、魏建主编：《现代中国文学通鉴》（中卷），人民出版社2012年版。

恺与《缘缘堂续笔》。丁帆主编的《中国新文学史》[1]（下册）以“文学的民间存在”为题，论述“文化大革命”时期的隐秘写作。

现在的问题是：对于这一文学现象如何命名？如何遴选作品进入文学史？以什么标准来界定？有没有边界？以及怎样阐述这类作品的文学价值等问题。

在陈思和主编的《中国当代文学史教程》中，“潜在写作”和“地下文学”两个概念并用，在讲到沈从文的《五月卅下十点北平宿舍》时，用“潜在写作的开端”名之，认为这篇手记，“应该是这股潜在写作之流的滥觞”[2]。（1949年）而在讲到“文化大革命”时期的文学时，则用“地下文学活动”称谓。在其他版本的中国当代文学史中，“地下文学”“隐秘文学”“潜在写作”“民间存在”等表述同时并存。我们当然应该允许“百花齐放”，允许文学史的编写者根据自己的理解使用不同的概念来界定。但也暴露出主观随意性，从而造成理解上的歧义和混乱。笔者认为，应该结合年代和具体的创作情形区别使用不同的概念和词语表述，从当代文学伊始到“文化大革命”止的一些不公开的写作称为“潜在写作”是合适的，而不能称为“地下写作”，因为那时候的作家还没有被剥夺创作的权利，只是受到一些限制，划定一些“禁区”，因此，作家不公开的写作也是少量的，没有形成一定的规模，也没有传播史，这种创作的确属于“潜在”的状态，因此，用“潜在写作”来概括是恰当的。而“文化大革命”时期不公开的写作称为“地下写作”或“地下文学”是恰当的，而不能称为“潜在写作”，因为这是处在特定时期、特殊时期，大多数作家都被剥夺了创作的权利和自由，如果还想继续创作，只能在“地下”秘密写作，写完之后也不能公开发表，如果作品真能打动读者，在读者中产生共鸣，又遇合适的传播渠道，作品就会在“地下”悄悄流传。作品从写作到传播都是不能公开、也不敢公开，一旦公开就意味着被“枪毙”，同

① 丁帆主编：《中国新文学史》（下册），高等教育出版社2013年版。

② 陈思和主编：《中国当代文学史教程》，复旦大学出版社1999年版，第30页。

时也给作者带来厄运。这时的“地下文学”是和“地上文学”相对应而言的，是和公开的“样板戏”、浩然的小说处境完全不同的。比如，张扬的《第二次握手》写的是知识分子，歌颂的是知识分子，也写出了爱情的痛苦，这在二十世纪七十年代初是不允许写的，是“禁区”。靳凡的《公开的情书》是写知青的苦闷和“三角恋爱”，在当时也是不允许写的，因此，只能在“地下”悄悄地写。这就像在白色恐怖时期，中共党组织只能由公开转为隐蔽，从“地上”转入“地下”一样，所以，称“地下写作”或“地下文学”是恰当的，而不能称为“潜在写作”。

对于“文化大革命”前的“潜在写作”和“文化大革命”中的“地下写作”，文学史该如何处理？如何遴选作品进入文学史？以什么标准来遴选？有没有边界？入史的作品是以作品问世的时间来讨论还是以作家写作的时间来讨论？笔者认为，应该把它们中的优秀之作写入文学史，并加强对它们的研究，这是毫无疑义的。问题是：何谓优秀之作？用什么标准来衡量？这里，一个非常重要的依据是作品是否有影响？也就是是否有传播史？凡是在当时广为流传或在一定范围内流传的作品，不管它后来何时公开发表和出版，都应该是文学史考察的对象和学科研究的对象。凡是没有“地下”传播史的作品，我们要考察这类作品在后来公开出版后的影响如何？如果公开出版后有一定的接受和影响，当然也是我们的研究对象，如果没有什么影响，甚至默默无闻，那么，我们要考察这类文本是否蕴含着文学的潜价值以及是否具有文学史价值？总之，要有价值标准，不能“发现”一个“潜在写作”或“地下写作”就写进文学史，要设一个“门槛”，要有价值底线，否则，文学史将无限膨胀，同时，对于与之相对应的“公开的写作”“显在的写作”也是一种不公平，因为已公开发表或出版的文学作品并不都能进入文学史。举例来说，王蒙新近出版的长篇小说《这边风景》，也是属于“文革”后期的“潜在写作”，写于 1974 年至 1978 年，窖藏了三十多年才出版。这期间没有传播史，现在，公开出版了，我们要看它的影响如何？要研究它的文学价值如何？如果这部小说没什么影响，也从文本中挖掘不出文学价值来，那么，它就没有资格进入将来的文学史。相反，如果它出版后反响强烈，文本中的文学价值很高，就应该写入将来的文学史。

不论是“潜在写作”还是“地下写作”，不仅有遴选的标准，而且也有“边界”，这个“边界”就是它一定是文学创作，而不是广义的写作。对于那些介乎文学和非文学之间的文本，比如《从文家书》《傅雷家书》等，文学史家一定要持审慎的态度。至于对入史的作品到底是以作品问世的时间来讨论还是以作家写作的时间来讨论，要具体问题具体分析。对于那些写作时间明确，后来公开出版时又没有多大的修改和提升的作品，完全可以将之放在写作的年代来讨论；对于那些写作时间不明确，因为作品在民间流传时几经丢失和重写，后来公开出版时又作了较大的修改、丰富和提升，对于这样的作品，应该将作品写作的年代和传播的年代、以至最后修改、问世的年代结合起来考察。比如，张扬的《第二次握手》，“小说的写作始于 1963 年，开始是不到两万字的‘提纲’式的作品，取名《浪花》，后扩展为十来万字的《香山叶正红》。1967 年作者作为‘知青’在湖南浏阳山区插队时又作了修改，但手稿在传抄中丢失。两年后，写作第四稿，题名《归来》。这一稿在传抄时又下落不明。1973 年，仍在农村劳动的张扬完成第五稿，又再次流传传抄。几经传抄所据为不同手稿，因而也就流传着几种不同的本子。在传抄中，有读者将书名改为《第二次握手》，原书名反倒不大为人所知。1974 年，张扬写第六稿以便自己保存。次年 1 月，因‘多次书写反动小说’而被逮捕，至 1979 年 1 月得以‘平反’出狱。小说在完成修改稿后，于同年 7 月由中国青年出版社正式出版。2003 年，作者又再次对这部长篇小说进行改写，从 1979 年版的二十五万字，增加到六十余万字，由人民文学出版社于 2006 年出版”[①]。笔者最近又看到《第二次握手》的所谓“2012 年终极

① 洪子诚：《中国当代文学史》，北京大学出版社 2007 年 6 月第 2 版，第 183 页。

版"①，四十六万字。这不同的版本令研究者眼花缭乱，我们到底应该以哪个年代、哪个版本作为研究的依据？把它放在哪个时间段来研究？实在是令人棘手的问题。像这样的情形还不少，像靳凡的《公开的情书》，写于1972年，曾以手抄本和打印本的形式在民间广为流传，1979年经作者修改后正式发表。北岛的《波动》初稿完成于1974年，也曾以手抄本的形式在民间传阅，1976年作者对它进行了修改，1979年再次修改后正式出版单行本。对于这样的作品，我们必须将写作的年代、流传的年代和修改出版的年代结合起来进行分析，特别是要注重搜寻、考证不同版本的真实状貌，各个版本的修改、演变历程。像《第二次握手》经过作者多次修改，由最初的两万字到后来的十万字，一直到"2012年终极版"的四十六万字，仅从篇幅来看已不是最初的《浪花》和《香山叶正红》了，修改后的版本越来越完美，和流传的手抄本相比，肯定是更丰富、更完美了。

"潜在写作"和"地下写作"的文本，其文学价值如何？特别是将这些作品还原于历史情境，通过文本的语境来分析，同时，也必须以今天的眼光来审视，看它们的文学价值体现在哪些侧面？它们为文学史提供了哪些新东西？由于本章主要探讨的是"文革文学"，因此，"文化大革命"前的"潜在写作"就不在讨论之列，想着重阐释"文化大革命"中"地下写作"中的代表之作、优秀之作的文学价值。

"文化大革命"时期的"地下写作"涵盖小说、诗歌和散文三种文体，其中小说和诗歌的成就最高。在小说方面，张扬的《第二次握手》是佼佼者，是最为出名的"手抄本小说"，流传也最为广泛。今天我们已经很难找到四十多年前在民间流传的手抄本到底有多少个版本以及它们的状貌如何，这给研究它的接受、传播史带来了极大的不便。因此，在这里，笔者也只能依据后来经作者多次修改后公开出版的《第二次握手》作为审读的对象。从2012年的终

① 张扬：《第二次握手》，四川人民出版社2012年版。

极版来看，《第二次握手》已相当完整，重读起来仍能吸引和感动读者，说明它是一部值得珍视的作品，也是一部具有文学价值的作品。但新时期以来“虽然销量达四百余万册，却没有得到预期的评价”[①]。各种版本的中国当代文学史对其论述不多，比如，陈思和主编的《中国当代文学史教程》、严家炎主编的《二十世纪中国文学史》（下册）只是简单提及；孟繁华、程光炜著的《中国当代文学发展史》（修订版）、丁帆主编的《中国新文学史》（下册）是稍加说明与论述；只有朱德发、魏建主编的《现代中国文学通鉴》（中卷）给予较多的篇幅和较高的评价。

我们认为，《第二次握手》的文学价值不应轻视，这可以从以下几个方面得到说明。

首先，从作品的传播史、发行量、影响面来看其价值体现。小说的手抄本从二十世纪六十年代后期到七十年代中期在民间广为流传，几次失传又重写，几乎风靡全国。学校、厂矿、部队、农村无所不传。在那精神严重饥渴的年代，手抄本的《第二次握手》无疑像甘泉和雨露滋润着人们干涸的心灵。曾任国务院总理的温家宝给作者写信说：“《第二次握手》我还是在手抄本流传时读了，至今印象深刻。”曾任新疆维吾尔自治区党委书记的张春贤回顾道：“我曾如获至宝地阅读了当时风行的手抄本《第二次握手》。我为书中主人公的命运，为作者对人物倾注的情感、为文笔的优雅美感，所吸引、所打动。”[②]“江西赣县农业局一位干部面对‘围剿’，坚持把这部手抄本列为子女们的‘生活教科书’，将《握手》与《红楼梦》相提并论。”“甘肃一个青年认为它有‘一股巨大的超原子能的力量’，‘给我们以前进的动力’。2003 年 3 月，著名主持人鲁豫在电视上盛赞它‘感动过整整一个时代的中国人’。2006 年 3 月，作家简平在一篇散文中回顾当年的冒险阅读：‘现在想来，这是黑暗岁月里怎样让人温暖的图景，人们通过书所传递的是信念，

① 洪子诚：《中国当代文学史》，北京大学出版社 2007 年 6 月第 2 版，第 183 页。

② 张扬：《第二次握手》，四川人民出版社 2012 年版，封底语。

是理想，是信任’，‘看到后来，心中真像燃起了光明的火炬!’直到2011年4月，北京的法院还在一项判决书中这样评价《握手》：‘在那个风雨如晦的特殊年代，它是反抗文化专制的火炬，为无数向往光明的读者薪火相传。进入新时期以后，他的正式出版又成为思想解放的一面旗帜。’”[①] 1979年，《第二次握手》“由中国青年出版社正式出版，三个月内发行量突破三百万册，汉文本总发行量达到四百三十万册，成为新中国成立以来当代长篇小说发行量仅次于《红岩》的畅销书”[②]。1981年，《第二次握手》被改编成电影，在全国公映并介绍到海外。还有更广阔、更丰富、更鲜活的民间传播史、接受史的例证被时间和岁月湮没无存，我们无从可考。从手抄本的流传到公开出版的畅销，《第二次握手》创下了接受、传播的一个奇迹，作品的价值由此而显现。

其次，小说的内涵不可谓不丰富，尤其是正能量的体现，使它成为人生的、生活的教科书。作品的丰富的精神内涵表现在如下几个方面和领域。

一是关于爱情的传达。在2012年终极版的广告语中，称“《第二次握手》是当代中国最著名的‘三角恋爱’小说”。小说的扉页上引用恩格斯的话语：“痛苦中最高尚的、最强烈的和最个人的——乃是爱情的痛苦。”这首先向读者透露出这是一部爱情小说的信息，小说从手抄本的风传到出版本的畅销，爱情的内容都是其关键和卖点。作品传达的是什么样的爱情？有人说“它的爱情书写实在粗疏肤浅，不过是传统的才子佳人小说的平庸复制”[③]。这把小说估价得太低了，是不符合作品的实际的。如果小说中的爱情书写真是“粗疏肤浅”和“平庸复制”，怎能“感动过整整一个时代的中国人”？还有人说，作者由于“背着传统的因袭的重负，在潜

---

① 张扬：《第二次握手》（序），四川人民出版社2012年版，第1—2页。

② 朱德发、魏建主编：《现代中国文学通鉴》（中卷），人民出版社2012年版，第1055页。

③ 丁帆主编：《中国新文学史》（下册），高等教育出版社2013年版，第82—83页。

意识深处无意流露的‘才子佳人’式的陈腐老套的爱情书写模式”。小说中的男女主人公“符合才子佳人门当户对的等级观念模式。更为重要的是才貌双全的男女主人公是一见钟情、心心相印，更安排了黄浦江上不顾个人安危拯救美丽少女及火车奇遇孤身勇斗歹徒的故事情节，这显然是‘英雄救美’的传统才子佳人模式的沿袭与翻版”。“由此可见，苏丁之间一波三折荡气回肠的爱情故事包含了‘一见钟情私订终身’‘小人离间爱情遭难’‘苦尽甘来喜庆团圆’的才子佳人的情节三部曲的固定模式”①。这也值得商榷。应该说，《第二次握手》就其基本的故事和人物确有才子佳人小说的一些表现，像男女主人公的才貌双全、门当户对、一见钟情、英雄救美人等，但绝没有完全落入才子佳人小说的套路，也不是它的沿袭和翻版。苏冠兰和丁洁琼的爱情故事的确也有“一见钟情私订终身”的内容，但是，却没有“小人离间爱情遭难”的情节，更没有“苦尽甘来喜庆团圆”的结局。苏冠兰和丁洁琼的爱情遭难，主要不是小人离间，而是由于核武器的研制和美国当局的技术封锁。丁洁琼因为参加了“曼哈顿工程”而失去了人身的自由和爱情的幸福，她写给苏冠兰的一百八十七封信全部被当局扣留，苏冠兰也无法与她联系和通信，但苏冠兰还是坚持，苦苦等了二十二年后，才与叶玉菡结婚。丁洁琼参加完“曼哈顿工程”以后，被美国当局以种种借口长期滞留阿拉摩斯，后又遭到秘密逮捕，非法囚禁长达十二年。面对女科学家的卓越表现和美国进步力量的抗议声援，在中国政府的坚持努力之下，白宫才被迫于1958年释放了丁洁琼。当她冲破重重阻力回到祖国，与苏冠兰第二次握手已时隔整整三十年，苏冠兰已与叶玉菡结婚并生儿育女。伤心欲绝、一无所有的丁洁琼决定离去，最后，在周总理的挽留下，她才留下，与苏冠兰、叶玉菡并肩战斗，直至将原子弹研制成功。留下以后的丁洁琼除了有事业外，其他依然一无所有，没有婚姻，没有丈夫，没有

① 朱德发、魏建主编：《现代中国文学通鉴》（中卷），人民出版社2012年版，第1058—1059页。

情人，没有孩子。这怎么能是“喜庆团圆”的结局呢？所以，《第二次握手》与明末清初的才子佳人小说根本不能同日而语。这部小说所传达的是怎样的爱情？如果用作者的话说就是：“这部手稿写的就是爱情的痛苦和痛苦的爱情。”① 苏和丁的爱情是长久的相思和痛苦的等待，是音信全无，是天各一方，是三十年的精神煎熬而终不改悔。小说传达的是这样一种恋爱观，用丁洁琼的话说就是：“一个人爱情只有一次，只能有一次，也只应该有一次。”“爱情的结果不一定是生活上的结合，它也可以是心灵的结合，是精神的一致，是感情的升华。即使我们将来不能共同生活，你也将永远镌刻在我的心灵上。”这种恋爱观也表现在男主人公身上，苏冠兰也认为，“真正的爱情一定能成功，但不一定能结婚——成功不等于结婚。人具有感情，动物就有本能，这是本质的区别。真正的爱情具有深刻、崇高、隽永的精神感染力，这正是人类感情的伟大之处”。这是一种柏拉图式的精神恋爱，带有特定时代的色彩和精神乌托邦的痕迹。作为产生于“文化大革命”中的“地下写作”，它不可能写像新时期以后小说中所多写的肉欲横流，它所坚守的是精神的高地。这在新时期以后的小说中是具有特殊意义的，它引导人们在灵与肉、精神与物质、爱情与欲望的追求中向着高尚的精神境界提升和挺进。

二是小说所传达的关于科学、科学精神、科学家、知识分子的事业和理想追求。如果《第二次握手》仅仅是一部“三角恋爱”小说，那么，正像作者在2012年版的序言中所说的“从来没有任何一部‘三角恋爱’小说能激起各个人群如此强烈的政治感情”。小说将爱情的传达与对科学、科学精神的歌颂、对科学家、知识分子的歌颂，以及共和国总理对科学家的关怀与爱护等完美结合起来，从而传达出一个重要的精神向度：崇尚科学、崇尚科学权威、礼赞科学家献身科学事业的精神和爱国主义情怀，展现了我们民族

① 朱德发、魏建主编：《现代中国文学通鉴》（中卷），人民出版社2012年版，第1058—1057页。

的美丽与尊严。这一点正是我们今天所倡导、所需要的正面精神和正能量。《第二次握手》被认为是“新中国成立以来第一部正面描绘知识分子形象的作品”和“第一次描绘周总理光辉形象的文学作品”。今天看来，这一点似乎很平常，因为在新时期以后，在尊重知识、尊重人才、知识分子也是工人阶级一部分等时代精神的影响下，正面歌颂知识分子的作品是不缺乏的，像《哥德巴赫猜想》《人到中年》等。但不要忘记：《第二次握手》是产生在打倒“反动”学术权威、“知识分子是臭老九”“知识越多越反动”“交白卷上大学”的时期，那个时期是不能正面歌颂知识分子、歌颂科学权威的，而该作品却集中表现苏冠兰、丁洁琼、叶玉菡等知识分子、科学家对人类科学事业所做出的巨大贡献，而且在国际上为中国人赢得了荣耀和尊严。丁洁琼在美国研制原子弹的“曼哈顿工程”中所发挥的关键性作用和所做出的巨大贡献，为国争了光，为民族添了彩，她让每一个中国人为之骄傲和自豪，她也是激发中华儿女奋斗不息的正能量。

三是关于二十世纪一些重要历史事件的传达。小说在表现爱情的同时，叙述了一位中国女物理学家丁洁琼在美国参与研制世界第一批原子弹并发挥关键性的作用、做出了卓越贡献的事迹。张扬在小说 2012 年版的序言中这样解释说：“按照美国战时法规，参与‘曼哈顿工程’者必须拥有美国或英国国籍。参与该‘工程’的五十三万九千美国人中有十五万位科学家和工程师，二十八名英国人则都是科学家。连一位加拿大科学家都因不被认为是英国人而遭‘剔除’。在这种情况下，一位中国人参加‘曼哈顿工程’堪称奇迹。”丁洁琼代表着一个伟大的民族。在原子弹研制成功后，丁洁琼被秘密逮捕，长期囚禁。小说叙述：在她被囚禁十二年后，“离开美国时，除了极少量美金和随身衣物外，丁洁琼的全部个人财产都被扣留。她参加‘曼哈顿工程’后写给苏冠兰而其实是给自己看的一百八十七封信，出狱时并未退还。甚至连 1934 年她赴美时携带的，苏冠兰在过去五年中写给她的全部四百二十七封信和几十张照片，还有 1934 年之后苏冠兰写给她的另外几百封信和上百张照片，也都被扣留”。作品隐含了对美国当局的谴责。丁洁琼在美国的经历和遭遇颇像中国导弹之父钱学森在美国的经历和遭遇。小说写到了二战、“抗战”，对二十世纪最惊心动魄的事件——广岛、长崎遭受原子弹轰炸的过程作了描绘，还对日军所犯下的罪行作了侧面的揭露，诸如七七事变、济南惨案、南京屠杀、旅顺屠城（1894年）等，得出日本在二战中遭受原子弹轰炸是“恶有恶报”的公正结论。

四是关于小说的艺术价值、艺术成就问题。洪子诚在《中国当代文学史》中说到《第二次握手》“在1979年正式出版时虽然销量达四百余万册，却没有得到预期的评价”。这里是否隐含着该作品艺术价值不高、缺乏原创、没有给文学史提供新东西的意思？新近出版的文学史也说该作品是传统才子佳人小说模式的沿袭、翻版、复制，也是说它缺乏原创性。该怎样看待这一问题？我们认为，一部作品的好与坏，艺术成就的高与低，在很大程度上要由读者说了算，要看作品的阅读效果，读者是判官。我们从《第二次握手》的读者反应、接受、传播的历史足以说明它起码是一部好作品，具有可读性，具有艺术趣味，笔者今天重读它也是这样的感受。至于说到原创问题，如前所述，《第二次握手》的确有才子佳人小说的一些内容，但绝不是它的翻版和复制，而是根据作品自身的故事、内容、人物设置，有自己的安排、构想和主题表达，书中的很多地方与才子佳人小说模式大相径庭。再说，回顾古今中外文学创作的历史，有两类创作：一类是注重革新与原创，追求新的艺术表现手段。它们往往能给文学史提供一些新质素，甚至引领创作潮流。这样的创作，有成功的范例，也有失败的教训。前者像《战争与和平》《百年孤独》《红楼梦》《狂人日记》等。后者像李金发对象征主义的刻意模仿与追求，导致作品的令人费解和艺术效果的失败。当代小说中马原、残雪的有些作品，由于刻意追求“先锋”“前卫”和“现代派”的表现技巧，刻意追求新的文学元素，导致作品的难懂和形式的疲惫。另一类是并不追求形式的新奇和手法的原创，而是在传统的、规范的视域下，运用传统的写法达到最佳的组合和艺术效果，这样的作品容易引起读者的喜爱却不易引起文学史家的青睐。像现代文学中张恨水的小说、徐訏的小说，当代文学中路遥的小说。这一类创作有成功的，也有平庸的。任何事情都不能一概而论。创新、原创固然是创作的生命，但坚守、承传也是创作的使命。任何创新的追求、革新的表现、新形式、新手段的运用，都不以作家的愿望、出发点来论英雄，而要看作品的实际效果。况且，任何一种艺术形式当它走向成熟以后，都有其基本的规范和规律可循，这就提醒着作家：创新不是家常便饭，我们不能指望和期待作家的每一个作品都是原创、都用的是“前无古人”的方法。这样看来，我们就应该对于在传统的写法上所达到的良好的艺术效果的创作给予充分的估价。《第二次握手》正是这样的作品，它在内容上没有形而上的东西，没有偏执的思想，在形式上没有新奇的表达，但它确有艺术成就，因此，才有良好的艺术效果。作品的故事感人，情节突出，事件典型，人物性格鲜明，表明在人物刻画上的成功。在叙事上顺序、倒叙、插叙、回叙并用。在时空上中国、美国两个空间维度交错。在主线、副线、细节等的安排上井然有序。

总之，笔者认为，《第二次握手》是“文化大革命”期间“地下写作”的小说中最好的作品，它的文学价值，它的广泛影响，使它应该在文学史上留下记载、留有位置。

在“文化大革命”时期“地下写作”的小说中，除了《第二次握手》，《公开的情书》和《波动》也有较高的文学价值，尽管它们在“地下”流传的广泛性和持久性不如《第二次握手》。

靳凡的《公开的情书》是一部书信体的中篇小说，最初写于1972年，之后以手抄本、油印本的形式在一部分青年中流传，1979年经作者重新修改后公开发表在《十月》文学杂志上。现在，我们看到的文本只有这个经作者修改的公开发表本和此后出版的各种单行本。因此，它也不是严格意义上的“文革文学”。小说由四十三封信（情书）组成，分为四辑，诉说着真真、老九、老嘎、老邪门在二十世纪七十年代的“等待和寻找”“心的碰撞”“戴着镣铐的爱情”“只有一次生命”（四辑的标题）。作为书信体的小说，该作品没有完整的故事情节（线索）和具体的环境（场景）描写，只有人物之间的诉说和思考并以此见长。他们都是“文化大革命”中的大学生，但是，在那个万马齐喑、蔑视知识和科学的年代里，他们被下放到农村接受“再教育”。正像小说的第一辑第一封信中老嘎所形容的：“在这笼子似的、静静的山谷里，栖息着十多只异乡的鸟：有北农大的，清华的，南开的，武大的，川大的……它们生长在二十世纪七十年代，却又生活在刀耕火种的桃花源里，这是怎样一种‘再教育’啊。”他们在这特殊的、艰难的岁月，谈爱情艺术、倾诉真情实感、崇尚科学、追求真理，体现一代知识青年的彷徨、思考和创造，其思想不合当时的“正统”而显出“异端”，行文具有理性思辨色彩，这是该作品的最大特色。这在当时意义重大，在后来也被研究者重视。比如，在前些年，一些学者在“重返八十年代”的研究中，将《公开的情书》《波动》等作品作为重要的考察对象。在新近出版的文学史中，也认为“《公开的情书》在当时是一部相当有深度的作品”[①]。“在思想和艺术性上却具有相当的新质”，“起到了一种不容忽视的启蒙作用”[②]。也有研究者特别看重该作品多重的对话性、思想的开放性和超前性、超越性，认为这是该作品的思想艺术成就所在。指出“在后来的作品中，作家们的思想价值取向却变得非常单一和狭隘，文本的对话性和思想的开放性，却成为空谷足音，难以寻觅”。“作家对世俗生活的过度关注，对精神和思想的忽略，却使这种大好良机失之交臂。”从这个意义上说，《波动》《公开的情书》等作品“也为当下的文学创作提供一些有益借鉴”[③]。这也正是《公开的情书》等作品的当代价

---

① 严家炎主编：《二十世纪中国文学史》（下册），高等教育出版社2010年版，第132页。

② 丁帆主编：《中国新文学史》（下册），高等教育出版社2013年版，第83、85页。

③ 张志忠：《有待展开的当代文学可能性——以〈波动〉〈公开的情书〉和〈晚霞消失的时候〉为例》，《文学评论》2010年第4期。

值所在。但也应该指出，随着当下中国思想界的空前活跃，今天的青年人，其思想、精神、思考和个人选择要远比当年的真真、老嘎等丰富、深刻、复杂和多元得多，因此，《公开的情书》中的在当年被认为是超前、超越的思想已多被今天的思想认识所覆盖，所以，这部作品在今天的价值必然有所减退，它也难成经典。

赵振开的《波动》是一部多角度叙述的中篇小说，第一稿写于1974年1月，第二稿写于1976年6月，1979年4月，作者再次修改，发表于《长江》1981年第1期上。小说用几个人的口吻进行第一人称叙述，情节和故事又有些模糊，因此，阅读起来有些吃力。小说按两条线索展开，一条是杨讯和萧凌的不幸遭遇和爱情悲剧。萧凌出身于知识分子家庭，父母都是“高知”，因“文化大革命”批斗，双双自杀。与落难公子杨讯相爱，后被抛弃，死于山洪。杨讯是干部子弟，拥有强大的自信，与萧凌相爱，后因难以接受对方隐瞒的一切，放弃爱情。另一条是林东平与王德发的政治权力争斗、林媛媛与杨讯的纠葛。林东平是市革委会主任，他为保护自己的私生子杨讯，毅然把萧凌从工厂里开除、赶走。林媛媛是林东平之女，曾暗恋杨讯，后因厌倦父亲的虚伪，追求放荡不羁的生活，毅然离家出走。小说解释了当时青年心灵的创伤，揭露了当权者的卑鄙无耻。旨在对人进行道德审判，对情感给予慰藉。小说的基调是沉郁的、悲观的、冷峻的，这与北岛的诗的品格和基调相一致。

该怎样评价《波动》？陈思和主编的《中国当代文学史教程》中说《波动》“无疑是‘文化大革命’时期潜在写作中最成功的小说”。“被称为‘从黑暗和血污中升起的星光’。”[①]（刘志荣执笔）到了严家炎主编的《二十世纪中国文学史》中说：“《波动》在艺术上则比较成熟”，“可以说它是‘文化大革命’时期潜在写作中

① 陈思和主编：《中国当代文学史教程》，复旦大学出版社1999年版，第174、183页。

比较成功的一部作品”[①]。(陈思和执笔)陈思和将刘志荣的“最成功”改为“比较成功”，而且说它艺术上“比较成熟”。这样的评价更公允、更客观了。《波动》在思想性和艺术性方面确有新质，这在二十世纪七十年代那样一个思想禁锢、思想保守、艺术守成的年代，尤为难能可贵，而且，它的“新质”也使它超越了“十七年文学”和新时期初期文学，这是它的文学价值所在。这种文学价值既体现在思想的深邃，是内审式、独语式，也体现在“它对社会生活的广阔性的表现，对各种各样的人物形象的塑造，都超越了同时代的表现‘思考的一代’的作品，也未卜先知地塑造了林东平这样性格丰富而深刻的官场人物”[②]。同时，还体现在艺术的前卫。它的用几个人口吻的多角度叙述，它的较早地引入意识流的手法，它的第一人称的内心独白和这种独白的跳跃和切换，都造成作品的朦胧、沉郁的风格和新奇的艺术表现。也许正因为如此，在“地下写作”的几部小说中，《波动》是被讨论、被解读最多的一个。小说的问题，除了在思想意识上有不一定正确的地方(这在“文化大革命”风暴的年代在所难免)以外，在艺术的阅读和效果上，由于朦胧、跳跃、切换和几个人口吻的多角度叙述，给阅读、理解、把握小说的线索带来了一定的障碍，读者有一种扑朔迷离的心理感受。所以，不止一个解读者说，需再三再四地重读才会弄明白。

在“文化大革命”时期的“地下写作”中，诗歌写作的成就在总体上是最高的，诗人和诗篇的数量也较多，其中，不少诗篇已编入当代文学经典读本、诗歌经典选本。这或许是因为诗是主情的，情感的表达、情绪的宣泄、压抑和愤懑都会找到诗来表达。所以，古往今来，愤怒出诗人、压抑出诗人、痛苦出诗人、不幸出诗人。国家不幸诗家幸。

“文化大革命”时期“地下”诗歌写作按照诗人类别来划分，

---

① 严家炎主编:《二十世纪中国文学史》(下册)，高等教育出版社2010年版，第133页。

② 张志忠:《有待展开的当代文学可能性——以〈波动〉〈公开的情书〉和〈晚霞消失的时候〉为例》，《文学评论》2010年第4期。

可以分为老一辈诗人的创作和青年一代诗人的创作。

老一辈诗人在“文化大革命”时期的写作包括“七月派”诗人中的曾卓、牛汉、绿原，以及“中国诗歌派”的穆旦、唐湜等。有的文学史、诗歌史将这些老诗人的创作作为“归来者”的诗放在新时期初期来讨论。这些诗人在共和国之后的政治运动中，多是受到迫害，到了“文化大革命”期间他们的处境更加艰难。但他们仍然在“地下”坚持写作，用诗来思考，用诗来表达心声，用诗来叙写处境，用诗来表达渴望。他们多写到“树”，曾卓写了《悬岩边的树》（1970年），牛汉写了《半棵树》（1972年）、《悼念一棵枫树》（1973年）。这几首诗多被收在作品精选中。《悬岩边的树》，据诗人自己介绍：“写这首诗的时候，我在农村劳动。有一天，我从我所在的那个小队到另一个小队去，经过一座小山的时候，看到了一棵生长在悬崖边的弯弯曲曲的树，它像火一样点燃了我的内心，使我立刻产生了一些联想，一种想象。我觉得它好像要掉入谷中去，又感到它要飞翔起来。这是与我自己的特有的心境、与自己的遭遇联系起来才会产生这种联想和想象的。不然，我就会毫不注意地从这棵树边走过去了。它要掉入谷中与要飞翔，都是我自己内心的感觉。同时，这也吐露了我内心的要求。”① 从作者的自述可以看出，这首诗写的是作者的所见、所感，是情思和物象的结合，是写实与象征的交融。该诗只有三节、十二行，是一首精练的抒情短诗，既写实，又象征，客观景物与主观感受合一。诗中写树“他孤独地站在那里/显得寂寞而又倔强”，这是诗人自我处境和精神的象征。“它的弯曲的身体/留下了风的形状”以无形说有形，产生陌生化的效果。“它似乎即将倾跌进深谷里/却又像是展翅飞翔……”结尾两句精练地表达了诗人的处境、愿望和不屈的精神。诗篇采用中国古典诗歌的诗性思维方式构思而成，感物吟志，体物缘情，神与物游，思与境谐。按照诗歌的五个级别：“劣诗→平庸的诗→较

① 曾卓：《诗人的两翼》，三联书店1987年版，第25—26页。

好的诗→好诗→经典的诗”[①]，这首诗应该属于好诗之列。

牛汉的《半棵树》也是一首抒情短诗，与曾卓的《悬岩边的树》很相似。《半棵树》写于“五七”干校，“据诗人说是看到冯雪峰消瘦的形象受触发而写的”[②]。这被雷电劈剩下的“半棵树”，“像一个人”，“仍然直直地挺立着”，像“一棵整树那样伟岸”。这既是对冯雪峰，也是对诗人自己的写照，体现了生命的顽强和不屈。诗中的语言多是散文式的写实的语言，缺乏“惊动”的效果，在和谐和精美上也有欠缺。它只能属于“较好的诗”。相比之下，牛汉写树的另一首诗《悼念一棵枫树》要好些。这首诗写于1973年秋，具有一定的完整性和和谐性。诗人看到“在秋天的一个早晨”，“湖边那棵最高大的枫树/被伐倒了”，由此展开对生命的冥想。诗中最精彩的是如下几句：“枫树/被解成宽阔的木板/一圈圈年轮/涌出了一圈圈的/凝固的泪珠”“不是泪珠吧/它是枫树的生命”“一个与大地相连的生命”。这是对生命的尊重，体现了生命意识。

绿原在“文化大革命”中被关进了“牛棚”，遭受非人的待遇。“这时‘牛棚’万籁俱静，/四周起伏着难友们的鼾声。/桌上是写不完的检查和交代，/明天是搞不完的批判和斗争。”这时《重读〈圣经〉》中的几句诗，是他当时艰难处境的写照。但他没有停止思索，在夜深人静的时候，重读《圣经》，写下《重读〈圣经〉——“牛棚”诗抄第n篇》（1970年）。写这首诗的时候，诗人正被关在“牛棚”里，他不可能直接表现对那不公正的世道的抗议，甚至连私下写作都不安全。诗人只能用隐喻的方法，通过圣经故事中的内容和人物来表达对现实人生的看法。随着作者一一历数那些《圣经》故事中的人物，诗人对现实批判的力度也越来越强，愤激之情溢于言表。诗中对丑恶现实的鞭挞，对自己处境的写照，对人民的信仰，都通过隐喻的方式表达得淋漓尽致。是特定历史时

---

① 陈仲义：《感动 撼动 挑动 惊动——好诗的“四动”标准》，《新华文摘》2008年第17期。

② 吴思敬主编：《中国诗歌通史》当代卷，人民文学出版社2012年版，第272页。

期的一篇力作。在《信仰》一诗中，诗人通过这样的诗句，传达了他的更加坚定的信仰，更加顽强的意志：“我是悬崖峭壁上一棵婴松，你来砍吧/我是滔天白浪下面一块礁石，你来砸吧/我是万仞海底一颗母珠，你来摘吧/我是高原大气层中一丝氧气，你来烧吧/我是北极圈冰山上一面红旗，你来撕吧/我是十亿个中间普普通通一个，你来揪吧/——还有什么高招呢/哪儿你也追捕不到我/怎么你也审讯不出我/永远你也监禁不了我/在梦里你也休想扑灭我/即使——上帝保佑你/一并取走这个人的生命。”这是坚定决绝的声音，铿锵有力，掷地有声，而且，诗人是用一连串的排比来表达，这是战斗的诗篇，一切圆熟、技巧、含蓄都显得无力和软棉。这是绿原的诗风和精神品格。

穆旦在二十世纪九十年代被认为是二十世纪中国文学大师诗歌方面的第一把交椅。[①] 他以四十年代的智性品格的诗和以往的感物、抒情、言志的诗区别开来，为新诗增添了新的质素并与西洋现代诗相衔接，受到诗歌研究者的高度评价。1975 年至 1976 年是他诗歌创作的第二个高峰，也被看作他晚年的诗作，共有诗篇 28 首，从 1957 年写作诗篇《九十九家争鸣记》到 1975 年重新拿起笔来写《苍蝇》，已停笔整整十八年。穆旦晚期的这些诗，整体水平较高，“无疑属于‘文化大革命’时期的‘潜在写作’中最优秀的诗歌之列。这些诗歌保留了他的繁复的诗艺，在层层转折中表达着对个人身世的慨叹、对时代的乌托邦理想的审视与反讽，基调是冷峻甚至无奈的”，“表达了经历几十年坎坷之后所获得的苦涩的智慧”。[②] 这是对穆旦晚年诗的最精辟的概括。他的这些诗极富理性思考，以思想入诗，继续追求抒情诗写作的智慧化，它比抒情诗写作的激情化要来得深沉、深刻、有力。“二十世纪里大多数中国诗人没有晚期写作，更没有晚期风格，许多著名诗人只有青春期写作及青春期

---

① 张同道、戴定南主编：《20 世纪中国文学大师文库·诗歌卷》，海南出版社 1994 年版。

② 严家炎主编：《二十世纪中国文学史》（下册），高等教育出版社 2010 年版，第 122 页。

风格。”[①] 说是晚期，其实，穆旦写这些诗时才 58 岁，一年后的 1977 年，穆旦因突发心肌梗死而离世。他晚年的诗作，像《智慧之歌》《春》《夏》《秋》《冬》《停电以后》《神的变形》等都是新诗的精品力作，有的堪称经典。

老一辈诗人中还有唐湜的《季候鸟》（1970 年）、郭小川的《团泊洼的秋天》《秋歌》（1975 年）也都是“文化大革命”后期“地下写作”中的优秀诗篇。

青年一代诗人的创作，成就最高、影响最深远的是食指。食指被称为“文革中新诗歌的第一人”[②]，“地下诗歌的先驱”[③]。他写于 1968 年的《相信未来》《这是四点零八分的北京》曾在知青中广为流传，也是白话新诗中的经典之作。《相信未来》是以精神的力度取胜的诗。在贫困的年代，在失去爱的时候，诗人坚定地写下：“相信未来。”诗的前三节是全诗的精华所在，形象、和谐、完美、精粹。特别是：“我要用手指那涌向天边的排浪，/我要用手撑那托住太阳的大海，/摇曳着曙光那枝温暖漂亮的笔杆，/用孩子的笔体写下：相信未来。”这是有气魄的、有理想的表达，正是这种理想之光，照耀着尚在逆境中的人们。诗的结尾再次告诫人们要“相信不屈不挠的努力，/相信战胜死亡的年轻，/相信未来，相信生命”。其精神境界得到了升华。有人说，“这首诗在情感方式、思维方式上还是带有‘十七年’主流诗歌的痕迹，如遥不可期而难免空洞的信念、夸张的情感和理想主义的光明尾巴等”[④]。也有人说“相信未来，相信生命”“这样一个理想主义的‘升华’来收尾。这其实显示了食指一种早已定型的诗歌思维模式，或者说是遵循了‘十七年’的革命浪漫主义、革命理想主义诗歌的运思模式。换言之，食指的诗歌创作受到了贺敬之、何其芳等新诗人的影响，

① 耿占春：《穆旦的晚期风格》，《文学评论》2013 年第 5 期。
② 杨健：《文化大革命中的地下文学》，朝华出版社 1993 年版，第 87 页。
③ 吴思敬主编：《中国诗歌通史》当代卷，人民文学出版社 2012 年版，第 182 页。
④ 丁帆主编：《中国新文学史》（下册），高等教育出版社 2013 年版，第 93 页。

食指的诗歌写作对‘十七年’的诗歌写作范式的反驳并不彻底”[①]。笔者不太认同这样的观点，诗中所表达的“信念”和“理想主义”并不空洞，也不是人为添加的“光明尾巴”，而是诗中的精神主旋律，如果没有了“相信未来”这个精神主旋律，这首诗恐怕将索然无味，变得相当平庸。再说，“十七年”诗歌的写作范式一定要彻底抛弃吗？正像古典诗歌的写作范式不能抛弃一样，关键是能不能写出好诗，而不在于采用什么“范式”。“相信未来”是本诗的精华所在，也是人的永恒的信念。《这是四点零八分的北京》写得更为完整，情感更为真挚。诗中表达了诗人对北京、对母亲难以割舍的离散之情，选择的是特定的场景：火车站，时间：凌晨四点零八分，将离散的瞬间定格在诗中。这是一种怎样的分别？成千上万的城里知青将告别都市、告别文明、告别亲人，来到偏远的农村去“接受贫下中农的再教育”，美其名曰“广阔天地，大有作为”。实则意味着流放、受苦和改变身份。这首诗抓住典型场景，通过饱含深情的诗句，表达对北京、对母亲的依恋，完成了一次优美的、悲剧性情感的传达，能够引起当年无数“知青”的情感共鸣。食指的诗其文学价值与意义不仅在于他为中国新诗贡献出了经典之作，也带动了“文化大革命”时期知青的“地下”诗歌写作，他对“白洋淀诗人群”“今天诗人群”都给予深刻的影响。“食指诗歌的价值是永存的。”[②]

青年一代诗人中还有“白洋淀诗人群”和后来的“朦胧诗人”的早期创作。其中，以多多、根子、芒克为代表的“白洋淀诗人群”是一个热爱诗歌的小团体，他们的诗有一定的价值和影响。他们都是北京三中的学生，在上山下乡的运动中，他们一起到白洋淀插队，由此得名“白洋淀诗人群”。他们大都从1970年开始写诗。多多在白洋淀时期有诗四十多首，他的诗，时代的印记、心灵的历程、哲理的表达兼而有之，重视艺术技巧，但西化的色彩明显，由

① 吴思敬主编：《中国诗歌通史》当代卷，人民文学出版社2012年版，第186页。

② 林莽、刘福春编选：《诗探索金库·食指卷·编后记》，作家出版社1998年版，第185页。

于刻意追求现代主义的表达方式，使诗句显得晦涩、怪异，大大影响了读者的接受。根子留下的作品很少，其中，《三月与末日》震撼一时，看出受到艾略特《荒原》的影响。后来，由于遭到厄运，根子搁笔，不再写诗。芒克在此时期写了数十首诗，但遗憾的是有的遗失，有的被作者烧毁。留下的诗，《雪地上的夜》较好：

> 雪地上的夜/是一只长着黑白毛色的狗/月亮是它时而伸出的舌头/星星是它时而露出的牙齿/就是这只狗/这只被冬天放出来的狗/这只警惕地围着我们房屋转悠的狗/正用北风的/那常常使人从安眠中惊醒的声音/冲着我们嚎叫/这使我不得不推开门/愤怒地朝它走去/这使我不得不对着黑夜怒斥/你快点从这里滚开吧/可是黑夜并没有因此而离去/这只雪地上的狗/照样在外面转悠/当然，它的叫声也一直持续了很久/直到我由于疲惫不知不觉地睡去/并梦见眼前已是春暖花开的时候。①

诗中将“雪地上的夜”比作一只狗，将无形变成有形，新奇，出人意料，因为它放弃了对象属性之间的相似性，而是追求远距离取喻。诗的语言虽然浅白，但合辙押韵，具有音乐美。结尾是理想主义的暖色调。“如果没有最后一句，此诗也只能流于一般意义上的‘愤怒文学’，而不能另铸伟辞了。这不是光明的尾巴，而是艺术上的纯粹与和谐。”②

总之，“白洋淀诗人群”有自己的追求和特点，但从读者的阅读感受和接受喜好来说，恐怕真正喜爱的不多，这说明他们的诗还是有一定缺陷的。他们的诗，充其量是属于较好的诗，有特点的诗，很难说是优秀或经典。所以，他们的诗选入诗歌精品选的不多。

---

① 海啸编：《朦胧诗精选》，黑龙江科学技术出版社2010年版，第210页。

② 陈超：《20世纪中国探索诗鉴赏》（上册），河北人民出版社1999年版，第405页。

第八章　新时期以来的文学成就应该如何估价

1976 年 10 月，中国在政治上粉碎了“四人帮”，预示着中国的政治、社会将出现新的转折。1977 年 8 月，中国共产党召开了“第十一次全国代表大会”，宣布了历时十年的“无产阶级文化大革命”以粉碎“四人帮”为标志而结束，并把从此之后的中国称为社会主义革命和建设的“新时期”。1978 年 12 月，中共又召开了“十一届三中全会”，决定把全党工作的重点转移到社会主义现代化建设上来，从此，中国走上了改革开放、建设有中国特色的社会主义的正确道路。这是一个历史的界碑，是时代的分水岭，是社会政治的伟大转折。文学经过短暂的调整，很快步入了“新时期”。《十月》《收获》《当代》《花城》等大型文学刊物纷纷复刊、创刊，刘心武的小说《班主任》、卢新华的《伤痕》，宗福先的剧本《于无声处》、白桦的《曙光》，徐迟的报告文学《哥德巴赫猜想》等是“新时期”的第一批作品，开启了伤痕文学、反思文学的先河。1979 年 10 月，中国文联召开了第四次文代会，周扬在会上作了《继往开来，繁荣社会主义新时期的文艺》的报告。这次会议，被誉为是“当代文艺史上的一个里程碑”[①]。而“新时期文学”的发生，被看作二十世纪中国文学的另一次重大“转折”[②]。从

① 胡余：《当代文艺史上的一个里程碑——第四次全国文代会侧记》，《文艺报》1979 年第 11、12 期合刊。

② 转引自洪子诚《中国当代文学史》（修订版），北京大学出版社 2007 年 6 月第 2 版，第 186 页。

“伤痕文学”“反思文学”“改革文学”“寻根文学”“先锋文学”到“新写实”“新历史”“新状态”文学又一次充当了思想解放的先锋，创作的禁区被一次次地冲破，中国文学走向了开放、多元、多样的“新时期”，一直延续到当今。

然而，对新时期以来的文学如何评价，再扩而大之对整个中国当代文学怎么评价？从新世纪以来引起了学界的争论，从2006年媒体传出德国汉学家顾彬说中国当代文学都是“垃圾”引起轩然大波，到2007年世界汉学大会的圆桌会议上顾彬说现代文学是“五粮液”，当代文学是“二锅头”再次引发争议；从《辽宁日报》2009年年底开始的历时半年的大型系列活动“重估中国当代文学价值”再到《北京文学》2010年发起的“如何评价中国当代文学”的讨论，如何估价中国当代文学？成了当代文学批评史上的重要事件。而在这集中评价出现之前，从新世纪以来，对当代文学、新时期文学、当下文学的评价就已经展开，尤其是对存在的问题的提出和揭示，已引起作家、批评家的注意，后来逐渐演变成对当代文学的贬低、否定以及媒体的大规模讨论。今天，我们要重新梳理一下对当代文学的评价历程，也重温这场大讨论，目的在于厘清在中国当代文学价值重估等相关问题上观念和评价的是非曲直问题。在此基础上，阐明我们对新时期文学的基本估价。

第一节　顾彬的“垃圾”说与“二锅头”说

2006年年底，德国汉学家顾彬教授在接受“德国之声”电台采访时谈起了中国当代文学。“很快这段近3000字的访谈漂洋过海来到中国，却只剩‘中国当代文学是垃圾’一语，由此在国内文坛引起轩然大波。”① 这大概是顾彬的“垃圾”说的原始出处。由于顾彬是海外著名汉学家，曾写过《二十世纪中国文学史》，而“垃

① 蒋昕捷：《中国文学需要多少个“顾彬”》，《中国青年报》2007年4月2日。

圾”说又是最极端的评价，中国的批评家、学者闻所未闻，所以，传到中国自然产生轩然大波，多家媒体、网站纷纷转载、报道，国内批评家在文中、在研讨会上也纷纷引用顾彬的话，有的表示反感，予以反驳，有的也表示欣赏。一时间，“垃圾”说，成了当代文学批评界出现频率极高的词语。

然而，事实果真如此吗？2010 年 3 月 19 日，香港凤凰卫视播出的由窦文涛主持的“锵锵三人行”节目，请来了顾彬作为嘉宾之一，顾彬当场否认了此事，表示“我从来没有说过中国当代文学是垃圾”。顾彬具体解释说：“2007 年，有一个住在德国的中国记者访问我，让我谈一谈一些中国当代作家的问题，他具体提了三个女作家（棉棉、虹影、卫慧）的名字，我说她们的作品是垃圾。”如果顾彬说的是属实的话，那么，极有可能是媒体的断章取义，将个别说成了全体。尽管如此，但莫须有的“垃圾”说仍在中国当代文学界流传甚广，这也许是一个绝妙的讽刺。

2007 年 3 月 26 日，在中国人民大学举办的第一届世界汉学大会的圆桌会议上，其中议题之一是“汉学视野下的二十世纪中国文学”。顾彬在发言中以酒作比，说中国现代文学是“五粮液”，中国当代文学是“二锅头”。顾彬还以 1949 年为界来划分中国现代和当代文学，认为前者属于世界文学，后者在国际上根本没有地位。他认为，优秀的作家首先应该是翻译家。他以自己最推崇的鲁迅精通日语、德语为例，指出中国现代的早期作家多是翻译家，有的会多门外语，甚至能用外语写作。而中国当代作家队伍中很少有人懂外语。顾彬认为，如果一个作家只掌握母语，就不能从外部来看本国语言有什么特色，也就根本算不上作家，只能算业余的。他认为，中国当代小说在语言上有问题，在形式上有问题，作家在创作的动机上、文学信念上也有问题。如此贬低中国当代作家和当代文学作品，引起了与会的中国学者的强烈不满。北京大学陈平原教授认为顾彬的话有点哗众取宠，他的批评会给中国当代作家带来很大压力。因此，在圆桌会议后，陈平原教授多次对媒体宣称“顾彬对当代中国文学的批评是哗众取宠，根本不值得认真对待”“不是学

者的发言”“因此，中国作家也没有必要太在意”[①]。但仍有不少中国作家群起反击。

与陈平原教授的看法相反的是清华大学肖鹰教授。他认为，陈平原“把中国当代作家高看了，因为他们恰恰缺少压力，只有欲望。这些年中国文学评论界，对中国当代作家极少真诚地批评，我们为什么不能平心静气地看待一个外国学者给我们的批评”[②]？在圆桌会议之后不久，肖鹰教授就在文章中回应了陈平原教授，反驳了陈平原说顾彬是“哗众取宠”，肯定了顾彬在汉学研究方面的成就，分析了顾彬教授对中国当代文学批评的三个前提，基本赞同顾彬对当代文学病根的揭示：诸如作家的缺少信念；功利和游戏之心太强；外语能力差；回避问题，缺少关注现实的勇气；不重视语言的提炼和升华；缺乏国际视野等。[③]

应该说，肖鹰的上述意见还是比较有力的，说中了中国当代文学的一些要害，今天来看也值得我们珍视。不管顾彬的看法有无偏见、有多少偏见，作为一家之言，我们应该以“兼听则明”的态度对待之，况且，多年来，我们对当代文学的直言不讳的、尖锐的批评不是太多了，而是太少了，这的确不利于中国当代文学的健康发展。也许正因为这样，我们才会对顾彬的尖锐批评感到接受不了。

我们简略地回顾和评价一下顾彬的意见。说中国当代文学是“垃圾”，原来是子虚乌有，自然不足为训。说卫慧、棉棉、虹影的作品是“垃圾”，这话听起来也觉得极端，不好接受与认同，但可以看作是顾彬的一家之言，如果有人认为这三位女作家的作品不是垃圾，完全可以拿出证据和顾彬商榷，甚至把他驳得“体无完肤”。但你不能不让顾彬这样说，因为现在还没有达成这样的共识：说这三位作家的作品是经典，即使将来认为这三位女作家的作品是伟大的创作，是经典，也应该允许人提出不同意见，何况现在呢？

---

① 肖鹰：《顾彬不值得认真对待吗?》，《文汇读书周报》2007 年 4 月 15 日。

② 蒋昕捷：《中国文学需要多少个“顾彬”》，《中国青年报》2007 年 4 月 2 日。

③ 肖鹰：《顾彬不值得认真对待吗?》，《文汇读书周报》2007 年 4 月 15 日，2008 年《中国文学年鉴》转载。

说中国现代文学是“五粮液”，而当代文学则是“二锅头”，表明顾彬看重现代文学，而不看重当代文学，因为通常来说，五粮液当然好于二锅头。这也是正常的意见，因为过去很多学者认为中国现代文学由于产生了文学大家，而当代文学则没有产生大家，故此认为当代文学赶不上现代文学。当然，也有学者认为，当代文学六十年的成就已远远超过了现代文学三十年的成就，而且也有充足的证据。这也许说明：这本来就是一个难以辨别清楚的问题，是一个谁也说服不了谁的问题，因为它们是两个时代的文学，它们都有着极其复杂的内涵，都有着多侧面的表现，很难把它们放在一起，用一言以蔽之来说明孰高孰低，孰好孰差。就像我们很难说是屈原伟大还是但丁伟大，是鲁迅伟大还是高尔基伟大，是中国的唐代文学辉煌还是欧洲文艺复兴时期的文学辉煌一样。从这个意义上说，顾彬的“五粮液”和“二锅头”的比喻也无可厚非，它也只代表他自己的看法，如果我们不赞成，同样可以和他商榷，同样可以反驳他，甚至证明当代文学是“五粮液”，现代文学是“二锅头”。

说中国当代作家都是业余的，因为他们多不懂外语，算不得专业作家，只能是业余的。顾彬的这话对中国当代作家刺激最大。怎么看待这一问题？应该说，顾彬把作家是否懂外语的问题看得绝对了，说不懂外语的作家只能是业余的，这就更显出偏颇了。因为我们会轻而易举地举出反证，即不懂外语照样成为出色作家，当代、现代都有，古代的作家都不懂外语，但你能说陶渊明、李白、曹雪芹不是作家吗？不是一流的作家吗？但从另一个角度看，顾彬强调作家要懂外语，应该说，这对作家的创作只有好处，没有坏处，鲁迅、郭沫若、林语堂、钱锺书等就是明证。只是因为许多当代作家由于时代的原因、家庭条件的原因，失去了学外语的条件和环境，这不能完全怪作家本人，而是时代造成的。从理论上说，作家除了自己的母语外，还懂别国语言，对他的创作是有益而无害的。尤其在当今世界还存在着话语霸权的情况下，这种话语霸权，使中国小说、汉语小说在西方的影响力有限。正如从事外国文学研究的学者史国强教授所说，“我们的小说家在英文世界没有话语权。我们连

简单的英文都不懂，何谈话语权？”① 这些事例说明，作为中国作家如果懂英文，甚至能用英文写作，对于他的作品的走向世界是大有益处的，而不懂外语也容易导致作家作品缺乏国际视野。因此，作家不能以不懂外语为荣，也不能对英文不屑，因为当今世界上还存在着英语霸权。但是由于种种主客观原因，导致不少当代作家不懂外语，难道他们就不写作了吗？当然不能。他们通过自己的努力，不仅能写作，而且成为专业作家，甚至成为一流作家。从这个意义上说，不懂外语的作家也大可不必自卑或悲观。

说中国当代小说语言有问题，轻视语言修炼，还是大体上符合一部分作家的实情的。肖鹰在文中列举的以写得快为傲，自然也就轻视了语言的锤炼，忽视了在语言上的精雕细刻。即使像莫言、余华、贾平凹这样的被当代文学批评界誉为一流的小说家，在小说语言上也都存在着粗放、粗俗、无节制、缺乏美感的问题。因此，语言问题可以说是小说创作的一个根本问题，优秀的、伟大的作家，应该是语言大师。

顾彬说中国当代作家普遍缺少文学的理想和坚定的信念，常以功利和游戏之心对待文学，这种态度不够端正，同时又不够直面现实。这正如肖鹰所言，可以说是击中了一部分中国作家的要害。只是“普遍缺少”还是“部分缺少”的问题。客观地说，中国新时期以来的文学创作、文学格局呈现出前所未有的多元、复杂、共生的局面。可以说，什么样的作家、抱着什么样的创作动机和目的都有。为出名而写作者有之；为赚钱而写作者有之；为玩儿文学而写作者有之；为理想而写作者有之；为信念而写作者有之；为喜爱而写作者有之；为精神追求、为打发时光而写作者也有之，凡此种种，不一而足。这种种创作的动机和目的，本都无可厚非，只要他是在法律和道德允许的范围内，在不伤害他人、不危害社会和国家的前提下都可以存在。但是，一个民族、一个国家、一个时代的文

① 转引自丁宗皓主编《重估中国当代文学价值》，春风文艺出版社 2010 年版，第 128 页。

学要想走向世界，要想伟大和不朽，必须有更多的作家把创作作为自己崇高的精神追求，作为自己矢志不移的理想或信仰，作为孜孜以求的崇高的事业，“衣带渐宽终不悔，为伊消得人憔悴”。为文学的繁荣，为文学的精神作用的发挥而坚守，超越功利和游戏之心。这样的作家是大有人在，甚至还有许多，我们必须充分看到这一点。除了一批在文学前沿、引领创作潮流、体现文学高度、产生重大影响的一线作家以外，还有大批二、三线的作家和活跃在基层或乡村的作家，他们把创作当作自己的事业孜孜以求，不为名利。比如，地处辽西北的朝阳，直到今天仍有大量的基层作家活跃在乡村。雷艳华、周莲珊、朱振山、魏泽先、赵清余、陈雨飞、赵淑清、尹守国、范景友等，这些基层作家的名字，如果离开了地方，恐怕无人知晓，他们在全国没有多少知名度，更没什么名气，不能作为作家的杰出代表。但他们的默默耕耘也在提高当代文学的平均分数。特别是他们的文学梦想和对文化的坚守更值得敬佩。中国是一个人口大国，也是一个作家人数最多的国家，各种创作、各种作品呈多元、复杂之态势，严肃文学、通俗文学、青春文学、网络写作应有尽有，切不可眉毛胡子一把抓，笼统地一概而论，而必须具体情况具体分析，分层次、分类型地作出判断。从总体的态势和格局来看，作家对文学的信仰、信念还是明显缺乏的，还是需要强化和提倡的。从这个意义上说，顾彬的断言还是有“群众基础”的。本来，中国人做事往往容易急功近利，而对于文学等精神的事业的急功近利，则是利少而弊多的。

至于顾彬说中国当代作家普遍缺少关注现实的勇气，是不是中国当代作家的实情呢？只要我们回顾一下、思考一下当代小说、当代电影、当代电视剧的行情，就会感到现实题材的作品还是相对少些。过去，有人说，荧屏上充斥着长辫子，甩来甩去，这种情况至今没有多少改观。小说创作中直逼现实、贴近现实、回答现实关切和生活难题的不是越来越多，而是越来越少。尤其是一些所谓实力派、重量级的作家的作品，如莫言、王安忆、阎连科、苏童、余华等。他们的一些作品不是从现实生活中选材，而是将笔触伸向过

去："文化大革命"、反右、土改、民国、民间野史、粗俗荒诞闹剧等。这样的作品当然是可以写的，但从文学生态来说，关切现实的作品的确应该加强。在当代文学中，曾有过底层写作、农民工进城题材、打工文学，也有过表现社会底层人艰苦奋斗、艰难处境的小说，像路遥的《人生》《平凡的世界》，余华的《活着》《许三观卖血记》，毕飞宇的"玉米"系列，以及刘庆邦的小说等。也曾有过政治批判小说和主旋律小说的繁荣，从新时期初期的伤痕小说、反思小说、改革小说的一度兴盛，到后来的《苍天在上》《大雪无痕》《省委书记》等主旋律小说，不少作家关注现实，具有良知和社会责任感，他们的作品与时代、与国家、与民族的命运相贴近，作品也具有精神力量。这是值得肯定的。呼唤作家关注现实，具有正视现实的勇气，而不是逃避现实，这在任何时代、任何情况下，都是正确的声音，都是正能量的体现。

顾彬对中国当代文学批评的思想和观点的来源。"顾彬说，自己接触到说'中国当代文学是垃圾'的都是中国人，这是他批评中国当代文学的'群众基础'。"① 一般说来，海外汉学家对汉学的研究，其观点、方法较多地受到中国本土学者研究的影响，因此，多数中国作家在本国的接受和研究的程度，在本国的影响力和他在海外的接受和研究的程度，在海外的影响力是成正比的。以中国现当代作家为例，鲁迅、老舍、莫言、余华等莫不如此。顾彬在2010年接受访谈时，当问到"您对中国当代文学从2004年开始怀疑的主要诱因是什么？是在阅读作品过程中自然产生的还是受到了别人批评意见影响的程度更多一些"？时，顾彬回答："一部分是通过阅读，更重要的是通过和别人间接的对话，包括德国人和中国人。"② 从顾彬教授的回答，我们可以得知，他对中国当代文学的基本看法和严厉批评主要来自以下几个方面的影响和原因：第一是阅读作品的感受。顾彬在接受访谈中，谈了对他所读过或了解的中

① 蒋昕捷：《中国文学需要多少个"顾彬"》，《中国青年报》2007年4月2日。

② 刘江凯：《关于中国文学研究与中国当代文学——顾彬教授访谈录》，《东吴学术》2010年第3期。

国当代作家作品的看法。第二是中国学者对他的影响。像刘小枫、肖鹰等学者的看法。应该说，在中国学者中，瞧不起中国当代文学的远不止这两位，在相邻学科的学者中，很少有人说喜欢当代文学，倒是有人说喜欢现代文学、古代文学。在文学学科内部，也是瞧不起当代文学的。过去文学研究界流行过搞不了古典文学，搞现代文学，搞不了现代文学，搞当代文学的说法。这虽说是偏见，但也部分地反映了一些实情，当代文学较难构成学问。第三是德国和其他一些国家的学者对中国当代文学的严厉批判态度对他的影响。顾彬说德国也包括国外一些学者对中国当代文学批判得厉害，这反映了相当一些海外汉学家对中国当代文学的态度。甚至可以说，在国外汉学界，中国当代文学还没有作为一个独立的汉学学科引起他们的高度重视，因此，研究也多是零散的、不成系统的，汉学家的队伍往往也是单打独斗、布不成阵的。第四是海外汉学家对中国当代文学还是非常陌生、非常隔膜的。从这一点来看，中国当代文学的走出国门，走向世界，特别是让世界各国的读者、研究者能够了解你、认可你、接纳你恐怕还有相当长的路要走，它需要作家、翻译家、批评家的共同努力。

应该说，顾彬对中国当代文学极端批评不是孤立的现象，在此之前，国内对当代文学的不满、批评就时有发生，这可以追溯到新世纪之初，从中我们可以看出当代文学的确存在许多问题。

2002 年，一位不显眼的作者在一家不显眼的刊物上发表了《小说创作微言》这一不太长的文章，但它却引起了人大复印报刊资料的重视，并进行了转载。作者在肯定新时期小说创作前所未有的丰富性和多样性的前提下，直指小说创作中存在的问题，从创作源泉的迷离、创作理念的混乱、小说功能的迷蒙、作家人格定位的迷糊四个方面，阐述了转型时期出现的小说创作“综合征”①。

2003 年，黄佳能指出了长篇反腐小说的粗鄙化倾向，认为，

① 卢学英：《小说创作微言》，《新余高专学报》2002 年第 3 期，人大复印报刊资料《中国现代、当代文学研究》2003 年第 5 期转载。

“反腐小说大都满足于对生活表象的简单描摹，缺乏深层次的批判意识；小说情节雷同，模式化、概念化倾向较为明显。粗鄙化怪圈是制约反腐小说艺术与思想价值提升的瓶颈”①。同年，周冰心指出了由于想象力的缺失，使中国当代文学面临窘境。作者在“虚构精神：文学存在的永恒命题”理论框架下，首先对2003年《当代》第1期刊登的方方的中篇小说《水随天去》和2002年播放的电视剧《真相》提出尖锐质疑，认为“《水随天去》只是中国当下文学出现‘虚构’危机带来的‘类像’化文学的恶果之一”。其次，文章指出了新时期以来的文学在接受西方文学方面存在的“影响的焦虑”和“被挪用的集体经验”②。这篇文章对二十世纪九十年代文学的批评是尖锐的、犀利的。文中列举了众多作家作品，其中既有被评论界批评较多的“美女作家”和“下半身写作”，也有像莫言、贾平凹、刘震云、余秋雨、池莉等当代的著名作家。作者称他们的作品是“读物”小说，是所谓的“文学作品”。特别是这样的评价不亚于顾彬：“二十世纪八十年代身负‘新写实代表性作家’光环的武汉女作家池莉同时也是九十年代消费文学时代的最大赢家，她和刘震云、余秋雨、贾平凹、莫言构成当代中国文学最具代表性的五大‘骗局’，他们作品的趣味和生气所拥有的共性是：痴心于一种残缺价值图景的绘制补缀，预设一种病态社会的趣味现象，臆想一种消极的社会心理模式，张扬一种空洞无物的‘假象’生活，赋予庸常生活‘超高度’并无节制地煽情。”③ 这些话听起来有些刺耳，但细思考，也不能不说抓到了某些问题的要害，只不过“骗局”这样的词语有些言重了。作者是不是全盘否定九十年代的文学呢？不是的。在文章的结尾，作者肯定了阎连科的《日光流

---

① 黄佳能：《长篇反腐小说粗鄙化倾向透视》，《安庆师范学院学报》2003年第5期，人大复印报刊资料《中国现代、当代文学研究》2004年第2期转载。

② 周冰心：《想象力缺失：中国当代文学面临的窘境——论当下中国文学的虚构危机》，《南方文坛》2003年第6期，人大复印报刊资料《中国现代、当代文学研究》2004年第2期转载。

③ 同上。

年》《坚硬如水》，王安忆的《长恨歌》，李锐的《银城故事》，余华的《在细雨中呼喊》等一批小说。在这位作者看来，这些作品值得肯定，它们的作者长于思考，善于想象，敢于直面现实，不回避现实、历史和个人的命运。作者有褒有贬，所指出的问题确实存在，应该引作家的警觉和深思。

2004 年，余杰在文中对莫言的《檀香刑》以及相关小说的缺失提出尖锐的批评。作者在充分肯定《檀香刑》的成就和作者的才华的同时，重点指出《檀香刑》的内在缺陷，即对暴力和酷刑的欣赏；对批判意识和人道情怀的放逐；对义和团运动的歪曲；对本能描写的放纵。[①] 这篇长文有观点，有材料，有具体分析和论证，具有说服力。文中所揭示的问题不是《檀香刑》所独有，在其他许多作家作品中也存在，这样来看，文章不仅是对莫言《檀香刑》的批判。

同年，李建军以《当代小说最缺什么》为题展开论述。他首先列举在 2003 年的杭州作家节一些作家的见仁见智的看法：陈忠实认为中国文学缺乏“思想”，张抗抗认为“缺钙”，铁凝认为缺少“耐心和虚心”，莫言认为缺乏“想象力”，鬼子认为“什么都不缺”。其次阐明自己的看法，他认为我们的文学“缺的东西很多，远不止几位‘论剑’的作家所指出的那几点。在我看来，中国文学的问题是复合性的，而不是个别性的；是整体性的，而不是局部性的。大略说来，我们时代的相当一部分作家和作品，缺乏对伟大的向往，缺乏对崇高的敬畏，缺乏对神圣的虔诚；缺乏批判的勇气和质疑的精神，缺乏人道的情怀和信仰的热忱，缺乏高贵的气质和自由的梦想；缺乏令人信服的真，缺乏令人感动的善，缺乏令人欣悦的美；缺乏为谁写的明白，缺乏为何写的清醒，缺乏如何写的自觉。总之，一句话，几乎构成伟大文学的重要条件和品质，我们都缺乏”。再次是拈出最缺乏的东西举例论述：“缺少真正意义上的

---

① 余杰：《在语言暴力的乌托邦中迷失——从莫言〈檀香刑〉看中国当代文学的缺失》，《社会科学论坛》2004 年第 3 期，人大复印报刊资料《中国现代、当代文学研究》2004 年第 5 期转载。

人物形象，缺乏可爱、可信的人物形象。”“缺乏对小说中人物的尊重和同情，乃是当代中国小说的一个严重而普遍的问题。”[①]

与顾彬批评中国当代文学同时和其后，在中国当代文学批评界，包括在当代思想界仍有一种批评、否定的声音。

2006年，时任中国社会科学院文学研究所所长的杨义在文中揭示了当今文学道德滑坡、精神贫血的现象，提出“为当今文学洗个脸”[②] 的问题。这是一种形象的概括，着重看到的是当代文学中的污秽现象、肮脏的一面。也是在2006年12月，著名作家韩少功以《当代文学病得不轻》为题发表文章，他首先分析了文学在过去和现在面临着诸多挑战，然后以“梦游和苏醒”来说明中国当代文学。他说“所谓梦游，就是指一种半醒半睡的状态，看起来是大活人，实际上是一个昏睡者。这个意象也许有点像现在我们的文学；看起来很活跃、很繁荣，但可能是不清醒甚至病得不轻”。另外，他认为“如果我们对自己的昏睡状态有所觉悟，那也许就是苏醒的开始”。在“苏醒篇”中，他强调“保持文学相对的独立性和纯洁性”[③]。

从2006年到2009年，“对当代文学的否定成为一种主潮。一些思想界人士如邓晓芒、丁东、崔卫平等，对当代文学更是做了根本性的否定，认为当代的中国作家没有担当，没有思想，认为中国当下的文学创作没有提供任何醒世的经验。”[④]

到了2012年，仍有人重提中国文学的思想性问题，认为“新世纪文学发展的关键在于对其思想性的挖掘和重塑”。如何重塑？作者提出：“（1）对作家而言，要明确创作的目的；（2）对于作品而言，要突出作品的丰富性；（3）对于评论家而言，要坚持客观

---

① 李建军：《当今小说最缺什么》，《小说评论》2004年第3期，人大复印报刊资料《中国现代、当代文学研究》2004年第7期转载。

② 杨义：《为当今文学洗个脸》，《光明日报》2006年2月23日。

③ 韩少功：《当代文学病得不轻》，《科学时报》2006年12月19日，人大复印报刊资料《中国现代、当代文学研究》2007年第2期转载。

④ 文白：《当代文学研究综述》，《2010年中国文学年鉴》，第350页。

公正、敏锐深刻的原则。”①

我们之所以不厌其烦地列举新世纪以来对中国当代文学的批评、质疑、批判甚至否定的意见，主要是为了说明顾彬对中国当代文学的批评不是偶然和孤立的事件，而是在整个文学批评界、学术研究界批评的声音的一部分，包括后面要评说的陈晓明和肖鹰之争、《辽宁日报》的大讨论、《北京文学》的讨论等都是其中的一部分。其次也在于说明在纷纭复杂的当代文学生态面前，保持清醒、看到问题并敢于直言不讳地揭示出来是非常难能可贵的，它在整个当代文学的批评和研究中是值得肯定、值得提倡的，因为这种声音还不够强大，不是简单地否定，而是揭出问题，看到缺陷和不足，是摆事实、讲道理的批评，而不是武断的褒贬和吸引眼球的乱弹。

第二节　陈晓明与肖鹰之争

陈晓明和肖鹰之争代表了对中国当代文学评价的两种观点，再加上他俩分别来自北大和清华，又被媒体和期刊炒作，成为轰动一时的批评现象。

2009 年是共和国成立六十周年，中国当代文学也同样走过了六十年的历程。如何评价这六十年的成就和不足，如何看待新时期三十年中国当代文学的创作状况，就成为一个重要问题、焦点问题摆在了中国当代文学研究者面前。在 10 月 30 日至 11 月 1 日在北京召开的第二届世界汉学大会的圆桌会议上，讨论“中国文学与当代汉学的互动”问题，“作为会议主持人的顾彬再次提出了他曾经屡次强调的观点：中国作家应该学习外语。他表示：‘我为什么要求中国当代作家多学外语呢？因为，一个作家应该把自己的作品翻译成其他语言，同时也应该把其他国家的作品翻译成自己的母语。’

① 韩伟、姚凤鸣：《重塑中国文学的思想性——以新世纪十年文学为例》，《西北师大学报》2012 年第 2 期，人大复印报刊资料《中国现代、当代文学研究》2012 年第 7 期转载。

陈晓明在发言中提出了‘中国立场’的概念，他问道，中国文学六十年的历史，有没有办法在世界文学的框架中来给它确定一个价值？有没有办法去看待和评价它？‘我们在这一世界性的语境中的立场是非常混乱的。我们没有办法在世界文学的价值体系中解释这六十年。到底什么是我们对中国文学的研究，中国学者对中国二十世纪或者六十年来的文学史有多大的阐释能力？到底要持有什么样的观点和立场？’[①]”陈晓明的观点显然是要持“中国立场”给六十年的中国文学以一个合理的价值定位，我们完全有办法在世界文学的价值体系中解释我们的文学，阐释它的价值所在。针对陈晓明的发言，肖鹰则认为：“我觉得对中国文学六十年的定位应该在中西学者和中西文学的对话中才能完成。”这是陈晓明、肖鹰争论的开始。此次会议结束后，陈晓明和肖鹰又各自撰文或接受媒体访谈，继续阐发各自的观点。陈晓明先后有三篇文章：《中国文学达到了前所未有的高度》[②]《这个时代的文学让我感到骄傲》[③]《对中国当代文学六十年的评价》[④]。肖鹰也有三篇文章：《从脚下看的“高度”——“当下文学高度论”》[⑤]《为什么还有人出来主张中国文学达到了前所未有的高度》[⑥]《当下中国文学之我见——从王蒙、陈晓明“唱盛当下文学”说开去》[⑦]其中，陈晓明的第三篇和肖鹰的第三篇都是长文，作为特稿同时发表在《北京文学》同一期上，作为“如何评价中国当代文学”讨论之一，发表之后，两文同时被《新华文摘》2010年第7期转载，可见这都是要造成一种讨论、争

---

① 文白：《当代文学研究综述》，《2010年中国文学年鉴》，第352页。

② 陈晓明：《中国当代文学达到了前所未有的高度》，《羊城晚报》2009年11月9日。

③ 陈晓明：《这个时代的文学让我感到骄傲》，《辽宁日报》2009年12月16日。

④ 陈晓明：《对中国当代文学六十年的评价》，《北京文学》2010年第1期。

⑤ 肖鹰：《从脚下看的“高度”——“当下文学高度论”》，《中华读书报》2009年12月9日。

⑥ 肖鹰：《为什么还有人出来主张中国文学达到了前所未有的高度》，《中华读书报》2009年12月14日。

⑦ 肖鹰：《当下中国文学之我见——从王蒙、陈晓明“唱盛当下文学”说开去》，《北京文学》2010年第1期。

鸣之势。这两篇文章也是陈晓明和肖鹰观点与看法的集中展示。

陈晓明在《对中国当代文学六十年的评价》中，首先表明“不同意顾彬的评价”，重申“当下的文学成就可以说是达到过去没有的高度”。其次，陈晓明认为，仅用“政治化”来概括1949年以后的中国当代文学是不公平的。再次，陈晓明认为，“中国文学仅参照西方小说的经验，永远不会达到令人满意的状态”。与陈晓明持相近的看法的有作家王蒙，评论家孟繁华、贺绍俊、吴义勤等。

肖鹰在《当下中国文学之我见》中，与陈晓明的看法完全相反。他首先质疑王蒙的“最好论”，认为这“是开中国文学的国际玩笑”。尽管王蒙对他的“最好论”作了补充说明，但肖鹰还是抓住不放，认为，“最好的时候”，“应当最有利于作家的创作，最可产生文学精品。但是王蒙确实不能以自己和同行的创作业绩来说服人们认可‘这是最好的时候’”。其次，肖鹰认为“陈晓明的‘高度说’是有惊无险的‘水平蹦极’”。最后，肖鹰认为当下文学处于中国文学的低谷。他从三方面说明“低谷”的状态。

肖鹰对中国当代文学并没有全盘否定，在文章的最后，他对二十世纪八九十年代的一些作品表示肯定，如王安忆的《小鲍庄》、贾平凹的《腊月·正月》《黑式》、莫言的《透明的红萝卜》等。他还认为“二十世纪九十年代以来的中国文学，也产生了一些堪称精品的新作。他举出了宗璞的《东藏记》。与肖鹰持相近看法的有林贤治、张柠、王彬彬等。

该怎样评价陈晓明和肖鹰之争？他们的观点和论证，哪些是我们赞同的？是能够接受的？哪些是我们不赞同的，是不能接受的？在这样的争论面前，不能含糊其词，也不能主观武断，而必须冷静分析。抛开媒体的炒作因素，陈晓明和肖鹰之争，应该是当代文学批评史上的重要事件，它反映出我们在文学批评、文学评价等方面的许多问题。当然，他们的针锋相对的观点也不是偶然的，这一点，我们从第一节的论述中已经看出。

先评陈晓明的观点。我们认为，陈晓明不同意顾彬的意见是非

常正常的，也是正确的。作为一个中国当代文学的研究者，一般都不会同意顾彬的说法，我们也不赞同顾彬的观点。但陈晓明的“高度说”“骄傲说”恐怕就见仁见智了。尽管他解释是“六十年框架里的过去”，但当下文学（主要指二十一世纪的文学）和二十世纪九十年代、八十年代的文学相比，到底孰高孰低？恐怕很难说了，看从哪个角度、哪个方面来说。而且对任何时代的文学恐怕都要慎用“高度”“骄傲”等词语来评价，在这点上，陈晓明在分寸上犯了一个“忌”。正像另一个批评家李建军所言“我们固然需要发现‘价值’的研究，但更需要克制‘自我高度评价的愿望’，要慎用少用‘最好’‘最高’‘辉煌’‘经典’等标签，更应该致力于对问题的发现和分析，因为，正是这种尖锐的质疑性的批评，才有助于我们克服文学领域的无视现实、流于幻想的‘包法利主义’，才有助于我们认识自己的局限和残缺，从而最终摆脱幼稚的‘不成熟状态’”①。从这一点来说，作为一篇对当代文学六十年的评价的长文，不谈局限和问题恐怕是说不过去的。但陈晓明说仅用“政治化”来概括1949年以后的“十七年文学”是不公平的观点，我们是赞同的，因为那太简单、太单一了，文学总是复杂的，即便是在为政治服务的总的形势下的文学，也有偏离政治的时候，也有生活的逻辑和人性的呈现。所以，“十七年文学”不容全盘否定。陈晓明认为，今天的中国文学达到了过去未曾有的高度，并列出了四点理由。这四点理由，我们可以简化为批判性、穿透性、异质性、概括性。虽然有一定的道理和说服力，但还显得不够充分，不够具体，不够全面，尤其以《废都》这样的作品作为例证，肯定会产生争议。我们认为《废都》无论如何够不上陈晓明所说的“大作品”。关于陈晓明在文中提出的“中国的立场”“中国的解释”的问题，我们认为无可厚非，而且是必要的、应该的。中国文学以及对中国文学的解释不讲中国立场难道讲美国立场、德国立场、日本立场？不要忘记，文学和文学研究属于人文学科，它与自然科学学

① 李建军：《如何评价当代文学》，《文学报》2010年1月28日。

科不同，自然科学没有国界，它不具有独立的民族性，人文学科则不同，它是有民族之分的，它为人类提供价值理性，具有价值导向性。众所周知，日本文学艺术中有相当一些作品是宣扬军国主义、美化侵略战争、塑造为侵略、战争、扩张效力甚至献身的人物形象，这样的作品即便再生动、感人，也是我们中国人和亚洲其他被害国的人民所不能接受的。这就是文学的民族性问题、国界问题。中国文学首先要有中国立场、中国精神、中国气派，要展现中国人的政治信仰、价值理念、伦理规范、精神追求，弘扬中国人的自强不息、厚德载物，歌颂中国人的英雄气概，当然也可以揭露中国人的丑陋、愚昧、落后的一面，像鲁迅那样。但目标都为中国的发展、文明、进步服务。在这样的基础上才是世界性、人类性，而且它和世界性是不矛盾的。同理，文学批评也是这样，它是有国界、有民族、国家之分的，当然也有人类共同的东西、共同的价值理想。因此，陈晓明强调在谈论、估价中国文学的创作成就与问题时，要有一点“中国立场”，这难道不是必要的吗？不同民族、不同国家、不同政治背景的人们在评价同一文学时，会有不同的观点、不同的看法，这是完全正常的，顾彬作为德国人看中国文学，和我们中国人看中国文学更会不同，他认为，中国当代诗歌最优秀，而多数的中国学者不这样看，这也是正常的。陈晓明在文中说得很清楚，要“有一点”“中国学者自己的立场”，这是很有分寸感的。而且这种“中国的立场”“中国的解释”与西方的立场不是对立的，这一点，陈晓明也讲得很清楚。这也不是与西方搞两套标准，文学批评和文学创作一样，也应该是民族性与世界性的统一。

再评肖鹰的观点。首先，我们认为，肖鹰在《当下中国文学之我见》中，说王蒙的“最好论”“是开中国文学的国际玩笑”，这种说法有些失当，态度不够严肃。怎样理解和评价王蒙的“最好说”？我们认为，首先应该把王蒙说的话还原到当时具体的语境，即王蒙是在什么情况下说的。王蒙的话是在 2009 年 10 月 18 日的法兰克福书展上说的，这个书展展出了包括王蒙作品在内的许多中

国作家写的书。在这样的场合，王蒙说“中国文学处在它最好的时候”。下面的潜台词是有这么多书参展可以为证。在这样的场合，说“好的一面”是正常的。王蒙不是在评价中国当代文学的圆桌会上，也不是在写中国当代文学史时说这话的，也就是说，他不是在评价中国当代文学的成就和不足，王蒙也不是专门研究中国当代文学的学者，他和陈晓明不同，和陈晓明讲话的场合也不同。所以，对王蒙的话，大可不必过多指责，只不过他的“最好”二字不符合学者的一般思维逻辑和评价分寸，也正是因为这“最好”二字，才招致网上几乎一边倒的抨击。同时，也正是因为前面说的具体的场合，王蒙说这话是面对德国人，因此，没什么大毛病。王蒙的说法，暗含了对德国汉学家顾彬意见的回应。同时，也应该说，王蒙所说的作家的生存环境、写作环境处在最好的时候是符合实际的。和中国的过去相比，可以说，当下中国作家的生存环境、写作环境可以说比中国历史上任何一个时期都好。问题是，王蒙解释的作家的生存环境、写作环境最好的用意是什么呢？是为了说明“最好的时候”有利于作家的创作，应当有“最好的文学”，还是为了说明“最好的时候”未必有“最好的文学”，作家的生存环境和写作环境的好与坏，与作家创作成果的好与坏没有必然联系？我们理解，王蒙的意思是为了说明前者，即作家的生存环境、写作环境好，有利于创作，有利于产生好作品，我和我的同行不就写出了很多好作品吗？这是王蒙所要表达的真实意思。也就是说，王蒙说作家的生存环境、写作环境好，是为了说明由此而产生的作品好，这是顺理成章的。尽管也存在生存环境好、写作环境好，但产生的作品却不好的现象，但王蒙在法兰克福的演讲所表达的显然不是这个意思。这样看来，我们说，王蒙在演讲后的辩解是在转移视线，转移问题，和他在演讲时说的意思是不完全吻合的。至于他所说的除了生存环境、写作环境，“不存在时期好坏的划分”是完全不对的。文学创作在各个历史时期是存在好坏之分的，比如说，“文革十年”的文学，不能说是文学的好时期，当下的文学也不能说是文学的坏时期。在中国古代，我们不能说辽金时期是文学的好时期，唐宋时期是文学的坏时期。文学有时期划分，也有时期的好坏之分，这是一个不争的事实。

其次，肖鹰认为“陈晓明的‘高度说’是有惊无险的‘水平蹦极’”。这样的表述不是学术评价的表述，他接着对陈晓明“高度说”的四点理由的反驳显得没有力量，也有些吹毛求疵。再次，我们认为，肖鹰所说的当下文学处于中国文学的低谷、非常的低谷、不应有的低谷，是对中国当下一体多面的文学、复杂的文学的简单的评价、单一的评价，也是极端的评价。肖鹰具体从文学的外部条件和文学的内部状态两方面来说明“低谷”，又从三个方面来看“非常低谷”的状态，这些内容都是中国当下文学的事实，是客观存在的，因此他所说的也都是对的。但问题是这些问题就一定能证明“低谷说”吗？或者说，它是当下中国文学的全部情况吗？我们还能不能举出反证呢？肖鹰只看到了中国文学“负面”的一面，但这远不是全部，我们都承认当代中国文学的多元、复杂、多样，其中有“黄金”，也有“垃圾”，肖鹰只看到了后者，忽略了前者，这是有偏颇的。当然，在多数肯定、在一片赞扬声中，敢于直面问题，揭出问题，发出质疑性的声音，是可贵的，也是有益的。

第三节　《辽宁日报》的大讨论

针对如何评价中国当代文学的成就？如何估价中国当代文学的价值？从2009年下半年到2010年上半年，先后有《文艺报》《文学报》《羊城晚报》《中华读书报》《辽宁日报》《北京文学》等报刊相继发表文章或开辟专栏，展开研讨和争鸣。参与讨论的不仅有一批评论家，还有一批作家、出版家、翻译家等。所牵涉的问题也远远超出了“评价”“估价”本身，因此，意义也更大。其中，《辽宁日报》组织、策划的“重估中国当代文学价值”，涉及的问题最广，持续的时间也最长，意义也很深远。

《辽宁日报》在2009年12月16日的B10版、B11版（即文化观察版）刊发了大型策划报道“重估中国当代文学价值”的首篇，

即对陈晓明和肖鹰进行独家专访，引起了社会各界的普遍关注。两位学者再次就“如何评价中国当代文学”以及“站在什么样的立场来评价”展开交锋。陈晓明重申了他的“高度说”并坚守中国立场。肖鹰则认为，中国文学在走下坡路，对当代文学的定位应在中西对话中完成。[①]

12月23日，该报推出第二篇报道《谁能代表当代文学的高度?》，陈晓明、肖鹰再度出场，就具体的文学现象、作家作品展开讨论，引起学者、专家以及网民的热议。“肖鹰在接受记者专访期间，丝毫不掩饰自己对当下作家和作品的失望，甚至对一些作家和作品被奉为经典或巅峰，感到十分不解。在他看来，当下的文学在技巧上可能是‘前所未有’的，但并不是新鲜的，也没有生命的热度和浓度。现在被个别批评家飙捧的作家，都散发着前所未有的颓败气味。”[②] 接着，他对一些作品如是评价：“我认为，《废都》和《檀香刑》这样的作品被批评家追捧，只能说明在当下批评界，文学标准和个人标准都瓦解了，当下中国文学批评确实在整体上颓败了。”“而贾平凹的《秦腔》，这种作品，写的是变态文学、污秽文学。”“王安忆从《长恨歌》之后就沉入到上海小女人式的自爱自怜的自我重复之中去了。”“《受活》这本小说却是很糟糕的，因为它不能超越生活，太重视技巧或者某种手法。形式大于内容，形式阉割思想。”[③] 陈晓明在接受专访时，不承认当下作家沉迷于技巧。“不要动不动就说人家是垃圾、是白痴。”[④] 对于网络文学，陈晓明认为，韩寒、郭敬明预示着“后文学”时代的到来。

在第三篇和第四篇的报道中，刊登了对丁帆和王彬彬的专访。“丁帆认为，这六十年间的文学创作并非如顾彬所说一无是处。”“如果顾彬把他对中国文学的批评限定在1949年到1979年间，那

---

① 丁宗皓主编：《重估中国当代文学价值》，春风文艺出版社2010年版，第3—15页。

② 同上书，第20页。

③ 同上书，第21—22页。

④ 同上书，第23—24页。

么他提出的中国当代文学没有好作品的说法，我是赞成的。不过，二十世纪八十年代以后，文学重新回到‘五四’启蒙的起点，许多问世的作品并不比所谓的现代文学差，不比‘五四’差，有些甚至超过‘五四’的水平。我敢说，它们的震撼力是超越‘五四’的。”①

“王彬彬认为，当下的长篇小说总体上的质量是很不高的，”“在王彬彬看来，九十年代以来，中国作家的长篇小说总体上来说就是花拳绣腿，他指出：‘我对中国当代作家写长篇小说的能力有深刻的怀疑，他们就没有这个能力。这个能力不仅仅指才华，他们中很多人不缺乏才华。这个能力指的是综合素质，尤其是思想的力量’二十世纪这一百年，中国历史风云变幻，但是，我们就没有产生出像样的、站在历史高度的、能够揭示这一百年来中国社会历史变化的，以此为题材的长篇小说。”②

丁帆和王彬彬对于陈晓明的“高度说”进行了反驳。丁帆认为这种说法是“痴人说梦”。他认为中国作家普遍存在学养不足的问题，这就制约了他们在思想上的深度。王彬彬认为，今天的文学格局处于一个很糟糕的时期。他对一些批评家的文学水平提出了质疑。

在第六篇报道中，刊登了记者对洪子诚和程光炜的专访。其中，洪子诚的意见更平和、更客观、更贴近实际，值得我们珍视。“对于当下文学的发展状况，他的判断非常严谨，并不轻易给出结论。”他说：“目前的状况，很难评价。我自己也判断不出究竟是非常好，还是非常不好。我倾向于认为，这个状态就是一个普通的、正常的状态。我比较同意陈晓明讲的一句话，‘一个时代有几部好的作品，有几个比较好的作家，这就够了。’不管是什么时代，大多数作品可能是一般的或平庸的。顾彬、林贤治他们把现在的文学看作一个文学非常糟糕、非常低落的时期，我不赞成这样的观

---

① 丁宗皓主编：《重估中国当代文学价值》，春风文艺出版社2010年版，第47—49页。

② 同上书，第49页。

点。”“我当然不认为这个时期很辉煌，确实存在很多问题，但也很难说它是一个非常低落的时期。”[①] 我们认为，洪子诚的这个意见非常中肯、非常客观，也许在学者的观点中，他的这种看法是最贴近所评述的文学对象的实际的。当下的中国文学，不是很辉煌，也不是很低落，这种状况是文学的常态。在访谈中，洪子诚和程光炜都反对“一锅烩”式的评价，应该分类对待。

《辽宁日报》的讨论，还专访、报道了外国文学学者、翻译家对海外汉学的解析，这就是“重估中国当代文学价值”之七到之九的内容，他们从各自的角度介绍了中国文学在海外的传播、影响、中国文学的不足、中国作家创作的不足、中国文学如何走向世界等问题，为我们认识中国文学打开了另一扇窗。上海外国语大学谢天振教授介绍说，莫言、余华、贾平凹、王安忆以及《狼图腾》在国外都很受关注和欢迎。同时他也觉得海外对我们的了解还很不够。[②]

中国社会科学院外国文学研究所所长陈众议研究员在接受访谈时向我们介绍了国外翻译、接受中国当代文学的复杂情况。他给我们提供的信息，非常重要，尤其对作家来说就更为重要。一个作家创作的作品，如果走出了国门，被译介到海外，其作品就代表了民族、国家的形象，海外的读者就以此为媒介来窥视中国、窥视中国人，从这个意义上说，作家个体的创作，非同小可，绝不仅仅是他个人的事情，而是有民族国家的利益在焉。

谢天振和沈阳师范大学外国语学院史国强教授等外国文学学者在中、外文学对比的基础上提出了中国文学的不足，诸如真诚的问题、储备的问题、回归故事、回归情节、回归人物的问题、美好和崇高的问题，这在很大程度上揭示了中国当下文学的问题所在，值得作家重视，对作家的创作具有启示性，同时，也要求中国作家要有国家意识、责任意识，以严谨的态度对待创作。

在外国文学学者的意见中，陈众议还提出评价中国当代文学的

---

① 丁宗皓主编：《重估中国当代文学价值》，春风文艺出版社 2010 年版，第 103 页。

② 同上书，第 113—119 页。

坐标问题，这也是一个非常重要的问题。“他提出，评判中国当代文学的坐标至少应该建立在纵横两个维度之上，即历史的维度和世界的维度。”① 这实际上是关于文学评价标准（尺度）问题，从理论上说，我们对于文学的评价，特别是当文学批评、文学研究走向深入以后，其评价标准必然应该是历史与现实的统一（纵向），中国和世界的统一（横向），这样才能把某一特定阶段的文学，某一具体的作家作品定位准确，才能令人信服。当然，“中国立场”与“西方立场”由于意识形态的原因，由于复杂的接受心理的原因，也由于政治上的偏见，较难统一起来，这也是事实。在这种情况下，陈晓明提出的要有一点“中国立场”是可以理解的。在全球化的语境下，在中国文学走向世界的进程中，还要有“世界立场”、世界眼光，这同样也是不可或缺的，两者既是对立的，也应该是统一的。

在中国现代文学史上，有过“京派”和“海派”之争，这主要体现在创作上，“京”“海”作家有一些明显的差异。在中国当代文学的批评史上，北京和上海的学者也有一些差别，反映在批评观念、批评方法上，也反映在对具体作家作品的看法上。《辽宁日报》在“重估中国当代文学价值”之十中报道了对上海学者陈思和、王光东、葛红兵的专访。复旦大学“陈思和与丁帆、王彬彬、程光炜的观点不同，他认为当下的一批作家拿出了他们最成熟的创作，《兄弟》《秦腔》是近年中国文坛难得的佳作”。上海大学“王光东的观点亦与丁帆、王彬彬等人不同，他认为，新世纪以来，有很多非常优秀的作品出现。《秦腔》是新世纪以来非常难得的一部佳作。同时，他提出，二十世纪八十年代评价作品的好坏看作品是否深刻反映了人性的深度的文学观念，今天似乎发生了改变”。他认为“人性是一个变动的概念。今天，当消费意识成为日常生活中

---

① 丁宗皓主编：《重估中国当代文学价值》，春风文艺出版社 2010 年版，第 140 页。

一个重要内容的时候，人性更多地呈现出物质化、欲望化的特点”①。我们认为，王光东上述对人性变动情形的分析是非常中肯的，也是一种与时俱进的看法。我们对人性的理解切不可过于狭隘，过于机械，过于死板。人性与外部世界的联系是非常密切的，这一点不能忽视。

王光东还谈到评价文学的标准问题。他认为“我们评价文学到底要用什么样的标准？现在评价文学的标准比较多元化，每一个人对文学作品的评价标准和看法都不尽相同”。这在某种程度上道出了争论的缘由，即我们没有统一的标准，也没有大致一致的共识，所以，争论起来显得混乱和无序，而不是真理越辩越明。所以，我们认为，对中国当代文学的评价，首先要弄清究竟用什么样的标准来衡量我们的文学。上海大学葛红兵教授谈到了当今文学的边缘化问题以及批评态度的陈旧过时问题。② 他所说到的创作和批评的双重变化，我们的确应该正视，即文学的边缘化。对边缘化的文学不能要求它占领整个世界，也不能成为时代的精神核心。所以，二十世纪七十年代末八十年代初文学能轰动整个社会的现象恐怕再难出现，因此，我们不能对今天的文学期望值过高。但是，即便是边缘化的文学，也应该认真对待，也应该认真研究它，引导它健康发展，这一点也是不能忽略的。

在《辽宁日报》的大讨论中，当代文学批评及其现状也是重要内容之一，在第十二、第十三篇中，林建法、赵慧平、张学昕等辽宁批评家发表了看法。围绕“当下有没有真正的文学批评?”以及当代文学批评价值体系问题等展开了热议。他们认为，当代有真正的文学批评，而且有一批优秀的批评家，这是产生真正文学批评的基础。但如何克服“圈子批评”“炒作批评”“捧和骂”等非学理化的批评现象，还是需要批评家应该坚守的批评立场和道德底线的。同时，还需要保持批评的学术活力和思想力量，避免说“正确

① 丁宗皓主编：《重估中国当代文学价值》，春风文艺出版社 2010 年版，第 178 页。

② 同上书，第 178—180 页。

的废话”。

关于文学批评标准和体系问题，也是一个较复杂的问题。赵慧平认为“没有恒定的标准，但有一个基本精神——人文精神”。张学昕则认为，文学批评“恒定的价值标准是有的，它一定是历史的、美学的”。“具体到文学批评实践的时候，还涉及一个个性化批评的问题。”[①] 赵慧平觉得“现在已经到了重新审视如何建立科学的评价机制和批评标准的时候了”[②]。

对于作家的专访也是《辽宁日报》大讨论的重要内容。在“重估中国当代文学价值”之十四至十六篇中，先后有对阎连科、陆天明、莫言等当代名作家的专访。

阎连科结合十九世纪、二十世纪中外文学的一些实例说明：文学是非常丰富的，文学的评定标准也应该是丰富的；文学在趋时求变，与时俱进，这是文学创作的基本规律之一。文学在变，不能重复前人，那么，文学的评价标准也应该有些变化，不能以不变应万变。在谈到许多批评家批评作家深入生活不够时，阎连科有自己的看法：“当一个作家要靠深入生活去写作的时候，其实他的写作已经到此结束了。深入生活和寻找生活，只能说明一个作家的创作已经可以画上句号了。”[③] 这和以往文学理论上的通常观点大相径庭，阎连科结合自己的创作经验，他的看法有他自己的考虑，有他自己的创作体会，因而，具有鲜明的个性色彩。但这样的观点仍然是值得怀疑、值得商榷的。我们知道，阎连科是一位有自己文学观念和独立见解的作家，他曾提出过“神实主义”这一新的文学创作概念。它与以往的现实主义不同，神实主义疏远于通行的现实主义，注重创作者在现实基础上的特殊臆想。这种神实主义与莫言的“魔幻现实主义”是有一定联系的。正是由于有了这样的文学观念，阎连科才认为一个作家的创作不是靠深入生活、了解生活。在另一篇

---

① 丁宗皓主编：《重估中国当代文学价值》，春风文艺出版社2010年版，第210页。

② 同上书，第212页。

③ 同上书，第225页。

文章中，阎连科认为“到了现在，现实主义也就在不同地域、不同时间和不同文化背景下有了不同层次的真实：（1）社会控构真实——控构现实主义；（2）世相经验真实——世相现实主义；（3）生命经验真实——生命现实主义；（4）灵魂深度真实——灵魂现实主义”。在阎连科看来，“灵魂的深度真实——这是现实主义小说真实的最高境界”[①]。

曾经以《苍天在上》《大雪无痕》《省委书记》等作品而蜚声文坛的著名作家陆天明在接受采访时直言“中国当代确实没有能代表民族声音的作家”。“中国当代文学自1995年以后极度苍白，小说、电影、戏曲、戏剧都失去了它们众多的拥趸，这是文学的自我否定。”他认为“当下文学面临一场危机，解决这一场危机的办法，唯有文学的二次回归和召回失去多年的‘士’的精神，只有这样，中国文学才会有真正的出路”。在谈到作家、文学要不要关注现实时，陆天明说“这是一个作家起码的职责，也是他社会良知的直接的外化”，他反复强调“好的作家必须与时代、与国家、与民族命运贴近，这是做不了任何假的”[②]。应该说，陆天明自己就是一个十分出色的关注现实、执着现实、关心民族、国家、人民命运的作家。在当代文学家中，这样的作家不是多了，而是少了，因此，他的主张是值得珍视的。

对莫言的采访是在他家中进行的。莫言可以说是近三十年来标志性的作家，也是估价中国当代文学的焦点性的作家。在中国当代文学的两极评价中，不管是“高度说”还是“低谷说”，都以莫言的作品为例，可见他的作品是颇多争议的。而到了2012年，莫言获得了诺贝尔文学奖，遂在世界范围内掀起了“莫言热”，他成了文学舆论的中心。因此，人们更会回过头来关注莫言是怎样评价中国当代文学包括他自己的作品的？尽管对莫言的这次采访是在他获得诺贝尔文学奖之前，但我们还是要迫不及待地看看他的真实观

① 阎连科：《发现小说》，《当代作家评论》2011年第2期。

② 丁宗皓主编：《重估中国当代文学价值》，春风文艺出版社2010年版，第230—236页。

点。这位作品等身、在创作中天马行空、具有非凡的想象力和编故事的能力的人，在接受采访时却表现出异常的平和、谦逊和低调。他用“沉在池塘最底层的鱼”来形容自己。在谈到对当下文学的基本估价时，莫言说：“围绕最近十年的作品，有很多的争议、很多不同的看法。最引人注目的，我想也是最能够让很多人觉得痛快的，就是对新世纪以来文学创作的近乎全盘的否定。这种观点听起来非常过瘾，而作为一个创作者，我当然不愿意承认，不愿意接受这样的一种判断。”[①] 莫言强调要对近十年的文学做一个全面的判断，必须从大量的阅读开始，特别是对那些比较有代表性的、大家都比较关注的、流传甚广的作品，要读完之后再做判断。莫言在这里所说得非常中肯，也是每一个评论者应该遵循的原则，即一定要先读作品，有了直观的感受、理解，然后才能评论，才有评价的资格。接着，莫言谈了对近十年来文学的看法，认为“应该用一个平等的态度，站在平等的立场来看待”不同层次的作家和创作，“让文学有一个百花齐放的环境和心态”[②]。这种平等、宽容的态度，让我们看到了文学名家的风范和姿态。

综上所述，我们看到《辽宁日报》的这次大讨论持续的时间最长，涉及的问题最广，参与的人数最多，社会影响也最广泛。在“重估”中，他们至少总结出三十个以上节点问题，涉及文学创作、文学批评、文学评价、文学环境等方方面面。参与讨论、发表见解的有批评家、作家、翻译家、出版家、编辑家、大学执教者等。搭建了不同观点可以自由交锋和讨论的广阔平台。从它的影响来看，人民网、新华网、凤凰网、中新网、央视国际、新浪网、当代中国文学网、大洋网等大型网站纷纷即时转载，跟踪报道。国内主流报刊诸如《文艺报》《文学报》《南方日报》《羊城晚报》《当代作家评论》《文艺争鸣》《探索与争鸣》等也陆续转载有关“重估”的信息。这次“重估”意义深远，它不仅具有文学意义，而

---

① 丁宗皓主编：《重估中国当代文学价值》，春风文艺出版社2010年版，第242页。

② 同上书，第242—247页。

且具有文化意义。它被看作是1993年“人文精神大讨论”的持续，承载了丰富的文学和文化内涵。这场大讨论刚一落幕，中国作家协会主席铁凝就致函时任辽宁省委宣传部部长张江，对“重估”给予高度评价。铁凝在信中说：这次“重估”“它必然会对当前的文学创作产生一定的促进推动作用，也可能发生深远的影响，或者，将来的文学史要记上一笔”。的确，这场大讨论，必将载入中国当代文学批评史册。

第四节　《北京文学》的讨论

《北京文学》2010年第1期至第6期在“文化观察”栏目开展了关于“如何评价中国当代文学的成就”的讨论，历时半年，发表文章十五篇。作者中既有中国当代文学研究专家，也有高校的学术新秀，还有普通读者。他们畅所欲言，各抒己见，共同探讨中国当代文学的评价问题。

第1期刊登的陈晓明和肖鹰的文章，分别代表了评价中的两种观点，并被《新华文摘》转载，产生了广泛的影响。我们在本章的第二节已经做了评述，这里不再赘述。

在第2期发表了孟繁华和王彬彬的文章。孟繁华是中国当代文学研究名家，多年来，一直站在中国当代文学的前沿，引领当代文学批评的发展。他在文中首先列举了自2004年至2009年学界对当代文学否定的声音。然后，旗帜鲜明地表达“我很不同意这些人的看法”。他指出“当今文学的全部丰富性和复杂性，用任何一种人云亦云的印象式概括都会以牺牲这个丰富性作为代价。文学研究在批评末流的同时，更应该着眼于它的高端成就。对这个时代高端文学成就的批评，才是对一个批评家眼光和胆识构成的真正挑战”。在孟繁华看来，当今文学有“高端文学”和“末流文学”之分。不能“只看到了市场行为的文学”，也“不能以理想化的方式要求文学”。他为当下文学的“高端的艺术成就感到乐观和鼓舞”，分别以长篇小说和中篇小说为例，列举了一批作家。应该说，孟繁华的看法还是比较客观中肯的。他看到了当今文学的丰富性、复杂性、多样性和多层次性，既有“高端的”文学，也有低端的“亚文学”，并仰仗着他对作品的广泛阅读，说起作家作品如数家珍。尤其是他强调要“面对小说创作的具体问题”，“在具体分析的基础上作出判断”更有价值和意义。

王彬彬也是中国现当代文学研究的著名学者。他的文章以观点新颖、文笔犀利著称，善于出新，常常具有独到的观点和深邃的学术眼光。他在文中首先表达对陈晓明学术观点的转变所感到的两点惊讶：一是忽然强调“中国立场”，二是对“十七年文学”主流作品的大唱赞歌。接着，王彬彬在文中对“十七年文学”表达了与陈晓明针锋相对的观点，即基本否定的评价。他对“十七年文学”中主流作品的“去政治化”评价颇为不满，尽管他也承认“‘十七年’里的有些作家，如周立波、柳青、赵树理、欧阳山等，是富有文学才华的。因此，在他们的作品中，有些风景描写，有些风俗叙述，有些场面刻画，具有一定的文学性。这一点丝毫不必否认。但是这些枝节性的东西，不足以影响对整部作品的评价。《三家巷》《创业史》这类作品，是观念先行的产物，是在图解某种政治理念。它们展现的是臆想的历史和臆想的现实，却又对读者产生着可怕的影响”①。最后，王彬彬“将陈晓明今日言论与稍前些的言论相对照”，对陈晓明的“中国立场”问题提出质疑。

总之，对“十七年文学”的基本否定是王彬彬这篇文章的核心内容。这种观点虽不无道理，但有些极端，他将“十七年文学”的政治化夸大了，而将其文学成就低估了。最为极端的例子是王彬彬在同一年发表的对《红旗谱》的否定文章，文中认为《红旗谱》“每一页都是虚假和拙劣的”②。这种极端化的看法常常代表了王彬彬文章的风格。

在第3期发表了张颐武和张柠的文章。张颐武充分看到了新世

---

① 王彬彬：《关于“当代文学”的评价问题》，《北京文学》2010年第2期。

② 王彬彬：《〈红旗谱〉：每一页都是虚假和拙劣的》，《当代作家评论》2010年第3期。

纪中国文学在世界文学中应有的位置，包括在世界华语文学中的核心地位。这也就是说，他很看重新世纪的中国文学，很看亘中国文学的走向世界。

张柠的文章主要阐述的是中国当代文学评价应该走出的“思维误区”，这就是“账房思维”和“鉴宝思维”。可以看出，张柠对当代文学后三十年的成就估价偏低，但他对《三里湾》《青春之歌》等作品的评价举例是有意义的，尤其在文章的结尾，张柠强调“今后文学评价和研究的方向”是“精细的分析和解密工作”，“而不是那种意气用事、非此即彼的争执”① 更是有意义的倡导。

在第 4 期中，刊发了三篇普通读者的文章。郝朝帅的《凭什么评价当代文学》着重对前两期肖鹰、孟繁华、王彬彬等几位名家的观点进行点评。张新安的《中国的事该由自己办——要有“中国立场”毋庸置疑》表达的是“评价中国当代文学”“一定要有中国立场”。张清芳的《对中国当代文学学科合法性的一种申述——以陈晓明“中国的立场观”为切入点》一文，提出要“把争论放到中国当代文学学科的背景中，从学科合法性和发展的角度来探讨，有利于重新审视顾彬的观点以及如何定位中国当代文学价值的问题”。这三位普通读者在文中所表达的观点和看法同样值得珍视，其中也不乏真知灼见，由此也证明群众的眼睛是雪亮的。

在第 5 期中，刊发的是几位中青年学者的文章。胡森森在文中分析了西方学者对中国文学为何要“厚古薄今”？“非政治化”大旗是否合法？中国文学到底是“同”还是“异”等问题。最后提出要“走出汉学：重建中国文学形象”。胡森森的分析和所表达的看法大体是正确的，也体现了民族的自尊心、自强心。但文章的结尾说“使得中国文学由舞台边缘走向世界中心”恐怕是一个美好的愿望，事实很难如此。

杨庆祥在文中认为，“顾彬的‘责难’本身并没有多少值得讨论的东西，……关键问题是，要建立自己的立场、理论和逻辑。他

---

① 张柠：《中国当代文学评价中的思维误区》，《北京文学》2010 年第 3 期。

所提出的“建立根本的评价标准”问题是该文的价值和意义所在。但他对经典理解得有些泛化，赵树理、柳青等是不是经典作家恐怕还是有疑问的。

王春林在文中主要为陈晓明的“中国立场”做了“辩护”。他针对王彬彬对陈晓明学术立场的前后变化的指责，认为“陈晓明先生如此一种高度肯定中国当代文学的看法，并非是他一时的心血来潮，而很显然是他长期深思熟虑的结果”。文中还对陈晓明的“中国立场”的内涵作了标新立异的解释。王春林认为，陈晓明所说的“中国立场”“其具体内涵正体现为‘激进现代性’思想的提出”。王春林最后强调，对“中国立场”要“稍微宽容一点”，要“兼听则明”①。

在第6期（讨论的最后一期）也刊发了三篇文章。黄平在文中首先表态“并不认同顾彬的判断”之后，他提出了一个引人深思的问题：“且看陈晓明所给出的‘一定数量的大作品’：《受活》《废都》《秦腔》《一句顶一万句》《酒国》《丰乳肥臀》《檀香刑》《生死疲劳》。这份榜单‘巧合’的地方在于，都是对于‘现实’的‘变形记’，没有任何一部作品直面‘改革’三十年的现实生活与人的命运。”文中提出疑问：“没有‘中国问题’的‘中国立场’是否可能？如果我们的文学无法触及腐败、权贵、失业、‘三农’、高房价等‘事实’，无法触及公平、争议、自由、尊严、解放等‘理念’，以及这一切所带来的‘改革’时代心灵的冲突与激变，那么‘中国立场’的立足点在哪里？”作者强调，“文学争论归根结底还是以作品细读为依据”，文中以陈晓明盛赞的《秦腔》为例，在细读的基础上，指出《秦腔》“内容”与“形式”的分裂，认为“《秦腔》很优秀，但依然不是伟大的作品”。文中还阐述了对《蜗居》《问苍茫》的看法，同样是建立在文本细读的基础上。这种从细读中得出来的认识是靠谱的，也是在当代文学批评中值得

---

①　王春林：《为什么就不能对中国立场宽容一点呢？》，《北京文学》2010年第5期。

赞赏和提倡的。作者在文章的最后“期待‘改革’时代的‘改革文学’，那将是真正的‘当代文学’。”①

林楠在文中重新冷静地审视二十世纪八十年代的文学，人们更多地关注这些作品的思想性而忽略其艺术性。文章认为好作品“是值得人们反复阅读的”。而像《杜拉拉升职记》“只能算作一部畅销书”，未必是文学作品。②

周丽娜在文中主要阐释了“影响的焦虑”对中国当代文学创作、批评、研究的影响，而“摆脱‘影响的焦虑’是正确评价中国当代文学的一个基本前提”。文中还提出应区分“当代文学”和“当下文学”，即区分“文学的历史”和“文学的现实”的问题。③

综上所述，《北京文学》的讨论在时间和规模上仅次于《辽宁日报》的讨论，但它所提出的问题，所论述的问题，所发表的见解以及在学术界的影响是不亚于《辽宁日报》的讨论的。尤其是在第1期刊发的肖鹰和陈晓明的文章被《新华文摘》转载，扩大了其影响面。在讨论中深化了对很多问题的认识。

第五节　今天我们如何估价当代文学的成就

铁凝在致张江的信中说：“对中国当代文学的正确估价，是一个复杂的问题，中国当代文学的历史地位，可能最终还需要有历史来回答，可是，这并不意味着现在来讨论这个问题就没有意义。在任何时候，我们都应该重视对形势和现状的判断，经济、政治、社会方面如此，文化、文学方面也是如此。没有正确的判断，就会失去方向感，不知道该做什么。有了正确的判断，还需要分析形势和

---

① 黄平：《“中国立场”与“中国问题”——也谈“重估当代文学”》，《北京文学》2010年第6期。

② 林楠：《当代中国文学之我见》，《北京文学》2010年第6期。

③ 周丽娜：《摆脱“影响的焦虑”——也谈如何评价中国当代文学》，《北京文学》2010年第6期。

现状的由来，制定正确的发展战略。”[①] 这道出了正确估价当代文学的意义所在。

如何估价新世纪以来的当下文学？如何估价新时期以来的当代文学？如何估价新中国成立以来的当代文学？我们从前几节的梳理、描述和评论中可以清楚地看到对于这样一个庞大而又复杂的问题，作家、学者们是怎样的各执一词，看法上是怎样的见仁见智。同时，当我们详细了解了“评价的历史”之后，或许我们每一个人的心中都有了自己的价值准绳和价值估量。本节拟着重阐述一下我们的看法。对于“十七年文学”和“文革十年的文学”我们已经在本书的第五章和第六章中作了评价，因此，这里不再赘述，而把重点放在对新时期以来的文学的评价上。而为了有一个整体的背景和宏观的视野，我们又不能不从对整个中国当代文学六十五年的估价说起，这种估价又不能不与此前的中国现代文学，乃至中国古代文学相比照，否则是很难说清楚的。

在价值评说之前，首先遇到的问题就是价值坐标、评价标准的问题，对此，我们必须有一个清晰的认识。在《辽宁日报》的大讨论中，资深学者、鲁迅研究家彭定安先生的见解值得我们重温和珍视，他主张评价一个相当长时段的文学现象，绝不可以使用“一言以蔽之”的断语来论定，“对于一个繁复的、复杂的、历经长时段的文化现象，必须采取综合的、解析的、结构性的评断”[②]。有了这样一个解析的、结构性的、整体性的综合坐标，我们才能对一个较长时段的文学作出相应的估价，同时，对于一体多面的中国当代文学还必须分类对待，避免笼而统之或“眉毛胡子一把抓”。

一　中国当代文学六十五年和中国现代文学三十年相比孰高孰低

2009 年是新中国成立六十周年的年份，中国当代文学也随之

---

① 铁凝：《致张江部长的信》，丁宗皓主编：《重估中国当代文学价值》，春风文艺出版社 2010 年版，序言第 4—5 页。

② 彭定安：《评价当代文学的坐标是什么？》，《辽宁日报》2010 年 1 月 11 日。

走过了六十个春秋。以此为契机，文艺界和文学研究界举行了一系列的纪念活动，从文化中心的首都到各个地方召开了多个主题相近的学术研讨会，旨在回顾和总结当代文学六十年的发展历史和经验教训，其中，如何估价中国当代文学这六十年的总体成就，又如何看待它所存在的普遍问题成为一个无法回避的焦点问题，各种不同的意见见诸报刊，肯定者有“最高”“最好”“辉煌”说；否定者有“低谷”“衰落”“垃圾”说；有人将当代文学六十年和现代文学三十年进行对比，认为当代文学的总体成就已远远超过了现代文学的总体成就；有人则认为当代文学并没有超过现代文学的成就。还有人认为，中国现代文学有大作家却没有大作品，中国当代文学有大作品却没有大作家。这种似是而非的观点有些让人匪夷所思。

一般说来，一个时代或一个时期的文学样态和文学成就往往呈现出复杂的形态，与另一个时代或时期的文学样态和文学成就较难比出高下，按照文学进化的观点，一个时代有一个时代之文学，不同时代的文学不可能重复，而总是要求新、求变，甚至标新立异，另辟蹊径，因此，不同时代的文学有时是不具有可比性的。拿中国文学来说，到底是先秦时期的文学成就高还是两汉时期的文学成就高？到底是唐代文学成就高还是宋代文学成就高？明代文学和清代文学相比孰高孰低？这些是较难回答清楚的。拿世界文学来说也是如此，十九世纪欧美文学与二十世纪欧美文学相比，谁的成就高？我们似乎难分伯仲。所以，到底是中国现代文学的成就高还是中国当代文学的成就高？中国当代文学的成就是否超过了中国现代文学？可能是一个难分胜负的争论，最终谁也说服不了谁。但这只是问题的一个方面，还有另一个方面，即在很多情况下，不同时代、不同时期的文学成就还是能够大体分出成就的高低的，特别是当我们采取综合的、分类的、解析的、结构的等多重角度进行梳理和归纳的时候就更容易看清对象的真相。以中国文学为例，先秦时期的散文（广义的）、唐宋的诗、词、明清的小说，其成就在中国文学的历史长河中是超过其他朝代的；辽、金、元时期的文学成就在中国古代的各个朝代中是不高的；中国现代文学的成就远远超过了中国近代文学的成就。这些是学者们有目共睹的，也是能够达成共识的。以世界文学为例，十七、十八世纪的欧美文学远不及十九、二十世纪的欧美文学发达；而中世纪的文学又不如古代文学辉煌。文学就是这样的复杂，后代可能超越前代，也可能不如前代，要看具体的时代和环境，要看作家的创作实绩，要作具体的、结构性的分析，切不可一概而论。

回到中国现当代文学上来。过去，研究中国现代文学的学者普遍认为，中国现代文学的第二个十年（1927—1937）（或曰三十年代）的文学成就要远远超过了第一个十年（1917—1927）（或曰二十年代）的文学成就，不论从作家作品的数量来看，还是从作品的篇幅、规模开说，以至从作家把握生活、开掘生活的深广度来审视，都显出了成熟，而摆脱了稚嫩和初创的特征。而对中国现代文学第三个十年（1937—1949）（或曰四十年代）的文学的理解和评价就见仁见智了。有人认为是中国新文学的凋零期，是呈现出衰败迹象的一个历史时期；有人则认为它是中国新文学的丰收、成熟和老到的时期。

将中国现代文学作为一个整体，将中国当代文学也作为一个整体，进行两相对照，然后看出孰高孰低，从二十世纪八十年代就开始了。有论者指出“一个不容回避的历史事实”，比起“五四新文学”，“当代文学这三十年无论是在作家、作品，还是在文艺斗争方面都远不如前三十年”①。到了1997年，王晓明曾非常生动地描述过由于评价体系的不同而造成的对中国二十世纪文学总体评价的变化：

> 人们一定还记得，早在二十世纪八十年代，就有论者明确地指出，一九四九年以后三十年间的文学成就，远不及一九四九年以前的三十年。这招来了不少愤怒的声讨，但大家很快就意识到了，他不过是率先说出了一个基本的事实，一个人所共

① 赵祖武：《一个不容回避的历史事实》，《新文学论丛》1980年第3期。

> 有的感觉。这感觉是那样鲜明，以致后来听说欧洲有汉学家断言中国并没有严格意义上的“当代文学”，许多人竟没有热情去做认真的反驳。……“新时期文学”又怎样呢？在八十年代中期，曾有人接二连三地预告过文学的“黄金时代”的来临。
>
> 可是，目睹了最近十多年文学艰难挣扎的状况，我想是谁都不会真以为自己踩到了“黄金时代”的门槛吧，而二十世纪却已经快要结束了。①

如今，学界有人提出应该把中国现代文学的起点向前推进到十九世纪八十年代末九十年代初，这样的话，中国现代文学就是六十年。中国当代文学发展到今天，已经有六十五年。因此，今天的比较应该是六十年和六十五年的比较。顾彬以“五粮液”和“二锅头”来比喻中国现当代文学，引起了众多中国当代文学研究者的不满，究竟应该怎样看待这一问题？我们不想以“一言以蔽之”的断语来论定，而是想描述一些基本的事实。

（一）中国现代、当代文学在二十世纪中国文学史中所占的比重（篇幅）

仅以二十世纪末以来较有影响的将中国现代文学和中国当代文学打通的文学史为观照对象，看看现代文学和当代文学在二十世纪中国文学史整体格局中所占的分量、比重如何。

1996 年出版的由苏光文、胡国强主编的《二十世纪中国文学发展史》② 是较早的将现代与当代打通的文学史。其中，上卷为现代文学，从 1901 年算起，三十六万字，下卷为当代文学，写到 1995 年，三十三万字，除去整个二十世纪文学“大事记”，当代文学所占篇幅约二十七万字。现代文学所占篇幅明显多于当代文学。

---

① 王晓明：《二十世纪中国文学史论・序》，见王晓明主编《二十世纪中国文学史论》第一卷，东方出版中心 1997 年版，第 1—2 页。

② 苏光文、胡国强主编：《二十世纪中国文学发展史》，西南师范大学出版社 1996 年版。

1997年出版的由孔范今主编的《二十世纪中国文学史》[①] 是一部一千二百六十一万字的鸿篇巨制，它从1898年写起，止于1990年。其中，现代文学约占六百四十二万字，当代文学约占六百一十九万字（其中包括我国港台文学约三十万字），现代文学所占篇幅也多于当代文学。

1999年出版的由朱栋霖、丁帆、朱晓进主编的《中国现代文学史》[②]，上册为现代文学，从1917年写到1949年，三十九万字。下册为当代文学，从1949年写到1997年，三十万字。

2004年出版的由黄修己主编的《二十世纪中国文学史》[③]，全书七十六万字，从1900年写到2000年，整整一个世纪。其中现代文学约占四十四万字，当代文学约占三十二万字。

2007年出版的由朱栋霖、朱晓进、龙泉明主编的《中国现代文学史》[④]，从1917年写到2000年，其中，现代文学约四十万字，当代文学三十八万字。

同一年出版的由曹万生主编的《中国现代汉语文学史》[⑤]，百万余字，从1898年写到2006年，其中，现代文学约五十六万字，当代文学约四十四万字。

2010年出版的由严家炎主编的《二十世纪中国文学史》[⑥] 从19世纪末写起，一直到20世纪末，分上、中、下册，其中，上册为现代文学，四十四万字，中册也是现代文学四十六万字，下册为当代文学，只占三十九万字。

2013年出版的由丁帆主编的《中国新文学史》[⑦]，分上、下两册，将民国元年作为中国新文学的起点，一直写到2010年。其中，

---

① 孔范今主编:《二十世纪中国文学史》，山东文艺出版社1997年版。

② 朱栋霖、丁帆、朱晓进主编:《中国现代文学史》，高等教育出版社1999年版。

③ 黄修己主编:《二十世纪中国文学史》，中山大学出版社2004年版。

④ 朱栋霖、朱晓进、龙泉明主编:《中国现代文学史》，北京大学出版社2007年版。

⑤ 曹万生主编:《中国现代汉语文学史》，中国人民大学出版社2007年版。

⑥ 严家炎主编:《二十世纪中国文学史》，高等教育出版社2010年版。

⑦ 丁帆主编:《中国新文学史》，高等教育出版社2013年版。

现代文学和当代文学所占的篇幅基本持平。

从以上的梳理和列举中，我们发现，在多数版本的二十世纪中国文学史的格局中，现代文学所占的比重都多于当代文学，只有新近出版的丁帆主编的《中国新文学史》，现、当代文学所占的比重基本持平，其原因是所描述的现代文学的历史是三十七年（1912—1949），而当代文学是六十一年（1949—2010），时间的拉长必然体现篇幅的增多。严家炎主编的《二十世纪中国文学史》，现代文学所占的比重最大，超过了三分之二，而当代文学所占的比重不足三分之一，它们所描述的文学时间都是六十年，因此，还是能够说明一些问题的。

为什么会如此？原因可能有三：一是现代文学中经典的作家作品、优秀的作家作品较多，因此在文学史中所占的比重自然较大。文学史不是作家作品的汇总，而必然有所遴选和择取，取其精华，去其糟粕。二是现代文学批评、研究的历史比当代文学长，在不断地批评和阐释中，经典也不断地生成，其影响自然要比当代文学大。正如学者所说："经典的形成必须要有反复和重复的阐释过程，没有这个过程就很难成为经典。"① 当代文学阐释的历史相对较短，经典的遴选和经典化的任务远没有完成，一方面，需要历史的沉淀和时间的检验；另一方面，需要研究者、文学史家在广泛阅读的基础上，理直气壮地去筛选、研究和认定经典，完成经典化的任务。在浩如烟海的作品中披沙拣金，发掘优秀的作品比痛快地否定困难得多。三是上述这些文学史著作的主编多为现代文学研究者，因此，可能不自觉、无意识地对现代文学有所偏爱，而对当代文学重视不够。中国现当代文学本来是一个学科，应该进行一体化的研究，但由于历史的原因，先有现代文学，后有当代文学，于是就出现了侧重现代文学研究和侧重当代文学研究的分野。如果研究者、文学史家超越了后两点原因，不受其影响和左右，那么，只能说明

---

① 张福贵：《鲁迅研究的三种范式与当下的价值选择》，《中国社会科学》2013 年第 11 期。

现代文学的成就高于当代文学了。

（二）中国现代、当代作家作品在百年中国文学评比情况

在二十世纪末和二十一世纪初，国内文学界、文化界、教育界纷纷总结过去这一百年的文学和文化成果，如遴选文学大师、评出百强作品、确认优秀文学图书、推出文化偶像、推荐阅读图书等活动接连举行，其中，现代作家、作品和当代作家、作品入选的情况和比例是怎样的？我们列举如下五项活动。

（1）1994 年，由戴定南策划、王一川、张同道任总主编的《二十世纪中国文学大师文库》由海南出版社出版，在文学界引起了很大的影响和广泛的争议。他们有自己的标准和评价体系，即审美的标准和“四种品质”（语言、文体、精神含蕴、形而上意味），以此来重新审视二十世纪中国文学。该文库以文学体裁为单元，分为小说、散文、诗歌、戏剧四种。每种体裁以二十世纪为单位，遴选包括港台地区在内的十位左右的中国文学大师（如不足则宁缺毋滥），将他们堪称典范的作品选入文库。小说卷中遴选出九位大师，座次依次是：鲁迅、沈从文、巴金、金庸、老舍、郁达夫、王蒙、张爱玲、贾平凹。其中。现代作家占六位，当代作家占三位。散文卷中遴选出十五位大师，座次依次是鲁迅、梁实秋、周作人、朱自清、郁达夫、贾平凹、毛泽东、林语堂、三毛、丰子恺、冰心、许地山、李敖、余秋雨、王蒙。其中，现代作家占十位，当代作家占五位。诗歌卷中遴选出十二位大师，座次依次是穆旦、北岛、冯至、徐志摩、戴望舒、艾青、闻一多、郭沫若、纪弦、舒婷、海子、何其芳。其中，现代诗人占八位，当代诗人占四位。戏剧卷遴选出九位大师，座次依次是曹禺、田汉、夏衍、郭沫若、老舍、姚苇、杨健等（《桑树坪纪事》）、杨利民、李龙云。其中，现代戏剧家占四位，当代戏剧家占五位。

（2）1999 年 6 月，《亚洲周刊》评出“二十世纪中文小说一百强”，进入“一百强”的小说，主要是三四十年代的作品，中国大陆 1949 年以后的作品占二十五本；香港地区：十二本，台湾地区：二十八本。

（3）2000年，北京的人民文学出版社与北京图书大厦联合发起“百年百种优秀中国文学图书”评选活动，邀请一批著名的文学专家，经过三轮评审，最终评出一百种中国文学图书，包括小说、诗歌、散文、戏剧、报告文学五大文体。在评出的百年百种中国文学图书中，前五十年占六十部，后五十年占四十部。

（4）2003年，新浪网与中国国内十七家媒体共同推出大型公众调查：“二十世纪文化偶像评选活动”，经过网友和多家报纸读者的热心投票，最后统计出“十大文化偶像排名”，依次是：鲁迅（57259票）、金庸（42462票）、钱锺书（30912票）、巴金（25337票）、老舍（25220票）、钱学森（24126票）、张国荣（23371票）、雷锋（23138票）、梅兰芳（22492票）、王菲（17915票）。在这十大文化偶像中，现代作家占四位，当代作家占一位（香港作家）。这个排名，代表精英文化、革命文化、大众文化、消费文化的重要人物首次赫然并列其中。

（5）2001年，教育部高等学校中文学科教学指导委员会的几十位教授经过长时间酝酿和反复讨论，向全国高等学校中文系的本科生推荐一百部阅读书目，覆盖七门专业主干课，涉及古今中外的文学作品。其中，中国现当代文学推荐二十一部，现代文学占十四部，当代文学占七部。

上述五个例证有一个共同现象：即人们对现代作家作品的推崇远远多于当代作家作品，而且常常是倍数，这说明，现代作家作品在读者心目中的影响力是超过当代作家作品的。如果我们把文学的影响力作为衡量文学的一个标尺的话，那么，现代文学的成就和当代文学的成就相比是占一些优势的，当然，这里也有一个现代文学接受、评论、研究的时间长于当代文学，因此，其影响力自然大的问题。

我们可以得出这样的结论：中国当代文学六十五年，前三十年的文学成就、文学价值是比不过中国现代文学六十年的，加上新时期的三十五年，中国当代文学的平均成绩、平均分数是不能低估的，但它的伟大的代表、经典的作家、社会的影响力是不如中国现代文学的。

二　新时期以来文学的评价问题

新时期以来三十多年的文学，到底是不是中国文学最好的时候？是不是二十世纪中国文学最为辉煌的篇章？是否达到了前所未有的高度？还是处在前所未有的低谷？持高度肯定和极端否定观点的人都能从文本中、从创作实践中找到依据，这说明，新时期以来的文学形态是混合复杂的，是一体多面的，我们可以进行总体估价，更应该进行分类评价。

（一）总体估价与分类评价

从总体上看，客观公正地说，新时期以来的文学并未达到前所未有的高度，也不一定是二十世纪中国文学最为辉煌的篇章，当然也不是前所未有的低谷，不像否定者所描绘的那么糟糕。对它的总体估价应该是：它是有成绩的，也是有问题的，是有贡献的，也是有局限的，是处在文学的常态时期，正像洪子诚所感受的那样，是普通的、正常的状态。同时，也呈现出非常复杂的样态，是多元、多样、多种文学混杂在一起的时代，其中，有垃圾，也有黄金。“垃圾深处有黄金”，莫言为《辽宁日报》大讨论的这句题词，可以作为估价新时期文学的基本观点。① 当陈晓明和肖鹰的争论引起广泛反响之后，中国文学是否达到了前所未有的高度就成了整个“重估”过程中的核心问题。“凤凰网为此问题专设网上调查，截至2010年3月11日，有4242名读者参与，在‘你认为中国文学达到了前所未有的高度吗’的问题中，选择‘达到了’的占2.2%，选择‘未达到’的占89.8%，选择‘不好说，做这样的判断为时尚早’的占8%，而参与调查者学历分布，大学本科占

① 莫言为《辽宁日报》关于“重估中国当代闻讯价值”题词全文如下：“时人眼里看英雄，骗子最怕老乡亲。三十年文学如何说，垃圾深处有黄金。”见丁宗皓主编《重估中国当代文学价值》，春风文艺出版社2010年版，第251页。

52.48%；职业分布占最大比例的为事业单位调查者，占23.15%。”[①] 这个调查具有相当的覆盖面，因此也是具有说服力的。绝大多数的网民认为没有到达前所未有的高度。群众的眼睛是雪亮的。

新时期三十多年是中国改革开放的新时代，在经济上取得了辉煌的、令世界瞩目的成就。文学上也应取得与之相匹配的成绩，这可能是一些人正常的思维逻辑和文学期待，经济、政治、社会、文化、艺术应该协调发展嘛，而且马克思早在当年的《〈政治经济学批判〉导言》中就深刻地论述过物质生活对整个社会生活的制约，认为“物质生活的生产方式制约着整个社会生活、政治生活和精神生活的过程。不是人们的社会意识决定人们的存在，相反，是人们的社会存在决定人们的意识”。因此，经济的辉煌理应带来文学的繁荣，像中国古代的“盛唐之音”即是经济的盛世带来文学的盛世。

但是，文学艺术的发展繁荣并不总是与社会的经济、政治的发展完全一致的，相反，它会呈现出不平衡的态势，这一点，马克思在《〈政治经济学批判〉导言》中做过深刻的论述。中国素有“国家不幸诗家幸”“苦难是艺术的秧田”的说法。在灾难、不幸、苦难、考验面前，往往是文学创作的契机和作品上达的动力。诚如司马迁在《报任安书》中所言：“盖西伯拘而演周易；仲尼厄而作春秋；屈原放逐，乃赋离骚；左丘失明，厥有国语；孙子膑脚，兵法修列；不韦迁蜀，世传吕览；韩非囚秦，说难、孤愤；诗三百篇，大抵圣贤发愤之所作也；此人皆意有所郁结，不得通其道，故述往事，思来者。”新时期以来的中国社会，虽然结构性的矛盾和挑战、考验时有出现，但整个社会越来越走向平稳发展时期，经济上的发展突飞猛进，成就辉煌。文学艺术创作在数量上也突飞猛进，但在质量上，在社会影响上，越来越走向常态化和弱化，这是时代发

① 丁宗皓主编：《重估中国当代文学价值》，春风文艺出版社2010年版，第166页。

展、文学发展的必然结果。回想二十世纪初，从梁启超的《论小说与群治之关系》开始，把小说（文学）看作改变社会、改变政治、改变风俗、改变道德、改变人心、改变人格的利器。到了五四时期，把文学看作是为人生、改良人生、启人心智、催人觉醒的神圣的事业，是思想启蒙的重要武器，而不是当作游戏、消遣和娱乐的形式。鲁迅、郭沫若相继“弃医从文”。二十年代的蒋光慈、三四十年代的巴金、救亡文学、五六十年代的“红色经典小说”、政治抒情诗等，其作品均影响、鼓舞、激励了无数的人们，尤其是促使青年人走上正确的人生道路，改变了他们的人生轨迹，显示出强大的正能量，发挥着巨大的作用。七十年代末八十年代初，文学再次充当思想解放、思想启蒙、观念更新的急先锋，伤痕文学、反思文学、改革文学无不引起广泛的社会效应。也许正因为有这样的过去，使相当一些人仍按照这样的逻辑和期待要求后来的文学。殊不知，时代、社会和文学自身都发生了前所未有的变化。过去，文学是受众阅读、接受的主要对象，甚至是唯一的形式，那时的文学是受宠的，是时代的宠儿。但当影视、游戏、网络、新兴媒体等高度发达以后，文学变成了众多艺术接受形式的一种，文学在价值多元、艺术多元、娱乐多样的时代自然而然地失宠了，变成了非主流的、边缘化的艺术样式，接受起来远比手机、电脑、微信、影视、游戏、KTV 等视觉的东西、身体的表演笨拙、枯燥和单一，远不如后者来得痛快、过瘾。在这样的时代，文学像过去所发挥的影响力、震撼力和轰动效应的情形已经一去不复返了，文学进入了它普通的、正常的状态。正如洪子诚所说“可以肯定的是”当今“不论从什么意义上来说，都不会再有托尔斯泰，不会有《红楼梦》，不会有鲁迅；虽然很遗憾，但也不会再有杜甫。我们只有，譬如说北岛、多多，譬如说西川、翟永明、王家新……如果王家新就是杜甫，那很好，我们的焦虑顿消；如果不是，成就难以企及，那也只能接受这个事实。这就是我们的正常（而非特殊）的情境”。洪子诚深刻地指出了近百年来中国文学界普遍存在的一种“焦虑症”，即“焦躁地期盼、等待出现大师、出现伟大作家、出现文学的辉煌

时期”。洪子诚认为，这种“渴望和等待是没有用处的，我们应该去做自己的工作”，“譬如说，对二十世纪以来中国文学实践，进行一些认真的反思、总结”①。和谐盛世，既是物质、精神不断超越的时代，也是精神面临危机的时代。全社会无不为“物”“物欲”所挤压，超功利的精神空间日益萎缩。特别是二十世纪九十年代以来，文学的边缘化使其回应现实问题的能力越来越差，和七十年代末八十年代初相比，文学已退出了社会公众生活空间，而越来越失去轰动效应和社会影响力，或只在文学的圈子里产生一些涟漪。而大量低劣的文学可能永远默默无闻。从长远来看，这也许是文学的常态，所以，它不可能取得与中国辉煌经济相匹配的成绩。

但新时期以来的文学又是一个复杂的综合体，它在形态、类别、层次、种类等方面比以往任何一个时期都复杂得多，呈现出杂多化的特征，令人眼花缭乱，文学也从来没有像今天这样垃圾丛生，给否定者留下了充分的口实。因此，在总体评价的同时，还必须进行分类评价，否则，极有可能以偏概全。从文学的种类来说，新时期的文学呈现出种类的空前繁多和发展得不平衡的特点。按载体划分的口头文学、书面（纸质）文学、网络文学等几部分文学中，口头文学越来越衰落；书面（纸质）文学的创作不减；而网络文学则迅速崛起，其接受的广度越来越超过纸质文学，甚至有人预言将取代纸质文学。但由于网络文学没有门槛，缺少准入的把关，致使网络文学良莠不齐，泥沙俱下，同时，网络文学多以赚钱为目的，因此，难免寻找卖点和噱头，导致网络文学的特殊的行文特点和文本特征。肖鹰、丁帆认为网络文学不能进入文学史的视野的看法不是没有道理。但网络文学又有其众多的接受群体，其影响力不可小视，因此，必须加以规范、引导和提升。而对于网络文学的批评和研究还相当薄弱，甚至连网络文学的评价体系也亟待建立，前不久《光明日报》等媒体讨论此问题着实具有意义。广大接受者所

① 王家新等:《中国文学与当代汉学的互动——第二届世界汉学大会文学圆桌会纪要》,《文艺争鸣》2010 年 4 月号。

反应的网络小说读起来轻松、不累，离他们的生活经验近等特点也值得纸质文学学习和借鉴。传统的书面（纸质）文学虽然数量不减，但其阅读和接受却在萎缩，社会影响力也在下降，这是一个不争的事实。在书面（纸质）文学中，各种文学体裁的文学成就也参差不齐，其中，小说的成就最为卓著，甚至成为文坛的霸主。一说新时期的文学成就，主要以小说为例，似乎新时期的文学成就只有小说。新时期以来的小说，以短篇开启端，中篇的成就紧随其后，到了二十世纪九十年代，长篇小说越加繁盛起来，从每年的几百部很快攀升到上千部，以至几千部的产量。从数量来说，是任何一个时期、任何一个国家都无法比拟的。但任何一种文学样式的成就又不能完全以数量论。在严肃文学中，新时期的确成长起一批小说家，从老一辈的汪曾祺、王蒙、张贤亮、张洁、谌容、陆文夫、林斤澜、冯骥才，到中年作家、知青一代，以“50 后”为最，包括贾平凹、莫言、张炜、铁凝、王安忆、韩少功、阿城、刘震云、阎连科等，从“60 后”的余华、苏童、格非，到“70 后”“80 后”青年小说家。其中，“50 后”的一批作家，其小说创作的总量多已超过了中国现代的小说大家。

在书面（纸质）文学中，散文、报告文学、纪实文学、儿童文学的总体成就不仅超过了当代文学的前两个时期，而且超过了中国现代文学。其中，散文创作，在名家上也许不及中国现代文学中的周作人、朱自清、冰心、梁实秋、林语堂、何其芳等名声显赫，并确立了自己的风格，但新时期以来的散文，特别是九十年代以来的散文的“平均分数”还是大大超过了中国现代，尤其是学者散文、文化散文的崛起给散文注入了新生命。只不过和中国现代相比，还缺少散文名家、大家。同时，也由于散文的铺天盖地，使其影响力自然变小了、变弱了。

在书面（纸质）文学中，诗歌呈现出与小说不同的情形。在“重估中国当代文学价值”的争论中，研究者往往以小说为例来解说，诗歌是缺席的，对此，文学史家洪子诚颇为不满。他说：“现在评价文学，谈论文学，诗歌往往被排除在外。小说，特别是长篇

小说成为谈论文学的全部。这是很不正常的。缺乏诗歌的文学是有重大欠缺、跛脚的文学。在我们这里，作家协会成了小说家协会。”[①] 洪子诚所说的这种现象是完全属实的。现在的问题是，我们要思考为什么会出现这种现象？是人们对诗歌存在偏见吗？恐怕不是。我们认为，主要是因为诗歌的成就与小说无法相比。新时期以后，自二十世纪八十年代“新生代”诗人出现以后，诗歌创作已经布不成阵，尽管诗歌的刊物照样出版，诗集照样出版，诗篇照样发表，但毋庸讳言，诗歌越来越无人问津。这与诗歌所处的环境有关，在对艺术的接受走向多元化以后，接受者对诗歌的阅读、喜欢的人越来越少。今天的读者，不仅青年人不读诗，就是批评家也很少读诗，这是一个叙事的时代，而不是一个抒情的时代，诗歌的影响力日益减弱。从诗歌创作本身来说，外部环境不利其生长，内部原因也不容忽视，主要是诗歌抒写时代之情、人民之情、追求真善美、关注重大问题、关注民生问题表现得越来越差，诗歌远离了现实人生，现实中的人们自然就远离了诗歌。诗歌研究也严重缺失，以研究诗歌而著名的学者也越来越少，诗歌在文学史中所占的份额也越来越少，“新生代”以后的诗人诗篇在文学史上基本没有什么地位，难怪研究者言必称小说。洪子诚对“新生代”诗人褒奖有加，认为“二十世纪八十年代以来，有不少诗人写得很好，如大家熟悉的多多等，如海子、西川、王家新、于坚、萧开愚、翟永明……[②]”但新生代以后的诗歌就愈加不尽如人意了。德国汉学家顾彬认为中国当代文学最有成就的不是小说，而是诗歌的观点，是中国绝大多数学者所不能同意的。诗在“新生代”以后，已经陷入了尴尬的境地，陷入了孤芳自赏的境地。这不全是诗人的错，而更重要的是时代造成的。曹文轩分析得好：“对于目前诗歌的尴尬处境，我以为，除了在诗本身寻找原因外，也应在文学样式与时代之关系上来寻找原因。唐为诗宋为词元为曲，到了明清，则小说一统

---

① 丁宗皓主编：《重估中国当代文学价值》，春风文艺出版社 2010 年版，第 106 页。

② 同上。

天下，都与时代的精神与情趣息息相关。怎么可能中国人到了明清，就都没了诗才，而却一个个都是写小说的材料？则是因为到了那样一个时代，人们不怎么需要诗了。今天任何一位诗人的诗句，都十倍几十倍地超过‘大跃进’民歌的发烧胡言。然而，‘大跃进’诗歌可以走红，今天的诗却只能由诗人孤芳自赏。诗人只好勒紧裤带自出诗集，然后相赠友人，以博惨然一笑。”①

戏剧在文学艺术的家族中又属于另一种形态和类别。从剧本创作来说，它属于语言艺术，从演出实践来看，它又属于综合艺术。王富仁说：“中国的旧剧是表演性的，是让观众欣赏的，它用化装、表演、音乐唱腔和戏剧故事的外部冲突愉悦观众，话剧则是结构性的，是让人感动的。比起中国的旧剧来，话剧就像一只拔光了毛的鸡，没有一点外部色彩，它依靠的完全是内在的戏剧冲突。”因此，“话剧是一种更笨重的艺术形式，它要靠演出。演出要有经费，要有先期投入”。所以话剧是“更困难的”。王富仁接着说：“现代话剧在中国的运气也是不好的，在它还没有站稳脚跟的时候又遇到了电影的冲击。这样话剧在中国现代文学史上就像一条时而干涸、时而积水的河道，成功的话剧剧本则像羊粪蛋子一样，哩哩啦啦，连不起串来。在观念上，戏剧的地位提高了，被现代知识分子抬到了雅文学的圣坛上来，但就实际的创作，它还很难说有与此相称的成就。”② 这是说现代的话剧，到了当代，话剧不仅继续受到电影的冲击，还受到电视的冲击，受到网络、游戏等多种娱乐形式的冲击。一些杰出的编剧跳槽去“触电”，因此，一度出现剧本荒。新时期以来，只有初期的《于无声处》《丹心谱》《报春花》《陈毅市长》以及接下来的《小井胡同》《天下第一楼》《狗儿爷涅槃》《桑树坪纪事》等较有成就和影响，因而已写进了文学史、戏剧史以外，话剧创作越来越平庸和窄化，其艺术的高度、成就、影响终

① 曹文轩：《20世纪末中国文学现象研究》，北京大学出版社2002年版，第266页。

② 王富仁：《中国现代中短篇小说发展的历史轨迹》，见王富仁《中国文化的守夜人——鲁迅》，人民文学出版社2002年版，第232—233页。

难超越曹禺的《雷雨》《原野》和老舍的《茶馆》。进入新世纪，偶有像《立秋》这样的佳作，但终难与小说相提并论。所以，我们看到，有关二十世纪中国文学史对戏剧的书写一般止于八十年代的上述作品，包括话剧和其他一些地方戏曲。在新近出版的、有重要影响的严家炎主编的《二十世纪中国文学史》下册，对新时期文学的描述中，戏剧是空缺的，诗歌和散文也占极小的比重，几乎是小说的一统天下。在丁帆主编的《中国新文学史》下册中，对新时期的戏剧也只用一节的篇幅完事。这一方面说明新时期戏剧的成就的确不能与小说同日而语。另一方面也说明在中国当代文学研究中，对于戏剧的研究还是一个薄弱环节，尤其是对其进行“史”的研究。事实上，新时期以来的戏剧，无论是话剧，还是京剧和其他地方戏；无论是现实主义戏剧，还是实验戏剧、小剧场戏剧；无论是史诗性的大剧，还是荒诞戏剧，国家和各省市院、剧团都曾推出过一些精品力作，我们的文学史家、戏剧史家对它们的关注、研究以及进行“史”的总结还很不够。

从创作理念、创作方法来说，新时期以来的文学，现实主义、现代主义文学成为两大主流，而浪漫主义文学则夹在中间，处境艰难，甚至可以说走向衰落。现实主义、浪漫主义和后起的现代主义是几大基本的文学思潮和创作方法。在中外文学史上，浪漫主义都有它辉煌的历史。“中国文学史上离不开屈原、李白一直到现代郭沫若等人的创造。同样德国离不开歌德、席勒，法国离不开雨果、大仲马、乔治桑，英国文学离不开拜伦和雪莱。”① 但是，在中国当代文学中，尤其在新时期文学中，浪漫主义并没有继续迎来它的繁荣和昌盛。相反，浪漫主义文学处境艰难，成就甚微，研究者甚寡。新时期以来，浪漫主义文学是在现实主义和现代主义的夹缝中默默地生长，声音较为微弱，从二十世纪八十年代到九十年代，以致到二十一世纪，浪漫主义文学走过的是在场—缺席—终结的道

① 曹文轩：《中国八十年代文学现象研究》，北京大学出版社 1988 年版，第 196 页。

路。新时期文学中，浪漫主义的“在场”在张承志、铁凝、白桦等作家的作品中以鲜明的抒情性体现出来，曹文轩把它称为“浪漫主义的复归”，具体体现为主观、抒情、情感的流动、憧憬、神秘感等特征。然而，随着西方现代主义思潮和文学的大量涌入以及经济大潮的冲击，浪漫主义文学由“在场”到“缺席”，以致到“终结”，“尤其是1985年之后，浪漫主义受到现代主义的强大挑战，受到商品经济大潮、世俗化追求的猛烈冲击，在夹缝中生存，备受冷落，更加飘散游移。浪漫主义的尴尬处境让‘在场论’者找不到更多文本支撑，也看不到振兴希望，坚持既已困难，‘终结’论就此产生”①。新时期以来影响巨大的先锋文学的叙事圈套、新写实小说的“零度叙事”以及王朔的消解崇高、追逐世俗、理想放逐都构成了对浪漫主义文学的致命一击，对浪漫主义的精神是一种解构。

曹文轩在对二十世纪八十年代中国文学现象的描述中，以“浪漫主义的复归”来指认八十年代的文学。而在对二十世纪末中国文学现象的研究中，则用了“激情淡出”来表达，这足以说明浪漫主义文学在八十年代到世纪末的命运。何以如此？曹文轩分析说：“文学失去激情，是因为时代在失去激情（在谈到时代失去激情时，我们分析到的原因有两个，一个是这个时代在面对一段激情反复洗劫而显得穷困潦倒的历史之后，对激情本能地产生了拒斥心理。一个是这个时代在金钱终于成为上帝而产生社会性拜金主义，生活滚滚不息，劳心劳力，再也难以有剩余精力产生激情）。然而，中国文学失去激情的原因，远不止‘时代’制约与需要这样一个原因。在这一部分，我们将看到另一个重要原因，这个原因是纯粹中国的，是特定的。这个原因的揭示，将提醒我们注意：中国文学失去激情，乃是有着历史文化的缘由的。这个缘由使中国文学比世界

① 石兴泽、杨春忠：《转型时期中国浪漫主义文学研究》，人民出版社2013年版，第29页。

上任何一个民族的文学更容易失去激情。”① 曹文轩进一步分析中国传统的人生态度“大致可以归纳为：去激情，走淡泊。也可说是弃动择静”。“它一方面讲‘克己’，让人自我压制，另一方面则用平和缓解激情。”② 而文学一旦失去激情，便和浪漫主义相去甚远。也许正是因为新时期文学中浪漫主义文学的不发达，所以，曹文轩格外看重张承志作品的浪漫主义特征：“当大量作家无论在政治态度上，还是在人生态度、生活态度、叙事态度上，都对激情不再抱有情趣，而纷纷背离，走向中年的稳重与老年的平和时，唯独张承志却一如既往，执拗地不肯走向‘成熟’，反倒愈演愈烈地倾倒于‘血性的’青春状态。这是一个颇为壮观的奇迹。”③ 二十世纪九十年代以及其后的二十一世纪文学，应该重振张承志式的浪漫主义激情。

（二）新时期以来文学价值的复杂表现

中国新时期以来三十多年的文学历程正值中国改革开放、经济飞速发展、国力增强的伟大历程，于是，有的人自然将文学的成就与经济的成就相提并论，这便有了“最高”“最好”“辉煌”的说法，也引起了一些人的反批评。我们认为，如前所述，文学的发展与经济的发展不能完全等量齐观，但这不意味着否定新时期以来的文学成就。事实上，新时期以来的文学成就是有目共睹的，谁也抹杀不了的，只不过不宜用“最高”“最好”的说法，因为我们的文学还存在许多问题，这也是不争的事实。

新时期文学的复杂、多元、多样以及发展变化的迅速，常常使研究者眼花缭乱，甚至有“乱花渐欲迷人眼”的感觉。如何梳理？如何解说？如何评价？是一个复杂而棘手的问题。我们可以从不同角度、不同侧面进行梳理和评价。这里，我们从文学价值这一视角进行概要的解说。不管从哪一角度来解说，都要遵循如温儒敏教授

---

① 曹文轩：《20世纪末中国文学现象研究》，北京大学出版社2002年版，第267页。

② 同上书，第267—268页。

③ 同上书，第267—273页。

所说的“直观感受、设身处地、明理分析”的原则。所谓“直观感受”就是大量地阅读文学作品，建立自己的直观的阅读感受，这是我们评价作品的前提。所谓“设身处地”就是不要脱离具体的历史语境，把研究对象还原在特定的环境下，不用现在个人的好恶要求过去的作品。这一点，马克思、恩格斯、鲁迅都有过精辟的论述。所谓“明理分析”就是在前两个基础上，展开科学的、学理的分析和评价。

新时期以来的文学是不断变化和发展的。时代的变革、经济的发展、社会的变迁以及人们的思想、观念、道德、精神、审美风尚的变异都在文学中留下了投影，因此，反映在文学作品上，其文学价值、文学精神、文学理想和价值追求也必然是在不断地嬗变和更替，所以，文学价值的追索也就显得异常的复杂和多变，应该进行分类解说。这里仅就大的潮流和现象作以简略的勾勒，具体的阐释将在下几章进行。

在本书的前面，我们曾提出了“是否有内涵、是否有情感、是否有形象、是否有艺术（审美、感人）、是否有趣味、是否有影响”这六个维度作为文学价值评估体系的内容，以此来审视新时期以来的文学，我们会看到，不同时期、不同阶段、不同文类、不同作家作品在文学价值的具体体现上是不尽相同的。

新时期初期的伤痕文学、反思文学、改革文学可以看作是新时期文学创作的第一个阶段。这一阶段的文学，艺术性、审美性并不高，但因其思想内涵和变革时代的契合，和人民精神、思想的契合，因而能够产生广泛的社会影响，这一阶段文学的价值主要体现在“精神内涵”和“作品的影响力”两个方面。从精神内涵方面说，这时期的作家创作，继承了“五四”和鲁迅的文学启蒙的传统，用文学的形式积极参与时代思考、政治反思和改革进程，体现和政治上相一致的拨乱反正、正本清源、揭露创伤、反思“文革”、提倡改革，人性、人道、人情在文学中开始复归。伤痕文学以刘心武的《班主任》开其端，以卢新华的《伤痕》而得其名，除《班主任》《伤痕》外，郑义的《枫》、宗璞的《我是谁》、王

亚平的《神圣的使命》、刘心武的《爱情的位置》《醒来吧，弟弟》、宗福先的话剧《于无声处》、苏叔阳的话剧《丹心谱》、吴强的《灵魂的搏斗》、关庚寅的《“不称心”的姐夫》、金河的《重逢》、孔捷生的《在小河那边》、陈国凯的《我该怎么办?》、肖平的《墓场与鲜花》、从维熙的《大墙下的红玉兰》等为代表。“这一大批作品的共同主题，就是以悲怆的呐喊和痛苦的回忆，揭露‘四人帮’的罪恶，描写十年动乱带给人们精神和心灵上的创伤。由于这些作品触动了大多数人的心灵，因此，常有这样的情况：一篇作品刚一问世，马上引起全国性轰动，男女老少都为之叹息唏嘘，作品里的故事和人物走进了千家万户。一个时代的文学能够这样和广大人民的思想和情感紧密结合，能够在这么短的时间里牵动整个国家民族创伤的灵魂，这在古今中外的文学史上是不多见的。”① 这正是伤痕文学的价值所在，它敢于直面现实，敢于暴露问题，敢于揭出伤疤，敢于否定“文化大革命”，具有政治批判意识和文化思想启蒙作用，这使伤痕文学成为思想解放运动的先声。伤痕文学还具有情感、苦难、经历的倾诉、控诉和宣泄的作用，从而使精神得到安慰，心灵得到平衡。

反思文学的价值在于反思，它是伤痕文学的发展和深化。和伤痕文学相比，反思文学不再满足于展示苦难和揭露创伤，而是力图反思造成苦难和创伤的深层原因，其反思的对象也不仅仅局限于“文化大革命”，而是向前追溯，上溯到“大跃进”“反右”“四清”等。反思的内容涵盖从共和国初期至“文化大革命”时期的历史、社会、政治以及个人的命运，对之进行批判性的思考。反思的对象包括干部、知青、右派、农村、军旅、商人等生活现实和人物的命运，思想触及涵盖社会、历史、道德，注重探寻从“左”到“极左”发生的深层原因，体现对人的尊重，呼唤人性、人情和人道主义。反思文学积极参与时代思考和人性重建，将触角伸向社

① 陶东风、和磊：《中国新时期文学 30 年（1978—2008）》，中国社会科学出版社 2008 年版，第 46 页。

会、历史、政治思想，自觉地充当人民大众的代言人，其价值和意义是积极的、值得肯定的。反思文学中的中篇小说是新时期以来中篇小说的第一次丰收和辉煌，鲁彦周的《天云山传奇》、王蒙的《布礼》《蝴蝶》、谌容的《人到中年》、张贤亮的《灵与肉》《绿化树》、张一弓的《犯人李铜钟的故事》《张铁匠的罗曼史》、陆文夫的《美食家》、张洁的《方舟》《祖母绿》等都是中篇小说中的优秀之作，是可以成为精品的。长篇小说也产生了优秀之作，李国文的《冬天里的春天》、张贤亮的《男人的一半是女人》、王蒙的《活动变人形》、古华的《芙蓉镇》、周克芹的《许茂和他的女儿们》等，在整个中国当代长篇小说中都是上乘之作。再加上短篇小说，共同构成了当时小说创作的丰收景象。反思文学的价值还表现在：一方面它促成了知识分子题材小说的繁荣，这是共和国之后知识分子作为作品主人公形象的第一次集中展示。另一方面，反思文学在人物形象的塑造上取得了成功，田玉堂、田有信、陆文婷、许灵均、张永麟、马缨花、黄香久、钟亦诚、张思远、倪吾诚、李铜钟、张铁匠、胡玉音等等人物形象人们耳熟能详，印象深刻，反映了作家们注重写人、塑造人。应该说，在写人上和人物形象的丰满生动，后来的现代派文学、先锋文学、包括二十世纪九十年代的长篇小说都不能与反思文学相比。反思文学促成了现实主义的深化。

改革文学以蒋子龙的《乔厂长上任记》开其端，它一问世就产生了强烈的社会反响和创作上的带动作用，小说中的乔厂长成了“改革者”的“共名”。在此之后，柯云路的《三千万》《新星》、何士光的《乡场上》、张洁的《沉重的翅膀》、水运宪的《祸起萧墙》、张一弓的《黑娃照相》、贾平凹的《鸡窝洼人家》《腊月·正月》，以及蒋子龙的《乔厂长后传》《一个工厂秘书的日记》《开拓者》《赤橙黄绿青蓝紫》《燕赵悲歌》等，形成了一个不小的改革文学潮。它涵盖城市工业改革和农村改革两大方面。改革文学的价值、意义和贡献在于：一是在作家和作品中体现出一种强烈的政治责任感和使命感。作品中为改革鼓与呼，为改革唱赞歌，有一种“铁肩担道义”的精神和正能量，不要轻视这种可贵的精神，也不

要认为它是“非文学的”。改革文学对经济体制、政治体制、地方保护主义、守旧势力、“左倾”思想、顽固派等都有所触及、揭露和批判，推动了中国改革的伟业，也正视改革的艰难，这应该是文学的骄傲。二是塑造了一批英雄式的改革者形象，以乔光朴、李向南、郑子云为代表。今天看来，这些人物有雷同化、模式化、理想化的成分，人物性格也不够立体，但人物形象身上所具有的胆识、远见、能力、气魄等，正是广大老百姓对改革者的期待，所以，看了之后觉得解渴、过瘾、痛快。三是改革文学在当时有着强大的社会影响力。很多小说刚一发表就引起轰动，接连被改编成广播剧、电影、电视剧，反复播放，满足了广大老百姓对改革和改革英雄的渴望。如《新星》被改编成同名电视剧，在 1984 年创下了全国最高的收视率，这种盛况是后起的现代派文学、先锋文学不能比拟的。

当然，经过一段时间的历史沉淀之后，当研究者“重返八十年代”的时候，对上述新时期初期文学的局限就看得更加清楚，如重政治，轻艺术，政治话语甚至“文化大革命”话语的残留，和现实政治贴得过于紧密；对题材、人物、结局处理的简单化、模式化、理想化等等，由此对伤痕文学、反思文学、改革文学的评价也有所降低，这是必然的，但不要否认它们的文学价值和所发挥的社会作用。

从二十世纪八十年代中期开始，文学创作从关注现实政治向历史文化突进，向艺术、技巧方面探索，向世俗人生靠拢，向大众文化贴近，作品的艺术价值获得了提升，内涵的深邃性方面也超越了以往，趣味价值也得到了显现，但广泛的社会影响力却不如从前，这可以看作新时期文学的第二阶段，即从八十年代中期到九十年代初期。寻根文学、现代派文学、先锋文学、探索文学、新写实小说、新历史小说、“痞子文学”等密集登场，它们是这一阶段主要的文学形态和业绩体现。

二十世纪八十年代中期兴起的寻根文学既有国际寻根文学的大背景，也有国内文化热的直接影响。寻根文学既有理论主张，也有创作实践，尽管它一出现就有人质疑，但它毕竟产生了一批文学作品，从小说到散文。寻根文学的价值，从内涵价值上说，侧重在文化内涵上，即对传统意识、对民族文化心理的挖掘，它对民族优秀文化的弘扬，对丑陋文化的摒弃，对传统文化在现代文明中的处境的揭示等方面具有重要意义。研究者曾将寻根文学分为城市文化寻根和乡野文化寻根。从文化类别的角度，又分为中国传统文化派和地域文化派。“所谓中国传统文化派，是指主要从中国传统文化（如儒、释、道）汲取灵感的作家，如汪曾祺、阿城、何立伟等，但尤以阿城（代表性作品如《棋王》、《树王》和《孩子王》）为代表。地域文化派，是寻根小说的主流，主要从中国各地丰富多彩的区域文化汲取不同的精神资源，如以韩少功（代表性作品如《爸爸爸》《女女女》《归去来》等）为代表的湘楚文化、以贾平凹的‘商州系列’为代表的秦汉文化、以李杭育的‘葛川江系列’为代表的吴越文化、以郑万隆（代表性作品如《老棒子酒馆》等）为代表的东北文化、以郑义（代表性作品如《老井》《远村》等）为代表的太行山文化、以张炜（代表性作品如《古船》等）为代表的齐鲁文化、以张承志（代表性作品如《金牧场》《黄泥小屋》等）为代表的回族文化，以及以扎西达娃（代表性作品如《西藏，系在皮绳扣上的魂》等）为代表的藏族西域文化，等等。”① 这足以见出寻根文学的文化价值和作品的丰富多彩。当然，寻根文学在不同种类文化的展示上有猎奇的一面，渲染的一面，也有过与当代现实的疏离，但总体来看，寻根文学是正面的、积极的，它在文化上的自觉，增添了作品的文化内涵，推动了中国文学民族化的进程。

现代派文学、先锋文学、探索文学接二连三地涌入中国当代文坛，并在二十世纪八十年代中后期达到高潮。这是文学的现实性、时代性、人民性退却、而文学的艺术性、实验性、探索性凸显的时代，其作品的文学价值主要不在内涵上、形象创造上，而主要在艺

---

① 陶东风、和磊：《中国新时期文学 30 年（1978—2008）》，中国社会科学出版社 2008 年版，第 236 页。

术形式、艺术技巧上。在这方面，自然具有开创性、反叛性、实验性、先锋性、前卫性等意义，也有过头性、形式的疲惫性和远离大众性等弊端。

新时期以来对西方现代主义文学思潮和文学作品的引进几乎和改革开放同步，现代派文学从小说到戏剧和诗歌，经历了探索期、高潮期、转型期、复活期等几个阶段。可以看出，新时期的作家不管是现代派小说、新潮小说、实验小说、探索小说、先锋小说，还是探索戏剧、先锋戏剧、探索电影都表现出迫不及待地借鉴和赶超西方现代主义文学艺术的强烈愿望，形成一次次探索的新浪潮。王蒙的一段话作了精彩的描绘："这十年似乎把欧洲一百多年的文学史压缩在我们新时期十年的短小阶段里……各种艺术思潮和学术思潮，各种经验与探索，各种争论与论战，是这样匆匆地在我们这儿开始又冲淡了；震动了又平复了；冲去了又习以为常；还没有发展成熟却又被视为老化了，还没有昂首挺胸就被遗忘了，还没有展开便已经草草收兵，超越过去了。"[①] 的确是这样，从1985年到1990年，在短短五年时间里，现代派文学、先锋文学、新写实小说、新历史小说等密集登场，令人眼花缭乱。从二十世纪七十年代末八十年代初，王蒙就尝试运用"意识流手法"写小说，被称为"东方意识流"，可以说是打破传统现实主义手法，接受现代写法的开端。到了八十年代中期，小说多样化方面的成就尤其明显。刘索拉的《你别无选择》、徐星的《无主题变奏》等被认为是现代派小说（或曰探索小说）的代表性的作品。"其'现代派'特征突出表现在它超越了当时伤痕、反思文学的社会政治道德主题，神兵突降地追问人的存在等终极性的价值和意义，以它独有的方式表达了生存荒诞感。"表达"对一切世俗价值的蔑视和调侃，并由此带来一种不为世人所理解的孤独感"[②]。以马原、洪峰、余华、苏童、残雪、孙甘露为代表的先锋小说家在一开始就在叙事革命、语言实验、生

① 王蒙：《洋洋大观，匆匆十年》，《文艺报》1986年10月4日。

② 杨义主编、江腊生执笔：《中国当代文学研究》（1949—2009），中国社会科学出版社2011年版，第197、199页。

存状态三个层次上同时进行，以挑战传统小说的千篇一律为己任，以语言的狂欢和形式的狂欢来赢得读者的注意，也一度令人耳目一新。但随着时间的推移，新奇感毕竟是有限度的，而且先锋文学从一开始所把玩的叙事圈套、时间游戏、语言游戏等，在增加小说阅读的新奇感的同时，也使小说变得难读了。特别是当精神的先锋、思想的先锋缺失以后，只剩下形式的先锋，读者就会感到疲惫了。比如，孙甘露的小说，“作为当代语言实验最偏激的挑战者，孙甘露将写作变成一次‘反小说’的修辞游戏”。“迄今为止，孙甘露的小说令众多文学爱好者望而却步，令各式各样的批评家大惑不解。在这些作品中，缺少可供辨析的故事情节和主题，局部语句、段落的美感和机智的碎片，与总体的‘混乱’处在同一结构中。”① 与孙甘露相类似的作家还有残雪，她从 1985 年发表处女作以来，创作生涯已近三十年，但她的接受者很有限，只限于少数的文学爱好者和文学评论者。究其原因，主要在于残雪的小说构筑的是一个梦魇般的荒诞世界，这个世界是由非理性、非逻辑的呓语构成的，它给读者的阅读造成了不小的障碍，作品的难懂，必然使接受者冷漠。真正的先锋应该是精神的先锋、思想的先锋、艺术的先锋、审美的先锋、趣味的先锋，这样才能是有影响的“先锋”。

紧接着出现的新写实小说和新历史小说的文学价值表现，我们在后面有专章论述，这里从略。

在二十世纪八十年代末九十年代初，文坛上出现了王朔和“王朔现象”，出现了“痞子文学”，这是文化、文学多元化、多样化的一种表现。王朔的“痞子文学”是由小说、电影和电视剧构成的，他自己也参与其中。王朔 1978 年就发表过小说，1984 年初涉文坛，1986 年，以中篇小说《一半是火焰，一半是海水》和《橡皮人》受到关注。1988 年，根据他的四篇小说改编的电影同时推出，即《顽主》《轮回》（小说《浮出海面》）《一半是火焰，一半

① 杨义主编、江腊生执笔：《中国当代文学研究》（1949—2009），中国社会科学出版社 2011 年版，第 208 页。

是海水》《大喘气》（小说《橡皮人》），这一年被圈内人士称为“王朔年”，形成第一次“王朔热”。从1989年到1992年，王朔的小说密集发表：中篇小说《一点正经没有》《永失我爱》《给我顶住》《无人喝彩》《谁比谁傻多少》《动物凶猛》《你不是一个熟人》《过把瘾就死》，长篇小说《玩的就是心跳》《千万别把我当人》《我是你爸爸》等。他还参与策划或编剧的电视剧《渴望》《爱你没商量》，电影《青春无悔》《大撒把》《无人喝彩》等，形成了第二次“王朔热”和“王朔现象”，他还被《北京青年报》评为“1992年十大当红人物”，1999年以后，王朔又摇身变为“评论家”，开始挑战鲁迅、金庸等名人，写下了《我看金庸》《我看鲁迅》等文章，引起了广大金庸迷和鲁迅研究者的群情激奋，他还在一些场合对齐白石、李敖、张艺谋、舒乙、余秋雨、于丹等文化艺术名人有过言辞激烈的批评。

王朔的作品，从小说到电影到电视剧，其文学价值也是不应轻视的，他的走红，自有其缘由和意义，这不仅表现在内涵上，也表现在艺术上和趣味上。在具体的表现上，则是精华和糟粕并存，价值与缺陷同在，通俗和低俗兼有。从内涵上说，王朔的文本在某种意义上代表了文学艺术的“去精英化”，代表了大众文化的崛起。他是用消费文化、娱乐文化对抗着正统文化、精英文化，把文学当作消费品，把创作看作是获取名利的手段和玩赏的对象。一方面，“他撕破了一些伪崇高的假面”[①]，让那些假正统、伪精英和一些知识分子的装腔作势、道貌岸然斯文扫地。但另一方面也对真崇高、真学问以及作家的责任感、使命感一起加以调侃与嘲讽，消解了人文精神，体现出明显的文化虚无主义和反智主义的倾向。他的小说塑造了一系列“痞子”英雄，体现的是“卑贱者最聪明，高贵者最愚蠢”的主题。在艺术上，“他的语言鲜活上口，绝对的大白话，绝对的没有洋八股、党八股与书生气”[②]。他以善于调侃、反讽、玩世和嬉皮士

① 王蒙：《躲避崇高》，《读书》1993年第1期。

② 同上。

著称。他的作品，从小说到影视具有趣味价值和娱乐价值，往往好看、有趣、通俗，这在当代文学中是少见的，也是他作品走红的原因，是值得肯定的。但在调侃、反讽、滑稽模仿的过程中，也夹杂着一些低俗、下作的内容，这是他作品的价值和意义消解不少。

整个二十世纪九十年代可以看作是新时期文学的第三个阶段。伴随着市场经济的兴起和发展，文学的格局发生了重大变化，文学的商品化、快餐化、传媒化、网络化、世俗化、边缘化、平庸化、杂多化等日益明显，其价值追求、精神坚守面临严峻挑战，于是便有人文精神与世俗精神的讨论。接着是现实主义冲击波，“何申、刘醒龙、谈歌、关山月等作家再次将笔触直接切入经济改革领域，带给人们一种久违了的历史记忆，他们的创作在文坛引起轰动”①。这批作品“面对正在运行的现实生活，毫不掩饰地、尖锐而真实地以改革中的经济问题为核心的社会矛盾，并力图写出艰难竭蹶中的突围，它们或写国有大中型企业，或写家庭化的私营企业，或写一角乡镇，全部注重当下的生存境况和摆脱困境的奋斗，贯注着浓厚的忧患意识，其时代感之强烈，题材之重要，问题之复杂，以及给人的冲击力之大和触发的联想之广，都是近年来所少见”②。雷达的这段话道出了这类作品的文学价值所在。它们是八十年代改革文学的延续，作品具有强烈的现实感和人民性，是直面现实的现实主义文学精神的回归，表现了作家的良知和责任感。因此，也赢得了大众的首肯。在九十年代，一批二十世纪六十年代出生的作家开始显露锋芒和创作的实绩，史称“新生代小说”，也称“后先锋小说”，包括韩东、朱文、刁斗、邱华栋、毕飞宇以及女性小说家林白、陈染、海男、徐坤等。他们的作品，趣味性、可读性有值得称道的地方，因为它们吸收了畅销小说的元素，又注重表达欲望，甚至热衷于两性描写，体现一定的“泛性主义”。在精神和思想的向度上，它们往往体现出对价值的怀疑，对意义的逃避，对思想的解

---

① 杨义主编、江腊生执笔：《中国当代文学研究》（1949—2009），中国社会科学出版社 2011 年版，第 373 页。

② 雷达：《现实主义冲击波及其局限》，《文学报》1996 年 6 月 27 日。

构，常以肉身、感受、欲望的表达、非道德化叙事而疏离文学的启蒙追求和教育作用。朱文的《我爱美元》是这方面的典型。二十世纪九十年代以来文学中还有两个值得提及的现象，就是“反腐文学”和“打工文学”。“反腐文学”也称“官场小说”产生了一批优秀的长篇，如张平的《抉择》、周梅森的《国家公诉》《至高利益》《绝对权力》、陆天明的《苍天在上》《大雪无痕》《省委书记》、李佩甫的《羊的门》、王跃文的《国画》等。其作品的社会价值、政治价值、教育价值得到了凸显。这些作品具有神光的批判意识，如对“官本位”的批判，对官商勾结的批判。展现与剖视了官场的多重关系，包括权力关系、家族关系、男女关系等，体现了作家对时代、对国家、对民族命运的关切，具有一定的社会影响力。在关注民生、关注体层的旗帜下产生的“打工文学”也是九十年代以后一直延续到新世纪的一个创作现象。这类作品在内涵上体现出底层意识、现实关怀和新人文精神，体现了对底层人的关注和尊重，是具有人民性的文学，同时也具有文献价值。但“打工文学”大都写得粗糙，精品力作、优秀之作较少，文学价值有限。另外，九十年代以来的文学，长篇小说越来越繁荣，尤其是数量的增长是迅猛的，延续到二十一世纪。部分长篇的影响也是不小的。而中篇、短篇的社会影响则有所减弱。散文书写，特别是文化散文、学者散文、女性散文也比较兴盛，而诗歌、戏剧则相对滞后。

（三）直面问题与看到不足

学界对中国当代文学的估价，在很大程度上是指对新世纪以来当下文学的评价。这是新时期文学的第四个阶段。在经历了文学向现实、历史、文化、民间、形式、语言、东方和西方等多方面、全方位探索之后，文学还向哪里突围？如何寻求创新和超越？这的确是一个艰难的问题。从这个意义上说，文学创作和文学研究一样也走向了高原。权威批评家孟繁华曾说：“进入新世纪之后，文学的变化除网络文学这个新媒体催发的文学形式之外，传统意义上的文学变化的步伐越来越缓慢。文学形式革命虽然仍有可能性，但经过二十世纪八十年代旋转木马式的追新浪潮，形式革命已疲惫不堪。

因此文学的变化呈现的是渐进性而非激进式的，这种缓慢的变化不易被粗糙的批评家所察觉。”① 的确，以往的文学成就和多方探索，让新世纪的作家和文学面临着越来越艰难的创作处境，种种的技巧和花样翻新已被作家使用殆尽，这是新世纪文学少突破、成就不高的客观原因。

但主观上的原因也不能推脱。结合习近平总书记在 2014 年 10 月 15 日主持召开的文艺工作座谈会上的讲话内容，我们可以总结当下文学创作存在的几个问题和不足。

（1）缺少思想，缺少精神，缺少担当，缺少关注现实的勇气。本章前面引述的《北京文学》关于“如何评价中国当代文学的成就”的讨论中，黄平在文中提出了一个引人深思的问题：“且看陈晓明所给出的‘一定数量的大作品’：《受活》《废都》《秦腔》《一句顶一万句》《酒国》《丰乳肥臀》《檀香刑》《生死疲劳》。这份榜单‘巧合’的地方在于，都是对于‘现实’的‘变形记’，没有任何一部作品直面‘改革’三十年的现实生活与人的命运。”文中提出疑问：“没有‘中国问题’的‘中国立场’是否可能？如果我们的文学无法触及腐败、权贵、失业、‘三农’、高房价等‘事实’，无法触及公平、争议、自由、尊严、解放等‘理念’，以及这一切所带来的‘改革’时代心灵的冲突与激变，那么‘中国立场’的立足点在哪里？”② 这的确是令人深思的问题。上述列举的作品都是出自当代小说名家，其中有新世纪以前的作品，也有新世纪以后的作品，这就耐人寻味了。在相当多的文学作品中，文学的担当、责任、使命、功能、价值观被淡忘了、淡化了。

（2）在欲望表达、感官娱乐、趣味追求上存在一定的低俗、庸俗的内容。应该说，文学艺术作品表达人的欲望，追求感官娱乐，追求趣味价值，追求好看、耐读，追求观赏性本是正常的追求，也

① 孟繁华：《文学革命终结之后——新世纪文学论稿》，现代出版社 2012 年版，第 6 页。

② 黄平：《“中国立场”与“中国问题”——也谈“重估当代文学”》，《北京文学》2010 年第 6 期。

是文学艺术价值的应有之义。但问题是用低俗代替通俗，用欲望代表希望，用感官娱乐代替精神快乐和审美追求就存在偏颇了。一些作家、艺术家的创作，爱国主义、民族精神、时代精神、核心价值观、人民性、高尚的精神与情怀、精神引领、价值导向、正能量等是相对匮乏的。即便是像莫言、贾平凹、陈忠实、余华等一流的、实力派的小说家，其作品也有一些低俗的趣味和吸引眼球的“噱头”。像《废都》中的色性描写和方块儿空格“效应”；《檀香刑》对令人毛骨悚然的酷刑的描写和渲染；《蛙》中也有对“姑姑”执行计划生育和作绝育的近乎残酷的描写；《白鹿原》的开头对白嘉轩娶过七房女人的描述和对人物性能力的渲染；《兄弟》开头对李光头在厕所偷看五个女人不同的屁股以及由此惹来的风波更是极尽渲染和铺陈，格调并不高雅。这些或残酷或低俗或猎奇的描写，都有噱头和追求感官娱乐以吸引读者的用意，最终给作品带来了双重的效果。

（3）诚如习近平在讲话中所说的文艺创作有“高原”缺“高峰”，有数量缺质量。在数量上，每年出版的长篇小说不断攀升和刷新纪录，到了近年已突破了三千部，远远超过了整个中国现代长篇小说的总和。但是，能够进入批评家视野或在读者中产生一定反响的不足百部，数量和质量反差较大。肖鹰曾批评一些作家以写得多、写得快为傲，这其中，固然有商品时代、市场经济形势下的利益驱动，但别忘了作家创作的是精神产品、精神食粮。写得多不仅有经济利益，还可显示作家的“实力”；写得快不仅有经济利益，还能显示作家的才华。但“多”和“快”就容易和“精品”擦肩而过，和“经典”无缘。正如习近平在讲话中所说“精品之所以‘精’，就在于其思想精深、艺术精湛、制作精良”。而片面追求数量就容易滑向粗制滥造，出现机械化生产、快餐化消费的问题，最终和艺术的品格背道而驰。中国现代有不少作家写得很慢，创作态度严谨，像鲁迅、叶圣陶、吴组缃、曹禺、钱锺书等，他们都是以“质”取胜的作家，作品都成了经典。当代文学也应该推出自己的经典，推出当代文学的“鲁郭茅巴老曹”。近些年，著名批评家程光炜、吴义勤等就致力于这方面的遴选和发掘，力图推出当代文学的“鲁郭茅巴老曹”。但遭到了批评者的质疑和反对，认为“因袭二十世纪五十年代的那个特殊‘名单’的思维方式来对当代作家的文学成就进行排序定位，是否科学？这是其一。其二，经典的形成需要经历长期‘积累’过程”，“宁可经典少一点，也不要降格以求”。“其三，一般的‘原创性’，不具备经典的品质，只有‘强有力的’原创性才有可能进入经典的序列”。“用这个标准来衡量，当代作家中有多少作品是具有‘强有力的原创性’的，是要打一个大大的问号的。”① 这样的质疑是否透露出当代文学有“高原”缺“高峰”、有作品少精品、有相对经典缺绝对经典呢？

（4）扎根人民、扎根生活的作家少了，因此，作品的生活底蕴、生活气息自然缺乏。习近平在讲话中强调“人民是文艺创作的源头活水，一旦离开了人民，文艺就会变成无根的浮萍、无病的呻吟、无魂的躯壳。能不能搞出优秀作品，最根本的决定在于是否能为人民书写、为人民抒情、为人民抒怀。要虚心向人民学习、向生活学习，从人民的伟大实践和丰富多彩的生活中汲取营养，不断进行生活和艺术积累，不断进行美的发现和美的创造”。习近平进一步强调“艺术可以放飞想象的翅膀，但一定要脚踩坚实的大地。文艺创作方法有一百条、一千条，但最根本、最关键、最牢靠的办法是扎根人民、扎根生活”。这是最根本的文艺原理和创作规律，也是作家、艺术家应该牢牢把握的真理。但是，当今很多作家特别是知名作家生活在大都市的“象牙塔”里，生活体验和积累严重不足，作品的生活气息不浓、生活底蕴缺乏。靠才气、靠编织、靠虚构来写作，难免不胡编滥造，难免不无病呻吟。比如，写乡土、写农村的小说还不如柳青、周立波、浩然当年的作品有生活气息、有泥土的芳香、有生活的根底。写知识分子、写大学生活不如《围城》有知识分子的神韵，不如《未央歌》有青春气息。作家的写

① 陈歆耕：《当代文学的“鲁郭茅巴老曹”在哪里?》，《文学报》2014 年 3 月 13 日，亦见《新华文摘》2014 年第 14 期，“论点摘编”第 165 页。

作是要寻找和把握自己的语言，但自己的语言从哪里来？是天生的吗？作家自己的语言只能从学习中来，从生活中来，而不是从天上掉下来，也不是作家天生固有的。对照习近平的讲话，我们可以说当今文学久违了人民，久违了生活。

（5）就小说和戏剧等叙事文学来说，故事性和形象的塑造还需进一步加强。在前面引述的《辽宁日报》的大讨论中，外国文学研究家、翻译家谢天振在对中西文学进行对比后，呼吁中国作家要“回归故事、回归情节”。他指出“西方文学界已经开始意识到，文学作品要好看，要给人家留下深刻印象，就必须要有完整的故事，而最重要的是要有人，就是形象”。他进一步指出“近年来的文学，没有给我们提供一个印象深刻的形象，我们醉心于形式的创新和描写，但是读者不爱看”。西方文学“能够赢得那么多的读者，其中的原因，是他们的作品往往有好的形象、好的故事，但是，我们却失去了形象和故事”[①]。这是当下小说的不足之一，我们必须充分认识这一点。小说离不开讲故事，戏剧离不开矛盾冲突的设置，故事和形象、矛盾冲突和角色塑造是叙事作品的关键性的元素。中国传统的经典之作无一不具有好的故事和鲜活的形象。到了现代，茅盾、老舍等大作家也都十分重视故事和人物描写，体现出以人物为中心的创作原则，善于处理作者、叙述人、小说人物三者之间的关系。曹禺在戏剧中对矛盾冲突的设置和人物的选取与性格表现都有极高、极严格的要求。正是因为这样，他们的作品，人物往往能立起来、活起来，在作品中发挥着重要的作用，甚至不朽。当代著名作家莫言在接受诺贝尔文学奖的讲话中说自己是一个讲故事的人。他在接受采访时讲道：“我心目中的‘好看’小说，第一要有好的语言，第二要有好的故事，第三要充满趣味和悬念，让读者满怀期待，第四要让读者能够从书里看到作者的态度，看到作者的情绪变化，也就是说，要让读者感到自己与作者处在平等甚

① 丁宗皓主编：《重估中国当代文学价值》，春风文艺出版社 2010 年版，第 126 页。

至更高明的地位上。”[①] 这里莫言又一次讲到“好的故事”。可见，好的故事、好的情节、好的人物是作品成功的关键性要素。相反，有些作家在作品中，在故事的编织和人物的塑造上不够精益求精，显得松散、扁平，缺乏深度，缺乏趣味，人物形象模糊不清，甚至出现矛盾。小说中的人物，要说自己的话，即什么人说什么话，要说符合这个人物身份、性格的话，做到鲁迅所说的从人物的说话看出人来。不能把作家的话、叙述人的话强加给人物，造成作者、叙述人、人物话语的混淆，这是小说的败笔。越是高明的小说家越不能摆布他的人物，而是尊重人物，按照人物性格自身发展的逻辑写人；相反，越是幼稚的作家、不成熟的作家越能摆布和臆想他的人物，甚至任意编造人物的对话，将人物看作是他笔下的傀儡，这样的人物形象是经不起推敲的，更不能成为经典性的人物形象。一个作家在讲故事、塑造形象以及锤炼语言等方面是没有完结的，永远在路上。它要求作家要不断地努力，不断地创新，在讲好故事的同时，要追求思想的高度，在塑造人物的同时，要追求人性的深度，还要充满生趣，这样才能做到思想性、艺术性、趣味性、观赏性相统一。

① 莫言：《碎语文学》，百花文艺出版社 2012 年版，第 3 页。

第九章　新写实小说的文学价值

新写实小说作为中国当代文学领域里的一个跨越了二十廿纪八九十年代的重要文学现象，它从二十世纪八十年代中后期一直延续到九十年代中期，“是七十年代末以来诸种小说‘流派’中时间持续最长的”[①]，因此，从一定程度上来说，新写实小说是新时期小说中的重要组成部分。本章在以往对新写实小说个案研究成果的基础上，从文学价值的角度切入，梳理新写实小说所具有的文学价值，力图对新写实小说进行系统的研究和价值重估，以期深化对新写实小说的再认识。

第一节　新写实小说的命名和代表作家作品界定

对于新写实小说这一文学现象的命名称谓，当我们重返距今三十多年的新写实小说发生的历史现场，我们发现其呈现出一种“百花齐放、百家争鸣”的态势。据我们初步统计来看，在当时，文学研究界、批评界以及文学期刊对于新写实小说这一文学现象的命名称谓有不下十种之多，这里按照首次提出的时间先后顺序加以列举：“感性小说”[②]“新悲剧形态小说”[③]“新写实小说”[④]“后现实主

① 严家炎主编：《二十世纪中国文学史》下册，高等教育出版社2010年版，第256页。

② 蔡新知：《“感性小说”——生活体验审美体验的结晶——兼论新近部分小说审美意识的新变》，《文学评论家》1988年第4期。

③ 吴方：《悲里千秋——新悲剧形态小说略见》，《文艺报》1988年8月6日。

④ 《文讯：〈钟山〉明年初将推出“新写实小说大联展”》，《钟山》1988年第6期。

义”[①]“新现实主义小说”[②]“新现实小说”[③]“新写实主义小说”[④]以及“现代现实主义”[⑤]“新小说派”[⑥]等。而且，我们看到，在这众多的对于新写实小说所提出的命名称谓中，鲜见由当时的文学创作者——新写实小说家们的命名出现，而这种新写实小说“当事人”对其作品所属现象的命名“缺席”的表现，从一定程度上来说，这样的现象在中国当代小说界乃至中国当代文学界都是比较少见的。

而当这一问题进入文学史的研究视野之后，我们则发现，在对该问题进行“入史性”的表述时，各种版本的中国当代文学史著作以及具有文学史性质的研究性著作，它们在对新写实小说的属性定位问题上所作出的共同性结论为：新写实小说是一种文学创作倾向、创作潮流、文学现象，而非文学流派。

我们看到，由于新写实小说作家们对新写实小说自始至终所持有的较为一致的低调的缄默态度——他们并不像“寻根文学、先锋文学那样有自己的宣言或主张”而且“也没有哪个作家公开宣称自己是新写实”[⑦]，因此，我们认为，从新写实小说作家们这一方面的表现来说，新写实小说也不是一个文学流派，因为他们始终没有将新写实小说的性质“上升”到作为一种“文学流派”的理论高度。

对于新写实小说的代表作家及文本的界定问题，我们首先追溯到当初评论界为广大读者提供的新写实小说的作家名单上来，当时的新写实小说的作家群体可谓一个较为庞杂的“博大”群体，在他

---

① 王干：《近期小说的后现实主义倾向》，《北京文学》1989年第6期。

② 林道立等：《新潮小说与新现实主义小说评述》，《文学报》1989年7月27日。

③ 杨金刚：《残酷：新现实小说的审美风格——对〈烦恼人生〉、〈风景〉和〈现实一种〉的探析》，《批评家》1989年第5期。

④ 徐兆淮、丁帆：《思潮·精神·技法——新写实小说初探》，《小说评论》1989年第6期。

⑤ 洪子诚：《中国当代文学史》，北京大学出版社1999年版，第339页。

⑥ 同上。

⑦ 丁永强整理：《新写实作家、评论家谈新写实》，《小说评论》1991年第3期。

们中包括“池莉、方方、刘震云、刘恒、范小青、苏童、叶兆言、李锐、王安忆、李晓、杨争光、赵本夫、周梅森、迟子建、朱苏进”① 等人，仅从这一名单来看，几乎就已将所有带有“新写实”倾向的各种类型的小说家都囊括在其中。因此，我们看到，当时这种对于新写实小说的代表作家以及文本界定的方法存在着明显的问题，是值得商榷的。而且，随着中国当代文学史的不断发展与历史沉淀，最终经过“时间之手”如同大浪淘沙般地进行筛选而将最能够代表新写实小说这一文学现象的作家以及代表性文本呈现于当今的世人面前。

在综合考察了当前各种版本的中国当代文学史著作以及具有文学史性质的研究性著作对于新写实小说的阐释之后，我们发现，对于新写实小说的代表作家的确认，比较一致地指向了四位作家，即池莉、方方、刘恒、刘震云。而对于新写实小说的代表性文本，则比较集中地做出了如下的选择，这里，我们仅将这些新写实小说的代表性作品与上述四位代表作家相对应地加以列举，它们分别是：（1）池莉的小说：《烦恼人生》《不谈爱情》《太阳出世》《冷也好热也好活着就好》；（2）方方的小说：《风景》《祖父在父亲心中》《桃花灿烂》；（3）刘恒的小说：《狗日的粮食》《伏羲伏羲》《黑的雪》《白涡》；（4）刘震云的小说：《塔铺》《新兵连》《单位》《一地鸡毛》《官场》《官人》等。

此外，我们还看到，对于新写实小说的代表作家的表述，在各种版本的中国当代文学史著作里，也有少数著作认为除了上述四位作家，还应该包括叶兆言和苏童这两位作家②。但是由于以下两方面原因的存在，而使我们不得不对这两位作家加以舍弃。一方面是由于这两位作家的创作类型本身更接近“先锋小说”而非新写实小

---

① 孟繁华、程光炜：《中国当代文学发展史》，中国人民大学出版社 2009 年版，第 278 页。

② 王庆生主编：《中国当代文学史》，高等教育出版社 2003 年版，第 449 页。王万森、吴义勤、房福贤主编：《中国当代文学 50 年》，中国海洋大学出版社 2006 年版，第 166 页。

说；另一方面则是由于这两位作家对于其自身被认为是新写实小说作家这一身份所表现出的不予认同的回应，在这一点上，叶兆言就曾经指出："新写实是被批评家制造出来的，前几年文坛太冷清了，于是便制造出这么一种文学现象，热热闹闹，使人们对文学重新感兴趣。新写实是评论家和读者的事，作者要站稳立场，不能被这些热闹的景象所迷惑"①，他还进一步强调："新写实和我无关，我也不着意写新写实"②；苏童也曾指出："新写实的兴起和评论界有关，主要是为了使文坛气氛活跃一点，使大家的注意力重新回到文学上来。"③ 这些事例也在一定程度上反映了"作家创作与批评界的类型研究之间存在的矛盾"④。因此，在秉承选取进入到中国当代文学史研究视野里的是最具代表性的新写实小说作家的宗旨下，基于以上两方面的原因我们不得不对这两位作家加以舍弃。

由此，我们认为，对新写实小说的代表作家及文本界定问题应该采取文学史中较为一致性的主流性解答，即新写实小说以池莉、方方、刘恒、刘震云这四位作家及其典型的文本为代表。

第二节　新写实小说的精神内涵价值

所谓"精神内涵"，是我们从"作品—世界"视角来研究文学作品所具有的文学价值。一方面，文学作品源于世界并反映世界，而作品所反映的世界往往又是一个包罗万象的存在，它涉及经济、政治、文化、历史、哲学、宗教、神话、道德、伦理、人性等方方面面，并在这些方面体现着作家赋予作品的各种内在精神和深刻内涵。另一方面，作品所反映的世界是作家通过各种渠道对他所生活的世界进行各方面素材的汲取，然后再经过艺术的加工与创造而产生的作品，这样就使在文学作品中所反映的世界与真实的人类所生

---

① 丁永强整理：《新写实作家、评论家谈新写实》，《小说评论》1991 年第 3 期。

② 同上。

③ 同上。

④ 洪子诚：《中国当代文学史》，北京大学出版社 1999 年版，第 352 页。

存的世界存在着某些差异。

当我们把视线定格在新写实小说时，我们发现它所具有的精神内涵价值主要有两大方面的内容，即一方面是对于历史文化的多方位承载与思考，另一方面是对于日常生活中“人”的生存、生活以及发展的多角度展现。

以往，有学者认为新写实小说往往只是对当时日常生活中的各种“鸡毛蒜皮”的琐碎之事举办的一场又一场的“陈列展”，因此便会产生类似于：“作品琐碎平庸的画面缺乏一种内在的深层的质感与张力”[①]，“作者对所写的琐碎平庸的画面及由此体现的精神困窘、生存困窘没有一种深刻的感悟和把握，或者说，作者对自身及所写作品缺乏一种清醒的认识，由此造成作品内部的杂乱和稀疏”[②] 以及“他们事实上放弃了对生活的体验，沉沦于平庸、琐碎的日常生活表层，认同了生活的这种晦暗状态”[③] 等，诸如此类的认为新写实小说本身不具有深层次的精神内涵。然而，事实果真如此吗？当我们今天重新返回到新写实小说的代表作家作品中，反复细心品读它们，我们便会感到事实并非如此。继而，我们就会从以往所形成的概念化的固有观念——所谓“鸡毛蒜皮”的生活浅层表象中继续深入，慢慢发掘出那些过去常常会被新写实小说表面的凡俗与琐碎表象所遮蔽的丰富的精神内涵。它们所隐含的深刻意蕴与哲思在新写实小说作品内部深层次地展现出来，往往涉及关于时代、历史、文化、人类的生存、生活以及自身发展等诸多方面的问题。

一　关于时代、历史、文化的多方位承载与思考

新写实小说所潜隐的精神内涵首先表现在小说文本中对于一定的时代、历史以及文化的承载。例如：在刘恒的短篇小说《狗日的粮食》里，我们便看到了对于“饥荒”年代的历史呈现：“生红豆

---

① 金文野等：《对“新写实”小说的不同议论》，《文艺理论研究》1991 年第 6 期。

② 同上。

③ 同上。

那年，队里食堂塌台，地里闹灾，人眼见了树皮都红，一把草也能逗下口水。恰逢一小队演习的兵从山梁上过，瘿袋抱着刚出生满月的红豆跟了去，从驮山炮的骡子屁股下接回一篮热粪”并把这骡粪淘洗出了“两把”“整的碎的玉米粒儿”，这种“人”从“动物粪便”中取食的书写正是作家对于饥荒之年的历史与社会现实的写照。在他的小说《伏羲伏羲》里，又出现了对时代与历史内容的表现：“洪水峪仿照邻村的榜样，成立初级社了。”又如，在刘震云的小说《新兵连》里的“批林批孔”。同样在他的小说《头人》里也蕴含着对过去一定的时代与历史的重现：“互助组”“合作社”“人民公社”“一九五九年……让合大伙，大家在一个锅里吃”“一九六〇年饿死的人多”“土改时多拿回家一个土瓮，合作化时偷拿回家二升芝麻，吃大伙时吃过一个豆面小饼，‘四清’时他四不清”“五类分子”“开斗争会，坐飞机”等。在池莉的中篇小说《你是一条河》中，小说全篇围绕着像一条河一样，在饥荒年代里养育了八个孩子的母亲——辣辣而展开，在对辣辣一家人命运的书写中就融入了作家对整个中国社会从二十世纪五六十年代一直到八十年代末所发生的一系列巨大变化的描述，这其中就承载着“大跃进”“三年自然灾害”“四清运动”“文化大革命”以及八十年代国家经济体制的巨大变革等关于我国历史与社会发展的印迹。在小说中，先是对于这种“饥荒年代”的历史重现：“1961 年沔水镇的居民饿得上襄河堤剥树皮吃的时候，老李给辣辣送来了十五斤大米和一棵包菜。辣辣怀里正抱着奄奄一息的咬金，可怜一周岁的孩子还没吃过一口米饭”。作家用短短几句话语就将饥荒之年粮食短缺的历史揭示了出来。随着小说的发展，作家进一步地又将关于“大跃进”“三年困难时期”“四清运动”“文化大革命时期”等一系列特殊时代的历史印迹在作品中展现了出来：辣辣的“八个孩子中有三个的名字记载了历史某个重大时期”——“社员是‘大跃进’时期生的，那时家家户户装上了有线小广播，广播里成日唱‘公社是棵长青藤，社员都是藤上的瓜’”；“咬金是三年自然灾害时期的先天不足婴儿，准备他活不长，也就没取名。谁知他一口气悠了两年，存活了，起名饿不死的王咬金”；“老八‘四清’的名字是辣辣起的。沿袭他哥哥姐姐们的规矩：随着当时的重大事情起名”。“生老八的那一个月，‘四清’运动的信息由得屋、艳春、冬儿、社员四个上了学的孩子带回了家。‘大跃进’年代挂在横梁上的有线广播在饥饿年代被卖了废铁。好在家中有一群天真活泼的学生。外边流行什么歌曲，家里就日夜不息地飘动着杂乱的歌声。‘四清’运动的主题歌是：四不清干部哟，快快醒过来，两条道路在你眼前摆。资本主义泥坑哟脏又臭唷喂，社会主义道路放光彩，放呀放光彩。在报户口时，辣辣不假思索地说：‘就叫王四清吧。’”紧接着，一些属于“文化大革命时期”历史的特殊语汇便接二连三地映入我们的眼帘：“革命样板戏”“大字报”“游行”“抄家”“红卫兵”“造反司令部”“‘爱武装’战斗兵团”“红袖章”“语录袋”“破‘四旧’”“立‘四新’”“伟大领袖毛主席教导我们：‘人民万岁’！”“去串联，首先去北京见毛主席，然后去革命圣地延安、韶山、瑞金、遵义、井冈山、泸定桥以及大寨大队”“造反派和保皇派”“根红苗正”“封资修”“走资派”“窝藏走资派的反革命现行罪”“串联”“革命不是请客吃饭，不是做文章，不是绘画绣花，不能那样雅致，那样从容不迫，文质彬彬，那样温良恭俭让，革命是暴动，是一个阶级推翻一个阶级的暴烈的行动”。“一天三次按时准点地向毛主席早请示晚汇报”以及在“文化大革命”后期的“张铁生事件”的“高考交白卷”“知识青年上山下乡运动”的“留城”与“下放知青”等历史事件的铺陈。继而又对诸如“一九七七年，全国恢复高校招生制度”，“那是历史进入八十年代的时刻，国家经济体制正变动着，预示着即将到来的巨大改革，南方城市频频传来私人做生意的信息，交际舞像大潮前边的浪花，业已扑舔到了中原的沔水镇。咬金他们聚集到了工人俱乐部，半秘密地学习跳舞，演奏邓丽君的歌曲”“的确良布”“铝壶钢精锅”“全国性的第一次严厉打击刑事犯罪分子”“公判大会”“历史一进入八十年代，沔水镇便昼夜不停地发生着巨大变化。行政级别由县升为市。镇子四周的千顷农田眨眼间就被修筑成一条条宽阔的大街和楼房。十字路口装上了红绿灯，沔水镇诞生了第一代威风凛凛的交通警察。在第二棉纺织厂当电工的四清上班得乘坐公共汽车了”“板式家具”“家用电器”“忽儿就不用手洗衣服了，忽儿就不用手摇芭蕉扇了”“二十世纪八十年代的小型商业城市可不再是只求温饱就满足得了的。咬金毅然舍弃了四十七块人民币的月工资，成为全国最早留职停薪闯荡社会的那批有识之士”等一系列蕴含着时代与社会变革的历史内容。同样在池莉的小说《太阳出世》里，我们看到，哪怕是在毫不起眼的“牙齿”上也都承载着一段过去年代的历史印迹：“李小兰笑了。她这一笑便露出了灰色的牙齿。胖护士说：‘四环素牙。和我女儿一样，六十年代出生的苦命的孩子们，满口铭刻历史罪恶的灰牙齿。’”这种对于时代与历史的承载同样也反映在个体人的成长记忆中。我们在《太阳出世》里就看到作家通过赵胜天的个体经历，重现了关于时代、历史以及社会发展的影像：“记忆的第一页是饥饿，第二页是斗殴。六十年代初的三年自然灾害时期，父母要养活六个孩子和四个老人。为一口米饭，为半个馍馍，六个孩子打架，父亲和母亲打架。后来便是在学校打架……与老师及同学中的内奸的战争一直持续到技校毕业才告结束。工作以后情况不仅没有好转，大社会更复杂了。产品销路不好，经济效益不好，书记厂长关系不好。谁也不认真干活，谁都不对谁负责。”在方方的小说《风景》里，同样也暗含着对于过去的饥荒年代里的历史书写：“那时是1961年。九个儿女都饿得伸着小细脖呆呆地望着父母。”在方方的小说《祖父在父亲心中》里，这种对于时代与历史的承载在时间的跨度上又进一步地加大，其中涉及：二十世纪三十年代的日本侵华历史、二十世纪五十年代的“打右派”、二十世纪六七十年代的“文化大革命”等内容。再如，在方方的小说《桃花灿烂》里，作家在对陆粞父亲的过往经历进行隐含性的叙述中也有对于时代与历史的写照：陆粞的父亲“除了一顶反革命的帽子，什么也没有”“收到回来落实政策的通知而从乡下返家”，他“在乡下”一直待了“二十多年”。在刘震云的小说《塔铺》中，故事发生的时代背景就是以“1978年，社会上刚兴高考的第二年”

为开端而展开描述的。

除此之外，新写实小说作家们在创作中还将对某些城市文化的内容承载在小说里加以展现。例如：在池莉的小说《烦恼人生》《太阳出世》《不谈爱情》《冷也好热也好活着就好》以及方方的小说《风景》《桃花灿烂》等作品中对于当时武汉底层市民文化的引入。又如，在刘震云的小说《一地鸡毛》、刘恒的小说《黑的雪》中对于当时北京城市文化中的市民文化的承载等。

由此可见，新写实小说在描写日常生活里的普通人与平常事的看似平淡无奇的表象之下，也承载着一定的时代、历史与社会文化的书写。于是我们看到，新写实小说里的“人”是存在于一定“历史”之中的人，而这“历史”也同样是由最普通却又最普遍的“人”所构成的历史。因此，从一定意义上来说，历史在新写实小说里的“角色”呈现，我们可以用十二个字来加以概括，那就是：有史有人，轻史重人，以史衬人。

新写实小说在承载一定的时代、历史与文化的同时，我们也看到了新写实小说作家们对于这些历史与文化所作出的思考。例如，在池莉的小说《你是一条河》中，作家就借小说中的人物——知识分子王贤良之口，阐述了对于“文化大革命”以及“张铁生事件”这一系列历史性问题的反思：“我们干革命是为了什么？造反是为了什么？流血残废是为了什么？为了中国！为了人民！我们破坏一切旧的，就是为了建设一个更好的新的。现在就是建设的时候了，林彪自我爆炸，最大的定时炸弹清除了。生产恢复了。学校走上正轨了。可是又树立起这个张铁生，不又是倒退与反复吗？我承认张铁生就是否定自己。不！我没错！我是毛主席的好学生，我绝不否定自己。毛主席身边一定有坏人了。再干下去革命生产就陷入了恶性循环。我们不能再干了！”又如，在她的小说《不谈爱情》里，池莉对以吉玲母亲为代表的武汉底层小市民文化加以批判：“就是这种家庭！这种德性！”在小说《太阳出世》里，池莉又对这种武汉的市民文化发表见解：“武汉人就喜欢显”等。

二　关于“人”的多角度阐析

新写实小说不仅在表层上揭示了凡俗世界里普通人的日常生活本相，而且在事实上，新写实小说作家们并未仅仅止步于此，在新写实小说内部的深层次上，往往还潜隐着一种关于人类的生存、生活以及发展等诸多方面问题的探讨性阐释与哲思，它们因隐藏于新写实小说的文本表象之下，而常常被读者们忽略。

（一）关于“生存”的生命性阐释

我们看到，新写实小说对于人类“生存”问题的阐释主要体现在三个方面，即关于人类生存的基本物质保障——“粮食”问题的探讨，关于人类生存的繁衍、性欲、伦理以及道德等问题的阐析以及关于“人”的生命与人生的哲思的阐述。

首先，新写实小说曾多次对人类生存的基本物质保障——“粮食”问题展开描写。在刘恒的短篇小说《狗日的粮食》里，作家紧密围绕着“粮食”问题，对人类个体依靠粮食才能生存的问题进行了深入的探讨。小说中，西水农妇瘿袋曹杏花因为“二百斤谷子”而嫁给了洪水峪的农民杨天宽，在饥荒之年，夫妻俩因怀着对粮食的迫切渴求与希望而将他们的孩子全部以粮食取名：“大儿子唤作大谷，下边一溜儿四个女儿，是大豆、小豆、红豆、绿豆，煞尾的又是儿子，叫个二谷。两谷夹四豆，人丁兴旺。可一旦睡下来，撂一炕瘪肚子，天宽和女人就只剩下叹息”，然而，缺乏“粮食”的实际问题就像一个永远也不能够结束的梦魇一般始终萦绕在他们的周围，“他们要吃，孩儿们也要吃，大小八张嘴，总得有像样的东西来填塞”，他们这种对于维系着人类个体生存的基本物质——“粮食”的迫切需求，即使在两口子亲热的时候，也不忘提及：“俩人在月亮底下办事，不紧不慢做得渐浓，瘿袋就开了口：‘明儿个吃啥?’天宽愣住了，‘吃啥?’自己问自己，随后就闷闷地拎着裤子蹲下。好像一下子解了谜，在这一做一吃之间寻到了联系。他顺着头儿往回想，就抓到了比二百斤谷子更早的一些模糊事，仿佛看到不识面的祖宗做着、吃着，一个向另一个唠叨：‘明儿个吃啥?’‘你说吃啥哩?’

他问瘿袋，不论月光把她粗皮照得多么白细，他算彻底失了兴趣了”，“吃啥？细想想，祖宗代代而思的老事，俩口子可是一天都不曾怠慢过”。在小说的最后，我们看到，瘿袋曹杏花因为丢了在那个年代里能够换取粮食的唯一中介物——“粮证”而“服了苦杏仁儿”。即使在她临终之前仅有的话语里也不忘说道：“狗日的……粮食！”由此，我们看到，在饥荒年代里，生活在典型的农村环境——洪水峪的贫农杨天宽和农妇瘿袋曹杏花因为粮食而结合走到了一起，然而同样也是因为粮食而使两个人阴阳相隔、永远地分离，从某种程度上来说，小说的题目——“狗日的粮食”代表了无数个有过犹如“杨天宽和瘿袋曹杏花”一样经历的人们在心底里对于维系人类生存的最基本物质也是必需品——“粮食”由于因爱生恨、爱之深责之切而发出的一种内心呼唤与生命呐喊！这正如同作家刘恒在小说结尾处所阐明的那样：“老辈儿人却爱讲瘿袋的故事。开头便是：‘他背了二百斤谷子。’语调沉在‘谷子’上，意味着那不是土、不是石头、不是火柴，而是‘谷子’是粮食，是过去代代人日后代代人谁也舍不下的、让他们死去活来的好玩意儿。曹杏花因它而来又为它而走了，却是深爱它们的。‘狗日的……粮食！’哪里是骂，分明是疼呢。”由此我们可以认为，刘恒在小说《狗日的粮食》里所表现出的这种对于粮食而阐发的生命渴求与对于“民以食为天”深刻内蕴的揭示，从一定程度上来说，也是在为我们揭示一种关于人类生存亘古不变的永恒性主题——粮食。在池莉的小说《你是一条河》里，我们再次看到了这种关于人类生存中的基本问题——“粮食”的探讨。小说的女主人公辣辣三十岁就守了寡，独自一人承担着养育八个子女的重担，对于她来说“尽管八个孩子中有三个的名字记载了历史某个重大时期，但除了饥饿，其他重要运动似乎与他们家总是隔膜着”。如果说，刘恒的小说《狗日的粮食》旨在探寻人“吃什么”才能够生存下来，那么，池莉的小说《你是一条河》则是在此基础之上更进一步地对人“吃什么”才能够活得好一点的问题进行了探讨，正如小说里所说的：“日子一长，险峰恶水的事就平淡下来了。最让人操心的事还是怎么活下去，怎么才能活得好一些。具体点儿说就是吃什么？是否能隔上一段时间弄点儿肉汤喝?”由此可见，新写实小说家在人类生存的“粮食”问题上是从生存的表层逐步向生存的深层进行探索的，从而呈现出一种逐步深化的趋势。

其次，在新写实小说中还涉及对人类生存的繁衍、性欲、伦理以及道德等方面问题的阐析。例如：在刘恒的小说《伏羲伏羲》中就存在着对于性欲、繁衍、伦理、道德等问题的揭示。在小说里，作家围绕着生活在偏僻农村洪水峪的三个人——叔叔杨金山、婶子王菊豆以及侄子杨天青而展开书写。一是在叔叔杨金山和婶子王菊豆之间存在着在夫妻合法名义下的繁衍后代的问题。这种夫妻名义上的合法性也存在着值得我们思考的问题：“不到五十岁的杨金山”娶的是“二十岁”的王菊豆——虽说在我国旧社会里男子娶妻可以娶娇妻，但两人之间年龄相差近三十岁的悬殊差距使杨金山所娶到的“娇妻”更似人世伦常中的“女儿”，因此这其中不免就存在着有悖世俗伦常的色彩。而且，我们看到，杨金山是用“三十亩山地的家当”换回王菊豆为妻，而杨金山娶妻的目的似乎已经很明确地指向了一个核心问题，这便是繁衍后代。对于杨金山来说，他用土地换回来的妻子王菊豆就是他繁衍后代的“土地”：“小地主杨金山朝思暮想的是造一个孩子，为造一个孩子而找一个合适的同谋。他对年轻女人产生了异乎寻常的兴趣。尽管他的最终目的是顺利地制造一个健康的后代。”然而我们也看到，杨金山的这种为达到繁衍后代的目的而对王菊豆展开的性欲诉求在小说里始终未遂他愿，尽管在后来杨金山有了名义上的儿子杨天白，但是实质上这个儿子又并非是他的亲生子嗣。二是在婶子王菊豆和侄子杨天青之间存在着因真挚的爱情而产生的性欲诉求，但是我们也看到，这种存在着真情的婶侄之爱实质上也是违反伦理与道德的乱伦之恋。在这种乱伦之恋里，一方面杨天青和王菊豆都因真爱而获得了对彼此在性欲上的满足，并且这种满足曾一度使两人在谨慎小心之中而纵欲过度。但在另一方面，我们也看到，“疲乏的杨天青不足三十岁便苍老了”，这种“苍老”不仅来自于杨天青的身体，更来自于他的内心——背负着一种有悖于伦理的爱欲之下的自我道德批判与谴责。这种谴责使他身心俱疲，最后杨天青选择了以死亡来终结它。对于杨天青来说，“活着”在某种意义上是痛苦的，这不仅是因为他的亲生骨肉杨天白近在眼前而不认他，更是因为身心的精疲力竭使他耗尽了“生”的希望，在这种意义上来看，他的死或许也是他终止“痛苦”的一种有效方法。再如，在方方的小说《闲聊宦子塌》里，作家在对胡幺爹爹和秦家妑妑年轻时的爱情悲剧进行隐含式描述当中就涉及了伦理问题——胡幺爹爹的子女与秦家妑妑的孩子们实际上是同父异母的兄弟姐妹，道德问题——胡大富为赚钱昧良心卖假药而害死了人，而且作家还将对于做人应该具有的道德准则借胡幺爹爹之口表达了出来：“做人比赚钱紧要”“人一世，不光是饱肚子，脸皮子怕是更要紧些”。

再次，在新写实小说中，还多次阐述了关于“人”的生命与人生的哲思。例如：在方方的小说《风景》开篇，作家就以法国十九世纪现代派诗人波特莱尔的名言阐述其对于人生的哲思：“……在浩漫的生存布景后面，在深渊最黑暗的所在，我清楚地看见那些奇异世界……”，紧接着又以“七哥”的口吻将其对于人生的哲思加以揭示：“七哥说，当你把这个世界的一切连同这个世界本身都看得一钱不值时，你才会觉得自己活到这会儿才活出点滋味来，你才能天马行空般在人生路上洒脱地走个来回。七哥说，生命如同树叶，来去匆匆。春日里的萌芽就是为了秋天里的飘落。殊路却同归，又何必在乎是不是抢了别人的营养而让自己肥绿肥绿的呢?”在小说结尾再次呼应开篇出现的“七哥说生命如同树叶，所有的生长都是为了死亡。殊路却是同归。七哥说谁是好人谁是坏人直到死都是无法判清的。七哥说你把这个世界连同它本身都看透了之后你才会弄清你该有个什么样的活法”。如此这番关于“人生”与“生命”的理性阐发不仅将“七哥”那被异化和错位的人生观与价值观加以反讽性地揭示出来，而且也引起我们对于“人生”以及“生命”的深入思考。在池莉的小说《你是一条河》中，王贤良从襄河里救出欲跳河自杀的嫂子辣辣时对她说的劝慰之语：“生命属于人只有一次呵!”简单直白地将人的生命的唯一性与宝贵性一语道破。在方方的小说《桃花灿烂》里，作家借陆粞母亲之口将对于人生“看透”的辩证哲思表达了出来：“粞的母亲冷冷一笑说：‘把什么都看透了的人何止千千万万，但千千万万的人并不作看透之举。一个有妻室有儿女有责任感的人即使看透了一切，也要看不透地生活，这种忍辱负重才是一种真正的看透。像你父亲那样，无非是一种逃避，他永远不会成为一个看透的人。’”同样是在这篇小说中，陆粞也同样对人生进行过自问式的思考：“粞常常问自己，父亲和母亲这样的人生悲剧是谁造成的呢？是政治运动？是生存环境？是婚姻本身？是命运安排？抑或是他们自己的本性所致？粞并不想要找出答案。粞只是觉得人生高兴时从不想问为什么，而在悲愤时不断地问这问那。粞觉得自己深深地明白了屈原当年为什么一串串地询问天和质问天。”而陆粞的父亲也在他为数不多的对儿子进行人生教育的话语中将其历经了大半辈子所悟出的人生道理阐释了出来：“粞说：‘你对事物认识得这么深刻，可你还是错过了一生。’父亲冷冷地说：‘所以才能教训你。人等走完了路，才回头来评点当初该走哪条更好或更近，那就晚了。’”在方方的小说《闲聊宦子塌》里也出现过对于人生的“隐秘”性思考：“唉，随么样的人都有自家的心思；随么样的人都晓得隐起那些必须隐起的东西。天下为人不知晓的事比人所共知的事多得多咧。”在方方的小说《白驹》的结尾，作家假借小说人物夏春冬秋之口也将其对人生的感悟阐发了出来：“人生天地之间，若白驹之过隙，忽然而已。”同样在她的小说《祖父在父亲心中》里，作家通过“父亲抄写古诗词的笔记”而将人生哲理加以揭示“世事漫随流水，算来一梦浮生”。在小说里，我们看到，作家方方又对“磨难”之于一个“人”的“人生”意义进行打破常规性的深入思考：“有诗说饱经磨难的人更加坚强。我想写这诗的人一定没有经历过磨难，或是经历了磨难后又摆出一副唱高调的面孔。而实际上经过磨难的人与没有经过磨难的人相比要软弱得多、怯懦得多甚至神经过敏得多，如果那个磨难确实叫磨难的话。”

（二）关于“生活”的理性诠释

新写实小说关于生活的理性阐释往往体现在广义的“生活”层面和狭义的爱情生活以及婚姻家庭生活等方面。

首先，新写实小说在广义的“生活”层面向我们揭示了一系列关于生活的思考。例如：在池莉的小说《烦恼人生》里，作家通过描写印家厚与小白在轮渡上对诗的场景将其对于“生活”的感悟阐发出来：“小白不服气，面红耳赤地争辩道：‘铜臭！文学才过瘾呢。诗人。诗。物质享受哪能比得上精神享受。有些诗叫你想哭想笑，这才有意思。有个年轻诗人写了一首诗，只一个字，绝了！听着，题目是《生活》，诗是：网。绝不绝？你们谁不是在网中生活？’顿时静了。大家互相淡淡地没有笑容地看了看。印家厚手心一热，无故兴奋起来：‘我倒可以和一首。题目嘛自然是一样，内容也是一个字——’大家全盯着他。他稳稳地说：‘——梦。’好！好！大家都为印家厚的‘梦’叫好。以小白为首的几个文学爱好者团团围住他，要求与他切磋切磋现代诗。”在这里，作家巧妙地以“网”和“梦”来对“生活”的真谛进行理性的概括，既把“生活”当中充满烦恼与无奈的现实之“网”的一面表现了出来，也将“生活”里充满希望与美好的“梦”的一面加以阐释，从而较为全面地把关于“生活”的全方位理性哲思——生活如“网”似“梦”揭示了出来。又如，在方方的小说《风景》中，作家通过对“四哥”的生活状况的描述进一步上升到对于广义上人们的“生活”的思考：“能有几人像四哥这样平和安宁地过自给自足的日子呢？这是因为嘈杂繁乱的世界之声完全进入不了他的心境才使得他生活得这般和谐和安稳么？四哥又聋又哑啊。”这里通过对“又聋又哑”的“四哥”的幸福生活与健全人们所经历的“嘈杂繁乱”的生活加以对比来凸显出“生活”的真意——“平和安宁”的生活才是真正幸福的生活。再如，在池莉的小说《冷也好热也好活着就好》里，我们看到，作家直接在小说的题目里就把自己对于生活的直白却又意蕴深刻的生活哲理阐释出来——冷也好热也好活着就好，的确，对于普通人每天都要经历的平淡生活来说，无论是冷是暖，只要是“活着”那就会获得生活里的那些平凡质朴却又最弥足珍贵的一切。还有，在刘震云的小说《一地鸡毛》里，作家以小林的口吻道出了人生处世与生活的真理：“其实世界上事情也很简单，只要弄明白一个道理，按道理办事，生活就像流水，一天天过下去，也蛮舒服。”

其次，新写实小说在狭义的爱情生活和婚姻家庭生活方面也隐含着一些理性的阐释。例如，在池莉的小说《你是一条河》中就存在着作家对于爱情生活的理性思考：“不管男女之间发生任何矛盾冲突，女人总是相信男人在背后对她的思念并情愿为之投桃报李。”如此一番阐述之后，就将在女性恋爱过程中较为普遍存在的思想揭示了出来。在池莉的小说《太阳出世》里，我们又看到了在婚姻家庭生活中的赵胜天与李小兰夫妻二人在为人父母之后而表达出的人生感悟：“你爸爸结婚那天打架，你妈妈穿着新娘婚纱骂大街，多么调皮多么轻浮多么无知多么浪漫的一对年轻人，是你默默无声地把他们变成了稳重的成年人。从前他们不知有爱，现在他们对你对其他孩子对老人对所有人都充满爱意充满宽容，自然，会爱的同时也会了恨。都是因为有了你，孩子。”在《烦恼人生》中，作家又通过表现印家厚在为人夫、为人父之后所发生的一系列思想转变当中将其对婚姻家庭生活的理性思考阐发了出来：“少年的梦总是有着浓厚的理想色彩，一进入成年便无形中被瓦解了。印家厚随着整个社会流动，追求，关心。关心中国足球队是否能进军墨西哥；关心中越边境战况；关心生物导弹治疗癌症的效果；关心火柴几分钱一盒了。他几乎从来没有想是否该为少年的梦感叹。他只是十分明智地知道自己是个普通的男人，靠劳动拿工资而生活。哪有工夫去想入非非呢？日子总是那么快，一星期一星期地闪过去。老婆怀孕后，他连尿布都没有准备充分，婴儿就出世了。老婆就是老婆。人不可能十全十美。”“雅丽怎么能够懂得他和老婆是分不开的呢？普通人的老婆就得粗粗糙糙，泼泼辣辣，没有半点儿身份架子，尽管做丈夫的不无遗憾，可那又怎么样呢？”在《不谈爱情》中，作家又不乏对婚姻家庭生活所做出的理性阐释：“开始是这样的吧：

为了一件小事，夫妻吵架。然后就滚起了雪球：他的同事、吉玲的家庭、章大姐、华茹芬、王珞、曾大夫、他的父母、双方的单位，一场混战。婚姻不是个人的，是大家的。你不可能独立自主，不可以粗心大意。你不渗透别人别人要渗透你。婚姻不是单纯的意思，远远不是。妻子也不只是性的对象，而是过日子的伴侣。过日子你就要负起丈夫的职责，注意妻子的喜怒哀乐，关怀她，迁就她，接受周围所有人的注视。与她搀搀扶扶，磕磕绊绊走向人生的终点。”于是，我们在其中也就看到了作家对于“执子之手，与子偕老”的现代版婚姻家庭生活的永恒性真理的揭示。

（三）关于“发展”的探索性思考

一般来说，人类个体在满足了自身生存的基本需要之后，往往就会朝着个体所设定的发展目标继续向前迈进。从这种意义上来说，人的“发展”命题就具有了一定的普遍性和永恒性意义。这种“普遍性”使人的“发展”这一命题往往在具有共时性特征的一段时期内人类所存在的各个领域里都有所体现；而这种“永恒性”又使它在具有历时性特征的古往今来的历史长河中不断显现。

在新写实小说中，我们同样也看到了作家们对于人的“发展”这一命题的普遍性与永恒性的揭示以及他们对于这一问题的探索性思考。在方方的小说《风景》里，“七哥”为了自己的前途与发展而不惜违背良心，对于这种基于人性被“异化”基础上的发展是值得我们深思的。在她的小说《白驹》里，作家又一次从反面对社会上的个人没有专业能力却要向上发展的问题进行颇具反讽意味的思考：“邬经理极能饮酒，亦极能劝酒，众人便纷纷夸说此乃典型的干部人才。并举例说某工厂为了能陪好上级的各类检查团，专门将车间一个极善饮酒的锻工提了干。锻工喝一斤半白酒仍能轻松地骑着自行车回家。为此每来检查团，只要有他出马，各路人员均能满意地打着嗝出厂大门。为此厂里每项检查都顺利得到通过。全厂干部无一不说那锻工是这些年新发现的特殊人才，弄得厂里一帮酒鬼均称自己是人才并谋求改换办公室的工作。”“若能饮酒且又能将马屁拍得尽善尽美，那么一个人的前途便不可估量了。”在刘震云的小说《新兵连》里，我们也看到了作家对于人的“发展”问题的思考。为了评骨干、入党以及工作分配，原本“来时大家都兄弟似的”，结果“一到部队，都成了仇人”，为了个人的发展“人与人之间的关系也紧张了”。作家借用“我”的口吻表达了对人在“发展”中的变异的思考：“我看着班里每一个人都不顺眼，觉得这些人都品质恶劣。十七八岁的人，大家都睡一个打麦场，怎么一踏上社会，都变坏了？”在另一小说《单位》里，作家借用小林的身份道出了在“单位办公室”里个人追求发展的感悟：“世界说起来很大，中国人说起来很多，但每个人迫切要处理和对付的，其实就身边周围那么几个人，相互琢磨的也就那么几个人。任何人都不例外，具体到单位，部长是那样，局长是那样，处长是那样，他小林也是那样。你雄心再大，你一点雄心没有，都是那样。小林要想混上去，混个人样，混个副主任科员、主任科员、副处长、处长、副局长……就得从打扫卫生打开水收拾梨皮开始。而入党也是和收拾梨皮一样，是混上去的必要条件，或者说是开始。你不入‘贵党’，连党员都不是，怎么能当副处长呢？而要入党，就得写入党申请书，就得写思想汇报，重新检查自己为什么以前说党是‘贵党’而现在为什么又不是‘贵党’而成了自己要追求的党！谈清楚吧，小林，否则你就入不了党，你就不能混好，不能混上去，不能痛快地吃饭、睡觉、拉屎撒尿！”这种关于人的“发展”的普遍性与永恒性的问题，在刘震云的农村题材小说《头人》里几乎同时显现出来。小说里，这种关于人的“发展”问题的“永恒性”表现在历经了从“民国”时期的“申村的第一任村长”“祖上”开始一直到“一九八八年”的申村村长“贾祥”为止，历届申村村长在追求所谓“头人”官衔的过程中都付出了或多或少的努力甚至还有生命的代价。而这种关于人的“发展”的“普遍性”则表现在历届申村“头人”——无论是祖上、“我姥爷”、宋家掌柜、老孙还是金新喜、恩庆、贾祥，他们也都在自己的任期内打理申村的各种日常大小事务——像“兄弟斗殴、婆媳吵架、孤老、破鞋、盗贼一类案子”等当中付出自己的心力，用贾祥那句粗俗却含义深刻的话来说就是："这一群鸡巴人，不是好弄的！"再如，在他的小说《官人》里，我们又看到了这种个人的发展追求在"局里"的展现：从一个正局长"老袁"与"七个副局长，张、王、李、赵、刘、丰、方"彼此之间的一系列鹬蚌相争的过程里，我们看到，尽管他们的出发点都是以保住或是提升自己的"官位"为个人发展的目的之所在，但是在这其中他们却自觉不自觉地以影响甚至破坏他人的发展作为获得自身发展的手段，这种畸形的互相攀比、一味追求个人利益的发展方式就使得"局里"到处都充斥着钩心斗角和相互拆台。而对于他们的这种"发展"方式，作家采取了一种强烈地带有反讽性色彩的批判："有劲不往工作上使，相互拆台，互相想看笑话，明里一盆火，暗里一把刀，上面握手，下面使绊子，不知哪来的那么多'阶级仇恨'！这还像党的机关吗？"在小说的结局，我们看到，他们自己在心里各自所打的向上"发展"的小算盘都没有如愿，而是被"新任局长老曲"渔翁得利。但是我们又看到，围绕着"局里"个人的"发展"问题而展开的一系列明争暗斗并没有到此偃旗息鼓，而是又以另一种面貌与格局而重新开始了。作家在小说结局上的这种设置不仅是将现实生活里的机关与职场的实际情况加以展现，而且也是从一定程度上将人的"发展"的普遍性与永恒性问题揭示了出来。

基于上述我们对新写实小说在关于时代、历史、文化等方面的多方位承载与思考以及对于人的生存、生活乃至发展的多角度阐析，我们发现，实际上，新写实小说在被浅表层的所谓"鸡毛蒜皮"之类的"生活琐碎"表象的遮掩之下，其内部潜隐着一种深度，而这种深度正是源自于新写实小说家们那"深埋于灵魂的深度意识"①。因此，从这种意义上来说，新写实小说"之所以被批评家与读者所关注，恰恰不在于它的平面化，它的毫无意义，而正在于它的深度，它的意义"②。

---

① 曹文轩：《二十世纪末中国文学现象研究》，作家出版社 2003 年版，第 134 页。

② 同上书，第 135 页。

第三节　新写实小说的艺术特征与艺术价值

通过对各种版本的中国当代文学史进行“细读式”梳理，我们发现，它们在对新写实小说的理论概括上所普遍采纳的观点为：文学期刊《钟山》对其进行的理论概括。

作为首倡“新写实小说”的文学期刊，《钟山》在1989年第3期开辟的专栏“新写实小说大联展”中，曾经对新写实小说的艺术特征概括如下：“所谓新写实小说，简单地说，就是不同于历史上已有的现实主义，也不同于现代主义‘先锋派’文学，而是近几年小说创作低谷中出现的一种新的文学倾向。这些新写实小说的创作方法仍是以写实为主要特征，但特别注重现实生活原生形态的还原，真诚直面现实、直面人生。虽然从总体的文学精神来看新写实小说仍可划归为现实主义的大范畴，但无疑具有了一种新的开放性和包容性，善于吸收、借鉴现代主义各种流派在艺术上的长处。新写实小说在观察生活把握世界的另一个特点就是不仅具有鲜明的当代意识，还分明渗透着强烈的历史意识和哲学意识。但它减退了过去伪现实主义那种直露、急功近利的政治性色彩，而追求一种更为丰厚更为博大的文学境界。”① 我们看到，由于文学期刊《钟山》对新写实小说所做出的这一番颇具“时效性”的理论概括，无论是在时间上的“先入性”还是在影响范围上的“广阔性”，都使得这一表述最终被定格为新写实小说艺术特征的表达。

但是，从一定意义上来说，我们认为，《钟山》对于新写实小说的理论概括只能是一种“先入为主”的理论预设，这是因为在它给出这一理论概括之时，新写实小说的很多代表性文本还没有“降临尘世”，因此，这也就使得《钟山》所给出的这种理论概括更具“理论”层面的意义和“预言”的性质，与此同时，这也就在一定程度上造成了新写实小说的理论概括与“实际”的艺术特征之间会

① 本刊编辑部：《“新写实小说大联展”卷首语》，《钟山》1989年第3期。

产生一定的差别。

一　新写实小说的艺术特征

那么，新写实小说在中国当代文学史中又呈现出怎样的艺术特征呢？循着这样的思路，我们就需要进入到中国当代文学史的叙述视野中来考察新写实小说的艺术特征。

通过考察，我们发现，尽管各种版本的文学史或具有文学史性质的著作对于新写实小说的艺术特征表述由于在话语阐释方式和对比参照系统的选择上多有出入从而具有一定的差异，但是在它们的整体表述中对新写实小说的艺术特征的表达也存在着共同之处，这主要表现在：关注日常生活中的普通人及其真实的生存状态，“还原”生活的“原生态”，作家情感的“零度”介入以及作品不带有政治色彩等。我们看到，这种从文学史角度对新写实小说的艺术特征所做出的共同性表达在具有一定的合理性的同时，也存在着一些值得我们思考与商榷之处。

（一）何种“还原”

首先，在“还原”生活的“原生态”这一新写实小说艺术特征的表述上，我们认为对“还原”一词的使用本身存在着值得思考的地方。

这是因为，众所周知，“‘原生态’或‘还原生活’，与胡塞尔的现象学哲学有关”①。在胡塞尔的现象学中，胡塞尔认为：“现象学的还原就意味着：所有超越之物（没有内在地给予我的东西）都必须给以无效的标志，即它们的实存、它们的有效性不能作为实存和有效性本身，至多只能作为有效性现象”②，由此可以看出，他使用“还原”一词实际上指的是：“回到起源，在现象学的意义上

① 陈晓明：《中国当代文学主潮》，北京大学出版社2009年版，第378页。

② ［德］埃德蒙德·胡塞尔：《现象学的观念》，倪梁康译，人民出版社2007年版，第7页。

说就是回到知识的源头，回到纯粹意识。”① 简言之，胡塞尔的现象学“还原”是一种回归到纯态意识的“还原”。而且，我们看到，胡塞尔的现象学“还原”的方法本身还包括三大渐进性步骤，即：“第一步是‘现象的还原’。即把那种在自然的态度中看作是意识形态之外的客观事物看作（还原为）在感知意识中呈现的现象。第二步是‘本质的还原’。胡塞尔认为现象的还原虽然将我们的视野转向了‘现象’（意识活动与意识内容），但此刻我们得到的只是有关个别的事物的意识与现象，这种意识流动不居，在这种意识中呈现的现象也闪烁不定，因此它还不足以成为知识的确定性基础。只有进一步排除不确定的个别经验因素，才能接近这一基础。所谓‘本质的还原’就是要求我们从个别事物的直观意识过渡到本质观念的直观意识，即从对这朵红花和那朵红花的直观意识过渡到对‘红’这一本质观念的直观意识，这是一种更为内在的、确定不移的意识。第三步是‘先验的还原’。胡塞尔认为本质的还原虽然清除了经验主义的残余，但如果停留于此则会陷入心理主义的泥坑，因为在这一阶段我们集中关注的是意识的主体性问题，而对象的客体性问题还是存而不论的。先验的还原就是要最后回答对象的客体性问题，将客体彻底还原为纯粹先验意识的构造，从而消除心理主义那里潜在的主客二元对立。”② 我们看到，尽管胡塞尔在其现象学还原方法的第一步以及后来被称为“真正意义上的还原”的第三步当中都将客观性事物纳入其研究当中，但是我们却看到了这些客观性事物最终“还原”的产品依然是主观性的“纯粹先验意识”。

基于上述“还原”一词在现象学中的真正释义，当我们再返归到新写实小说中，我们发现新写实小说所展现的生活的“原生态”是一种客观性、唯物化的呈现而非现象学的“还原”一词所指向的

① 张云鹏、胡艺珊：《现象学方法与美学——从胡塞尔到杜夫海纳》，浙江大学出版社2007年版，第67页。

② 朱立元主编：《当代西方文艺理论》，华东师范大学出版社2005年版，第126—127页。

那种"'纯粹的先验意识'或'纯粹的先验自我'"[①]，这就使得文学史在对新写实小说的艺术特征加以表述时所使用的"还原"一词在某种程度上有失妥帖。因此，我们认为，在文学史使用"还原"一词来对新写实小说的艺术特征加以表述时，应该采取适当的措施——或是将"还原"一词"置换"为其他符合新写实小说本身艺术特征表达的词汇，或是像有些文学史那样对"还原"一词加入"原意"的必要说明和对其"新意"的适当阐释，从而避免造成概念上的混乱与误导。

（二）如何"零度"

在作家情感的"零度"介入这一新写实小说艺术特征的表达上，我们认为对"零度"一词的使用本身也存在着值得商榷之处。这是因为，从某种意义上来说，这种"零度"的表述本身也具有其存在的不可能性，这主要表现在以下两个方面。

一方面，我们从对作家创作领域里的"零度"一词的探源上来看，它源于法国文论家、批评家同时也是结构主义向后结构主义过渡的关键人物之一——罗兰·巴尔特出版于1953年的成名作——《写作的零度》一书，在该书中，他提出了关于作家创作领域里的"写作时'零度'介入"[②]的观点。对于这一观点，我们看到，罗兰·巴尔特在提出的同时又是对其加以批判的，"严格地讲，巴尔特是在《写作的零度》中否定了写作的'零度'，但这种否定是在比作者个人行为更大的范围来看才适用的，也就是说，某一作者在写作时可能确实是以零度介入作为前提，但他的写作会在整个写作系统中被整合，实际上是非零度化了"[③]，而且在罗兰·巴尔特后来出版于1964年的《符号学原理》一书中，他再一次地对"零度"的写作加以说明："零度的写作根本上是一种直陈式写作，或者说，非语式的写作。可以正确地说，这就是一种新闻式写作，如

---

① 朱立元主编：《当代西方文艺理论》，华东师范大学出版社2005年版，第127页。

② 同上书，第239页。

③ 同上书，第240页。

果说新闻写作一般来说未发展出祈愿式或命令式的形式（即感伤的形式）的话。这种中性的新写作存在于各种呼声和判决的汪洋大海之中而又毫不介入，它正好是由后者的‘不在’所构成。但是这种‘不在’是完全的，它不包含任何隐蔽处或任何隐秘。于是我们可以说，这是一种毫不动心的写作，或者说一种纯洁的写作。”[①] 由此，我们看到，罗兰·巴尔特所提出的“零度”写作的观点是不掺杂任何的主观性因素的，而这对于主观性创作的主体——作家来说，实现这种“零度”的写作的可能性几乎是零。

另一方面，为了排除罗兰·巴尔特所说的“某一作者在写作时可能确实是以零度介入”的可能性，我们就需要对新写实小说作家在创作新写实小说的过程中其本身的情感状态加以考察。而在此问题上，新写实小说的代表作家们又是如何回答的呢？刘震云认为：“理性应体现对生活的独特体验上。写作前总是有了独特的体验，然后再写作”[②]；池莉的回答是：“写作有时重新布局结构，情绪也有变化，随情感变化而写，但不脱离原先总的想法”[③]；方方说道：“写作以情感为主，凭直觉”[④]；刘恒也指出：“到了写《狗日的粮食》开始，我就有一种真正的写作的感觉，灵感喷涌而出，不可遏制。《黑的雪》《逍遥颂》《伏羲伏羲》《虚证》都是在这种状态下完成的。”[⑤] 由此，我们看到，上述回答中的“体验”“情感”“直觉”“灵感”等一系列包含新写实小说代表作家们在其创作过程中所持有的主观性情感因素，便是推翻新写实小说作家情感的“零度”介入或“零度”写作的有力证据。除此之外，我们还看到，在新写实小说的文本中也“潜隐”着作家们的思想情感与精神内涵，关于此点我们已在前面的章节里加以阐释，这里就不再赘举。

---

① ［法］罗兰·巴尔特：《符号学原理》，李幼蒸译，生活·读书·新知三联书店1988年版，第102—103页。

② 丁永强整理：《新写实作家、评论家谈新写实》，《小说评论》1991年第3期。

③ 同上。

④ 同上。

⑤ 於可训主编：《小说家档案》，郑州大学出版社2005年版，第410页。

因此，我们认为，在新写实小说的创作中，作家的情感的“零度”介入是不存在的，继而也就在一定意义上显示了在作家情感的“零度”介入这一新写实小说艺术特征的表达上的非事实性与值得商榷之处。故而，我们有理由认为，新写实小说并非作家情感的“零度”介入或“零度”叙事的产物，而只是一种作家在创作时主观上刻意隐藏情感诉求，但在客观上却又若隐若现的状态下生成的小说文本，或者可以说是一种作家情感“低度”介入的产物。

基于以上的探讨，我们认为，新写实小说的艺术特征表达应主要概括为：关注日常生活中的普通人，反映他们真实的生存状态，作家持有较为客观与“低度”的情感表达，作品不带有政治色彩等。从一定程度上来说，似乎这些表述更符合新写实小说的文本实际，也更加确切一些。而且这里我们需要指出的是，以上所提出的关于进入到文学史研究视野中的新写实小说艺术特征表达上的两方面思考，我们丝毫无意于改变中国当代文学史对于新写实小说的艺术特征所达成的共性表述，而只是在于提出一种思考，这种思考的最终目的便是在于使文学史研究视野中的新写实小说的艺术特征表达更加趋于完善并接近完美。

二　新写实小说的艺术价值

（一）创作方法：“杂取种种，合成一个”

一般来说，创作方法是指“作家在进行艺术创造时处理创作与现实之间的关系所依据和遵循的基本原则”①，它“与作家的哲学观念、美学观念、艺术理想有着密切的关系，甚至与创作主体所处的一定的经济、政治、哲学思潮等有密切关系，尤其与社会上种种文艺思潮的关系更为密切，而且随着种种文艺思潮的变化而变化，所以创作方法的形成既不是一朝一夕的事情，也不是哪一两个作家凭空想象的结果，它是在许多作家甚至一代人的共同努力下，经过长期的创作经验的积累逐步形成的。它自身既有历史继承性，又在

① 徐迺翔、张晨辉主编：《文学词典》，学苑出版社1999年版，第496页。

不断的革新中逐步发展和完善，有其‘自己的独立自主性’”[①]。

当我们对新写实小说的创作方法进行考察时，我们发现它呈现出一种“杂取种种，合成一个”的特征。这里所说的“杂取种种，合成一个”是我们借鉴鲁迅先生在《且介亭杂文末编·〈出关〉的“关”》一文中所讲到的他在“作家的取人为模特儿，有两法”[②]中所一向选取的“后一法”——“杂取种种人，合成一个”[③]而演变产生的。鲁迅先生用“杂取种种人，合成一个”表达他在写人时所一贯采取的一种方法，而这里我们用“杂取种种，合成一个”意在指出新写实小说在创作方法方面所呈现出来的特点，即：“杂取”现实主义、自然主义、现代主义以及后现代主义等“种种”创作方法在某方面的因子为己所用，并“合成一个”，从而使新写实小说在一定程度上萌生出一种“新”的创作方法。这也正如同王干在《新写实小说的位置》一文中所谈到的那样：新写实小说“可以从两个方面去理解，即‘新写’和‘新实’。如果从‘新写’的角度讲，它具有新潮小说所有的手段。但同时它又是写实的，它又是‘新实’，它把我们日常经验中的一些所谓原生态、生活的容貌作为对象，把原来所有过的处理加括号悬置起来，然后自己重新来开辟一片处女地。”[④]

首先，杂取现实主义的因子。从新写实小说书写的内容来看，新写实小说作家们在一定程度上都反映了现实生活中的人与事，在这一点上就与现实主义所强调的“真实地展现生活”[⑤]相契合，因此，我们将其视为新写实小说对现实主义创作方法的汲取。

然而我们看到，新写实小说所注重表现的是日常现实生活中的普通人和平凡事的“生活原貌”，不再是现实主义所强调的“典型

---

① 徐迺翔、张晨辉主编：《文学词典》，学苑出版社1999年版，第496—497页。

② 鲁迅：《鲁迅全集》第6卷，人民文学出版社2005年版，第537页。

③ 同上书，第538页。

④ 王干：《新写实小说的位置》，《钟山》1990年第4期。

⑤ ［美］M. H. 艾布拉姆斯：《文学术语词典》，吴松江主译，北京大学出版社2009年版，第521页。

人物”与“典型环境”的书写。而且，在以往现实主义的经典作品里，如：法国巴尔扎克的《人间喜剧》，俄国托尔斯泰的《战争与和平》，我国茅盾的《子夜》、巴金的《家》《春》《秋》、柳青的《创业史》等作品中多采取宏大叙事书写。新写实小说与上述这些宏大叙事不同，在一定程度上，由于新写实小说作家们将写作视点的放低与融入大众，因此，这一点在现实主义小说里就很难见到。再者，在对于现实主义所秉承的“发掘社会生活的本质”① 方面，新写实小说则多表现为：不直接揭示本质，而是启发读者对小说所反映的现象或人与事的本质进行自我思考、自我发掘，这在一定程度上使读者对新写实小说具有了自主开发性。

其次，杂取自然主义的因子。从新写实小说书写的方式上来看，新写实小说作家们往往对于日常现实生活中的“普通人”与“平凡事”作一种“置身世外”的生活“原生态”描述，这一点与自然主义所强调的“对现实生活作绝对客观的表面现象记录”在一定程度上具有相似之处，而且，自然主义对于人物与事物所作的“平凡而琐碎、偶然的现象描绘”② 在新写实小说中也多有体现，因此，我们将这些作为新写实小说汲取自然主义之处。

然而，与此同时，我们也看到，新写实小说所作出的对现实生活中的人与事的客观描述又与自然主义有很大的不同：前者注重客观反映的是现实生活中的普通人与事物的真实状态，即是什么就写什么，这一点用新写实小说代表作家池莉的话来说就是“我做的是拼板工作，而不是剪辑，不动剪刀，不添油加醋”③，而自然主义则“要求作家用科学实验的方法，把人当作生物和病例来进行解剖和观察，并逐一记录其具体表现和探究其遗传、病理的内在根源”④，因此，这就使新写实小说本身与自然主义小说存在着很大的不同。而且，虽然在新写实小说里也有对自然主义作家所倾向于

① 徐迺翔、张晨辉主编：《文学词典》，学苑出版社 1999 年版，第 513 页。

② 同上书，第 515 页。

③ 丁永强整理：《新写实作家、评论家谈新写实》，《小说评论》1991 年第 3 期。

④ 徐迺翔、张晨辉主编：《文学词典》，学苑出版社 1999 年版，第 515 页。

选择的人性本能里的“饥饿、聚敛财富的欲望以及性欲”[①] 的书写，但是，我们看到新写实小说在表现这些方面的内容时往往将这些“人”融入一定的历史与社会观念中，人仍为“人”；而自然主义小说则大多从达尔文的生物学角度，将人视如一种“动物”般地加以描述，由此可见两者的差别所在。

再次，杂取现代主义的因子。从新写实小说书写的技巧上来看，新写实小说作家们也多采用现代主义的表现手法进行创作，例如：方方在小说《风景》里，以已经死去的婴儿——“小八子”的视角进行书写；在小说《白驹》里，采用充满戏谑笔调的手法将王小男的真正死因加以交代等。因此，从一定意义上来说，新写实小说对于现代主义的创作手法是采取一种借鉴与汲取的态度的。

但是我们也看到，在新写实小说与现代主义之间存在着“质”的差别。一是对于现代主义所产生的主观唯心的理论基础，新写实小说是与其完全相反的，而以客观唯物主义作为自身的理论根基。二是在现代主义对世界所一贯持有的悲观与消极态度方面，新写实小说则多是以一种乐观积极的态度对待现实生活中的人与事，往往给予读者以希望，例如：《烦恼人生》里的印家厚尽管在一天的生活里烦恼重重、压力不断，但是在一天即将结束之时，他又对自己寄予一种希望的暗示：“你现在所经历的这一切都是梦，你在做一个很长的梦，醒来之后其实一切都不是这样的。”[②] 又如：《桃花灿烂》里的陆粞，尽管他的生命已经消逝，但是在小说的结尾我们又看到作为他生命延续的血脉——陆粞的儿子“旸”，名字取义自“日出”并且充满了生命的希望。三是对于现代主义作家在某种程度上所持有的疏离大众读者的倾向，新写实小说作家们则是与其完全相反地在创作时以最普通而且最普遍的大众读者作为其小说的受众群体。

最后，杂取后现代主义的因子。从新写实小说创作的其他手法

---

① ［美］M. H. 艾布拉姆斯：《文学术语词典》，吴松江主译，北京大学出版社 2009 年版，第 523 页。

② 池莉：《池莉》，人民文学出版社 2000 年版，第 48 页。

上来看，新写实小说作家们也对后现代主义的创作手法进行了学习与吸收，这主要表现在新写实小说对于后现代主义的“反英雄、反崇高、反中心、反主流意识形态”[①] 等方面的汲取上，新写实小说往往表现在：注重对“小人物”进行关注；在新写实小说所表现的平凡的“人”与“事”上，不再有崇高与完美的具有教化倾向的书写，而是多表现不完美甚至有残缺的凡人俗事；新写实小说不再注重以人物为中心或是以环境为中心，而是将所要描写的“人”与“事”交汇融合，表现出“人”为“事”中人，以及“事”为“人”中事的姿态；再者，新写实小说不再具有主流的意识倾向和政治倾向。另外，新写实小说的书写完全在于突出作为人类“个体”中的人，而非作为“集体”中的人，这就使得新写实小说在一定程度上更加注重对于“个体”人的关注。

但是，需要指出的是，尽管新写实小说借鉴并汲取了后现代主义创作的表现手法，然而，两者在本质上还是存在着天壤之别，而且对于一些后现代主义作品所采取的“要颠覆我们已接受的思想和经验模式的基础，以此揭示存在的无意义和潜在的‘深渊’或‘空虚’‘虚无’”[②] 的做法，新写实小说家们也大多是采取一种观望的态度来加以对待。

综合上述，新写实小说对于现实主义、自然主义、现代主义以及后现代主义这四种创作方法的各自所含因子的汲取，使新写实小说俨然形成了一种“新”的“四位一体”的创作方法并以一种新的姿态而展现出来。从一定意义上来说，新写实小说在创作方法上所采取的这种汲取“百家”创作方法之长，而为己所用的态度是具有一定积极意义的。

（二）语言表达：平实自然基调下的凡世之音

“语言是小说的本体，不是附加的，可有可无的。从这个意义

---

① 张学正：《现实主义文学在当代中国（1976—1996）》，南开大学出版社1997年版，第146页。

② ［美］M. H. 艾布拉姆斯：《文学术语词典》，吴松江主译，北京大学出版社2009年版，第339页。

上说，写小说就是写语言。”[①] 由此可见，语言在小说自身的艺术构成方面具有重要的意义与地位。回顾以往在新写实小说诞生之前的文学作品的语言，我们往往会看到它们所呈现出来这样一种状况：“中国传统的‘正宗文学’，强调语言的书面化、规范化、典雅化，新时期以来‘现代主义’的‘先锋’文学，又刻意制造语言的‘陌生化’效果，虽然各有所长，但共同的短处是与人民大众习惯语言的‘疏离’，无形中增加了作品与大众的‘隔膜’”[②]，面对这种既有的小说语言状况，我们看到新写实小说作家们在对语言进行处理时，往往是不约而同地采取了一种平实的语言基调来作为作品的语言“底色”，并在此基础之上加入对话的自然表达与方言俚语的引入，从而将新写实小说所具有的这种贴近大众、贴近读者的语言风格“进行到底”。

第一，平实自然的语言基调。

平实自然的语言基调是新写实小说的作家们源自于民间又回归到民间的语言写作方式与表达方式，这种语言基调的选择使得大众读者群体在阅读小说文本时可以对作品内容的理解更加通俗易懂，而这一点也正是中外文学家、思想家们所强调的文学语言要义之所在。列宁认为文学语言应当要通俗易懂，他曾经指出：“应当善于用简单、明了、群众易懂的语言讲话，坚决抛弃难懂的术语、外来语，背得烂熟的、现成的但是群众还不太懂、还不熟悉的口号，决定和结论等一系列重炮”[③]，鲁迅在《人生识字糊涂始》一文中也曾强调：“白话文应该‘明白如话’，已经要算唱厌了的老调了，但其实，现在的许多白话文却连‘明白如话’也没有做到。倘要明白，我以为第一是在作者先把似识非识的字放弃，从活人的嘴上，采取有生命的词汇，搬到纸上来；也就是学学孩子，只说些自己的确能懂的话。”[④] 由此可见，对于文学来说，语言的表达方式在很

① 童庆炳主编：《文学理论新编》，北京师范大学出版社 2010 年版，第 33 页。
② 汤学智：《“新写实”：现实主义的新天地》，《文艺理论研究》1994 年第 5 期。
③ ［俄］列宁：《列宁全集》第 14 卷，人民文学出版社 1988 年版，第 89 页。
④ 鲁迅：《鲁迅全集》第 6 卷，人民文学出版社 2005 年版，第 306—307 页。

大程度上决定了作品的受众群体以及他们对于作品内容的接受程度如何。

返回到新写实小说本身，我们看到，平实自然的语言是新写实小说语言的主要基调，这在新写实小说的代表性文本里多次呈现。在池莉的小说《烦恼人生》里，作家将发生在普通炼钢工人印家厚身上的平凡一天以日常生活自然发生的方式进行书写，小说里呈现出一种“自然的，有滋味的语言”[①]，使读者对印家厚的所思所想所为感同身受。在刘震云的新写实小说文本里，这种平实自然的语言基调常常在小说的开篇便会让读者充分地感受出来，例如：在《一地鸡毛》里，读者在小说的开头便看到这样的语言：“小林家一斤豆腐变馊了”[②]；在《单位》里，又是以这样的话语——“‘五一’节到了，单位给大家拉了一车梨分分”[③] 来展开发生在单位里的故事；在《官人》里，小说的头一句便是：“二楼的厕所坏了”[④]等，对于诸如此类的小说语言的使用，用刘震云自己的话来说就是：“我写的就是生活本身。我特别推崇‘自然’二字。崇尚自然是我国的一个文学传统，自然有两层意义，一是指写生活的本来面目，写作者的真实情感，二是指文字运行自然，要如行云流水，写得舒服自然，读者看得也舒服自然。”[⑤] 由此可见，对于平实自然的语言运用是新写实小说作家的内在要求也是其外在的展现。在方方的小说《桃花灿烂》里，作家用平实的语言将小说的男主人公陆粞的家庭、爱情工作等方面一一展现。在她的农村生活题材小说《闲聊宦子塌》里，这种平实自然的语言再次展现在读者面前：“春上，宦子塌来了个陌生客。手里拿起盖了乡政府红戳子的介绍信找到村长秦老大，说是要收集革命民歌。”[⑥] 由此，读者便会感

---

① 丁永强整理：《新写实作家、评论家谈新写实》，《小说评论》1991 年第 3 期。
② 刘震云：《刘震云精选集》，北京燕山出版社 2009 年版，第 156 页。
③ 同上书，第 115 页。
④ 刘震云：《刘震云》，人民文学出版社 2000 年版，第 260 页。
⑤ 丁永强整理：《新写实作家、评论家谈新写实》，《小说评论》1991 年第 3 期。
⑥ 方方：《方方读本》，花山文艺出版社 2002 年版，第 114 页。

受到小说语言所散发出来的一种源自于乡间的朴实与自然的气息。在刘恒的小说《狗日的粮食》里，这种源自于农村的质朴平实的语言气息再一次凸显出来："绿豆退学、二谷上学那年，洪水峪日子不坏。虽说新崽儿不在这家就在那家哇地降世，人均土地已由九分降到七分，但返销粮是足的。家家一本购粮证，每人二十斤，断了顿儿就到公社粮站去买。"①

第二，对话的自然表达。

巴赫金认为："对话交际才是语言的生命真正所在之处。语言的整个生命，不论是在哪一个运用领域里（日常生活、公事交往、科学、文艺等），无不渗透着对话关系。"② 在新写实小说的语言里，我们同样也看到了作家在行文中对于对话的自然表达的采用，从而使得新写实小说作品本身的语言更加迫近我们所生活的真实世界。而且，"对话部分要看你所写的是什么人，要适合于他的身份，阶层，年龄，籍贯，性别，而尽量地使用他们自己的语言"③，这一点在新写实小说语言的对话方面也多有体现。

在池莉的小说《烦恼人生》里，作家围绕着半夜里儿子摔下床的事情而在印家厚夫妻之间展开的一段对话将妻子对丈夫的抱怨和盘托出："他把儿子放在空地上，摸了摸儿子的头，说：'好了。快睡觉。''不行，雷雷得洗一洗。'老婆口气翠直。'洗醒了还能睡吗？'印家厚软声地说。'孩子早给摔醒了！'老婆终于能流畅地说话了，'请你走去访一访，看哪个工作了十七年还没有分到房子。这是人住的地方？猪狗窝！这猪狗窝还是我给你搞来的！是男子汉，要老婆儿子，就该有个地方养老婆儿子！窝囊巴叽的，八棍子打不出一个屁来，算什么男人！'印家厚头一垂，怀着一腔辛酸，

① 刘恒：《刘恒精选集》，北京燕山出版社 2006 年版，第 6 页。

② ［苏］巴赫金：《巴赫金全集》第 5 卷，白春仁、顾亚铃等译，河北教育出版社 1998 年版，第 242 页。

③ 钱理群编：《二十世纪中国小说理论资料》，北京大学出版社 1997 年版，第 209 页。

呆呆地坐在床沿上。”[①] 在方方的小说《桃花灿烂》里，作家用夫妻吵架、儿子劝架的一段对话便将一个生活在武汉这座城市里的普通一家三口的面貌展现出来：“栖说：‘莫吵了。吵来吵去也还是在一口锅里吃饭，何必呢？爸爸，你让妈一点不行么？’栖的父亲说：‘那谁来让我呢？’栖的母亲说：‘你让他来让我？这辈子他就没让过。你问他，在外面他谁不让？在家里他又让过谁？连你姐姐他都不会让半分的。华为什么恨他？华就是恨他不像个父亲。’栖的父亲说：‘华恨我，也是你教的。’栖说：‘爸你少说一句好不好？’父亲说：‘奇怪，我比你妈少说了好多句，你怎么老是指责我，就不指责她？’栖说：‘你是男人，妈妈是女人。’父亲说：‘那你的意思是“好男不跟女斗，好人不跟狗斗啰？”’栖正欲辩什么，他的父亲又说：‘第一，我既不是好男又不是好人，所以这句老话对我没有用；第二，法律上从未写过吵起架来男人得让女人。我遵照法律办事而不遵老话。’栖好不高兴，栖说：‘爸，你怎么是这么一个人？’栖的母亲说：‘栖，你莫理他。你到星子那里去玩玩，你若跟他争起来，他纠缠你可以几天几夜不睡觉。’栖的父亲说：‘我从来不说没道理的话，我说的每句话都经得起逻辑的推理。请你不要用纠缠这样的字，倒好像我真是街头的什么无赖似的。’栖的母亲冷冷地说：‘你以为你不是？你只不过比他们更下作一点，一边无赖，一边堂而皇之地将自己遮掩起来。栖，你走吧，星子今天要回家，她说不定要来找你。让她闯见这无赖在家里胡搅蛮缠也没意思。你快去吧。’”[②] 如此一番对话下来，便将陆粞父亲的自私自利、陆粞母亲对丈夫的恨、陆粞对父亲的无奈等通通都表现了出来，使读者能够一目了然。在池莉的小说《你是一条河》里，作家也是通过一段对话便把作为年轻就守了寡但却泼辣、机智又能持家的农村妇女辣辣与她曾经的情夫老李对辣辣的“贼心不死”的各自形象特点跃然纸上：“老李说：‘让我进屋说好不

---

① 池莉：《池莉》，人民文学出版社 2000 年版，第 2 页。

② 方方：《方方读本》，花山文艺出版社 2002 年版，第 33—34 页。

好？’辣辣说：‘那不成。先说有什么事？’老李说：‘你现在需不需要米？’辣辣冷笑了：‘当然需要呀。’‘我已经送来了。’辣辣吱呀开了门。她看见一辆自行车停在她门口，后架上放着一口袋米。她过去掂了掂，老李说：‘六十斤。’辣辣说：‘大方了点儿。’辣辣让老李站好别动。她嗨的一声抱起米袋，用牙齿嗤嗤扯断扎口的绳子，围绕着老李倒掉了米，将口袋往老李脚背上一扔，说：‘滚！’老李站在大米的圆圈中央，气得发抖，半天才说出话来。‘臭婊子！你以为我是找你干什么？我来看我的孩子的，那双胞胎——’‘呸！放你祖宗的狗屁！’辣辣很神气地叉着腰，说：‘老娘办法多得很，还会让你真正占到便宜不成？也不摸摸后脑勺好好想想！’老李从喉管里挤出了几声吭哧，踢开米袋子，骑上自行车飞快地走了。辣辣说：‘嗨，你的米袋子。’辣辣回到屋里拍醒了得屋和艳春，吩咐他们拿上扫帚簸箕和米桶，把门口的米弄回来。两个孩子睡眼迷蒙，问：‘哪儿来的米？’辣辣说：‘天上掉下来的米！去！弄回来就得了。’”① 同样在池莉的小说《冷也好热也好活着就好》中，作家运用发生在不同人物之间的对话方式将武汉这座“火炉城”在夏日里的炙热之状表现得淋漓尽致：“猫子说：‘你不晓得今天出了什么事呢，我特意来告诉你的。’燕华横了他一眼。女人们都问：‘么事呀么事呀？’猫子说：‘我卖一支体温表，拿到街上给顾客。只晒了一会儿太阳，砰——水银标出来了，体温表爆了。’女人们说：‘啧啧啧啧，你看这武汉婊子养的热！多少度哇！’”② “许师傅说：‘回了回了。今天好热啊。’人都应：‘热啊热啊。’许师傅说：‘猫子你热死了，快到房里吹吹电扇。’猫子说：‘无所谓，吹也是热风。’”③ 在刘震云的小说《单位》里，作家同样运用对话的形式将单位里面的复杂人际关系展现了出来，例如，在一次组织处来办公室搞的民意测验之后，发生在小林、女老乔、女小彭三个人之间的对话就将单位里人们的彼此试探以及女老

---

① 池莉：《池莉》，人民文学出版社2000年版，第58—59页。

② 同上书，第298页。

③ 同上书，第299页。

乔与女小彭之间的私人矛盾揭示了出来："等大家填完纸条，组织处的人就带了回去。女老乔又找小林下去'通气'，问：'你填的谁？'小林这时学聪明了，反问：'乔大姐，您填的谁？'女老乔撇撇嘴说：'有人亲自找我，想让我填他，我偏偏不填他！我填的全是两个外边的！'小林说：'我填的也是外边的！'女老乔很高兴，说：'就是这样，就是这样。'回到办公室，女老乔又找女小彭'通气'，谁知女小彭还记着以前跟女老乔的矛盾，不吃女老乔那一套，一边对着镜子抹口红，一边大声说：'我爱填谁填谁，组织处不是说保密了吗！'女老乔吃了一憋，脸通红，自找台阶说：'我不就问了一句吗？'"[①] 再如，在刘恒的小说《狗日的粮食》里，洪水峪的农民杨天宽和他用"二百斤谷子"换回来的女人瘿袋在初次见面时的对话便显示出了杨天宽的木讷、厚道与瘿袋曹杏花的俗辣尖厉的性格特征："'你的瘿袋咋长的？'出了清水镇的后街，杨天宽有了话儿。'自小儿。''你男人嫌你……才卖？''我让人卖了六次……你想卖就是七次，你卖不？要卖就省打来回，就着镇上有集，卖不？''不，不……'女人出奇的快嘴，天宽慌了手脚，定了神决断，'不卖！''说的哩。二百斤粮食背回山，压死你！'"[②]

第三，方言俚语的引入。

鲁迅曾经指出："方言土语里，很有些意味深长的话，我们那里叫'炼话'，用起来是很有意思的，恰如方言的用古典，听者也觉得趣味津津。各就各处的方言，将语法和词汇，更加提炼，使它们发达上去的，就是专化。这于文学，是很有益处的，它可以做得比仅用泛泛的话头的文章更加有意思。"[③] 我们看到，在新写实小说里作家们也大量引入方言俚语，这使得作品本身更加富有日常生活里鲜活真实的生命色彩。

在池莉的新写实小说里，我们常常会看到一些颇具武汉地域特点的方言俚语，例如：在小说《烦恼人生》里的"屙尿"（即小

---

① 刘震云：《刘震云精选集》，北京燕山出版社 2009 年版，第 127—128 页。

② 刘恒：《刘恒精选集》，北京燕山出版社 2006 年版，第 1—2 页。

③ 鲁迅：《鲁迅全集》第 6 卷，人民文学出版社 1981 年版，第 97 页。

便），在《你是一条河里》的“旋糖模”（即做糖人，江汉平原土语），《太阳出世》里的“筲箕圈、六点钟——半转；藕灌进了稀泥巴——糊了心眼”，《冷也好热也好活着就好》里的“么事”（即什么事情，武汉常用口语）“男将”（即男人、男性）“苕”（即地瓜，武汉方言里意指人的头脑死板不灵活）“伢”（武汉方言，指小孩儿）“姑娘伢”（即姑娘，武汉方言）“有偏”（武汉方言里的客气用语，它只在特定的时期使用，即有客人来访，主人正在吃饭的时候，主人便会礼节性地打招呼说：“有偏”，意思是说，我在吃饭，没有招待好客人，把客人“偏”在一边怠慢了），甚至是武汉方言里的骂人口语在小说里也有体现，如：“个巴妈”“婊子养的”等。

在方方的小说里，我们同样也见到了一些具有武汉特色的方言俚语在文中的体现，例如：在小说《桃花灿烂》里，故事的男主人公陆粞的名字——“粞”本身就是一个方言俗语，指“糙米辗（碾）轧后脱下来的皮。粞，多用来作牲口的饲料”。在小说《闲聊宦子塌》里，作家在讲述江汉平原上的小村庄——宦子塌里的人们及其日常生活的故事时，也多次引入武汉方言，例如：“冇”（方言，即“没”的意思）“紧”（方言中有“不断地”意思）“妲妲”（方言，对“婆婆”“奶奶”等老年妇女的称谓）“爹爹”（即“外公”或“祖父”）“么事”（即什么事情）“一古”（即自古）“京壮”（方言，即“强壮”）“耳”（方言，即“理睬”）“屙屎尿”（即大小便）“伢”（即小孩儿）“男将”（即男人、男性）“吃饭哒有？”（即吃饭了吗？）“吃饭哒冇”（即吃饭了没有？）“苕”方言，即“傻”）“姆妈”（即母亲，妈妈）“达”（方言，即“摔”。“摔东西”也为“达东西”）“么样”（即什么样）“给几多”（即给多少）等。

在刘震云的小说里，我们看到作家也多次引用方言俚语，例如：小说《塔铺》里的“磨桌”（豫北土话，形容极矮的人）“打老腾”（即两人钻一个被窝，分两头睡）“裹秆草埋老头，丢个大人”，小说《头人》里的“先偏了”（即先吃饭了）等。

在刘恒的小说里，我们看到作家在方言方面也有所涉及，例如，在小说《黑的雪》里出现的一些北京方言："能水儿"（即能耐）"要胳膊根儿"（北京方言，即打架）"丫头养的"（北京方言里的骂人口语）等。

由以上三方面的探究我们可以发现，新写实小说的语言在平实自然的基调与底色之下，充分地显示了其内在十足的生活化气息，而且由于作家们将不同百姓群体对话表达的加入与不同地域方言俚语的引入，又使得新写实小说的语言带有了属于作家自身个性特征的斑斓色彩。

第四节　新写实小说的文学史价值

新写实小说的文学史价值是我们基于文学价值的纵向历时态坐标来对新写实小说加以考察的结果。当我们把新写实小说及其作家作品放置于中国当代文学史的历史长河之中，对其在中国当代文学史上的地位以及站在今天的时代高度回望它对中国当代文学史的发展所起到的作用加以审视时，我们便会发现它所具有的"文学史价值"。

我们从文学评论界对于新写实小说所做出的评价中看到，其大体上历经了在新写实小说兴起与繁盛阶段的好评如潮、二十世纪九十年代中期的来自不同方面的指责以及后来至今的各种不同性质的评价的过程。那么，当新写实小说进入到中国当代文学史研究的视野之后，从文学史的角度又是如何对其价值进行阐述的呢？带着这样的问题，我们便进入到文学史长河里对新写实小说的史学性评价加以探究。

勒内・韦勒克曾经指出："我们在估价某一事物或某一种兴趣的等级时，要参照某种规范，要运用一套标准，要把被估价的事物或兴趣与其他的事物或兴趣加以比较"①，这也就是说，对某一事

① ［美］勒内・韦勒克、奥斯汀・沃伦：《文学理论》，刘象愚、邢培明、陈圣生等译，文化艺术出版社2010年版，第274页。

物进行“估价”时，在将其置于一定的“规范”或“标准”——即参照系当中进行考量的同时，还要将其与其他的事物进行比较，从而来体现出这一事物的价值。当我们返回到当前各种版本的中国当代文学史著作以及对新写实小说的阐释具有相当于文学史性质的研究性著作中来探究它们对新写实小说所做出的史学性评价时，我们发现它们也正是运用了勒内·韦勒克所说的这种“估价”方法，从文学史的角度对新写实小说做出了一系列各具特点的评价。

洪子诚将新写实小说与“当代写实小说的一段状况”相比较，认为新写实小说“作为一种有独特征象的创作现象”是“不可否认”① 的。

曹文轩将新写实小说先与“从前的现实主义”进行比较，认为新写实小说“完成了一项颠覆工作”②；再与二十世纪“七十年代末那些在当时被认为有深度的作品”进行比较，认为新写实小说“之所以被批评家与读者所注意”“正在于它的深度，它的意义”③。

王庆生主编的《中国当代文学史》将新写实小说分别与三种类型的文学进行比较：先是与“寻根小说”相比较，认为新写实小说“一方面延续了寻根文学的精神内核”，“另一方面又摒弃了寻根文学的浪漫化期待”④；其次与“先锋小说”进行比较，认为新写实小说是“对先锋小说疏离读者大众的一种反拨”，而且对“先锋小说的一些特质”又有所“吸纳”⑤；再次与“革命现实主义小说”相比较，认为“新写实小说相对于革命现实主义小说的这些‘新’质使其切入过去现实主义小说的盲区，呈现了为革命现实主义所有意摒弃或遮蔽的一些生活经验，开拓了对现实的新的表现空间”，而且还对“随后的一些小说潮流如‘新状态小说’‘新都市小说’

---

① 洪子诚：《中国当代文学史》，北京大学出版社 1999 年版，第 340 页。
② 曹文轩：《二十世纪末中国文学现象研究》，作家出版社 2003 年版，第121 页。
③ 同上书，第 135 页。
④ 王庆生主编：《中国当代文学史》，高等教育出版社 2003 年版，第 435 页。
⑤ 同上书，第 436 页。

以及二十世纪九十年代的‘现实主义冲击波’等都产生了一定影响”①。

黄修己主编的《20世纪中国文学史》将新写实小说与“之前的诸种流派”相比较，认为“新写实小说的叙事姿态，比起之前的诸种流派，确有很大的改变。最明显的就是‘实录精神’‘平民视野’和‘反英雄’”②。

董健、丁帆、王彬彬主编的《中国当代文学史新稿》，从整体上认为“这批‘新写实’小说不再以旧有的思想体系对历史和现实进行阐释，并在写作观念和艺术形式诸多方面糅进新鲜质素，呈现出清新自然之风”；再将新写实小说与“自然主义”进行比较，认为“‘新写实’在文学观念上与世纪初的自然主义潮流有许多不谋而合之处，甚至在某种程度上可以说是自然主义的回归”③；最后将新写实小说与“此前的现实主义作品”相比较，认为新写实小说“对现实生活的不同观照，在很大程度上呈现出新的美学风貌”④。

陈思和主编的《中国当代文学史教程》先从总体上对新写实小说做出评价，认为“就新写实小说的实际创作情况而言，应该说对于中国文学在二十世纪九十年代的走向，特别是对于文学史上占主导地位的现实主义文学观念的消解，发生了非常重要的影响”；继而又将新写实小说与传统写实小说相比较，认为它“更新了传统的‘写实’观念，即改变了小说创作中对于‘现实’的认识及反映方式”⑤。

王万森、吴义勤、房福贤主编的《中国当代文学50年》将新写实小说分别与“先锋小说”以及“现实主义”相比较，认为新

---

① 王庆生主编：《中国当代文学史》，高等教育出版社2003年版，第438页。

② 黄修己主编：《20世纪中国文学史》下卷，中山大学出版社2004年版，第148页。

③ 董健、丁帆、王彬彬主编：《中国当代文学史新稿》，人民文学出版社2005年版，第470页。

④ 同上书，第471页。

⑤ 陈思和主编：《中国当代文学史教程》，复旦大学出版社2006年版，第306—307页。

写实小说“就其大众化而言，可以说是对远离大众的‘先锋小说’的反拨，采用了现实主义的写实笔调，但却疏离了现实主义的典型论，消解了故事中的典型性格”[①]，并指出新写实小说的欠缺之处，即新写实小说个人化叙事的“这种倾向可以说是对‘先锋小说’背离传统消解价值的继续，但却几乎又成为一种先天的不足”[②]。

陈晓明在《中国当代文学主潮》中则把新写实小说放置于中国当代文学史的历史长河之中对其做出了估价，认为“在二十世纪九十年代初中国文学寻求变革而又方向茫然的时期，新写实主义这面旗帜似乎鼓起了重新聚集的勇气”，它“酿就”了“新型文学经验”“预示当代中国文学最显著的变化，就是依然以现实主义的手法展开历史祛魅，由此开始形成个人化的叙事话语”“作为一种群体效应，一个理论话题，新写实在九十年代初迅速告一段落；然而与先锋走向常规化一样，新写实创造的文学经验也必然被广泛吸收和传播”[③]。

严家炎主编的《二十世纪中国文学史》和孟繁华、程光炜主编的《中国当代文学发展史》（修订版）均将新写实小说与二十世纪七十年代末以来的诸种小说流派相比较，认为：“新写实小说是在先锋小说历史能力耗尽之后出现的一种崭新文学形式。它的出现，与商品经济浪潮中世俗文化的兴起有一定关系，但如果放在历史维度上，则实际与先锋小说的没落有更多联系。”[④]“‘新写实小说’从1988年前后一直延续到二十世纪九十年代中期，是一个典型的跨越八九十年代的文学现象，也是七十年代末以来诸种小说‘流派’中时间持续最长的”[⑤]。

---

① 王万森、吴义勤、房福贤主编：《中国当代文学50年》，中国海洋大学出版社2006年版，第168页。

② 同上。

③ 陈晓明：《中国当代文学主潮》，北京大学出版社2009年版，第388页。

④ 孟繁华、程光炜：《中国当代文学发展史》，北京大学出版社2011年版，第318页。

⑤ 严家炎主编：《二十世纪中国文学史》下册，高等教育出版社2010年版，第256页。

综上所述，一方面，我们看到，由于不同版本的文学史著作在对新写实小说进行评价时所采取的比较的对象与观照的角度的不同而造成了它们对新写实小说所做出的史学性评价多有差别而且表现为一个个不同的、零散的“侧面”；然而，从另一方面我们也看到，正是由于这些不同的“侧面”的存在才最终共同构成了在相对意义上较为完整的新写实小说的史学性评价的全貌。因此，我们认为，可以对新写实小说做出如下的文学史定位，即新写实小说是兴起于二十世纪八十年代中期前后并一直持续到九十年代中期的一种独特的文学现象，它与二十世纪七十年代末以来的诸种小说流派相比，是持续时间最长、最贴近广大普通百姓日常生活的一种较为客观化的创作，而且在对最普遍存在于世的个体“人”的真实书写上，新写实小说对“人”的生存、生活乃至发展等问题的揭示以及潜藏于其文本之下的深刻思考从一定意义上来说都是最具成就的。新写实小说在艺术上、在创作方法上、在语言运用上均有创新，其艺术价值不可轻视。新写实小说已经写进了大多数的中国当代文学史，具有承前启后性，它上承先锋文学，是对先锋文学的反拨和纠正，从而带来小说创作的繁荣。下启新历史小说，“‘新历史小说’受‘新写实小说’的影响很大，除取材外，主要特征与‘新写实’极为相似，尤其‘新历史小说’在‘记史’面目的掩护下，将新写实小说被琐事的‘实录’部分遮蔽的‘故事性’，发挥得淋漓尽致。这使得新历史小说的可读性甚至还在新写实小说之上，从而最后完成了对先锋小说文体试验导致的精英化倾向的反拨。”[①] 这样看来，新写实小说具有重要的文学史价值。

---

① 黄修己主编：《20世纪中国文学史》下卷，中山大学出版社2004年版，第149页。

第十章　新历史小说的精神内涵与艺术特质

本章将文学价值问题与中国当代文学中的重要现象——新历史小说的研究结合起来，对作家作品进行文学价值的判断与评价。之所以选择新历史小说，是因为中国文学与历史关系极为密切，历史即文学，文学即历史，但我们的历史往往是被严重遮蔽的，而中国当代新历史小说为挣脱社会主义现实主义文学模式的束缚，对革命历史小说有着许多颠覆性的反拨。作为一个蔚为壮观的文学现象，我们应该对它的历史地位和文学价值进行综合性的评判。所以，从这一章开始，我们计划分两章探讨新历史小说的文学价值建构和价值缺失的问题。

第一节　新历史小说的肇始、命名与时代语境

新历史小说作为历史题材领域新崛起的一种文学样式，是对传统历史小说的一种大胆颠覆。一般认为第一篇新历史小说是1986年莫言的《红高粱》，二十世纪九十年代伊始新历史小说创作形成一股热潮，如陈忠实的《白鹿原》、张炜的《九月寓言》、王安忆的《长恨歌》、格非的《迷舟》《大年》、苏童的《妻妾成群》《米》、叶兆言的“夜泊秦淮”系列、余华的《鲜血梅花》《在细雨中呼喊》等。

新历史小说研究也随之升温，最早的争议是对“新历史小说”的概念界定开始。

中国新时期文坛上较早使用“新历史小说”这一概念的是1988年，李星以“新历史小说”概括当时出现的几部中篇小说，尽管论者率先提出“新历史小说”这一称谓，但没有给出明确的界定，显得模糊、笼统。洪治纲也是较早界定新历史小说概念的学者之一，他在文章中尝试把“新历史小说”界定为：“无论主旨内蕴抑或文本形式都明显超越了传统历史小说的某些既成规范，显示出许多新型的审美意图和价值取向，潜示着历史小说发展的某些新动向。因此，我把它们称为‘新历史小说’。”[①] 对文坛有较大影响力的是陈思和对“新历史小说”概念的界定，1992年陈思和在《略谈“新历史小说”》中认为，“新历史小说由新写实小说派生而来……大致包括了民国时期的非党史题材”[②]，这个界定尽管后来被多次引用，但在来源、时间、题材范围上显得过于狭窄，因而，作者本人也认为“‘新历史小说’是笔者对近年来旧题材小说创作现象的一种暂且的提法”[③]。

1992年王彪在《与历史对话——新历史小说论》一文中的界定，应该说比较接近“新历史小说”的本质：“不以还原历史的本来面目为目的，历史背景与事件完全虚化了，也很难找出某位历史人物的真实踪迹。……在往事叙说中又贯注了历史意识与历史精神，它是以一种新的切入历史的角度走向另一层面上的历史真实的，它用现代的历史方式艺术地把握着历史。所以，从这个角度看，我们称这些小说为‘新历史小说’”[④]，尽管作为概念稍欠规范，但论者能够把握住新历史小说的本质特征，次年，王彪主编的《新历史小说选》出版，“新历史小说”开始通行于文坛。

以上是迄今为止关于“新历史小说”概念较有影响的几种界定。其他类似的界定，这里不再一一列举辨析。

“新历史小说”这一名称从一开始就遭到了许多学者的质疑。

---

① 洪治纲：《新历史小说论》，《浙江师范大学学报》1991年第4期。

② 陈思和：《略谈“新历史小说”》，《文汇报》1992年9月2日。

③ 同上。

④ 王彪：《与历史对话——新历史小说论》，《文艺评论》1992年第4期。

如刘中项认为：如果只是简单冠上一个“新”字，那么“小说的分类也就会变得毫无意义”[①]，齐裕焜也认为：“这些小说以反传统的姿态出现，自有其现实的历史意义。但用相对主义来消解历史本体的确定性，偶然因素被无限放大，历史成了他们可以任意阐释，任意搓揉的面团，因而走向了历史相对论与历史虚无论，文化意蕴愈趋减少，离历史客体的依据也越来越远，而娱乐与游戏的倾向则越来越重，超验虚构的意味也越来越浓……根据我们对历史小说比较狭窄的理解，不把它们视为历史小说。”[②]

与此同时，把新历史小说称为“新历史主义小说”的呼声也较高，认为这类小说深受西方新历史主义理论影响。许多学者如苏晓、路文彬、吴声雷、吴戈等人从新历史主义的角度来审视这类小说，认同“新历史主义小说”这个概念。还有学者提出了其他的概念，如钟本康的“新历史题材小说”、汪政和晓华的“元历史小说”等。

由于新历史小说概念尚未能统一，因而所指的范围并不完全相同。新历史小说叙事时间的界定问题，曾引起论争，主要是以下两种观点。

一种观点把新历史小说所反映的时间圈定在现代。陈思和第一个提出这个观点，他认为：“界定当代新历史小说的概念，大致是包括了民国时期的非党史题材”[③]，这样一来，新历史小说所表现的内容就被界定在民国以来的历史。雍文华等人也持同样观点。

另一种观点认为，新历史小说所反映的时间界定应该更宽一些。所有关于历史的叙事，只要具备新历史小说的特征都可以纳入进来，王彪就把“用现代的历史方式艺术地把握着历史”的小说都归为“新历史小说”[④]，石恢也持相同观点：“所谓‘新历史小说’正是批评者站在二十世纪九十年代的阐释语境之下，对八十年代后

① 刘中项：《新历史小说创作的严重迷误》，《文艺报》2001年10月20日。

② 齐裕焜：《中国历史小说通史》，江苏教育出版社2000年版，第22—23页。

③ 陈思和：《略谈“新历史小说”》，《文汇报》1992年9月2日。

④ 王彪：《新历史小说选》导论，浙江文艺出版社1993年版，第5页。

期以来出现的一系列历史题材小说的重新梳理与意义重构。”①

从作家作品圈定范围来看，研究者也持不同观点：有的论者根据自己的理解，对作品的范围圈定较为狭窄。比如张清华认为“其中最典范的作家，从莫言到苏童、格非、叶兆言，再到方方、杨争光、北村，甚至包括余华等”②，刘圣宇也持相似观点：“在研究‘新历史小说’的论文中，实际上只有很少部分把张炜、刘震云的小说看作‘新历史小说’，被称为‘新历史小说’典范的主要是苏童、格非、叶兆言创作于八十年代末九十年代初的一些作品。”③有的论者对新历史小说作品范围的圈定较为宽泛，包括了所有涉及历史形态的小说，如王彪、崔振椿、马相武等人。

由于概念与作品范围的模糊，导致许多新历史小说身兼数职：余华的《活着》、刘震云的《故乡天下黄花》既被认为是新历史小说，又被认为是新写实小说；莫言的《红高粱》既被认为是新历史小说，还被认为是寻根小说，等等，应该说，这是不足为怪的。

我们认为，中国当代新的历史叙事思潮既有别于历史小说，又与西方的新历史主义不可同日而语。因而，赞同使用“新历史小说”这一命名，与传统历史小说呼应，又以微小的差异，与新历史主义合流。同时，把“新历史小说”看作一个比较宽泛的概念，是所有以新的手法混合着现代与后现代的历史诉求，从而进行历史叙事的小说创作的统称。

从创作阵容上看，可以说新历史小说是新时期所有文学流派中最强大的，“还没有哪一个文学流派能够集结如此众多的作家，持续如此之久的时间”④。这批作家不同于同一时期的以中老年作家为主的传统型历史小说，新历史小说的作家主要是二十世纪六七十

---

① 石恢：《“新历史小说”与“新历史主义小说”辨》，《社会科学》1999 年第 11 期。

② 张清华：《十年新历史主义文学思潮回顾》，《钟山》1998 年第 4 期。

③ 刘圣宇：《历史与小说写作——对“新历史小说”现象的反思》，《艺术广角》1998 年第 2 期。

④ 路文彬：《历史想像的现实诉求——中国当代小说历史观的承传与变革》，百花洲文艺出版社 2003 年版，第 219 页。

年代出生的一批较为年轻的新锐作家，如莫言、余华、苏童、格非、刘震云、刘恒、叶兆言、李锐、北村、李晓等；从作家构成来看，有先锋作家、新写实作家、新生代作家、女性作家、军旅作家等。尽管他们的创作个性和方法各有不同，但都是取材历史因由，随意点染。

他们的作品阵容也颇为壮观，代表作品有：莫言的《红高粱家族》《丰乳肥臀》《檀香刑》；苏童的《米》《妻妾成群》《我的帝王生涯》《红粉》《一九三四年的逃亡》《罂粟之家》；余华的《一九八六》《许三观卖血记》《一个地主的死》《活着》《呼喊与细雨》《鲜血梅花》；格非的《迷舟》《青黄》《大年》《敌人》；叶兆言的"夜泊秦淮"系列；刘震云的"故乡系列"；陈忠实的《白鹿原》；李洱的《花腔》；尤凤伟的《石门夜话》；阿来的《尘埃落定》；李锐的《旧址》；刘恒的《苍河白日梦》；池莉的《预谋杀人》；李晓的《相会在K市》《叔叔阿姨大舅和我》；王安忆的《长恨歌》等。新历史小说的出现一度为疲软的中国文坛带来激动人心的效果。

当然，历史叙事绝不仅仅是为了追寻历史，而是不断地介入到社会现实中去，历史书写的是醉翁之意不在酒，正如克罗齐的名言："一切历史都是当代史。"历史与现实互为镜像，历史中隐喻着现实，现实中折射着历史，从而将历史与当代人的生存现实联系起来。

历史题材是一个永恒话题，当代文学发展初期对历史的书写主要集中在革命战争题材上，而革命历史小说由于受到意识形态的禁锢，失去自由飞翔的翅膀，随着庸俗社会学观念的瓦解和文化学方法的恢复，对历史的理解产生了根本性的位移，新时期以来，伤痕文学、反思文学开始尝试对历史重新思考，随后，寻根文学也走进历史深处，为新历史小说思潮的形成作了前期实践上的准备。二十世纪八十年代中期崛起的寻根小说怀着浪漫主义色彩的赞美情绪，以某种必然论的理解，在对历史的有限反思与叙述中，找寻古老文化的生机，企图重建传统文化的乌托邦，完成民族灵魂的发现与重

铸，但这种现代性寻求的结果未免令人失望：发掘出来的落后愚昧的传统文化之“根”根本无法成为现代性思想与精神的源泉，于是出现了悖论，即叙述对象与叙述目的之间的矛盾，反现代性力量的精神资源消解了寻根目的的现代性，这种近乎偏执的自相矛盾的文化保守主义，必然会使文学走向新历史：放弃试图进入文化中心的努力，摆脱不堪重负的启蒙任务，以更边缘化的立场来审视历史。可以说，是寻根小说把视角引向了历史，才有新历史小说对历史的全面颠覆与解构。

任何一种文学形态的全盛都可以在其生存的时代找到密码。新历史小说的滥觞还应归结于产生的时代。近三十年在中国历史上是经济最繁荣的时期，政治环境越来越宽松，意识形态作用逐渐被弱化，胡启立在“中国作家协会第四次会员代表大会”的祝词中指出：“创作必须是自由的。这就是说，作家必须用自己的头脑来思维，有选择题材、主题和艺术表现方法的充分自由，有抒发自己的感情、激情和表达自己的思想的充分自由，这样才能写出真正有感染力的能够起教育作用的作品。”① 全社会话语权力的格局也自此发生了深刻的变化，自二十世纪九十年代起进入个人化写作时代，人们可以在相对自由的环境中进行写作，经过了漫长的政治意识形态的压抑，这种话语解禁的语境，无疑是新历史小说思潮形成的重要原因。

另外，市场文化的崛起，使文学不仅具有审美价值、意识形态价值，还具有资本价值，纯文学日益受到夹击，传统的宏大叙事日益受到解构。作家的文艺观也产生了巨大的变化，启蒙精神的狂热逐渐降温，他们暂时搁置了救世的责任，以意识形态为中心建立文化范式已经不再成为他们关注的对象，他们更愿意将小说或演化成个人话语的言说，或演化成可以随意颠覆和拆解的游戏，文学由群体向个体回归。尤其是二十世纪末后现代主义思潮如洪水巨浪般漫

① 胡启立：《在中国作家协会第四次会员代表大会上的祝词》，《文艺研究》1985年第2期。

延开来，后现代以现代人的视角观照历史事件，以想象和虚构违反传统历史文本的描写原则，增强反历史性和荒诞感，对新历史小说也产生了很大的影响。

新历史小说以历史相对论取代历史决定论，以非理性取代理性，以一种新的“历史诗学”，呈现出与传统相异的、非线性发展的、非连续性的历史，在历史的碎片中虚构并重建一个世界，使过去被屏蔽的历史今天都堂而皇之地登上了神圣的文学之坛，向读者展现出一幅主观化的颇具张力的历史图景，使历史成为民族寓言和文化象征。

总之，新历史小说是二十世纪中国文学史上一道独特的风景，它的出现之于当代文学变迁有着重要意义与显在价值。通过它对历史的诉说，我们既可看到中国社会的基本状况，也可体现出现代中国人利用“历史”这个古老的话题寻求现代性的艰苦和曲折，这一独特的文学创作，具有其他类型小说所没有的深厚文化意蕴。

第二节　精神内涵：众声喧哗的精神诉求

新历史小说与传统历史小说及革命历史小说在对视中所蕴含的内在联系，一方面揭示了中国当代文学创作本身发展变化的轨迹，另一方面也体现了由于政治变迁，新历史小说家在自由的文化氛围下对独立思考与人格自由的坚持，从而形成了对历史叙事众声喧哗的局面。因为对历史的解读“‘异口同声’的局面应该永远属于暂时的现象，‘众语喧哗’才当是历史读解相对恒定的正常方式”①，可以说，新历史小说家对历史、对现实、对文学本身都进行着新的探索，尝试着走出一条新路，“真正促成了‘众语喧哗’历史话语局面的到来”②。

① 路文彬：《历史想像的现实诉求——中国当代小说历史观的承传与变革》，百花洲文艺出版社2003年版，第248页。

② 同上书，第219页。

一　从质疑历史到哲学反思

新历史小说作家的主体精神首先表现为对现有自在的历史采取了一种怀疑的姿态，正如萨义德所说："知识分子扮演的应该是质疑，而不是顾问的角色"[①]，新历史小说作家怀疑过去为人们所承认或膜拜的"历史本身"的客观真实性，并质疑它的权威性：苏童困惑于"人与历史的距离亦近亦远。我看历史是墙外笙歌雨夜惊梦，历史看我，或许就是井底之蛙了，什么是真的，什么是假的呢？"[②]；余华强调："我的所有努力都是为了更加接近真实"[③]；李锐表示："我想把那些被无情泯灭的生命从历史的谎言中打捞出来给人看"[④]；格非感慨作家"对历史的自信与执着恰好构成了对其自身境遇的反讽"[⑤]。这些都表达了作家对历史话语一元化格局的怀疑。

出于对信仰的怀疑与对真理的筛选，新历史小说作家所追求的目标之一，便是为历史去蔽，在创作的时候，作家尝试从自己的视点出发，以主动介入历史的姿态，通过对历史边角余料的重新组合编码，对历史进行独特的虚构，他们笔下的历史图景并不仅仅是恢复或再现历史的本来面目，而是呈现出多元的个人风格，即"重要的不是写作，而是通过写作把自己与别人区别开来"[⑥]，与以往历史小说作家显示出了巨大的时代差异。

比如《传说之死》中的六姑婆只是出于对死去父亲的忠孝，因而在劝说弟弟退出革命无效的情况下，茫然地从一个吃斋念佛的女人变成了一个地下党员，目不识丁的她对革命的理解只是"多少年

① ［美］爱德华·W. 萨义德：《知识分子论》，生活·读书·新知三联书店 2002 年版，第 103 页。

② 苏童：《苏童文集·后宫·自序》，江苏文艺出版社 1994 年版。

③ 余华：《虚伪的作品》，《余华作品集》第二卷，中国社会科学出版社 1994 年版，第 278 页。

④ 李锐：《银城故事》，长江文艺出版社 2002 年版，第 203 页。

⑤ 格非：《小说艺术面面观》，江苏文艺出版社 1995 年版，第 185 页。

⑥ 莫言、王尧：《从〈红高粱〉到〈檀香刑〉》，《当代作家评论》2002 年第 1 期。

了，这个城里就是这样杀来杀去的……”而在六姑婆带着她的传说死去之后，被作为这座城市的“第一位女共产党员”载入了史册，人们在借这位“进步女性”炫耀着该市历史的传奇色彩时，对历史的真相其实是一无所知的，历史的真相永远被六姑婆带走了，所有的传说只能距离这真相越来越远，正如作品在收尾时写道：“但那都是和六姑婆无关的传说。”

尽管在这一颠覆与重建的过程中，有时候也会矫枉过正，作家把对生命存在的形而上追问与历史的乌托邦关怀与暴力、欲望等并列加以审视，使审美暂时患上了失语症，这里潜隐了一个“历史只是一种虚构”的命题。正如苏童在谈到他的《米》时所说：“小说有时就是一次无中生有。就像《米》中的人物，我从来没有碰到过像五龙这样坏的人，《米》当中所涉及的人的处境、人与人之间的关系，带有亲情的组合的关系，却是一种噩梦般的关系，是我生活中真的没有遇到过的。写《米》这部小说，我感觉像是在做数学，在做函数。为什么呢，我在推断一种最大值。所以我觉得《米》的写作是非常极端的。……因为这是我对于人性在用小说的方式做出某一种推测，我把所有的东西都做到最极致，是负方向的，反方向的。”① 任何一种演变很难做到以绝对理性的频率循序渐进，解构对结构的摧毁与撼动也不是有规律地进行，正如王尔德的慨叹：“一个需要修补的世界被一个无法修补的世界代替了。”

新历史小说作家对历史的叙述超越了党派、政治、阶级之类的观念，从哲学高度进行终极思考。哲学并不是如星星般只悬浮于人类精神的高空，而是要诗意地栖居，新历史小说文本中处处闪烁着哲学思想的光辉。

正如莫言所说，“对故乡的超越首先是思想的超越，或者说是哲学的超越，这束哲学的灵光，不知将照耀到哪颗幸运的头颅上，我与我的同行们在一样努力地祈祷着、企盼着成为幸运的头颅。”②

---

① 苏童、张学昕：《回忆·想象·叙述·写作的发生》，《当代作家评论》2005 年第 6 期。

② 莫言：《超越故乡》，《名作欣赏》2013 年第 1 期。

苏童也认为："作家们在借助写作探索自己的哲学观和道德观"①，新历史小说作家在历史面前以前所未有的自主性和优越感，把存在于典籍中的历史虚化为一道风景，通过自己的话语叙述，将历史重新编码，使新历史小说超越了具体的历史事件本身，上升到整个人类的哲学高度，与新时期西方哲学思想如现代主义、后现代主义等有着相通之处。

新历史小说与西方现代主义哲学思潮有同工之处。现代主义思潮尽管早已在二十世纪初传到中国，但却是在二十世纪八十年代末空前热闹，同一时期兴盛起来的新历史小说不可能不受其影响。新历史小说注重审丑的挖掘，表现人的失望、焦虑与孤独，体现了"现代性"价值的追求。新历史小说作家对既定历史持有强烈的怀疑精神和否定意识，也与存在主义哲学家萨特、加缪、海德格尔等人产生某种精神暗合，"表现了颇浓重的存在主义思想倾向"②。

新历史小说表达的主题之一便是人的"荒诞生存"，人在一个荒诞的世界里是一个荒谬的存在，他们游离于主流话语之外，永远只能忧虑和恐惧，如格非的《迷舟》、余华的《活着》《在细雨中呼喊》《鲜血梅花》《古典爱情》、刘震云的"故乡系列"、叶兆言的《枣树的故事》、李锐的《旧址》等都体现了这种人生的荒谬与苦痛，这正是以萨特为代表的存在主义的思想表征。存在主义认为人孤独地在荒诞的、不可理解的世界上生活，人的存在本身也没有意义，萨特在《厌恶》中指出，存在是"虚无"的，现实是"恶心"的，一方面"他人就是地狱"；另一方面人又无法离开他人单独存在，因此悲剧不可避免无处不在，道破了人生悲剧性的真相。曾获得诺贝尔文学奖的法国小说家加缪作为"荒诞哲学"的代表，他的《西西弗的神话》的副标题就是"论荒谬"，加缪认为人的荒诞感产生的原因是："一个哪怕可以用极不像样的理由解释的世界

① 张清华：《存在之镜与智慧之灯——中国当代小说叙事及美学研究》，福建教育出版社 2010 年版，第 342 页。

② 吴秀明、刘起林：《中国当代历史文学的创造与重构》，北京师范大学出版社 2014 年版，第 80 页。

也是人们感到熟悉的世界。然而，一旦世界失去幻想与光明，人就会觉得自己是陌路人。他就成为无所依托的流放者，因为他被剥夺了对失去的家乡的记忆，而且丧失了对未来世界的希望。这种人与他的生活之间的分离，演员与舞台之间的分离，真正构成荒谬感。”①

新历史小说的哲学精神虽然传承于存在主义哲学精神，但存在主义面对的是第一次世界大战之后社会的矛盾和危机以及资本主义对人异化的加剧，它注重人的主观经验，从根本上否认一切人生价值，是一种悲观主义人生哲学，新历史小说也只是在某种程度上借鉴了存在主义的质疑现实的精神，从根本上说它没有西方的文化根基。

当然，新历史小说作家在汲取借鉴现代主义的哲学精神、文学观念之后，在极短的时间内有所突破，作品呈现出某些后现代主义倾向。他们不再以精英姿态承担崇高神圣的社会职责以追求文学的终极价值，他们怀疑崇高否定理想，以暴力、死亡等内容展示人生的荒诞，作品充满了颓废、绝望的情绪。可以说，新历史小说作家从哲学高度进行了深刻的反省，并从文本叙事上进行了革命性的探索，才最终导致了与“文以载道”的传统文学观念彻底的决裂。这既是新时期小说文体形式内在发展的必然，也表现出新历史小说作家希望与世界文学同步的愿望。

二 悲剧性的生存困境，复杂的人物图谱

新历史小说主要从三个角度揭示历史中人的生存困境：自然困境、社会困境、精神困境。

新历史小说对人自然困境的描述大多体现在“饥饿”主题。长期以来，中国经济匮乏造成了物资匮乏，尤其是旧中国约有五分之四的人口长期处于饥饿半饥饿状态，饥饿已经作为我们民族的整体记忆继而演变为历史叙事的母题，比任何文明形式都更能接近生存

① ［法］加缪：《西西弗的神话》，生活·读书·新知三联书店 1998 年版，第 6 页。

的本质。在莫言的小说《丰乳肥臀》中，人始终处在战乱和饥饿的威胁之下，医学院校花乔其莎和留学俄罗斯的霍丽娜只为了一点吃食就能向炊事员献出身体；为了活下去，母亲卖了七姐，并眼看着四姐去卖身；玉女为了不让母亲吐粮食养活儿女投河自杀。

作家苏童欲“看清人性自身的面目，来营造一个小说世界”①，他的小说《米》的主人公五龙由于洪水与饥荒被迫背井离乡，来到城市，周遭邪恶、淫乱、战争、压迫等织就的天罗地网激发了五龙的人性之恶，他用以恶抗恶的方式，最终成为瓦匠街的黑社会头目，然而这一切并未使他的内心得到安宁，最后死于他乡之路。这种关于“吃”与“食”的饥饿在许多新历史小说中都有不同程度的反映：《一九三四年的逃亡》中由于瘟疫和饥荒，女人们变得凶恶暴虐，她们几乎每天都在死人塘边因争夺野菜而争吵殴斗，祖母蒋氏还挥舞圆镰砍伤了好几个乡亲；杨争光的《从两个蛋开始》人们忍饥挨饿，吃树叶吃树皮吃草根，吃玉米芯、谷穗、榆钱、椿叶，“阳光照着他们霉中透绿的脸，阳光很鲜活，可是阳光是不能吃的”。

刘震云的《温故一九四二》通过对一场大灾荒的追述，表达了对人的苦难生存的悲悯。1942 年河南旱灾和蝗灾导致三千万人受灾，三百万人饿死，所有能吃的已吃光，即便是吃后让人四肢麻痹的野草“霉花”都成了“佳肴”，然而死亡与绝望仍旧如影随形：死在逃荒路上、卖儿鬻女、女孩沦为娼妓甚至人吃人，在这种饿殍遍野的惨况下，蒋介石政府依旧满不在乎地向农民征收实物税和军粮，相反，来自美国和英国的记者成了灾民的救星，甚至杀人如麻的日本人也在发粮赈灾，尽管他们自有其卑劣的政治目的，但确实救了不少百姓的命，于是有的老百姓竟去帮助日本人，在宁肯饿死当中国鬼还是活着当亡国奴的两难抉择中，被逼到绝境的农民选择了后者。

---

① 苏童、周新民：《打开人性的皱折——苏童访谈录》，《苏童研究资料》，山东文艺出版社 2006 年版，第 89 页。

新历史小说对人社会困境的描述主要表现在国家机器对人的倾轧。新历史小说作家深切地关注历史上卑微的普通个体，尤其是在阶级斗争的年代，他们身处在历史的巨大的旋涡之中，历史的谬误造就了人生的谬误。

余华《兄弟》中的宋凡平，因为要去上海接生病的妻子李兰，被误认为要逃跑，“红袖章”们竟然当众拳打脚踢，把木棍插进他的身体，最后活活把他打死，宋凡平死后因为身体无法平整地放入棺材，下葬的人把他的腿折断后，用砖头用菜刀用各种东西砸碎了他的膝盖和骨头。在那个是非颠倒、黑白不分的年代里，死和生同样没有尊严；杨争光的《从两个蛋开始》以个人生活史的叙述勾勒了乡村社会图景，小说中赵北存因为种出一根又长又粗的玉米棒子受到了毛主席的接见，这个带来巨大荣誉的玉米棒给赵北存的妻子招娣带来了祸患，她因为过度的小心谨慎竟失手使玉米跌落破裂，招娣也在惊恐不安中死去。

人在特定的历史环境中，常常不能按照自己的意志来生活，被社会的激流裹挟着不停地运转，直至失去了自我，就像埃里希·弗洛姆所说的：“在这种体验中，个人感到自己是陌生人。或者说，个人在这种体验中变得使自己疏远起来”①，当强调人的阶级性而否定人性的普遍性时，被扭曲的灵魂便上演了一出出人性的悲歌。尤风伟的《远去的二姑》便表达了作者对战争背后的人性隐秘的探求。不到30岁的财主少爷宋吾健是个读书人，后来当上伪县长，二姑是他的未婚妻，在抗日救国军的说服下，二姑进城诱使对她满腔热情的未婚夫出城护送，最后抗日分子枪毙了宋吾健，大义灭亲后，二姑无法摆脱内心的痛苦，从此失踪，也许悄悄结束了自己的生命。在社会的挤压下，人失去了对自己的所有权。

新历史小说对人精神困境的描述主要表现在人在历史中的异化。所谓异化是指人“对所造之物和环境的屈从”②，在功利化的

---

① ［美］埃里希·弗洛姆：《健全的社会》，中国文联出版公司1988年版，第120页。

② ［美］埃里希·弗洛姆：《人的希望》，辽宁大学出版社1994年版，第125页。

生存境遇下，人在飞速运转的国家机器挟持下无力掌控自己的命运，日渐麻木，从余华小说《活着》的主人公福贵的遭遇可见一斑。地主少爷福贵年轻时嗜赌，因为输光了家产沦为贫农，躲过了解放初期的“土改”一劫，但死亡一直如影随形地追逐着这个家庭。母亲病死，儿子有庆为了给县长老婆献血被医院活活抽血而死，女儿凤霞难产而死，妻子家珍长年劳作终于累死，女婿二喜被工地上的水泥板夹死，唯一的外孙苦根因为过于饥饿吃豆子胀死。他的亲人不是死于时代造成的贫病交加，就是死于一种社会政治势力，奇迹般活着的只有福贵，而他竟也心平气和地接受了这样的命运，这种对悲剧命运的忍让、妥协与顺从，岂不也是一种时代的悲哀、人性的堕落？

《从两个蛋开始》中只因赵北存是符驮村的掌权者，他什么时候想睡哪个女人就到人家里给她的男人派活挣工分，男人们乖乖地出去，女人们主动奉献身体，任他胡作非为。为了多分粮食解决吃饭问题，无论是男人还是女人都毫无人的尊严，为了生存付出了巨大的代价。

兰德曼认为：人是历史的存在。新历史小说这种对人的生存困境关注的背后，实际上蕴含了作家的价值追求。如果说革命历史小说中展示了革命年代人们在政治激情遮蔽下被迫压抑原始生命本能转向革命理想主义的激情，那么，新历史小说则更多地告诉人们，在基本的生存条件、起码的生活需求得不到保障的年代，人整个生命甚至灵魂是如何被吞噬被毁灭的。这也正合了美国新历史主义学者弗雷德里克·詹姆森的话，这种个人命运“包含着第三世界的大众文化和社会受到冲击的寓言”①。

那么，在这种悲剧性的生存困境之中，人难道只能如传统型历史小说那样只有唯一正确的选择吗？新历史小说以纷纭的历史事件和复杂的人物形象，道出了多种选择的合理性存在，与存在主义哲

---

① ［美］弗雷德里克·詹姆森：《处于跨国资本主义时代中的第三世界文学》，载张京媛主编《新历史主义与文学批评》，北京大学出版社1993年版，第235页。

学家萨特的名剧《死无葬身之地》所揭示的哲理如出一辙。

《死无葬身之地》以第二次世界大战期间的法国抵抗运动为背景，讲述了游击队员被逮捕之后，在拷打与酷刑中，心中的爱情、亲情、恐惧、信任、背叛、绝望等元素此消彼长，最终在极限中作出各种选择：索尔比埃在被提审时，怕自己因为胆小招出来，于是就借了一个机会跳楼死了；希腊人卡诺里斯一声不吭挺住了；昂利非常骄傲，但是他依然喊出了声，他为此感到了羞愧；女队员吕茜被提审的时间很长，等到她回来，没有任何声音，连她的情人若望去安慰她，都遭到拒绝，她被强奸了；吕茜的弟弟15岁的弗朗索瓦在精神和肉体的折磨下产生了动摇心理，在他尚未决心供出实情时，吕茜让她的伙伴掐死了自己的弟弟。这些革命者并没有被刻画成顽强不屈的英雄，他们也有私心杂念，也有绝望与恐惧，然而，人在现实境遇中的选择是自由的，同实现人的价值密切相关，历史并不是一潭清澈而透明的湖水，而是乱象纷呈，复杂而诡异。

新历史小说作家在作品中更多地表现了世界的荒诞和生存的荒谬，正是在既定的悲剧主题下，通过设置荒诞的生存处境，把被“群众”“人民”遮蔽下的人解放出来，把打上了政治与意识形态色彩的历史事件恢复到原初的面目，借历史传达自己的现代意识，从而颠覆那种由简单阶级论与进化论模式搭建起来的删除真正个体处境的宏伟历史构架。

中国传统的历史小说从来不缺乏对人性的展示，然而，历史是胜利者的历史，胜利者以巨大的优越性垄断对历史叙述的权力，传统历史小说关注的是历史上的英雄人物或对历史起重大作用的关键人物，故事主人公一般为帝王将相、英雄豪杰、才子佳人，而且人物往往呈现单一化的个性色彩，普通百姓很少在作品中占据中心地位。

尤其是古代历史演义中的人物形象，最突出的特点是具有浓厚的理想化色彩和突出的道德化取向，他们在很大程度上脱离了具体的历史语境，在几乎所有的封建历史时期里都能够被公众审美心理所认可和接受，因而变得模糊玄虚、不可接近，缺乏性格体系内部

的矛盾复杂性和人性的丰富性与鲜活性。生命本身固有的包括各种欲望在内的自然属性和具体的历史语境赋予的包括时代性内涵的社会属性被抽空和提纯，人物成了某种道德理念的干瘪化身和象征性脸谱。革命历史小说更是凸显了二元对立思维，好和坏，善与恶，光明和阴暗，成功和失败一目了然，人物也呈现二元对立性。

新历史小说突破了这种思维方式，它以边缘性人物为主角，塑造了更为复杂的个人，从“人与历史”的互动关系中将历史中的普通人推向了叙事前台，展现了他们的命运遭际，呈现出一幅多元化的人物图谱。

图谱之一：小民百姓。构成历史主体的不是个别的英雄人物，而是大多数的普通人，历史是由最琐屑最细微的凡常人生构成的，正如刘震云在《温故一九四二》中所说：“没有千千万万这些普通的肮脏的中国百姓，波澜壮阔的中国革命与反革命历史都是白扯。他们是最终的灾难和成功的承受者和付出者。但历史历来与他们无缘，历史只漫步在富丽堂皇的大厅。”[①] 所以，新历史小说写作视野下移到普通民众，捡拾那些被以往历史题材过滤掉的世俗而卑微的小人物，把他们纳入新历史小说的人物形象范畴。

在新历史小说中，小民百姓在历史的大风大浪中过着柴米油盐的庸常生活，如福贵、张二胡、三姐、卜守茹、郑少恒、孙老元一家等，他们只是一些被生活琐事困扰的普通人。如《十九间房》中农民春麦，战乱和饥荒使他被迫上山落草，但他却只是一个受人指使的懦弱的土匪，他妻子被金豹污辱他也只能忍气吞声地给倒尿盆，想要反抗却砍了妻子的手臂。后来在洪水中他从船上跳了下去，既为了保全妻儿，也是自暴自弃，这种苟且偷生的小人物，在以往的历史小说中是不会被当作主角浓墨重彩书写的。

小说对农民形象的表达，也淡化和消解了农民的朴实勤奋、忠于革命的形象，他们也不再具有无产阶级觉悟，更多地表现出农民短视、自私、愚昧、麻木、狭隘、守旧、仇恨、暴力等劣根性。比如，

① 刘震云：《温故一九四二》，人民文学出版社 2009 年版，第 431 页。

《罂粟之家》中长工陈茂当了农会主席也依然不改好色的本性；《预谋杀人》中的王腊狗心胸狭隘参加革命只为贪恋女人和财物；《从两个蛋开始》中的赵北存凭着农民的狡黠当上了村支部书记，村里的女人都成了他的妃子，凡是有些姿色的都遭到他的蹂躏。

新历史小说的底层民众的群像也粗鄙不堪，他们不再是被誉为“历史创造者”的劳苦大众，而是蝇营狗苟，他们在《兄弟》里“红袖章”打死宋凡平时沉默不语，在《一个地主的死》里日军侮辱中国妇女时成为一群冷漠的看客，在《大年》中成为一群趁火打劫的乌合之众。这样的描写正视了民族长期以来沉淀下来的某种集体无意识，是对民族心理深层的人性陋态的揭露和批判。

图谱之二：边缘人物。新历史小说中的边缘人物主要是指有浓厚历史标记的丫鬟侍妾、妓女土匪等。以往正史中上不了台面的小妾、姨太太，在新历史小说中也被推上了历史的舞台。

苏童的《妻妾成群》，不过是封建大家庭妻妾甚至丫鬟争宠的故事，与其说是女性遭受的婚姻悲剧，不如说是在命运悲剧里的不觉悟，甚至大学生颂莲，在做工和嫁人之间，没有如读者所形成的阅读成规——选择自食其力，而是选择嫁给有钱人做妾。在男权的体制内，她们陷入一夫多妻制的女性都逃不出的受宠—失宠的怪圈，成为受欲望控制的非理性女人，手段极其卑劣：笑容满面的二太太卓云暗地里咒颂莲早死，她亲自捉奸导致三太太梅珊因和医生的奸情败露被投井淹死；三太太梅珊花钱收买小孩打伤卓云的孩子；颂莲以剪发的名义把卓云的耳朵剪得鲜血直流。在这场女人之间的争风吃醋中，甚至丫头也不甘示弱，雁儿用自己的古怪招数诅咒颂莲：背地里做了个颂莲的布人用针来刺，还将画着颂莲的草纸扔到马桶里沤，结果颂莲逼着雁儿生吞下这些从马桶里捞上来的草纸，致使雁儿死亡……，所有这些同类相残、不择手段的卑劣行为，展示了她们因男权制文化毒害而扭曲的非人灵魂。

新历史小说还出现了以往被主流意识形态及传统道德观念所排斥的妓女形象。如苏童小说《红粉》的主人公秋仪、小萼，周大新小说《沉红》的主人公玉钏等都是妓女。在小说《红粉》中，作

家有意攫取城镇的特殊人群——妓女来展开小说的人性书写。新中国成立后“50年代妓女改造”运动曾经是政治生活中的一个大事件，但小说只是以此为历史背景，书写了妓女秋仪、小萼与旧时遗少老浦之间爱恨纠葛的情爱史与命运史。小说从妓女的视角来观察人的生存命运，秋仪、小萼坚守自己的非主流价值观念，拒绝改造，迷恋灯红酒绿、纸醉金迷的妓院生涯所提供给她们的精致富足的生活，更具讽刺意义的是，参加改造的小萼并没有真正改造成良家妇女，而中途逃脱的秋仪却过上了普通人的日子，真正地改造了自己，成为贤妻良母。当然，她思想改变的根本原因也并非是党的教导，而在于她对世情的参透。

新历史小说还塑造了许多具有“圆形”特征的土匪形象。比如张炜的《家族》中性情残忍但因为爱上革命者而被处决的女匪“小河狸”，莫言的《红高粱》中身兼土匪头子和抗日英雄两重身份的余占鳌等。

图谱之三：畸形人物。新历史小说中还书写了变态人物及弱智等畸形人物形象，表达了对人的原始欲望、人的残忍性的怀疑、惊骇和恐怖。

新历史小说出现了大量的具有单一的心理情结的“变态人物”：格非的《敌人》主人公赵少忠无法承受内心对“敌人”的恐惧，和儿媳妇通奸生下猴子，蹂躏并杀害了自己的女儿柳柳，逼迫患病的妻子吃有毒的花瓣而死，杀死知晓隐情的儿子；刘恒的《苍河白日梦》里吃女人的经血、蜘蛛的曹老爷；《苍河白日梦》中性无能、心理变态的二少爷；莫言的《丰乳肥臀》中成年后依然吃乳成瘾的上官金童……许多作品表明，新历史小说似乎在诠释了恩格斯的话：“人来源于动物界这一事实已经决定人永远不能完全摆脱兽性，所以问题永远只能在于摆脱得多些或少些，在于兽性或人性的程度上的差异。”[①] 新历史小说中的变态人物形象的塑造在某种程

① 恩格斯：《反杜林论》，《马克思恩格斯全集》第二十卷，人民出版社1971年版，第110页。

度上深化了人物性格、开掘了人性深度，意味自我的真正觉醒。

在中国伦理学中，一直有关于人性善与人性恶的争论，如同培根所说："人性中的确有向善的倾向：友谊、同情、善良、正义；但也有为恶的倾向：嫉妒、憎恨、竞争……这样，人性的善恶便取决于发展哪一种倾向。"① 这种形而上学的问题，很容易陷入逻辑的悖论，在新历史小说中，作家精心构设两难的生存困境，人在痛苦时最原始最真实的状态就暴露无遗，并不自觉地流露出人性的阴暗，导致人性的向恶。小说展示的一幅幅历史的血腥画面，对人性的扫描与放大，丰富了读者对复杂人性的认识。

《米》中的五龙喜欢在米堆上与女人做爱，把米塞进女人的子宫，他知道自己染上性病后，还把与自己有过交往的八个妓女都扔到河里，作品通过五龙扭曲的人性表达了人类在极度恶劣的生存环境下人性的变异。《一九三四年的逃亡》中的狗崽，把年幼的弟妹捆起来用竹鞭鞭打；《难逃劫数》中的老中医出于自己变态的性心理把硫酸作为嫁妆送给女儿，最后毁了东山的容，也导致了女儿的死，他还将药水送给东山，使东山丧失了性能力；《半边营》里的华太太以折磨儿女为乐，用自己的病为借口摧残孩子们。新历史小说认为人是丑陋的存在，尽情彰显人性之恶，这些卑劣的存在，成为人性的另一种证明，这是新历史小说民间视角带来的必然结果，因为民间本身就是一个鱼龙混杂的荒原。

当然，为了方便对新历史小说的人物形象解读，把它简略地分为以上五类人物，并非是分门别类贴标签归档案一样整齐划一，很多人物兼有两种或以上身份与形象，比如春麦是个农民后来又当了土匪，余占鳌既是土匪头子又是抗日英雄，二爷既是革命者又是变态人物，陈茂既是农民又是革命者，人物身兼数职只能说是特殊的历史时期人性的复杂使之然。

---

① 培根：《培根论人生》，上海人民出版社 1983 年版，第 5 页。

三　民间文化的书写

新历史小说将民间叙事推向高潮，使民间理念得以彰显。新历史小说选材的突出特征就是家族化、村落化、地域化、地区化，民间的自然风貌、生活场景、风土人情等所蕴含的丰富历史文化积淀，是一种沉淀民族精神的民族素材，是现代化进程中的一个缩影，由此可以观照当代中国在历史转折中整体的变迁。新历史小说作家采取民间的立场，与民间平等对话而不是高高在上，小说中充满了民间的意味，使民间成为释放心灵自由的载体和理想生存状态的象征。

中华民族在长期发展过程中形成了特有的民间文化和民间精神。“民间精神是民间文化的核心，民间文化是民间精神的一种表现形式。”①

什么是“民间文化”？陈思和是最早在文学批评领域提出这一概念的学者，他在文中指出，当代文学的“民间文化”与当代西方学者所提出的“民间社会”和“公众空间”并非同一个概念，它不是西方社会所指的那种介于国家权威与市民社会之间的社会生活领域，而是一个跟“庙堂”“广场”相对应的，在国家权力控制相对薄弱的区域形成的文化空间与精神世界，② 有学者把民间文化的结构划分为三个层次：一是民俗层次，包括岁时节日、礼仪习俗等，二是审美层次，具体表现在民间文化艺术之中，三是心理层次，包括价值观念、思维模式等。③ 这里，在部分地吸收上述观点的基础上，从民俗文化、民间艺术、神秘文化三个角度阐释新历史小说对民间文化的书写。

首先，民俗文化是一个国家、民族历史上传承下来的模式化的生活文化，是以物质生活为主要特征的文化现象，如衣食住行、婚

① 黄永林：《中国民间文化与新时期小说》，人民出版社2007年版，第17页。

② 陈思和：《民间的浮沉——对抗战到文革文学史的一个尝试性解释》，《上海文学》1994年第1期。

③ 黄永林：《中国民间文化与新时期小说》，人民出版社2007年版，第28页。

丧礼俗、祭祀活动等，这些民俗事象形象地展示地方民众的心理性格、行为习惯、生活状况与生存环境，包含着丰富而深厚的文化内涵。民俗产生于民族的历史发展过程中，民俗是与人类社会相伴相生的，有较强的历史性、地域性。“民俗学理论认为，与官方文化的工具、理性和秩序化相比，民间文化是最民主、最自然、最直率、最具反抗精神的；一切高级的、精神的，理想和抽象的东西，到了民间，都降格为物质，即肉体、大地和身体层面；而这其中蕴含的‘恰是人类生机勃勃的生命主体性精神’。”① 民俗文化在不同时期的作品中都有所反映。

新历史小说文本的表象层所描绘的民俗生活具有浓郁的地方风采。如苏童的南方枫杨树乡、莫言的高密东北乡、贾平凹的商州、刘震云的河南故乡等，如洪子诚所说：“特定地域的民情风俗和人的日常生活，是艺术美感滋生的丰厚土壤，并有可能使对个体命运与对社会、对民族历史的深刻表现融为一体。”② 以乡土作品崛起并摘得诺贝尔文学奖的中国第一人——莫言，是新时期作家中乡土化叙事具有代表性的一位，莫言有着很深的故乡情结，他说：“高密有泥塑、剪纸、扑灰年画、茂腔等民间艺术。民间艺术、民间文化伴随着我成长，我从小耳濡目染这些文化元素，当我拿起笔来进行文学创作的时候，这些民间文化元素就不可避免地进入了我的小说，也影响甚至决定了我的作品的艺术风格。”③ 正是从“民间”出发，莫言成功地把故乡的民俗文化写入自己的小说，如《蛙》中的泥塑、青蛙神等传说故事，《红高粱家族》中“踩街”和“颠轿”的场景，《丰乳肥臀》中生孩子的描写，都是莫言调动了故乡的民间文化资源创作出来的，使作品充满了浓厚的民间乡土气息。

生于南京的叶兆言擅于在小说中追记秦淮旧事，在“夜泊秦淮”系列小说中，叶兆言以民国为背景，描写了南京及秦淮河畔的

---

① 龙敏君：《当莫言遭遇民俗学》，《光明日报》2011 年 2 月 12 日。

② 洪子诚：《中国当代文学史》，北京大学出版社 1999 年版，第 324 页。

③ 《中国诺贝尔奖第一人　作家莫言被称“寻根文学”作家》，2012 年 10 月 12 日新华网。

风土人情，具有很强的地域风情，这种风情，不仅仅是人间平民气与江南市井气，更凝结着浓郁绵长的中国传统文化韵味，这得归因于叶兆言对于秦淮民俗风情、人文掌故、文化习性的稔熟与喜爱。在小说中，具有文化意味的茶馆、酒楼等成为叶兆言想象秦淮、重写历史的凭借。《十字铺》里尽情书写了南京的茶馆文化："夫子庙有的是茶馆，天天东喝到西，西喝到东，只拣那人多的地方坐。茶喝多了，也粗粗懂了些茶馆的门道。原来这些茶馆日日有三批客。""丁老先生有个习惯，日日夜里要起来喝茶，茶具要烫，茶水要新烧。"

其次，民间艺术是针对学院派艺术、文人艺术而言的。包括工艺美术、音乐舞蹈和戏曲等多种艺术形式，民间艺术为小说体裁的发展提供了宝贵资源。

莫言的长篇小说《檀香刑》通过描述高密东北乡猫腔班主孙丙，浓墨重彩地介绍了猫腔这种民间艺术。猫腔以曲调质朴自然、唱腔委婉幽怨被誉为"胶东之花"，莫言正是凭借这种普通大众喜闻乐见的猫腔，将山东高密民间传诵的一段传奇历史搬上了世界舞台。孙丙是一个猫腔戏子，他组织村民成立高密东北乡的义和团分部，反抗德国军队，最后被袁世凯送上了檀香刑的法场。他无时无刻不在歌唱猫腔，号召农民揭竿而起时唱的是蛊惑人心的咒语，被行刑的过程时唱的是高亢、凄厉的壮胆曲，连观众也大受猫腔的震撼。

在小说形式上，在文本结构的铺陈安排上，《檀香刑》更像一出猫腔大戏，全文如戏文般直接区划为三块：凤头，猪肚，豹尾。每一部分开头都用猫腔作引子，采用了心灵独白语体，以"我"的第一人称深入到人物的灵魂深处来展开叙述。作为民间话语的一种形式，文章中使用了大量的韵文和排比，小说自始至终以猫腔的韵律和节奏展开故事的叙述，充满了乐感。

然而，这些传统文化在日渐强大的现代文明的压迫下，渐渐销声匿迹。民间艺术在信息时代的冲击下正遭受着社会大众的摒弃，衰落已成了不可逆转的必然。在西方的话语霸权下，更重要的是找回自己的民族文化历史，而莫言等人以这种民族性极强的声音对被淹没的历史本源的积极寻找，为走向现代社会寻觅了一线新的生机，使新历史小说文本具有强烈的现代意义。

最后，所谓神秘文化，包含着巫术、信仰、禁忌等文化现象，事实上，在人类生活的早期，神秘文化就已存在，通常以梦幻、预兆、占卜、风水等种种仪式来表达，“原始的世界观是神秘主义的世界观。神秘性渗透于原始人的信仰，其基础，便是他们相信在现实世界之外，还存在着一个超验的世界，那是活动着的诸神、鬼魂与万物的精灵，而且这两个世界是相互沟通、神秘感应的”[①]，神秘文化以超自然的神秘力量支配着现实世界和人们的日常生活，因而显得变幻莫测。

中国的神秘文化应该说是较为深厚的，鲁迅先生就说过：“对于颇具中国特色的迷信鬼神与命运，本来是无论何国，古时候都有的，不过后来渐渐没有了罢，但中国还很盛”[②]，作为一个客观存在，神秘文化已深深地扎根在了丰富的文化土壤之中，只是随着社会的发展和人类文明程度的日益提高，理性意识的日渐觉醒，神秘文化被边缘化，沉淀到底层的民间社会流传着。

其实，自古以来，神秘都是中国传统文学的一个显著特点。自从十九世纪中期的鸦片战争开始，现代文明以一种血腥、残酷的方式进入，这一状况出现了改变，逐渐向现代化过渡，强调科学精神和理性精神成为现代社会的追求，科学与理性的首要步骤就是驱除种种鬼魅迷信，神秘性的题材乃至叙述方式逐渐被排斥在现实主义的主流之外，淡出了人们的视野。直到新时期，思想文化领域开始走向多元，西方各种非理性主义思潮的汹涌而入，特别是拉美文学的魔幻现实主义产生了世界范围的影响，导致中国传统神秘文化的复苏与回归，非理性缓解了理性对人性的压抑，一定程度上健全了人性。从寻根文学即开始大胆张扬神秘文化，直到新历史小说，神

---

① 方克强：《文学人类学批评》，上海社会科学院出版社 1992 年版，第 74 页。

② 鲁迅：《中国小说史略》，《鲁迅全集》第九卷，人民文学出版社 2005 年版，第 317—318 页。

秘文化继续成为一股相当活跃的文化因子。

由于中国社会逐渐凸显出后现代社会的某些特征，后现代文化在新时期文学中最突出的特点就是彻底的颠覆性和叛逆性，颠覆以往固有的一切，传统、历史、文化等社会重要组成因素都可以被随意解释，后现代主义这种“不可表达”的“不确定性”，分明体现着人类生存世界的神秘与模糊，而作家也由此返归原始，以传递原始神秘意识来想象民族的童年历史。

新历史小说作家钟情于书写会占卜能预测的人物，来阐释后现代的思维方式。比如，《美穴地》中的柳子言，阿来的《尘埃落定》中土司傻儿子等。新历史小说还有一些写鬼的作品，正如鲁迅曾多次谈及自己对“鬼而人，理而情”[①] 的喜爱，乃至为后人留下“女吊”等鬼的形象，并在《野草》中表现出对阴间世界的兴味，贾平凹的《白朗》讲述了土匪白朗的传奇故事，是鬼魂附体导致白朗看破红尘。

这种对神秘的酷爱如博尔赫斯的迷宫与陷阱，隐藏着对宇宙与人生的思考，如同苏童的小说《仪式的完成》。小说中，一个民俗学家来到遥远的八棵松村搜集民俗，了解到早年间拈人鬼的风俗，他产生了极大的探秘的兴致，要求展示一次拈人鬼的真正仪式，他也参与其中，不料却戏剧性地成为人鬼，即将被扔进大缸乱棍打死，这时因为他的阻止，仪式到这里没有完成，然而，就在他即将离开村庄的时候，却莫名其妙地死去，死亡的地点就是拈人鬼仪式中的龙凤大缸，而他的身上贴着一个锡箔，上面画着符写着“鬼”字。这一结局用现代科学似乎很难解释。

新历史小说神秘文化素材的运用，形成了作品浪漫的特质，很多作品写了轮回的故事。贾平凹的《烟》通过一个叫石祥的小孩三世轮回寄寓了作家对人和世界的思考；莫言的长篇小说《生死疲劳》也是以六道轮回的叙述方式讲述民间历史，地主西门闹在“土改”中被冤杀，不断死去不断转世，小说始终以西门闹的眼光，精彩地

---

① 鲁迅：《无常》，《鲁迅全集》第二卷，人民文学出版社 2005 年版，第 281 页。

描绘了那个年代里的世象人情，散发出魔幻的气息。当现实社会中许多尖锐的矛盾令人纠结之时，谈玄说鬼成为新的文坛风气就成为必然。

神秘文化的意义并不仅仅是提升纯文学的审美趣味，使艺术手法发生变化，它还有多层面的审美功能和信息容量。这些关乎神秘的思考涵盖在独特的后现代思维方式之下，小说中神秘的谶语其实正是作家对世界偶然性、神秘性的体悟，反映出作家崭新的历史观念和现代意识，他们认为，世界不是按照一定的规律有顺序发展的，是混乱而难以辨析的，一切都是由偶然促成。毕竟，富于理性精神并不意味着对非理性的神秘主义的拒斥，经典之中也飘荡着神秘之魂，它们是民族精神的最初记录，可以说，不了解中国文化中的神秘部分，便不能真正了解中国文化。

四　民间精神的张扬

在新历史小说中，民间精神主要体现为顽强的生存意志和自发的反抗精神，小说的民间精神带来了富有本土内涵的个性化艺术风格。

其一，顽强的生存意志。新历史小说体现的民间精神之一便是顽强的生存意志。由于新历史小说反映的历史背景大都是“文化大革命”以前，这正是中国历史上最艰难的岁月，战火连连，苦难深重，民众板结在社会的最底层，在自然和社会的双重挤压下，始终处于和生存抗争的状态，因而，温饱便是民间最基本的生存需求。正如有学者指出，由于伦理道德规范的制约，民间社会尽管表现出超常的稳定性，但是一旦发生变化，譬如天灾人祸、外敌入侵、社会动荡等，常态下的伦理规范不再重要，生存是根本性的问题。[①]

莫言获得诺贝尔文学奖，与他的民间写作姿态与文化立场密不可分，因而诺奖评委才会给出如下获奖理由：“将魔幻现实主义与民间故事、历史与当代社会融合在一起。”莫言的《丰乳肥臀》中塑造了贯穿始终的“母亲”上官鲁氏这一形象，在她的眼里，无所

---

① 王光东：《民间的现代之子》，《当代作家评论》2000 年第 5 期。

谓阶级斗争与敌我矛盾，不管是土匪伪军沙月亮、国民党军官司马库，还是共产党政委鲁立人，都是临时的得势者，所以“母亲”对他们一视同仁；不管世界天翻地覆，作为老百姓，养家糊口的日子却依然如故，因而她只是在不断地和苦难的命运做斗争：难产、饥荒、战争、死亡，以对生命的悲悯和坚忍的意志哺养着后代，她踏遍高密东北乡去讨饭，她模仿动物的反刍用胃囊储存食物回家再呕吐出来，这种生命力量如此坚韧和强烈，正是多灾多难的民族生生不息的源泉。当然，作者也写出其粗鄙的一面，她因为没有生出儿子受尽丈夫和婆婆非人的折磨，于是干脆不去做什么贞女烈妇，以“借种”生子来延续后代，什么伦理纲常，没有什么可以阻挡她追求生命繁荣的前进步履。

在极度残酷和无助的自然条件中，在“人早就不是人的年头”里，面对苦难，这些渺小的弱势生命完全凭借自己的意志生存下来，所以，作家站在民间立场上抒写生命的韧性，赞颂他们冲破极限的奇迹。《粮食》中，梅生娘的丈夫被劳改，剩下的老的老，弱的弱，她一人支撑着四口之家，从生产队将粮食吞进胃里再呕吐出来，使三个饥饿的孩子和婆婆活了下来。

其二，自发的反抗精神。由于民间是一个自在的社会，一定程度上具有官方所无法全面渗透与强力干预的文化空间，这一领域又常常因为处在与官方对立的位置而受到后者的统合与压迫，处于弱势者的形态，尽管如此，民间依然在不断与意识形态的磨合中绵延着，继续容纳与抗拒着异己力量的侵蚀与改造，往往现实越是严酷，民间的文化心理越容易产生对自由神圣的向往而奋起反抗，当然民间这种反抗基本上是依赖于民间的道德判断，以一些原始的血缘关系为基础，多数时候是在非组织的形态下分散地开展。

《红高粱》集中体现了这种民间自发的反抗精神。小说中最具“红高粱”精神的人物形象是“我爷爷”和“我奶奶”。“我爷爷”余占鳌原是一个流落东北乡的游民，在不断地复仇中成为一个敢作敢当的血性男儿。因为曾被县长曹梦九打得皮开肉绽，他绑走县长的独生子；因为母亲私通他刺杀了与之通奸的和尚；因为爱上“我奶奶”就挟持她进了高粱地野合，并杀掉单家父子；因为枪支弹药他绑共产党胶高大队江小脚和国民党支队冷麻子的票；因为自己的女人受了侮辱他苦练“七点梅花枪”杀掉花脖子；因为日本鬼子活剥了罗汉大爷，他又和日本鬼子做斗争，成为抗日英雄；为了留住良将任副官，他果决地下令枪毙自己的亲叔叔。虽然余占鳌不是一个文化人，没有正史中强调的阶级仇恨和政治意识，但他却疾恶如仇，对外界的反抗，也是来源于他内心深处的民间道德观和原始生命力。但他也有顽愚丑陋的一面，从另一个角度来看，他是土匪、杀人犯、强奸犯，有着封建思想的偏颇、狭隘、自私和肤浅，这种立体化人物给读者留下深刻的印象。

“我奶奶”也是一个敢爱敢恨的女子，她16岁时在家人的强迫下嫁给了单家的麻风病儿子，后来爱上了“我爷爷”，在被挟持到高粱地后她并未反抗，最后与“我爷爷”一起杀死这个毁掉她幸福的男人，后来在罗汉大爷和伙计们的帮助下继续经营着烧酒作坊，勇敢地与成为匪首的“我爷爷”公开生活在一起。她敢于打破传统封建礼教的束缚和禁锢，敢于追求自己想要的爱情和自由，因此她的生命意识得到了很好的张扬和体现。

小说中红高粱象征天然原始的精神力量，小说在开篇即写道：“八月深秋，无边无际的红高粱红成汪洋的血海，高粱高密辉煌，高粱凄婉可人，高粱爱情激荡”，这是生命强力的象征，生活于此的人也具有了高粱般鲜明的性格：生气蓬勃、英勇无畏。小说表层结构讲述的是抗日故事，实际上更是一个有关抗争的故事，草根阶级之所以成为抗日的主力，是因为有着红高粱一样顽强生命力的底层民众自身利益和生命尊严受到了侵犯，于是演绎出一幕幕壮烈的悲歌。作为一名知识分子，莫言放弃了以精英姿态俯视民间大地的视角，他反对作家担当一名道德的评判者，并认为自己也并不比人物高明，是“作为老百姓的写作”而不是“为老百姓的写作”①，

① 莫言：《文学创作的民间资源——在苏州大学“小说家讲坛”上的讲演》，《当代作家评论》2002年第1期。

正如学者张清华指出：莫言“建立起了一个生气勃勃的民间世界，并将这一世界的精神价值作为了主题与艺术的最终指归”①。

新历史小说作家以悲悯的情怀沉潜于民间大地，“将若干流传不息的民间观念作为故事的强劲支撑”②。莫言在《生死疲劳》中刻画了全国唯一的单干户“蓝脸”这个人物，和以往现实主义作品里的农民形象不一样，他原本是西门闹家的长工，新中国成立后，娶了西门闹的二姨太迎春，他对土地有着极其质朴的爱，精通劳作，在人民公社化时，冒着被砍头的风险单干，他用一个能干的庄稼人的倔强见证了农村变革的荒诞性；《檀香刑》中的“猫腔”戏班班主孙丙，因妻子被来中国修筑铁路的德国人当众侮辱他打死了德国人，引发“马桑镇血案”，被清政府施以檀香刑；《丰乳肥臀》中的司马库，作为一个烧杀抢掠的还乡团头目，他还是一个扒铁路打日本的英雄。

正是对民间这种反抗精神的追寻，二十世纪九十年代，还出现了“土匪小说”热，比如贾平凹的《烟》《美穴地》《白朗》《五魁》《晚雨》，杨争光的《黑风景》《赌徒》《棺材铺》，尤凤伟的《金龟》《石门夜话》《石门呓语》，朱新明的《土匪马大》、阎新宁的《枪队》，刘国民的《关东匪与民》，苏童的《十九间房》，李晓的《民谣》，池莉的《预谋杀人》，刘恒的《冬之门》等。

这些土匪形象较之《林海雪原》等革命历史小说有了翻天覆地的变化，和许大马棒、座山雕、李霜泗等土匪有所不同，新历史小说中的土匪有了七情六欲和侠肝义胆，而始终不变的是他们的抗争精神：英俊潇洒的白朗率领部下去山下的盐池打劫了盐监的府邸，开仓济民；侠肝义胆的唐景保护一方百姓；杀了县令自己取而代之的天鉴，做出许多政绩；自尊心强的五魁爱上了少奶奶，尽管把她抢到山上却从不越雷池半步；精明强干的二爷对女人有情有义；马

---

① 张清华：《存在之镜与智慧之灯——中国当代小说叙事及美学研究》，福建教育出版社 2010 年版，第 182 页。

② 曹文轩：《二十世纪末中国文学现象研究》，北京大学出版社 2010 年版，第 283 页。

五在村民遭受土匪袭击时挺身而出……这些作品中的土匪不再是过去人们心目中杀人越货、凶蛮彪悍的终极定位，而是性情各异形象丰满，“即使是江湖匪盗，也仍有‘行侠仗义’‘除暴安良’‘劫富济贫’等民间道德精神”[①]，领略这些人物丰富的精神，对新历史小说的解读和价值地位的评判具有重要意义。

当然，因为民间精神的多元价值取向，民间因素的潜滋暗长，难免有着粗鄙怪诞与藏污纳垢的特性，自然包含着封建主义、拜金主义、享乐主义、性欲主义等糟粕，这一切在以消费为中心的文化阵地上开辟了独特的审美空间，对此笔者将在下文中予以论述。

第三节　艺术特质：审丑、想象、隐喻、反讽

一　美学视角：审丑的张扬

在感性学领域，丑是与美并列存在的一个美学范畴。什么是丑？“丑指的是生活中那些令人厌恶、反感的东西”[②]，简单地说，美的反面就是丑，其特征是病态、畸形、丑怪、肮脏、粗糙、卑污、变态等，它是形式上的不和谐、不匀称、失比例、无秩序，它会引起我们生理上的反感，以丑为其审美核心，即形成审丑。

审丑的美学视角在中国和西方都有着悠久的历史。蒋孔阳先生认为：“审丑历来都是人们审美活动的一个重要方面，因此，历来的文学艺术都有表现奇丑怪异的杰作。原始艺术和现代主义艺术，……充满了以丑为美的审美现象。”[③] 西方文艺自十九世纪中叶开始由审美进入审丑阶段，两次世界大战的阴影和生态危机的恶果导致西方理性王国轰然倒塌，西方优美和崇高的基本审美形态遭到了来自丑的严峻挑战，美所带来的诗意与虚幻无法遮蔽人与世界

---

① 张清华：《中国当代文学中的历史叙事——海德堡讲稿》，北京大学出版社 2012 年版，第 82 页。

② 潘知常：《美学的边缘——在阐释中理解当代审美观念》，上海人民出版社 1998 年版，第 195 页。

③ 蒋孔阳：《美学新论》，人民文学出版社 1993 年版，第 373 页。

越来越深的矛盾，相反，只有丑才更能表现现代人生存的困境，于是有了法国诗人波德莱尔的《恶之花》，以大量丑的意象：老迈的娼妓、腐烂的尸体、肮脏的蛆虫、游荡的鬼怪、吸血的魔鬼等揭示了西方社会病态和人的精神病态，尼采、柏格森、弗洛伊德三位大师的颠覆历史传统的理论，更是掀起了西方现代哲学的反理性思潮，大量丑的艺术纷纷产生，文艺已经由审美向审丑转变。

尽管中国文学大多时候都在文化专制的笼罩下发展，但自古就有审丑的潜流。新时期以来在西方现代派审丑思潮及创作实践的影响与启发下，审丑成为新时期文艺和感性学的主潮，“传统历史小说中美丑对立、转化的叙事模式正面临着赏丑、审丑话语的大规模冲击，历史小说中作为审美必备的优美、崇高、悲剧一变而为新历史小说长盛不衰的荒诞、丑恶与欲望，审美正在告别传统，走向审丑。”①。

从历史的崇高美向现代审丑的转变，是从古典悲剧精神向现代悲剧美学的转变，丑是区别古典悲剧与现代悲剧的一个相当关键的美学范畴。丑所代表的变态极致的人生境地，并不一定完全意味着消解，而可能是反向建构，是历史深层暗处的舞蹈。可见，作家如果只能鉴赏美而没有能力鉴赏丑，那么就难以领悟人生的深刻意蕴。在作品的审美创造中，如果缺少了丑的加入，那么审美王国将变成单调的荒漠，失去震撼人心的魅力。

其实，从客观意义上说，丑是人类生存状态的一部分，我们需要直面丑的世界，尽管有时它丑得令人战栗：断臂的维纳斯、杀父娶母的俄狄浦斯，西方的《浮士德》、我国的《金瓶梅》，均可视为丑之奇花、恶之硕果，这些丑都是社会现实的真实写照，如朱光潜所说：“罪恶贯盈的世界和人生实在是一幅惊心动魄的庄严灿烂的图画”②，尽管我们追求真善美，“美的必定是真的”这一论点也屡见不鲜。然而，美的一定是真的吗？只要认真想一想，这说法似

① 刘忠：《无望的救赎与皈依——“新历史小说”再评价》，《文艺评论》2001 年第 4 期。

② 朱光潜：《朱光潜美学文集》第一卷，上海文艺出版社 1982 年版，第 109 页。

乎与事实大有出入，生活中常常是璞真而丑，玉美而假，存在就是合理，文学自然有表现它的自由和权利，相反，如果在一个动荡不安、黑暗丑陋的现实社会里，一味美化生活、粉饰太平，是何等荒谬！

只有认识到小说的现代审丑本质，才能跳出二元论思维模式，对小说的现代审丑美学做出整体评价。接受一个美好的世界让人欢欣鼓舞，而直面一个丑陋的世界却是难上加难，将世界的本质和人的本性定义为“丑”，恐怕更需要智慧和勇气。丑献身于艺术为其提供靶子，表现在文本中就是审丑的泛滥，新历史小说审丑的范式主要是丑的形式和恶的内容，在对丑的无情揭露和批判中，力求达到对社会黑暗及人生残酷的认知与震惊。

从形式上看，新历史小说中大量充斥着丑的环境、丑的形象、丑的情节。为展示历史的肮脏，厕所、粪便、尸体、屁股、血污等堂而皇之地进入到文本中去，小说中的环境大多是粗鄙不堪的，如满是恶臭与粪蛆的厕所（余华《兄弟》），人物形象也丑陋、畸形与变态，如“开花绽彩”的麻风病人（莫言《红高粱》）等。

新历史小说似乎对血腥情节情有独钟，文本中以自然主义的笔法描绘了流血与死亡。《红高粱》细致地描写了日本兵活剥罗汉大爷的全过程，割耳朵、割生殖器、剥整张人皮，最后成了“肉核”，这样的写作似乎在表明“越是远离美才越是接近了美”[①]。

在新历史小说中，传统历史小说中的那种高大完美、严肃高雅早已荡然无存，取而代之的是历史的废墟、横陈的尸体、死亡的惨象，展示了一幅人类精神匮乏状态下惊世骇俗的历史图景；《故乡面和花朵》不停地写乱伦、强奸、吸毒、同性恋等，几乎达到了疯癫状态；《丰乳肥臀》书写了大量的变态、乱伦、通奸现象，以上官鲁氏与金童的形象颠覆了和谐、优美、崇高的历史美学，表达了对人类历史的冷漠与刻骨的荒凉；《檀香刑》《尘埃落定》《羊的

① 潘知常：《美学的边缘：在阐释中理解当代审美观念》，上海人民出版社 1998 年版，第 205 页。

门》《地母》等作品，也纷纷祭起审丑大旗，揭开了常态历史的反面，将历史中丑陋、邪恶、愚昧的一面加以揭露与批判，建立了独特的现代悲剧美学规范，以丑为先锋进行的新历史小说叙事把历史击溃得破败不堪。

新历史小说作家对丑的描绘与民族的历史记忆之间有着深层联系。二十世纪的中国历史本来就充满了战争、暴力和苦难，这种挥之不去的民族记忆使作家在文本中采取了对民族创伤极端的表达方式，以丑为旗进行文化反抗，大大扩展了历史小说的艺术表现空间，揭露民族旧梦难醒的噩梦，可以说，这种审丑的狂欢既是一种感性审美的艺术真实，同样也是人类历史上的暴力革命和专制统治的投射，文学作品借助这种混乱变态的审美形式表征了反抗的激进姿态。应该说，这样的写作风格是一定的民族文化心理积淀至此的必然。

历史从来不会按照某种概念所界定的那种方式存在，对历史的反思也正是对现实的一种警示，在历史的阴霾没有扫清之前，去谈自由和幸福无异于凌空蹈虚。这在审美取向上与西方后现代主义具有趋同性，后现代主义为审丑洞开了“能指”空间，新历史小说的“审丑”标志着对历史认知的深化，新历史小说欲冲破传统历史叙事的束缚，达到颠覆历史小说中简单的美丑对立、忠奸斗法等二元模式，揭露特殊历史时期非理性的生存状态，从而尖锐地批判人性弱点，最强有力的武器便是审丑，历史含情脉脉的面纱被豁然撕裂，丑的旗帜高高飘扬，新历史小说以摧枯拉朽之势把历史的悲剧推进到反讽、荒诞、审丑的现代主义层面。

那么我们该如何对待新历史小说“审丑”现象呢？无论是斥责棒喝还是鼓励吹捧都不是理智的态度，要去考察它之所以形成的文化心理基础，进而因循艺术规律，使丑向美自然转化。关于新历史小说审丑的张扬带来的弊端，将在下文中予以论述。历史叙事永不止息，所以，当丑得到充分暴露并开始渐次隐退之时，应该就是美的回归之日，对此，我们满怀信心地拭目以待。

二　强劲的想象

我们知道，新历史主义是一种文本历史主义，是描写与文化关系的一个隐喻，新历史主义者不愿苟同旧的历史观念，他们认为历史和文学是相互交织的一个符号系统，都含有大量的虚构成分，历史和文学一样具有“文本性”。

同样，对官方历史的重新建构，也是新历史小说作家难以逃离的诱惑。布罗代尔如是说：“全部过去都需要重构。即便我们想研究这些共同生活的最简单的情况，诸如一个特殊局势的短期的经济节奏，也会有无穷的任务冒出来，需要我们予以关注。”[①] 在文本中复活历史即意味着将历史的解释权还给个人，这一过程，离不开作家发现的激情和重构的想象力，新历史小说作家把历史从政治意图束缚中解放出来，以浪漫的激情重新构建历史真相，任想象与隐喻纠缠，一如福斯的观点，即“想象是一种‘强烈的现实’，‘是从关于暂存的事物和事件的支离破碎的象征中去发现无限的隐喻的‘现在’’”[②]，从而描绘出另一幅民间历史图景。

在文学与历史的关系上，中国传统的历史观念认为，在历史小说中，历史是第一性的，文学是第二性的，作家的任务就是掌握大量史料，通过考察历史背景、典章制度、风俗习惯等，在尊重历史事实的前提下对历史进行艺术加工，力图还原历史原貌，探索历史的发展规律。

然而，历史已经成为过去，任何人都无法回到过去成为历史的亲历者，从某种意义上说，我们可能永远无法还原历史真相，后人只能通过想象重建历史，因而，在“真实与想象之间、现实与虚构之间，从来就有一种紧张而又密切的关系”[③]。另外，历史留下来的史料具有残缺性和有限性，如果没有经过想象发挥与文字描写，

① ［法］费尔南·布罗代尔：《论历史》，北京大学出版社 2009 年版，第 14 页。

② ［美］威廉·K. 维姆萨特：《象征与隐喻》，载赵毅衡编选《“新批评”文集》，中国社会科学出版社 1988 年版，第 354 页。

③ 张隆溪：《中西文化研究十论》，复旦大学出版社 2005 年版，第 246 页。

很难还原鲜活完整的历史展示给人们，如同读《伊里亚特》带来的困扰："这到底是历史还是虚构?"[①] 由此可见，历史不过是一种不同程度的虚构的话语。

文学则更是以虚构为基本特征，作为与历史相关联的视域，文学不仅仅成为历史元素在文本中的深在镜像，还是一种重构式的历史想象。卡尔维诺认为冲破传统规约最好是要"在想象力中寻求获取超出个体、超出主体的某种知识的办法"[②]。王德威也认为，文学是对中国现实的"想象"，它们成为"想象中国的方法""走出实证方法学的牢笼，中国人如何想象中国的过去与未来，以及他们所思所存的现在，遂成为一亟待挖掘的课题"[③]。

想象是作家"本能式的创造力"[④]，新历史小说作家在想象的奇异领域中，膺服于个人内心审美需求，无止境地探索历史的各种可能性，借助虚设的历史情境表达了自己的生命意识。余华感受到了蒙田的所谓"强劲的想象会产生事实"；叶兆言在提及自己的作品有很大的纪实成分时回答："真实等于虚构，虚构就是真实"[⑤]；王安忆在作品《叔叔的故事》中直接宣称："这一段材料的空缺只有靠我的想像去填补"；刘震云更是将想象作为叙事的内驱力来伸展："在近三千年的汉语写作史上，现实这一话语指令，一直处于精神的主导地位，而'精神想像'一直处于受到严格压抑的状态"。[⑥]

新历史小说作家借助想象打破既定的艺术框架，从史传传统中突围而出，史料存在的价值仅仅为小说提供了故事发生的背景，一

---

① ［英］汤因比：《历史研究》上册，上海人民出版社 1997 年版，第 55 页。

② ［意］卡尔维诺：《未来千年文学备忘录》，辽宁教育出版社 1997 年版，第 64 页。

③ 王德威：《想象中国的方法——历史·小说·叙事》，生活·读书·新知三联书店 1998 年版，第 360 页。

④ 黑格尔：《美学》第 1 卷，商务印书馆 1979 年版，第 54 页。

⑤ 叶兆言、姜广平：《"传统其实是不可战胜的"》，《西湖》2012 年第 3 期。

⑥ 郭宝亮：《洞透人生与历史的迷雾：刘震云的小说世界》，华夏出版社，第 118 页。

切均来自作家随心所欲的虚构，作家按自己的理解阐释心中的历史，充分展现了历史小说的虚构性和想象的特质。在创作时并不刻意追究历史上到底发生了什么事，对历史上事件之间的理性逻辑关系也置之不理，仅仅对话语本身负责，如法国哲学家福柯所说的：话语即权力。新历史小说作家从话语那里拥有到了前所未有的至高无上的权力，他们以想象和虚构为翼自由飞翔，对历史存在进行富于主体性的新鲜叙述。于是，作为能指的文本距离历史真实如此遥远，以致作为所指的历史在阐释中迷失，真实的历史一旦迷失，作家便可以凭借极具个性色彩的想象将史书中的碎片缝合，巧妙营造他们所认可的历史图景，把历史变成一张反复涂抹的羊皮纸。这真是一个环形的怪圈。

尽管新历史小说强调的是作家的主观想象与虚构，但他们所虚构的历史故事并非是泛无边际的思想漫游，虚构与想象总是围绕作家的价值旨趣来进行，他们以冷静的笔触书写人类的伤痛，显然带有现代人的思考印迹，因而，在阅读新历史小说时，读者也会时时意识到作为一个现代叙述者或隐或显的面孔。可以说，新历史小说所表现的历史想象，实际上是当代作家以现代人的立场所作出的对遥远过去的思考。

这种通过想象重构历史的意义何在?

新历史小说对历史的想象实际上更透露出现代社会中人对于自我生存境遇的某种感觉和认识，“需知每一个书写历史的人并不是为了返归于历史之中而书写历史，也不是像人们想象的那样是为了拓清已经泯灭不可考的历史的真貌来书写历史，他假想的读者也永远是今天的读者，他书写历史时永远是在对今天发言”[①]。文学的想象不可避免地具有某种否定现实的倾向，重构历史的真正目的在于观照现实世界，“用一种文化系统的共时性文本代替一种独立存在的历时性文本”[②]，新历史小说将历史置于共时性的时空形式，

---

① 戴锦华：《犹在镜中——戴锦华访谈录》，知识出版社 1999 年版，第 34 页。

② ［美］布鲁克·托马斯：《新历史主义与其他过时话题》，载张京媛主编《新历史主义与文学批评》，北京大学出版社 1993 年版，第 68 页。

“价值世界、意义世界、都是以想象为根据的，在这里，想象已不是原有意义上的幻想、迷梦，而是新的实在的建构，是意向的投射，一个意味世界诞生的根基”①。苏童也曾有过类似的表述：“小说是一座巨大的迷宫，我和所有同时代的作家一样小心翼翼地探索，所有的努力似乎就是在黑暗中寻找一根灯绳，企望有灿烂的光明在刹那间照亮你的小说及整个生命。”② 这正是当下作家文学智慧与写作伦理的体现。

三　无边的隐喻

隐喻在较宽泛的意义层面也可以视为一种比喻，即一种修辞方式，在语言层面表现为比较稳定的本体与喻体之间的关系。但二者在小说中区别越来越明显，徐岱在《小说叙事学》中对此有过精当的表述，认为比喻只是一种言语的修辞技巧，而隐喻“依据的是喻体与喻旨在内部的某种对应与接近”③，因而，隐喻作为作家在创作中深层思维和语言表达的需要，体现了作者的主观性。

新历史小说作家倾心于以想象展现历史，他们采用隐喻为言说策略，使历史具有无限的可能，在这里，历史成为一种主体化想象的隐喻。

新历史小说中的隐喻无处不在。小说文本的命名便是一种文化隐喻，例如，陈忠实的《白鹿原》、莫言的《红高粱》《丰乳肥臀》、苏童的《米》《罂粟之家》《红粉》、余华的《在细雨中呼喊》、徐小斌的《羽蛇》、刘震云的《故乡天下黄花》、蒋韵的《栎树的囚徒》等，这些作为标题的隐喻也都参与到小说的情节中去。

以苏童的《米》为例。小说处处都是关于“米”的隐喻，而这一隐喻随着人物命运的起伏不定、魂灵的漂泊无依也幻化出不同的意味，呈现出流动的特征。由于枫杨树农村的洪水与饥荒，五龙的手里握着一把米从乡下逃往城市，他最初的追寻仅仅是能够果腹

① 刘小枫：《诗化哲学》，山东文艺出版社1987年版，第178页。

② 汪政、何平编：《苏童研究资料》，天津人民出版社2007年版，第47页。

③ 徐岱：《小说叙事学》，中国社会科学出版社1992年版，第381页。

的食物，这时的米是最基本的生存意识。为了能够吃到米，他成为大鸿记米店的伙计，在闹米荒时，他目睹了阿保带人到船上杀人抢米，正是这些个“闪烁着温和的白色光芒”的“宁馨的粮食的光”的米，给五龙上了人性之恶的第一课，在这个见钱眼红利欲熏心的瓦匠街，没有人在乎一条人命，五龙告诉自己：“我自己也不在乎”，“米”是海上的塞壬，五龙被她的歌声吸引从此堕入罪恶的深渊，五龙借六爷之手杀死阿保，初试身手就取得了成功，他心情“晴和而轻松”地装米、量米、倒米，幻想自己是一只老鼠，吃光墙边的每一颗米粒。在贪欲的驱使下，他娶了怀了六爷孩子的米店大小姐织云，霸占了对她恨之入骨的米店二小姐绮云，名正言顺地成为米店的主人，然而，再多的米也无法阻止他从压抑中走向变态：他睡在米堆上，嚼吃生米，在米堆上和女人做爱，把米塞进她们的子宫；他上缴了一担米加入码头兄弟会，并成为黑帮老大，他已不仅仅是为了生存得到一辈子也吃不完的“米”，无止境的恶在身体的宇宙之内爆发，他因为得了性病就杀死与他往来的妓女，并在她们身体上塞上米。最后五龙死在回故乡的路上，带着一火车皮的米。小说里的“米”已成为一种生存、欲望、罪恶的象征，折射出人类生存境况的某些悲剧性本质。

新历史小说文本中的隐喻显示在语言层面表现为以独特的组词手段将语言本体化，从而成为一个挥之不去的意象，如蝴蝶的标本镶嵌在文本中，成为作品的美学主位。例如，《妻妾成群》中深宅里那口与诸多女性命运相连的古井时时出现，喻示着颂莲从一个洋溢着青春气息的女学生走向地狱的深井。颂莲刚到陈家下了花轿第一件事就是到井边洗脸，从此陷入古井的噩梦，在井边她第一次也是最后一次看见梅珊演独角戏，这口井不断散发着寒意使颂莲一步步为它牵引，追寻着关于井的故事，她知道了这口井原来是以往女子的坟墓，她生病时听见井在召唤她叫她下去，在目睹了梅珊被扔到井中之后她终于疯了，从此，她就在古井边上度过自己的余生。人物的命运和“井”的状态对应式存在，以诡谲的想象和夸张的隐喻表述了人对周身环境的不可摆脱与屈从。

余华小说《在细雨中呼喊》中的“细雨”与“呼喊”具有隐喻性，小说开篇即是孙光林充满回忆的叙述，那是有关孤独与凄苦的记忆：“我回想起那个细雨飘扬的夜晚，当时我已经睡了，我是那么的小巧，就像玩具似的被放在床上。……一个女人哭泣般的呼喊声从远处传来，嘶哑的声音在当初寂静无比的黑夜里突然响起，使我此刻回想中的童年颤抖不已。”而另一个记忆是对于女人呼喊的回应：“一个陌生的男人向我走来。他穿着一身黑色的衣服，走来时黑衣在阴沉的天空下如旗帜一样飘荡着……宽大的黑衣由于风的掀动，发出哗哗的响声。我成年以后回顾往事时，总要长久地停留在这个地方，惊诧自己当初为何会将这哗哗的衣服声响，理解成是对那个女人黑夜雨中呼喊的回答。”这样的回答是冰冷冷的毫无温情，只能加深童年那种孤苦无依、诡异神秘的漂泊与绝望。

作品的语义层面则表现为非常规的叙述手段与安排方式，语义单位按类同或联想的方式组织起来，使叙事单位具有了隐喻的功能。李冯的《孔子》中，将故事叙述与曾参梦里周游列国并置；《红高粱》中，奶奶生命将逝的一瞬间，出现了幻化成鸽子的意象；《我的帝王生涯》中端白在做皇帝时，他的幻觉中多次出现了飞鸟；须兰在《宋朝故事》中，将蒋白城的故事与小宋的故事并置。这种蒙太奇式的片断组接产生了强烈的隐喻效果，在新历史小说中是屡见不鲜的。

有的新历史小说以整体隐喻结构出现，暗示了历史与现实之间的剪不断理还乱的关系。王小波的《寻找无双》是一个由记忆和幻想组成的关于“寻找”的故事。主人公王仙客来到长安宣阳坊寻找失散多年的表妹无双，三年前他从这儿离开。然而宣阳坊的邻居好像患上了集体失忆症，矢口否认无双一家曾住过这里，也不记得曾在此客居数年的王仙客，并一致指认空置的院落曾是一个道观，因为道姑鱼玄机不守规矩被封。至此，王仙客已被重重的虚假叙述包围，他自己明确无误的个人记忆忽然受到了所有人的否定，他们生活的痕迹从所有人的记忆中消失得无影无踪。于是王仙客也开始怀疑无双是否真实存在过，他想方设法寻找真相，同时又陷入了另一个困境，落入众人的话语圈套：在梦境与想象中他把自己当成鱼玄机当年的入幕之宾，又当成在牢中对她施虐的一个狱卒，这些苦思冥想终因生存困境被惊醒，他因为没钱被人从宣阳坊撵了出去，流落到西阳坊，在这里他遇见无双从前的侍女彩萍，并且因为出售狗头箭赚足了一大笔钱。于是，他虚构了一个已经找到无双的故事，带着由彩萍假扮的无双回到宣阳坊，宣阳坊人无法接受这个谎言，纷纷登门揭发彩萍，在王仙客的恐吓下，终于有人交代了隐情，原来无双去了掖庭宫。同时，还得知了另一个真相：三年前长安城发生了兵乱，皇帝为泄愤大肆屠杀长安城百姓。王仙客用这种方法找到了无双的下落，找回了历史的记忆。小说最后，王仙客离开了宣阳坊，继续寻找无双，至于能否找到，无从得知。

这种寻找的结果自然通向虚妄之境，作者已然在小说中表明："寻找就是一切，而找的是谁却无关紧要。"寻找本身就是目的，那么作者想要通过小说寻找什么呢？智慧？真理？权力？乐趣？小说正是以隐喻为结构和形态替换了历史与现实，作品本身即是隐喻，人物成了作家手中的一颗棋子，他们没有自己的情感与性格，只为完成在作品中的使命而已。隐喻赋予了文本一种开放性、召唤性的结构，让读者参与到文本中进行有意义的创造，"所以读故事的时候，应当任自己随想象而去。尤其不能把它当作要去猜的一个画谜。卡夫卡研究学者们正是在试图猜想卡夫卡时，将卡夫卡杀死的"①。

在新历史小说中，甚至人物也成为一个符号，一种隐喻。余华曾坦然承认自己对人物性格的毫无兴趣："我并不认为人物在作品中享有的地位，比河流、阳光、树叶、街道和房屋来得重要。我认为人物和河流、阳光等一样，在作品中都只是道具而已。"② 余华小说中的人物以符号的形式构成某种隐喻，比如在《难逃劫数》中

---

① ［捷克］米兰·昆德拉：《小说的艺术》，生活·读书·新知三联书店 1995 年版，第128 页。

② 余华：《虚伪的作品》，《没有一条道路是重复的》，作家出版社 2008 年版，第 175—176 页。

东山、露珠、沙子、森林……是一系列被符号化的人物。

隐喻的妙处正是在于它以多个角度、多个方向抵达目标，隐喻是为了便于“由所有类似的东西反映出的不同的光线中去观察”①，因为人们很难用确定的语言来表达不确定性的历史，而隐喻是“最让人费解的意义之谜”②，它指向的是既不确定又有无限可能的境界，这也是本真显现的必经之途。新历史小说正是通过隐喻，以有限的符号形式指涉无限的历史，激发了想象的巨大空间，成功地架起了通往意义彼岸的桥梁，这就是英国艺术理论家克莱夫·贝尔提出的最经典的观点“有意味的形式”中所说的“意味”。

隐喻在某种程度上反映了人与自然的原始关系，隐喻不仅仅是手段或非推理性的符号，它表达了语言所无法表达的东西——意识的本身，抑或真理，通过作为此在之有限性来彰显一切可能之无限性，达到“无蔽”状态，所以，隐喻将持续与人类同在。

四　反讽的叙事

反讽是西方文学最常见的手法，在中国传统文学中表现得并不显著，因为中国人追求的是和谐的审美理想。反讽是指希腊喜剧中一个“佯装无知”的角色伊隆，他的对手是阿拉宗，一个“妄自尊大”的人，伊隆总是通过装作愚蠢无知给对手造成错觉，最后在论辩中找出阿拉宗的破绽使之不攻自破。D. C. 米克曾说：“如果有谁觉得自己产生了一份雅兴，要让人思路混乱、语无伦次，那么，最好的办法莫过于请他当场为‘反讽’做个界定。”③ 他总结出反讽的基本特征为：“自信而又无知（真正的或佯装的）、表象与事实的对照、喜剧因素、超然因素和美学因素。”④ 简单地说，反讽就是以超然的态度、戏谑的口吻来表达言外之意，在内容上也往往

---

① ［美］韦勒克、沃伦：《文学理论》，生活·读书·新知三联书店1984年版，第215页。

② ［法］保罗·利科：《活的隐喻》，上海译文出版社2004年版，第350页。

③ ［英］D. C. 米克：《论反讽》，昆仑出版社1992年版，第11页。

④ 同上书，第70页。

表现为对传统价值观的怀疑和反叛，即“语境对于一个陈述语的明显的歪曲”①。

反讽是小说创作的重要修辞方式，接受美学的创始人耀斯认为：“小说作为一种文学样式，其最高成就都是反讽的作品”②，他认为小说从对先前的理想的否定中找到了自己的出发点；米兰·昆德拉曾在《小说的艺术》中说：“从定义上讲，小说是讽刺艺术：它的‘真理’被隐藏，没有被宣告，它是无法被宣告的。”③ 反讽也是后现代主义的本质特征之一，不仅意味着解构自我、解构历史，还隐含着对人性、对世界的剖析与解构。

反讽是多元思维的产物，新历史小说秉承西方这种后现代性的反讽追求，凭借大量的戏谑式语言使文本弥漫着插科打诨的意味，消解了权力话语的严肃性，达到颠覆权力话语的效果，表现自我对世界和人生悬而未决的疑惑感和荒谬感。如作家莫言便是以这种心态进行写作，言语间充满了反讽的睿智与幽默：“我曾经对高密东北乡极端热爱，曾经对高密东北乡极端仇恨，长大后努力学习马克思主义，我终于悟到：高密东北乡无疑是地球上最美丽最丑陋、最超脱最世俗、最圣洁最龌龊、最英雄好汉最王八蛋、最能喝酒最能爱的地方。”④

在新历史小说中，常常使用言语反讽形成“言在此而意在彼”的话语张力，采取庄词谐用、正话反说等形式，形成语言的表面意义和深层内涵的反差，召唤读者主动进入文本来填补这种意义所指的空白。

李洱的《花腔》中，有人竟然为了能吃到一碗鸡蛋面条，就乖乖地承认自己是“托派”，严肃的政治身份“托派”产生得如此简

① ［美］克林思·布鲁克斯：《反讽——一种结构原则》，赵毅衡编选《“新批评”文集》，中国社会科学出版社1988年版，第335页。

② ［德］汉斯·罗伯特·耀斯：《审美经验与文学解释学》，上海译文出版社1997年版，第282页。

③ ［捷克］米兰·昆德拉：《小说的艺术》，生活·读书·新知三联书店1995年版，第129页。

④ 莫言：《红高粱家族》，作家出版社1995年版，第2页。

单荒唐，历史的沉重和卑劣的现实之间形成强烈反差，在尊严和生存只能选择其一的情况下，宁可尊严被践踏，只为了一碗面条，就不惜承认自己是托派，是特务。在尽情戏谑与调侃的叙述背后，我们看到了在权力的重压下人们所遭遇的生存尴尬以及人性的扭曲；莫言《檀香刑》中，德国总督罗德感慨道："中国什么都落后，但是刑罚是最先进的，中国人在这方面有特别的天才。让人忍受了最大的痛苦才死去，这是中国的艺术，是中国政治的精髓……"这句言语反讽中，隐含了作者的价值判断和权力批判，刽子手与国家竟然有着共同的伦理本质；《温故一九四二》写的明明是惨绝人寰的河南大饥荒，但小说叙述者却说自己的采访"夹杂许多当事人的记忆错乱和本能的按个人兴趣的添枝和减叶"，姥娘也"将五十年前饿死人的大旱灾，已经忘得一干二净"，这种"善忘"的确是中国人的痼疾顽症，这种麻木让作者感到无奈："这本书是喜剧，不是悲剧。它最大的震撼不是三百万人死了，而是三百万人死后我们对事件的态度。我们河南人在临死时总会为世界留下最后的幽默"①；《灵旗》中的黑廷贵因为妒忌有钱人就常常拿这些人家的鸡鸭鹅狗出气，不是狗上吊就是鸡淹死，他的这种行径却被穿制服的人夸奖为："还没解放，就敢于用种种巧妙的方法跟有钱人斗"，于是他步步高升；《从两个蛋开始》中的赵北存偷西瓜，还调戏本家叔伯嫂子莲花，区长刘昆不但没有因此阻拦赵北存加入农会，反而称赞他有毅力有智慧："肯动脑子会用心思，四两拨千斤"，赵北存也从此受到重用。言语反讽对亚里士多德回到理性或"逻各斯"发出嘲笑，它们可能受制于双重逻各斯，或许无数的逻各斯，以致最后彻底摆脱对逻各斯的承诺。

新历史小说出现的反讽大多属于情境式反讽，通过场景或事件的叙述来表现人物的生活情境，突出人物在与环境的矛盾冲突中显现出的窘境以及悖谬性和不合逻辑性。

例如在莫言《丰乳肥臀》中，我们可以看到这种反差极大的情

① 田小满：《刘震云：何以解忧，唯有写作》，《北京晨报》2007 年 11 月 18 日。

境式反讽：镇政府办阶级教育展览，在小学生浪潮般的哭声中，女教师逐一讲解着图片，图片上的地主崽子被画得活泼可爱，地主司马库画成狼头熊身，从不吃鸡的二姐上官招弟被说成为吃鸡腿上那层黄皮宰杀了堆积如山的小公鸡，拖着狼尾巴的司马库率领还乡团在十天内杀害了一千三百八十八人，可是被请来控诉的郭马氏却说，她的命全是靠司马库救下的，当时司马库的手下为凑一百足数，想将她也活埋了，是司马库制止了，这个本应是一场严肃的展览会结果反而成为可笑的骗局。第二次阶级教育展览，公社干部把做过妓女的四姐弄到展览馆里作反面教材，四姐谙熟男人心理，使出浑身解数搔首弄姿，使展览馆里那些公社干部欲罢不能丑态百出，本是批判典型的教育展览最后变成展览色情的淫秽场所，把所谓正面人物和正面事件进行了毫不留情的戏谑，表现出对主流文化背离的态势，在对历史的反讽中增加了思考的深度。

对代表国家意志的权力斗争这样严肃的话题，新历史小说也进行了刻薄的嘲弄。在刘震云的《故乡天下黄花》中，兄弟两人仅仅是因为一只鸡蛋、一只猪就大打出手，导致两个不同的造反团发生了一场剧烈的夺权斗争；在《故乡相处流传》中，作者由百姓扎稻草人假扮士兵迎接曹丞相检阅，联想到二十世纪六十年代用稻草堆粮食欺骗毛主席，跨越千年的历史场景的并置使小说有了纵深感；余华的《活着》中，福贵出身于富裕地主家庭，他嫖赌成性，输光了家产，却在不久后的“土改”中躲过一劫，不但没有被划为地主，还分了五亩地；杨争光的《棺材铺》中，只因胡家女佣人刘妈捏了一下地主的儿子李家男孩贵贵的“牛牛”（男孩子生殖器），导致李家带人砸了胡家的当铺，给土匪出身的杨明远以可乘之机，终于酿成一场大规模的械斗火并。

新历史小说借反讽的方式，造成了叙述话语内部的分裂和对抗，使原本貌似严肃正义的事件遭遇游戏化的袭击，便于人们再次用解构的眼光去审视历史，为了把这种表层的戏谑与深层的严正拉大距离，让言意悖反的时间得以延长，使叙述充满张力，在反讽中，无论是幸福还是苦难，叙述人均以超然的心态、喜怒不形于色

的语调与叙述对象保持距离，把互相抵牾的观念与事实：崇高与卑鄙、正义与邪恶放在一起却不加评价，荒诞不经，委实让人忍俊不禁，让历史在叙述中渐渐显露出自己的真实况味。伽达默尔说："单纯属游戏的东西并不是严肃的，而游戏活动则具有一种达到严肃事物的特有的本质关联，这不仅仅是由于在游戏中游戏具有其目的，正像亚里士多德所说，这是由'消除紧张'而产生的。更重要的是，在游戏活动本身中已投入了一种独特的甚而是神圣的严肃，然而，在游戏行为中规定积极活动之此在的所有目的关联并不是简单地消失的，而是以特有的方式化出的。"①

所以，小说叙事中反讽修辞的"秘密"，就在于叙述者隐匿自己的观点，直接将两种或两种以上的相互冲突、相互作用的价值观念以微妙而迂回的方式呈现，体现了作者非凡的文学智慧，同时，也考验着读者的洞察力与领悟力。

---

① ［德］伽达默尔：《真理与方法》，辽宁人民出版社 1987 年版，第 147 页。

第十一章　新历史小说的价值缺失

童庆炳在2014年出版的《历史题材文学系列研究》丛书的序言中说过："新时期以来，历史题材的文学创作进入一个繁荣时期。这一时期所产生的作品数量之多，出版之众，印刷量之大，读者之多，影响之大，在中国文学史上都是空前的。"[①] 作为其中一股强大的创作潮流——新历史小说以新的历史文化精神和新的价值判断，以多样化的创作方法和独特的话语体系，形成了阶段性的繁荣景象，推动了当代文学的迅速发展，其文学价值也备受瞩目。

然而，正如任何文学理论都有不完备之处，任何文学潮流发展到一定阶段都会问题丛生，良莠互见，并最终成为自己的掘墓人。新历史小说也概莫能外。

由于新历史小说的发生与发展是在消费文化语境中进行的。根据法国著名结构主义学家雅克·拉康的镜像理论，自我的建构离不开对应物，即镜中的影像，然而，镜像阶段是一个自欺的瞬间，自我并不是自己的主宰，人们苦苦寻找，它却外在于我们作为一个他者而存在。镜像阶段的想象性认同与人类知识具有同构性。[②]

以镜像理论来解释新历史小说与消费主义文化之间的关系无疑是十分贴切的。不同时期的语境总是决定着文学的走向，作为主体的作家有时受制于无法控制的外部力量，在消费镜像中不再能够自由地决定自己，作品便逐渐出现了媚俗化倾向，对大众通俗文化极

① 童庆炳：《历史题材文学系列研究》（第1卷），北京师范大学出版社2014年版，第1页。

② 刘文：《拉康的镜像理论与自我的建构》，《学术交流》2006年第7期。

尽爱慕之能事，主动迎合读者的期待，甚至以时尚代言人的身份制造热点，以期赢得更大的商业回报，由于遵循市场运作的消费规则，必然导致新历史小说人文精神和文学价值的缺失。

第一节　健康的、美好的情爱哲学和审美的缺失

新历史小说在消费镜像中出现的价值缺失，一定程度上可以说是自由惹的祸。回顾中国当代文学，我们往往要踅回到原点上，自新中国成立始，思想上的僵化守旧、文化上的专制主义、意识形态上的理论教条等成为束缚的绳索，文学失去了表达的自由，许多作家为了争取创作主体的内在自由，进行了不屈不挠、英勇顽强的斗争，甚至不惜流血牺牲。

到了新时期，尤其是二十世纪八九十年代以来，随着世界多极化和经济全球化的到来，处于转型时期的中国社会解除了禁锢，消解了权威，价值观更加多元化，这样就将个体从传统意识形态的禁锢中解放出来，文学以外的因素不再对文学有强制性的规范，被压抑在心灵最深处的自由喷薄而出，文学得到了可以自由发展的空间，某些本性得以复归。

然而，“自由”不是萨特的无限夸大：“由人们决定要怎样就怎样”[①]，弗洛姆认为自由也不是“各种无约束的欲望”[②]，如同火山与地震，喷涌而出的自由写作的激情，也有可能带来相应的负面影响，如学者吴义勤所说：“‘自由’既带给中国文学欣欣向荣、朝气蓬勃的景象，同时又正在成为取消文学价值取向的借口，文学正在变得空洞、虚弱和无依。”[③] 也就是说，在市场经济条件下文

① ［法］让-保罗·萨特：《存在主义是一种人道主义》，上海译文出版社1988年版，第18页。

② ［美］弗洛姆：《占有还是生存》，生活·读书·新知三联书店1989年版，第180页。

③ 吴义勤：《多元化、边缘化与20世纪90年代中国文学的价值迷失》，《南方文坛》2001年第4期。

学的意识形态淡化之后，在一个自由创作的空间，作家是否具备足够的智慧与能力来支配这种自由，这是一个问题。

市场经济对文学的影响是巨大的。新历史小说从二十世纪九十年代开始走向繁荣，由于商品经济大潮的裹挟，精英文化渐渐边缘化，由大众媒介推动的大众文化成为主导，大众文化致力于解放大众的感性生命，伸张大众的感性需求，在美学上也出现了“身体美学”转向。

这样的环境促使新历史小说自觉或不自觉地滑向大众文学的旋涡，具有娱乐、消费、通俗等功能特征，“在消费文化影像中，……情感快乐与梦想、欲望都是大受欢迎的”①，对人性中原始欲望的书写和表达成为新历史小说浓墨重彩的一笔。

在现代汉语中，“欲望”指不正当的过分的愿望，主要表现为“占有欲”和“情欲”。本来，文学作品为表现个人的存在状况，往往会涉及个体内心深层的隐秘欲望，也可以说，不涉及内心欲望的文学作品是无法深入揭示人性的。新历史小说中充斥的暴力、疯狂、死亡等叙事元素的背后，无不是欲望作为能指与存在的匮乏之间的纠结。

以情欲为例。本来，这是人生最原初、最自然的东西，文学作为反映人类生命活动的一种特殊形式，自然不可避免地会把它作为观照的对象之一。况且，自然健康状态下的情欲描写“不冒渎人的思想，不激发人的欲望，而给人的意识以崇高的享受”②。

然而，正如当年作家茅盾指出，千百年来，“中国文学在‘载道’的信条下，和禁欲主义的礼教下，连描写男女间恋爱的作品都被视作不道德，更无论描写性欲的作品”③，在传统的历史叙事中，

① ［英］迈克·费瑟斯通：《消费文化与后现代主义》，译林出版社2000年版，第18—19页。

② ［保］瓦西列夫：《情爱论》，生活·读书·新知三联书店1984年版，第231—232页。

③ 茅盾：《中国文学内的性欲描写》，《茅盾全集》第19卷，人民文学出版社1991年版，第114页。

民族国家的宏大叙事总是占据主导地位，欲望叙事屈居边缘地位，尤其是“十七年”期间的革命历史文学，欲望叙事甚至被彻底排斥和贬抑。过度压抑人的自然需求必然会导致无节制的放纵，新时期以来，读者的阅读心理发生了变化，渐渐放弃了政治性、阶级性的阅读渴求，转向对感性欲望的消费性阅读。新历史小说作家在向历史索要话语权的过程中，自然更为敏感地把握了这一消费动态，很多作品为占有市场份额不惜牺牲色相，以满足读者的窥视心理、低级趣味和猎奇欲望，使情欲叙事成为小说表现的重镇。

情欲的泛滥当然不是新历史小说所独有，但是其他样式的历史小说从来没有如此醒目地强调这个特点，新历史小说中充斥着大量的性描写，以至于达到了无性不成史的地步。

《丰乳肥臀》被作者认为是为母亲写的赞歌，塑造了忍辱负重的母亲上官鲁氏的形象，但这个母亲为了借种，竟与多个男人通奸，两次被轮奸，甚至还和自己的姑夫乱伦，她的七胎子来自七个父亲，这些发生在旧中国大地上的“奇耻大辱”并没有让她感到痛苦，相反与外籍马洛亚牧师私通甚至让她获得了性满足，成为生命里值得炫耀的事；陈忠实《白鹿原》小说开篇便是“白嘉轩后来引以为豪壮的是一生里娶过七房女人”，并分别花费大量的篇幅描写他同这七个女人的性爱生活，还描绘了小娥与多个男人的肉体关系；《生死疲劳》中描绘了西门金龙与黄互助、黄合作姐妹的私通，蓝开放与庞凤凰的乱伦，蓝解放与庞春苗的交往等，这些人物尽管有着不同的名字但却披着共同的外衣：“情欲”；《檀香刑》中孙眉娘与父亲的死对头——知县钱丁有染，除了情欲之外很难有别的解释；《尘埃落定》中写了“我”与几个女人的性生活，依然是情欲叙事在为西藏的民族叙事张本；《瀚海》中的“姥姥”16岁时被邻屯一个财主大少爷强奸了，但她后来差不多隔几天就去和那少爷两相情愿地完成“强奸”仪式；《石门夜话》中财主的少奶奶被抢到山上献给有着杀夫灭门之仇的二爷，竟然被二爷的裸体和性故事吸引终于心甘情愿地和他同床共枕。

新历史小说中的性还常常以反常的面目出现，很少是健康美好的，要么被禁锢、压抑，要么走向变态的边缘。比如，《白鹿原》中郭举人吃塞在田小蛾下体里的干枣认为是“壮阳器具”；苏童小说《米》的主人公五龙把米塞进女人的子宫获得变态的心理满足；《一九三四年的逃亡》中，地主陈文治密不示人的家宝竟是装着“疑山东巫师炼少子少女精血而制”的瓷罐；余华的《世事如烟》中，算命先生奸淫幼女以采阴补阳，六十多岁的哭丧婆与十六岁的孙子同床并怀有身孕；贾平凹《五魁》中的少奶奶，竟然和狗发生了性关系，而五魁也由一个压抑自己欲望的驮夫变成疯狂抢女人的匪首……正如有学者指出的那样：“陈忠实的《白鹿原》……莫言的《丰乳肥臀》等一大批中长篇小说，以欣赏猎奇的心理去浓墨重彩地描绘性场面，展览性器官，刻画性心理。这些作品，都有一种性灭情，欲驭爱的倾向。”①

陈晓明在《超过情感：欲望化的叙事法则》一文中所说：“历史已然颓败剩下一些残缺的布景，那些精神和思想的厚度早已在小说叙事中失去最后的领地，而欲望化的表象成为阅读的主要素材，美感/快感的等级对立也不复存在，感性解放的叙事越来越具有蛊惑人心的力量，不管是新时期的主将，还是更年青一辈的作者，都不得不以他们更为单纯直露的经验，以某种超情感，超道德的方式来构造新的叙事，来构造这个时代的生活奇观。”② 纠缠于自然呈现必会导致审美规则的疏离，新历史小说作家的欲望书写也因此走向了审美的缺失，给小说文本带来重创。

从小说中信手拈来一例，这种描写与《西厢记》里“软玉温香抱满怀，春至人间花弄色，露滴牡丹开”的境界高下自见：这是莫言的《檀香刑》中孙眉娘抒发自己对钱丁的爱情：“告诉他我情愿变成他的门槛让他的脚踢来踢去，告诉他我情愿变成他胯下的一匹马任他鞭打任他骑。告诉他我吃过他的屎……”这样的描写完全违背了小说创作的原则：“世间实在还有写不进小说里去的人。倘

① 季水河：《多维视野中的文学与美学》，东方出版社2002年版，第233页。

② 陈晓明：《无边的挑战——中国先锋文学的后现代性》，广西师范大学出版社2004年版，第343页。

写进去，而又逼真，这小说便被毁坏”“譬如画家，他画蛇，画鳄鱼，画龟，画果子壳，画字纸篓，画垃圾堆，但没有谁画毛毛虫，画癞头疮，画鼻涕，画大便，就是一样的道理。”① 这种毫无选择的自然主义式的展览，即便泼尽丹青，从中发现美也像在冰中发现火一样的难。

在这些作品中，作家均以细腻的刻画技法渲染“情”“色”细节，对欲望表达得大胆露骨，欲望“被当作文本书写的本体来看待”②，这种“写作伸张了人的欲望，在现实中无法表达的欲望可以在作品中得到实现”③ 的做法导致人性让位于兽性，“后现代主义反对美学对生活的证明，结果便是它对本能的完全依赖”④。以强大的诱惑使人性返回动物性，简直是迫使读者扮演窥淫癖的角色，停留在感官刺激处而没有进入到文化层面，不仅没有给人带来艺术的享受，反而诱人堕落教人颓废，这种欲望叙事“结果只能适得其反，不但不能形成美感，反而使人厌恶和反感”⑤。

再看一例。这是格非的小说《风琴》中的一幕，保长冯金山目睹了日本兵凌辱自己的妻子：“一个日本兵抽出雪亮的刺刀在她的腰部轻轻地挑了一下，老婆肥大的裤子一下褪落在地上，像风刮断了桅杆上的绳索使船帆轰然滑下。女人的大腿完全暴露在炫目的阳光下……在强烈的阳光照射的偏差之中，他的老婆在顷刻之间仿佛成为另一个完全陌生的女人，她身体裸露的部分使他感到了一种压抑不住的激奋。”丈夫看到被凌辱的妻子竟然会产生一种性的快感，这已经不再是情欲范畴所能解释的，它犹如一把达摩克利斯之剑直

---

① 鲁迅：《半夏小集》，《鲁迅全集》第六卷，人民文学出版社 2005 年版，第 620 页。

② 丁帆、许志英主编：《中国新时期小说新潮》（下卷），人民文学出版社 2002 年版，第 675 页。

③ 余华：《三岛由纪夫的写作与生活》，《我能否相信自己》，人民日报出版社 1998 年版，第 85—86 页。

④ ［美］丹尼尔·贝尔：《资本主义文化矛盾》，生活·读书·新知三联书店 1989 年版，第98 页。

⑤ 王平：《从写作学角度探析丑的美感缘由》，《辽宁师范大学学报》2010 年第 1 期。

指向人心，小说放逐了道德与理性，也就远离了审美。

新历史小说抓住了人性的软肋，缺乏对读者进行正确引领的文学功能，这就违背了文学提升精神的诗性使命，造成精神穿透力的贫弱，削减作品的审美情感。“无论描绘自恋自虐的肉体欢悦，还是描写无爱有欲的欲望宣泄；无论是描绘视伦理道德而不顾的偷情，还是描写为追求某种实利而演绎的性爱游戏，都将欲望的宣泄作为作品叙写的主要内容，而缺乏对于精神世界的探索与追求。”[①]人类存在的合理性遭到了质疑和挑战，我们看不到人生的诗意和生命的价值，新历史小说日渐萧条与衰落，与文学方向的偏离不无关系。

说到底，只有经过作家审美情感的浸润，以高超的叙事技巧化腐朽为神奇，这样的刻画才有存在的价值和现实意义。毕竟社会在不断进步，文学依旧需要具有现代审美理想的建设者，如果嗜痂成癖，“红肿之处，艳若桃花；溃烂之时，美如乳酪”[②]，就会对作品带来极大的伤害，只能使作品成为即时性的快餐式消费，难有永恒的生命力，同时，这也不是一个成熟作家应有的审美立场和价值判断，这种缺乏基本历史责任感的表现，会让作家误入歧途，南辕北辙，为自己掘下死亡的陷阱。而只有“在告别‘政治化写作’与‘欲望化写作’之后，走出写作困境和价值迷茫，找到自己真正的‘生命写作’位置，以达到人生哲理的深刻抒发，这才是真正的、有生命力的文学”[③]。在新历史小说中，我们找不到健康的、美好的情爱哲学，爱情描写的美感、两性书写的审美严重缺失，这是应该指出的严重问题。非理性的欲望书写在新历史小说中大多表现为身体的形而下层面，并未能触及历史深处的卑微人形，“在拉康的哲学视域中，人的欲望总是虚假的，你以为是自己的需要，而其实从来都是他者的欲望。人的欲望是一种无意识的‘伪我要’。依拉

---

① 杨剑龙：《文学应该如何跨入新的世纪》，《文艺报》2001 年 1 月 2 日。

② 鲁迅：《随感录三十九至四十三》，《鲁迅全集》第一卷，人民文学出版社 2005 年版，第 334 页。

③ 董小玉：《走出欲望化的“个人化”写作困境》，《探索》2000 年第 5 期。

康的观点，个人主体的欲望从镜像异化以后就不再是主体本己的东西，特别是在进入象征域之后，在能指链的座架之下，我的欲望永远是他者的欲望之欲望”①。欲望不再是真实需要，而是对缺失之物永不可能实现的欲求，它表现了本体论意义上的匮乏和缺失，因而，与欲望并立的是主体不幸的命运，它正是人生活状况的投影，那么究竟什么样的历史背景会在人的欲望中投射下这种挥之不去的阴影，给处于历史洪流中的人类造成如此深刻的影响？它的转化形式怎样？作为主体的人在形成过程中，是怎样逐步走向这种比虚无还虚空之物的？欲望叙事的背后，如果能落到这样一系列深层问题的追问，新历史小说也许会真正回到文学本身，而不是在欲望中迷失。

究其原因，可以归结为个人化写作的艺术匮乏。陈晓明认为：“其实所谓个人化的写作也就是偏向于表达个人的内心感受，或者在文学叙事中偏向于描写个人生活状态。”② 新时期以来，随着作家创作主体性的历史性复苏，个人化写作成为二十世纪九十年代以来一个重要的文学现象，持个人化写作姿态的作家队伍极其庞大，其中也包括新历史小说作家，他们普遍选用个人化视角以区别于以往的宏大叙事。

第二节　虚构历史的危机造成历史主义的缺失

从历史观层面上看，新历史小说为颠覆以往历史小说处理历史的方式，解构历史和历史写作的观念，将其从遮蔽中敞亮出来，以获得一种多元意义的可能性，采取了极其激进的叙述姿态。它是以一种反向性思维去消解历史链条，以非意识形态性、多元化的非党史和革命史题材对抗意识形态性、一元化的党史和革命史题材，历

① 张一兵：《伪“我要”：他者欲望的欲望——拉康哲学解读》，《学习与探索》2005 年第 3 期。

② 陈晓明：《无边的挑战——中国先锋文学的后现代性》，广西师范大学出版社 2004 年版，第 400 页。

史的中心话语变成了历史的边缘话语。

尽管标举多元化，但其叙事模式、思维方法仍然是二元对立的，对革命历史的全盘否定，同样地会从一个极端滑向另一个极端，以虚无主义取代进化论史观，也会导致历史的全面陷落，这也是新历史小说受人诟病之一。正如批评家陈晓明指出的："非历史化确实使年青一代的中国作家的写作在某种程度上进入一个'平面化狂欢'时代。'平面化狂欢'表明当代文学叙事不再承受历史元叙事的压力，但也因此使人对其缺乏思想深度和力度感到不满足。年青一代的写作从历史压力底下解脱出来之后，一味追寻个人经验和感性直观的表意方法，确实缩减了文学表达的内涵。这使富有活力的当代文学写作陷入二难境地：从历史压力中解脱出来的写作并不意味着找到一劳永逸的出路。"①

一　历史的颓败与虚无

亨利·詹姆斯说过："一部小说存在的唯一理由就是它的确试图反映生活"②，歌德对他那个时代的创作问题的总结同样适于新历史小说，这些作家"唯一的缺点，就在于他们的主观世界里既没有什么重要的东西，又不能到客观世界里去找材料"③。新历史小说试图以虚构解构历史，他们的描述往往因缺乏对历史应有的态度而导致历史的颓败与虚无。

当今世界首屈一指的历史学家法国费尔南·布罗代尔通过对历史时间的划分阐明了他的历史观，将有助于我们对新历史小说这一创作失误的理解。他在《论历史》一书中"将历史时间分为地理时间、社会时间和个人时间"④，他认为，地理时间是自然地理环

① 陈晓明：《现代性与中国当代文学转型》，云南人民出版社2003年版，第251—252页。

② ［美］亨利·詹姆斯：《小说的艺术》，《黛茜·密勒——亨利·詹姆斯中篇小说选》，上海译文出版社2007年版，第280—281页。

③ ［德］爱克曼：《歌德谈话录》，人民文学出版社1978年版，第45页。

④ ［法］费尔南·布罗代尔：《论历史》，北京大学出版社2009年版，第4—5页。

境等演变缓慢的历史时间，它的变迁极其微妙，往往是几百年甚至几千年才能显现；社会时间是指经济、政治等变化较地理时间明显、但又相对稳定的历史时间；而个体时间是历史事件等变化频繁的历史时间。这三种历史时间里，起长期的决定性的是地理时间和社会时间；而作为个体时间的事件只不过是一些浪花或尘埃而已，转瞬即逝，只起到微小的作用。因而，“我们应该提防那种依然躁动着激情的历史，正如同时代人踏着同我们一样的短暂生命的节奏而感受、描述、经历的历史”①，也就是说，这种个体时间的叙述有可能是极不可靠的。

如果说传统的历史小说注重表现必然的重大事件，而回避对偶然性的书写，那么，新历史小说恰恰相反，作家呵护着这种以偶然性存在于历史长河中的个体时间的事件，小说强调的是一种偶然性的放大，并赋予其普遍性的特征。无视偶然性和必然性的对立统一关系。比如对革命的书写，革命历史小说书写的革命动机是理想与激情，但到了新历史小说中，将其置换为个人私欲。在《大年》中，豹子因为要抢占地主的姨太太参加了新四军，同样为了抢夺地主的姨太太，唐济尧借新四军之名击毙了豹子，庄严的革命在这里成为一系列尔虞我诈、钩心斗角的阴谋，历史的面相完全凭个人来雕刻，经典的革命叙述在此无疑遭到了刻意的嘲讽。在新历史小说中，类似的内容反复出现：李锐的小说《传说之死》中的六姑婆，冒着生命危险完成党的重任，只是为了保护弟弟，并非是自觉的革命意识；李锐的《旧址》中所谓的“农民赤卫队的暴动”，不过是作为农民赤卫队队长的陈狗儿对地主老财长期以来压迫的仇恨，所以他的革命是以个人的怨恨为出发点的，追随他的农民也不过是为了分到地主的浮财而来；《枣树的故事》中的尔勇加入共产党闹革命的目的，是为了替被土匪白脸杀害的哥哥尔汉报仇；《苍河白日梦》中的曹家二少爷曹光汉赈济灾民、请洋人办火柴厂、在革命党人的影响下为“谋反”试制炸药，以致最后被清政府处以绞刑，然

① ［法］费尔南·布罗代尔：《论历史》，北京大学出版社 2009 年版，第 4 页。

而，在历史情节的断裂之处，作者却刻意细描了人物的另一面：在新婚前夜用绳子勒自己，求少奶奶用鞭子抽打自己，他对自己心路的剖析也是触目惊心的："我是天下第一个没用的东西，我拿我怎么办？我怎么就不能让自己烧起来！怎么就不能把自己捣成碎片儿，炸飞了它！"简直是个十足的疯子、性虐狂、心理变态者！这种渲染难免不让人疑窦丛生：难道他参加革命的动力仅仅是因为自己的性无能？他的革命壮举只是为了缓解性无能造成的自卑和压力？重构出来的革命与历史原来只是如此荒诞不经？这种叙事可靠性又有几何？诸多作品，不再一一列举，当小说把偶然性因素放大到极致取代革命的必然性时，所有这些非理性观念、历史宿命感和循环论的意识，使我们所熟悉的革命历史叙事模式一步步地被化解。

从某种程度上说，许多新历史小说和革命历史小说一样概念化，作家以向壁虚构的方式使建构历史丧失了基本可能，忽略了时代背景的客观性，将想象当成历史，淡化了矛盾冲突，从而使文学开始疏离历史，历史成了不确定的"他者"。新历史小说作家在动摇了历史真实信念之后，以这种娱情娱性为追求目的的无功利心态来言说历史，获得一种类似于"游戏"的心理满足，他们"把历史引入一个疑惑重重或似是而非的领域"①，使历史成为游戏的无底棋盘。

"如果说新历史小说非理性认知观念是对历史的拆解和颠覆，那么这种怀特所称的'元历史'消解之后，我们获得了什么呢？是无真假、无善恶、无美丑的空洞'能指'，抑或是人言人殊的众声喧哗？"② 从许多新历史小说文本中，我们看到"历史已被悬搁成空洞的能指：它什么都是也什么都不是。历史的确定性已经彻底丧失。'新历史主义'小说家将我们一次次邀请进历史，又一次次让

---

① 陈晓明：《反抗危机：论"新写实"》，《文学评论》1993 年第 2 期。

② 刘忠：《无望的救赎与皈依——"新历史小说"再评价》，《文艺评论》2001 年第 4 期。

我们遭遇历史的放逐，我们只好滞留在与传统断裂的平面现实中”[①]，因非所果，因果难觅，理性的历史被消解，成为作家主观意愿的载体。正如有学者质疑道：“《我的帝王生涯》中国王端白的思想及其情感，在多大程度上体现了历史的印记？《丰乳肥臀》里的上官金童历经了近六十年的风风雨雨，我们又能从其身上目睹到多少历史性的变化？”[②]

学界的批评并非空穴来风，只追求游戏的形式，没有了游戏背后的意味，小说便失去了它应有的审美价值。“单纯属于游戏的东西并不是严肃的，而游戏活动则具有一种达到严肃事物的特有的本质关联，这不仅仅是由于在游戏中游戏具有其目的，正像亚里士多德所说，这是由‘消除紧张而产生的。更重要的是，在游戏活动本身中已投入了一种独特的甚而是神圣的严肃。”[③]

在创作主体的自我体验中，历史只是一张幕布、一种氛围，活动在其中的所有人的生存似乎仅为印证一种虚无的人生体验，以至走向游戏历史的虚无主义，“小说回到了想象虚构叙事，回到了个体私人内语言的描写，回到了语言的重新组合，不再负载小说以外的精神及道义，小说只是小说。于是，充满语言游戏的小说，在当代文学中已不可能再领昔日的风骚了”[④]，新历史小说历史感的丧失，使历史不再具有意义，文学也丧失了它的社会功用，当读者穿越时空的隧道来领略历史的风情时，看到的只是历史虚无主义的迷雾。

二　真相的悬置与湮没

新历史小说与新历史主义走着相似的道路。“新历史主义‘文

---

① 路文彬：《历史话语的消亡——论“新历史主义”小说的后现代主义情怀》，《文艺评论》2002 年第 1 期。

② 路文彬：《历史想像的现实诉求——中国当代小说历史观的承传与变革》，百花洲文艺出版社 2003 年版，第 299 页。

③ ［德］H. G. 伽达默尔：《真理与方法》，辽宁人民出版社 1987 年版，第 147 页。

④ 王岳川：《90 年代中国先锋艺术的拓展与困境》，《文艺研究》1999 年第 5 期。

本的历史性和历史的文本性’告诉我们，根本不存在所谓历史的‘本质’，只存在对于历史的叙述，任何历史家和作家都是从一定的观念出发叙述历史的。这就粉碎了中国批评家心目中的本质主义历史观。而当我们在明白了‘历史的文本性’之后，我们就不再会去徒然地寻求作家对于历史本质真实的反映，而会反过来去研究‘文本的历史性’”[①]，这种文本的历史性使小说在真实的历史框架中编织着历史叙事的谎言，导致历史中真相的悬置与放逐，人们看不到真正的历史。因而，新历史主义作为一种文艺思潮已走入了困境，“从理论与实践结合的层面全面审视，它尚未摆脱文学回归历史与沉沦历史、颠覆大写历史与陷入小写历史相对主义、强调历史的心理情感性与走向历史不可知论、迷恋边缘意识形态与迷失于意识形态边缘之间的悖论性处境，这些困境的克服当是它在理论和实践上的当务之急”[②]。

现在，新历史小说也是按照既定思路虚构出历史的别样图景，正如阎浩岗在《“红色经典”的文学价值》一书中所说：“‘革命历史小说找到了不同于以往历史小说的碎片，‘新历史小说’又找到了不同于‘革命历史小说’的碎片。整个瓷瓶是由这些碎片构成的，但哪一块碎片都不是瓷瓶的全体！如果说作为‘红色经典’的‘革命历史小说’是特定年代的历史化文本，受到意识形态的影响，具有历史局限性，那么，之前的旧历史小说、之后的‘新历史小说’同样是特定时代意识形态的产物，也具有历史局限性”[③]，这两种历史观截然相反的历史叙事都模糊了历史的真相。

尽管新历史小说写作之初是为了追寻历史的真相，如莫言所说：“我觉得好的战争文学应该站在比较超阶级的观点上，应该站在人类的高度上来写。从教科书上看到的历史，泾渭是很分明的，但一旦具体化之后，一旦个体化以后，就会发现与教科书上大不一样。究竟哪个历史才是符合历史真相的呢？是‘红色经典’符合历

① 赵稀方：《当代文学中的历史叙述》，《东南学术》2003 年第 4 期。

② 张进：《新历史主义与历史诗学》，中国社会科学出版社 2004 年版，第 301 页。

③ 阎浩岗：《“红色经典”的文学价值》，人民出版社 2009 年版，第 38 页。

史的真相呢还是我们这批作家的作品更符合历史真相？我觉得是我们的作品更符合历史的真相。”① 尽管要了解一部作品就要事先知道作家的打算和想法，但是，这往往成了一个作品对作者失约的“意图谬见”，即“将诗和诗的产生过程相混淆”②，用新批评提出的这个著名理论来解释这一现象无疑恰如其分，对作者目的的判断只能依据作品本身，而不是它的写作过程。

新历史小说有意疏离宏大历史叙事，以边缘对抗主流，关注历史情境中的小人物的生存状况，作家以一斑窥全豹、根据一根毫毛就想象整个动物的写作方式，以想象与虚构来书写历史，以致小说中的意象显得语焉不详，由于重视个人生活体验轻视历史精神，重视艺术想象力忽视历史规律性，这样就使叙事显得虚空漂浮，他们笔下的历史带有强烈的主观色彩，以粗浅的个人体验替换了历史细节，沉溺于对个人表层经验的玩味，丧失了看待世界的清澈目光。比如莫言在《丰乳肥臀》中，关于日本侵略的描写只有很少一部分，甚至将他们描绘成救世主，于是，历史上明确记载的侵略者，就以人性的书写淡化了他们罪恶的本质，侵略战争也以这种小概率事件被管中窥豹式地记述，这种写法曾经引起社会各界的谴责。新历史小说当初登场时有着矫正历史之真、理清历史脉络的雄心壮志，然而在市场漩流中很快迷失了方向，只剩下一架填满了想象与欲望的历史空壳。

新历史主义把历史研究活动和历史书写区分开来，非常注重挖掘不被前人注意到的历史材料，从而得出异于以往的新鲜结论。然而，新历史小说在解构了历史和历史宏大叙事的同时，并没有向历史材料和真相靠拢，导致了真相的虚无与湮没，这也是新历史小说面临的一个困境。

历史的天空多姿多彩，有庸常化的一面，也有宏大的一面，新历史小说不是以历史真实叙述为旨归，只是凭借作家的主观判断和

① 莫言、王尧：《从〈红高粱〉到〈檀香刑〉》，《当代作家评论》2002 年第 1 期。

② ［美］威廉·K. 维姆萨特、蒙罗·C. 比尔兹利：《感受谬见》，载赵毅衡编选《“新批评”文集》，中国社会科学出版社 1988 年版，第 228 页。

臆测来书写历史最荒唐的一面。比如在刘震云《故乡相处流传》中，曹操与袁绍之间的战争竟被解释为争夺一个寡妇，朱元璋千里大移民被叙述成是用扔钢镚来决定去留的儿戏，慈禧太后下巡的目的是寻找昔日的旧情人，历史被演绎为一场无厘头的闹剧，传达一种游戏的态度；在《故乡天下黄花》中，八路军的一次伏击引来了日本兵血洗村子，村长把八路军与中央军、土匪、日本人放一起叫骂，在村长眼中，如果没有八路军的这次行动就不会引来日本人的报复；在《故乡相处流传》中，曹成等参加革命却没得到什么好处，因而被女儿曹小娥教训一番："什么革命，不都是他妈的为了上下两张嘴"；在《丰乳肥臀》中，共产党铁路爆炸大队里三代单传的俊美少年兵马童被以盗卖军火罪处决后，他的爷爷表达了对抗日的不满："抗成一片花天酒地!"共产党革命队伍的神圣性遭到质疑和玷污。小说中颠覆、解构性的事件比比皆是，强行征用民车、枪毙司马库子女、哑巴孙不言奸污了上官领弟等，以往的军民鱼水深情关系被改写。这种以民间视角将深度的历史表象化的肤浅行为，将历史的神圣化庄严化瓦解，导致对历史理解的偏颇。

毕竟，历史作为一个既成事实，一个客观存在，自有其真相与本质，这是毋庸置疑的，无论文学怎样强调能动性和创造性，都无法将其彻底遮蔽。文学从不同角度对历史的刻意追求，本身就是一个悖论，"历史的本真状态是不依人的主观意志为转移的客观存在，但人对历史存在的把握、理解和描述却注定要以人为起点"①。可以说，每一种历史的言说都与历史存在一定的距离。

历史有时暂时不为人知，但文学之伟大便在于能够超前于意识形态，通过想象表达对存在的思考，表现对本质的追寻。一如存在主义大师卡夫卡，借助个人化的叙事建立起一个看似荒诞不经的世界：《变形记》中人忽然就变成一只大甲虫，《地洞》的主人公一只人格化的鼹鼠类动物因担心外来袭击时刻做好防御工作，《城堡》中的 K 受命赴任却终生受阻于城堡大门外，《审判》中的 K 莫

---

① 李仰智：《真实性：另一种解读》，《郑州大学学报》2003 年第 1 期。

名其妙受审判并被处死。因而，西方最负盛名的马克思主义评论家、匈牙利的著名学者卢卡契一度极力贬低卡夫卡，他认为巴尔扎克那种现实主义的叙述才是再现真实的唯一有效途径。而当他因为纳吉政府的垮台身陷囹圄，面对一场真实而荒诞的审判时，不由得发出感叹："卡夫卡是一个真正的现实主义者。"可见，虚构有时比真实还要真实！这就是小说的成功之处，体现了以话语参与塑造历史的能动力量。

从这个角度来说，无论是莫言的《红高粱》《檀香刑》，还是刘震云的"故乡系列"、余华《一个地主的死》等新历史小说，均趋于表面化戏剧化，缺乏更高层次上的反思，削弱了作品的历史厚重感，在积极地掀开历史沉重一页的同时，也因自身的局限使叙事只是获得有限的意义，"新历史的'小说'或'主义'，其正负面效应都已然说明，它具有对历史的沉重一页加以掀起和重解的积极性，同时，它也不可能超越自身的历史局限，而只可能在历史叙事中获得自己有限性的意义——即通过对历史的当代重释，对当下的生存语境加以话语寓言式的折射而已"①。

虚构模糊了文学与历史的文本边界，文学话语解除了对历史话语的膜拜，作家对历史的真实性和决定论观念产生了质疑，自由驰骋于历史原野，钟情于历史的不确定性，正如水消失于水中，对大历史的恐惧扼杀了历史，让历史最终消失于历史之中，非但没有弄清历史上发生了什么，反而通向了历史的不可知论。

第三节　真实价值、人文精神的缺失

在新历史小说文本中，话语具有了取代历史的霸权和威风，于是，历史事件不再是悍然不动的纪念碑般的客观之物，让历史事件成为历史的原因只有叙事话语。这种话语挑战历史的倾向，有着诸多的局限。

① 王岳川：《重写文学史与新历史精神》，《当代作家评论》1999年第6期。

一　文学语境的消失

对文学话语的意义诠释必须从话语与语境的关系入手。

语境理论由瑞恰慈提出，他认为语境“可以扩大到包括那个时期有关的一切事情，或者与我们诠释这个词有关的一切事情”①。国内较早专门研究语境问题的学者王建平在《语言交际中的艺术——语境的逻辑功能》一书中是这样定义语境概念的：“所谓语境因素，指的是交际过程中语言表达式表达某种意义时所依赖的各种时间、地点、场合、话题、交际者的身份、地位、心理背景、时代背景、文化背景、交际目的，交际方式，交际内容及所涉及的对象以及各种与语言表达式同时出现的非语言指号（如姿态、表情等等）。语境因素是无限的。”②

另外，从新历史主义的理论视角来看，新历史主义最初的动机，即新历史主义的出现是对后结构主义的非历史倾向的反拨和对形式主义强调文学本体论的批判，新历史主义强调文本与语境之间的重要关系，即文本不是利用纯文学手法而取得的封闭世界，要关注文学产生之时特定历史时期的社会和文化，文学不是一种孤立现象，而是有着一定的历史维度。

对新历史小说来说，恰恰由于对历史的过度虚构，导致了话语发生的历史因素消失，而包括社会体制、文化传统、重大社会运动或事件等形成的历史状态是话语的历史性环境，即语言的大语境，小说自然要体现某一特定历史时期的生活环境、生存状态、民风民俗等，故事情节、人物心理等一定要符合一定的历史情境。可以说，新历史小说文学语境的消失，带来了写作的困境，如作家格非所说：“我有时写到旧时代的生活，根本不敢去写那个器物”，作家周梅森也曾表达了同样的困惑：“我这个没有经历过战争的人是

---

① ［英］I. A. 瑞恰慈：《论述的目的和语境的种类》，载赵毅衡编选《“新批评”文集》，中国社会科学出版社 1988 年版，第 295 页。

② 王建平：《语言交际中的艺术——语境的逻辑功能》，求实出版社 1989 年版，第 42 页。

否也能在稿纸上铺开战争的图画……我是否有能力完成一场既属于历史，又属于我个人的战争?”①

因而王奇生教授认为：“如果超脱历史的语境，成长于和平年代的人们可能会认为革命太过于强暴，甚至认为革命违背人性，革命不择手段，革命压倒一切，人性的所有方面都要受到压抑，人的日常伦理和基本的价值观念都被革命的价值观念所取代。”② 失去了历史文化的语境，难免导致作品内容的肤浅，文学价值增值的弱化，也正如有学者担忧的那样：“新历史小说试图避开历史本体来寻找人类，试图通过一种任意的主观的解释来寻求人类价值，这未免使新历史小说的努力成了自欺欺人的把戏。”③ 当一切理想、诗意、历史都渐渐被解构乃至消亡时，当社会的某种总体意义消失之后，剩余的个人化实际上不过成了一种平面化，文本也不过是任意拼凑出来的虚妄之作。

新历史小说既然冠以历史小说之名，那么创作时就不能脱离话语的历史语境。语境即是把谎话说圆了，要具有完整性和自足性，要遵循事理逻辑或情感逻辑，因为在历史变革的关节点上，情节需要在历史的规定语境中展开，还原历史的生态现场，实现对人生的审美把握，当新历史小说以生硬的生活细节和简单的现实情境替代对复杂历史的叙述，或是借助象征、隐喻以及插入奇幻的故事情节来弥补历史的匮乏时，文学语境已趋于消亡。

苏童的《我的帝王生涯》即是一个超验性的文本，小说虚构了一个面目不清的朝代一个莫须有的国家燮国，一个不存在的帝王端白过着不存在的生活，先是在老太后的操纵下成了傀儡国王，在兄长夺位后被贬为庶民流落民间，迷上了杂要班子的走索，成了“走索王”，后来由于他的帝国和他所有的亲人死于非命，最终归隐山林。而作家自己也认为这部小说“正好配合我的多余的泛滥成灾的

① 周梅森：《题外话》，《中篇小说选刊》1988 年第 3 期。

② 田磊：《当代人如何看前朝史？——北京大学历史系教授王奇生访谈》，《南风窗》2011 年第 22 期。

③ 舒也：《新历史小说：从突围到迷遁》，《文艺研究》1997 年第 6 期。

想象力”[①]，并表示：“希望读者朋友们不要把《我的帝王生涯》当成历史小说来读”[②]，小说已然成了飘浮的无根之物，在想象的上空任性地飞翔。这种对历史真实的藐视能否反映历史本质的真实？纯粹是语言的游戏与狂欢到底能否加入到文化主导声音的大合唱？不得不让人生疑。也许，除了娱乐功能外，很难找寻更深一层的思想意义。

而阎连科在《四书》中创造了一种“神实主义”的文体方式，抽空了历史语境。按照阎连科的说法，“神实主义，大约应该有个简单的说法。即在创作中摒弃固有真实生活的表面逻辑关系，去探求一种‘不存在’的真实，看不见的真实，被真实掩盖的真实。神实主义疏远于通行的现实主义。它与现实的联系不是生活的直接因果，而更多的是仰仗于人的灵魂、精神和创作者在现实基础上的特殊臆思。在日常生活与社会现实土壤上的想象、寓言、神话、传说、梦境、幻想、魔变、移植等，都是神实主义通往真实和现实的手法与渠道。”[③] 正如浮士德追求海伦的结果是只得到了长袍和面纱，如果这种“神实主义”只是魔幻风格的表层仿拟，抑或是形式上的标新立异以吸引眼球，那么以完全不存在的向壁虚构，如何去还原与重建历史？能否提供新的审美体验和精神价值？也是值得商榷的。

例如刘震云的《故乡相处流传》中塑造的人物，完全不同于以往历史小说的严肃态度，而是彰显出历史场景与现代因素的交融。从人物的话语可见一斑，《故乡相处流传》中，三国时期的猪蛋说：“袁绍必败，苏联必亡”；“在一次曹府内阁会议上，丞相一边‘吭哧’地放屁，一边在讲台上走，一边手里玩着健身球说：‘活着还是死去，交战还是不交战，妈拉个×，成问题了哩……真为一个小×寡妇去打仗吗？那是希腊，那是罗马，我这里是中国。这不

① 苏童：《回答王雪瑛的十四个问题》，《纸上的美女》，人民日报出版社 1998 年版，第 190 页。

② 苏童：《我的帝王生涯》，北岳出版社 2001 年版，第 280 页。

③ 阎连科：《发现小说》，《当代作家评论》2011 年第 2 期。

符合中国国情哩’”；太平天国时代的袁哨说：“具体问题具体分析”；朱元璋说：“个人服从组织，少数服从多数，全体服从皇上”；清朝的西太后说：“天要下雨，娘要嫁人，随他去吧！”，对外敌则说“攘外必先安内”等，小说文本中，作为政治用语的马克思主义的基本原则、中国共产党的组织纪律、《哈姆雷特》中丹麦王子的经典内心独白、为争夺海伦的特洛伊战争的用语和原本不能登上大雅之堂的民间俗语、骂人的脏话、方言土语等这些不同国度多种文化的语言形式叠加起来，形成狂欢式的话语喧嚣。这种“把文本从其‘背景’，从其语境，从历史研究和批评的传统强加给它的种种束缚中解放出来”① 的意义何在？当几千年前的古人说出国外或现代才产生的话语，拥有当代人的观点与情感时，读者既听不到历史人物符合时代气息的对话，也看不到历史事件的合理场景，整篇小说都被这种阴阳怪气的语调与风格统摄时，不能不对作者还没深入就跳出历史之举表示困惑与反感，作家即便作为一个自身的权威，又岂能任意按照自己的浅识而不是从历史出发，对历史进行任意的戏耍？对此，陈晓明指出：“刘震云最后实际放弃了个人记忆。”②

历史叙事没有禁区，然而应该把这些人物和事件关联到背后的政治、经济等因素，正如布罗代尔所言：“惊天动地的事件常常发生在一瞬间，但它们不过是一些更大的命运的表征。而且只有根据这些命运，事件才能得到解释。”③

正如希腊神话中的巨人安泰，只要接触到大地就力大无穷、所向无敌，后来被赫拉克勒斯举离地面因无法获取力量而死。新历史小说写作存在的致命因素就是历史感不足，没有了历史的丰厚底蕴，没有了独特的民族文化氛围，自然消泯了历史小说的审美素

① ［英］特伦斯·霍克斯：《结构主义和符号学》，上海译文出版社 1997 年版，第 122 页。

② 陈晓明：《表意的焦虑——历史祛魅与当代文学变革》，中央编译出版社 2002 年版，第 361 页。

③ ［法］费尔南·布罗代尔：《论历史》，北京大学出版社 2009 年版，第 4 页。

质。要避免安泰悲剧的重演，使历史小说拥有突出的历史感，浅尝辄止是不够的，那只能获得浮光掠影的印象，历史叙事要以深邃锐利的思想穿透历史烟雾，发现历史本质，而这恰恰是历史的核心价值观，也是历史小说生死存亡的根基。

二　人文精神的放逐

在新历史小说崭露头角的二十世纪八十年代，掀起过人文精神大讨论，新历史小说与人文精神的话题也始终相伴至今，不绝如缕。当然，人文精神大讨论并非是针对新历史小说而发起，它把包括新历史小说在内的各种文学形式一网打尽，予以评说。

何谓“人文精神”？对它进行定义，就和定义什么是“美”，什么是“诗”，什么是“文学”一样难，百家争鸣百花齐放而难以有某一种界定来一统天下放之四海。这里取有代表性的观点举隅。钱穆认为人文精神是“人与人、民族与民族、文化与文化相接相处的精神，或以人的群体为本位的精神”①。袁进认为人文精神“是对‘人’的‘存在’的思考；对‘人’的价值，‘人’的生存意义的关注；对人类命运，人类的痛苦与解脱的思考与探索”②，陈思和认为人文精神“是知识分子的学统从政统中分离出来后建立起来的一种自我表达机制”③，王一川则认为是人文精神是“从具体文化过程中体现出来的追求人生意义的理性态度”④。然而，无论是从道德、价值、人本哪一层面进行归纳，总的来说，都是对于精神价值的注重。

大多数学者对二十世纪八十年代以来文学中人文精神的放逐与失落持肯定的态度，并把原因归结为市场经济时代盛行的功利

---

① 郭齐勇、汪学群：《钱穆评传》，百花文艺出版社 1995 年版，第 46 页。

② 高瑞泉、袁进、张汝伦等：《人文精神寻踪》，《读书》1994 年第 4 期。

③ 许纪霖、陈思和、蔡翔等：《人文精神寻思录之三——道统、学统与政统》，《读书》1994 年第 5 期。

④ 王一川：《从启蒙到沟通——90 年代审美文化与人文精神转化论纲》，《文化争鸣》1994 年第 5 期。

主义。

在历史小说的书写中，尽管提倡秉持历史理性与人文精神的双重价值取向，但却很难做到兼而得之。毕竟，社会历史的前进、物质经济的发展难免与人的生命发展、人的权利、人的尊严等发生尖锐的矛盾冲突，正如马克思在论述异化劳动时说过：“劳动为富人生产了奇迹般的东西，但是为工人生产了赤贫。劳动创造了宫殿，但是给工人创造了贫民窟。劳动创造了美，但是使工人变成畸形。劳动用机器代替了手工劳动，但是使一部分工人回到野蛮的劳动，并使另一部分工人变成机器。劳动生产了智慧，但是给工人生产了愚钝和痴呆。”①

新历史小说作家拥有历史话语权的同时，自行创建了一个既非历史也非现实的真空地带，历史在这里只是作为一种审美客体被欣赏被消费，历史意识缺席，作家将这种历史感视为文学修辞手段，借历史之酒浇胸中块垒，小说中的历史承担的既不是完整的认知也不是单纯的道德评价，如莫言所说，作家“不要担当道德的评判者”②，话虽如此，但是，任何作家即使对所谓客观“历史”进行叙事，也无法做到绝对客观呈现，作家的主观情感不能不渗透到叙述中去，文本早已出卖了作者，是同情赞美还是贬抑批判，不难从中发现作家的历史观。这种具有悖论特点的叙事策略于有意无意之中导致了对人文精神的忽略。

比如苏童小说《红粉》中以小萼之口讲自己的从妓经历，她做妓女是因为“怕吃苦”，而妓女这一职业也是“自己养活自己的职业”，并且做了妓女之后，“鸨母没有打过我，嫖客也没有打过我”，还有些金银细软，倒是妓院被封，妓女被强行改造时苦不堪言：“我缝不完三十条麻袋，除了死我没有办法”“死也不让死，哭也不让哭，这种日子怎么过？不如把我们枪毙了吧”。小萼对做

① ［德］卡尔·马克思：《1844年经济学哲学手稿》，《马克思恩格斯全集》第四十二卷，人民出版社1979年版，第93页。

② 莫言：《文学创作的民间资源》，载王尧、林建法《我为什么写作——当代著名作家讲演集》，郑州大学出版社2005年版，第8页。

妓女的糜烂生活无限怀恋，参加改造自食其力之后反倒觉得生不如死，这种以好逸恶劳为荣的浅薄腐朽的价值观实在无法让人恭维。

主体精神的缺失使新历史小说作家陷入尴尬境地，弘扬感性却走进欲望的泥淖；注重自我意识却导致了自我理性的放逐进而切断个体理性与公共理性的联系。个人化写作在解除宏大叙事的影响焦虑之后，他们将一出独角戏演绎成众神狂欢的多幕杂剧，使历史与现实成为一个荒原，他们胸有成竹地在上面搭建迷宫然而又在迷宫里迷失了方向。

福柯曾宣称：后现代主义时代已经到来。对传统人道主义的反思与批判，是西方后现代主义的重要理论特征，在后现代主义时代，人已经死亡，后现代人深陷对未来希望深感渺茫的困境，他们渴望的是成为物而不是上帝，人的情感日渐冷却，传统人道主义所追求的“人”终于在知识本身的发展和演变过程中消失殆尽，在新历史小说里，这种对理性人文精神的排斥，体现了对后现代的认同意识。

可以说，世纪之交是一个浮躁的年代，新历史小说作家与同时代其他作家一样，缺乏一种精品意识，正如有学者说过：“我们今天有多少作家愿意学他们的做法，甘于平淡，安于寂寞，为艺术之神呕心沥血？并不是当今作家都不如曹雪芹、托尔斯泰有才气，而是他们缺乏那种献身艺术的虔诚精神”①，他们不再如以往知识分子那样，在阿Q画下的圆圈后面跳动着鲁迅一颗颤抖的心，把批判精神和道义担当内化到文本叙述中，而是极尽“性”“暴力”“死亡”的描写，甚至在零度情感的遮掩下流露出“弱肉强食”思想倾向，抑制不住价值毁灭后残忍的欢乐。于是没有可以依托的精神资源和话语范式的新历史小说就很容易地陷入虚无主义的价值黑洞。这些在一定程度上导致人的主体性的失落和精神生活的严重物化，让历史充当话语狂欢的奴仆，造成精神的抽离与人文的失落，

① 陈国恩：《中国现代文学的历史与文化透视》，武汉大学出版社2005年版，第264页。

留给我们许多“本雅明”式的震惊和疑惑。

这种倾向从莫言《檀香刑》中可得以管窥。无论是对各种行刑场景的精细描绘，还是对酷刑过程的暴力叙述，均“拆解书面‘语言’的批判魅力，消散价值关怀的‘道体’光辉，使犬儒哲学消解英雄主义精神的同时，使意识话语从终极理想转向世俗实用。如此一来，取消了严肃文化、消解了当代最值得正视、讨论、关注的问题和问题意识。于是，在主流意识衰落、社会中心价值解体、知识分子陷入本世纪第三次低迷、先锋文化缩小地盘之际，大众文化全面兴起，领导人们生活的新潮流，并同市场文化的功利主义、消费主义、享乐主义合谋，基本上左右了民众从物质到精神的各个层面的世俗性需求”[①]，如王晓明所说：“90 年代的‘个人’意识长成了一副极不对称的体格：物质欲望和官能冲动越是泛滥，精神要求和公民责任感却日渐萎缩，无聊和惶恐越是深切，生活的主动性和热情却渐趋消退”[②]，对此，杜书瀛批评道：“在某些作家、理论家、批评家看来，文学不愿、不必也不应再承担社会责任、道德责任，文学不愿、不必也不应再承负历史使命。有的作家似乎在逃避，在躲闪，躲到历史、躲到闲适、躲到古老的后宫逸事中去了。于是只剩下了‘玩’。”[③] 虽言辞有些过激，也确是实情，体现了学者们的精神焦虑。

实际上，新历史小说的这种写法也是一种与重视文学政治价值等外在价值相悖反的另一种偏畸化倾向。尽管这种偏移属于矫枉过正，如鲁迅所说的：“中国人的性情是总喜欢调和，折中的。譬如你说，这屋子太暗，须在这里开一个窗，大家一定不允许的。但如果你主张拆掉屋顶，他们就会来调和，愿意开窗了”[④]，但是，为了保持文学价值格局的动态平衡，一旦超出合理的界限范围，仍然

---

① 王岳川：《90 年代中国先锋艺术的拓展与困境》，《文艺研究》1999 年第 5 期。

② 王晓明：《在创伤性记忆的环抱中》，《文学评论》1999 年第 5 期。

③ 杜书瀛：《新时期文学和道德》，《郑州大学学报》1999 年第 1 期。

④ 鲁迅：《无声的中国》，《鲁迅全集》第四卷，人民文学出版社 2005 年版，第 14 页。

需要调控，这种悖论同样需要悖论来解决："如果一味提倡写凡人小事而忽略重大题材，也将使文坛变得单调乏味。"①

那么，理想的文学叙事该思考如何在人文精神与世俗诉求之间找到一个平衡的支点，在表达个体化的经验的同时，而不排除社会、历史、文化的观照。这恰恰就是新历史小说作家缺乏的精神深度和思想力度，导致很多作品内在深层意蕴的缺失，失去相应的美学价值，"这种妥协性最为突出地表现在他们追求内心叙事的同时，不是将自我内在的精神空间安置在人类存在的整体性境域之中，而是集中在个体生命的欲望表演、情感体验的隐秘冒险以及生存经验的猎奇式复述上。它们看似在强调个人生命的独特性、奇异性，但是这些审美倾向并不能激发人们对内心存在之痛的体恤，不能对人们焦灼已久的困惑做出回答，不能体现作家内在的精英意识，而是在某种程度上满足了公众的窥视情结，是对权利（非权力）的妥协。"② 也就是说，摧毁了宏大叙事的城墙，形成了众神狂欢的叙事格局，但新历史小说却无力承担重建理性与信仰大厦的重任，这样会伤害现实的生活，正如尼采所说："如果在历史的冲动背后没有建设性的冲动，如果清除垃圾不只是为了留出空地，好让有希望有生命的未来建造起自己的房屋，如果只有公正是至高无上的，那么创造性的本能就会被消耗和阻遏。""如果历史只进行破坏而没有建设的冲动，从长远来看，它终将使它的工具厌倦生活。"③

当然，任何一种创作潮流都源于相应的历史语境，自有其存在的必然性，因而，全盘肯定和全盘否定都有失偏颇，历史叙事的未来发展趋势，也许正是宏大叙事与个人叙事的合流，如库特·萨克斯所谓介于"必然因素"与"偶然因素"这两极之间的"伟大的调和"，这也是新历史小说重新回归的希望所在。

---

① 季水河：《多维视野中的文学与美学》，东方出版社 2002 年版，第 254 页。

② 洪治纲：《先锋：自由的迷津——论九十年代以来中国先锋小说所面临的六大障碍》，《花城》2002 年第 5 期。

③ ［德］尼采：《历史的用途与滥用》，上海人民出版社 2000 年版，第 53—54 页。

结　语

以上我们力图返回中国当代文学批评的历史现场，从现状和实际出发，从问题出发，发现中国当代文学批评所面临的种种问题。在对以往学者所提出的各种各样的价值尺度、价值标准进行一一辨析以后，提出我们的多元复合的“中国当代文学价值评估体系”以及各构成要素。我们认为，这个价值评估体系一定是有机的、稳定的、多元的、包容的、开放的、综合的，这是符合当今多元、开放的时代情势和时代要求的。时代在变，文学在变，文学评价标准不可能一成不变，但它是变中有不变，不变中有变。在强调文学价值评估体系的开放、多元、包容的同时，我们也强调核心价值观、正能量在文学批评中的应有地位。

对文学批评中的价值观、价值立场、价值尺度、价值取向（导向）的内涵以及相互关联等问题，我们进行了重新审视；对文学批评中的一元与多元、个体与群体、本土与世界、阶级性、民族性与人类性、普适性与超越性、时代性与永恒性等问题进行了一一的阐释；对“文学性”与“非文学性”“文学价值”与“审美价值”的具体内涵（以往学者们或语焉不详，或有不同的理解）进行了深入探究；对文艺人民性思想的历史沿革、精神承传、现实重建以及作为人民性集中体现的社会主义核心价值观该如何践行等作了论述。这些都是在我们的文学批评与文学研究中首先要遇到的问题，这些问题不解决，文学批评中的混乱局面就难以改观。

在“批评实践”中，我们力图运用重建的中国当代文学价值评估体系，从“文学价值”切入，对中国当代文学中的“十七年文学”“文革文学”“新时期文学”以及整个中国当代文学的成就与问题进行了重新考量，并注重与中国现代文学、中国近代文学的比较。我们力图将“十七年文学”放在文学史的长河中来审视，澄清了“十七年文学”中的“文学性”和“非文学性”“经典”和“非经典化”的问题。

在我们看来，“十七年文学”是中国当代文学史链条中的重要一环，是一个不可分割和否定的文学阶段，全盘否定它并不是一种时尚、时髦或新潮，也不是历史主义的态度。用所谓的“启蒙”“现代性”“断裂说”的标准是无法合理解说“十七年文学”的。从历史语境看，“十七年文学”必然带有时代政治的深刻印记：个人化的审美情调服从主流的意识形态，创作内容普遍选择重大历史题材，以二元对立结构的阶级斗争为主，努力塑造正面人物、英雄人物，揭露和批判反面人物，体现革命乐观主义精神，为新中国文艺定音，使国人形成新的价值观念。时至今日，“十七年文学”的社会影响并没有完全消失。当然，“十七年文学”也有它明显的、有的甚至可以说是严重的问题。

在“文革文学”的研究中，我们力图回答“文革”有无文学、有无价值、有什么样的价值等问题。我们认为，应该全面、历史、辩证地看待和分析“文革文学”，依据“文学性”“文学价值”的各个要素来阐释“文革文学”的正面价值和负面价值、当时的价值与当下的价值。“文革文学”在中国当代文学史上不应该是“空白”，否则，文学史就不完整。当然，写入文学史的作家作品不一定有多高，但他们（它们）是时代和历史的一个“环节”，不应缺失。

对于新时期以来的文学，我们花费了更多的笔墨，力图重新梳理对当代文学、对新时期文学的评价历程和争论的过程，也重温当时的大讨论，目的在于厘清在中国当代文学价值重估等相关问题上观念和评价的是非曲直问题。在此基础上，阐明我们对新时期文学的基本估价。我们认为，新时期以来的文学，其文学价值有着更为复杂的表现，应该进行整体评价和分类评价，既应该看到成就和贡献，也应该直面问题与看到不足。

对于新时期文学中的“新写实小说”“新历史小说”这两个重要的创作现象、作家作品，我们也进行了文学价值重估，系统而辩证地解说了它们文学价值的具体体现以及价值缺失的问题。

总之，我们力图从以往的侧重阐释、过度阐释乃至强制阐释走向评价和价值判断，侧重于文学价值定位和文学史定位，认为创作和批评都应该有价值理念和价值目标（价值理想），体现正确的价值观和价值立场，文学的魂就在于价值坚守。我们还认为，思想史研究不能代替“文学性”“文学价值”的研究，“文学价值”的揭示才是文学研究的根本。这就是我们的结论。

主要参考文献

一　著作

1. 程麻：《文学价值论》，人民文学出版社 1991 年版。
2. 冯宪光：《文学价值的追求》，四川文艺出版社 1993 年版。
3. 李春青：《文学价值学引论》，云南人民出版社 1995 年版。
4. 敏泽、党圣元：《文学价值论》，社会科学文献出版社 1999 年版。
5. 杜书瀛：《价值美学》，中国社会科学出版社 2008 年版。
6. 程金城：《中国 20 世纪文学价值论》，甘肃人民美术出版社 2008 年版。
7. 伍世昭：《中国 20 世纪文学理论批评价值取向研究》，人民文学出版社 2009 年版。
8. 赖大仁：《当代文学批评价值观》，社会科学文献出版社 2013 年版。
9. ［美］雷·韦勒克、奥·沃伦：《文学理论》，刘象愚等译，生活·读书·新知三联书店 1984 年版。
10. 童庆炳主编：《文学理论教程》（修订二版），高等教育出版社 1992 年版。
11. 吴中杰：《文艺学导论》（修订本），复旦大学出版社 1998 年版。
12. 南帆等：《文学理论》，北京大学出版社 2008 年版。
13. 王先霈主编：《文学批评原理》，华中师范大学出版社 2008 年版。

14. 王一川主编：《文学批评教程》，高等教育出版社 2009 年版。
15. 童庆炳、马新国主编：《文学理论学习参考资料》（上、中、下），北京师范大学出版社 2005 年版。
16. ［日］大江健三郎：《小说的方法》，王成等译，河北教育出版社 2001 年版。
17. 郭小东等：《我的批评观》，漓江出版社 1987 年版。
18. 张京媛：《新历史主义与文学批评》，北京大学出版社 1993 年版。
19. 朱立元主编：《当代西方文艺理论》，华东师范大学出版社 2005 年版。
20. 童庆炳：《文学审美论的自觉》，北京师范大学出版社 2011 年版。
21. 陈思和主编：《中国当代文学史教程》，复旦大学出版社 1999 年版。
22. 洪子诚：《当代文学概说》，广西教育出版社 2000 年版。
23. 洪子诚主编：《当代文学研究》，北京出版社 2001 年版。
24. 洪子诚：《问题与方法》，生活·读书·新知三联书店 2002 年版。
25. 王庆生主编：《中国当代文学史》，高等教育出版社 2003 年版。
26. 金汉主编：《中国当代文学发展史》，上海文艺出版社 2004 年版。
27. 黄修己主编：《20 世纪中国文学史》下卷，中山大学出版社 2004 年版。
28. 董健、丁帆、王彬彬主编：《中国当代文学史新稿》，人民文学出版社 2005 年版。
29. 洪子诚：《中国当代文学史》（修订版），北京大学出版社 2007 年版。
30. 孟繁华、程光炜：《中国当代文学发展史》，中国人民大学出版社 2009 年版。
31. 陈晓明：《中国当代文学主潮》，北京大学出版社 2009 年版。

32. 吴秀明主编：《中国当代文学史写真》（简明读本），北京大学出版社 2010 年版。
33. 严家炎主编：《二十世纪中国文学史》（下册），高等教育出版社 2010 年版。
34. 朱德发、魏建主编：《现代中国文学通鉴》中卷，人民出版社 2012 年版。
35. 吴思敬主编：《中国诗歌通史》当代卷，人民文学出版社 2012 年版。
36. 丁帆主编：《中国新文学史》（下册），高等教育出版社 2013 年版。
37. 曹文轩：《中国八十年代文学现象研究》，北京大学出版社 1988 年版。
38. 王晓明主编：《二十世纪中国文学史论》第一卷，东方出版中心 1997 年版。
39. 曹文轩：《20 世纪末中国文学现象研究》，北京大学出版社 2002 年版。
40. 陈晓明：《现代性与中国当代文学转型》，云南人民出版社 2003 年版。
41. 李杨：《50—70 年代中国文学经典再解读》，山东教育出版社 2003 年版。
42. 路文彬：《历史想像的现实诉求——中国当代小说历史观的承传与变革》，百花洲文艺出版社 2003 年版。
43. 陈国恩：《中国现代文学的历史与文化透视》，武汉大学出版社 2005 年版。
44. 童庆炳、陶东风主编：《文学经典的建构、解构和重构》，北京大学出版社 2007 年版。
45. 陶东风、和磊：《中国新时期文学 30 年（1978—2008）》，中国社会科学出版社 2008 年版。
46. 丁帆：《文化批判的审美价值坐标》，北京师范大学出版社 2009 年版。

47. 阎浩岗：《“红色经典”的文学价值》，人民出版社 2009 年版。

48. 丁宗皓主编：《重估中国当代文学价值》，春风文艺出版社 2010 年版。

49. 杨义主编、江腊生执笔：《中国当代文学研究》，中国社会科学出版社 2011 年版。

50. 王又平：《转型中的文化迷思和文学书写——20 世纪末小说创作潮流》，华中师范大学出版社 2011 年版。

51. 胡良桂：《文学主流的多维空间》，人民文学出版社 2011 年版。

52. 莫言：《碎语文学》，百花文艺出版社 2012 年版。

53. 孟繁华：《文学革命终结之后——新世纪文学论稿》，现代出版社 2012 年版。

54. 陈徒手：《人有病天知否》，人民文学出版社 2013 年版。

55. 温儒敏、赵祖谟主编：《中国现当代文学专题研究》（第二版），北京大学出版社 2013 年版。

56. 石兴泽、杨春忠：《转型时期中国浪漫主义文学研究》，人民出版社 2013 年版。

57. 童庆炳：《历史题材文学系列研究（第 1 卷）：历史题材文学前沿理论问题》，北京师范大学出版社 2014 年版。

58. 詹福瑞：《论经典》，人民文学出版社 2015 年版。

59. 阎浩岗：《现当代小说论稿》，人民出版社 2015 年版。

二　论文

1. 雷达：《旧轨与新机的缠结——从〈苍生〉反观浩然的创作道路》，《文学评论》1988 年第 1 期。

2. 李星：《新历史神话：民族价值观念的倾斜——对几部新历史小说的别一解》，《当代文坛》1988 年第 5 期。

3. 洪治纲：《论新历史小说》，《浙江师大学报》（社会科学版）1991 年第 4 期。

4. 丁永强整理：《新写实作家、评论家谈新写实》，《小说评论》1991 年第 3 期。

5. 金文野等：《对“新写实”小说的不同议论》，《文艺理论研究》1991 年第 6 期。
6. 王彪：《与历史对话——新历史小说论》，《文艺评论》1992 年第 4 期。
7. 陈晓明：《反抗危机：论“新写实”》，《文学评论》1993 年第 2 期。
8. 陈思和：《民间的还原：“文革”后某种文学史走向的解释》，《文艺争鸣》1994 年第 1 期。
9. 王一川：《从启蒙到沟通——90 年代审美文化与人文精神转化论纲》，《文艺争鸣》1994 年第 5 期。
10. 钱中文：《文学艺术价值、精神的重建——新理性精神》，《文学评论》1995 年第 5 期。
11. 洪子诚：《关于五十至七十年代的中国文学》，《文学评论》1996 年第 2 期。
12. 舒也：《新历史小说：从突围到迷遁》，《文艺研究》1997 年第 6 期。
13. 王尧：《关于“文革文学”的释义与研究》，《当代作家评论》1999 年第 6 期。
14. 陈思和：《试论当代文学史（1949—1976）的“潜在写作”》，《文学评论》1999 年第 6 期。
15. 王晓明：《在创伤性记忆的环抱中》，《文学评论》1999 年第 5 期。
16. 王富仁：《关于中国现代文学史编写问题的几点思考》，《文学评论》2000 年第 5 期。
17. 张清华：《话语与权力：一个戏剧性的演变关系——当代文学的一种读法》，《文艺争鸣》2000 年第 4 期。
18. 李扬：《当代文学史写作：原则、方法与可能》，《文学评论》2000 年第 3 期。
19. 李杨：《中国当代文学史史学观念笔谈》，《文学评论》2001 年第 2 期。

20. 刘忠：《无望的救赎与皈依——“新历史小说”再评价》，《文艺评论》2001 年第 4 期。
21. 蒋述卓、李自红：《新人文精神与二十一世纪文学艺术的价值取向》，《文学评论》2001 年第 4 期。
22. 黄修己：《价值的相对性与绝对性》，《文学评论》2001 年第 4 期。
23. 童庆炳：《中国当代文学的精神价值取向》，《学术月刊》2002 年第 2 期。
24. 莫言、王尧：《从〈红高粱〉到〈檀香刑〉》，《当代作家评论》2002 年第 1 期。
25. 张清华：《民间理念的流变与当代文学中的三种民间美学形态》，《文艺研究》2002 年第 2 期。
26. 路文彬：《历史话语的消亡——论“新历史主义”小说的后现代主义情怀》，《文艺评论》2002 年第 1 期。
27. 丁帆：《研究“十七年文学”的悖论》，《江汉论坛》2002 年第 3 期。
28 洪子诚：《中国当代的“文学经典”问题》，《中国比较文学》2003 年第 3 期。
29. 黄海琴：《新历史小说研究综述》，《当代文坛》2003 年第 5 期。
30. 周冰心：《想象力缺失：中国当代文学面临的窘境——论当下中国文学的虚构危机》，《南方文坛》2003 年第 6 期。
31. 黄修己：《全球化语境下的中国现代文学研究》，《文学评论》2004 年第 5 期。
32. 李建军：《当今小说最缺什么》，《小说评论》2004 年第 3 期。
33. 赖大仁：《文学精神价值重建的必要与可能——近十年来文学精神价值重建问题讨论述评》，《中国人民大学学报》2005 年第 1 期。
34. 蒋寅：《对“失语症”的一点反思》，《文学评论》2005 年第 2 期。

35. 高玉：《中国现代文学史“审美中心主义”批判》，《社会科学战线》2005 年第 3 期。
36. 姚文放：《“文学性”问题与文学本质再认识》，《中国社会科学》2006 年第 5 期。
37. 王元骧：《关于文学评价中的“人性”标准》，《文学评论》2006 年第 2 期。
38. 杨义：《为当今文学洗个脸》，《光明日报》2006 年 2 月 23 日。
39. 赖大仁：《当前文艺与理论批评中的价值观问题》，载《文学评论》2007 年第 4 期。
40. 张利群：《论文学评价标准的三元构成与建构条件》，《文学评论》2007 年第 1 期。
41. 童庆炳：《新时期文艺批评若干问题之省思》，《文艺争鸣》2008 年第 1 期。
42. 姚文放：《“审美”概念的分析》，《求是学刊》2008 年第 1 期。
43. 杨守森：《文学审什么“美”》，《文史哲》2008 年第 4 期。
44. 吴义勤：《新世纪中国当代文学研究的现状与问题》，《文艺研究》2008 年第 8 期。
45. 陈仲义：《感动　撼动　挑动　惊动——“好诗”的四动标准》，《新华文摘》2008 年第 17 期。
46. 朱德发：《现代中国文学史重构的价值评估体系》，《中国社会科学》2008 年第 6 期。
47. 吴义勤：《“文学性”的遗忘与当代文学评价问题》，《文艺报》2009 年 8 月 27 日。
48. 马建辉：《评文艺中的价值虚无主义思潮》，载《求是》2009 年第 3 期。
49. 韩伟：《重建中国当代文学批评的价值体系》，《文学评论》2009 年第 5 期。
50. 吴义勤：《我们为什么对同代人如此苛刻——关于中国当代文学评价问题的一点思考》，《文艺争鸣》2009 年第 9 期。
51. 丁帆：《关于建构百年文学史的几点意见和设想》，《文学评论》

2010 年第 1 期。
52. 丁帆：《新世纪文学中价值立场的退却与乱象的形成》，《文艺争鸣》2010 年 10 月号（上半月）。
53. 彭定安：《评价当代文学的坐标是什么?》，《辽宁日报》2010 年 1 月 11 日。
54. 孟繁华：《“憎恨学派”的“眼球批评”——关于当下文学评价的辩论》，《北京文学》2010 年第 2 期。
55. 王彬彬：《关于“当代文学”的评价问题》，《北京文学》2010 年第 2 期。
56. 张颐武：《新世纪中国文学：一个新开端的价值》，《北京文学》2010 年第 3 期。
57. 张柠：《中国当代文学评价中的思维误区》，《北京文学》2010 年第 3 期。
58. 杨庆祥：《建立根本的评价标准》，《北京文学》2010 年第 5 期。
59. 王春林：《为什么就不能对中国立场宽容一点呢?》，《北京文学》2010 年第 5 期。
60. 黄平：《“中国立场”与“中国问题”——也谈“重估当代文学”》，《北京文学》2010 年第 6 期。
61. 欧卫军：《人民的立场是当前文学价值观重建的立足点》，《文艺理论与批评》2010 年第 1 期。
62. 张冰：《确立与重建——六十年文艺批评标准的变迁》，《社会科学战线》2010 年第 3 期。
63. 徐妍：《从放逐到消亡：新时期以来文学批评的内在尺度——美感》，《上海文学》2010 年第 5 期。
64. 贺仲明：《文学价值与本土精神》，《文学评论》2010 年第 6 期。
65. 张志忠：《有待展开的当代文学可能性——以〈波动〉〈公开的情书〉和〈晚霞消失的时候〉为例》，《文学评论》2010 年第 4 期。

66. 温儒敏：《现代文学研究的“边界”及“价值尺度”问题》，《华中师范大学学报》2011 年第 1 期。

67. 阎连科：《发现小说》，《当代作家评论》2011 年第 2 期。

68. 丁帆：《关于百年文学史入史标准的思考》，《文艺研究》2011 年第 8 期。

69. 雷达：《真正透彻的批评为何总难出现》，《新华文摘》2011 年第 8 期。

70. 张利群：《论文学批评在价值冲突中的核心体系构建》，《文艺评论》2011 年第 5 期。

71. 何言宏：《文学批评的反思与重建》，《当代作家评论》2012 年第 3 期。

72. 林建法：《重建中国文学理论批评》，载《当代作家评论》2012 年第 3 期。

73. 耿占春：《穆旦的晚期风格》，《文学评论》2013 年第 5 期。

74. 张福贵、张航：《走出“教科书时代”——现当代文学学术前提的反思与重建》，《中国现代文学研究丛刊》2013 年第 9 期。

75. 张福贵：《鲁迅研究的三种范式与当下的价值选择》，《中国社会科学》2013 年第 11 期。

76. 李涛：《文学性·兼文本性·文学文化——文学性问题研究之困境与出路》，《文学评论》2014 年第 2 期。

77. 张江：《当代西方文论若干问题辨识——兼及中国文论重建》，《中国社会科学》2014 年第 5 期。

78. 张江：《强制阐释论》，《文学评论》2014 年第 6 期。

79. 杨光祖：《修辞并不是一个简单的技巧问题——评长篇小说〈带灯〉》，《中国现代文学研究丛刊》2014 年第 6 期。

80. 沈杏培：《重建中国当代文学批评的价值维度和趣味维度》，《当代作家评论》2015 年第 3 期。

后　　记

本书是我主持的国家社科基金项目的结项成果。该项目于2011年6月获批，2012年正式开始研究，历时整整四年，到2015年底完成，之后等待结项整整一年，2016年底通过结项之后着手出版工作，期间又对书稿进行系统的修改和增补，与时俱进。

这一研究计划由我设计整体框架和写作构想，然后分工执笔，具体分工是：

引言、第一章、第二章、第三章、第四章、第五章、第七章、第八章、结语、参考文献由王卫平撰写。

第六章、第十章、第十一章由王平撰写。

第九章由徐立平撰写。

整个书稿由我作统一的修改、加工、润色，并最终统稿、定稿。

本书得到了大连市学术专著资助出版委员会的资助，在此谨向刘国恒主任、姜英敏女士表示衷心感谢！

本书的部分章节作为阶段性成果先后在《光明日报》《中国现代文学研究丛刊》《文艺争鸣》《文艺评论》《中国文学研究》《文艺报》《辽宁师范大学学报》等报刊发表过，在此也对这些报刊表示感谢！

在出版过程中，得到了中国社会科学出版社的支持，特别是责任编辑刘艳女士以及校对人员纠正了书稿中的很多错误和不规范的地方，付出了辛勤的劳动，正是因为她们的付出，才确保了本书的质量，在此表示最诚挚的谢意！

王卫平

2017年6月1日